주인 노예 남편 아내

일러두기

- 본문의 각주는 모두 옮긴이 주입니다.
- 외국 인명, 지명, 독음 등은 외래어표기법을 따르되 관용적인 표기와 동떨어진 경우 절충하여 표기하였습니다.
- 소설 단행본의 제목은 《 》로, 기사, 희곡, 가사집, 연설문 등의 제목과 잡지명 등은 〈 〉로 표기하였습니다.

주인 노예

Master
Slave
Husband
Wife

남편 아내

우일연
강동혁 옮김

DRÖM

《주인 노예 남편 아내》에 쏟아진 찬사들

1848년 조지아주에서 탈출한 노예 부부 크래프트에 대한 풍부한 서사. 장애가 있는 백인 신사로 변장한 엘렌, 그리고 그녀의 하인으로 위장한 윌리엄이 인종, 계급, 차별을 이용하여 북부로 가는 여정을 그렸다. 그들은 대중 앞에 숨어 현상금 사냥꾼을 피했고, 후에 유명한 노예 폐지론자가 되었다.

2024년 퓰리처상 위원회

이 작품은 역사에서 왜 이 두 사람의 놀라운 이야기가 간과되었는지 많은 사람들이 궁금해할 만큼 숨 막히는 드라마입니다.

〈타임〉

용기와 재치로 가득해 사실이라고는 믿을 수 없을 만큼 멋진 서사. (중략) 우일연 작가는 그 이야기를 풀어내는 솜씨가 매우 뛰어나다. 때로는 그야말로 손톱을 물어뜯으며 읽게 된다.

〈월스트리트 저널〉

소설로서의 역사, 비상하다.

〈퍼블리셔즈 위클리〉

영감을 준다.

크래프트 부부의 자서전을 포함한 다양한 자료를 활용해 '상호 해방의 여정'을 재구성하며, 남북전쟁으로 치닫는 미국의 역사를 예술적으로 그려냈다.

마음을 사로잡는 모험. (중략) 긴장감 넘치고, 훌륭하게 전달된다. 어느 놀라운 부부의 결단력과 용기를 능숙하게 포착한 매혹적인 이야기.

우일연은 훌륭한 연구 조사를 거쳐 달인의 솜씨로 이 책을 썼다. 윌리엄과 엘렌 크래프트의 이야기를, 그 풍부한 의미에 걸맞은 세심한 관심으로 다루었다.

선구적인 책. (중략) 눈을 뗄 수 없다.

북부로 향하는 엘렌과 윌리엄 크래프트 부부의 나흘간 여행을 긴장감 있고 섬세하게 풀어냈다. (중략) 우일연은 영화적인 시선으로 이야기를 전한다.

《주인 노예 남편 아내》는 걸작의 모든 조건을 충족한다. 잊을 수 없는 등장인물, 마음을 휘젓는 갈등, 숨 막히는 용기, 그리고 용서할 수 없는 죄악을 둘러싼 활기 넘치는 플롯. (중략) 엘렌과 윌리엄 크래프트는 무엇에도 굴하지 않고 자유를 추구하는 인간의 추동력을 온몸으로 보여준다. 《주인 노예 남편 아내》에서, 우일연은 품위와 인류애로 이들의 이야기를 기린다.

숨 막히게 훌륭한 문장으로 숨 막히도록 훌륭한 이야기를 다루어냈다. 우리, 독자들은 비극과 승리에 놀라고 경탄하느라 숨 쉬는 것도 잊고 만다.

마법처럼 매혹적인, (중략) 추진력 있는 스토리텔링.

《주인 노예 남편 아내》는 세심한 자료조사와 숨 막히게 훌륭한 문장을 특징적으로 보여주며, 엘렌과 윌리엄 크래프트의 놀라운 이야기에 층위를 더하고 찬사를 보낸다. 우일연은 자유를 추구하는 일에는 언제나 위험을 감수할 가치가 있음을 상기시킨다.

에리카 암스트롱 던바(《다시 노예는 되지 않을 거야: 조지 워싱턴의 도망 노예》 저자)

우일연은 과거에 공개되지 않았던, 문서 보관소에 있던 이야기를 발굴해 선보이는 경이로운 업적을 이루어냈다. (중략) 미국 역사상 가장 위태로운 시기에 드러난 흑인의 사랑과 회복력, 인간성을 보여주는 꼭 필요한 이야기다.

오너리 퍼넌 제퍼스(《W. E. B. 듀보이스의 사랑 노래》 저자)

아름답게 쓰였고, 깊이 있는 연구 조사를 거쳤다. (중략) 우일연은 대서양 양안의 노예제 폐지운동이라는 흥미진진하고 위험한 세계를 소개하고, 노예 제도에 의한 공포의 지배를 이 운동이 얼마나 대담하게 공격했는지 보여준다.

마니샤 신하(《노예 해방의 대의: 폐지 운동의 역사》 저자)

우일연은 정교하게 직조된 이야기로, 스스로를 노예제도로부터 '훔쳐낸다'는 것의 진정한 의미를 새롭게 드러낸다. (중략) 철저한 조사를 거쳐 아름답게 쓰였다. 용기와 사랑, 자유로워지고자 하는 갈망을 다룬, 읽지 않을 수 없는 이야기.

그레첸 설리반 소린(《흑인으로서 운전하기: 아프리카계 미국인의 이동과 시민권의 길》 저자)

추진력 강하고 매혹적인 책. 반 노예 운동 역사에 꼭 포함되어야 할 작품.

퍼거스 M. 보드위치(《전쟁 속의 의회》 저자)

우일연은 긴장감 넘치고 디테일이 훌륭하게 살아있으며 역사적으로 정확한, 그야말로 뛰어난 문장으로 크래프트 부부와 남북전쟁 전 미국에서 이들이 수행한 역사적 역할을 놀랍게 그려낸다. 평생 기억에 남을 이야기다.

이마니 페리(《미국의 남쪽: 한 국가의 영혼을 이해하기 위한 메이슨-딕슨선 이남의 여정》 저자)

준에게

그리고 기안, 오안, 나리에게

한국 독자들에게

독자님들께,

여러분이 이 이야기를 만나 주셨고, 또 이 이야기가 여러분에게 닿게 되어 무척 기쁩니다. 이 책이 한국어로서 여러분에게 전달될 것이기에 더욱 그렇습니다. 지금의 저는 영어로 글을 쓰지만, 몇 가지 생각과 꿈은 여전히 한국어로 떠오릅니다.

사실, 이 책을 써야겠다는 생각이 떠오른 것도 제 어머니인 피아니스트 김정자의 콘서트에 참석하려고 한국에 갔을 때입니다. 남동생과 저는 경복궁 근처의 광장을 구경하다가 초현실적인 광경에 마주쳤습니다. 궁전의 성벽 바로 앞에서 K팝 걸그룹이 뮤직비디오를 촬영하고 있었어요. 사이렌이 울리고, 댄서들이 잔뜩 나오고, 카메라가 휙휙 움직이며 교복과 경찰 제복을 뒤섞은 듯한 차림의 긴 금발 가수에게 줌인하던 모습이 기억납니다. 한 남자가 확성기에 대고 미친 듯이 소리를 질러대서, 이 모든 것을 핸드폰으로 촬영하려던 저의 기자 남동생에게 말을 전달하려면 저 자신도 목소리를 키워야만 했죠. 저는 동생에게 크래프트 부부에 관해 이야기하고 있었습니다. 사이렌 소리와 저 자신의 얇은 목소리 사이 어딘가에서 그들의 이야기를 써야겠다는 결심이 섰죠.

저는 한국계 미국인으로서, 자유를 찾아 떠나는 예속 피해자 흑인 부부의 이야기에 어쩌다 이토록 큰 관심을 갖게 되었느냐는 질문을 자주 받았습니다. 이런 관심은 꽤 자연스럽게 생겨난 것으로, 제가 다니던 초등학교에서 시작됐습니다. 그곳에서는 크래프트 부부처럼 자유를 추구하는 사람들의 이야기를 연구하고 기렸으며, 역사가 생생하게 느껴졌거든요.

여러 해가 지나고 대학원에서 크래프트 부부의 이야기를 처음 마주쳤을 때 저는 즉시 매료되었습니다. 이 이야기는 사랑 이야기이자 모험담, 가족과 신앙에 관한 이야기였습니다. 제가 전에 만나본 어떤 이야기와도 달랐죠. 게다가 사실이라는 점에서 더욱 놀라웠고요.

그러나 크래프트 부부의 이야기는 단순한 역사가 아닙니다. 이러한 과거를 이해하지 않고는 미국이라는 나라를 이해하는 것이 불가능하므로, 이 이야기는 지금 이 순간 꼭 필요한 이야기입니다. 크래프트 부부가 당대에 제기했던 모든 문제는 지금도 유효합니다. 크래프트 부부의 이야기 같은 역사가 오늘날 이토록 큰 울림을 주는 것이 그래서입니다.

동시에, 이 이야기는 미국 이상의 무언가를 다루고 있습니다. 한국인들에게도 공감을 이끌어낼 만한 보편적 주제를 포괄하죠. 이 이야기는 이데올로기로 분열된 국가와 민족에 관한 이야기이자 억압을 벗어나 자유를 추구하는 인간의 이야기이며 불의에 대항한 투쟁에 관한 이야기입니다. 이 이야기는 세상을 단순히 존재하는 그대로 보는 데서 그치지 않고 그 가능성을 본 어느 부부의 용기에 관한 이야기입니다.

이들의 이야기는 제게 깊은 영감을 주었습니다. 여러분 또한 크래프트 부부에게서 용기를 얻어 달라질 수 있는 세상의 가능성을 볼 수 있기를 바랍니다.

우일연

차례

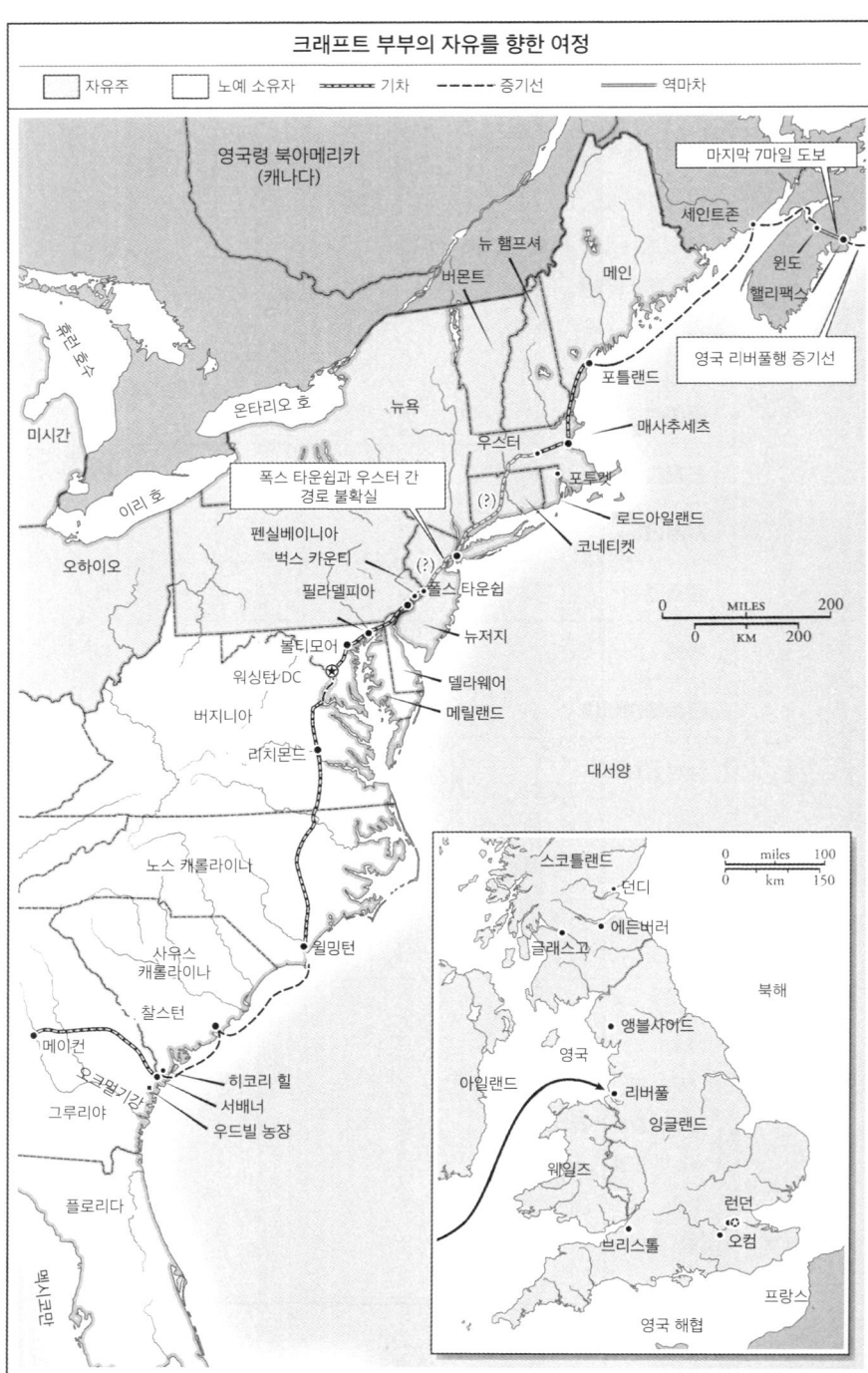

크래프트 부부의 자유를 향한 여정

1848년의 혁명

1848년, 미국 조지아주의 예속 피해자[1]인 윌리엄과 엘렌 크래프트 부부는 서로의 해방을 위해 세계 반대편으로 가는 8,000킬로미터의 여행길에 올랐다. 두 사람의 이야기는 혁명의 시대에 시작된 사랑 이야기다. 미국 독립전쟁의 와중에 벌어진 미완의 혁명, 그리고 지금까지도 이어지는 혁명의 이야기.

이 이야기가 시작된 해에는 전 세계에서 민주주의적 저항이 일어나고 있었다. 시칠리아, 파리, 베를린, 빈 등 유럽 도시에서는 사람들이 폭정과 왕정, 기존 권력에 대항해서 연달아 몰아치는 파도처럼 항거했다. 이런 봉기에 관한 소식은 고속 범선을 타고 바다를 건너서, 기찻길을 타고 육지로, 또 경이로운 전보를 통해 시공간을 거슬러 요란하게 퍼져나갔다. 뉴욕에서 뉴올리언스에 이르기까지, 미국인들은 이런 혁명이 자신들의 혁명과 같은 운율의 시라고 확

---

1 원서에서는 많은 경우 일반적으로 사용되던 노예(slave)라는 표현 대신 enslaved라는 용어를, 노예 소유자(slaver, slave owner) 대신 enslaver라는 표현을 사용하고 있다. 이는 노예라는 신분이 태어날 때부터 정해진 정체성이 아니라 타의에 의해 강제로 부여된 상태임을 분명히 하려는 언어적 선택이다. 이에 따라 이 책에서는 enslaved를 '예속 피해자', enslaver를 '예속 가해자'로 옮겼다. 이 표현이 노예제의 본질을 보다 명확히 드러낼 수 있기를 바란다.

신하며 축하의 횃불을 들었다. 하지만 그들이 유럽을 바라보는 와중에 그들이 딛고 선 땅이 움직이고 있었다.

1848년에 멕시코와의 전쟁이 끝나면서 미합중국은 129만 5,000 제곱킬로미터의 새로운 영토를 획득했다. 이 어마어마한 땅에 여섯 개 이상의 주가 생겨났다. 그중에는 캘리포니아도 있었다. 이듬해 이곳에서 금이 발견되면서, 캘리포니아에는 소위 49년 이주민들이 몰려들 터였다. 명백한 사명[2]의 정신이 드높았다. "신의 섭리로 우리에게 주어진 이 대륙 전체를 점유하고, 자유와 연합 자치정부라는 위대한 실험을 발전시키기 위한" 사명 말이다.

하지만 균열도 발생하고 있었다. 전 세계적 유행병인 콜레라가 빠르게 번져갔다. 아일랜드, 독일, 중국 및 머나먼 땅에서 새로운 이민자들이 찾아와 미국인이란 과연 무엇이냐는 개념에 도전했다. 정치에서는 유권자들이 그 모든 국가적 성장에 동력을 제공하는 엔진, 즉 노예제도를 두고 양극화되었다. 이에 따라 양당제는 무너져갔다. 정치인들은 새로 생긴 영토에서 노예제도의 미래, 예속 가해자의 권리, 미국이 새로 획득한 땅에는 누가 살 것이냐는 문제를 두고 격렬히 다퉜다. 한편, 미국 시민권을 얻지 못한 사람들은 거부당한 그 권리를 요구했다.

1848년 7월, 뉴욕 세니커 폴스에서 열린 최초의 여성 권리 대회

---

2 Manifest Destiny. 19세기 미국 사회를 지배했던 확장주의적 이념으로, 미국이 북미 대륙 전역을 차지하고 문명화하는 것이 신의 뜻이며 역사적 사명이라는 믿음이다. 이 개념은 대륙 팽창을 정당화하는 근거로 작용했으며, 원주민 정복과 멕시코 전쟁, 노예제 논쟁 등 다양한 갈등과 폭력을 초래하는 이데올로기로 확장되었다.

에서 감정 선언문의 서명자들은 선언했다. "우리는 다음의 진실을 자명한 것으로 받아들인다. 모든 남자와 여자는 평등하게 창조되었다." 이들의 지도자 중에는 프레더릭 더글러스[3]가 있었는데, 그는 유럽의 혁명을 미국의 혁명과 비교하며 미국의 야심과 현실 사이에 존재하는 간극을 비판했다. 몇 년 뒤, 잊을 수 없는 그날인 7월 4일[4]에 그는 이렇게 선언했다. "지금 이 순간, 미국인만큼 충격적이고 잔인한 관행을 저지르는 민족은 이 세상에 없다."

그럼에도 더글러스는 희망을 버리지 않았다. 변화가 다가오고 있었다. "상업이라는 무기가 도시의 공고한 성문을 밀어젖혔다. 지식이 세계의 가장 어두운 구석까지 파고들었다. 지식은 육지만이 아니라 바닷속과 그 위에도 길을 내고 있다. 바람과 증기, 전기가 지식의 공식적인 사절이다. 바다는 더 이상 민족과 국가를 나누지 않고 서로 잇는다. 보스턴에서 런던까지의 여행은 이제 휴가에 불과하다."

더글러스는 말했다. "과거에 비하면, 공간은 소멸했다."

* * *

시공간을 가로질러 가보자. 조지아주 메이컨에 사는 윌리엄과

---

3 미국의 노예제 폐지론자이자 연설가, 작가. 노예 출신이었으나 탈출 후 자서전을 통해 노예제의 참상을 알렸고, 미국 흑인 민권운동의 상징적 인물로 평가받는다.
4 미국의 독립기념일을 말한다.

엘렌 크래프트 부부도 미국 독립선언서에서 영감을 얻었다. 그들은 독립선언서를 읽어서는 안 됐지만 그 내용을 알고 있었다. 윌리엄의 매매가 진행됐던 바로 그 법원 계단에서 매년 기념식마다 큰소리로 읽히는 글이었기 때문이다.

특히 이 문장이 그들의 관심을 끌었다. "우리는 다음의 진실을 자명한 것으로 받아들인다. 모든 인간은 평등하게 창조되었다. 모든 인간은 창조주로부터 빼앗길 수 없는 확실한 권리를 부여받았다. 이 권리로부터 생명과 자유, 행복을 추구할 권리가 발생한다." 성경에 나오는, "인류의 모든 족속을 한 혈통으로 만드사 온 땅에 살게 하시고"(〈사도행전〉 17장 26절)라는 사도 바오로의 말에도 관심이 갔다. 윌리엄과 엘렌 크래프트 부부는 이런 글에서 그들의 혁명을 위한 먹이를 찾아냈다.

이들의 혁명적인 여행에 헤엄치거나 달리거나 숨거나 별빛을 보고 길을 찾는 일은 포함되지 않았다. 어떤 언더그라운드 레일로드[5]도 그들이 남부에서 탈출하도록 도와주지 않았다. 오히려 그들은 온 세상이 보는 가운데, 그 시대의 최신 기술을 활용해 움직였다. 증기선, 역마차, 그리고 무엇보다도 예속 피해자들이 깐 진짜 철로를 타고 말이다. 그럴 수 있었던 이유는, 이들이 실제로는 서로 사랑하는 남편과 아내였으나 주인과 노예로 위장했기 때문이다.

크래프트 부부는 바로 이와 같은 기술을 활용해 순회강연을 다

---

[5] 19세기 미국 노예제하에서, 남부의 예속 피해자들이 자유를 찾아 북부나 캐나다로 탈출할 수 있도록 도왔던 비공식적이고 비밀스러운 탈출 지원 네트워크. 실제 철도나 지하 구조물이 있었던 것은 아니며 경로, 중개자, 은신처를 은유적으로 표현한 명칭이다.

니며 유명 인사가 되었고, 이후에는 미국을 남북전쟁으로 이끌어
간 무자비하고도 새로운 도망노예법에 저항했다. 크래프트 부부는
그들이 살던 시대에 새로운 미국 혁명의 상징으로 불렸다. 그 시대
에 가장 유명한 연설가 중 한 명은 "미래의 역사가와 시인들은 이
들의 이야기를 미국의 연보에서 가장 전율 넘치는 이야기로 전할
것이며, 수백만 명이 감탄하며 이 부부의 이야기를 읽을 것"이라고
예언했다. 지금은 그 어느 때보다도 크래프트 부부의 이야기를 다
시 전하고 기억해야 할 시기다.

크래프트 부부의 인생 이야기는 깔끔하게 정리되지 않는다. 이
이야기에서는 북부와 남부, 흑인과 백인 사이에 쉽게 구분선을 그
을 수 없다. 비난할 만한 단 한 명의 개인이나 장소도 없다. 이 이야
기는 미국 전체에 책임을 묻고, 모두가 영원히 행복하게 살았다는
식의 결말에 저항한다.

크래프트 부부가 워싱턴DC를 가로지르던 시대는 예속 피해자
인 남녀와 아이들이 족쇄를 찬 채 국회의사당 앞을 행진하던 시대
였다. 미국의 국회의원 중 몇몇은 그들을 구경하겠다고 길거리를
내다보고, 몇몇은 눈길을 피하고 싶어 하던 그 시대 말이다. 크래프
트 부부가 보스턴에 살았던 시대는 남부의 예속 가해자만이 아니
라 미국 전역의 사람들이 그들을 다시 예속 상태로 돌려보냈을 법
한 시대였다.

동시에, 크래프트 부부가 살아간 시대는 사람들이 그들과 연대
한 시대이기도 했다. 보스턴의 패뉴일 홀에 모인 여러 피부색의 남
녀 수천 명은 잠시나마 정치적인 것을 포함한 여러 차이를 내려놓

고 그들을 지지했다. 프레더릭 더글러스가 우레처럼 "다시 노예가 되지 않도록 이 사람들을 보호하고 구조하고 지원하겠습니까?"라고 외치자 수천 명이 "네!"라고 포효하며 쩌렁쩌렁하게 찬성 의사를 밝혔다. 크래프트 부부는 희생을 치러야 하더라도 옳은 일을 하기로 결심했다.

이 책은 1848년에서 1852년에 이르는 민감한 시절에 크래프트 부부가 한 저항과 자유를 향한 희망의 이야기를 담고 있다. 이 시기는 크래프트 부부와 국가가 그 어느 때보다 극적으로 충돌한 시기다. 서사적으로 진행되긴 하지만, 이 이야기는 허구가 아니다. 모든 묘사와 인용문, 대사에는 크래프트 부부가 직접 쓴 1860년 기록인 《자유를 향한 1,000마일》을 비롯한 역사적 출처가 있다. 이 이야기는 크래프트 부부가 제시한 것 이상의 역사적 자료도 활용한다. 그 자료들은 전부 책 끝부분에 자세히 기록되어 있다.

이런 출처 덕분에 우리는 다음과 같은 질문을 던질 수 있다. 크래프트 부부는 왜 그때 도망쳤을까? 무엇이 동기가 되었을까? 그들을 노예로 만든 가해자는 누구였을까? 그들이 선보인 마술 이면에 있던 속임수는 무엇일까? 이런 질문 너머로 더 큰 질문이 어슴푸레 떠오른다. 왜 이토록 멋진 이야기가 이 정도밖에 알려지지 않은 걸까? 아니면 이렇게도 물을 수 있겠다. 이처럼 잊을 수 없는 이야기에 대체 어떤 이면이 있기에, 모두 이 이야기를 잊어버렸을까?

당대의 시각 매체인 무빙 파노라마[6]에 견주어 말하자면, 이 책은 움직이는 부부와 그들을 따라 움직이는 한 국가를 담은 그림이다.

이 책의 핵심은 사랑 이야기다. 동화적인 사랑을 말하는 게 아니다. 한 남자와 한 여자가, 한 부부와 한 나라가 맺은 강인한 관계를 말하는 것이다. 그리고 이 사랑 이야기는 12월 말의 어느 이른 아침에 시작된다.

ⓔ 19세기 유럽과 미국에서 유행한 일종의 극장으로, 수십 미터에 달하는 긴 캔버스를 롤러로 감고 돌리면서 마치 영화처럼 풍경이나 사건을 재현하는 방식이다. 관람객은 한자리에 앉아 있지만, 풍경이 움직이며 시간과 공간이 흘러가는 느낌을 받는다.

메이컨

1848년 12월 20일, 수요일
1일 차, 아침

오두막

조지아주 메이컨은 아직 새벽이 오기 전이다. 4시 정각의 도시는 아직 움직이지 않는다. 공기는 바람 한 점 없이 차갑기만 해서 높다란 검은 소나무도 거의 흔들리지 않는다. 코튼 거리도 조용하다. 커다란 저울도 이 순간만큼은 닫힌 창고 문 뒤에 가만히 멈춰 있다. 오크멀기강은 동쪽 강변을 따라 흐르고, 예속 피해자인 한 부부도 높다란 흰색 대저택의 그림자에 자리한 오두막 안에서 변신을 준비하고 있다.

그들은 지난 며칠 밤 동안 이제부터 할 행동을 예행 연습하느라 잠을 거의 자지 못했다. 엘렌은 가운을 벗는다. 이번만큼은 코르셋도 벗어버린다. 몸의 형태를 다른 방식으로 잡아야 하기 때문이다. 불거진 가슴을 납작하게 묶어야 한다. 그녀는 흰 셔츠에 긴 조끼와 헐렁한 코트, 폭이 좁은 바지, 그 모든 것을 가려줄 멋들어진 망토를 입는다. 단추를 잠그며 12월 말의 한기를 들이마신다. 곧 크리스마스다.

그녀는 촛불 빛에 의존해 옷을 입는다. 촛불이 오두막 전체에서, 그녀의 작업실에서 깜빡거린다. 문은 잠겨 있다. 만일 잡힌다고 해도 그 문을 여는 열쇠만큼은 절대 잃어버리지 않을 것이다. 사방에는 그녀가 일할 때 쓰는 도구가 있다. 바늘과 실, 핀, 가위, 천이 들어 있는 바구니들이다. 남편의 손재주도 곳곳에서 드러난다. 서랍장을 포함한 나무 가구들은 지금 자물쇠가 걸려 있지 않다.

엘렌은 남자 구두에 발을 집어넣는다. 밑창이 두껍고 단단하다. 연습하긴 했지만, 양쪽 발을 땅으로 끌어 내리는 3센티미터 두께의 묵직함이 어색하게 느껴질 건 뻔하다. 키를 높이기 위해선 3센티미터가 필요했다. 엘렌은 아버지의 흰 얼굴을 물려받았으나 키는 물려받지 못했다. 여자치고도 작다.

윌리엄은 그녀의 옆에 우뚝 서 있다. 그가 움직이면 긴 그림자가 드리워진다. 두 사람은 윌리엄이 방금 자른 엘렌의 머리칼을 처리해야 한다. 모아서 꼭꼭 싸야 한다. 머리카락을 남겨두고 간다면, 결국 이 문을 부수고 들어올 사람에게 단서가 될 것이다.

마지막 조치도 해야 한다. 검은색 비단 크라바트와 붕대다. 엘렌은 붕대를 턱에, 또 손에 감는다. 손은 팔걸이에 넣는다. 얼굴을 보호하기 위해서는 더 많은 조치가 필요하다. 초록색이 들어간 안경과 유독 높은 실크해트가 그것이다. 윌리엄은 그 모자를 '2층짜리 모자'라 부른다. 모자의 높이에도, 모자가 감추고 있는 거짓의 크기에도 어울리는 이름이다. 이런 추가적인 변장이 엘렌의 여린 모습과 두려움, 흉터를 가려준다.

엘렌은 이제 방 한가운데에 달라진 모습으로 서 있다. 어느 모로 보나 그녀는 돈 많고 몸이 아픈 젊은 백인 남자다. 그녀의 남편이 한 말을 빌리자면 그 누구보다 훌륭한 신사. 윌리엄은 평소 입는 바지와 셔츠로 준비를 마쳤다. 새로운 물건은 단 하나, 그가 평생 써본 것 중 가장 좋은 흰색의 중고 비버해트[7]다. 부자의 노예를 나타내는 표시다.

이 일은 불과 며칠 만에 계획되었다. 두 사람이 처음 이 아이디어에 합의한 이후, 그러니까 이 아이디어를 실행할 수 있으리라고 판단한 뒤로 겨우 나흘이 흘렀다. 나흘 동안 그들은 자물쇠 달린 서랍에 옷을 꾹꾹 눌러 넣고, 바느질하고, 물건을 사고, 여행길을 계획했다. 일생일대의 도주를 준비하는 데 걸린 시간이 겨우 나흘이었다. 아니, 평생 해온 준비가 이 순간에 결실을 맺었다고 해야 할까.

윌리엄이 촛불을 불어 끈다. 그들은 무릎을 꿇고 갑작스러운 어둠 속에서 기도한다.

일어나서 기다린다. 숨을 참는다. 누군가 밖에서 귀 기울이며 지켜보고 있을까? 그들의 문 바로 너머, 콜린스 저택의 안에는 주인 부부가 잠들어 있을 것이다.

---

7 17~19세기 유럽과 북미에서 유행했던 고급 모자로, 비버 가죽을 가공해 만든 신사용 모자다. 사회적 지위와 부를 상징했다.

젊은 부부는 손을 잡고, 최대한 조용히 오두막 앞으로 나간다. 윌리엄이 자물쇠를 열고 문을 밀어젖힌 뒤 밖을 내다본다. 둘러서 있는 건 나무들뿐이다. 속삭이는 건 잎사귀들뿐이다. 그 고요함이라니. 윌리엄은 죽음을 생각한다. 어쨌거나, 가자고 신호한다.

엘렌은 겁을 먹고 눈물을 터뜨린다. 그들은 사람들이 핏불에게 물어 뜯기고 매 맞고 낙인찍히고 산 채로 불태워지는 모습을 목격해 왔다. 노예 사냥을, 그 광기를 모두 보았다. 그 일이 자신들에게 닥칠 수 있음을 알고 있다. 그들은 한 번 더 서로를 꽉 끌어안는다.

둘은 각자 여행을 시작해야 한다. 서로 다른 길을 따라 메이컨을 가로질러야 한다. 윌리엄은 최대한 짧은 길을 이용해 몰래 기차에 탈 것이다. 누군가 윌리엄을 알아보면 두 사람 모두 위험해진다. 엘렌은 더 먼 길을 가야 한다. 그녀는 더욱 위험하다. 도망치려다 잡히는 건 그 자체로 엘렌에게 심각한 일이다. 주인 콜린스가 잠에서 깼을 때, 자신의 아내가 총애하던 하녀가 감히 자신과 같은 신사가 되려 했다는 걸 알면 상황이 얼마나 더 나빠질까? 알 수 없다. 콜린스는 처벌은 죄에 알맞아야 하며 교훈을 전달해야 한다고 믿는 철저한 인물이다. 이런 경우에 그가 어떤 교훈을 전달하려 할지는 상상만 할 수 있을 뿐이다. 윌리엄의 생각에는 두 배의 복수가 이루어질 것 같다.

엘렌의 여주인이 끼어들어 가장 좋아하는 노예이자 이복자매를 변호하려 할 지는 의문이다. 끼어들려 마음을 먹었다가도, 엘렌이 주인의 옷인 남자 바지를 입고 있다가 발견된다면 아마 그러지 않을 것이다. 지난번에 엘렌은 팔려가지 않을 수 있었다. 그러나 이번에는 아니다. 최소한, 그녀와 윌리엄은 영원히 헤어지게 될 것이다. 심지어 서로의 고통을 억지로 목격한 이후에 헤어져야 할 것이다. 그것도 둘 다 살아남는다면 말이지만.

이제 엘렌은 기도에, 믿음에 집중한다. 그녀는 자기 자신의 주인이 되기 위해 1,600킬로미터를 한 발짝, 한 발짝 힘겹게 걸어갈 것이다. 그러는 내내 지금의 믿음을, 지상의 어느 주인보다도 강한 힘에 대한 믿음을 품고 있을 것이다. 비록 지금부터 그녀가 흉내 내려는 존재는 지상의 주인이지만. 그녀는 고요해진 그 순간을 자신의 것으로 만든다.

"가자, 윌리엄." 그녀가 말한다.

문이 한 번 더 열린다. 두 사람은 밖으로 나간다. 두 사람의 발소리는 물을 비추는 불빛처럼 적막하다. 윌리엄은 문을 자물쇠로 잠그고 열쇠를 주머니에 넣는다. 묵직한 금속이 툭 떨어진다. 그들은 살금살금 뜰을 가로질러 거리로, 노예 주인들이 잠들어 있는 집 근처로 간다. 두 사람은 서로의 손을 잠시 어루만지고 헤어진다. 소원대로 다음에 만날 수 있다면, 그들은 주인과 노예로 탈출해 남편과 아내로 재결합할 것이다.

윌리엄

윌리엄은 빨리 움직여야 했다. 서배너로 가는 기차는 7시 정각에나 출발했다. 그러니 그에게는 어둠 속에서 보낼 시간이 세 시간 더 주어진 셈이었다. 그러나 메이컨이 눈을 부릅뜨고 그를 지켜볼 것이다.

호텔 종업원으로도, 또 이른 아침에는 고급 가구 제작자로도 일해온 윌리엄은 도시가 깨어나는 리듬을 잘 알고 있었다. 호텔의 아침 식사는 해 뜨기 전에 따뜻하게 데워져 나온다. 짐꾼들은 그보다도 일찍 애틀랜타행 기차에 실을 짐을 도로 연석으로 끌고 나온다. 도시 곳곳으로 향하는 마차에는 트렁크며 해트박스, 여행용 손가방과 승객들이 쉴 새 없이 실려 이동한다. 시장은 동트기 전부터 웅성거리고, 시청 옆 거리에는 노점 상인과 마차들이 북적거릴 것이다. 콜린스 저택이 서 있는 멀버리가는 비교적 조용하다. 그러나 확신할 수는 없다. 저택 맞은편에는 유지니어스 니스벳의 집이 있다. 그는 열두 명의 자식과 아내와 함께 산다. 아기들이 이른 아침부터 울어 사람들을 깨울지도 모른다. 윌리엄은 눈에 띄지 않도록 조심해야 한다.

콜린스 저택에서 기찻길까지는 1.6킬로미터 남짓이다. 멀버리가에서 내려가는 길이 대략 400미터, 5번가에서 다리를 건너는 길이 300미터다. 마지막으로는 도시 동부에 있는 기차역까지 짧은 길을 걸어가야 한다. 앞으로 가야 할 1,600킬로미터 중 지금 가는 처음의 700미터가 아마 가장 먼 길일 것이다.

윌리엄은 눈에 띈다. 키가 180센티미터를 넘고 어깨는 넓으며 어느 모로 보나 훤칠하고 잘생겼다. 사람들 사이에 섞여 있어도 두드러진다. 평균적인 미국 남자보다 머리 하나는 크다. 그는 모자를 눌러쓴다. 털이 복슬복슬한 흰 모자챙의 그림자가 움푹 꺼진 눈과 높은 광대, 그가 노예임을 알리는 검은 피부에 그림자를 드리운다. 그렇게 그는 저택을 지난다.

조지아주의 흑인은 다른 증거가 제시되기 전까지 모두 법적으로 노예 신분으로 가정된다. 윌리엄은 어느 순간에든 질문을 받을 수 있다. 노예 순찰대만이 아니라, 백인이라면 누구나 그에게 문제를 제기할 수 있다. 그들에게는 윌리엄이 응답하지 않으면 적당히 교정해 줄 권한이 있다. 윌리엄이 맞서 싸우는 것은 불법이다. 다른 백인의 명령에 따르거나 백인을 지키기 위해서가 아니면, 예속 피해자가 백인의 신체를 훼손하거나 멍들게 하는 행위는 중범죄다.

이외에도 여러 이유로, 윌리엄에게는 지금 가지고 있는 통행증이 필요했다. 그는 정해진 시간 동안 구체적인 목적지로의 여행을 승인하는 이 소중한 종잇조각이 있을 때만 합법적으로 여행할 수 있다. 통행증 없이 돌아다니다 잡히면 법에 따라 20회를 초과하지 않는 맨 등의 채찍질을 받는다.

통행증은 윌리엄의 공식적인 주인이 내준 게 아니다(그의 공식적 주인은 세 번째 예속 가해자로, 아이라 해밀턴 테일러라는 이름의 젊은 남자였다. 윌리엄은 그를 본 적이 거의 없었다). 통행증을 내준 사람은 윌리엄의 고용주로, 어린 시절부터 그를 가르쳐온 고급 가구 제작자였다. 윌리엄은 주인에게 돈을 내는 대신, 외부에 고용되어 일하고 숙련 노동자 전용 배지를 차는 특권을 누리기로 이야기해 두었다. 비싼 거래였다. 윌리엄이 개인적인 비용을 모두 감당해야 했기에 더욱 그랬다. 하지만 덕분에 윌리엄에게는 돈을 벌고 어느 정도 운신할 공간이 생겼다.

윌리엄은 친척이 죽어간다며, 약 19킬로미터 떨어진 곳까지 아내와 함께 여행하게 해달라는 허락을 구했다. 고급 가구 제작자는 망설였다. 크리스마스 시즌에는 가게가 바빴기 때문이다. 그는 통행증을 내주면서 윌리엄에게 크리스마스까지는 돌아와야 한다고 말했다. 그러나 윌리엄과 엘렌은 크리스마스 당일에는 자유로운 도시 필라델피아에 있을 생각이었다. 가능하다면, 두 사람이 사라졌다는 사실이 발각될 때쯤에는 더 북쪽에 있기를 바랐다. 그들은 세 가지 이동 경로를 계획했다.

메이컨에서 조지아주 서배너까지 기차를 타고 간다. 서배너에서 증기선을 타고 사우스캐롤라이나주 찰스턴까지 간다. 찰스턴에서 마지막으로 증기선을 타고 펜실베이니아주의 필라델피아와 그 너머까지 간다.

그들은 노예제도가 없는 캐나다를 목적지로 삼았다. 윌리엄의 최근 주인은 미국 북부에 연고가 있었다. 엘렌을 감금한 사람은 메이컨에서 가장 적극적인 노예 중개자였다. 그의 친구와 동업자들이 동부 연안 전체에 퍼져 있었다. 미국 너머까지 시야를 확장하는 게 더 안전했다. 어쨌거나 일단은 메이컨을 가로질러야 했지만.

윌리엄은 이 도시의 시내를 속속들이 알고 있었다. 일도 하고, 대부분의 밤에는 잠도 잤기 때문이다. 엘렌과 함께 보내도 좋다는 허락을 받은 일주일 중 하룻밤만이 예외였다. 몰래 몇 번 더 만날 기회를 잡으면 가끔은 그 이상도 엘렌을 만날 수 있었다. 지난 며칠 밤, 둘은 그렇게 몰래 만났다. 멀버리가는 다리를 통해 5번가로 곧장 이어졌다. 하지만 그날 아침 윌리엄은 다른 길, 평소 다니는 장소와 법원 광장을 피하는 길을 택했을지도 모른다.

윌리엄이 수갑을 차고 피투성이가 되어 절뚝거리며 걸어가는 도망자들을 본 곳이 바로 이곳이었다. 그들은 노예 사냥꾼과 핏불과의 싸움으로 몸이 너무 피폐해져 있어, 남서쪽 모퉁이에 있는 감옥까지 갈 기운도 없었다. 이곳에는 법원도 있었다. 누군가는 정의를 구하는 건물의 계단에서 누군가는 팔려 갔다.

공개 노예 경매는 매달 첫 화요일에 이루어졌다. 공고는 법원 문에도 붙고 신문에도 났다. 인간이 가구와 부동산, 가축 옆에 매물로 실렸다. 윌리엄은 한때 여동생과 함께 그곳에 서 있었다. 지금의 그는 절대 살아서는 잡히지 않겠다고 맹세하고 있었다.

윌리엄은 어둠 속에서 빠르게 움직였다. 5번가의 다리가 드리운 빛을 향해 나아갔다. 주변 몇 킬로미터 안에 강을 건널 수 있는 곳은 그 다리뿐이었다. 오크멀기강 바로 위, 조지아주의 주도인 밀레지빌[8]로 향하는 길을 따라서는 더 많은 호텔과 가게가 있었다. 그 중에는 '자유로운 솔'이라 알려진, 솔로몬 험프리라는 해방 노예의 가게도 있었다. 그는 자신과 가족의 자유를 돈으로 샀고, 이제는 면화를 사고팔았다. 험프리는 가게에 백인 종업원만을 고용했으며 저녁 식사에도 백인 손님만을 초대했다고 한다. 손님들을 대접할 때는 일부러 자신이 직접 서빙을 했지만 말이다. 험프리가 자유를 얻은 희귀한 방법은 윌리엄에게는 가지 않은 길, 혹은 갈 수 없는 길이었다. 한때 그런 길을 좇겠다는 희망을—자신과 엘렌의 몸값을 치르고, 지금 서 있는 이 자리에서 어느 정도 자유를 누리리라는—품었을지라도, 그는 탈출을 통해 법을 어긴 순간 그 희망이 사라졌다는 걸 알았다.

윌리엄은 강을 건너는 데 성공한 뒤 살금살금 가게와 창고 옆의 호텔을 지났다. 잠 없는 숙박객이 이미 깨어 있을지 몰랐다. 그는 용기를 내서 하나밖에 없는 매표소와 그 뒤의 창고들을 지나간 다음 침대차로 향했다. 흑인용으로 지정된 그 칸에 몰래 들어갔다.

그렇게 강의 동쪽으로 건너는 계획의 첫 단계가 성공했다. 이번 여행은 일종의 귀환이었다. 그가 기억하는 부모는 한때 동쪽에 살

---

8 조지아주의 옛 주도. 현재의 주도는 애틀랜타다.

았다. 엘렌을 기다리는 동안, 윌리엄은 부모를 잃었듯 엘렌까지 잃지 않게 해달라는 기도를 할 뿐이었다.

엘렌

엘렌이 메이컨에서 보낼 시간은 약 세 시간 남아 있었다. 이곳은 그녀가 열한 살 때부터 알고 지낸 도시였다. 당시에 엘렌은 주인이 된 이복자매의 결혼 선물로 처분되어 처음으로 어머니와 헤어져야 했다. 그때의 메이컨은 당혹스러울 만큼 큰 도시로 보였다. 엘렌에 비해 그리 나이가 많지 않은 이 도시는, 무스코기 또는 크리크족[9]이라 불리는 원주민의 옛 영토를 갈라 세운 곳이었다 (수많은 직업을 가지고 있었으며 그중 하나로 토지 측량도 했던 엘렌의

---

[9] 무스코기는 북미 원주민 부족의 하나로, 크리크족이라고도 불린다. 무스코기는 이들이 스스로를 지칭하는 명칭이며, 크리크는 유럽계 정착민들이 붙인 명칭이다. 현재 미국의 오클라호마주 등에 거주하고 있으며, 무스코기 크리크 민족국가라는 이름으로 자치 정부를 구성하고 있다.

아버지가 이 도시의 경계선을 그리는 일에 참여했다). 하지만 메이컨은 빠르게 성장했고, 인근 지방에서 들어오는 목화 관련 수입품과 강가에서 가장 좋은 자리를 차지하고 있다는 점 때문에 더욱 빠르게 성장했다.

한때 메이컨을 괴롭히던 도박과 무법성은 엘렌이 도착했을 때쯤에는 잦아든 뒤였다. 나무가 그늘을 드리우며 열기를 막아주었고, 집들은 질서 있게 줄지어 세워졌다. 다만 소와 돼지 등의 동물은 여전히 멋대로 돌아다녔다. 도시의 격자를 따라 우뚝 솟은 웅장한 새로운 집들 중에서도 엘렌의 어린 주인을 위해 지어진 저택만큼 좋은 집은 없었다. 정면에 여섯 개의 기둥이 있으며 별관도 여럿 있는 3층 높이의 밝은 흰색 저택은 표면적으로나마 제국의 느낌을 풍겼다(대리석 느낌을 내기 위해 벽돌집에 회칠과 페인트칠을 했다).

엘렌은 그 건물의 그림자에서 나왔다. 그녀는 이런 집을 상속받을 만한 남자, 메이컨을 놀이터로 삼을 만한 남자의 옷차림을 하고 있었다. 메이컨에는 대실 요금제를 제공하는 훌륭한 호텔들이 있었다. 티치아노와 코레조 양식의 관능적인 그림이 걸린 호텔이었다. 식당에서는 밤사이 철도를 통해 들어온 사슴고기와 굴이 나왔다. 오락용 건물로는 볼링장과 극장이 있었다. 괘씸하게도 교회를 개조한 건물이었다. 메이컨에는 마음껏 돈을 쓸 수 있는 부유한 젊은 남자가 매력을 느낄 만한 거의 모든 것이 있었다.

머잖아 가게들이 문을 열 터였다. 엘렌처럼 생긴 신사는 메이컨 이발소에서 면도를 하거나 머리를 감고 기름을 바를 법했다. 〈조지아 텔레그래프〉는 최근 수염의 장점에 관한 토론에서 깨끗이 면도한 사람이 좋다고 밝힌 어느 젊은 숙녀의 의견을 실었다. 몇 년 뒤에는 상냥하고 소년 같은 외모가 살집 있고 턱수염을 기른 가부장적인 스타일에 완전히 인기를 내주게 된다. 아직은 그렇지 않았다. 엘렌으로서는 다행한 일이었다.

엘렌이 머물 법한 모든 곳 중에서도 그녀를 가장 강력하게 끌어당긴 곳, 그녀의 몸을 끌어당기지는 못할지언정 영혼을 끌어당긴 곳은 그녀의 어머니가 아직도 노예로 잡혀 있는 집이었다. 어머니를 노예로 만든 남자는 엘렌의 주인이기도 했다. 그녀의 아버지이기도 했고.

*　*　*

제임스 스미스는 180센티미터가 넘는 키에 체구도 컸다. 불그레한 얼굴에, 큰소리를 칠 때면 목소리가 바순처럼 들렸다. 그의 아들인 밥의 친구가 한 묘사에 따르면, 늙은 소령은 개인의 명예를 귀하게 여기는 '부유한 목화 플랜터'[10]로, 내킬 때면 한잔 걸치기를 좋아하고 여자들이 같이 있을 때만 빼놓고는 속된 말을 쓰는 사람이었다.

스미스는 성질이 불같지만 관대하다고 기억되는 인물로, 조지아주 클린턴에 있는 저택에서 손님들을 매우 후하게 대접하는 것으

10　18~19세기 미국 남부에서 주로 목화, 담배, 사탕수수 등의 작물을 재배하는 대규모 플랜테이션의 소유주. 단순한 농부가 아니라 노예 노동을 기반으로 경제적·사회적 권력을 가졌던 상류층 지주를 지칭한다.

로 유명했다. 나중에 그는 강을 건너 메이컨으로 이사했다. 메이컨에서 그는 이중 발코니의 그늘 아래에서 사랑하는 사람들을 시원하게 보호하는 동시에, 목화를 팔고 가끔은 니거[11]도 팔았다. 자신을 선량한 시민이라고 생각했고 정치에 있어서나 여우 사냥에 있어서나 썩 괜찮은 인물이라고 자부했다. 더 나아가, 그가 수많은 니거들에게 일을 시켰으며, 자신만의 도도한 방식으로 그들에게 친절을 베풀었다는 기록도 있다.

스미스는 목소리만 크고 성격만 호탕한 인물이 아니었다. 엘렌이 어렸을 때, 스미스는 당시 존스 카운티의 행정 중심지였던 클린턴에서 가장 큰 권력을 가진 사람이었다. 클린턴 사람들은 친절하고 유쾌한 것으로 유명했다. 숙녀들은 옷감을 사러, 독실한 사람들은 예배를 보러 클린턴에 갔다. 대농장이 넓게 펼쳐져 있었다. 코네티컷 양키[12]인 새뮤얼 그리즈월드는 조면기로 상당한 재산을 벌어들였다. 비록 조면기는 다른 뉴잉글랜드 사람 일라이 휘트니의 발명품으로 알려진 물건이었지만 말이다. 그러나 클린턴에서는 이보다 어두운 사업도 번성했다. 언젠가는 악명 높은 노예 상인 호프

---

11 니거(Nigger)는 영어권에서 아프리카계 미국인을 모욕적으로 지칭하던 인종비하어로, 노예제 시기부터 사용된 매우 공격적인 표현이다. 단순히 누군가의 피부색을 의미하는 것이 아니라 인간 이하로 취급받던 존재를 가리키는 말로, 원서에서도 검은 피부를 가진 사람만을 지칭하지는 않는다. 이에 따라 이 책에서는 해당 단어의 역사적·사회적 함의를 고려하여 '니거'로 음차했다.

12 미국 북동부 뉴잉글랜드 지역, 특히 코네티컷 출신의 백인 개신교 중산층을 가리키는 표현으로, 근면하고 실용적인 성격의 상징처럼 여겨졌다. 남북전쟁 전후 시기에는 남부 출신들과 대비되는 '북부 산업 자본가'의 이미지로도 사용되었다. 남부에서는 경멸적인 뉘앙스로 사용되기도 했다.

헐 슬래트가 볼티모어에서 개업하며 '조지아주 클린턴산(産)'이라는 간판을 붙였다. 그의 신용이나 그가 하는 사업의 내용을 광고하는 데는 다른 말이 필요 없었다.

미국 독립 이후에 태어난 세대인 스미스는 젊은 시절 이 지역에 도착했다. 그때 스미스에게는 19세의 신부 말고는 거의 아무것도 없었다. 그는 사우스캐롤라이나의 독립전쟁 참전용사인 아버지에게서 별다른 돈이나 재산을 상속받지 못했다. 그저 반란군의 핏속에 들어 있는 역마살과 독립적 성향을 물려받아, 그 또한 후세에 물려줄 터였다. 그러나 엘렌 크래프트의 아버지가 될 이 인물은 상상력과 적극성, 지리적 감각을 이용해 자신만의 세상을 만들어갈 지치지 않는 영혼의 소유자였다. 그는 도시 계획가이자 상인, 변호사, 판사, 선출직 공무원이 되었으며 일찌감치 소규모의 토지와 아내, 아기 한 명, 노예 한 명에 대한 소유권을 주장했다. 1800년대 중반에 그는 한눈에 들어오지 않을 만큼 많은 땅과 집, 마차를 가지게 되었다. 그는 116명의 인간을 소유물로 두었던 주요한 예속 가해자였다. 그렇게 소유된 사람 중에는 엘렌의 어머니도 있었다.

엘렌은 어린 시절과 그 전부터 아버지에 대한 두 가지 이야기를 들어 잘 알고 있었다. 첫 번째 이야기는 그의 엄청난 부를 증명하는 이야기였다. 가발을 써서 대머리인 아들(조지 워싱턴 드 라파예트)보다 젊어 보이던 라파예트 후작[13]이 이 지역을 지나갔을 때 제임

---

13 라파예트 후작, 본명 질베르 뒤 모티에는 프랑스의 귀족이자 장군으로, 미국 독립전쟁에 자원해서 대륙군에 합류해 큰 활약을 펼쳤다. 조지 워싱턴과도 긴밀한 관계를 유지했으며, 미국에서는 자유와 우정의 상징적 인물로 기억된다.

스 스미스도 만찬에 초대받았다. 그는 라파예트 후작과 멀지 않은 자리를 배정받았기에, 도둑이 5,000달러어치의 지폐가 들어 있는 지갑을 훔쳐 간 것을 알고 기절했을 때 라파예트 후작의 눈에 띌 수 있었다.

스미스가 두 번째로 이름을 알린 건, 막대한 유산을 노린 방탕한 부잣집 아들의 신분 사칭 스캔들에 변호사로 참여하면서였다. 이 선정적인 사건은 단숨에 세간의 이목을 끌었다. 문제의 후손, 제시 벙클리(클린턴의 악명 높은 노예 상인 호프 헐 슬래터의 조카)는 거칠고 못된 녀석으로 불렸다. 그는 대학에서 퇴학당하고 말을 훔쳤으며, 뉴올리언스에서 죽은 것으로 여겨졌다. 몇 년 뒤, 제임스 스미스는 자신이 제시 벙클리라 주장하는 젊은 남자에게서 편지를 받았다.

스미스에게는 그를 의심할 이유가 많이 있었다. 제시는 모래색 머리카락에 들창코, 옅은 갈색 눈의 소유자였으며 중지를 심하게 다친 적이 있었다. 반면 이 남자는 검은 머리에 매부리코, 파란 눈을 가지고 있었고 손가락이 전부 멀쩡했다. 펜을 건네주자 고전 교육을 받았다는 이 젊은이는 자기 이름도 제대로 쓰지 못했다. 그러나 스미스는 100명 이상의 증인을 소환해 법원을 그야말로 조지아식 코미디로 바꿔놓았다. 혐의자의 은밀한 신체 부위 중 짝이 맞지 않는 고환, 둥근 고리 형태의 이상한 털 등 특이한 부분들이 벙클리와 일치하는지 같은 세세한 사실을 증언으로 가릴 때는 특히 그랬다.

결국 일라이자 바버라는 사기꾼으로 유죄 판결을 받았다. 그러나 몇몇 사람들은 법원 판단에 실수가 있었다며 주장을 굽히지 않았다. 이 재판은 광범위한 토론의 주제가 되었으며, 스미스의 집에서는 모든 계층의 사람들에게 알려졌던 게 틀림없다. 그의 자녀들도 이 문제에 관심을 가졌을 법하다. 그리고 그중 엘렌은 신분 사칭의 위험과 가능성을 둘 다 깊이 실감했을지 모른다. 어쨌든, 펜도 제대로 쥐지 못하는 검은 머리의 하찮은 인간이 다름 아닌 아버지의 조언을 받아 최고 계급의 상속자로 받아들여질 뻔했으니 말이다.

엘렌이 스미스의 집을 떠나며—육체로든, 아니면 영혼으로든—무엇을 느꼈을지는 오직 상상으로만 되새길 수 있을 뿐이다. 고통을 겪은 아이, 사랑을 가르쳐준 어머니를 그리워하는 아이에게 한 줄기 빛이 비쳤을지도 모른다. 하지만 그게 전부는 아니었다. 지금 도망길에 나선 그때의 아이는 예속 가해자인 아버지와 신체적으로 너무 닮아 있었다. 그의 아내가 차마 봐줄 수 없어 집에서 쫓아낼 정도였다. 그리고 지금, 그녀는 아버지와 닮은 외모를 일종의 힘으로 만들었다. 그녀는 자신의 모호함을 자유자재로 활용할 수 있었다. 그녀는 자기가 선택한 순간에 사회적 사다리의 가장 낮은 칸에서 가장 높은 칸으로 뛰어올랐다. 이제는 떨어지지만 않으면 된다.

*　*　*

백인의 아들이 된 지금, 엘렌은 한때 통행증 없이는 다닐 수 없었던 길거리를 무제한으로 돌아다닐 수 있었다. 그러나 피해야 하는 거리도 있었다. 어머니가 사는 곳인 포플러 거리에서 그리 멀지 않은 곳에 있는 야외 목화 시장이었다. 거기서부터 4번가까지 거리 전체에서 메이컨의 노예 매매가 이루어졌다.

어떤 도시에서는 노예 매매가 모든 골목과 길거리 모퉁이에서 벌어졌지만, 메이컨에서는 법에 따라 노예 상인들이 실내에서만 사업을 해야 했다. 예속 가해자조차도 이 사업이 좋아 보이지 않는다는 건 알았기 때문이다. 인간이라는 재산은 거리에서 보이지 않도록 '노예 우리'라고 불리는 감옥에 보관되어야 했다. 이런 시설에 찾아갔던 한 사람은 문 너머로 언뜻 보인 남자, 여자, 아이들의 목소리를 들었다고 회상했다. 원하는 대로 그 사람들을 한 명씩 살 수도 있고, 통째로 살 수도 있었다.

엘렌은 다른 길을 택해 도시 북쪽으로 갈 수도 있었다. 그쪽 언덕 위에는 여자대학교가 있었다. 대학교의 창문은 모두 어두웠다. 여성에게 학위를 준 세계 최초의 대학으로 알려진 미래의 웨슬리언 대학교도 엘렌의 아버지의 작업에 뿌리를 두고 있었다. 그가 여성 신학교 창립에 도움을 주었기 때문이다. 이 학교의 첫 번째 학사 학위 수여식에서 총장은—엘렌의 예속 가해자 가족과 잘 알고 지내던 목사였다—환희에 차서 이렇게 훈계했다. "여성은 더 많은 일을 할 수 있습니다! 그것이 여성의 섭리이자 권리, 의무입니다. (중략) 앞으로 나와 살아가십시오! 여러분의 이해력이 타고난 차원까지 확장되도록 하고, 위풍당당하게 생각하며 걸어 나가십시오."

여주인에게 예속된 몸종이었던 엘렌은 그의 외침을 전혀 듣지 못했다. 그녀에게는 배움의 모든 기회가 닫혀 있었다. 그녀가 글을 배우는 것은 법을 어기는 일이었다. 하지만 그녀와 윌리엄은 비밀리에 알파벳을 익혔다. 글을 읽을 수 있을 만큼 배운 건 아니었지만 말이다. 이것도 엘렌이 도망치는 수많은 이유 중 하나였다. 그녀는 배우고 싶었다. 자신의 이름을 쓰고 기호를 해독하고 싶었다. 그런 기술이 없었기에, 그녀는 더욱 큰 위험에 빠져 있었다.

그렇더라도 목사이자 총장이 한 말은 공기에 떠돌았다. 지금, 모든 교육 기회를 박탈당한 젊은 여성은 남자로 위장한 채 총장이 말했던 신념을 가슴에 품었다.

***

아침 6시쯤, 이른 애틀랜타행 기차에 타는 손님들이 출발 준비를 하기 시작했다. 메이컨의 호텔에 부분 부분 불이 들어왔다. 전에 어디를 돌아다녔든, 엘렌은 결국 다리와 기차가 있는 곳으로 가야 했다. 보통 그랬듯 하수와 쓰레기는 그때그때 임시방편으로 처리되었으므로 거리에서는 고약한 냄새가 풍겼다. 가게 간판이 눈길을 사로잡았다. 그중에는 거대한 모자가 그려진 간판도 있었다. 하지만 사람들의 기억에 오래도록 남을 특이한 구경거리는 이 시간에는 보이지 않았다.

워싱턴 홀의 손님들, 그리고 멀버리가와 2번가가 교차하는 모퉁이를 지나는 행인들은 욕조에서 책을 낚는 흑인 남자를 보게 마련이었다. 뭘 하는 거냐는 질문을 받으면, 남자는 주인을 위해 낚시하고 있다고 대답하고 그들을 보석 가게로 데려갔다. 가게 간판에는 소위 '조지아 토박이이자 혼자 이치를 깨친 천재' 윌리엄 존스턴의 서비스가 광고되고 있었다. 낚시꾼을 본 사람들은 그 이름을 좀처럼 잊지 못했다. 그리고 그 이름은 엘렌에게도 의미가 있었다. 윌리엄 존스턴(혹은 존슨)이 그녀가 여행에서 쓸 이름이었기 때문이다.

우리의 젊은 신사 존슨 씨는 익숙하지 않은 옷을 입고, 익숙하지 않은 신분으로 기차역으로 걸어갔다. 여주인의 예속 몸종의 입장에서 전에도 와본 적이 있는 곳이었다. 그때는 아마 주인의 짐을 들고 있거나 아이들을 돌보았겠지만 말이다. 외투는 엘렌의 작은 체구에 비해 너무 컸다. 조끼가 엉덩이까지 내려왔다. 윌리엄은 엘렌이 처음 그 옷을 걸쳤을 때 걱정했다. 그러나 엘렌은 자루 스타일의 코트란 원래 헐렁하게 걸치는 것임을 잘 알고 있었다. 그 코트가 조끼를 가려주었다. 가장 중요한 건 바지가 잘 맞았다는 점이다. 엘렌이 직접 지은 옷이니 확실했다.

펑퍼짐한 옷 말고도 코르셋을 벗은 자유로움 또한 새로운 느낌을 주었다. 남자 속옷도 그랬다. 당시 미국의 숙녀들은 오늘날 알려진 것 같은 속옷을 입지 않았다. 여성용 팬티와 가장 비슷한 옷은 부유한 소수만이 가지고 있었던 옷가지로, 여성들이 거추장스러운 치마와 페티코트를 입고서도 쉽게 용변을 볼 수 있도록 사타구니 부분 없이 가운데가 트여 있는 사각팬티였다. 이처럼 사치스러운 옷을 입을 여유가 되는 사람들은 그레이비소스 그릇처럼 생긴, 부르달루라는 이름의 요강을 사용했다. 그들은 이 요강을 치마 아래에 넣고 쓴 다음 다른 사람들에게 처리하라고 건네주었다.

치마도 없고 머리털도 가뜬하고 상체는 코르셋에서 자유로운 대신 엄청나게 많은 붕대로 싸여 있었으니, 엘렌으로서는 아무리 많이 연습했다 한들 이상한 느낌이 드는 게 당연했다. 의류 전문가로서 그녀는 자신의 결점을 알고 있었다. 기성복이 잘 맞지 않는다는 점이었다. 아무리 더워도, 그녀는 이상할 만큼 길이가 맞지 않는 조끼를 가리기 위해 옷을 겹겹이 껴입고 있어야 할 터였다. 그녀는 오직 먼 곳에서 눈을 가늘게 뜨고 봤을 때만 멋쟁이 남자로 보일 수 있었다.

하지만 엘렌은 그녀의 지위를 나타내는 다른 기호에 기대를 걸었다. 그녀의 옷에 새겨져 신분을 과시하는 이런 기호에는 징이 박힌 송아지 가죽 장화도 포함되었다. 그 장화는 키를 키워주는 동시에 그녀가 말을 타는 사람임을 알려주었다. 너무도 훌륭하고 빠르고 거칠어서 주인이 직접 조련해야 하는 말을 가진, 그런 남자라고 말이다. 실제로 엘렌에게 그런 기술은 없었지만, 장화는 그녀가 언제든 움직일 준비가 되어 있다고 광고해 주었다. 궁극적으로, 그 장화는 그녀가 어떤 주인인지를 나타냈다. 그녀는 필요하다면 다른 누군가의 신체에 고통을 가할 수 있는, 힘을 사용할 준비가 되어 있는 사람으로 보였다.

그녀는 마침내 법원 광장에 이르러 다리 쪽으로 갔다. 아무도 문제를 제기하지 않았다. 엘렌은 마차와 기수, 보행자들의 흐름을 따라 오크멀기강을 건넜다. 그녀는 윌리엄이 그랬듯 이스트 메이컨의 가게와 호텔을 지났다. 아직 한 가지는 불분명했다. 실제 대화에서도 그녀가 검열을 통과할 수 있을까? 오른팔을 부목에 탄탄히

고정하고 시선을 가린 채, 그녀는 매표소에 갈 각오를 다지며 돈을
낼 준비를 했다.

기차역

윌리엄은 니거 칸에서 기다렸다. 탄수차[14]와 기관에 가장 가까운 곳이었다. 불꽃이 튀고 독한 연기가 났다. 객차라기보다는 화물칸과 더 비슷했다. 예속 피해자들과 짐이 함께 실렸다. 그 사람들 중에는 윌리엄처럼 예속 가해자들과 함께 온 사람도 있었고, 팔려 가는 사람도 있었다.

동이 트기 시작하면서 기차역은 서배너행 여행객들로 채워졌다. 그들의 가방은 크리스마스 때 입을 옷이나 사랑하는 사람과 나눠 먹을 간식 등으로 터질 듯했다. 흑인 남자가 앉도록 되어 있는 유일한 칸에 조용히 숨은 윌리엄에게는 오두막 열쇠와 통행증이 있

---

14 증기기관차 뒤에 연결하여 석탄과 물을 싣는 차량.

었다. 권총도 있었을지 모른다. 어쩌면 총은 엘렌이 가지고 있었을 수도 있다.

크래프트 부부가 예속 피해자들에게는 금지된 그 물건을 어떻게 확보했는지는 비밀이었다. 두 사람 모두 다 그 비밀을 폭로하지 않았다. 이때 누가 권총을 가지고 있었는지도 불분명하다. 하지만 수십 년 뒤, 윌리엄은 두 사람이 최후의 방어 수단이자 탈출 도구로써 권총을 가지고 있었다고 증언했다. 이날 아침, 윌리엄은 권총을 쓸 필요가 없기만을 바랄 뿐이었다. 그는 사로잡히기보다는 누군가를 죽이거나 살해당할 각오가 되어 있었다.

이제는 기차역의 교통량이 줄어들었다. 여행객들은 기차 주변에 모여 탑승 준비를 하고 있었다. 어떤 사람들은 가방이나 해트박스, 트렁크를 맡기고 작은 놋쇠 딱지를 받았다. 그들은 남은 이들과 작별 인사를 했다. 기차를 타는 예속 피해자들에게는 이것이 사랑하는 사람의 얼굴을 보는 마지막 순간일 수도 있었다. 그나마 사랑하는 사람들이 그들을 배웅해도 좋다는 허락을 받았을 때의 이야기지만.

엔진에 연료를 넣고 급수 탱크를 가득 채운 차장은 마지막 탑승 안내를 외쳤다. 윌리엄은 용기를 내 밖을 보았다. 둘을 연결하는 것이 차량 사이의 덜컹거리는 쇠쇠밖에 없다고 해도, 그는 자신이 엘렌과 연결되어 있음을 알았다. 지금쯤 엘렌은 일등석에 앉아 있을 터였다.

기차가 멈추기 전에 윌리엄이 엘렌을 만나는 건 어려운 일이었다. 노련한 차장들에게도 차량 사이의 이동은 위험한 일이었다.

너무 위험해서 어느 기찻길에는 경고의 의미로 묘비 그림을 걸어둘 정도였다. 다만 윌리엄은 잠시 매표소를 볼 수 있었다. 그곳에서 엘렌이 윌리엄의 주인으로서 표 두 장을 샀을 터였다.

그는 아내 대신, 매표 창구를 향해 서둘러 다가가는 익숙한 사람을 지켜보았다. 가슴이 철렁했다. 그 남자는 매표원에게 질문을 던지더니 뭔가 목표가 있는 것처럼 승강장의 사람들을 밀치고 걸어왔다. 그는 어린 시절부터 윌리엄을 알고 지냈던 그의 고용주였다. 그가 열차로 다가오며 늘어선 사람들을 살펴보았다. 고급 가구 제작자가 윌리엄을 찾아 다가오고 있었다.

***

엘렌은 높다란 모자와 색안경을 쓰고 습포제까지 붙이고 있었기에 이목구비가 거의 보이지 않았다. 누군가에게는 갈색으로, 누군가에게는 연갈색으로 보이는 다채로운 색깔의 눈과 계란형 얼굴, 매끄러운 턱에 살짝 들어간 홈은 모두 가려졌다. 매표 창구에서 그녀를 보는 사람은 누구든 특권 계층의 병약한 젊은이를, 아마 대학에서 집으로 가고 있는 젊은이를 보게 될 터였다.

엘렌에게는 표를 살 돈이 얼마든지 있었다. 윌리엄이 고급 가구 제작자의 작업장에서 추가 근무를 하고 식당에서 서빙을 하며 벌어들인 돈과 그녀가 바느질로 벌어들인 돈은 약 150달러(현재 가치로 5,000달러 이상)로 추산된다. 엘렌은 그 모든 돈을 가지고 있었다. 메이컨에서 찰스턴으로 가는 그녀의 직행표(기차, 증기선, 합승 마차 요금과 식대가 포함되어 있었다)는 약 10달러였고, 윌리엄의 요금은 대략 그 절반이었다. 그녀는 연습한 대로 낮은 목소리로, 최대한 자신감 있는 자세를 꾸며내며 자신과 노예의 표를 요구했다.

매표원은 그녀에게 종이 토막을 내밀었다. 한쪽 면에는 그녀가 지날 역의 이름이 표시되어 있었다. 그녀는 글을 읽을 줄 몰랐으므로 차장의 외침을 주의 깊게 들음으로써 가는 길을 확인해야 할 터였다. 다행히도 이번 노선에서는 서배너가 마지막 정거장이었다. 매표원은 그녀에게 서명을 요구하지 않은 듯하다. 처음에는 요구했더라도, 실제로 그녀가 서명하게 만들지는 않았을 것이다. 그녀의 팔과 난처해하는 태도를 보고 존슨 씨에게 장애가 있다는 걸 알았을 테니 말이다.

엘렌에게는 챙겨야 할 짐이 있었다. 아마 엘렌이 "멀쩡한" 팔로도 들 수 있을 정도의 가벼운 판지 상자나 여행용 손가방이었을 것이다. 더 큰 골칫거리는 트렁크였다. 그런 트렁크가 두 개였을지도 모른다. 엘렌은 그 트렁크의 운반을 미리 준비했을 수도 있다. 그날 존슨 씨를 도와준 짐꾼은 물론, 누구도 그 안에 무엇이 들었는지는 짐작조차 못 했을 것이다. 트렁크 깊숙한 곳에는 노예 여성의 옷 한 벌이 들어 있었다. 짐꾼은 엘렌이 아는 사람이었다. 예전에 그 짐꾼이 엘렌에게 청혼했다는 말도 있다. 이제는 그 남자가 엘렌을 "도련님"이라고 부르며, 엘렌이 준 팁에 고맙다고 인사했다. 짐꾼은 몰랐겠지만, 그 팁은 한때 그가 사랑했던 사람이 주는 작별의 선물이었다.

엘렌은 장애가 있는 사람이 움직일 수 있으리라고 예상되는 정도의 속도로 열차에 올랐다. 승강장에 올랐다가 폐쇄된 차량에 들어간 순간, 그녀는 반대편 끝의 출구를 눈여겨봤을지도 모른다. 필요할 경우 그곳이 탈출구가 될 수 있었다. 기다란 중앙 통로 양옆으로는 의자가 각 두 줄로 배치되어 있었다. 의자 위에는 코트와 가방을 걸 옷걸이가 있었다. 연기 나는 석탄 난로에서는 고르지 않은 열기가 전해졌다. 가장 먼 곳에 있는 손님들에게는 거의 닿지 않고, 가장 가까운 곳에 있는 손님들은 지져버릴 듯 위협하는 열기였다.

엘렌은 창가의 빈자리를 고르고 시선을 바깥에 고정했다. 이스트 메이컨이 눈앞에 펼쳐져 있었다. 모든 일이 잘 풀리면, 그녀는 곧 무스코기/크리크 원주민이 여러 세대에 걸쳐 살고 기도하고 망자들을 묻었던 거대한 언덕을 보게 될 터였다. 조지아의 노인들은 이 땅을 소중히 여기던 사람들이 집에서 강제로 쫓겨나던 날의 아침을 그때까지도 기억하고 있었다. 남자, 여자, 아이들의 비명도. 기찻길은 이제 소풍 명소가 된 원주민의 성스러운 땅을 가르고 지나갔다. 엘렌의 현재 예속 가해자 로버트 콜린스가 직접 철도 공사를 감독했었다. 토기와 숟가락, 예닐곱 살짜리 어린아이의 뼈까지 포함된 인간의 유해 등 유물을 지하 120센티미터 지점에서 발견한 사람들은 로버트 콜린스의 일꾼들로, 그들 역시 예속 피해자였을 가능성이 컸다. 콜린스의 형제 찰스는 이런 유품 일부를 수집해 시내에 전시했다.

로버트 콜린스는 육지 끝까지 가는 기찻길의 마지막 몇 킬로미터를 완공한 능력 덕분에 영웅 대접을 받았다. 센트럴 레일로드는 처음부터 문제가 많았다. 흑인과 백인 노동자들 사이에 긴장 관계가 있었다(백인 노동자는 대체로 아일랜드와 독일 출신 이민자들이었으며 이탈리아인 여성도 몇 명 있었다). 이들을 고용했던 경쟁적인 도급업자들은 결국 예속 피해자들의 노동력만을 쓰게 됐다. 그게 더 믿음직스럽고 저렴하다고 여겼기 때문이다. 이는 지역의 예속 가해자들에게도 좋은 일이었다. 그들은 예속 피해자들의 인력을 돈 받고 빌려주었다. 비가 오랫동안 세차게 내리며 다리와 길을 쓸어가 버렸다. 노동자들은 말라리아에 걸려 죽어갔다. 젊은 철도 대통령도 그 병으로 죽었다. 그러자 주가가 곤두박질쳤고 도급업자들은 발을 뺐으며 철도 사업은 망할 것처럼 보였다.

바로 그때 콜린스와 그의 친구 일럼 알렉산더가 구원군으로 등장했다. 그들은 21,000달러의 채권에 구미가 당겨, 노동자들을 압박함으로써 기록적인 시간 안에 철도의 마지막 80킬로미터를 완성했다. 1843년, 관료들은 바비큐를 굽고 환성을 지르며 이 철도가 단 한 사람이 소유한 세계 최장의 철도라고 자랑했다. 2년 뒤, 메이컨 사람들은 북부에 있는 어느 철도보다도 뛰어나다는 새로운 기차에 축배를 들었다.

그들은 지금 엘렌이 앉아 있는 이곳, 신사 숙녀가 얼음과 술을 넣은 레모네이드 잔을 딸그락거리는 이 멋진 일등석 차량을 얼마나 찬양했던가. 거대한 철마의 굉음, 그 땡그랑거리는 종소리, 금속 궤도를 따라 시속 32킬로미터로 덜컹거리며 달리는 기차에 얼마나 경탄했던가. 물론 문제도 있었다. 기차는 화재도 잦았고, 검은 먼지도 많이 일어났다. 기차가 다가오면 말들은 주인을 떨어뜨리거나 도망쳐 버렸다. 철도 반대자들이 기찻길에 나뭇조각을 끼워 넣어 위험을 야기하기도 했다. 막바지 구간에서 일어난 붕괴 사고로 네 명의 작업자가 매몰되며 그중 두 명이 사망한 일도 있었다. 콜린스는 재정적 손실을 입었고, 그 여파는 지금까지 그를 괴롭혔다. 그러나 처음 기차가 이곳을 지나간 일은 일종의 승리였다. 법원 광장에 걸린 거대한 현수막에 적혀 있듯 센트럴 레일로드는 조지아의 구원이었다.

이제는 엘렌의 시간이었다. 그녀는 자신의 의지로, 누구의 눈에도 띄지 않고 메이컨을 가로질렀다. 그녀는 자신이 일등석에 탈 만한 자격이 있는 신사임을 매표원이 믿도록 행동했다. 자신과 노예의 푯값을 냈다. 그녀는 사람들이 자신의 정체성을 정의하고 다른 사람들을 성급히 판단할 때 흔히 활용하는 인종, 성별, 계급, 장애 여부 등의 선을 새벽이 오기 전에 모두 넘었다. 모든 일이 잘 풀린다면, 그녀는 예속 피해자 남성과 여성, 심지어 아이들의 목숨과 노동을 대가로 지어진 철로를 타고 탈출할 터였다.

어린 시절의 자신과 비슷한 옷을 입은 지금의 엘렌을 본다면 콜린스는 뭐라고 말할까? 엘렌의 어머니는 어떻게 될까? 엘렌은 예전에 어머니와 강제로 이별했다. 그럼에도 둘은 그것이 영원한 작별이 아님을 알고 있었다. 지금과 달리 그때의 엘렌은 어머니가 보복, 취조, 심지어 고문 등을 겪을지 모른다는 걱정을 하지 않았다. 이런 일들은 자유를 찾아 떠난 사람들을 사냥하는 과정에서, 그들의 사랑하는 이들에게 너무도 자주 자행되곤 했다.

엘렌은 기차가 메이컨을 떠나기를 기다리면서 이번 기차 여행 이후로는 믿을 것이 아무것도 없음을 알았다. 이곳에 돌아오면 아마 족쇄를 차게 될 것이다. 성공하면, 사랑하는 사람들을 영영 보지 못할 가능성이 높았다. 하늘이 기도를 들어준다면 윌리엄만은 볼 수 있겠지만. 살아남는다면, 엘렌은 어머니를 해방하기 위해 할 수 있는 모든 일을 다 할 생각이었다. 하지만 먼저 그녀와 윌리엄이 자유로워져야 했다.

출구 한 곳에서 뭔가가 움직여 엘렌의 시선을 끌었다. 익숙한 그 형체는 그녀가 절대로 만나고 싶지 않았던 존재였다. 윌리엄이 일하는 작업장의 고급 가구 제작자가 그녀의 차량을 들여다보았다. 그는 엘렌을 보면서도 알아보지 못했다. 어쨌거나 엘렌은 정장 차림의 백인 남자이지, 그가 찾는 노예가 아니었으니 말이다. 그는 불쑥 돌아서 나갔다.

엘렌은 높은 모자 아래서 한숨을 쉬었다. 감정이 북받쳤을 게 분명하다. 그녀는 들키지 않았다. 이번에도 성공적으로 통과했다. 하지만 그녀의 유일한 동반자, 평생의 사랑은 곧 들킬지도 몰랐다. 그녀가 할 수 있는 일은 옆 칸에서 고함이 들리지 않기를 기도하며 기다리는 것뿐이었다.

***

니거 칸에서, 윌리엄은 비버해트를 낮게 눌러쓰고 가장 먼 구석에 웅크렸다. 그는 출구 반대쪽으로 고개를 돌린 채 고급 가구 제작자가 나타날까 봐 마음을 졸였다.

윌리엄은 고급 가구 제작자가 차량을 확인하는 모습을 보았다.

그가 이곳에 와 윌리엄을 끌어내는 건 시간문제였다. 그와 엘렌이 어쩌다 정체를 들켰는지, 또 어쩌다 이 남자가 두 사람이 도망쳤다는 사실을 알게 됐는지 윌리엄으로서는 도저히 알 수 없었다. 하지만 그는 계획이 들통났다고 확신했다.

윌리엄은 아침 내내 자신의 주인이었다. 그래서 지금은 아이라 해밀튼 테일러 씨의 귀중한 재산을 도둑질하고, 엘렌이라는 로버트 콜린스 박사의 재산까지 가져갔다는 혐의를 쓰게될지도 모르는 상황이었다. 그는 귀 기울였다. 청각이 그가 쓸 수 있는 최고의 안내자였다. 저 사람은 엘렌을 먼저 쫓을까? 뭔가 소란이 벌어지는 것 같은 소리는 전혀 나지 않았다. 대신 윌리엄이 들은 소리는 종이 울리는 다행스러운 소리였다. 그는 움직이는 느낌에 깜짝 놀랐다. 서배너로의 여행이 시작되었다.

**

기차가 앞으로 덜컹 움직이면서, 엘렌의 관심은 창가에 머물렀다. 그녀는 밖으로 시선을 돌렸다. 남편은 승강장에 나타나지 않았다. 도망자로 끌려가지도 않았다. 아무도 총을 쏘지 않았다. 대신 승강장에는 기차에서 멀어지는 고급 가구 제작자밖에 없었다.

엘렌이 나중에 알게 된 바에 따르면, 그날 아침 고급 가구 제작자는 신뢰하는 조수가 도망쳤을지 모른다는 이상한 느낌이 들어 본능을 따라 창고로 갔다. 그는 시간이 별로 없어서 기찻길과 차량 몇 칸밖에 훑어보지 못했고, 니거 칸은 완전히 놓쳤다. 그런 뒤에는 기차가 출발했다. 그는 아무 이유 없이 불안감이 들었다고 생각하며 만족해 떠났다.

기차가 앞으로 나아갔다. 몸에도 기차의 움직임에 맞는 관성이 실렸다. 그제야 엘렌은 자세를 가다듬을 수 있었다. 기차 여행은 거칠었다. 좌석은 딱딱하고 쿠션은 얇아서, 찰스 디킨스가 미국 기차를 표현할 때 쓴 말을 빌리자면 "미친 용"의 공격을 거의 막아주지 못했다. 공기는 퀴퀴하고 고약한 냄새가 났다. 아무렇게나 피우고 씹고 바닥에 뱉어버린 담배 냄새가 풍겼다. 사람들이 내뱉은 침은 공중에 흩날리다 치직 소리를 내며 바닥에 떨어졌고, 침 그릇에 담기는 경우는 드물었다. 무엇보다도 기차는 시끄러웠다. 천식에 걸린 당나귀 열두 마리가 반복적으로 기침하는 소리가 났다.

엘렌은 창문에서 시선을 돌렸다. 여름에는 여행객들이 시원하고 신선한 공기를 느껴보겠다고 신나서 그 창밖으로 몸을 내밀거나 발을 달랑거리기도 했다. 누군가가 옆에 앉아 있다는 걸 깨달은 건 시선을 돌린 바로 그 순간이었다. 엘렌이 아는 사람이었다. 사실 엘렌은 그 남자가 콜린스의 집에 손님으로 왔던 전날 저녁에 그를 보았다. 그는 엘렌이 어린 시절부터 알고 지낸 익숙한 인물이었다.

노인은 밝게 인사를 건넸다.

"좋은 아침입니다, 선생." 그는 기분 좋게 말했다.

***

스콧 크레이에게 이 길은 낯설지 않았다. 조지아주 다리엔에서 오래도록 살아온 그는 철도가 생기기 한참 전부터 메이컨에서 서배너로 여러 차례 여행을 다녔으며, 철도 건설에는 투자자로 참여했다. 크레이는 로버트 콜린스와도 인연이 있었다. 로버트 콜린스는 크레이와 마찬가지로 노스캐롤라이나에서 이주해 온 인물로, 크레이는 그를 아들처럼 의지했다. 둘은 적어도 10년 이상 알고 지내며 메이컨 도서관과 리시움 협회를 만드는 데 도움을 주었다. 크레이는 엘렌도 어린 시절부터 알고 지냈다. 그래서 엘렌은 그가 자신을 데리고 돌아가는 임무를 맡은 걸지도 모른다고 의심했다.

크레이가 그런 의심을 받은 데는 다른 이유도 있었다. 한때 시의원이자 운하 운영위원, 은행가, 경매인이었던 크레이는 노예를 포함한 타인의 재산을 수거, 관리, 복원하는 일을 믿고 맡길 만한 사람으로 알려져 있었다. 1818년에 A. H. 파월은 〈다리엔 가제트〉에 노스코와 챈스라는 이름의 두 남자가 도망쳤다는 기사를 실으며, "이들을 스콧 크레이에게 인도하면 각 10달러의 보상금을 지급함"이라 덧붙였다. 다가오는 여름에, 크레이는 예속 피해자인 세 여성 키티, 메리, 폴리의 관리를 맡게 될 터였다. 엘렌은 이런 임무에 대해 몰랐을지 모른다. 그러나 노인이 너무 가까운 곳에 앉아 있었기에, 엘렌은 그가 부탁을 받고 움직인 거라고 확신했다. 어쨌거나 그는 바로 전날 밤 콜린스의 집에 손님으로 찾아왔으니 말이다. 엘렌을 알아보고 그녀를 돌려보내는 공작을 할 수 있는 사람이 있다면 바로 스콧 크레이였다.

크레이는 좀 더 소리를 높여 다급하게 다시 물었다.

"참 좋은 아침입니다, 선생!"

어딘가로 사라지는 건 선택할 수 없었다. 그렇다면 크레이에게 뭐라고 대답해야 할까? 크레이가 계속 압박하며 그녀에 대한 정보를 캐물으면 어쩌지? 신사라면 그럴 확률이 높지 않을까? 정체를 들키지 않고 대화할 수 있을까? 크레이가 아직은 엘렌을 알아보지 못했다고 해도, 목소리를 들으면 알지 않을까?

그 순간, 엘렌은 매질을 당하거나 예속 피해자로서의 목숨조차 끝장나게 될지 모르는 행동을 하기로 결정했다. 그 행동으로 구원받기를 바랐다. 엘렌은 귀가 들리지 않는 척했다. 그의 말을 무시했다.

***

크레이는 불쾌했다. 동료 신사가 자리에 앉았는데도, 두 번이나 인사했는데도 옆자리 젊은이는 알아채지 못하고 계속 창밖만 바라보았다.

대답은 여전히 없었다. 다른 승객들이 재미있다는 듯 바라보았다. 그중 한 명은 큰 소리로 웃었다. 이제 크레이는 짜증이 났다.

'듣게 만들어야지.' 그는 그렇게 맹세하고 다시 말했다.

"정말 좋은 아침입니다, 선생."

그의 목소리가 차량에 쩌렁쩌렁 울렸다. 마침내 젊은 신사가 그를 돌아보고 공손히 고개를 숙이더니 "네, 그러게요"도 아니고 "네"라고, 단 한마디를 했다. 그러더니 다시 창밖을 내다보았다.

좌석 건너편에서 한 여행객이 노인에게 이 상황에서 빠져나갈 길을 열어주었다.

"귀가 들리지 않는다는 건 참 안타까운 일이죠."

그가 말했다. 그는 의도치 않게 존슨 씨에게도 탈출구를 열어준 셈이었다.

"그러게요. 더 괴롭히면 안 되겠습니다."

크레이는 자존심에 위로를 받았다. 두 남자는 그들 계급에서 인기 있는 화제에 관해 잡담을 나누었다. 노예니, 면화니, 폐지론자니.

폐지론자! 엘렌은 전에도 그 말을 들어본 적이 있었다. 그때 그 단어를 입에 담은 사람들은 노예제 폐지론자가 그녀를 해치려는 사람들이라는 식으로 말했다. 기차가 앞으로 나아가고 대화가 이어지면서, 단어의 의미는 바뀌었다. 그 단어는 엘렌에게 자유를 찾으려는 이 여정에 나선 사람이 그녀 혼자가 아니라는 뜻이었다. 그녀에게 자유로워질 권리가 있다고 믿는 사람도 그녀만이 아니었다.

***

기차는 라크스빌에, 그다음에는 고든에 멈추었다. 그곳에서 스콧 크레이는 목적지이자 당시 조지아주의 주도였던 밀레지빌로 가기 위해 내렸다. 엘렌으로서는 노인이 떠나는 걸 보고 안도감을 느낄 수밖에 없었다. 이제는 크레이가 그녀를 잡으러 온 것이 아니었음이 확실해졌다.

엘렌과 윌리엄은 29킬로미터를 이동했다. 길게만 느껴지는 한 시간이었다. 아직 일렀지만, 두 도망자는 그 한 시간을 음미할 수 있었다. 이제 그들은 공식적인 도망자가 되었다. 둘은 따로따로 첫 시험을 통과했다. 고용주, 주인의 신뢰하는 친구, 한때의 구애자까지, 그들을 잘 아는 세 남자가 서로 다른 방식으로 그들을 시험했다. 그렇게 그들은 메이컨을 떠났다.

서배너까지는 약 11시간의 여행이 남아 있었다. 274킬로미터가 넘는 거리였다. 두 사람은 어둠 속에서 떠나왔듯 어두울 때 서배너에 도착하게 될 터였다. 어둠이란 앞으로 나아갈 수 있는 시간이자 공간이었고, 동시에 뒤를 돌아볼 수 있는 순간이기도 했다.

조지아

1799~1848년

크래프트 부부

밀레지빌은 스콧 크레이에게는 목적지였을지 몰라도 윌리엄에게는 출생지였다. 그곳에서 윌리엄과 그의 부모, 형제, 자매는 모두 휴 크래프트라는 한 사람의 예속 피해자였다. 이후 그자는 윌리엄의 가족을 한 명, 한 명 모두 다 팔아버렸다. 그래서 윌리엄에게는 성 없이 이름만 남았다.

휴 크래프트 자신도 여러 차례 가족을 잃었다. 1799년에 태어난 그는 메릴랜드 동부 해안의 외딴 지역인 크래프트스 넥 출신이었다. 그곳은 거칠고 외로운 땅으로, 프레더릭 더글러스와 해리엇 터브먼[15]이 태어난 곳과 대체로 비슷한 곳이었다. 휴 크래프트는 그곳에서 크래프트 가문 사람들에게 둘러싸여 어린 시절을 보냈다. 그들은 모두 자기 집 굴뚝에 건축 연도를 성실히 새겨두었다.

휴 크래프트에게 노예제도는 일상이었다. 그가 걸음마를 하던 시기부터 그의 집에는 예속 피해자가 다섯 명 있었다.

사실 휴 크래프트의 아버지이자 건장한 농부인 벤저민이 가문의 성에서 '찰스'를 대담하게 떼어버리지 않았다면 휴 크래프트는 후손들에게 찰스크래프트라는 성을 물려주었을지도 모른다. 벤저민 크래프트는 강한 몸과 강한 몸짓으로 기억될 사람이었다. 그러나 그의 힘도 죽음을 막지는 못했다. 그는 아들이 일곱 살 때 죽었다. 휴의 어머니는 그로부터 몇 달 뒤에 사망했다.

휴 크래프트는 열네 살에 의사가 되겠다는 계획을 품고 조지아 주 변경으로 갔다. 그러나 애선스의 대학교에 잠시 다닌 후, 그는 학교를 그만두고 삼촌의 사업에 참여했다. 스무 살이 된 크래프트스 넥 출신의 고아 소년은 밀레지빌에서 결혼했다. 그는 인간 재산을 가진 소유주이기도 했다. 1820년에 크래프트 집안을 조사한 인구 조사원들은 노예 일곱 명을 재산 목록에 넣었다. 14세 미만의 소년 네 명과 소녀 한 명, 그리고 26세와 45세 사이의 성인 남자 한 명과 성인 여자 한 명이었다. 이 사람들 가운데 윌리엄의 부모와 형제가 포함되었을 가능성이 있다.

크래프트가 언제, 어떻게 윌리엄의 부모를 취득했는지는 불분명하다. 그들의 인생 대부분이 잘 알려져 있지 않다. 알려진 사실은, 윌리엄이 1823년 9월 22일에 태어났다는 점이다. 그는 다섯 명, 어

---

15 미국의 흑인 여성 인권운동가이자 노예제 폐지를 위해 활동한 언더그라운드 레일로드의 주요 인물이다. 도망 노예였던 그녀는 수차례 남부로 잠입해 70명 이상의 예속 피해자들을 북부로 탈출시키며 '검은 모세'로 불렸다.

쩌면 그 이상의 남매 중 한 명이었다. 휴 크래프트의 자녀 열네 명의 이름과 생일은 태어난 아이와 사산된 아이를 포함해 모두 가족의 성경에 공들여 기록되어 있지만, 그가 노예로 만든 피해자들이나 그 사람들이 겪은 상실은 전혀 기록되지 않았다. 오직 윌리엄의 생일만이 놀랍게도 남아 있었다.

윌리엄의 초년기는 크래프트 집안이 소란스러웠던 시기와 우연히 일치한다. 윌리엄이 태어났을 때, 크래프트는 이제 막 명성을 쌓아가고 있었다. 윌리엄이 걷고 말하는 법을 배우던 당시에 젊은 상인이었던 휴 크래프트는 자주 여행을 떠나 찰스턴, 서배너, 심지어는 멀리 뉴욕까지 오갔다. 뉴욕에서 그는 허드슨강 위의 절벽을 바라보며 경탄했고, 그와 그의 아내 메리를 위해 맞춤으로 제작된 코트를 입고 돈을 물 쓰듯 썼다.

윌리엄의 첫 번째 생일로부터 사흘이 지났을 때, 휴 크래프트는 뉴욕에서 가져온 상품으로 채워진 뉴 캐시 스토어를 열었다. 뉴 캐시 스토어에는 니거 옷 더미가 크게 두 더미 쌓여 있었고, 니거 신발 300켤레도 있었다. 북부의 공장에서 만들고 기우고 마름질한 이 의류는 남부에서 생산돼 북부로 운송된 다음, 변화된 모습으로 고향에 돌아온 목화였다.

휴 크래프트는 집을 비울 때 아내 메리에게 가정 관리를 맡겼다. 메리는 한때 노스캐롤라이나주 채플힐의 학교에 다닌 적이 있는 독실한 젊은 여자였다. 그녀는 남편이 집을 비울 때마다 점점 아프고 우울해졌다. 겨울은 그녀에게 까다로운 계절이었다. 메리가 가장 친한 친구 마사에게 고백했듯, 그때가 남편의 사업이 가장 바쁜 계절이었기 때문이다. 열병이 자주 돌았기에 여름도 힘겨웠다.

당시에 메리는 한 해에 어린 두 자녀를 잃었다. 마사는 당시 사람들이 종종 하듯 위로를 해주었다. 그 어떤 어머니도 죽음의 확실한 손길로부터 아이들을 지켜줄 수는 없으며, 죽음은 아이들을 신의 영광으로 데려다줄 거라는 위로였다. 그러나 메리는 자신의 슬픔을 깊이 숨기고, 미국의 수도를 경탄하며 여행하던 남편을 걱정했다. 휴 크래프트는 집에 돌아오면 아내를 데리고 온천에 갈 것이며, 살아남은 아들 헨리에게 사탕도 사다 주겠다고 약속했다.

메리 크래프트는 이른 나이에 헨리와 그의 여동생 둘을 남기고 죽었다. 메리와 가장 친한 친구였던 마사가 뻔뻔스럽게도 얼마 지나지 않아 휴 크래프트와 결혼했지만, 그녀 역시 아이를 낳다 죽었다. 다음으로 엘리자베스 콜리어가 세 번째 크래프트 부인이 되었다. 윌리엄이 여주인으로 기억하게 될 사람이 바로 그녀다. 엘리자베스도 첫아이를 잃었다. 그러나 그녀는 여덟 명의 아이를 더 낳았다.

헨리의 기억에 따르면, 휴 크래프트는 상실을 냉정하게 견뎌냈다. 그는 절대 자녀에게 입 맞추거나 울지 않는 아버지였다. 다만 그는 편지에 애정이 담긴 서명을 한다거나 먼 데서 사탕을 사오는 등 자기만의 방식으로 사랑을 알렸다. 장식적이고 휘어진 그의 글씨가 아버지의 삐뚤빼뚤 휘갈겨 쓴 글씨와는 다른 것만큼 헨리는 아버지와 다른 성격이었다. 휴 크래프트는 꼼꼼하고 까다로웠으며 이따금 아들에게 상처를 주었다. 반복적인 불행 앞에서도 집요하게 낙관적인 태도를 유지했다. 헨리는 자신의 아버지가 "내가 만나

본 사람 중 가장 이상한 화합물"이라고 말했다.

다른 사람들은 휴 크래프트를 다르게 기억했다. 그와 함께 교회에 다니던 사람들은 그를 선량하고 관대한 인물로 기억했다. 그는 가난한 친척의 자녀들에게 교육비를 대주겠다고 제안하고, 주말학교에 나와 가르치고, 교회에서는 장로 역할을 하는 사람이었다. 몇 년간 병을 앓고 신체 일부가 마비된 채로 지내다가 사망했을 때 그는 모두의 사랑을 받았던 인물로 알려졌다.

신앙이 있던 남자 휴 크래프트는 그야말로 보수주의자였다. 다른 기업가들은 인간의 구원은 자기 손에 달려 있다고 믿는 신흥 부흥주의 교파인 감리교를 포용하기도 했으나 크래프트는 장로교 신앙을 엄격하게 지켰다. 그는 인간의 주인이며 권위적인 신, 인간은 절대 깨달을 수도, 알 수도 없는 난해하고 전능한 의지와 판단력을 가진 신을 믿었다(그렇기에 "해도 지옥, 안 해도 지옥"이라는 표현이 나온 것이다).

이런 관점에 따르면 정의로운 행위나 친절한 행동으로 천국행 표를 살 수는 없었다. 신이 이미 운명을 결정해 두었기 때문이다. 성공도, 선심도 신의 자비를 나타내는 확실한 징조는 아니었다. 상실 역시 신이 언제까지나 분노해 있으리라는 확실한 증거는 아니었다. 사람이 할 수 있는 최선은 질문하는 게 아니라 견디는 것이었다. 이것은 욥기의 시선, 온 우주가 아낌없이 괴롭혔던 고아 소년처럼 멀리 떨어져서 세상을 바라보는 시선이었다. 그리고 그 시선은 휴 크래프트의 사업에 혜택을 주었지만, 그가 노예로 만든 남자와 여자와 아이들에게는 비용만 안겨주었다.

***

투자가 성과를 거두기 시작한 짧은 황금기에, 휴 크래프트는 가족들과 밀레지빌에서 메이컨으로 이사했다. 가족의 새로운 삶을 일궈나가던 바로 이 시기에, 그는 윌리엄의 가족을 갈가리 해체하기 시작했다.

윌리엄의 가족도 대가족이었다. 그에게는 이름이 알려지지 않은 부모에게서 태어난 형제와 자매가 최소 두 명씩 있었다. 윌리엄이 어머니와 아버지에 대해 가장 생생히 기억하는 것은 사랑하는 마음과 영적 헌신이었다. 이런 부모의 선물이 어린 아들의 목숨을 지켰다. 윌리엄은 또한 부모를 나이 든 모습으로 기억했다. 어릴 때부터 그는 부모의 동작이나 얼굴 주름을 보면서 그들의 영혼은 몰라도 몸은 너무 오랜 세월 예속된 탓에 약해졌다는 걸 알 수 있었다.

휴 크래프트도 이런 변화를 눈치챘다. 1820년에 크래프트의 재산 목록에 들어가 있던 남녀가 정말 윌리엄의 부모라면, 그들은 크래프트가 메이컨으로 이사하기로 했을 때 40대를 한참 넘었을 것이다. 윌리엄의 어머니는 자식을 낳을 나이가 지났고, 그의 아버지 역시 신체적 전성기를 지났다. 크래프트는 그들을 데리고 있어 봐야 사업적으로 이득이 되지 않으리라는 걸 알고, 나이 든 다른 노동자들과 함께 그들을 매각해 더 젊은 노동자로 바꾸기로 했다.

노스캐롤라이나주 포시스 카운티의 어느 도표를 보면 이 사업의 과정을 추론할 수 있다. 예속 피해자의 몸값은 출생 이후로 20세까지 점점 높아진다. 한 살짜리 아이의 가격은 100달러였다. 두 살짜리는 125달러였다. 가격은 7세가 될 때까지 25달러씩 증가한 뒤, 그 이후로는 50달러씩 증가했다. 그러나 20세에 900달러로 정점을 찍은 뒤에는 가격이 내려가기 시작했다. 55세인 예속 피해자의 가격은 100달러였다. 60세는 50달러였다. 그 이후로는 숫자가 기록되지 않았다.

어떤 연령 구간에서는 윌리엄의 어머니나 아버지처럼 나이 든 사람들을 실제 나이보다 어리게 보이도록 강제하기도 했다. 노예 상인들은 예속 피해자의 흰머리를 뽑거나 염색하고, 거친 피부에는 기름을 칠했다. 그러나 이런 눈속임은 그리 오래가지 않았다. 휴 크래프트는 윌리엄의 부모를 그들의 자녀와 서로에게 떼어내 따로 팔았다. 그렇게 윌리엄의 가족도 세상도 찢겨나갔다.

어머니와 아버지를 마지막으로 보았을 때 윌리엄은 열 살이었다. 작별 인사에 관한 기록은 남아 있지 않다. 윌리엄에게 그들과 인사를 나눌 기회가 있었을까? 아니면 윌리엄의 가족이 그냥 사라져 버리고, 그들이 팔려 갔을지 모른다는 생각은 나중에야 떠올랐을까? 우리는 알 수 없다. 윌리엄은 그저 가족이 서로 다른 시기에, 서로 다른 사람들에게 끌려갔으며, 다시는 그들을 만나지 못했다고만 전했다.

윌리엄이 충격을 받았던 이유는 그토록 신앙심을 과시하는 인간이(마을에서 가장 큰 교회에서 가장 좋은 자리를 사둔 인간이) 그토록 독실한 어머니와 아버지의 관계를 너무도 무심하게 파괴했기 때문이다. 노예의 결혼이 법적으로 인정되지 않을지는 몰라도, 그의 부모가 다름 아닌 신의 손으로 맺어졌다는 사실은 윌리엄에게 분명해 보였다. 그리고 윌리엄은 휴 크래프트도 그 점을 확실히 알고 있으리라 생각했다.

윌리엄은 격분했지만, 휴 크래프트의 반신앙적인 행동 때문에 자신의 신앙까지 흔들리게 놔두지는 않았다. 윌리엄의 신앙은 그의 부모가 남긴 강력한 유산이었다. 그들의 사랑도 마찬가지였다. 부모의 사랑은 윌리엄 자신이 맺게 될 평생의 결합에 선례가 되었다. 윌리엄이 나중에 증오하게 된 것은 그가 "진정한 기독교"라 부른 종교가 아니라 "노예소유주의 경건함"이었다. 그렇게 그는 보이지 않고 달라지지 않으며 전능한 정의를 계속 신뢰했다. 그 어떤 지상의 권위보다도 강력하고 궁극적으로는 모든 것을 알고 있을 뿐 아니라 복수하는 신에 대한 믿음을 유지한 것이다.

크래프트는 윌리엄의 부모만이 아니라 윌리엄의 형제와 자매도 한 명씩 매각하고, 윌리엄과 그의 다른 형제인 찰스, 그리고 여동생은 보유했다. 적어도 한동안은 말이다. 크래프트는 이들의 가치를 높이기 위해 소년들에게 도제 교육을 받도록 했다. 윌리엄은 고급 가구 제작자에게, 찰스는 대장장이에게 보냈다. 두 직업 다 수요가 높았다. 여동생의 가치를 높이는 데는 시간만 있으면 됐다. 시간이 흐르면 그녀의 몸은 불가피하게 성숙해질 테니 말이다.

***

가족에게서 분리된 열 살의 윌리엄은 메이컨의 고급 가구 제작소에서 일을 시작했다. 윌리엄은 이후 14년간 고급 가구 제작자를 위해 일하게 될 터였다. 이곳에서 그는 잘려나간 나무의 가지와 줄기에 둘러싸인 채 신중히 측정하고 자르는 방법을 배웠다. 그는 휴크래프트의 가족과 함께 사는 대신 시내의 기숙사에서 지냈으므로 실제 주인을 볼 일은 점점 더 적어졌다. 이런 계열의 일을 배운 덕에 윌리엄은 목화밭에서의 가혹한 노동을 피할 수 있었다. 그렇다고 목화가 주는 고통으로부터 보호받은 것은 아니었지만 말이다.

모두가 목화의 영향을 받았다. 목화를 심고 괭이질하고 뽑고 가공하는 데는 점점 더 많은 예속 피해자가 투입됐다. 목화에서 나는 이윤으로 재산을 쌓은 농장 주인과 조면기 소유주, 목화를 천으로 만드는 뉴잉글랜드 공장의 아동 노동자와 공장주, 목화 판매에 투자한 뉴욕의 은행가도 영향을 받았다. 그뿐만이 아니었다. 목화라는 섬유로 만든 옷을 돈 주고 사 입는 모든 사람이 목화의 영향권에 있었다.

그런 만큼, 1837년 봄에 미국과 인도에서 공급 과잉이 일어나며 목화 가격이 국제적으로 떨어졌을 때도 모두가 영향을 받았다. 목화 가격의 하락은 이미 위태로웠던 국가 경제를 더욱 불안정하게 했다. 당시의 은행은 아무런 규제를 받지 않았다. 개별 은행이 민간 화폐를 마구잡이로 찍어댔다. 개인은 물론 철도 회사, 대학교, 지방 자치기구도 빚을 졌다. 투기가 기승을 부렸다. 특히 토지에 대한 투기가 그랬다.

그러다가 5월의 어느 하루, 뉴욕 소재 은행의 수장들이 일어나 선을 그었다. 그들은 종이 화폐의 가격을 온전히 은이나 금으로 교환해 주지 않겠다고 결정했다. 이들의 결정은 끔찍한 나선 효과를 일으켜, 미국을 전에 없던 최악의 금융 위기로 몰아넣었다. 그것이 1837년의 공황이다.

메이컨은 플랜터들이 유료 창고를 임대해 목화를 보관해 두고, 무장경비대가 그 창고를 경비하는 도시였다. 목화의 가격이 매일 떨어지자 메이컨의 경제는 초토화됐다. 은행과 철도를 포함한 가장 큰 기업의 주식은 서로 얽혀 있었고, 그로 인해 한 곳이 무너지면 다른 곳도 함께 무너질 위험을 안고 있었다. 자체 은행을 소유하고 있던 먼로 철도는 곧 파산했다. 오크멀기 은행도 망했다. 웨슬리언 대학교도 거의 문을 닫을 뻔했다.

휴 크래프트는 이 모든 일에 휘말렸다. 그는 망해가는 먼로 철도 회사의 관리자 겸 주주였다. 은행 주식도 소유하고 있었고, 체로키족의 토지에 투기를 하기도 했다. 이 모든 것이 재정적인 도박이었다. 오래지 않아 그의 토지는 압류되어 징세관들에 의해 매각되었다. 그는 사업에서도 자기 지분을 포기했다. 휴 크래프트는 여러모로 패가망신했다.

돈이 필요해진 크래프트는 마지막으로 남은 윌리엄의 형제 찰스를 팔아버렸다. 그렇게 윌리엄과 여동생 일라이자만이 남았다. 휴 크래프트는 다른 재산을 담보로 잡히고 대출을 받아 목화에 투기하기도 했다. 윌리엄은 모르고 있었지만, 이때의 담보가 그와 그의 여동생이었다.

이 시대에는 주택 담보 대출을 받듯 인간 담보 대출을 받을 수 있었다. 매수자는 선금을 내고 노예를 산 다음, 그 노예를 담보로 잡히고 이자를 붙여 남은 돈을 갚을 수 있었다. 이미 소유한 인간을 담보로 대출을 받는 것도 가능했다. 부동산과 마찬가지로, 이처럼 노예가 된 사람들을 다른 누군가에게 임대해 주거나 도제 교육 등의 기능 향상을 통해 그 가치를 높일 수도 있었다. 한편, 집이 그렇듯 인간 재산도 압류당할 수 있었다. 윌리엄과 여동생 일라이자에게 일어난 일이 바로 그것이었다.

1839년 1월, 휴 크래프트는 빚을 갚지 않을 경우 메이컨 상업은행과 그 은행가들에게 어떤 책임을 지게 될지를 명확히 규정한 서류에 서명했다. 그가 내놓은 재산에는 집 한 채, 피아노 한 대, 교회의 장의자 다섯 개, 고급 가구 제조자인 16세가량의 소년 윌리엄, 12세가량의 소녀 일라이자를 포함한 니거 네 명이 포함되었다.

그해가 가기 전에 휴 크래프트는 메이컨에서 자취를 감췄다. 그는 미시시피주 홀리 스프링스로 이사해 토지 측량사가 되었고, 목조 주택에 가족과 함께 자리를 잡는 한편 길 건너편의 꿈 같은 대저택에 살 계획을 세웠다. 아침형 인간이던 그는 자신의 성실한 습관을 공유하지 않는다며 아들 헨리에게 창피를 주곤 했다. 그는 남은 노예들의 노동으로도 이윤을 얻었다. 1840년의 인구 조사에 따르면, 노예의 수는 열 명이었다. 크래프트가 남겨놓고 온 다른 재산과 마찬가지로, 목화 가격이 다시 떨어지고 크래프트의 채무에 상환 요구가 이루어지면서 그들은 그해 여름 따로따로 매각되었다.

신문에는 법원 앞에서 열리는 채무자 재산 매각에 대한 공고가 가득했다. 당시 빚을 갚기 위해 팔린 사람 중 일부는 이름과 인상착의가 기록돼 있고, 일부는 익명으로 남아 있다. 휴 크래프트의 명의로 매각된 사람들도 익명이다. 이들은 크래프트의 가구나 그의 장로교 신앙을 떠올리게 하는 물건들과 함께 다음과 같은 제목으로 나열되었다. "비브 카운티 6월 매각 목록: 니거 세 명, 가재도구, 장로교회 좌석 번호 55, 57, 58, 59, 60번." 그 니거 중에 윌리엄과 그의 여동생이 있었다.

녹다운

윌리엄은 그날을 뇌에 불이 붙은 날로 기억했다. 목화가 만개하며 인근 땅이 눈밭처럼 보이는 한두 달 뒤만큼 덥지는 않았으나 6월의 낮은 따뜻했다. 윌리엄은 법원 계단에서 커다란 광장과 모여 있는 사람들과 그들 뒤의 감옥을 온전히 볼 수 있었다. 하지만 그의 시선은 단 하나의 대상에만 머물러 있었다. 그 대상이란 매각되기를 기다리는 여동생 일라이자였다. 당시 경매에서 사용되는 용어로는 이런 낙찰이 '녹다운'이라 불렸다. 일라이자가 가장 먼저 떠날 예정이었다.

일라이자 또래의 건강한 소녀는 응찰자들에게 장기적 가치가 있었다. 인근 카운티에서 처음으로 노예를 사러 온 매수자들은 가임기에 있는 여성을 선택했다. 밭에서는 남자가 더 힘을 쓸 수 있을지 모르지만, 여자는 주인의 재산을 늘리는 동시에 일도 할 수 있었다. 그녀가 낳는 모든 아이는 아버지가 누구든, 심지어 주인 자신이 아비라 하더라도 법에 따라 노예가 되었기 때문이다. 이는 일라이자 같은 소녀가 위험에 처해 있는 이유이기도 했다. 윌리엄도 잘 알고 있었듯, 강간은 어린이에게도 상존하는 위험이었다.

윌리엄은 여동생이 경매대 위에서 돌고 춤추고 이런저런 명령에 따르는 모습을 지켜보며 그녀처럼 노력하겠다고, 노예 상인들이 시키는 대로 무거운 상자를 들어 올리며 생생하게 보이겠다고 계획을 세웠을지도 모른다. 심지어 몇몇 사람들이 그랬듯, 여동생을 매수한 사람에게 큰 소리로 최선을 다해 일하겠다고 약속했을지도 모른다. 그래야 같은 매수자에게 팔릴 수 있으니까 말이다. 또한, 윌리엄은 아는 사람이 경매에 참여하게 해달라고 기도했을지도 모른다. 그래야 형제들이 그랬듯 둘 다 메이컨에 남을 수 있으니까 말이다. 워런은 법원에서 북쪽으로 한 골목 떨어진 센트럴 호텔에서 일했고, 찰스는 근처에서 대장장이로 일했다. 하지만 윌리엄은 다른 가능성도 잘 알고 있었다. 점점 서쪽으로 확장되는 정착지에는 노예가 끝없이 필요했다.

하지만 이 모든 생각은 경매 참가자가 여동생을 낙찰받으면서 사라졌다. 작전을 짤 시간도 없었다. 윌리엄이 다음 차례였다. 법원 문 옆에서, 윌리엄은 여동생을 매입한 사람이 그 아이를 서둘러 수레에 태우는 모습을 보았다. 이 예속 가해자는 메이컨 사람이 아니었다. 모습을 보면 플랜터 같았다. 그는 새로 얻은 재산을 데리고 미래로 떠나고 싶어 안달이었다.

경매인의 고함이 귀에 울리는 와중에도 윌리엄은 정신을 똑바로 유지했다. 그래야 상황을 판단하고 개선할 수 있었다. 이는 앞으로도 그의 생존에 꼭 필요한 기술이었다. 그는 예속 피해자인 친구에게 부탁해 일라이자의 새 주인에게 작별 인사를 할 수 있도록 매각이 끝날 때까지만 기다려달라고 부탁하게 했다. 플랜터가 답변을 보내왔다. 갈 길이 멀다고 했다. 기다리지 않겠다고.

윌리엄은 무릎을 꿇고 빌었다. 경매인에게 이는 참을 수 없는 일이었다. 윌리엄의 몸값, 다시 말해 그의 주머니에 들어갈 돈은 윌리엄의 힘과 기술만이 아니라 고분고분한 모습에도 좌우되었다. 똑바로 서서 행복한 모습을 보여야 할 노예가 감정을 못 이기고 단상에 쓰러지는 모습은 잘못된 신호를 보낼 수 있었다. 그는 윌리엄의 목을 움켜쥐었다.

"일어나!"

그는 입에는 욕설을 담고, 손에는 폭력을 쥐고서 호통쳤다.

"네가 그 애를 봐서 뭘 할 거야?"

그가 경고했다. 이런 면에서는 경매인의 말이 옳았다. 그의 여동생은 약했다. 지금, 새로운 주인과 처음 만난 이 순간에 그 아이가 보이는 행동이 둘의 관계를 설정하게 될 터였다. 그렇게 주인의 집에서 보낼 동생의 미래가 결정될 것이다.

윌리엄은 그 이후에 일어난 일을 영영 잊지 못했다. 그는 단상에서 일어났다. 떠나는 수레 안의 여동생 쪽으로 시선을 돌렸다. 일라이자는 아무 말도 하지 않았지만, 꽉 쥐고 있는 그녀의 두 손에서 고통이 전해졌다. 일라이자가 마지막으로 오빠를 돌아보았을 때는 거리가 가까워서 그 아이의 뺨에 흐른 눈물이 보였다. 일라이자는 고개를 숙여 윌리엄에게 인사했다. 그런 다음, 완전히 엎어져 무릎에 얼굴을 묻었다. 오빠인 윌리엄에게는 견디기 힘든 모습이었다.

윌리엄은 결국 뉴욕에서 이주해온 26세의 야심 찬 사업가인 메이컨 주민 아이라 해밀튼 테일러에게 팔렸다. 하지만 그전에, 윌리엄은 잠깐 동안 휴 크래프트의 채권자 중 한 명인 토머스 테일러의 소유였다. 아이라 테일러가 윌리엄의 몸값으로 1,750달러를 치르면서 신기록을 세운 건 6개월 후의 일이었다. 이는 다른 16세 소년들의 평균 몸값의 두 배가 넘는 가격이었다. 윌리엄이 특별한 가치를 지닌 젊은이라는 건 분명했다.

윌리엄은 특별한 수완을 가진 젊은이이기도 했다. 그는 새로운 주인에게 연간 220달러를 줄 테니 다른 사람 밑에서 일하겠다는 협상을 해냈다. 그런 다음에는 고급 가구 제작자와 일당을 조율해, 추가 근무를 하고 돈을 더 벌 가능성을 만들었다. 엄밀히 따지면 이런 합의는 불법이었다. 조지아주에서는 예속 피해자의 자영업이 금지되어 있었기 때문이다. 메이컨에도 비슷한 법이 있었다. 백인 숙련 노동자를 윌리엄 같은 흑인 숙련공과의 경쟁에서 보호하기 위한 법이었다. 그러나 대체로 이런 관행은 묵인됐다. 이 방법을 쓰면 예속 가해자들이 매우 쉽게 돈을 벌 수 있었기 때문이다.

아직 아내를 맞아 가정을 꾸리지 못한 젊은 아이라 테일러에게 이건 훌륭한 거래였다. 아무런 관리나 유지보수 비용 없이 부동산 임대 수입을 얻는 것과 비슷했다. 머잖아 그는 윌리엄의 몸값을 회수할 수 있을 게 분명했다. 윌리엄의 가치가 올라가기만 할 것이기에 특히 그랬다. 농장 일꾼은 20세에 전성기를 맞이하지만, 윌리엄은 숙련공이었기에 아직 전성기 나이의 절반도 되지 못했다.

윌리엄은 힘들게 번 돈을 계속 가해자에게 넘기며 이 모든 일이 과연 정의로운 것인지 의문을 품었다. 그러면서도 그는 장기적 목표를 머릿속에 간직한 채 버텼다. 겉보기에는 매각 이후로도 바뀐 것이 별로 없었다. 그의 하루는 이전과 다르지 않았다. 그러나 내면에서는 모든 것이 변했다. 여동생에게 작별 인사할 마지막 기회조차 얻지 못한 윌리엄은 너무도 강렬한 분노를 경험한 나머지, 그때만 생각하면 눈물이 멎고 정신이 타올랐다. 복수할 힘을 열망하게되었다. 그리고 그날, 그는 언젠가 도망치겠다고 결심했다.

가족이 찢겨나간 다음에, 윌리엄은 흩어진 가족들을 추적하고자 최선을 다했다. 그는 가족들이 매각되고 몇 년이 지나 그들을 모두 찾아낸 것으로 보인다. 하지만 마지막으로 팔려 간 여동생은 예외였다. 부모가 매각되고 약 10년이 지난 1844년에, 윌리엄은 어머니와 이름 모를 누이가 뉴올리언스에 있다는 걸 알아냈다. 아버지는 서배너에 있었다. 한편, 그의 두 형제 워런과 찰스는 계속 근처에서 살았다.

휴 크래프트의 자녀들이 메이컨에 방문하면, 윌리엄은 찰스와 함께 그들에게 다가가곤 했다. 예속 피해자인 이들 형제는 강렬한 감정을 전달했다. 그들이 과거의 예속 가해자들을 찾아간 이유는 불명확하다. 메이컨 방문에 대한 수수께끼 같은 기록을 남긴 사람이 휴의 아들 헨리이기 때문이다. 하지만 이런 일이 대단히 위험했던 것만은 분명하다. 헨리의 말에 따르면, 윌리엄과 찰스는 헨리의 누이에게 접근해 이런저런 질문을 던졌으며 그녀가 답을 피하자 울기 시작했다.

두 형제의 질문은 여동생과 관련된 것이었을까? 그러나 헨리는 윌리엄의 여동생이 어떤 운명을 맞았는지 기억하지도 못했고, 기억할 의지도 없었다. 이처럼 맥락은 사라졌지만, 형제의 감정 표현은 예속 피해자들에게 가족이란 쉽게 맺고 끊을 수 있는 관계였다는 예속 가해자들의 주장이 거짓이라는 점을 드러내고, 오히려 그들의 상처가 오래도록 지속되었음을 보여준다.

이토록 처참했던 매각으로부터 8년, 휴 크래프트의 자녀들을 찾아간 뒤로는 4년이 흐른 지금, 윌리엄은 영영 메이컨을 떠나려 하고 있다. 기차가 조지아주의 해변을 향해 덜컹거리며 나아가는 동안 밀레지빌 출신의 예속 피해자였던 소년은 남자가 되어 기찻길을 타고 감으로써 가장 깊은 소망을 이루었다. 그는 떨치고 일어나 도망쳤다. 완전히 다른 종류의 주인, 그가 사랑하는 여자와 함께.

명백한 사명

에밋, 오코니, 터닐, 데이비스버로, 홀컴. 기차는 빠르게 앞으로 나아갔다. 괴로운 듯 김을 뿜어내고 고막을 찢을 듯 울부짖으며, 16킬로미터에 한 번쯤 덜컹 멈춰 서서 밥을 달라고 했다. 그럴 때면 화부들이 달려가 불길을 다독거리고 쇠로 된 짐승에게 먹이를 주었다. 이 기차에서든, 다른 곳에서든 크래프트 부부를 자유로운 곳으로 인도하는 데 도움을 준 승무원 중 다수는 예속 피해자인 노동자들이었다. 특히 가장 위험한 작업을 담당하는 사람들 중에는 예속 피해자가 많았다.

어떻게 보면, 과거의 노동자들이 부부의 탈출을 위한 길을 닦아 놓은 셈이었다. 기차는 수많은 사람의 목숨을 앗아간 다리 위를 덜컹거리며 달려 오코니강의 늪과 너울을 가로질렀다. 이런 다리를 짓는 작업에는 아무도 손을 대고 싶어 하지 않았다. 그래서 달리 피할 방법이 없었던 사람들, 즉 예속 피해자들만이 강제 노역으로 공사에 동원되었다. 윌리엄과 엘렌이 지금 지나가는 자유의 다리를 짓는 데 성공한 사람들은 제대로 찬사조차 받지 못한 바로 이 사람들이었다.

미드빌에 이르렀을 때, 윌리엄과 엘렌은 서배너까지 가는 길을 절반쯤 온 셈이었다. 여행의 첫 160킬로미터는 이미 지나왔고, 앞으로 갈 정거장이 여섯 개 남아 있었다. 기념할 만한 일이었다. 떠돌이 동물이 헤매다가 기찻길에 들어오거나 배장기에 뛰어들어 몸이 꿰뚫리는 일은 벌어지지 않았다. 그런 일이 일어났다면 동물을 떼어내거나 해체하는 데 소중한 시간이 몇 분이나 필요했을 것이다. 누구의 옷에도 불이 붙지 않았다. 보일러가 터지지도 않았다. 이런 일은 당시에 너무도 자주 일어나던 일이다. 어느 기차 노선에서는 객차와 기관차 사이의 차량에 니거 악단을 두어, 오락만이 아니라 연소 시의 방패막이로 썼을 정도다.

엘렌의 옆자리에 탔던 스콧 크레이가 고든에서 내리자 윌리엄은 충실한 노예로서 아픈 주인을 들여다볼 수 있었다. 말하지는 못해도 시선으로, 혹은 눈에 띄지 않는 손길로(팔걸이를 고쳐 매준다거나 상의를 정리해 주는 등) 엘렌과 윌리엄은 서로에게 격려와 함께한다는 뜻을 전할 수 있었다. 그렇게, 당장은 갈등의 땅이 한 뼘 한 뼘 멀어지고 있었다.

늪으로 이루어진 몇 에이커의 넓은 땅에 일정한 간격을 두고 세워진 기차역은 그들의 여행이 얼마나 진행되었는지 알려주는 지표였으나 초라하기 그지없었다. 이런 기차의 중요한 목적은 사람이 아니라 목화를 옮기는 것이었다. 비교적 괜찮은 역에서는 승객들이 수프나 기름진 닭고기를 먹고, 삶은 달걀이나 비스킷 등의 간단한 간식을 살 수 있었다. 판매자들이 아슬아슬하게 기차에 올라탄 다음 과일과 작은 파운드케이크를 들고 통로를 오가다가 경적이 울리면 서둘러 내리기도 했다.

존슨 씨 같은 신사라면 이런 역에서 하인을 내보내 간식을 사 오게 하거나 소변을 보러 기차에서 내릴 법도 했다. 그러나 크래프트 부부에게 기차에서 조금이라도 멀어지는 건 곧 시간으로 환산할 수 있는 위험이었다. 기차를 놓치면 하루를 잃게 되고, 추적자들에게는 그만큼 둘을 따라잡을 시간이 더 생길 테니 말이다. 엘렌이 어떤 민간 시설에라도 가려면 노을이 지고 한참은 지나야 했다.

사방에서 사람들이 정신없이 돌아다녔다. 처음 기차에 탔을 때 엘렌의 표를 확인했던 차장이 반짝이는 배지를 차고, 돈통을 들고서 차량을 성큼성큼 오가며 무임승차자들을 찾았다. 어린이까지 포함된 예속 피해자 일꾼들도 차량을 오갔다. 그들은 양동이에 시원한 공짜 물을 담아 들고 다니며 작은 컵이나 국자로 나눠주었다. 난로를 관리하는 일꾼도 있었다. 여행자들도 있었다. 이 노선의 여행객들은 말이 많기로 악명이 높았다. 혼자 가는 편을 선호하는 수많은 유럽인 관찰자들에게는 짜증스러운 일이었다.

조지아주는 소나무 숲과 습지로 이루어진 구불구불한 길을 따라 뻗어나갔다. 때로는 우울하게 이끼를 걸친 외로운 사이프러스 나무가 눈에 들어왔다. 기차역 근처에는 집 몇 채가 모여 있었다. 여기저기에서 예속 피해자 일꾼 무리가 농구를 지고 농장 사이를 오가는 모습이 보였다. 그들은 빠르게 지나가는 기차를 쳐다보곤 했다.

엘렌은 안경을 쓴 채 창가를 빠르게 스쳐 지나가는 풍경을 지켜 보았다. 색이 든 렌즈 때문에 황량한 땅이 부자연스러운 초록색으로 보였다. 으스스하게도 그녀가 어린 시절을 보낸 비옥한 땅이 떠올랐다. 그녀의 아버지 같은 남자들은 '명백한 사명'을 따라 조지 아주에 왔다. 그리고 지금의 그녀는 그녀만의 운명을 명백히 실현하기 위해 노력하고 있었다.

***

엘렌은 조지아주에서 기차를 타고 가는 내내 병이 있는 척했지만, 그 외에도 흉터가 있었다. 그녀의 상의와 셔츠 소매는 심한 결핵으로 흉터가 생긴 피부를 가리고 있었다. 그녀는 누군가가 말하거나 침을 뱉거나 그녀가 있는 쪽을 향해 노래를 불렀을 때 그 병에 걸리고 말았다. 결핵이 가장 주요한 사망 원인이던 시절에 이런 흉터만 생기고 살아남은 건 행운이었다. 설령 그 흉터가 그녀의 신분을 드러낸다고 해도 말이다. 흉터는 평생 그녀에게 생존자의 징표로 남아 있었다.

엘렌은 다른 여러 면에서도 생존자였다. 무엇보다도, 어렸을 때 강제로 어머니와 헤어졌던 상처가 시시때때로 떠올랐다. 결혼을 고민하고, 예속 신분에서 탈출하기로 결정하고, 시간을 따라 앞으로 나아간 그녀의 하루하루는 그녀를 자유와 가까워지게 한 만큼 사랑하는 어머니와는 멀어지게 했다.

엘렌의 어머니 이름은 마리아였다. 제임스 스미스가 법적 아내와의 사이에서 얻은 맏딸보다 겨우 세 살이 많았던 마리아는 어린 아이였을 때 스미스에게 팔려 왔다. 말년에도 나이보다 젊어 보이는 외모로 눈에 띄었던 마리아를 직접 본 사람들은 그녀를 밝은색 피부를 가진 상냥한 기독교인으로 기억했다. 그 외에 마리아의 삶에 관한 자세한 증언은 별로 없다. 마리아도 엘렌처럼 백인 아버지에게서 태어난 자식이었을 수 있다. 그녀는 물라토[16]이자 반 백인이라고 묘사되었다. 엘렌은 쿼드룬, 즉 아프리카계 혈통이 4분의 1 섞인 사람이었다.

스미스의 집안에서 가사를 돌보는 노예로 선택된 마리아는 낮 대부분을 그 가족의 사적인 공간에서 보냈다. 아마 밤에도 그랬을 것이다. 아이를 돌보는 임무를 맡은 예속 피해자 여성들은 맡은 아이의 방바닥에서 자야 하는 경우가 많았고, 여주인의 몸종들은 여주인과 가까운 곳에서 지냈다. 집안일을 하도록 훈련받는 아이들도 종종 예속 가해자 근처에서 잤다.

제임스 스미스는 마리아가 아직 10대일 때부터 밤마다 그녀를 찾아왔다고 전해진다. 둘 사이에 일어난 일은 밝혀지지 않았지만, 결과적으로 아기가 태어났다는 것 외에도 한 가지만은 분명하다. 예속 피해 아동인 마리아는 그녀의 법적 소유주였으며 공식적으로

---

16 흑인과 백인 부모 사이에서 태어난 혼혈인을 지칭하는 용어로, 19세기 문헌에서 자주 사용되었다. 오늘날에는 차별적 의미가 담긴 표현으로 간주되어 사용이 지양된다.

아홉 명의 아이의 아버지이자 곧 더 많은 아이의 아버지가 될 37세의 남자를 거절할 입장이 아니었다.

조지아주 법전을 처음부터 끝까지 읽어도 제임스 스미스는 노예의 강간에 대한 규정이나 마리아 같은 예속 피해자를 스미스 자신과 비슷한 남자로부터 보호해 주는 내용을 하나도 찾지 못했을 것이다. 단, 흑인 남자가 백인 여자를 강간하는 일은 사형에 처해지는 범죄였다. 몇 년 뒤, 제임스 스미스의 재산을 적은 문서에서 마리아는 닭이나 돼지와 같은 페이지에 등재되었고 가치는 500달러로 평가되었다. 같은 페이지에는 60세의 두 번째 마리아도 실려 있었는데, 그녀의 가치는 0달러로 평가되었다. 노동자나 어머니로서 그녀가 한때 가졌던 가치는 고갈된 것, 사라진 것으로 간주되었다.

엘렌은 어머니가 열여덟 살 때 태어났다. 혼혈 아동의 부계 혈통은 스미스 같은 집안에서 종종 쉬쉬하거나 부정되는 문제였다. 동시대 인물인 메리 보이킨 체스넛[17]이 한 말이 유명하다. "모든 가족에 있는 물라토는 백인 아이들과 정확히 같은 모습이다. 모든 여주인은 남의 집 물라토 어린애의 아버지가 누구인지는 떠들면서도, 자기 집 물라토 아이는 하늘에서 뚝 떨어진 것처럼 생각하는 듯하다." 하지만 마리아가 낳은 아이의 부계 혈통은 너무도 명확해 대부분 사람들이 진실을 짐작했으며, 여주인은 그 진실을 이유로 마리아와 엘렌을 작정하고 괴롭혔다.

---

17 사우스캐롤라이나 출신의 작가이자 플랜터 계층 여성으로, 남북전쟁 당시 남부의 일상과 노예제의 위선을 비판적으로 기록한 《체스넛 일기(Mary Chesnut's Civil War)》로 잘 알려져 있다.

***

엘렌을 증오한 여주인에 대해서는 그녀를 사랑한 어머니보다 많은 사실이 알려져 있다. 제임스의 아내인 스미스 부인은 언젠가 미국 대통령을 배출하게 될 명망가인 클리블랜드 집안에 태어났다. 스미스 부인의 어머니는 아주 어린 나이에 결혼한 적이 있는 아일랜드계 이민자였고, 그녀의 아버지 존 클리블랜드는 친척들이 "악마 존"이라고 부른 말썽꾼이었다. 그는 독립전쟁 당시 육군 대위이자 중요한 관료였으나, 거칠고 무모한 남자라고도 일컬어졌다. 악마 존과 그의 아내 캐서린 사이에서는 일곱 아이가 태어났다. 그중에는 뒤에서 두 번째인 딸 일라이자도 있었는데, 그 아이가 스미스 부인이 되었다.

열여덟 살에 결혼한 스미스 부인은 즉시 사람들이 기대하는 아내로서의 의무를 이행해 네 아들과 네 딸을 낳았다. 1826년에는 아홉째 아이인 엘리엇을 임신했다. 비슷한 시기에 마리아도 엘렌을 잉태하고 있었다. 임신 기간에 알아차렸는지는 몰라도, 일단 엘렌이 태어나자 스미스 부인은 그녀의 부계 혈통을 도저히 모른 척할 수 없었다. 사람들은 엘렌과 제임스 스미스가 닮았다는 것을 알아보았고 엘렌이 이 집안의 정당한 자손이라 생각했다.

여주인의 답답한 마음은 슬픔 때문에 더 깊어졌을지도 모른다. 엘렌이 걸음마를 할 무렵에 스미스 부인은 딸을 낳은 뒤 아이 할머니의 이름을 따 캐서린이라 이름 지었다. 그러나 그 아이는 신생아 때 죽고 말았다(그해에 스미스 부인은 감리교회에 다니기 시작했다. 메이컨을 휩쓴 종교 부흥 운동의 파도에 휩쓸린 것이다). 머잖아 그녀는 마지막 아이를 임신해 다시 캐서린이라 이름 지었는데, 그 아이도 두 살이 되기 전에 죽었다. 두 캐서린이 왜 그렇게 일찍 죽었는지는 모른다. 그들 역시 엘렌에게 평생의 흉터를 남긴, 어린아이에게 치명적인 질병인 결핵을 앓았을지도 모른다. 그렇다면 여주인은 엘렌이 태어났다는 점만이 아니라 그녀만이 살아남았다는 사실에도 적개심을 품었을 수 있다.

친구들 사이에 스미스 부인은 말수가 적고 상식적이며 의지가 강하고 신앙심이 깊은 여자로 기억되었다. 그러나 엘렌은 이 여자의 다른 성격을 경험했다. 악마 존의 딸이 어린 엘렌을 정확히 어떻게 괴롭혔는지는 알려지지 않았으나, 엘렌과 마리아와 관련된 문제에서 스미스 부인의 권한에는 거의 제한이 없었다. 예속 가해자인 여주인으로서, 그녀는 어머니와 딸이 일하는 곳과 먹을 음식, 엘렌에게 시킬 일, 심지어 마리아가 얼마 만에 한 번씩 엘렌을 만날 수 있는지를 결정할 수 있었다. 원하는 대로 엘렌을 처벌할 수도 있었다. 그녀는 엘렌을 때리거나 사람을 시켜 채찍질하게 했다. 또 그녀는 엘렌의 몸에서 눈에 보이지 않는 곳에 상처를 입힐 수도 있었다.

1837년 4월에 살아남은 막내딸, 자신과 이름이 같은 일라이자가 결혼하자 스미스 부인은 자신이 쓸 수 있는 가장 큰 권력을 행사했다. 엘렌을 결혼 선물로 줘버리기로 한 것이다. 엘렌은 딸 일라이자의 노예가 될 터였다. 스미스 부인은 더 이상 자신의 집에서 남편이 벌인 성적 착취를 떠올릴 필요가 없었다.

***

마리아에게는 열한 살짜리 딸에게 엄마 없는 삶을 살도록 준비시킬 시간이 충분하지 않았다. 지금까지는 스미스 부인이 아무리 잔인하게 굴었어도 엘렌의 곁에 엄마가 있었다. 동네에 다른 가족들도 살았을지 모른다. 할머니와 자매도 두 명 있었을지 모르고, 삼촌과 이모도 있었을지 모른다. 그러나 새로운 여주인과 주인이 사는 집에서는 엘렌 혼자 버텨내야 할 터였다. 사춘기가 가까워진 엘렌은 성폭력에 특히 취약했다. 그녀의 어머니도 잘 아는 사실이었다. 일라이자의 남편이 노예를 다스리는 방식에 많은 것이 달려 있었다. 그가 엘렌을 건드리지 않는대도, 다른 사람들은 또 다른 문제였다.

강요된 이별을 앞두고, 마리아는 딸에게 무엇을 가르치고 말하고 주었을까? 엄마 없는 미지의 삶을 마주할 때 엘렌에게 도움이 될 만한 무엇을 줄 수 있었을까? 사우스캐롤라이나에 사는 로즈라는 이름의 한 어머니는 아홉 살 난 딸 애슐리를 위해 '생존 꾸러미'라는 것을 만들어주었다. 자루 안에 너덜너덜한 원피스와 한 줌의 피칸, 자신의 땋은 머리카락 한 가닥, 마지막으로는 이 모든 것에 스며들어 삶을 유지하게 해주는 재료를 넣은 것이다.

"이건 내 사랑으로 채워질 거야. 언제나."

로즈는 아이에게 그렇게 말했다. 로즈와 애슐리는 다시는 서로를 보지 못했다.

마리아가 딸에게 준 '생존 꾸러미'의 내용물은 물질적인 것이든 다른 것이든 기록으로 남아 있지 않다. 그러나 엘렌 역시 필수적인 영양소로 어머니의 사랑을 가져갔다.

엘렌에게 분리의 고통은 몇 년에 걸쳐 이어졌으며, 너무도 큰 상처를 남겼다. 어머니가 된다는 생각 자체가 공포로 이어질 정도였다. 그러나 엘렌은 어머니로부터 한 가지 중요한 교훈을 배웠다. 노예소유자들이 무엇을 훔쳐 가거나 빼앗든 간에, 그녀가 가져온 사랑은 그녀의 것이라는 사실이었다. 엘렌은 혹독한 시련 속에서 자신의 힘을 발견하고, 필요하다면 스스로 길을 만들어갈 수 있음을 배웠다. 엘렌에게 미래를 스스로 만들어갈 힘을 준 중요한 가르침이었다.

엘렌은 새로운 집에서, 그리고 언젠가 그 집을 떠난 이후에도 도움이 될 교훈들을 마음에 품고 어머니의 세상을 떠났다. 그녀가 보유한 실용적 기술 중에서는 한 가지가 특히 두드러졌다. 엘렌은 바느질 솜씨가 뛰어난 것으로 유명했다. 마리아가 이런 재능을 발달시키는 데 도움을 주었을지도 모른다. 바느질은 그 시대, 그 지역에서 여성이 돈을 벌 수 있는 몇 안 되는 기술 중 하나였으며 예상치 못한 방식으로 엘렌에게 도움을 줄 터였다. 그 외에도 보이지 않는 형태의 훈련이 이루어졌다. 중요한 건 엘렌이 백인 엘리트 계층의 언어를 배웠다는 사실이다. 엘렌은 그녀 자신이 속한 예속 피해자 계급이 아니라 백인 엘리트 계급의 태도, 그들에게 일반적으로 나타나는 작은 동작이나 행동을 습득했다.

스미스 부인에게 지배당할 때는 엘렌의 유전자가 약점이었다. 아무리 다른 옷을 입고 아무리 공손하게 말해도, 엘렌의 생김새는 그녀가 주인님이라고 불러야 하는 백인 남자의 아이임을 드러냈다. 낯선 이들의 눈에 흑인 노예처럼 보이지 못하는 순간마다 그녀는 여주인에게서 새로운 학대를 당해야 했다. 하지만 이런 순간은 엘렌에게 언젠가 백인으로 보일 수 있으리라는 자신감을 주었다.

엘렌은 더 나아가 평정심을 유지하는 법도 배웠다. 스미스 부인이 성질을 낼 때 그녀는 상황에 맞춰 마음을 가라앉히거나, 필요에 맞춰 빠르게 행동하거나, 아예 반응을 보이지 않을 수 있었다. 그녀는 엄청난 압박을 받으면서도 이런 계산을 해내는 방법을 배웠다. 이 모두가 평생이 달린 연기를 하게 해준 기술이었다.

여주인의 학대가 너무 심했기에, 엘렌은 어머니와 생이별을 당하며 대단히 괴로웠음에도 한편으로는 고통에서 해방된다고 느꼈다. 엘렌에게는 다행한 일이었지만, 그녀의 새 주인 일라이자 콜린스는 어머니와 닮은 점이 이름밖에 없었다. 문제는 다른 것이었다.

메이컨행

엘렌의 새 여주인, 지금 엘렌에게 노예 사냥꾼을 붙일 권리를 가지고 있는 그녀의 이복자매 일라이자 콜린스는 조지아주 특유의 명랑한 미인으로, 검은 곱슬머리에 초롱초롱한 눈, 섬세한 타원형 얼굴을 가지고 있었다. 그 시절에 가장 매력적이라고 여겨지던 모습 그대로였다. 그녀에게서 매력적이지 않은 부분을 굳이 찾는다면, 적어도 공식적인 초상화에 담긴 모습 중에는 표정이 약간 잘난 척하는 것처럼 보인다는 것밖에 없었다. 그나마 그 표정도 시선이 짓궂어 보이기 때문이거나 그녀를 묘사한 방랑 화가의 기분이 그랬기에 그려진 것일지도 몰랐다.

열여덟 살 연상의 홀아비 로버트 콜린스 박사의 신부가 되었을 때 일라이자 스미스 콜린스는 열여덟 살이었다. 일라이자의 아버지가 그랬듯 콜린스는 개척자로, 원래는 노스캐롤라이나주 번스컴 출신이었다. 그의 첫 아내 해리엇은 몇 년에 걸쳐 오랫동안 앓다가 끔찍하게 죽었다. 콜린스는 의사로서 온갖 기술을 가지고 있었음에도 그녀를 고쳐주지 못했다. 그들 부부는 무스코기/크리크족이 신성한 땅을 강제로 양보하고 얼마 지나지 않아 메이컨으로 왔으며 그 시기에 건설된 목조 가옥에 살았다.

콜린스는 나이가 많은 홀아비일지는 몰라도 여러 가지 면에서 대담했다. 일라이자 같은 젊은 여자에게는 그런 점이 중요할 수도 있었다. 어떤 남자들은 메이컨에 새로운 여자대학교를 세우려는 시도에 단호히 반대했다. 한 의원은 이렇게 코웃음을 쳤다.

"여자는 남자들이 오랫동안 익혀온 학문에 절대로 숙달할 수 없죠."

또 다른 의원은 이렇게 말했다.

"젊은 숙녀가 알아야 할 것은 가족의 옷을 짓고 수채화로 데이지를 그리는 방법뿐입니다."

콜린스는 그보다 넓은 생각을 하고 있었다. 그는 의학을 공부하기 위해 남부를 떠나 펜실베이니아 대학교에 간 적이 있었고, 나중에는 메이컨에 웨슬리언 대학교를 세우는 데도 도움을 주었다(단, 그의 새 신부는 이 학교에 등록하지 못했다).

콜린스는 다른 면에서도 앞선 생각을 하고 있었다. 그에게는 수도와 철도, 먼 지역으로 메시지를 전할 수 있는 전자기 선이 있는 도시를 상상할 능력이 있었다. 그는 도시의 미래와 삶의 가능성을 상상하는 사람이었다. 유독 돈이 많기도 했다. 10대인 일라이자에게 청혼했을 때, 콜린스 박사는 그녀를 죽은 아내와 같은 방에 눕히고 싶지 않았다. 그래서 친구 일럼 알렉산더에게 시내에서 가장 웅장한 저택을 설계하는 일을 맡겼다. 저택의 위치는 알렉산더가 여자대학교를 짓던 곳에서 길을 따라 쭉 내려면 있는 곳이었다.

클린턴은 메이컨에서 16킬로미터 떨어져 있었다. 붉은 진흙 길을 따라가면 거리는 멀어도 마차를 타고 갈 만했다. 일라이자는 그 길을 따라가면서 미래의 집을 보았을지도 모른다. 그때 일라이자가 아버지의 팔을 잡고 있었다면, 제임스 스미스는 사랑하는 딸에게 새로운 인생을 시작하는 데 필요한 모든 것을 주었다고 자신했을 것이다.

법적으로, 일라이자에게 결혼은 일종의 손바꿈이었다. 결혼을 통해 그녀는 아버지의 보호에서 벗어나 남편의 보호를 받게 되었다. 단, 여기에는 상실도 따랐다. 결혼하지 않은 상태의 일라이자는 재산을 상속받고 토지를 소유하고 임금을 요구하거나 소송을 걸고 소송의 대상이 될 수 있었으며 계약을 맺을 수도 있었다. 그러나 콜린스 부인이 되면서 그녀의 법적 신분은 남편의 신분과 통합되었다. 그녀의 소유였던 것은 이제 남편의 소유가 되었다. 예컨대 콜린스가 빚을 지면, 그녀가 가져온 모든 재산까지 압류될 수 있었다. 일라이자나 주변의 누군가가 그녀의 이해관계를 보호할 방법을 알고 있는 게 아니라면 말이다.

이후의 몇 년 동안 일라이자 콜린스는 바로 그런 사람을 아버지로 둔 행운을 누렸다. 예속 피해자인 그녀의 이복자매 엘렌은 사정이 달랐다.

***

결혼식이 끝나고 얼마 지나지 않아 일라이자의 배가 부풀기 시작했다. 후계자가 없던 콜린스에게는 당연히 반가운 모습이었다. 여주인의 몸종인 엘렌은 누구보다 먼저 이 사실을 알아차렸을 가능성이 크다. 여주인의 옷을 늘인 사람도 그녀였을지 모른다.

엘렌은 나이가 어렸지만, 일라이자의 머리를 빗기고 그녀의 옷 입기와 목욕을 도와주는 등 여주인에 관한 거의 모든 일을 해야 했다. 이처럼 가까운 곳에서 수행해야 하는 임무는 산달이 가까워질수록 점점 더 어려워졌다. 그 외에도 엘렌은 심부름을 하고 일라이자의 옷장을 관리해야 했다. 이런 상황에는 이점도 있었다. 엘렌은 목화밭에서 일하지 않아도 되었고, 감독관의 감시에서도 벗어나 있었으며, 더 좋은 음식과 옷을 이용할 수 있었다. 그러나 그녀는 언제나 대기 상태였다. 그녀가 아는 여주인만이 아니라 낯선 남자 주인의 명령도 들어야 했다.

곧 엘렌에게 최대의 공공연한 적이 될 로버트 콜린스와 그녀의 관계에 대해 알려주는 흔적은 거의 남아 있지 않다. 다만 콜린스와 그의 사업 관련자들이 금융 거래에서 예속 피해자들을 담보로 활용했다는 기록은 남아 있다. 다른 기록에서는 좀 더 사적인 시각이 드러난다.

콜린스의 말을 빌리자면, 그는 아주 어렸을 때부터 노예제도에 익숙해져 있었으며 오랜 경험을 통해 자신이 이 문제에 대한 일종의 전문가가 되었다고 생각했다. 사실 그가 자주 사업을 함께하던 형제 찰스는 나중에 노예 상인으로 유명해졌다. 로버트는 작가가 되면서 노예 소유자로서의 유산을 지켜나갔다. 그는 〈노예의 처우와 관리에 관한 논고〉라는, 일종의 노예 소유자를 위한 설명서를 썼다. 이 책에는 노예 문제에 관한 그의 생각이 자세히 드러나 있다.

18페이지로 이루어진 이 책은 실용적인 것(노예에게 먹을 것 주기)에서 철학적인 것(훈육)에 이르는 다양한 주제에 관해 최선의 방침을 제시하고 그 근거를 든다. 예를 들어, 니거의 집은 땅에서 60센티미터 떨어진 높이에 30제곱미터 크기로 지어야 하며, 각 집에는 한 가족이 들어가야 한다. 그래야 집이 너무 비좁아 보건과 사기에 악영향을 주는 사태를 막을 수 있다.

마찬가지로, 그는 비용이 추가되더라도 식단과 의복의 문제에 사려 깊게 접근해야 한다고 조언한다. "깔끔한 의복은 니거의 건강과 편안함, 자존심에 중요하다." 그는 이렇게 말하며 깔끔함을 우선해야 한다고 주장한다. 니거에게 자존심을 심어줄수록 그들이 더 바람직하게 행동하고, 더 잘 복종하기 때문이다.

콜린스에게 규칙성이란 중요한 단어였다. 그는 니거들이 적절하게 욕망을 해소할 특권을 베풀어주어야 한다고 조언하면서도, 이런 특권을 누릴 때는 반드시 주인의 허락을 받도록 해야 한다고 말한다. "니거는 '한 뼘 내주면 한 자를 달라고 하는' 오래된 격언에 따라 행동할 준비가 된 민족이기 때문"이다.

콜린스는 노예를 처벌해도 노예가 "인디언이나 백인처럼 복수심을 품지는 않는다. 오히려 처벌은 노예의 애착을 키우고, 그의 행복과 복지를 증진한다"라고 말한다. 더 나아가, "노예는 지나치게 오냐오냐하거나, 두려움이나 가식적인 인류애로 인해 성실함을 북돋고 질서를 세우는 데 필요한 권위를 행사하지 못하는 주인에게 존경심도, 애정도 느끼지 못한다"라고 했다. 그는 예속 피해자를 보호하기 위해서 특별한 돌봄이 필요하다고 경고한다. "기회만 있으면 더 강한 노예는 더 약한 노예를 학대하기 때문"이다. 그는 "남편은 자주 아내를 학대하며, 어미는 자주 자식을 학대한다"라고 말했다. 그의 관점에서 주인 계급은 모든 노예에게 도움이 되었다.

콜린스가 볼 때, 핵심은 결국 이것이었다. "남부의 노예나 그의 진정한 친구에게 과연 불평거리가 있겠는가? 니거라는 인종은 이 지구상의 어떤 나라, 어떤 장소에서도 미국의 노예로 지낼 때만큼 건전한 삶을 안정적으로 살아본 적이 없다."

일라이자 콜린스가 남편의 시각을 공유했는지는 모른다. 그러나 크래프트 부부는 일라이자가 그녀의 계급에 속한 대다수 사람보다 훨씬 더 인간적이었다고 말하며, 그녀가 엘렌을 노예제도에서도 가장 나쁜 수많은 측면에 노출시키지 않았다고 인정한다. 엘렌이 기분을 상하게 해도 일라이자는 그녀를 내보내 벌주거나 고문한 적이 없다. 이런 고문은 전문화된 학대이자 엘렌을 강간의 위험에 처하게 만들었을 것이다.

시간이 지나면서, 이복자매는 점점 자라 각자의 역할을 더욱 충실히 수행하게 되었다. 엘렌은 일라이자의 필요와 바람에 너무도 맞춰진 나머지 일라이자가 가장 좋아하는 사람이 되었다. 같은 지붕 아래 있으면서도 제임스 스미스의 두 딸은 완전히 다른 세상에 살았다. 한 자매는 '주인 마님'이라는 호칭에 응답했다. 다른 자매는 '니거'라는 부름에 응답했다. 엘렌은 이 단어가 그녀에게 불리하게, 그녀를 복종시키기 위해 쓰이는 단어임을 더 이상 기억하지 못했다. 단, 그녀는 백인을 믿어서는 안 된다는 점을 학습했다. 그녀가 선도, 악도 피부색과는 상관없다는 결론을 내리게 된 건 오랜 세월이 지난 뒤였다.

***

엘렌이 여정을 이어가는 동안, 발 아래에서는 바퀴가 한 번 구를 때마다 그녀의 반역을 새기고 있었다. 그렇게 그녀는 콜린스 가족을 의식하며 여행했다. 그들은 자신들이 계몽된 사람이라 생각했을지 몰라도, 엘렌이 도망쳤다는 걸 알아차리면 온갖 잔인한 짓을 승인할 수 있었다. 한편, 엘렌은 예속 가해자인 이복자매 외에도 두 번째 피붙이를 생각하고 있었다. 그녀는 일라이자와 비슷한 조지아식 미녀였지만 완전히 다른 방향을 가리키는 인물이었다.

오크멀기강의 강둑 근처, 숨겨진 공터에는 힐리 가족이 살았다. 하나 이상의 출처에서 엘렌의 이모로 기록되어 있는 메리 일라이자 힐리는 그녀의 예속 가해자인 마이클 모리스 힐리라는 아일랜드계 백인 이민자와 불법적인 관계를 맺고 살았다. 힐리 가족의 특이한 점은 그들의 성적 관계가 아니었다. 그런 관계야 제임스 스미스의 사례에서도 보이는 흔한 것이었다. 차이점은 힐리가 메리 일라이자를 그의 유일한 아내로 생각했으며, 둘 사이에서 태어난 열 명의 자녀를 진정한 가족으로 여겼다는 점이다. 그들은 서로 주인이자 노예로, 남편이자 아내로 살았다. 하지만 그 두 가지 관계는 공존해서는 안 되는 관계였다.

힐리 가족은 서로를 남편과 아내로 불렀을지 몰라도 법은 그들에게 주인과 노예가 아닌 어떤 관계도 맺지 못하게 했다. 조지아주에서 개인에 의한 해방은 금지돼 있었다. 초기에는 조지아주 사람들도 자기 의지에 따라 노예를 해방할 수 있었다. 버지니아주의 조지 워싱턴이 (조건을 붙이긴 했어도) 노예를 해방한 것과 마찬가지였다. 하지만 이 시대에 힐리에게는 메리 일라이자나 그들의 자녀를 해방할 힘이 없었다. 아이들의 아버지가 백인이라는 점, 그들의 모습도 백인 같다는 점은 중요하지 않았다. 이 시기에는 소위 "한 방울 법칙"이라는, 흑인의 피가 한 방울이라도 들어가면 그 사람의 몸 전체가 유색인종으로 변한다는 생각이 만연해 있었다. 게다가 노예제도는 언제나 어머니의 혈통을 따랐다. 흑인이라는 혈통과 예속은 건드려서도 취소해서도 안 되는 영구적인 조건으로 간주되었다. 힐리 가족이, 그리고 이제는 엘렌도 바로 이런 가정에 반기를 들었다.

세월이 지나면서 힐리는 메리 일라이자와의 사이에서 낳은 아이들을 한 명, 한 명 매사추세츠로 보내 그곳에서 생활하며 공부하도록 했다. 머잖아 메리 일라이자는 열 번째이자 마지막 자녀를 낳았다. 그런 다음, 힐리 가족은 북부로 가서 가족과 함께할 계획을 세웠다.

엘렌은 이 가족이 직접 보여준 비전통적인 삶의 방식을 의식하고 있었다. 어쩌면 그들에게서 동기를 얻었을지도 모른다. 서배너에 도착할 준비를 하면서, 엘렌은 과거에 힐리 가족이 거둔 성공과 무사히 북부에 도착한 그 가족의 이야기에서 자신감을 얻었을 수도 있다. 사촌들과 마찬가지로 엘렌 역시 밝은색의 피부를 활용해 검열을 피할 수 있었다. 단, 그녀의 경우에는 함께 가야 할 윌리엄이 있었다. 서배너가 둘의 첫 정거장이 될 터였다.

서배너

1848년 12월 20일, 수요일

1일 차, 저녁

낯선 이들의 집

어둠이 내리는 가운데 기차는 그림자와 침묵의 도시로 들어갔다. 불이 켜진 사각형 창문이 보석처럼 여기저기 박혀 있었다. 겨울인데도 나무가 무성했다. 팔메토 야자나무와 멀구슬나무, 거대한 떡갈나무에 스패니시 모스가 드리워져 있었다. 낮에는 그늘을 위해 심어둔 이런 나무가 살아 있는 방패 역할을 하며 사나운 햇빛을 막아주었다. 밤에는 같은 나무들이 그 가지에 높이 걸린 등불로 빛을 발했다. 하지만 그런 지역은 마을에서 일부에 불과했다.

크래프트 부부가 도시에 들어온 지점에서는 그늘이나 조명, 꽃이 별로 보이지 않았다. 크리스마스 장식이 걸린 대저택도 전혀 보이지 않았다. 불안감만 감도는 어둠 속에서는 서배너강조차 보이지 않았다. 대신 그곳에는 목화밭 한가운데에 서 있는 매표소가 있었다. 밤새 목화 더미가 웨스트브로드가를 따라 1.6킬로미터 떨어진 강 상류까지 움직였다. 목화는 거대한 기계의 뱃속에서 원래 크기에 비해 아주 작은 형태로 압착되어 전 세계로 운송되었다. 어둠 속에서 목화를 끌어당기고 운반하고 앞으로 미는 형체들이 보였다. 그중 많은 수가 예속 피해자였다. 이 시대에는 철도가 동네에서 가장 큰 노예 소유자였기 때문이다.

존슨 도련님은 서배너의 시원한 저녁 공기로 발을 내디뎠다. 그의 노예가 그를 도왔다. 여행자들이 넘쳐나고 마차꾼들이 소리치는 그곳은 아수라장이었다. 그러나 존슨 씨는 찰스턴으로 가는 여행객들의 흐름을 따라가야 한다는 걸 알았다. 그는 철도 회사에서 제공하는 합승 마차에 올랐다. 승객들을 부두까지 실어 나르는 길쭉한 마차였다.

도망자들은 창고에서 벗어나며 그들의 뒤에서 쉬고 있는 "미친 용"에게 조용히 고맙다는 말을 전했다. 6년 전만 해도 이 정도 거리를 이토록 짧은 시간에 가로지른다는 건 상상도 할 수 없는 일이었다. 그러나 그들은 시간에 맞춰 도착했다.

사실 기적이었다. 어느 여행자는 이렇게 말했다. "누군가 내 증조할아버지에게 그분의 증손자가 오후 1시에 식사하고 같은 날 저녁에 190킬로미터 떨어진 곳에서 잠자리에 들 거라고 말했다면, 그분은 이런 예언을 한 사람을 바보라고 불렀을 것이다." 출발까지는 남은 시간이 얼마 없었지만, 그들에게는 8시 30분에 출발하는 증기선을 탈 시간이 충분히 있었다. 심지어 차를 마실 시간도 있었다.

* * *

셔틀 서비스의 일부로, 합승 마차는 어느 호텔에 들러 간식을 제공했다. 그 호텔은 서배너 최초 "낯선 이들의 집"인 풀라스키 하우스였다. 호텔의 이름은 미국 독립전쟁 당시에 활약한 폴란드인 장군 이름을 따서 지은 것이었다. 존슨 씨는 합승 마차 밖을 내다보다가 멋지게 생긴 4층짜리 건물에 불이 밝혀진 모습을 보았다. 그곳은 메이컨의 콜린스 박사라는 사람이 자주 들르는 것으로 알려진 장소이자 그가 언제든지 돌아올 수 있는 곳이었다.

풀라스키 하우스는 서배너 최고의 집으로 불렸다. 어떤 사람들은 그 건물의 주인인 윌트버거 씨를 꺼림칙하게 여겼지만(어느 손님은 그를 "목에 잔뜩 힘을 주고 다니는 거만하고 살찐 늙은이"라고 했다), 그가 차리는 식탁에서 흠을 찾을 수 있는 사람은 별로 없었다. 그의 와인 저장고에는 전 세계의 항구에서 들여온 클라레와 마데이라 와인이 있었다. 그가 운영하는 숙박시설은 진귀한 거북 수프와 갓 잡은 청어 요리, 고급스러운 냉음료로 명성이 자자했다. 차갑게 식힌 샴페인과 비할 데 없는 민트 줄렙[18]은 모두 뉴잉글랜드에서 퍼 올린 얼음으로 시원하게 유지되었다. 기차의 승객들이 마실 차는 간단하게, 빨리 나와야 했지만 차를 준비하는 손길만은 전문적이었다.

호텔은 녹색 광장의 가장자리에 서 있었다. 광장에는 높은 기둥이 있는 찬란한 교회와 클레오파트라의 바늘과 비슷한 양식으로

---

18 민트, 설탕, 버번 위스키, 얼음으로 만든 시원한 칵테일.

지은 흰색 오벨리스크도 있었다. 사우스캐롤라이나 총독의 이름을 따서 존슨 광장이라 불리는, 서배너에서 가장 크고 오래된 이 광장은 독립선언서가 읽힌 곳이자 대통령들이 방문한 곳이며, 밤이면 천상의 무도회가 열리는 곳이었다. 하지만 나무들은 다른 이야기를 전했다. 지역의 전설에 따르면, 이곳의 커다란 떡갈나무에서는 스패니시 모스가 자라지 않았다. 과거에 있었던 비극 때문이라고 했다. 과학적인 근거가 있는 이야기인지는 모르겠으나 이 전설은 여러 세대에 걸쳐 전해지며 나름의 진실을 전했다.

조지아주 최초의 성공회 교회가 들어선 이 광장은 서배너 노예경제의 중심축이기도 했다. 광장 위쪽 베이 거리에는 노예 거래소가, 아래쪽에는 법원이 있었다. 이는 럼주도, 노예제도도 없는 자유 정착촌이랍시고 지은 도시에서 드러나는 수많은 부조화 중 하나였다. 이 시기에 서배너에는 예배소보다 매음굴과 술집이 더 많았고, 도시에서의 삶은 예속이라는 토대 위에 세워졌다. 존슨 광장에서는 머잖아 서배너 최대의 노예 상인이 사업을 운영하게 될 터였다. 미국 역사에서 가장 큰 노예 거래로 기록된 "통곡의 시간"[19]도 이곳에서 진행될 예정이었다. 다만 이 거래는 규모가 너무 커 경마장에서 진행되었다.

메이컨에서 온 여행자들은 지난 열두 시간 동안 기껏해야 간식밖에 먹지 못했다. 수많은 사람이 신이 나서 따끈하게 새로 탄 차를

---

19 어느 플랜터가 빚을 갚기 위해 약 436명의 노예를 이틀 동안 경매에 부쳐 팔아버린 사건. 가족들이 강제로 생이별당하면서 비통한 울음소리가 퍼졌다고 전해진다.

마시러 내렸을 것이다. 그러나 장애가 있는 존슨 씨는 합승 마차에 남아 노예를 보내 차를 가져오고 싶어 했다. 그래서 윌리엄은 하인용 출입구를 통해 풀라스키 하우스에 들어갔다. 누가 봐도 하인을 위한 문이었다.

풀라스키는 노예 상인들에게 인기 있는 숙박시설로 알려져 있었다. 이 건물과 옆 건물인 간이 숙박소의 지하에는 인간 화물을 잡아둘 우리, 그리고 이송하기 쉽도록 강까지 바로 연결되는 터널이 있다는 소문이 있었다. 훼손되어 용도를 확인할 수는 없었지만, 나중에 실제로 이곳에서 누군가 막아버린 통로가 발견되기도 했다. "낯선 이들의 집"에 들어갔을 때 윌리엄이 그런 우리나 통로를 보았는지는 알 수 없다. 하지만 그가 수많은 남녀 예속 피해자로 이루어진 호텔의 직원들을 만났을 것은 분명하다. 윌리엄은 호텔 종업원으로 일해본 경험이 있기에, 대부분의 사람들에 비해 그곳을 쉽게 지나갈 수 있었다.

그가 차 쟁반을 가지고 돌아왔다. 엘렌이 차를 홀짝이고 간식을 우물거리는 동안(아니면 앞으로 몇 시간 더 소변을 참아야 했던 만큼 음식을 깨작거리기만 했을 것이다) 엘렌과 윌리엄은 조용히 의견을 나누었다. 그들은 경계하고 있었다. 이때의 짧은 식사가 여행이 시작된 이후로 둘이 함께 보낸 가장 긴 시간이었다. 그보다 오래 함께할 시간은 당분간 없을 터였다.

엘렌은 회피 전략으로 한 번 더 성공을 거두었다. 그녀는 합승 마차에서 내리지 않음으로써 낯선 사람들과 접촉하거나 예속 피해자들이 내온 음식을 먹으며 주고받는 가벼운 잡담에 참여하지 않을 수 있었다. 중요한 점은, 그녀가 호텔에서 서명을 하지 않아도 됐다는 것이다. 하지만 개인적 상호작용을 미룰 수 있는 시간에는 한계가 있었다. 그녀와 윌리엄은 여행의 다음 단계, 즉 증기선이라는 폐쇄된 공간에서도 살아남아야 했다.

***

배를 든든히 채운 찰스턴행 여행자들은 다시 마차에 올랐다. 강을 따라 뻗은 번잡하고 소란스러운 베이가는 도시 동쪽과 서쪽 빈민가 사이를 가로지르는 강렬한 경계선과도 같았다. 여행자들은 그 거리를 따라 증기선을 향해 나아갔다.

그들을 기다리는 배 제너럴 클린치호는 256톤 규모의 선박이었다. 크기는 연안선의 약 절반밖에 되지 않았으나 남북전쟁 당시에 경비 및 호송 임무를 하기에는 충분했다. 별이 총총한 저녁, 강에 정박한 쪽배들이 물에서 통통거리며 부두에 부딪혔다. 제너럴 클린치호 주변에서는 잡역부들이 무거운 화물을 날랐다. 그중에는 매일의 우편물이 담긴 두꺼운 자루도 여러 개 있었다. 선장은 모두를 배로 맞아들였다.

증기선에는 철도보다도 심한 위계가 적용되었다. 사람들이 타는 위치는 계급과 인종, 성별에 따라 결정되었다. 선장이 맨 위에, 선실 심부름을 하는 소년과 하녀들은 맨 아래에 탔다. 승객들도 비슷하게 분류되었다. 작은 연안 증기선은 대형 원양선처럼 호화로운 웨딩 케이크식 갑판 구조를 갖추고 있지 않았다. 그럼에도 제너럴 클린치호의 주갑판에는 남녀가 따로 사용하는 객실이 있었고, 신사용 살롱도 있었다.

아래층에는 하급 여행객과 짐, 예속 피해자를 포함한 화물이 실렸다. 제너럴 클린치호는 연안의 노예 운송에 자주 쓰이는 유형의 배로, 조지아주의 주된 노예 항구인 서배너와 미국에서 가장 큰 항구인 찰스턴을 오가며 예속 피해자들을 정기적으로 실어 날랐다. 이번 크리스마스 주간에는 최소 열두 명의 남자, 여자, 아이들이 인간 화물로 운송되었다. 그중에는 새라라는 이름의 세 살짜리 아이도 있었다. 인신매매범들이 측정한 바에 따르면 그 아이의 키는 76센티미터였다. 신생아도 두 명 등록되어 있었다. 모두가 선장의 인원 확인을 마쳤다. 선장은 싣고 가는 예속 피해자 모두의 신원을 확인하고 서명함으로써 국제 노예무역이 금지된 1808년 이후로 수입된 사람이 없음을 확인해야 했다.

크래프트 부부는 제너럴 클린치호를 쳐다보았다. 엘렌의 장화 뒤꿈치가 건널 판자를 밟을 때마다 딱딱 소리를 냈다. 두 사람은 새로운 무언가를 마주하고 있음을 알았다. 객실이 비좁았기에 증기선의 승객들은 사교성을 발휘해야만 했다. 엘렌은 여자들이 접근할 수 없는 방에서 모르는 남자들과 함께 먹고 자야 했다. 윌리엄은 배에 타고 있는 동안 있을 곳을 찾아야 했다. 크래프트 부부는 주인과 노예라는 역할을 완벽하게 해내기 위해 협동해야 했다. 다행히 최소 한 가지 이점이 있었다. 엘렌은 전에도 이쪽으로 여행한 적이 있었기에 경험을 활용할 수 있었다.

찰스턴행

　　엘렌이 이곳에 와본 적이 있는 이유는 아주 오래전에 콜린스 부부가 결혼해 그들과 함께 지내던 초기에 그들 가족이 찰스턴으로 이사했기 때문이다. 당시에는 메이컨에서 서배너까지의 여행을 빠르게 해줄 기찻길이 없었지만 증기선은 서배너에서 찰스턴까지 운행됐다. 지금 엘렌이 타려는 것과 비슷한 배였다.

　콜린스 가족은 어려운 시기에 이사를 했다. 그들에게 어려운 시기였으니, 그들과 운이 연결된 엘렌에게도 어려운 시기였다. 밖에서 보면 일라이자 콜린스의 삶은 동화처럼 보였다. 실제로 방랑 화가에 의해 높이 180센티미터, 폭 120센티미터의 거대한 캔버스에 담길 만한 삶이었다. 그림 속 일라이자는 엘렌이 다듬어주었을 법한 곱슬머리를 얼굴 양옆으로 늘어뜨린 채, 낭만적인 하늘 빛을 배경으로 대궐 같은 테라스에 서 있다. 손에는 반짝거리는 포도 세 송이가 달린 줄기를 들고 있다. 그중 두 송이는 붙어 있고 세 번째 송이는 아래로 내려와 있다. 아마 그녀의 친정을 나타내는 상징일 것이다. 그녀의 무릎에는 작은 신발 하나를 벗어 엄마에게 들어 올리는 금발의 아이가 있다.

그러나 콜린스 가문의 일이 그림처럼 전부 잘 풀려가는 건 아니었다. 처음부터 비극이 닥쳤다. 그림 속 아이는 콜린스 부부의 첫아이가 아니었다. 일라이자는 결혼 이후 얼마 지나지 않아 임신했지만, 그녀가 낳은 첫아이는 생후 4주에 죽었다. 아마 소아서열증 때문이었을 것이다. 그 아이는 콜린스의 첫 아내 곁에 묻혔다. 일라이자는 그로부터 4년이 지나서야 다시 아이를 낳았는데, 그 시기에 엘렌은 여주인의 신체적 욕구만이 아니라 감정적 상태에도 맞춰주어야 했다.

어쩌면 콜린스 가족은 이때의 상실 탓에 찰스턴으로 이동했는지도 모른다. 1840년의 어느 때였다. 이들이 방계 가족과 가계를 합친 걸 보면 직업적인 문제도 영향을 끼쳤을 수 있다. 이때 방계 가족이란 일라이자의 자매 메리와 그녀의 남편인 전직 하원의원이자 은행가이며 콜린스와 부두에서 도매업과 위탁업을 함께하게 된 새로운 동업자 제시 프랭클린 클리블랜드였다. 로버트 콜린스에게는 흥분되는 시기였다. 그는 경매와 위탁 사업에서 자신의 능력을 광고했다. 전문 분야는 목화였지만, 맡겨진 사업은 뭐든 할 의지를 피력했다.

콜린스 가족은 거처를 옮기면서 엘렌을 데려갔다. 엘렌의 어머니 마리아가 그제야 예속 가해자인 스미스 가족과 함께 메이컨으로 이사했다는 점을 생각하면 엘렌에게는 고통스러운 일이었다. 다른 집에 살긴 했지만, 어머니와 딸은 겨우 몇 블록 떨어진 곳에 살면서 역시 어머니와 딸인 여주인들을 섬겼는데, 이제는 다시 떨어지게 된 것이다.

찰스턴은 콜린스 부부에게 새로운 희망을 가져다주었다. 초상화에 등장한 금발의 아이, 줄리엣이 이곳 찰스턴에서 태어났다. 미국이라는 나라의 생일인 7월 4일이었다. 강에서 불꽃놀이를 하고 사방에서 파티가 열렸으니 아기가 태어난 날이 상서롭게 느껴졌을 것이다. 엘렌에게는 찰스턴이 다른 기억을 떠올리게 했다. 그리고 지금, 엘렌은 그 기억을 품고 북쪽으로 여행하고 있었다. 그녀에게는 유용하지만 무시무시하기도 한 기억이었다.

콜린스 가족의 예속 하녀로서, 엘렌은 찰스턴의 지리를 잘 알았다. 미팅가에 있는 콜린스 가족의 옛집으로 가는 길도 알았고, 세관이 배표를 사는 곳이라는 것도 알았다. 그녀는 항구에서 매일 배들이 자유 주와 필라델피아, 보스턴, 뉴욕 같은 자유 도시로 떠나는 모습을 보았다. 찰스턴에서 그녀는 사람이 세상과 접촉하는 방법을 배웠다.

하지만 그녀는 세관이 제기하는 난점에 대해서도 알고 있었다. 세관에서는 서명이 필요했다. 그 이상도 필요했다. 그 시절, 수천 명의 남자와 여자, 아이들이 경매로 팔리고—윌리엄의 경우처럼 녹다운되고—가족이 찢겨나가는 세관을 지나면서 그 문간에서 팔리는 노예들을 모른 척할 수 있는 사람은 아무도 없었다. 또 찰스턴에는 악명 높은 슈거 하우스가 있었다. 그곳은 예속 피해자들이 벌을 받으러 가는 고문소였다. 일라이자는 한 번도 엘렌을 슈거 하우스에 보낸 적이 없었지만, 마음만 먹었다면 쉽게 보낼 수 있었을 것이다. 슈거 하우스는 다른 운명이 얼마나 가까운지 나타내는 상징처럼 콜린스 가족이 사는 거리 바로 뒤에 있었다. 찰스턴에 대한 기억은 그 자체로 괴로웠다.

찰스턴에 있는 콜린스 가족의 집은 잠깐 지나가는 거처에 불과했다. 콜린스 가족이 2~3년 후 메이컨으로 돌아왔기 때문이다. 하지만 엘렌이 찰스턴에서 보고 경험한 것들은 그녀에게 그림자를 드리웠다.

엘렌이 윌리엄 크래프트라는 이름의 키가 크고 젊은 고급 가구 제작자와 관계를 맺고, 그의 사랑으로 변화하게 된 것은 콜린스 가족이 메이컨으로 돌아온 뒤였다. 사실 그들은 전에 만난 적이 있을지도 모른다. 후손들이 보관한 쪽지에는 부부가 처음 만난 시기가 윌리엄이 열여덟, 엘렌이 열다섯 살이던 1841년이라 적혀 있다. 두 사람은 윌리엄이 여동생을 잃고 얼마 지나지 않아, 콜린스 가족이 아직 찰스턴에서 지내며 메이컨의 집에 잠깐씩 들르던 시기에 만났을 것이다. 콜린스 가족이 메이컨으로 아예 돌아오자 둘에게는 더 가까운 관계를 맺을 기회가 생겼다. 그래도 엘렌은 거리를 유지했다.

온갖 것을 경험하고, 온갖 상처를 목격하고 알았기에 엘렌은 그처럼 친밀한 관계를 맺는다는 생각, 곧 잃을지도 모르는 가족을 만든다는 생각을 견딜 수 없었다. 그녀는 너무 많은 아이들이 부모의 품에서 끌려가는 모습을 보았다. 그녀도 어머니와 여러 차례 분리되었다. 이것이 그녀가 주목할 만한 행동을 한 이유다.

예속이라는 상태, 그녀의 의지와 욕망을 부정당하는 상태에 저항하고자 엘렌은 윌리엄과 결혼하지 않겠다고, 아이를 낳지 않겠다고 결심했다. 그들이 속박에서 벗어날 때까지는, 그녀의 몸이 그녀의 것이 되고, 그녀의 아이들도 온전히 자신들의 것이 될 때까지는 말이다. 윌리엄은 엘렌의 고통을 이해하고 그녀의 결정을 존중했다. 이런 합의는 관습에서 벗어난, 상호 합의에 근거한 협력적 사랑의 시작을 의미했다.

몇 달, 이어 몇 년에 걸쳐 그들은 위험을 민감하게 의식하며 온갖 탈출 방법을 탐구했다. 그들은 모든 길, 모든 다리가 감시당한다는 걸 알았다. 늪과 배후지의 동물에 대해서도 알았다. 더 나쁘게는, 인간의 탈을 쓴 짐승과 사냥을 하도록 훈련된 그들의 개에 대해서도 알았다. 실패할 경우에는 단순히 예전의 삶으로 돌아가는 것이 아니라, 최선의 경우에도 추방 당하게 된다는 것 또한 알았다. 윌리엄은 아마 목화밭이나 철도로 가게 될 것이고, 엘렌은 뉴올리언스로 가게 될 터였다. 뉴올리언스에서는 밝은 피부의 예속 피해자 여성들이 소위 "화려한 산업"에서 높은 가격으로 거래되었다. 화려한 산업이란 성적 인신매매를 뜻하는 잔인한 완곡 어구였다.

따로 움직이는 게 더 유리할 수도 있었다. 고된 속도로 힘겨운 이동을 하면서 살아남으려면, 윌리엄은 혼자 움직이는 게 유리했다. 엘렌은 혼자 있어야 백인으로만 이루어진 사람들 사이에 모습을 감출 수 있었다. 윌리엄과 함께 있으면 그녀는 흑인과 가까이 붙어 다니는 백인 여성으로 보였고, 그건 궁극적인 금기였기 때문이다. 함께한다는 건 혼자 움직일 때 누릴 수 있는 모든 이점을 포기하고 서로의 발목을 잡는 일처럼 보였다.

계획을 세우지는 못했으나 함께하기로 결심한 그들은 마침내 목표의 순서를 뒤집기로 했다. 도망은 나중에 가고, 일단 사랑을 하기로 말이다. 그들은 모든 예속 피해자가 밟아야 하는 첫 단계를 밟음으로써, 현재 상황에서 가능한 최선의 삶을 만들어가기로 했다. 예속 가해자에게 결혼 허가를 구하기로 한 것이다. 이런 행동조차 안전한 건 아니었다. 로버트 콜린스는 예속 피해자가 같은 집에 속한 사람과 결혼해야 한다고 믿었다. 다른 주인에게 속한 사람은 마땅히 같이 살아야 하는데도 같이 살 수 없으며, 재산의 변동에 따라 분리된 삶을 살 위험에 놓이기 때문이라는 게 그의 설명이었다.

그는 이렇게 덧붙였다. "이런 관계를 맺을 때 노예들은 예식을 치르지 않는다. 노예 중 다수는 서로에 대한 의무를 매우 가볍게 여긴다. 그러나 그중 일부는 어느 정도의 충실함과 정절, 애정을 보여 주인을 감탄하게 만든다. 이런 성품을 보이는 노예들을 떼어놓는 것은 주인에게도 늘 꺼려지는 일이다."

다행히도 콜린스는 엘렌에게 예외를 인정해 주었다. 엘렌이 총애받는 노예였기 때문일 수도 있고, 그가 윌리엄에게 재정적인 자원이 있다는 걸 알았기 때문일 수도 있으며, 그의 아내이자 엘렌의 이복자매가 그러기를 원했기 때문일 수도 있다. 심지어 그는 엘렌과 윌리엄의 관계가 특별한 종류의 연대임을 알아봤을 수도 있다. 그 관계를 사랑이라는 이름으로 부르는 건 거부했더라도.

크래프트 부부는 마침내 결혼했다. 엘렌은 둘의 결혼을 지상의 주인이 아니라 신이 정한 영원한 결합으로서 축성해 줄 기독교식 결혼식을 허락받지 못했다. 대신 두 사람은 자신과 그들을 아끼는 이들이 신성하게 여긴 '빗자루 뛰어넘기' 의식을 통해 남편과 아내가 되었다.[20] 그것이 예속 피해자들의 전통적인 결혼식이었다. 부부가 서배너에서 찰스턴으로 이동하겠다는 지금의 계획을 떠올린 건 그로부터 2년이 더 지나서였다. 이 계획의 특출함은 그 대담한 유연성, 그리고 흐름에 파괴당하기보다는 그 흐름을 활용하는 능력에 있었다.

두 사람의 계획은 다른 형태의 애정을 연기하는 것이었다. 조지아에는 후대 사람들이 그리워하는, 이 시기 특정 계층에서 널리 퍼졌던 풍습이 있었다. 집안의 어린아이와 나이 많은 예속 피해자 아이를 짝지어 주는 풍습이었다. 예속 피해자 아이는 자신이 맡은 어린아이에게 낚시하는 법, 덫 놓는 법, 새 둥지 찾는 법, 알의 이름 등을 가르쳐주었다. 일종의 칼리반[21]이나 길잡이처럼 말이다. 예속 가해자들이 아들을 남북전쟁으로 보낼 때 노예를 딸려 보냈던 것도 이런 소년들 사이의 연대에 대한 믿음 때문이었다.

---

20 미국 남부 노예제 사회에서 법적으로 결혼이 허용되지 않았던 아프리카계 미국인들이 부부 결합을 상징하기 위해 행하던 의식. 빗자루는 가정의 시작과 정화를 뜻하는 상징으로, 신랑과 신부가 빗자루를 함께 뛰어넘음으로써 '새 삶의 시작'을 선언했다. 일부 학자들은 가나나 나이지리아 일부 민족의 전통 결혼에서 빗자루나 막대기 같은 물건을 사용해 결합을 상징하는 장면이 있었고, 이것이 미국에 건너와 활용되었다고 본다.
21 셰익스피어의 희곡 〈템페스트〉에 등장하는 인물로, 야성적이고 억압받는 존재로 묘사된다.

흑인과 백인 사이에 가능한 모든 관계 중에서도 이처럼 이상화된 연결은 윌리엄과 엘런의 세상에서 지배 세력이 무척 보고 싶어 하던 관계였다. 그래서 부부는 이 관계를 연기하기로 했다. 찰스턴행 증기선만큼 그들이 함께 있는 모습을 가까이에서 감시당할 만한 곳은 없었다. 즉, 이곳만큼 두 사람이 빠르게 배우고 익혀야 할 곳도 없었다.

감시

두 번째 종이 울린 직후에, 두 사람은 살롱으로 슬쩍 들어 갔다. 살롱이라지만 기껏해야 작은 중개선 안에 있는, 폐소공포증 을 일으킬 것처럼 비좁은 공간이었다. 가구라고는 난로 하나와 탁 자 몇 개뿐이었다. 남자들은 이곳에서 만나 신문을 읽고 카드 게임 을 하고 이야기를 주고받고 식사하고 술을 마시고 침을 뱉었다(가 장 좋은 배도 벽과 카펫은 담배즙으로 얼룩져 있었다).

윌리엄은 주인을 안전히 앉혀두고 나갔다. 엘렌은 선장을 포함 한 남자들 사이에 남았다. 그녀는 웅크린 채 다른 사람들과 거리를 두고 있었다. 방금까지 구석에서 황금색 회중시계를 확인하며 하 품을 하던 한 신사가 이제는 완전히 정신이 드는지 그녀를 골똘히 바라보았다. 경적이 울렸다. 배가 덜덜 떨리며 출발했다. 엘렌은 시간이 흐르기를 기다렸다가 선실로 안내해 달라고 부탁했다.

　황금색 시계를 가지고 있던 남자는 그녀를 지켜보며, 내내 귀 기울이고 있었다. 왜소하고 병약한 젊은 남자는 한눈에 봐도 눈에 띄었다. 그는 눈조차 제대로 보이지 않을 만큼 온몸을 꽁꽁 싸매고 있었다. 황금색 시계를 가진 남자는 이 신사가 자신을 존슨 씨라고 소개하고, 건강이 좋지 않다고 말하는 소리를 들었다. 그가 노예를 불러오라고 사람을 보내는 모습을 지켜보았다. 그는 존슨 씨의 목소리가 부드럽고, 심지어 여자 같다고 생각했다.

***

　선실은 아주 작았다. 한쪽 벽에 침대 두 개가 틀어박혀 있고, 가장 좋은 자리에는 장식용 거울 하나가 붙어 있었다. 작은 창문도 하나 있었다. 갑판으로 나가는 문이 하나 있을 수도 있다. 증기선의 공용 시설은 더러운 것으로 악명이 높았다. 모든 승객이 수건 한 장을 나눠 썼고, 빗이나 차마 언급하기 어려운 구멍도 공통으로 사용해야 했다. 그 구멍을 쓰려는 사람은 누구나 빨리 들어갔다가 나오고 싶어 했다.

　윌리엄은 주인이 침대에 자리를 잡도록 도와주었다. 그는 선실에서 나왔다가 뭔가 잘못됐음을 느꼈다. 황금색 시계를 가진 남자만이 아니라 선장과 다른 승객들도 존슨 씨의 행동이 이상하다고 생각해 윌리엄에게 질문을 던졌다. 윌리엄은 최선을 다해 대답한 뒤 다시 주인의 안부를 확인했다.

엘렌은 윌리엄에게 플란넬 천과 약을 꺼내 난로 옆에서 치료를 준비하는 모습을 연출하라고 했다. 그렇게 하면 자신의 변장이 더욱 그럴듯해 보일 뿐 아니라, 혹시라도 의심을 품을지 모를 다른 승객들을 안심시킬 수도 있었다. 장애가 있는 신사와 함께 여행하는 것과 콜레라 같은 병에 걸린 사람과 밀폐된 공간에 갇히는 것은 전혀 다른 문제였다. 당시에는 콜레라 발병이 증가하고 있었는데, 이 병은 신체 곳곳에서 배설이 일어나는 끔찍한 증상을 동반하는 병으로 널리 알려져 있었다. 반면 류머티즘은 흔하고, 무엇보다 전염되지 않는 병이라는 점에서 안심할 만했다.

관절 질환을 치료하는 것으로 알려진 치료제 중 하나는 비누, 술, 장뇌, 암모니아 용액으로 만든 오포델도크였다. 아주 고약한 냄새가 났을 게 분명하다. 윌리엄이 살롱에서 약을 데우기 시작하자 남자 두 명이 악취가 너무 심하다며 불평했다. 어떤 사람은 그 약을 배 밖으로 던져버리겠다고 위협했다.

윌리엄은 다행이라고 생각하며 엘렌의 선실로 돌아갔다. 약을 바르는 동안, 윌리엄에게는 선실에 머물 이유가 있었다. 윌리엄이 아내의 얼굴에 따뜻한 천을 댄 순간 그와 엘렌은 신중한 눈길과 손길로 잠시 마음을 가라앉힐 수 있었다. 이제 엘렌은 남자들 사이에서 홀로 밤을 나야 했다. 윌리엄은 최대한 오래 머무르다가, 악취가 나는 플란넬 천을 새로 붙인 엘렌을 그곳에 남겨두고 다시 한번 떠났다. 둘 다 그 악취가 모든 문제를 막아주기에 충분하기만 바라야 했다.

밖에서는 황금색 시계를 가진 남자가 갑판을 어슬렁거렸다. 티비섬의 불빛이 아직도 보였다. 아프리카에서 들어오는 노예선을 안내했던, 바로 그 등대의 불빛이었다. 미들 패시지[22]의 생존자들은 일단 티비섬에 내려 격리 병원이나 검역소에 격리된 다음 서배너에 있는 두 번째 입항 지점에서 매각 허가를 받았다. 국제 노예무역이 불법인 지금도 몇몇 배들은 은밀히 이곳을 지났다.

황금색 시계를 가진 남자는 티비섬의 마지막 불빛을 보다가 안으로 들어갔다. 반면 윌리엄은 갑판으로 나왔다. 그는 승무원에게 어디에서 자야 하느냐고 물었지만, 유색인 승객을 위한 자리는 없다는 말을 들었을 뿐이다. 그는 한동안 갑판을 서성거리다가 찾을 수 있는 가장 따뜻한 자리를 찾았다. 배의 굴뚝 옆에 있는 면화 자루 위였다. 바람막이도 없는 갑판 위라 시끄럽고 축축했다. 엔진이 비명을 질러대고 물보라가 불규칙적으로 일었다. 난방이 되는 선실 안에서 엘렌도 그 소음을 들었다. 별들이 두 사람의 머리 위에서 밝게 빛났다.

***

증기선은 밤새 섬들 사이를 구불구불 움직이며 도우푸스키섬의 블러디 포인트를 지나 힐튼 헤드를 통과해 트렌차즈 인렛으로 향했다. 그들은 오래된 스페인 요새의 폐허와 보퍼트 근처의 대농장,

---

22 16세기부터 19세기까지 지속된 대서양 삼각무역의 일부로, 아프리카에서 납치되거나 사로잡힌 아프리카인들이 아메리카 대륙으로 이송되던 항해 구간을 말한다.

굴로 뒤덮인 부두와 강가를 미끄러지듯 지나 우편물 전달을 위해 멈추었다. 이어 그들은 세인트헬레나섬을 지나서 바다 쪽으로 향했다.

날씨가 무척 좋았기에 승객들은 대부분 일찍부터 선상에 나와 강에서 불어오는 산뜻한 바람을 들이마시며 식욕을 돋우었다. 곧 아침 식사 시간이었다. 갑판에서는 황금색 시계를 가진 남자가 계속 존슨 씨를 주시하고 있었다. 존슨 씨는 곧 밖으로 나와서(남자는 그가 어젯밤과 같은 옷을 입고 있다는 걸 알아보았다) 배의 난간 옆에 앉았다.

해가 뜬 만큼 남자는 이 젊고 병약한 남자를 더 자세히 살펴볼 수 있었다. 그는 존슨 씨가 검은 머리에 스페인 혈통을 의미하는 구릿빛 피부를 가진 잘생긴 젊은이라는 걸 알아차렸다. 관찰자는 존슨 씨에 대해 더 알고 싶었지만, 젊은 신사가 접촉을 피하는 것처럼 보였으므로 늘 그와 함께 다니는 노예에게 대신 질문을 던졌다.

"어디 출신이요?"

"애틀랜타요."

윌리엄은 남자에게 자신의 주인이 조지아 주에서 가장 뛰어난 의사들조차 고치지 못한 병을 앓고 있다고 알렸다. 주인의 가장 큰 문제는 류머티즘이라고. 혼자서는 걷지도 못하고, 거의 아무것도 할 수 없다고. 윌리엄은 그가 지금 유명한 의사인 삼촌을 만나러 필라델피아로 가는 중이라고 했다. 그에게 질문을 던진 남자가 나중에 떠올린 바에 따르면, 윌리엄은 자신감 있으면서 대담하게 말해 듣는 사람의 연민을 샀다. 남자는 아픈 젊은이를 걱정하게 되었지만, 동시에 그가 움직이는 모습을 보면서 이 병약자의 걸음걸이가 어딘지 이상하다는 것도 알아보았다.

아침 식사를 알리는 종이 울리자 승객들은 살롱으로 돌아갔다. 탁자에는 삶은 닭고기와 뜨거운 커피가 차려져 있었다. 선장은 존슨 씨에게 자기 오른쪽에 앉으라고 하면서 젊은이의 건강에 걱정을 표했다. 선장의 다른 손님들도 마찬가지였다. 존슨 씨는 식사를 할 수 있는 상태였지만 도움이 필요했다. 윌리엄이 그에게 필요한 모든 것을 도와주었다. 그는 존슨 씨가 한 손만으로도 음식을 먹을 수 있도록 음식을 잘라주었다. 그 이후에 벌어진 장면을, 크래프트 부부는 나중에 극적으로 설명했다.

윌리엄이 밖으로 나갔을 때, 선장이 시간을 들여 존슨 씨에게 조언했다.

"아주 세심한 녀석을 데리고 다니십니다만, 북부에 도착하면 매와 같은 눈으로 녀석을 지켜보셔야 할 겁니다."

윌리엄이 아무리 충성스러워 보여도 북부에 가면 다르게 행동할 수 있다는 말이었다. 선장은 노예제가 폐지된 주에서 소중한 재산을 잃은 남자들을 개인적으로 여러 명 알고 있었다. 그가 보기에 존슨 씨는 골치 아픈 곳으로 가는 중이었다. 존슨 씨가 대답하기도 전에 함께 식사하던 자가 선장의 말에 찬성했다. 노예 상인이 분명했다.

"값만 부르세요."

노예 상인은 그렇게 덧붙였다. 그러면 존슨 씨의 손에서 짐을 덜어주겠다는 말이었다. 12월은 노예를 사고파는 성수기의 시작이었기에, 이런 거래는 모두에게 도움이 될 터였다. 거친 얼굴의 노예 상인이 엘렌과 시선을 마주쳤다.

"어떻습니까?"

"팔 생각이 없습니다." 엘렌이 대답했다. "저 녀석 없이는 생활을 못 하니까요."

"북부로 저 녀석을 데려가면 어차피 저 녀석 없이 생활해야 할 겁니다."

노예 상인이 쏘아붙였다. 그는 자신이 존슨 씨보다 나이가 많으며, 노예들의 마음을 읽어낸 경험도 더 많다고 말했다. 그는 10년 동안 웨이드 햄튼 장군 밑에서 노예 "조련사"로 일했다. 그는 윌리엄을 뉴올리언스에서 파는 게 가장 좋다고 말했다.

"영민한 니거예요. 눈매를 보면 도망칠 게 분명하고."

지금까지는 윌리엄이 엘렌을 보호해야 했다면, 이제는 엘렌의 차례였다. 엘렌은 강하게 말했다.

"아닐 겁니다. 난 저 녀석의 충성심을 믿고 있습니다."

"퍽이나!"

노예 상인은 그렇게 소리치며 주먹으로 탁자를 쾅 쳤다. 그 바람에 뜨거운 커피가 다른 남자의 무릎에 쏟아졌다. 무릎을 덴 남자가 벌떡 일어서자 노예 상인이 조용히 경고했다.

"괜한 일 벌이지 마시오, 친구. 제일 훌륭한 가문에서도 사고는 늘 일어나니까."

살롱은 비좁았다. 증기선의 살롱에서는 주먹다짐이 매우 자주 일어났다. 술이 흐르는 밤에는 특히 그랬다. 하지만 당시는 아침이었고 여행도 막바지였다. 존슨 씨는 선장의 조언에 감사 인사를 했고, 모두가 갑판으로 흩어졌다. 그곳에서 노예 상인은 엔진 소음과 흥분한 사람들의 환호성을 누르며 시끄럽게 거들먹거렸다. 그는 사우스캐롤라이나의 선동꾼, 존 C. 캘훈을 들먹였다. 캘훈은 노예 제도가 "그야말로 좋은 것"이라고 선언한 유명인이었다.

공교롭게도 엘렌의 아버지는 캘훈을 존경했다. 그는 '주 정부의 자치권은 애국자라면 품기 마련인 신념이며, 캘훈은 그 자치권의 예언자'라고 생각했다. 노예 상인이 또 한 번 그를 설득하려 하자 존슨 씨는 선장에게 바람을 견디기 힘들다고 말하고 살롱으로 돌아갔다.

살롱에는 늦은 아침을 먹는 젊은 장교가 있었다. 엘렌이 서배너로 가는 길에 만난 적이 있는 사람이었다. 이런 장교들도 엘렌에게는 익숙한 유형이었다. 백인인 그녀의 이복형제들이 이 장교와 비슷한 인간들이었기 때문이다. 제임스 스미스의 아들들은 모두 잘생기고 기운 넘치고 체구가 큰 젊은이들이었다. 그중에는 메이컨 의용대 대장이자 장난을 좋아하는 밥도 있었다. 지금 엘렌의 앞에 있는 장교는 엘렌에게 형제처럼 굴었다.

"이런 말을 해도 될지 모르겠는데."

그는 이렇게 입을 열었다.

"노예 녀석에게 '고마워'라고 말하면 버릇을 망칠 가능성이 아주 높아. 니거가 규칙에 따르게 하고, 녀석의 주제를 알려줄 유일한 방법은 천둥처럼 우르릉대며 놈을 나뭇잎처럼 떨게 만드는 것뿐이야."

무슨 신호라도 받은 것처럼 이 장교의 예속 피해자인 네드가 살롱에 들어왔다. 장교는 노예 다루는 시범을 보여주더니, 네드에게 짐을 가져오라고 하고는 모든 노예를 이런 식으로 훈련시키면 그들이 전부 "개처럼 겸손해져서" 절대 도망치지 않을 거라고 말했다.

그러면서 장교는 아칸소주의 온천에 가지 그러냐고 말했다. 그러면 노예에 대해 걱정할 이유가 없을 거라고. 존슨 씨는 필라델피아의 공기가 그에게 가장 도움이 될 것이고, 거기서 더 좋은 조언을 받을 수 있을 거라고 대답했다.

그들은 찰스턴 도착을 알리는 뱃고동을 들었다. 장교는 어린 친구에게 안전하고 즐거운 여행을 하라고 말하고는 떠났다. 밖에서는 황금색 시계를 가진 남자가 존슨 씨를 찾았지만, 그를 발견하지 못하고 떠났다. 이 남자는 나중에 문제의 병약자가 "여자거나 천재"일 거라던 동료 여행자의 말을 떠올리게 된다. 존슨 씨가 사실 여자인 동시에 천재였음을 알게 된 건 몇 주 후 〈뉴욕 헤럴드〉를 읽고서였다.

한편 엘렌은 살롱 안에서 잠시 머물렀다. 그녀와 윌리엄은 첫 24시간 동안 살아남았다. 그러나 가장 큰 시험은 아직 시작되지 않았다. 그 시험은 엘렌의 과거에 대한 열쇠를 가지고 있으면서, 1848년에는 그녀의 현재에 대한 열쇠도 가지고 있는 도시에서 치러질 터였다.

계획

엘렌과 윌리엄은 메이컨에서 2년간 최선을 다해 버텼다. 둘은 노예제도하에서 그들의 상황이 어느 모로 보나 최악은 아니라는 사실을 알고 있었다. 그 말은, 앞으로 상황이 얼마나 나빠질 수 있는지를 암시하는 것이기도 했다. 콜린스는 엘렌에게 지면에서 60센티미터 떨어져 있는 30제곱미터 니거 집보다 좋은 것을 주었다. 그녀는 콜린스 저택 뒤에 외따로 떨어져 있는 작은 건물에서 살 수 있었다. 그녀의 바느질 작업소이자 숙소로 사용되는 공간이었다.

그 오두막의 문에는 자물쇠가 달려 있었다. 엘렌은 오두막 안에 윌리엄이 맞춤 제작한 가구를 두었다. 그중에는 잠글 수 있는 비밀 서랍이 달린 함도 있었다. 엘렌은 대부분의 시간을 바느질하며 보냈고, 윌리엄은 근처 호텔과 작업소에서 일했다. 둘이 함께 보내는 시간에는 한계가 있었지만, 이 정도를 누리는 것만도 행운이라는 걸 그들은 알고 있었다.

이 지역의 또 다른 예속 피해자인 존 브라운은 조지아주 노예의 삶에 대한 아주 다른 경험을 증언했다. 그는 목화밭에서의 잔혹한 노동과 신체적 고문에 관해 증언했는데, 그런 고문에는 그가 견뎌야만 했던 의료 실험도 포함돼 있었다. 실험을 한 사람은 클린턴에 있는 제임스 스미스의 병원 근처에서 영업하던 그 지역 의사였다. 필라델피아에서 수련받은 이 의사는 일사병 치료제를 시험하기 위해 브라운을 기절할 때까지 연기 나는 구덩이에 파묻어 놓았고, 브라운의 검은 피부가 얼마나 '깊은' 데까지 있는지 보겠다며 더 많은 실험을 했다.

브라운이 예속에서 벗어나려다가 겪은 수많은 처벌 중에는 90센티미터 길이의 막대가 튀어나와 있고 종이 걸려 있는 쇠로 만든 장치를 머리에 며칠씩 강제로 쓰는 벌이 있었다. 그는 임신한 여성들이 처벌을 견디는 동안 그 여자들을 붙잡고 있으라는 명령도 받았다. 땅에는 "여자들이 품고 있는 재산이 상하지 않도록" 그들의 배를 끼울 구멍이 파여 있었다.

크래프트 부부는 직접 경험하지는 않았더라도 그처럼 극단적인 폭력을 목격해 왔다. 윌리엄은 이렇게 증언했다.

"나는 상상할 수 있는 모든 방식으로 고문당하는 노예들을 보았습니다. 노예들이 핏불에게 쫓겨 갈가리 찢기는 모습을 보았습니다. 노예들이 수치스럽게 매 맞고, 뜨거운 쇠로 낙인찍히는 모습을 보았습니다. 나는 그들이 사냥당하고, 심지어 산 채로 화형당하는 모습도 보았습니다. 이런 처벌은 비슷한 목적으로 백인이 저질렀다면 박수를 받았을 법한 위반 행위에 벌을 주기 위해 자주 이루어졌습니다."

이러한 고문은 예속 피해자의 운명은 언제든 바뀔 수 있다는 점, 그리고 질서에 저항하는 사람, 특히 탈출을 시도하는 사람에게는 고통이 보장되어 있음을 떠올리게 했다. 그들이 사랑하는 사람도 고통받을 수 있었다. 노예 소유자들 사이에서는 남겨진 사람을 상대로 복수하는 것이 흔한 탈출 억제 전략이었다. 크래프트 부부는 이 모든 결과를 알고 있었기에 그만한 가치가 있는 계획이 있을 때만 도망칠 준비를 하고 경계하며 견뎌냈다. 두 사람은 능숙한 장인으로서 이런 일을 할 준비가 되어 있었다. 그들은 재료를 자르기 전에 크기를 재고, 부분만을 가지고 전체를 그려보는 훈련을 받은 사람들이었다.

그러나 1848년에는 이들의 제한적인 선택지가 더욱 줄어들었다. 크래프트 부부는 그들의 도망을 촉발한 사건을 한 가지로 짚어낸 적이 없다. 나중에 이들이 암시했듯, 문제는 타이밍과 기회, 영감이었을지도 모른다. 그러나 크래프트 부부의 전진하려는 관성 외에도 그들의 등을 떠미는 힘이 있었다. 1848년에 콜린스 가문은 심각한 문제에 빠졌고, 윌리엄과 엘렌은 예속 가해자의 재정 상태가 곤란해지면 그들 자신의 문제도 머잖아 심각해진다는 사실을 알고 있었다.

***

콜린스에게 법적·재정적 혼란은 새로운 일이 아니었다. 오래전, 첫 번째 아내가 죽기 전에 그는 수상한 사업을 했다는 혐의를 받고 명예를 되찾기 위해 공개 선언문을 내야 했다. 이후로도 그는 법원에서 여러 차례 싸움을 벌였으며, 그때마다 가까스로 되살아날 수 있었다. 어쨌거나 그는 투기꾼이었고, 좋을 때와 나쁠 때가 있는 건 이런 판에서는 당연한 일이었다. 그러나 분쟁이 한 번 생길 때마다 판돈이 올라갔고, 그가 뒷방에서 한 거래는 그를 괴롭혔다. 그의 집안 하인 중에서 "가장 큰 신뢰를 받는, 누구보다 믿음직스러운" 엘렌도 그 괴로움을 목격했다.

1844년 가을, 콜린스 가족이 찰스턴에서 돌아오고 얼마 지나지 않아 일라이자가 다시 임신했을 때, 엘렌은 콜린스의 채무로 인해 가족의 저택이 경매로 팔리는 모습을 목격했다. 콜린스 가족이 저택을 유지할 수 있었던 건 일라이자와 엘렌의 아버지인 제임스 스미스가 그들을 구해주었기 때문이었다. 제임스 스미스의 낙찰가는 2,000달러였다. 이 저택의 공사비만 해도 그 열 배는 되었다는 점을 생각하면 놀라운 거래였다(하긴 어마어마한 덩치에 성격도 불같은 스미스를 꺾고 싶어 하는 응찰자는 아무도 없었다).

제임스 스미스는 콜린스 가족에게 집을 돌려주면서, 한 가지만 약삭빠르게 바꿔놓았다. 그는 저택의 소유주를 일라이자로 변경해 남편의 채권자들로부터 저택을 지켜줄 철통같은 계약서로 그녀의 재산을 묶어두었다. 현명한 결정이었다. 2년 뒤, 새로운 채무에 올라탄 콜린스 가족은 다시 공매를 해야 했기 때문이다. 이번에 매물로 나온 것은 인간 재산이었다.

명단은 아찔했다. 다 합쳐서 106명의 사람의 이름이 적혀 있었고, 그중 많은 사람이 어머니와 아이였다. 나이시와 갓난아기, 낸시와 다섯 자녀, 마틸다와 아이, 채리티와 아이, 해리엇과 두 자녀인 레티스와 마사, 그리고 레티스와 마사의 갓난아기들, 메리, 로다, 프랜시스, 바이니와 그들의 자녀 모두도 포함되었다.

엘렌의 이름은 명단에 없었지만, 그녀 역시 그녀의 세상에서 알고, 함께 일하고, 아꼈던 사람들이 사라질 결산의 날을 기다리는 처지가 되었다. 이 사건은 엘렌이 어린 시절에 경험했던 분리의 고통을 여러 차례 반복적으로 가할 것이 분명했다.

경매는 1846년으로 예정되었다. 그녀와 윌리엄이 결혼한 해였다. 둘은 결혼한 바로 그해에 온갖 두려움이 전시되는 것을 보았다. 다가오는 매각은 빚이나 죽음, 주인의 바람만 있으면 이별의 고통이 가해지리라는 증거였다.

엘렌의 이름이 명단에 없었던 건 그리 놀랍지 않았다. 그녀는 일라이자 콜린스가 가장 좋아하는 노예였기 때문이다. 그러나 엘렌이 몰랐던 것은, 선물이자 저주가 된 이 일에 아버지의 손길이 작용했다는 점이었다. 1845년 7월 1일, 제임스 스미스는 일라이자를 저택의 공식적 주인으로 만든 뒤 더 나아가 몇 년 전 엘렌을 결혼 선물로 주었던 거래를 공식화했다. 그는 딸 일라이자에 대한 사랑을 공표하며 그녀에게 엘렌과 스펜서라는 젊은 남자에 관한 법적 소유권을 줌으로써, 남편의 채무에도 불구하고 일라이자의 재산이 보호되도록 하는 계약서에 둘을 묶어버렸다.

　이것은 엘렌만이 아니라 그녀의 번식물, 즉 엘렌의 자녀와 그 자녀의 자녀들에게까지 이어지는 끝없는 유언장이었다. 그 말은 엘렌이 도망치면 그녀가 로버트 콜린스가 아니라 이복자매의 소유권에서 도망치게 된다는 뜻이었다. 둘 모두의 아버지 덕분에 노예 소유자이자 저택의 주인이자 메이컨에서 가장 부유한 여자가 된, 그 일라이자에게서 말이다. 그 말은 엘렌이 도망치면, 자신만이 아니라 미래 세대의 후손들도 해방 되리라는 뜻이기도 했다.

　노예 매각이 공고되고 2년 동안 콜린스는 더 이상의 큰 망신을 피했다. 그러다가 혁명의 해인 1848년[23], 그는 다른 모든 소송을 가릴 만큼 대단한 소송에 직면했다. 그 사건은 찰스턴에서, 엘렌이 이름을 빌려 쓴 남자를 상대로 시작되었다.

***

　윌리엄 버틀러 존스턴은 여러모로 로버트 콜린스의 도플갱어였다. 그는 철도와 은행에 투자한 정통 투자자였으며, 공공사업에 열정이 있는 기업가였고, 자칭 자수성가한 인물이었다. 그 역시 콜린스처럼 처음에는 다른 직업을 가지고 있다가 보석 세공인으로서 수련한 뒤 200달러의 자본으로 찰스턴과 뉴올리언스에서 가장

---

23 프랑스를 시작으로 독일, 오스트리아, 이탈리아 등 유럽 전역에서 자유주의·민족주의 혁명이 일어난 해.

큰 보석상이 되었다. 메이컨 길거리에 니거 남자를 욕조 옆에 앉혀 놓고, 도저히 잊을 수 없는 광고 수단으로 그에게 책을 낚는 시늉을 하도록 한 사람이 바로 존스턴이었다.

예술에 관한 철두철미한 취향과 꽃에 대한 열정, 홀수에 대한 미신적 믿음을 가지고 있는 것으로 유명했던 자칭 천재는 언젠가 콜린스가 그랬듯 젊은 신부와 결혼했다. 그의 신부는 스무 살 연하였다. 유럽으로 신혼여행을 갔다가 돌아온 그는 멀버리가의 꼭대기에 이탈리아식 저택을 짓고, 그곳에 서서 다른 훌륭한 집들을 내려다보곤 했다. 그런 집 중에 콜린스의 집도 있었다. 존스턴의 저택은 유화와 대리석 조각이 갖춰진 훌륭한 갤러리를 자랑했다. 그곳의 작품 중에는 하나에 5,000달러짜리도 있었다.

1848년은 존스턴의 특별한 운명이 전환점을 맞은 해였다. 그는 찰스턴에서 사우스웨스턴 레일로드 은행을 상대로 막대한 수익이 예상되는 소송을 제기했다. 사기 혐의에 걸린 인물 중 가장 중요한 이가 로버트 콜린스였다. 당시 콜린스는 파산한 오크멀기 은행에 13만 달러(오늘날 가치로는 약 500만 달러)에 달하는 엄청난 빚을 지고 있는데, 존스턴은 그가 오크멀기 은행 및 사우스웨스턴 레일로드 은행과 공모하여 자신에게 수만 달러의 손해를 입히려 했다고 주장했다. 이 소송을 통해 콜린스의 이름은 속임수와 장난질에 관련되었으며, 그의 생계의 토대라 할 수 있는 평판까지 위험에 빠졌다.

1848년 봄에 존스턴은 승기를 잡았다. 피고가 항소하면서 신년 이후로 두 번째 기일이 잡혔다. 콜린스는 이 소송으로 많은 것을 잃을 수 있었다. 그는 사기꾼이자 시정잡배로 비난당할 수 있었고, 오래전에 떨쳐버렸다고 생각했던 어마어마한 빚을 다시 갚아야 할 수도 있었다. 대중의 신뢰를 잃는 것도 심각한 일이었다. 콜린스는 전직 은행장인 L. L. 그리핀이 폭도들에게 공격당해 감옥에 갇히고, 자신만이 아니라 아내의 재산까지 경매에 부쳐지는 꼴을 지켜봐야만 했던 사례를 보았으므로 그런 미래를 잘 알고 있었다.

1848년이 저물어가면서 콜린스와 일라이자는 걱정했을 게 틀림없다. 어쨌거나 콜린스의 사업이 혼란에 빠졌던 지난 몇 번에 부부는 집과 재산이 공매당하는 모습을 본 적이 있었다. 이번에는 또 무엇을 잃게 될까? 이번만큼은 엘렌도 넋 놓고 앉아 그 답을 기다리고 싶지 않았다.

***

다른 사람은 몰라도 엘렌은 신뢰받는 노예였기에 콜린스 집안의 재산이 다시 한번 위태로워졌다는 걸 알 만한 위치에 있었다. 그녀는 콜린스 박사가 찰스턴에 자주 간다는 걸 알아차렸다. 또 엘렌은 일라이자를 잘 알았기에, 그녀가 소식을 기다리며 불안해한다는 걸 눈치챌 수 있었다.

가까운 미래에 더 많은 것이 걸린 재판이 한 번 더 열리리라는 걸 알았다면, 엘렌에게는 그해가 끝나기 전에 도망칠 합리적인 이유가 있었을 것이다. 크리스마스는 실용적인 이유로 여러 이점이 있는 날이기도 했다. 노예 소유자들이 휴일과 통행증을 내줄 가능성이 가장 높은 시기가 그때였기 때문이다. 그러나 다른 사람들은 크래프트 부부가 그토록 급하게 도망쳐야 할 동기를 느낀 또 다른 이유를 제시하기도 했다. 그들의 말에 따르면 부부의 도망은 어느 아이의 죽음으로 시작됐다.

크래프트 부부는 노예제도하에서 태어난 어떤 자녀에 대해서도 언급하지 않았다. 그러나 나중에 크래프트 부부와 독특한 관계를 맺었던 최소 네 명의 백인 활동가와 그들의 후손들은, 엘렌이 노예로서의 의무를 하도록 강요당하던 시기에 아기를 낳았으며, 그 아이가 죽었다고 각자 주장했다. 별다른 연관성 없이 몇 년을 사이에 두고 출간된 이들의 진술은 내용이 매우 다르지만, 아이를 잃은 것 때문에 크래프트 부부가 노예제도에서 도망칠 수밖에 없었다고 공통적으로 말했다. 두 사람이 정말로 아이를 잃었다면, 엘렌과 윌리엄은 더 이상 잃을 게 없다고, 최악의 상황을 이미 마주했다고 느꼈을 것이다.

그들이 예속 상태에서 아이들을 낳았는지 여부에 관해서, 이것만은 분명하다. 크래프트 부부는 자유로워지기로 결심했을 때 미래에 자녀를 낳겠다는 생각을 하고 있었다. 나중에 한 말에 따르면, 둘은 "우리의 요람에서 갓난아기를 끌어내 짐승처럼 족쇄를 채워 팔고, 우리가 그 운명에서 아기를 구하기 위해 손가락이라도 들면 우리를 채찍질할 다른 인간이 있다는 사실이 무엇보다도" 괴로웠다고 한다. 이들이 목숨을 걸기로 맹세한 까닭은 이처럼 그들이 어린 시절에 겪었던 상처가 새로이 반복되는 것을 막기 위해서였다.

크래프트 부부가 노예제도 아래서 한 내밀한 경험은 침묵으로 둘러싸여 있다. 특히 엘렌의 경험이 그렇다. 이들 부부를 알았던 다른 사람들은 더 심한 상처가 있었을 것이라고 암시한다. 예컨대, 엘렌이 "주인의 피해자"였고 콜린스의 집이 "방탕한 악덕의 요람"이었다고 말이다. 이런 주장이 사실에 근거한 것인지, 노예제도의 끔찍함을 극적으로 나타내기 위한 단순한 추정인지는 알 수 없다. 확실한 것은 어느 순간 저울이 기울어 탈출하고자 하는 욕구가 탈출이 실패해 그나마 누리던 권리가 박탈되고 더 나쁜 상황에 노출될 가능성의 무게를 능가했다는 것이다.

나중에 엘렌의 후손들은 그녀가 예속되었던 시기에 대해 말하는 걸 별로 좋아하지 않았다고 기억했다. 엘렌과 윌리엄이 겪은 상실은 그들이 애도해야 할 그들의 몫이다. 그들의 미래도 마찬가지로 그들의 몫이었다. 엘렌과 윌리엄은 사랑과 신앙이라는 유산 위에 지은 자신들만의 혁명을 일으키기로 결심했다.

그들은 성경의 이 구절을 알고 있었다. "인류의 모든 족속을 한 혈통으로 만드사 온 땅에 살게 하시고." 또한 이들은 독립선언서의 흐름을 받아들였다. 두 사람이 그 문구를 어디에서 들었는지는 알려지지 않았으나—독립기념일에 법원 계단에서 읽는 것을 들었을 수도 있고, 예속 가해자들이 예배를 드리는 감리교회에서 들었을 수도 있으며, 그들이 참석한 종교적 모임에서 사랑하는 사람들에게 들었을 수도 있다. 심지어 과거나 현재의 예속 가해자에게 들었을 수도 있다—엘렌은 둘의 계획이 너무 무거운 것으로 보일 때마다 윌리엄에게 주님께서 우리 편에 계신다고 했다. 보이지 않는 손에 대한 이런 신앙은 시각적인 변장만큼이나 그녀의 연기에 중요한 부분이었다.

크래프트 부부의 말에 따르면, 이들의 탈출 계획은 처음 떠오르고 나흘 만에 빠르게 완성되었다. 공적으로는 윌리엄이 아이디어를 낸 것으로 알려져 있다. 엘렌이 남장을 한다는, 여성적이지 않은 행동을 하게 된 건 윌리엄의 설득 때문이었다고 말하는 게 더 안전한 일이었다. 하지만 엘렌이 이 계획을 떠올렸다고 믿을 만한 이유가 있다. 일단 엘렌에게는 배경이 있었다. 엘렌이 백인처럼 보인다는 걸 그녀만큼 잘 아는 사람은 없었다. 또한 뛰어난 바느질꾼으로서, 그녀는 옷이 변신에 얼마나 중요한지 잘 알았다. 엘렌이 콜린스 가족을 따라 찰스턴에 갔다면, 그녀는 어디에 머물러야 하고 어떻게 이동해야 하는지 잘 알고 지리적인 계획도 세울 수 있었을 것이다. 또한 그녀는 위험을 분명하게 인식하고 있었다. 이는 그녀의 변장에 중요한 한 가지 요소를 덧붙이는 계기가 되었을 것이다.

어느 이야기에 따르면, 부부는 위조 동전에서 영감을 받았다. 크래프트 부부는 늦은 밤 엘렌의 오두막에서 잠들지 않고 계획을 정리하고 있었다. 윌리엄이 저금한 돈을 세고 있었는데 그중에 위조된 50센트짜리가 있었다. 그는 이 돈을 진짜처럼 쓸 수 있을지 궁금했다. 그는 약 150달러를 모아둔 터였다. 너무 많아 보이기도, 너무 적어 보이기도 하는 액수였다. 이 돈은 둘 모두는커녕 한 사람의 자유를 사기에도 턱없이 부족했다. 그러면서도 안전하게 보관하기에는 너무 많았다. 엘렌은 도망에 도움이 될 만한 물건을 사기 위해 이 돈을 써보면 어떻겠느냐고 제안했다.

이 이야기에서 회의적이었던 사람은 엘렌이 아니라 윌리엄이었다. 그는 아내가 남자로 보이기에는 키가 너무 작다고 걱정했다. 이 말에 엘렌은 이렇게 대답했다. "왜 이래, 윌리엄. 겁쟁이처럼 굴지 마!" 이어지는 며칠 밤 동안 둘은 엘렌의 집에서 만나 문을 잠근 채 밤새 도망 준비를 하고 전략을 세웠다. 이번의 계획은 엘렌이 백인 남자에서 그치지 않고 부자인 백인 남자로 변장하는 것이었다. 돈은 더 많이 들겠지만, 권리가 늘어나면 다른 승객들로부터 사회적 방어가 이루어지고 사생활도 어느 정도 보호할 수 있을 터였다.

며칠에 걸쳐, 윌리엄은 의심을 피하기 위해 여러 가게에서 옷을 하나하나 샀다. 그는 각 가게 주인의 의향과 기분을 조심스레 파악해야 했다. 법적으로 그들은 윌리엄의 주인으로부터 허락을 받지 않는 한 그에게 무엇도 팔 수 없었기 때문이다. 엘렌은 바지를 짓고 남자처럼 걷고 말하고 행동하는 연습을 했다. 윌리엄은 아무 불만이 없는 노예처럼 보이려고 최선을 다했다. 반면 엘렌은 슬퍼 보여야 했다. 통행증을 얻으려면 아픈 이모에게 그녀가 필요하다는 걸 납득시켜야 했기 때문이다(나중에 윌리엄이 인정한 바에 따르면 이 말은 거짓이었다).

일라이자 콜린스의 첫 대답은 거절이었다. 그녀 역시 자기 자식을 돌보아야 했으며 휴일은 바빴다. 엘렌이 없어서는 안 됐다. 이때가 부부가 출발하기로 한 전날 밤이었다. 장화, 모자, 셔츠, 엘렌의 옷 전체가 준비되어 옷장 안에 숨겨져 있었다. 이 일에 걸려 있는 모든 것을 떠올린 엘렌은 눈물을 터뜨리며 제발 부탁이니 거의 죽어가는 이모를 만나게 해달라고 애걸했다. 이 말에 결국 일라이자가 물러났다.

오두막으로 돌아온 엘렌과 윌리엄은 서로에게 통행증을 보여주며 잠시 즐거워했다. 그러나 엘렌의 머릿속에 한 가지 기억이 스쳐 지나갔다. 무엇보다도, 찰스턴 세관의 모습이 떠올랐다. 노예 소유자들은 항구에서 떠나기 전에 그곳에서 인간 재산을 등록해야 했다. 이제는 엘렌이 너무도 오랫동안 열망해 온 글을 읽고 쓰는 능력이 노예제도와 자유를 나누는 중요한 지표가 되었다.

두 사람은 오두막이라는 폐쇄된 공간 안에 앉아 절망했다. 그때 의사와 그의 아내를 모시는 데 오랫동안 익숙해져 있던 엘렌이 자신의 변장에 중요한 요소 한 가지를 추가했다. "습포제를 만들어 붙이고, 오른손을 팔걸이에 넣으면 될 것 같아." 그녀가 제안했다.

글을 쓰는 팔을 다쳤다면, 그녀에게는 다른 사람에게 대신 서명해 달라고 부탁할 이유가 있는 셈이었다. 그녀는 얼굴에 붙일 습포제도 만들기로 했다. 손수건으로 고정시켜 치통이 있는 것처럼 꾸며낸 것이다. 이렇게 얼굴을 가리면 수염이 없는 뺨과 턱도 잘 가릴 수 있을 테고, 그녀가 말을 하지 않는 이유도 하나 더 추가될 터였다. 엘렌에게는 한 가지가 더 필요했다. 눈의 모양새나 눈에서 전달될지 모르는 느낌을 가리기 위한 안경이었다. 윌리엄은 글을 너무 많이 읽거나 열병을 앓아 눈이 아픈 사람이 쓰는, 녹색 렌즈가 들어간 안경을 하나 사 왔다.

마침내 엘렌은 특권과 질병을 모두 가진 젊은 남자로 변신할 준비가 되었다. 너무 중요하고, 너무 아파 건드려서는 안 되는 사람 말이다. 이처럼 중요한 조정으로 엘렌은 더욱 주인처럼 보였다. 노예에게는 질병, 혹은 질병이 있는 것처럼 보이는 외모만으로도 파멸이 올 수 있었다. 반면 아프거나 장애가 있는 백인 주인에게는 특별한 돌봄이 필요했다. 엘렌에게 보이는 명백한 질병은 윌리엄이 주인의 눈과 귀, 손발 역할을 해야 한다는 뜻이었다. 이는 흑인은 고된 육체노동에 가장 적합하며 백인들은 대접받도록 태어났다는 주장에 알맞은 설정이었다. 나아가 이는 의학의 중심지인 필라델피아로 여행할 이유도 되었다.

장애를 꾸며낸 것은 이미 두 사람에게 큰 도움이 되었다. 크레이가 기차에 탔을 때도 그랬고, 호텔에서 차를 마시지 않는 핑계로도 쓰였으며, 증기선의 낯선 사람들을 대할 때도 효과가 있었다. 이제 그들의 연기는 찰스턴 세관에서 가장 치명적인 시험을 받아야 할 터였다. 그곳에서 엘렌은 세관원을 설득해 그녀가 고른 이름인 윌리엄 존슨, 혹은 다른 스펠링인 존스턴이라 서명하도록 해야 했다. 이곳에서 마지막으로 한 차례 멈춘 뒤, 둘은 필라델피아로 가게 될 터였다.

엘렌이 주인의 원수인 윌리엄 버틀러 존스턴의 이름을 사용해서, 그것도 그 원수가 이사로 있는 회사의 철도를 타고 탈출한다니, 얼마나 공교로운 일인가? 크래프트 부부가 체포된다 해도, 최소한 이 이름은 궁극적인 조롱으로 기록되게 될 터였다.

찰스턴

1848년 12월 21일, 목요일

2일 차, 아침

두 집

모두가 상륙지를 떠났다. 그들을 계속 주시하던 관찰자도, 윌리엄을 사겠다던 노예 상인도, "노예 녀석"에게 말할 때는 천둥처럼 으르렁대야 한다던 젊은 장교도. 예속 피해자들도 물가에 올라섰다. 장교의 짐을 들고 있던 네드도, 갑판 아래서 여행했을 이름 없는 남자, 여자, 아이들도. 그러나 존슨 씨는 신사용 살롱에 잠시 머물렀다.

크래프트 부부가 메이컨 집의 문을 잠그고 떠난 지 24시간이 넘었다. 열쇠는 윌리엄이 가지고 있지만, 누군가 문을 부수고 들어왔을지도 몰랐다. 그들이 실종되었다고 알려지면, 주인들이 현상금 사냥꾼을 보내거나 로버트 콜린스의 대표적인 프로젝트인 전자기 전보를 활용해 세관의 관리들에게 경계령을 내렸을 것이다(메이컨에서 친 전보는 증기선이나 기차보다 훨씬 빨리 찰스턴에 도착할 터였다). 인상착의를 통해, 누군가 엘렌은 아니더라도 윌리엄을 알아보고 상륙하는 순간 그를 잡을 수도 있었다. 이것 외에도 여러 이유로 둘은 두려웠다.

엘렌의 기억에 깊이 남은 이 도시에는 다른 위험도 도사리고 있었다. 항구 전체에 늘어선 높은 배와 증기선은 싣고 있는 화물로 파도를 무겁게 눌렀다. 황금빛 벼, 목화 더미, 중국풍 가구, 그리고 갑판 아래에 사슬로 매인 예속 피해자들이 이런 국제 항구의 주된 상품이었다. 부두와 내륙 더 안쪽의 가게, 세관 옆에서 노예가 판매되었다. 세관의 북쪽에서는 이 도시에서 가장 큰 야외 노예시장이 열렸다. 외부인들에게는 그 모습이 너무 불쾌했기에 (따라서 장사에 좋지 않았기에) 몇 년 뒤 도시에서는 노예무역을 실내로 몰아넣는 법을 통과시켰다.

엘렌은 바로 이 건물, 세관에서 표를 사고 윌리엄을 자신의 노예로 등록해야 했다. 하지만 엘렌의 걱정거리는 장소만이 아니었다. 콜린스의 옛 주택 뒤쪽에는 그녀가 두려워하는 슈거 하우스가 있었다. 과거에 설탕 공장으로 쓰였기에 그런 이름이 붙었지만 현재는 예속 피해자들을 보내 그들에게 "설탕을 치는" 곳이었다.

슈거 하우스는 높은 벽에 둘러싸여 있었고, 그 위에는 감히 도망치려는 사람을 베도록 깨진 유리병이 박혀 있었다. 슈거 하우스의 고객들은 억지로 이곳에 들여보낸 사람들에게 가할 고통을 하나하나 지정할 수 있었다. 채찍질의 횟수, 사용될 도구, 고문 시간 같은 것들 말이다. 그들은 이곳에 예속 피해자들을 두고 떠나거나 그들이 고문당하는 모습을 지켜볼 수 있었다.

이곳에 포로로 잡힌 남자, 여자, 아이들에게는 아무 선택지가 없었다. 제임스 매슈의 증언에 따르면, 채찍 방은 지하에 있었고 방향 감각을 흩뜨려놓았다. 너무 어두워서 "그 안에 들어가면 (중략) 낮과 밤이 구분되지 않았다. 어디를 보아도 노, 채찍, 쇠가죽 채찍, 블루제이, 구조편이 보였다. 블루제이는 두 가닥으로 이루어진 채찍으로, 아주 무겁고 매듭으로 가득하다. 이곳에 있는 도구 중 최악의 채찍이다. 이 채찍이 닿으면 살에 구멍이 뚫린다. 채찍질이 끝나면 온몸이 피투성이가 된다".

고문을 당하기 위해 이곳에 보내진 사람들은 이처럼 다양한 도구들을 본 뒤, 머리에는 두건이 씌워지고 몸이 "쭉 펴졌다". 그러나 그중에서도 가장 악명 높은 처벌 도구는 "영원한 계단"이라 불리는 거대한 쳇바퀴였다. 예속 피해자는 채찍질을 당한 뒤 이 쳇바퀴에 올라가 무시무시한 속도로 바퀴를 돌려야 했다. 그러지 않았다가는 기계에서 떨어져 팔다리가 찢겨나갈 수 있었다. 이 기계는 실제로 옥수수가루를 만들었으므로, 예속 피해자들의 고통으로 이윤을 냈던 셈이다.

매슈는 이렇게 말했다. "지옥이나 다른 사악한 장소들에 대해 많은 이야기를 들었지만, 슈거 하우스보다 심한 지옥은 없으리라고 생각한다. 그렇게 나쁜 곳은 존재할 수 없다."

이런 곳을 피하기 위해서는 따라야 하는 규칙이 있었다. 조지아에서 그렇듯, 이곳에서도 자유 흑인과 예속 피해자들은 모두 야간 통행금지령의 대상이었다. 야간 통행금지령은 종과 북소리를 통해 내려졌으며 예속 피해자들이 모이는 것을 금지했다. 예속 가해자들은 스토노 반란(1739년)이나 덴마크 베시 반란(1822년) 같은 노예 봉기에 대한 깊은 두려움 속에 살았다. 냇 터너가 1831년 버지니아에서 일으킨 반란 이후에 남부 대부분은 경찰국가의 특징을 갖게 되었다. 찰스턴에서는 세세한 규칙이 적용되었다. 흑인들은 인도가 아니라 차도 한복판으로 걸어 다녀야 했다. 법에 따라, 윌리엄은 백인을 볼 때마다 흰색 비버해트를 들어 인사해야 했다. 도시 순찰대는 24시간 내내 사람들을 감독했다. 크래프트 부부에게 찰스턴은 두려운 도시였다.

기차의 차량과 증기선이라는 사적인 공간에서야 구경꾼들을 속이며 들키지 않고 480킬로미터를 여행할 수 있을지 몰라도, 이 국제적인 도시에서 윌리엄과 엘렌은 더 많은 사람을 속여야 했다. 인구가 거의 4만 명에 이르는 이 도시는 6,000명 미만이 사는 메이컨보다 몇 배는 컸다.

세관만이 아니라 모든 공공기관에서 서명을 피하는 것은 엘렌이 진 부담이었다. 남부의 매력[24]이 한껏 더 발휘된다는 찰스턴에서는 성격도 중요했다. 어느 방문자의 기록은 다음과 같았다. "미국에서든, 어디서든 찰스턴보다 상냥하고 손님을 잘 접대하는 곳을 찾기는 어렵다. 처음 보기에 찰스턴 사람들은 보스턴 사람처럼 가식적이지도 않고, 필라델피아 사람처럼 냉담하지도 않다."

---

24 미국 남부 지역 특유의 온화하고 예의 바른 태도, 다정한 말투, 느긋한 분위기 등을 일컫는 표현이다. 겉으로는 친절하고 유쾌하지만, 그 이면에 보수적 가치관이나 위선적인 태도가 깔려 있는 경우도 있어, 문맥에 따라 풍자적으로 쓰이기도 한다.

간단히 말해, 찰스턴 사람들은 낯선 사람에게도 솔직하고 편안하게 대하는 것으로 유명했다. 겉보기에 아무리 부자이거나 건강이 좋지 않아도 성격에서 차가운 거리감이나 남자답지 못한 섬세함이 느껴진다면 이곳에서 잘 지내지 못할 터였다. 엘렌은 빠르게 판단하고 적응해야 했다. 윌리엄도 연기를 더욱 다듬어야 했다. 증기선에서 그가 주인을 대하던 태도는 배에 타고 있는 다른 남자들에게 좋아 보이지 않은 게 분명했다. 그들은 윌리엄에게서 성실한 하인이 아니라, 도망치는 데 관심이 있는 영민한 눈의 노예를 보았다.

***

크래프트 부부는 최대한 오래 기다렸다. 그런 다음, 엘렌이 윌리엄에게 기댄 채로 절뚝거리며 상륙했다. 다행히 경계령이 내린 기색은 없었다. 다만 그들은 나쁜 소식을 접했다. 이번 시즌에는 필라델피아행 증기선이 더 이상 운행되지 않는다는 소식이었다.

크래프트 부부도 나중에 알게 된 사실이지만, 한 달 전에 떠난 마지막 배에서 도망자가 발견되었다. 그의 이름은 모지스였다. 그는 부유한 찰스턴 사람 메리 브라운의 예속 피해자였다. 모지스는 어린아이의 관만 한 상자에 몸을 욱여넣었다. 깊이 60센티미터, 폭 70센티미터, 길이 1미터인 그 상자는 E. 미쇼라는 사람에게 보내는 것으로, 배가 출항하기 직전에 승강구를 통해 실렸다. 모지스는 그 상자 안에서 거의 숨도 쉬지 않고 누워 있었다. 빵 한 덩어리와 물

한 주전자만 가지고 필라델피아로 옮겨지기를 기다렸다.

그러나 바다의 날씨가 좋지 않아 배가 이틀이나 지연되었다. 모지스는 어쩔 수 없이 상자에서 나왔다. 그는 다른 상자를 뜯어 파운드케이크, 석류, 와인으로 버텼지만 화물을 내릴 준비를 하느라 선창에 들어온 일꾼들에게 발견되었다. 그는 이미 빈사 상태였다. 배는 델라웨어주 뉴캐슬로 돌아갔고 모지스는 감옥에 갇혔다. 그가 죽었는지, 메리 브라운에게 반환되었는지, 팔렸는지는 알려지지 않았다.

크래프트 부부는 계획을 바꿔야 했다. 모지스의 탈출 시도로 필라델피아행 증기선의 감시가 삼엄해진 만큼, 계획을 바꾼 것은 다행스러운 일이었다. 그러나 새로운 경로는 훨씬 더 복잡했다. 이제 그들은 필라델피아로 단번에 이동하는 대신 육상 우편로라 알려진 길을 따라 우편물과 함께 여행해야 했다. 이 길을 따라가려면 당혹스럽게도 증기선에서 마차로, 다시 기차로 갈아타야 했으며, 미국의 수도를 포함한 여러 도시를 통과해야 했다. 이 계획을 따르더라도 크리스마스에는 필라델피아에 도착할 수 있었지만, 모든 연결편이 제시간에 도착하고 정시에 떠날 때에만 그럴 수 있었다.

노스캐롤라이나주 윌밍턴으로 가는 증기선이 오후 늦은 시간에야 출발했으므로, 세관에서 엘렌이 해야 할 도전은 미뤄졌다. 대신 크래프트 부부는 남는 시간을 보낼 장소를 찾아야 했다. 그들은 짐을 찾고 경마차를 불렀다. 경마차란 거리와 부두 사이를 오가거나 도시 전체를 바쁘게 돌아다니는 작고 힘찬 마차였다.

존슨 씨 같은 신사에게는 최고만이 어울렸다. 엘렌은 플랜터스 호텔로 가자고 명령했다. 사우스캐롤라이나 상원의원이자 노예제를 설파하는 선동꾼인 존 C. 캘훈을 비롯한 수많은 사람이 찰스턴 최고의 호텔이라 부르는 그 호텔은 엘렌이 잘 아는 동네에 있었다.

*　*　*

항구의 북쪽 끝, 증기선 부두에서 크래프트 부부는 찰스턴의 분주한 거리를 지났다. 거리에는 시장이 있었고, 근처에는 교회가 빽빽이 들어선 구역도 있었다. 그 구역에는 침례교, 가톨릭, 유니버설리스트 교회, 독일 복음주의 교회와 미국에서 가장 오래된 시나고그도 있었다.

목련과 팔메토 야자나무 덕분에 거리에서는 나른한 열대 느낌이 났지만, 어울리지 않게도 시장 건물이나 높은 장대 위에는 칠면조독수리가 앉아 있었다. 방문객들은 종종 깜짝 놀랐지만, 지역 사람들은 돈을 주지 않아도 일하는 이 거리 청소부들을 편안하게 여기는 것으로 유명했다. 이 새들은 법으로 보호되었다. 칠면조독수리들은 시장 옆에서 지나다니는 사람들을 가르고 내려와 정육점에서 내다 버린 내장을 채가거나, 마차 바퀴에 치일 뻔하다가 아슬아슬하게 벗어나 부리에 피투성이 먹이를 대롱대롱 매단 채 다시 날아올랐다.

크래프트 부부는 처치가와 퀸가가 만나는 모퉁이에서 속도를 늦추었다. 섬세한 무쇠 발코니와 극적인 역사가 담겨 있는 품위 있는 저택이 가까워졌다. 이곳에는 한때 음탕하고 시끌벅적한 공연을 올렸던 미국 최초의 극장이 있었다. 플랜터스 호텔은 결국 원래대로 극장이 되지만, 당시에는 크래프트 부부가 그렇듯 미래의 모습과는 다른 존재였다. 손님들은 브랜디 잔을 부딪치고 꽃다발 냄새를 맡고 온갖 사업에 참여했다. 1층에서는 인간이 매매된다는 말도 있었다.

엘렌에게 콜린스의 옛집과 이토록 가까운 곳에 온 것은 분명 불편한 일이었을 것이다. 콜린스의 집에서 그녀는 일라이자의 몸종이라는 신분을 나타내는 금속 배지를 차야만 했다. 콜린스 가족은 플랜터스 호텔에서 모퉁이를 돌면 나오는 미팅가에서 일라이자의 자매(엘렌의 이복자매이기도 했다)인 메리 클리블랜드 가족과 함께 살았다. 엘렌은 그 집에서 그녀와 함께 일했던 다른 예속 피해자들을 떠올렸다. 그 집에는 엘렌 외에도 소녀 한 명, 성인 여자 세 명, 성인 남자 한 명이 있었다. 또 클리블랜드 가족이 더 이상 찰스턴에 살지 않는다는 걸 알았기에 어느 정도 안심했을지도 모른다. 콜린스 가족이 이 도시에 머물 당시에 메리의 남편 제시가 죽었다. 그래서 콜린스 가족이 서둘러 이사한 것일지도 모른다. 메리 또한 메이컨으로 돌아간 뒤에 사망했다. 그래도 이 동네는 수많은 기억을 불러일으켰을 게 분명하다.

크래프트 부부가 다가오자마자 호텔 주인이 달려 나와 그들을 맞이했다. 판단이 빠른 그는 이 신사야말로 호텔의 이름을 지을 때 고려한 손님, 바로 '플랜터'라는 걸 알 수 있었다. 그는 부유하고 세련됐으며 중요한 인물이었다. 또한 방문객은 몸이 아픈 게 분명했다. 호텔 주인은 대단히 신경을 써서 병약한 손님의 한쪽 팔을 잡고 직원 한 명에게 다른 팔을 잡으라고 지시하며 젊은이의 노예에게는 비키라고 명령했다.

존슨 씨는 경마차에서 스스로 내려왔다. 그는 호텔 주인과 그의 부하라는 낯선 두 사람 사이에서 균형을 잡으며 정문 계단을 몇 단 올라갔다. 엘렌이 백인에게 그토록 정중하고 공손한 도움을 받은 것은 이때가 처음이었을 것이다.

모든 일이 빠르게 일어났다. 존슨 씨는 즉시 방으로 가고 싶어 했다. 간식도, 의사도 필요 없었다. 호텔 주인은 이해했다. 신사는 최고의 방 중 한 곳으로 안내될 터였다. 존슨 씨는 도움을 받아 넓은 중앙 계단에 올랐고 쉬겠다며 방에 틀어박혔다. 당장은 그의 하인과 조용한 숙소에서의 휴식이면 충분했다.

방 안에서 엘렌은 얼굴에 붙인 습포제를 떼어내 남편에게 건넸다. 윌리엄은 붕대를 가지고 로비로 내려가 호텔 주인에게 뜨거운 습포제 두 개가 최대한 빨리 필요하다고 알렸다. 몇 분 뒤, 윌리엄은 연기가 모락모락 나는 천을 가지고 주인의 방으로 달려 올라갔다. 문이 닫힌 그곳에서, 윌리엄은 재빨리 습포제를 난로에 올려 놓았다. 엘렌의 피부가 악취 나는 싸개에서 풀려나 자유롭게 숨을 쉰 건 이틀 만이었다.

부산스럽고 긴급한 가운데 한 번의 위기가 지나갔다. 엘렌은 존슨 씨로서 호텔에 들어갔으며, 서명할 필요도 없었다. 그녀는 세관의 책임자들도 지금처럼 이해력을 발휘해 주기를, 앞으로도 계속 검열을 통과할 수 있기를 바랄 뿐이었다.

***

엘렌이 쉬는 동안 윌리엄은 혼자 밖으로 나섰다. 이런 호텔에서는 사람들이 그에게 게으름을 피우는 게 아니라 일할 것을 기대한다는 걸 알았기 때문이다. 그는 주인의 저녁을 주문한 뒤 장화를 닦기 위해 밖으로 나갔다. 그렇게 그는 호텔의 계단 뒤 세상으로 들어갔다. 나중에 윌리엄이 회상한 바에 따르면, 그는 그곳에서 아프리카 출신의 예속 피해자인 호텔 직원을 만났다. 국제 노예무역이 수십 년 동안 금지되었음에도 불구하고 찰스턴 같은 항구에서 계속되고 있다는 살아 있는 증거였다.

윌리엄 자신은 미들 패시지 세대의 손자였다. 그는 자신의 할아버지가 서아프리카에서 태어난 민족의 지도자였으며, 백인들에게 속아 사로잡힌 뒤 노예선에 실려 온 사람임을 알고 있었다. 할머니가 완전한 아프리카인 혈통이라는 것도 알고 있었다. 이런 이야기는 조부모가 직접 전해주었거나, 그의 부모 혹은 기억을 유지하고 있는 다른 사람들이 전해준 것이었다(그의 족보에 백인도 있었을지 모르나 그들에 대해 공개적으로 말하는 사람은 아무도 없었다).

윌리엄은 자신을 폼페이라고 소개한 호텔 직원이 영민하다고 느꼈다. 폼페이는 대수롭지 않게 윌리엄에게 인사하고, 아프리카 피진[25] 영어로 윌리엄에게 어디에서 왔는지, 작은 돈 업 부크라와 함

---

[25] 피진(Pidgin)은 다양한 언어가 혼합되어 형성된 단순화된 형태의 언어로, 주로 식민지 시대 상업이나 일상적 의사소통을 위해 사용되었다.

께 어디로 가는지 물었다. '돈 업 부크라'는 백인 남자를 뜻하는 말로, 그는 엘렌을 그렇게 불렀다.

호텔 주인은 존슨을 특권층이라고 생각했을지 모르지만, 폼페이는 아픈 젊은이의 정체를 더 분명하게 꿰뚫어보았다. 윌리엄이 열심히 보살피는 그 왜소한 존재를 말이다.

윌리엄은 필라델피아라고 대답했다. 폼페이는 움찔했다. 듣기로 필라델피아에는 노예가 전혀 없다던데, 정말 그리로 가는 거냐고 물었다. 윌리엄은 자기도 그렇게 들었다고 조용히 대답했다.

이렇게 확인을 받은 폼페이는 하던 일을 내려놓고 윌리엄에게 절대 주인을 따라 남부로 돌아오지 말라고 했다. 주인이 아무리 좋은 사람이라도. 다시 말해, 그는 윌리엄에게 도망치라고 했다.

윌리엄은 고맙다고 인사했을 뿐 다른 대답은 하지 않았다. 그는 주인을 돌보러 가기 위해 장화를 집어 들었으나 그전에 폼페이가 그의 두 손을 잡았다. 그는 눈물 어린 축복의 말로 윌리엄을 놀라게 했다. 폼페이는 이렇게 덧붙였다. "자유로워지면 잊지 말고 나를 위해 기도해 주시오."

당시에 윌리엄은 두려워서 별다른 대답을 하지 못했다. 그러나 윌리엄은 세월이 지나면서 아프리카의 그 목소리, 기억에 담긴 그 욕망을 다시 듣고 기리게 될 터였다.

***

존슨 씨는 큰 계단을 내려와 플랜터스의 찬란한 식당에 들어섰다. 그는 두 뺨에 새로운 습포제를 붙이고 손에도 감고 있었다. 그는 여주인이 직접 접대하는 좋은 자리에 앉았다.

윌리엄은 깨진 그릇에 초라한 음식을 받아, 주방에서 식사하도록 보내졌다. 그는 녹슨 포크와 나이프를 집어 들었지만 얼마 먹기도 전에 아픈 주인을 돌봐야 한다는 핑계를 대고 나왔다. 호텔 종업원들이 존슨 씨에게 필요한 모든 것을 돌보았다. 그럼에도 젊은 신사 역시 음식을 제대로 먹지 못했다. 그는 식대를 지불하고 도우미들에게 팁을 주었다. 그들은 존스턴 씨를 찬양하는 말을 중얼거렸다. 그가 훌륭한 사람이라고, 지난 반년 사이에 이곳을 지나간 신사 중 가장 훌륭한 사람이라고 했다. 그들은 윌리엄에게 그렇게 소리쳤다. 윌리엄이 동의할 수밖에 없는 말이었다.

경마차가 다시 정문으로 다가왔다. 모퉁이를 빠르게 돌아 브로드가를 달려 내려갔을 뿐인데 크래프트 부부는 세관에 도착했다. 세관에는 그 나름의 비밀이 있었다. 한때 이곳은 해적과 독립운동가들을 가둬둔 지하 감옥이었다. 그런 무법자 중 한 사람이 "신사 해적" 스티드 보넷이라는 유명 인물로, 전직 설탕 플랜터이자 해적 검은 수염의 관계자였다. 검은 수염은 이곳에 잡혀 있다가 여장을 하고서 도망쳤다는 소문이 있는 인물로, 그다음에는 교수형에 처해졌다. 이제는 반대의 변장을 한 엘렌이 같은 건물에 도착했다. 경마차에서 짐이 내려졌다. 그 짐 깊숙한 곳에는 예속 피해자 여성의 옷이 들어 있었다.

세관 건물에도 건축적인 환상이 반영되어 있었다. 보석과도 같은 이 건물에는 대칭적인 느낌을 주기 위해 가짜 문과 창문이 있었다. 그 시대의 양식에 맞춘 균형이 잘 잡힌 건물이었다. 건물 정면에서 보면 좌우에 동일한 숫자의 문과 창문이 있었다. 뒷면에서 보아도 마찬가지였다. 하지만 다른 면에서는 균형이 어긋나 있었다. 커다란 팔메토 야자나무로 가려진 세관의 북쪽은 찰스턴에서 가장 유명한 노예시장이었다. 전에는 이 시장을 보지 못했더라도, 지금의 크래프트 부부는 그곳을 놓칠 수 없었다. 그 노예시장은 두 사람이 탈출하기를 기원한 모든 것이었다.

***

존슨 씨는 노예의 강한 팔에 기댄 채 계단을 올랐다. 크래프트 부부는 사람들의 관심을 끌지 않으려 노력하며 1층의 탁 트인 회랑에 들어갔다. 그곳에는 선장, 장교, 상인, 여행객들이 줄지어 몰려다니고 있었다. 천장은 높았고 바닥은 넓고 환했다. 한쪽으로는 항구를 내려다보고, 다른 쪽 방향으로는 노예 경매장을 내려다보는 높은 유리 창문을 통해 빛이 쏟아져 들어왔다. 입구 양옆에는 사무실이 있었는데, 그중 하나는 찰스턴에서 나가는 기차표와 증기선 표를 파는 매표소였다.

매표소 직원은 겉보기에 호텔 주인과 비할 수 없을 만큼 냉담한 인물이었다. 윌리엄은 그가 심술궂게 생겼으며, 피부가 누렇게 떠 있다고 생각했다. 좋은 집안 출신이라는 점을 자랑스럽게 여기는 종류의 사우스캐롤라이나 사람이었다. 엘렌은 모든 공포를 삼키며, 존슨 씨로서 필라델피아 직행 표 두 장을 요구했다. 하나는 자신의 것이고 하나는 노예의 것이었다.

직원은 즉시 의심을 품고 윌리엄을 쳐다보았다.

"이봐, 넌 이 신사분의 소유가 맞아?"

"네, 맞습니다." 윌리엄이 대답했다. 그의 머릿속에서는 거짓말이 아니었다.

직원은 그들이 어디에서 왔는지 물어보았다. 윌리엄은 애틀랜타라고 대답했다. 애틀랜타는 먼 곳이니, 관리가 전보를 보내더라도 답이 올 때까지 오랫동안 기다려야 할 터였다. 직원은 만족스러운 듯 엘렌의 돈을 받고—엘렌의 표는 23달러, 윌리엄의 표는 대략 그 절반 가격이었다—표를 끊어주었다. 그런 다음, 그는 덧붙였다.

"여기 이름을 등록하십시오. 니거의 이름도 적으셔야 합니다. 니거에게는 1달러의 세금도 붙습니다."

엘렌은 주머니에서 1달러짜리 지폐 한 장을 더 꺼냈다. 그녀는 습포제를 붙인 손을 가리키며 직원에게 대신 서명해 달라고 부탁했다. 하지만 이 말에 직원이 평정심을 잃었다. 그는 자리에서 벌떡 일어나더니 거절했다. 여행객 대신 서명하는 것은 자기 일이 아니라고 했다.

찰스턴 사람들은 갈등을 피하기 위해 부드러운 몸짓과 매끄러운 완곡어법을 쓰는 것으로 널리 감탄의 대상이 되곤 했다. 그렇기에 이 남자의 쩌렁쩌렁한 목소리는 다른 사람들의 시선을 끌었다. 이제 크래프트 부부는 절대로 원하지 않았던 상황에 처했다. 관심의 중심에 선 것이다.

***

엘렌이 서명하지 않으면 어떻게 될까? 운이 따라주면 그냥 이 자리를 떠나, 이 위험한 도시에서 겨우 숨을 곳을 찾을 수 있을지도 몰랐다. 현상금 사냥꾼들이 오고 있다면 잡히기를 기다려야 할지도 몰랐다. 한편, 매표소 직원이 엘렌의 신분에 대한 자세한 정보를 요구하고, 서류나 증인을 통해 노예 소유를 증명하라고 고집을 피울 수도 있었다. 이때 엘렌이 그 요구에 따르지 못하면 결과는 엄중할 터였다. 특히 그녀가 노예제 폐지론자라는 의혹을 받는다면 말이다.

찰스턴은 노예제 폐지론을 전혀 관용하지 않았다. 1835년에 폭도들이 세관에 쳐들어온 적이 있었다. 그때 세관은 우체국도 겸하고 있었는데, 폭도들은 북부의 노예제 반대론자들이 보낸 팸플릿을 가로채 불태워 버렸다. 도망자나 그들을 부추긴 사람에 대해서는 가혹한 형벌이 기다리고 있었다. 그들은 슈거 하우스 옆의 감옥에 갇혔다. 합당한 주인이 없는 상태에서 잡혀버리면, 윌리엄은 팔릴 수도 있었다. 엘렌의 경우는 도망자이자 여성이라는 진짜 정체가 언제, 어떻게 관리들에게 드러나느냐가 문제였다.

그때 남부의 신사 한 명이 다가왔다. 바로 그날 아침, 엘렌에게 윌리엄의 교육에 대해서 훈계했던 그 장교였다. 청년은 기다리는 시간에 브랜디를 좀 마신 게 분명했다. 그래서 그는 더욱 친근하고 대담해져 있었다. 그가 엘렌의 멀쩡한 손을 잡고 악수했다. 술에 취한 그에게 엘렌은 친구였다.

젊은 장교는 찰스턴에서 유명한 사람인 듯했다. 친절함으로 잘 알려진 이곳에서, 그의 명성은 엘렌에게 도움이 되었다.

"난 이 친구를 속속들이 알아."

장교가 즐거운 듯 소리쳤다. 그의 손짓 한 번에 바람이 바뀌었다.

"내가 그 신사의 이름을 쓰겠소."

근처에 있던 다른 잘생긴 남자가 말했다.

"책임은 내가 지지."

알고 보니 이 사람은 크래프트 부부가 타고 싶어 하는 증기선의 선장이었다. 젊은 장교가 좋은 말을 해줬고, 아프고 젊은 여행객에게는 표를 살 돈이 있는 듯했다. 그 정도면 돈을 내는 승객을 한 명 더 받을 충분한 이유가 되었다.

선장은 두꺼운 초록색 안경 때문에 눈이 거의 보이지 않는 젊은 남자를 돌아보았다.

"이름이 어떻게 되십니까?"

"윌리엄 존슨입니다."

엘렌이 대답했다. 훌륭한 남부 이름이라 문제는 없었다. 선장이 이렇게 적었다. "윌리엄 존슨과 노예."

"이제 다 됐습니다, 존슨 씨."

선장이 그를 안심시켰다.

분명 젊은이는 놀란 듯했다. 장교는 술과 담배로 그의 기분을 북돋고 싶어 했지만, 존슨 씨는 거절했다. 그는 자신에게 예속된 남자와 함께 절뚝거리며 떠났다.

엘렌에게 이 경험은 또 하나의 중요한 승리였다. 그녀는 문제를 제기하는 사람을 영리한 변장이나 행운, 우연만이 아니라 낯선 이와 쌓은 선의로도 이겼다. 그녀는 조금씩 나눈 대화로 젊은 장교를 설득해, 그녀가 그와 같은 계급에 속한 인물이라고 믿도록 만들었다. 그리고 단 한순간에 그녀의 노력이 보람을 거두었다. 엘렌의 성공은 그녀가 속한 세상의 위선과 가능성을 동시에 드러냈다. 한 사람이 다른 사람을 도울 수 있는 가능성, 문명이 스스로 세운 잘못된 구조를 인식조차 못한 채 허물 수 있다는 가능성을 말이다.

출항은 3시 정각으로 예정되어 있었다. 윌밍턴에는 이른 아침에 도착할 예정이었다. 이번 항해에서 크래프트 부부는 더 자신감을 가질 수 있었다. 두 사람의 자리를 보장해 준 사람이 선장이었기 때문이다. 아마 최악의 경우에도 한 끼 식사만 견디면 될 터였다. 그런 뒤에 존슨 씨는 적당한 핑계를 대고 방으로 물러날 수 있었다.

배를 타고 가던 중, 성품 좋은 선장은 존슨 씨의 심기가 불편한 것을 느끼고 일부러 그 청년에게 말을 걸었다. 직원이 그를 제지한 것은 그를 존중하지 않아서가 아니라 찰스턴에서는 규칙이 엄격하게 적용되기 때문이라고 말했다. 선장은 노예에 관한 정보를 더 제시할 때까지 가족 전체가 부두에 잡혀 있는 경우도 본 적이 있다고 했다. 상황은 훨씬 더 나쁠 수 있었다.

"그렇겠죠."

엘렌은 그렇게 대답하고는 선장에게 도와줘서 고맙다고 인사했다.

육로

—

1848년 12월 21일, 목요일
2일 차

엉뚱한 녀석

      화부들은 밤새 증기기관을 돌보았다. 굴뚝에서 나온 연기와 불똥이 검푸른 하늘 속으로 희미해져 갔다. 요리사들이 갑판 아래에서 커다란 솥을 젓는 사이 승객들은 각자의 선석에 커튼을 치고 잤다. 조타수는 높은 곳에 있는 자신의 거처에서 수평선과 삐뚤삐뚤한 연안의 수많은 모래톱, 절벽, 물굽이를 지켜보았다. 누구의 땅도 아닌 위더스 큰 늪(현재의 머틀 비치)에서부터, 위험한 프라잉팬 갓바위가 있는 대머리섬까지.

    이 항로에서는 항해자들이 깜빡 졸기라도 하면 아무리 증기선이라도 물살에 쓸려가거나, 심지어 폭발할 수도 있었다("물 위의 궁전"이 "물 위의 화산"으로도 불리는 데는 이유가 있었다). 이 증기선은 대 우편로의 어느 지점보다도 불규칙하기로 유명했다. 하지만 엘렌과 윌리엄 크래프트는 누구의 괴롭힘도 받지 않고 물을 갈랐다.

아침쯤, 그들은 스미스빌이라는 바닷가 마을의 진지를 지났다. 승객들은 바다로 흘러들도록 강을 안내하는 듯한 독립군 요새의 폐허를 언뜻 볼 수 있었다. 그곳이 케이프 피어였다. 넓게 그곳을 돈 증기선은 뒤엉킨 강줄기를 따라 구불구불 올라갔다. 물살은 빨랐고, 굵은 나무들이 배 주변에 서 있었다. 마침내 나무로 이루어진 커튼이 걷히는 듯하더니 강이 탁 트이면서 습지가 나타났다. 저 멀리서 노스캐롤라이나주의 윌밍턴이 천천히 초점에 들어왔다.

강의 양옆에 부두가 있었고, 공기에서는 톡 쏘는 냄새가 났다. 증기선의 종이 울리자 사람들이 육지에서 쏟아져 나오는 듯했다. 그들은 사람과 우편물을 맞이하거나 배에 타려고 준비하고 있었다. 크래프트 부부는 북쪽으로 가는 다른 승객들과 함께 다리를 건넜다. 작업자들이 소리치는 소리와 짐차가 굴러가는 소리 등 그 소란스러움에 바짝 긴장감이 들었다.

그들은 얼마 지나지 않아 찌르는 듯한 냄새의 근원을 보게 되었다. 그곳에는 조지아주를 연상시키는 소나무 외에는 수 킬로미터 안에 아무것도 없었다. 그리고 어느 목격자가 관찰한 대로, 그곳의 나무에는 많은 경우 약 45센티미터짜리 상처가 나 있었다. 거기에서 나무의 피, 테레빈유가 나무의 몸통 자체에 새겨진 상자로 흘러들었다. 이런 식의 출혈로 커다란 소나무가 무조건 죽는 것은 아니었다. 그러나 나무들은 건강해 보이지 않았다. 여행자들이 관찰한 지역 사람들도 비슷해 보였다. 그들은 늪 때문이거나 고구마와 산토끼로 이루어진 형편없는 식사 때문에 병든 것으로 추정되었다.

낮은 곤두박질쳐 어둠이 되었다. 거의 쉴 기회가 없었다. 객차는 잠자기에 적절하지 않았고, 당황스러울 만큼 여러 번 역과 역 사이를 이동해야 했다. 그럴 때면 기진맥진하고 혼란에 빠진 승객들이 쿡쿡 찔리며 다른 객차나 마을을 가로지르는 합승 마차로 옮겨 탔다. 환승할 때마다 짐과 재산을 등록해야 했다. 가장 공들여 추적당하는 재산은 예속 피해자들이었다.

철도는 승객과 우편물도 옮겼지만, 동시에 사람도 사고팔았다. 윌리엄과 같은 객차에 탔을지도 모르는 남자, 여자, 아이들은 구매자의 변덕에 따라 서로 이별해야 할 수도 있었다. 영국 소설가 찰스 디킨스는 버지니아주 리치먼드로 가는 길에 옆 칸에서 아이들의 울음소리를 듣고 충격을 받았다. 어머니와 함께 타고 있던 그 아이들의 아버지가 팔려서, 이전 역에 남겨지고 말았던 탓이다.

기차가 덜컹하며 움직일 때마다 차장은 돈통을 덜그럭거리면서 돌아다녔다. 그가 오른팔에 걸고 다니는, 특별히 맞춘 등불에서 빛이 비쳤다. "표요!" 그는 소리쳤다. "표 봅시다!" "니거 화부"도 난로를 돌보다가 손님들을 놀라 깨어나게 했다. 때로 그들은 시원한 식수 양동이를 가져왔다. 그럴 때면 지저분한 양말을 드러내고 불가에 발을 올린 채 자고 있던 남자들이 눈을 뜨고 물을 마신 뒤 다시 코를 골았다.

승객들에게 한 가지 위안이 되는 일이 있다면, 한 번 갈아탈 때마다 차량도, 서비스도 더 나아졌다는 것이다. 영국인 여행자들은 "망가진 기사들"의 후손이 정착한 땅인 버지니아에서 좀 더 편안해하는 경향이 있었다. 그들은 버지니아 사람들의 뛰어난 예의범절과 편의시설을 고마워했으며, 대체로 이러다 죽지는 않겠다며 안도감을 품었다.

이런 변화는 존슨 씨에게도 도움이 되었다. 이른 아침, 기차가 피터스버그로 들어갔을 때 그는 여자, 가족, 병약자를 위한 특수차에 초대되었다. 리치먼드까지는 겨우 30킬로미터가 남아 있었다. 먼 거리는 아니었다. 하지만 엘렌은 조금이나마 사생활과 휴식을 누릴 기회를 기쁘게 이용했다. 비록 그녀 혼자 지내는 것은 아니라는 걸 알게 되었지만 말이다.

* * *

엘렌이 탄 차량은 대부분의 객차에 비해 더 깨끗하고 넓었다. 누울 수 있는 푹신한 의자도 있었다. 존슨 씨는 도움을 받아 그 공간에 들어갔고, 머잖아 다른 승객들이 합류했다. 나이 든 신사와 미혼인 그의 두 딸이었다. 그들은 존슨 씨에게 호기심을 느꼈다.

윌리엄이 니거 칸에 자리를 잡았을 때, 나이 든 신사가 다가와 그의 젊은 주인에 대해 물었다. 정확히 어디가 아픈 것이며, 어느 곳에서 왔고, 어디로 가느냐고. 윌리엄은 이제 많은 연습을 통해 익숙해진 대답을 들려주었다. 그 말이 노인을 만족시킨 듯했다. 그는 더 나아가 젊은이의 아버지에게 윌리엄처럼 충성스럽고 똑똑한 녀석들이 더 많이 있느냐고 물었다.

윌리엄은 늙은 신사에게 주인의 아버지에게는 자신과 비슷한 녀석들이 훨씬 더 많이 있다고 말했다. 몇 년 뒤 윌리엄이 비꼬듯이 회상한 바에 따르면, 그 말은 문자 그대로 사실이었다. 노인이 알고 싶어 한 내용은 그게 전부였다. 그는 차량으로 돌아가기 전에 윌리엄에게 힌트를 주어 고맙다고 인사하고, 주인에게 착하게 굴겠다고 약속하라고 했다. 윌리엄이야 얼마든지 기쁘게 지킬 수 있는 약속이었다.

가족 차량에서는 젊은 사람들이 편안한 잡담을 즐기고 있었다. 존슨 씨는 건강한 멋쟁이의 표본이 아니었다. 장뇌의 고약한 냄새도 약간 풍겼다. 그러나 그는 다른 매력으로 그런 결점을 보완했다. 평생 젊은 아가씨들을 모셔왔기에, 엘렌은 자신 같은 신사가 어떤 대화를 할 때 그들이 가장 기뻐할지 정확히 알았다. 아가씨들의 아버지는 돌아오자마자 예의 바르게 존슨 씨에게 건강에 대해 묻고, 그에게 소파에서 쉬라고 권유했다. 엘렌은 말하지 않을 수 있는 핑계라면 뭐든 고마워서 그 말에 따랐다.

다른 사람들도 신나서 도왔다. 아가씨들은 존슨 씨의 머리 아래에 숄을 받쳐주겠다고 고집을 부렸고, 그의 몸을 코트로 덮어주겠다고 했다. 아마 어느 정도 설득이 필요했을 것이다. 엘렌은 봉긋한 가슴을 감출 수 있을 만큼 셔츠와 조끼가 헐렁하다는 것을 다행스럽게 여길 수밖에 없었다. 노인도 병약한 이의 무거운 장화를 벗기며 자기 나름의 역할을 했을 것이다(젊은이의 작은 발에 대해 의혹을 품었을지는 몰라도, 그는 그런 생각을 혼자만 간직했다). 존슨 씨가 잠든 것처럼 보이자 아가씨들은 참지 못하고 이렇게 소리쳤다.

"세상에! 살면서 신사분이 이렇게 가엾게 느껴진 건 처음이야!"

서늘한 초록색 안경과 감긴 눈꺼풀 너머에서 엘렌은 이렇게 생각할 수밖에 없었다. '엉뚱한 녀석과 사랑에 빠졌네.'

존슨 씨는 곧 아가씨들에게서 사탕을 받을 수 있을 만큼 기운을 차렸다. 리치먼드가 가까워지자 여자들의 나이 든 아버지는 류머티즘 치료 비법을 내밀었다. 엘렌은 글을 읽지 못한다는 사실이 드러날까 봐 그 비법을 빠르게 주머니에 넣었다. 노인은 더욱 친절하게 굴며 존슨 씨가 언젠가 방문하기를 바란다는 뜻을 표현했다. 그는 의미심장하게 "자네를 보면 반가울 걸세. 내 딸들도 그럴 테고"라고 덧붙였다. 이제 엘렌은 상황이 너무 멀리 간 게 아닌가 두려워졌지만, 그에게 고맙다고 인사하며 이쪽으로 돌아올 일이 있으면 연락하겠다고 약속했다. 속으로, 그녀는 절대 그럴 일이 없기를 바랐다.

상자 속으로

그들은 덜컹거리며 리치먼드 연안으로 가는 긴 나무다리를 건넜다. 다리는 밧줄로 연결되어 있었다. 아래쪽에서는 제임스 강이 흰 물살을 일으키며 흘렀고, 기차가 그리로 떨어지지 못하게 막는 난간이나 브레이크 장치는 전혀 없었다. 도시는 해 뜨기 몇 시간 전의 조용한 어둠에 잠겨 있었다. 폭포에서 소음이 들려왔다. 폭포 선을 넘어 30미터를 조금 넘는 벼랑에서 부서져 내리는 강의 소리였다.

하지만 버지니아 주도의 경비병들은 잠들지 않고 있었다. 그들은 가브리엘 프로서의 1800년 노예 반란 이래로 하루 24시간 내내 이곳을 지켰다. 언덕 아래의 예속 피해자들에게 언제나 그들을 지켜보는 눈이 있음을 알리는 경고였다. "자유 아니면 죽음을." 버지니아의 유명인이자 예속 가해자인 패트릭 헨리의 호소는 예속 피해자들을 위한 말이 아니었다.

밤의 적막함은 낮의 소란과 대조를 이루었다. 크래프트 부부가 내린 곳은 특히 그랬다. 리치먼드는 노예무역의 재판매 중심지였다. 사슬에 묶여 한 줄로 걸어가는 사람들은 여전히 흔한 광경이었지만, 점점 더 많은 사람들이 기차로 인신매매를 당했다. 메이컨의 수많은 예속 피해자들은 리치먼드에서 온 것으로 알려져 있었다. 크래프트 부부도 담배는 달콤해지고 가족은 찢어지는 것으로 유명한 이 마을에 대한 이야기를 들어본 적이 있었다.

윌리엄과 함께 기차를 타고 온 예속 피해자들은 어둠 속에서 막대에 쿡쿡 찔려가며 리치먼드의 수많은 노예 수용소나 우리에 들어가 밤을 날 예정이었다. 그중에서 가장 악명 높은 곳은 '악마의 반 에이커'라 불리는 럼프킨 감옥이었다. 이 감옥의 주인인 로버트 럼프킨은 그에게 아이들을 낳아준 메리라는 이름의 "거의 백인"인 예속 피해자 여성과 함께 이곳에서 살았다. 언젠가는 메리 럼프킨 덕에 흑인 해방 노예들이 이 땅에 학교를 세울 테고, 그 학교는 버지니아 유니언 대학교의 일부가 될 터였다. 하지만 그 미래는 어느 때보다 어두웠던 이 시대와 멀리 떨어져 있었다.

존슨 씨는 럼프킨의 감옥이나 다른 곳에 들러 노예를 팔라는 제안을 받았을 수도 있다. 그러나 그는 윌리엄이 없으면 제대로 움직일 수 없다며 윌리엄을 곁에 두겠다고 고집을 부렸다. 부유하고 젊은 플랜터는 수많은 훌륭한 호텔 중 하나를 고를 수 있었다. 그중에는 수백 명을 수용할 수 있는 식당을 갖춘 궁전 같은 익스체인지 호텔과 영국의 작가 윌리엄 새커리가 몇 년 뒤 손님으로 묵게 될 아메리칸 호텔도 있었다.

크래프트 부부는 직접 선택한 호텔에서 찰스턴에서와 비슷한 일과를 보냈다. 윌리엄은 서둘러 아픈 주인을 방으로 데려갔다. 존슨 씨는 그곳에서 쉬며 새로운 습포제와 음식을 주문하고, 윌리엄은 이번에도 주인의 장화를 닦으며 할 수 있는 대로 정보를 얻어냈다. 둘 다 지켜보고 기다렸다. 그들은 늦고 싶지 않았다. 여정이 끝나기까지 24시간도 채 남지 않았고, 노예 매매를 알리는 붉은 깃발이 곧 펄럭일 참이었다.

***

8시 정각에 두 사람은 리치먼드 외곽에 있었다. 그들은 리치먼드프레더릭스버그-포토맥 역에서 빠져나와 부두에서 멀어졌다. 기적 소리가 날카롭게 울리는 가운데, 그들은 높은 언덕으로 이루어진 풍경이며 대리석처럼 마감된 스투코 외벽에서 경비병들이 하루 종일 망을 보는 고전적인 하얀색 주 의사당에 작별을 고했다. 운이 따라준다면 더 큰 의사당, 미국의 국회의사당도 곧 그들의 눈에 들어올 터였다.

하지만 기차가 빠져나가기 직전에 문제가 발생했다. 존슨 씨 근처에 앉아 있던 몸집이 큰 여자가 승강장에 있는 윌리엄을 보고 그가 자신의 도망 노예라고 소리를 지르기 시작했다.

"아뇨, 이 녀석은 내 노예입니다."

엘렌이 이의를 제기했지만 여자는 계속 고함을 쳤다. 여자는 윌리엄이 뒤를 돌아보며 얼굴을 온전히 보여준 뒤에야 물러섰다.

여자는 윌리엄이 네드라는 이름의 도망 노예와 똑같이 생겼다고 설명하며 사과했다. 네드는 18개월 전에 여자가 그의 아내인 줄라이를 팔아버리자 그녀에게서 도망쳤다고 했다. 그녀의 말이 사실이건 아니건 이런 식으로 신뢰가 깨졌다는 이야기는 너무도 익숙했다.

사실 지금 이 순간에도 헨리라는 이름의 리치먼드 남자가 가족을 잃고 슬퍼하고 있었다. 윌리엄과 마찬가지로 헨리 역시 숙련공이자 자영업을 하는 담배 장수였다. 그와 그의 아내 낸시는 여러 사람들에게 예속당했지만, 세 아이와 함께 살고 있었으며 넷째 아이도 태어날 예정이었다. 8월의 어느 날, 일을 하고 있을 때 헨리는 그의 가족이 감옥으로 끌려가 감리교 목사에게 팔렸다는 말을 들었다. 목사는 그들을 노스캐롤라이나주로 데려갈 거라고 했다.

헨리는 친절한 기독교인으로 알려진 그의 주인에게 도와달라고 빌었으나 아무 소용이 없었다. 그는 헨리가 다른 아내를 찾아 새로운 가족을 만들 수 있을 거라고 말했다. 헨리는 자신이 아는 다른 사람들에게도 사랑하는 가족들을 되사도록 도와달라고 애원했다. 그들은 다른 모든 방법으로는 도와줄 수 있지만, 슬프게도 노예를 몰래 사들이는 방식으로는 도와줄 수 없다고 말했다.

다음 날 아침, 헨리는 팔려 간 가족들이 지나갈 모퉁이에서 기다렸다. 그는 아이들로 가득한 수레가 그에게 다가오는 것을 보았다. 전에도 이런 수레를 여러 차례 보았지만, 이번 수레에는 그의 맏아이가 타고 있었다. 수레가 덜컹거리며 지나가자 아이가 울음을 터뜨렸다. 다음으로 그는 배가 부른 아내 낸시를 보았다. 아내는 사슬에 묶인 채 걸어가고 있었다. 헨리는 아내의 손을 잡고 함께 6킬로미터를 걸었다. 그런 뒤에 그들은 강제로 헤어졌다. 그는 낸시도, 다른 가족도 다시는 보지 못했다.

크래프트 부부가 리치먼드를 가로질러 갔을 때, 헨리는 자신만의 계시를 얻기 직전이었다. 크리스마스 당일에 그는 어떤 노래를 듣고, 환시를 보고, 상자를 볼 터였다. 그는 그 환시를 실현해 모세가 예속당했을 때 시도했다가 실패한 일을 찰스턴에서 이루어낼 생각이었다. 그는 길이 90센티미터, 폭 60센티미터의 상자에 자기 몸을 집어넣고 필라델피아로 부쳤다. 27시간 후, 그는 상자에서 나와 신에게 찬송가를 부를 터였다.

세상은 그의 이름을 알게 되었다. 크래프트 부부도 마찬가지였다. 그는 헨리 박스 브라운으로 불리게 되었으며, 나중에 크래프트 부부를 만나게 된다.

수도

95킬로미터를 더 가서, 그들은 라파하노크강 옆 프레더릭스버그에 도착했다. 흑인 노점상들이—어느 여행객의 기억에 따르면 추위에 퍼렇게 질린 흑인이었다—승객들에게 다가와 케이크와 과일, 혹은 커다란 삼각형 생강빵을 팔았다. 이전까지 존슨 씨와 그의 노예에게 먹을 시간도, 의지도 없었다면 이런 상품이 그들에게 필요한 영양을 제공해 주었을지 모른다. 그들은 프레더릭스버그에서 기차를 갈아타고, 또 다른 긴 다리 위를 우르릉대며 24킬로미터를 더 간 끝에 워싱턴DC로 이어지는 어콰이어 크리크에 내렸다.

몇 년 전, 자유 흑인 바이올리니스트에서 납치당해 노예가 되었던 솔로몬 노섭이 강제로 이곳을 지나갔다(1848년에 그는 여전히 예속 상태에 있었으며, 《노예 12년》을 쓰기까지는 아직 몇 년이 남아 있었다). 노섭은 미국의 수도와 남쪽의 목적지를 연결해 주는 작지만 필수적인 고리인 어콰이어 랜딩을 지나간 수천 명 중 한 명이었다. 윌리엄과 엘렌은 반대 방향으로 탈출한, 이 시기에 극히 드물던 예속 피해자였다.

크래프트 부부는 곧 작고 빠른 배에 올라탔다. 포하탄호, 아니면 마운트 버넌호였을 것이다. 이 배들은 훌륭한 배로 알려져 있었다. 찰스 디킨스가 몇 년 전 불평했던 배보다는 훨씬 나았다. 디킨스는 세면실에 특히 역겨워했다. "롤러에 감아둔 수건 두 장, 작은 나무 통 세 개, 물통 하나와 물을 퍼내기 위한 국자 하나, 가로세로 15센티미터짜리 거울 하나, 노란색 비누 두 개, 머리를 빗을 때 쓸 빗과 솔 하나가 있었다. 이를 닦을 솔은 없었다." 그는 모든 사람이 같은 빗과 솔을 사용한다는 것을 알아차렸다. 디킨스가 자기 빗을 꺼내자 모두가 쳐다보았다.

여행의 이전 단계, 특히 노스캐롤라이나주에서 불쾌함을 경험했던 여행객들은 대체로 포토맥강을 따라 올라가는 뱃길을 즐겼다. 화장실까지도 그럭저럭 괜찮다는 말이 있었다. 빠르게 면도를 해줄 "니거 이발사"도 있었다. 물론 존슨 씨는 류머티즘이 있는 턱이 약하다며 면도 제안을 거절했지만 말이다.

배에 탄 크래프트 부부는 주위를 신중히 둘러보았다. 남부의 대우편로에는 학생, 사업가, 관광객들이 많았다. 이들이 크래프트 부부나 그들의 예속 가해자를 알고 있을 가능성이 있었다. 몇 달 뒤 바로 이 길을 따라 여행했던 한 젊은이는(그는 이 여행을 재미있었다고 표현했다) 윌리엄의 이전 예속 가해자이자 윌리엄의 가족을 팔아버린 휴 크래프트의 아들 헨리 크래프트였다. 헨리는 최근 프린스턴 대학교 법학과를 졸업했으며, 누이와 함께 이 길을 여행할 예정이었다.

강은 폭이 넓고 유속이 빨랐다. 군데군데 폭이 1.6킬로미터를 넘는 은빛의 물결은 강이라기보다는 바다 같았다. 어느 여행객은 그 모습을 드넓고 반짝이는 거울로 기억했다. 연안에는 초록빛이 넘실거렸고, 작은 물굽이가 보조개처럼 파여 있었다. 배는 화려한 고급 주택과 그보다 초라한 농장을 지났다. 이 지역을 잘 모르는 여행자들은 검고 흰 몸뚱이들이 무척 가까운 곳에 존재하는 것을 보고 놀랐다. 피부가 희기도 하고 검기도 한 아기들이 같은 사람의 품 안에 안겨 있었다. 다양한 색깔의 얼굴들이 문 안쪽에서 나란히 얼굴을 내밀고 있었다. 강이 두 개의 주에 걸쳐 있는 가운데 배는 북쪽으로 이동했다. 왼쪽에는 버지니아주가, 오른쪽에는 메릴랜드주가 있었다. 크래프트 부부는 그렇게 떠나고자 했던 두 개의 주를 더 지났다.

종이 울리며 관광객들에게 하이라이트를 알렸다. 버지니아주 쪽으로 높이 솟아오른, 조지 워싱턴의 옛 고향인 버넌산이었다. 아무리 마음이 내키지 않는 관광객이라도 보통은 갑판에 올라와 그 모습을 보았다. 존슨 씨도 그렇게 했을지 모른다. 그러지 않았다면 오히려 이상해 보였을 테니까. 어떤 사람들은 쌍안경을 들었고, 어떤 사람들은 "워싱턴의 무덤"을 불렀을지도 모른다. 맑은 날이면 커다란 저택의 기둥이 뚜렷하게 보였고, 붉은 지붕은 하늘을 배경으로 대담하게 느껴졌다. 그 저택이 한때 미국 최초의 대통령이 살

앉고, 지금은 그가 묻혀 있는 땅에 왕관처럼 얹혀 있었다.

지금 크래프트 부부를 위험에 빠뜨린 법, 즉 1793년의 도망노예 법을 승인한 사람이 워싱턴이었다. 예속 가해자들이 주 경계선을 넘은 도망자의 반환을 법적으로 요구할 수 있게 하는 이 법은 헌법 자체에 뿌리를 두고 있었는데, 헌법에는 노예제도가 명시되어 있지 않았으나 '도망 노예 조항'이라고도 알려진 4조 2항 3절이 있었다. 이에 따라, 헌법은 "봉사 혹은 노동"을 해야 하는 사람을 추적할 수 있는 예속 가해자의 권리를 보호했다.

이 법 덕분에, 크래프트 부부가 미국 어디에 있든 예속 가해자에 게는 그들을 다시 끌고 가 예속하고 그들을 도와준 모든 사람에게 소송을 걸 법적 권리가 있었다. 하지만 이건 크래프트 부부가 추적 당할 때만 해당하는 이야기였다. 이 법은 실행하기 어려운 것으로 도 악명이 높았다. 저항이 점점 더 심해지고 있던 북부에서는 특히 그랬다. 워싱턴 부부도 1848년에 사망한 도망 노예를 잡는 데 어려 움을 겪었다. 그들의 도망 노예는 오나 저지라는 이름의 여성으로, 워싱턴 부부가 둘 다 죽은 뒤에도 살아남았다. 운이 따라준다면 크 래프트 부부도 그녀의 전례를 따를 수 있을 터였다.

***

배는 굽은 강을 따라 돌아 메릴랜드주 포트 워싱턴으로 가다가, 버지니아주 알렉산드리아에서 잠시 멈췄다. 그곳은 10년 전만 해 도 미국 최대의 노예 수출 시장이 있던 곳이었다. 이곳에서부터 미국 국회의사당이 보였다. 상록수 위로 솟아오른 둥근 돔이 거대한 하늘에 닿아 있었다.

증기선이 물을 휘저으며 수도로 다가가는 동안, 윌리엄과 엘렌은 기나긴 여행이 끝나기 전까지 두 번만 더 이동수단을 바꿔 타면 된다는 걸 알았다. 1,600킬로미터의 여행길 중 그들에게 남은 것은 워싱턴DC에서 볼티모어까지 가는 64킬로미터의 기차 여행과 그 이후 필라델피아까지의 마지막 160킬로미터뿐이었다. 1킬로미터, 1킬로미터가 지날수록 가능성은 현실이 되어갔고 이들은 지금이 예속된 상태에서 보내는 마지막 오후라는 믿음을 감히 품을 수 있었다.

하지만 남부의 바람이 부드러워지던 바로 그 순간 갑자기 한기가 찾아왔다. 두 사람의 여행이 어느 순간에든 뒤집힐 수 있음을 떠올리게 하는 사건이었다. 윌리엄은 어느 백인이 그를 유심히 관찰한다고 느꼈다. 워싱턴에 가까워질수록 낯선 이의 시선은 적대적으로 변했다. 그는 윌리엄의 흰색 비버해트에 집중하며 존슨 씨에게 노예에게 그런 모자를 씌워주면 버릇을 망칠 수 있다고 비난했다. 존슨 씨가 재산에 불과한 사람을 너무 오냐오냐한다는 비난을 받은 게 이번이 처음은 아니었지만, 이번의 비난에는 새로운 악의가 담겨 있었다. 남자는 미국 대통령도 그렇게 좋은 모자는 쓸 수 없을 거라고 말했다. 그런 모자를 보면 가서 모자를 걷어차 배 밖으로 떨어뜨리고 싶어진다고 했다.

하지만 남자가 그 충동에 따르기 전에, 한 친구가 부드러운 손길과 조용한 말투로 그를 진정시켰다. 이건 신사에게 말하는 방식이 아니라고 말이다. 그러나 남자는 여전히 불평했다. 윌리엄 같은 자들이 자신처럼, 백인처럼 옷을 입은 걸 보면 온몸에 소름이 끼치는데 워싱턴에는 자유롭고 버릇이 망가진 그런 노예들이 너무 많다고 했다. 그는 그런 노예들이 모두 남부로 팔려 가기를, 거기에서 채찍으로 맞아 마음속 악마가 모두 빠지기를 바란다고 했다.

불쾌하기는 했지만, 이는 그들이 딥 사우스[26]를 벗어났다는 첫 징후였다. 남부가 저 아래, 멀리 떨어져 있다는 의미였다. 마찬가지로 좋은 모자를 쓰고 신분을 감추고 있던 엘렌은 말을 아낄수록 좋겠다고 생각하고, 불평을 제기한 사람이 신사에 걸맞은 자제력을 보여주리라는 데 도박을 걸며 그냥 자리를 떠났다.

이번에도 엘렌의 직감이 맞았다. 긴장된 몇 분이 흐른 뒤, 그들은 다시 뭍에 올랐다. 기운을 차릴 시간은 없었다. 그저 계속 나아가야 했다. 크래프트 부부가 다음 난관에 대비해 각오를 다지던 그 순간, 잠깐은 감히 신분에 맞지 않는 옷을 입었다고 욕을 먹은 사람이 엘렌이 아닌 윌리엄이라는 사실에 부부는 안도감을 느꼈을지 모른다.

***

크래프트 부부는 아직 몰랐지만, 배에서의 불쾌한 상호작용은

---

26 미국 남부 중에서도 특히 노예제, 인종차별, 농업 중심 경제 등의 역사적 배경이 뿌리 깊은 지역을 가리키는 표현이다. 일반적으로 조지아, 앨라배마, 미시시피, 루이지애나, 사우스캐롤라이나 등의 주가 포함된다.

미국의 수도에서 벌어지는 더 큰 규모의 긴장감을 나타내는 징후였다. 지금 그들의 시야에 들어온 풍경은 이미 1년간의 혼란스러운 사건들로 휘저어진 뒤였다.

그들은 메릴랜드가 아랫부분에 있는 커다란 다리에 정박했다. 넓게 펼쳐진 워싱턴 몰의 풀밭 아래에 있는 곳이었다. 워싱턴DC는 반만 채색된 그림처럼, 아직 완성되지 않은 느낌이었다. 가장자리가 특히 그랬다. 워싱턴 기념비는 나무 그루터기와 크게 다르지 않았고, 스미소니언 협회는 겨울을 맞아 공사가 중단돼 있었다. 정부 청사와 국회의사당만이 흔들리지 않는 웅장한 모습을 드러냈다. 고전에 나오는 신들이 인간의 세계에 내려온 것 같았다.

크래프트 부부에게는 부두에 내린 순간부터 경주가 시작되었다. 증기선 상륙지와 기차역은 1.6킬로미터 떨어져 있었고, 그들은 1분 1초라도 아껴 볼티모어로 가는 연결편을 타야 했다. 그들은 교통편에 타고—합승 마차 아니면 대절 마차였을 것이다—기차역에, 그리고 그들의 앞길에서 별처럼 그들을 안내하는 국회의사당에 시선을 고정했다.

국회의사당은 그들이 본 건물 중 가장 큰 건물이었다. 청회색의 돔이 하늘로 뻗어가는 그 거대한 형체로 조금씩 다가가면서, 크래프트 부부는 비슷한 처지의 사람들, 예속 피해자이지만 도망자이기도 한 사람들의 운명에 관한 문제로 점점 짓눌려가는 그 공간을 바라보았다. 과거에 숨기고자 했던 문제들이 대선이 있던 1848년에 다시 고개를 쳐들었다. '진주호 사건'이라 알려진 사건 이후에는 특히 그랬다.

4월의 비 오는 밤, 워싱턴 시민들이 모닥불을 지피고 유럽에서 벌어진 민주주의 혁명에 축배를 들고 있을 때, 예속 피해자인 남자, 여자, 아이들 70명은 진주호라는 이름의 범선 안에 숨어 있었다. 그들은 포토맥강을 따라 내려가 체서피크만으로, 그다음에는 훨씬 더 북쪽으로 이송될 예정이었다. 이는 예속 피해를 당한 미국인들의 야심 찬 탈출 시도 중 단일 사건으로 가장 규모가 큰 사건이었다. 그러나 이 작전은 탄로 났고 진주호는 타고 있던 모든 사람과 함께 나포되었다.

진주호가 도시로 돌아온 이후 며칠간 폭동이 이어졌고, 폭도들은 노예제 폐지론에 우호적인 언론사를 파괴하겠다고 위협했다. 이 사건은 노예제도 양면에서 분열이 일어나는 시발점이 되었다. 노예 소유자와 그들에게 우호적이던 사람들은 인간 재산을 훔쳤다는 음모에 격분한 반면, 노예제도 반대론자들은 미국의 수도에서 도망치려던 많은 예속 피해자들이 감옥에 갇혀 있는 모습에 경악했다. 이 탈출을 계획했던 사람들은 바로 이런 결과를 염두에 두고 있었다. 그들은 수많은 사람들을 예속에서 풀어주려고 했을 뿐 아니라, 노예제도를 두고 전국적인 불길이 일어나기를 바랐다.

이 불꽃이 국회의사당에도 붙었다. 몇 년에 걸쳐, 발언 금지 규칙[27]에 따라(하원에서는 이 명령이 해제되었으나 상원에서는 온전히 존재하고 있었다) 노예제도 반대 법안은 안건으로 오르지도 못했다. 이

---

[27] 19세기 미국 의회에서 노예제 폐지와 관련된 청원이나 법안을 논의조차 하지 못하게 만든 규정을 뜻한다. 특히 노예제 존치를 원하는 남부 의원들이 정치적 논의를 봉쇄하기 위해 사용했다.

런 위기에 용기를 얻은 뉴햄프셔주의 노예제도 반대파 상원의원 존 헤일은 진주호 반란 이후 정말 위험에 처한 것이 무엇인지를 폭로하는 법안을 발의했다. 겉보기에 그의 법안은 폭도들의 행위로 발생한 재산상 피해를 보상하는 내용이었지만, 그의 반대자들은 진실을 알고 있었다. 캘훈 상원의원은 이렇게 경고했다. "나는 이 법안이 어디로 이어질지 압니다. (중략) 선동으로 인해 이 문제가 처음 논의되었을 때, 나는 친구들에게 연방과 우리의 제도를 망가뜨릴 수 있는 건 한 가지 문제밖에 없으며 그건 바로 노예 문제라고 말했습니다."

이어서 미시시피주의 헨리 푸트는 동료 의원인 존 헤일에게 초청장을 보냈다. "존 헤일에게 미시시피주라는 훌륭한 고장을 방문하게 하십시오. 나는 미시시피주에 사는 것을 영광스럽게 생각합니다." 그는 존 헤일이 미시시피에 방문하면 "머잖아 숲속 가장 높은 나무에 목매달리게 될 것이고, 모든 덕망 있고 애국적인 시민들이 그 모습에 찬동할 것"이라고 말했다. 얼마 지나지 않아 교수형 집행자 푸트로 알려지게 된 이 상원의원은 자신이 직접 동료 의원을 목매달겠다고 제안했다.

크래프트 부부는 이처럼 갈등이 심한 영토에 들어가고 있었다. 그들이 있는 곳에서는 반짝이는 창문이 보일 만큼 국회의사당이 가까웠다. 일리노이주 국회의원 에이브러햄 링컨이 말했듯, 그 창문 너머로는 실외에 있는 워싱턴의 노예 우리도 보였다. 미래에 대통령이 된 링컨은 이 모습을 오래도록 기억했다. 예속 피해자들이 다름 아닌 말처럼 남부의 시장으로 끌려가던 그 모습을 말이다. 보고에 따르면, 지난 몇 주간 노예 거래는 활기차게 이루어졌다. 워싱턴의 노예 소유자들이 수도에서 노예 무역을 폐지하자는 움직임을 우려해 할 수 있을 때 인간 재산을 팔아버렸기 때문이다.

한편 레임덕을 맞은 대통령 제임스 포크는 자기 집무실에서 사람을 사고팔았다. 다만 그는 이런 사업을 비밀로 신중히 처리했다. 그가 어느 공무원에게 쓴 편지에는 이렇게 적혀 있었다. "이런 일에 그 자체로 잘못된 점은 없다. 대중의 이해관계는 이런 사실을 아느냐, 모르느냐와 아무 관계가 없으나 나의 상황을 고려하면 대중이 모르는 것이 더 낫다." 명백한 사명과 언제까지나 연관될 이 대통령은 노예제도의 미래를 두고 씨름하던 자기 나라의 모순을 회피했다. 대통령직을 수행하는 마지막 며칠 동안 포크는 노예들을 해방하고 싶다는 뜻을 담은 유언장을 작성했다. 하지만 그는 더 많은 예속 피해자들을 사들이라는 명령도 내렸다. 그중에는 열 살의 외로운 제리도 있었다.

***

국회의사당을 지난 마차는 마침내 모퉁이를 돌아 크래프트 부부를 기차역에 데려다주었다. 기차역은 한때 숙박시설로 쓰이다가 개조된 곳으로 그 안에서 벌어진 가슴앓이를 담기에는 너무 작은 공간이었다. 이곳은 겨우 몇 달 전만 해도 진주호에서 잡힌 도망자 50명이 강제로 기차에 올라 볼티모어로 간 곳이었다. 그곳에서 그들은 더 남쪽으로 이송되었다. 그중 많은 사람이 윌리엄과 엘렌처럼 집안일을 하는 노예이거나 기술을 가지고 자영업을 하는 노예였다. 그들과 사랑하는 사람들이 작별 인사를 하며 흐느끼는 소리가 기차역을 가득 채웠다. 이 행렬을 감독하던 사람은 엘렌의 아버지와 나이가 비슷한 키가 큰 은발의 남자로, 볼티모어에서 가장 악명 높은 노예 상인이자 엘렌이 어린 시절부터 알고 지낸 사람이었다.

호프 헐 슬래터는 오랜 세월 클린턴의 보안관으로 살다가 볼티모어로 이사해 간판을 걸었다. "조지아주 클린턴 산." 그게 유일한 광고였다. 그는 엘렌의 아버지가 변호사로 선임되었던 신분 도용 사건의 중심에 있던 남자 제시 벙클리의 삼촌이기도 했다. 이따금 "호프 헬 슬로터(Hell Slaughter)"[28]로 불리던 그는 자비로운 인물이 아니었다. 진주호의 도망자들이 떠날 시간이 가까워지자 그는 남편과 아내를 갈라놓았고─남편이 자신의 아내는 자유인이라고 말했는데도 그랬다─그들이 창문 너머로 한 번 더 손을 잡으려 하자 남자를 곤봉으로 쳐 쓰러뜨렸다.

윌리엄과 엘렌은 아마 다른 역에 들어갔을 때와 비슷하게, 존슨 씨가 노예의 팔에 기대는 자세로 이 기차역에 들어갔을 것이다. 역사는 초라했지만, 열차는 멋지고 다채로웠다. 일등석 열차는 바깥의 경치와 경쟁하듯 여행지와 전투 현장을 담은 널빤지 그림으로 장식되어 있었다. 이 노선에는 가로세로 1미터 크기의 수세식 변소

---

28 '헐 슬래터'와 발음이 유사한 데서 착안한 별명으로, 'Hell Slaughter'는 '지옥의 도살자'라는 의미다.

가 딸려 있어서, 신사라면 불뚝한 배의 난로에서 그리 멀지 않은 따뜻한 곳에서 용변을 볼 수 있었다.

윌리엄은 엘렌이 사치스러운 일등석에 자리를 잡도록 도와준 뒤 니거 칸에 탔다. 기차가 앞으로 나아가고 태양이 하늘에서 미끄러져 내려가는 가운데 크래프트 부부는 그들의 여행에서 마지막이자 가장 위험한 노예 항구인 볼티모어로 향했다. 그곳에서 자유를 향한 마지막 기차를 타게 될 터였다.

볼티모어

한낮의 빛은 다시 흐려져 어둠으로 변하며 열차 안으로 그림자를 드리웠다. 메이컨을 떠난 이후로 크래프트 부부가 본 세 번째 석양이었다. 그들은 찰스턴과 윌밍턴에서 탔던 증기선의 시끄러운 선실이나 갑판에서, 혹은 리치먼드행 기차의 소음 속에서 잠시 밤을 보내는 동안 거의 잠을 자지 못했다. 아는 게 있으니 지금도 쉬기는 힘들었다. 두 사람의 통행증은 최장 나흘짜리였고, 오늘이 바로 그들이 이동 중인 나흘째 날이었다. 너무도 긴 시간이 흘렀다. 한 가지만은 분명했다. 놈들이 알고 있으리라는 것.

이때쯤, 메이컨에서는 일라이자와 고급 가구 제작자가 윌리엄과 엘런의 친구나 가족들에게 질문을 던지고 있을 게 분명했다. 엘런의 아픈 친척에게도 소식을 전했을지도 몰랐다. 그랬다면 무엇을 알아냈을까? 크래프트 부부가 아예 오지 않았다는 걸 알아냈을까? 누군가가 볼티모어로 미리 전보를 보냈을까?

날씨가 삭막할 정도로 흐려진 가운데 크래프트 부부는 도시로 다가갔다. 그들의 두려움은 볼티모어라는 도시 자체에 대해 아는 내용으로 더욱 심해졌다. 볼티모어는 미국에서 가장 큰 자유 흑인 공동체가 있는 곳이지만, 북부로 가기 전에 있는 마지막 주요 노예 항구였다. 그러므로 도망자에 대한 경계가 가장 심한 곳이기도 했다. 수많은 사람들이 기차로 도망쳤으므로 기차는 특히 삼엄한 감시를 받았다. 그렇게 탈출한 사람 중 한 명이 베일리라는 이름의 선박 누수 방지공이었다. 그는 스스로를 해방한 뒤 프레더릭 더글러스라는 이름을 쓰기로 했다. 그는 빨간 셔츠에 선원용 모자를 쓰고 검은 스카프를 맨 선원으로 가장한 뒤 자신이 해군이며 따라서 자유인임을 증명하는 서류를 빌려 가지고 다녔다.

여러 날에 걸쳐 피곤한 여행을 해왔기에 후줄근해진 엘렌 역시 나름대로 위장을 한 채 마지막 시험을 치를 각오를 다졌다. 그녀는 찰스턴에서처럼 장부에 서명할 필요가 없었다. 표를 살 필요도 없었다. 이미 모든 통행료를 냈고 표와 돈을 가지고 있었기 때문이다. 하지만 그녀는 기차의 차장이나 그녀의 노예 소유권에 문제를 제기하려는 모든 사람의 검열을 통과해야 했다. 윌리엄은 그 시간 동안 주인을 특별히 잘 돌보며, 구경꾼들의 찬사를 불러낼 만한 헌신적인 모습을 보여주었다. 그 사람들은 윌리엄의 친절을 주인과 노예 사이에 존재하는 친밀함의 증거로 받아들였다.

그들은 파탑스코강을 가로지르는 거대한 다리를 건넜다. 그 다리는 6만 3,000톤의 화강암 구조물로 지탱되어 물 위 18미터 지점에 떠 있었으면서, 한때 "라트로브의 바보짓"이라 불렸다. 그다음에는 어둠 속에서도 가스등으로 밝혀진 볼티모어의 모습이 눈에 들어왔다. 가스등 불빛은 인간이 만든 별로 이루어진 희귀한 별자리였다. 철마가 곧 분리되었고, 살아 있는 말이 열차에 연결되었다. 기차가 곧장 가로지르는 도시에서, 변덕스럽게 불을 뿜어내는 기관차는 너무 위험한 존재였다. 진짜 짐승들이 열차를 끌고 갈 터였다.

그들은 마운트 클레어 역의 중심을 지난 다음 동쪽으로 프랫 거리를 가로질러 갔다. 거대한 창고와 공장을 지나 호프 헐 슬래터의 오래된 노예 우리 근처도 지났다. 머리가 하얗게 센 슬래터가 진주호의 도망자들을 운송한 이후 젊은 신부와 함께 앨라배마로 이주했기에, 지금은 다른 사람이 그곳을 운영하고 있었다. 그러나 조지아 태생의 그 노예 상인은 볼티모어에 자신의 흔적을 남겼다. 두 블록 길이의 고약한 터널이 슬래터의 옛 노예 우리와 현재 내항이라 불리는 부두를 곧바로 연결하는 데 쓰였다고 한다. 예속 피해자들은 끝이 없을 것처럼 어두운 그 공간을 기어서 지나가야만 했을 것이다.

크래프트 부부는 볼티모어 항만으로 천천히 다가가 기차를 갈아타야 하는 역에 이르렀다. 그 너머 부두에서 특유의 냄새가 풍겨왔다. 온갖 크기의 배들이 볼티모어에서 출항해 전 세계 항구로 향했다. 이 역이 윌리엄과 엘렌에게는 필라델피아행 열차로 갈아타기 전에 거쳐야 하는 공식적인 마지막 역이었다.

그들은 혼란 속으로 뛰어들었다. 공용 역은 승객만이 아니라 호텔 이름을 외치거나 자신을 써달라고 다투는 호객꾼으로 혼잡했다. 탑승하라는 마지막 고함이 울리기까지 겨우 몇 분밖에 남지 않은 상태에서 윌리엄은 주인을 데리고 빠르게 승강장으로 가 사람들을 헤치고 나아간 다음, 엘렌이 열차에 올라타도록 도와주었다. 이번 환승을 하고 나면, 기차 한 번만 더 타고 마지막 정거장 한 곳만 더 지나면 되었다.

노련한 철도회사 필라델피아, 윌밍턴, 볼티모어 레일로드의 기차는 크래프트 부부가 여태 타본 어떤 기차와도 달랐다. 열차에는 침대가 있어 적어도 엘렌은 더 편안하게 여행할 수 있었다. 그곳에서 엘렌은 몸과 마음을 모두 쭉 뻗을 수 있었다. 두 사람의 여행을 마무리하기에 좋은 열차였다. 여행이 마무리된다면 말이지만.

윌리엄은 삼등 열차에 타려다가 누군가가 톡톡 두드리는 손길을 느꼈다. 목소리가 들렸다.

"어디 가냐, 이 녀석아?"

"필라델피아로 갑니다."

윌리엄은 그의 앞을 막고 선 하급 관리에게 최대한 침착하게 대답했다. 윌리엄이 보기에 관리는 소위 그의 주인보다 계급이 낮아 보였다.

"거긴 왜 가는데?"

윌리엄은 이미 자리에 앉아 있는 주인과 함께 가는 거라고 대답했다.

관리의 다음 말이 빠르게 쏟아졌다. 그는 윌리엄에게 즉시 주인을 데려오라고 했다. 기차가 곧 출발할 텐데, 볼티모어에서는 사무실에서 소유권을 증명하기 전까지는 그 누구도 노예를 데리고 역을 벗어날 수 없다는 규칙이 있었기 때문이다. 관리는 윌리엄을 승강장에 혼자 남겨두고 떠났다.

윌리엄은 잠시 가만히 있었다. 심장이 너무 빠르게, 세게 뛰어 목구멍에서 맥박이 느껴졌다. 그는 자신을 이끌어준 신앙을 떠올렸다. 그들을 이곳까지 이끈 하느님이 이제 와 그들을 실망시키지는 않으리라는 신념 말이다. 하지만 다른 문제도 있었다. 윌리엄은 잡혀가느니 죽을 때까지 싸우겠다고 결심한 터였다.

그는 엘렌의 열차로 돌아갔다. 엘렌은 저 먼 끝에 혼자 앉아 있었다. 엘렌이 그를 보고 미소 지었다. 윌리엄은 엘렌이 무슨 생각을 하는지 알았다. 그녀의 눈이 가려져 있는데도 그녀의 자세에서 희망이 엿보였다. 아침이면 두 사람이 자유로워질 수 있다는 희망이었다. 윌리엄도 기분이 좋은 척하려고 노력했다. 앞으로의 충격을 무마하기 위해서였다.

"좀 어때?" 윌리엄이 물었다.

"훨씬 나아." 엘렌이 대답했다. 그녀는 지금껏 그들을 너무도 훌륭히 이끌어준 신에 대한 감사를 덧붙였다.

윌리엄은 그들이 원하는 것만큼 일이 잘 풀리고 있는 건 아니라고 경고한 다음 관리의 메시지를 전했다. 엘렌은 충격을 받은 표정이었다. 이번만큼은 그녀가 평소와 달리 말했다.

"우린 남부로 돌아갈 수밖에 없는 운명인 걸까?"

윌리엄은 대답할 수 없었다.

모든 것이 앞으로의 5분에 달려 있다는 걸 둘은 잘 알았다. 모든 것이 엘렌에게, 그녀가 자세나 말을 조합해 주인의 자격을 증명할 수 있는지 여부에 달려 있었다. 윌리엄은 할 수 있는 대로 엘렌에게 용기를 주었으나, 두 사람을 대표해 말해야 하는 사람은 엘렌이었다.

그들은 열차에서 내려 승강장을 가로질러 사무실로 들어갔다. 문 너머에서 수많은 사람의 목소리가 파도처럼 부서지며 들려왔다. 엘렌은 마음을 가라앉히고 정신을 똑바로 차렸다. 그녀는 즉시 관리에게 말했다.

"날 보겠다고 했습니까?"

"네."

남자는 그렇게 말하더니, 소유권을 증명하지 않고 볼티모어에서 필라델피아로 노예를 데리고 가는 것은 규정 위반이라고 한 번 더 설명했다.

"이유가 뭡니까?"

엘렌은 낮고도 단호한 목소리로 물었다. 신사의 아들에게 어울리는 태도였다. 관리는 그녀가 백인 남자라는 걸 의심하지 않는 눈치였다. 그래도 엘렌은 자신이 최고 계급에 속한 사람, 주인임을 보여야 했다.

관리는 나름대로 싸늘한 목소리로 그녀의 질문에 답했다.

"그야, 신사가 필라델피아로 노예를 데리고 나갔는데 그 노예의 주인이 아닌 것으로 밝혀지면 철도 회사에서 책임지고 손해를 배상해야 하기 때문입니다." 그는 말을 이었다.

"우리는 아무 문제가 없다는 걸 증명할 만족스러운 증서가 없이는 어떤 노예도 통과시키지 않습니다."

그때쯤에는 싸우는 듯한 말투가 다른 사람들의 관심을 끌었다. 어떤 사람들은 못마땅하다는 듯 소리를 내기 시작했다. 젊고 아픈 신사가 그토록 무례한 대접을 받는 모습에 동요한 것이었다. 그들은 쯧쯧쯧, 하고 중얼거렸다.

관리는 사람들의 이런 합창 앞에 흔들리는 듯했다. 그는 신사의 말을 보증해 줄 사람, 그의 주인 자격을 확인해 줄 다른 볼티모어 신사가 아무도 없느냐고 물었다. 여기서라면 찰스턴에서 만났던, 술에 취해 형제애를 발휘하던 젊은 장교가 도움이 되었을 것이다. 세관 기록에 서명해 준 잘생긴 선장도 마찬가지였을 테고. 하지만 엘렌에게는 더 이상 그런 사람이 필요하지 않았다.

엘렌은 허리를 쭉 폈다. 높은 모자, 그리고 밑창이 두꺼운 장화로 키가 커 보였다. 서로의 종말을, 서로가 오랫동안 부정해 온 사랑의 끝을 보기에 엘렌과 윌리엄은 너무 멀리까지 여행해 왔다. 겨우 65킬로미터가 남아 있었다.

"아니요, 나는 찰스턴에서 필라델피아까지 가는 표를 샀습니다. 그러니 당신에게는 우리를 여기에 잡아둘 권리가 없소."

그녀는 물론 신사를 몇 명 알고 있었지만, 자기가 자기 노예의 주인이라는 걸 증명하기 위해 그들을 데려오는 일이 필요하다고 생각하지는 않는다고 말했다.

"권리가 있든 없든, 당신들을 보내줄 수 없습니다." 관리가 받아쳤다. 엘렌과 윌리엄은 서로를 보았다. 그들은 가스등이 밝혀진 어둠 속에서 두 사람을 기다리는 것이 무엇인지 너무도 잘 알고 있었다. 찰스턴의 슈거 하우스, 럼프킨의 감옥, 메이컨의 법원 광장 같은 숨겨진 세상. 희망은 그저 그들을 기만하기 위해 미소 지은 것만 같았다. 주인과 노예로서의 연기가 정점을 맞은 순간, 그들은 한 번만 잘못 움직여도 끊어질 것 같은 실로 구덩이 위에 대롱대롱 매달려 있다고 느꼈다. 그들이 무엇을 할 수 있을까? 도망치다가 잡힌다. 총을 맞고 죽는다. 기도 말고 무엇을 할 수 있겠는가?

엘렌은 기다리기로 했다.

***

아무도 입을 열지 않았다. 워싱턴에서 온 차장이 사무실에 들어왔다. 그는 질문을 받더니 존슨 씨와 그의 노예가 자신과 함께 기차를 타고 왔다고 확인해 준 뒤에 떠났다. 종이 울렸고, 모두가 존슨 씨와 그의 노예를 바라보느라 눈을 번뜩였다. 다음 순간, 모든 시선이 관리에게로 향했다. 그는 다시 한번 흔들렸다.

"정말이지 어째야 할지 모르겠군요."

그는 손가락으로 머리칼을 움켜쥐고 소리치더니 숨을 내쉬었다.

"괜찮겠지요."

관리는 직원을 불러, 차장한테 달려가 신사와 그의 노예를 태워 주라고 말하라고 명령했다. 젊은이는 건강하지 않은 게 분명했으니, 그를 막아 세우는 것은 딱한 일이었다.

엘렌은 서둘러 감사 인사를 한 다음 아픈 신사가 움직일 수 있는 한에서 최대한 빠르게 절뚝거리며 승강장에 올랐다. 윌리엄이 그녀의 곁에 있었다. 윌리엄은 엘렌을 열차에 밀어 넣다시피 한 다음 기차 앞쪽에 있는 자기 열차로 달려갔다. 윌리엄이 아슬아슬하게 올라탔을 때 기차는 이미 움직이고 있었다.

매표소 사람들이 진실을 알았다면, 그들은 이 놀라운 행동에 갈채를 보냈을 것이다. 관리가 아니라, 가능한 모든 방법을 동원해 겨우 나흘 만에 이 먼 곳까지 여행해 온 우아한 젊은이에게 말이다. 처음 기차에 올라 스콧 크레이와 함께 가며 간단히 "네"라고만 말했던 엘렌은 이제 단호하고도 힘이 실린 "아니요"로 전투에서 승리를 거두었다.

하지만 그게 전부는 아니었다. 나중에 윌리엄과 엘렌은 자비롭고도 특별한 섭리가 그들을 지탱해 주지 않았다면 절대 여기까지 올 수 없었으리라는 믿음을 천명했다. 주인 자격에 대해 엘렌이 받은 궁극적인 시험은 순종 혹은 뿌리 깊은 신앙의 순간이기도 했다. 그 순간과 보이지 않는 자비에 대한 믿음이 그때의 엘렌에게 초월적 힘을 주었다.

짐

도망자들을 실은 기차는 이리저리 흔들렸다. 박자에 맞춰 돌아가는 바퀴가 그들을 쉬도록 해주었다. 그날 밤은 흐리고 별 하나 없었다. 엘렌과 윌리엄은 나흘간 움직이고 달리고 열심히 주시한 경험으로, 열차라는 피난처 안에서 목적지에 거의 다다랐음을 알았다.

그들은 35미터 길이의 어둠 속 길고 밀폐된 통로를 덜컥거리며 지난 끝에 항구로 불쑥 나왔다. 먼 곳에 포트 맥헨리가 있었다. 이곳의 연안 가까운 곳에서 성조기가 만들어졌다. 프랜시스 스콧 키(그 역시 예속 가해자였다)를 깨워 "자유로운 자들의 땅, 용감한 자들의 집"이라는 생각을 떠올리게 했던 새벽의 이른 빛이 윌리엄과 엘렌에게는 다른 약속을 해주었다.

모든 위기를 돌파한 크래프트 부부는 필라델피아에서 첫 아침을 맞기 일보 직전이었다. 그들이 자유롭게 맞이하는 첫 크리스마스이자 새해였다. 메릴랜드에서 세 정거장을 지나고, 그저 지나쳐 갈 뿐인 델라웨어를 지나면 그들은 메이슨 딕슨 선을 지나 펜실베이니아 자유 주에 들어가게 될 터였다.

윌리엄은 정거장마다 엘렌에게 갔고, 기회가 생길 때마다 서로에게 두려움과 희망의 무게를 나눠 실었다. 그들은 어두운 은신처에서 엘렌의 주머니에 남아 있는 소중한 돈을 윌리엄에게로 옮겼다. 전생처럼 느껴지는 과거에 메이컨에서 세어본 은화는 북부에서 새 삶을 시작하기에 충분했다. 이 기차에는 사기꾼들이 돌아다녔다. 노예보다는 아프고 부유한 남부 신사의 주머니가 표적이 될 가능성이 컸다. 표는 계속 엘렌이 가지고 있었다. 총은 윌리엄이 가지고 있었을 것이다.

출발하고 48킬로미터를 지나 그들은 세 번째 말뚝 다리를 지나 메릴랜드주 애버딘에 이르렀고, 언덕 위를 부드럽게 통과했다. 머잖아 풍경이 매끄러워지며 기찻길 양옆은 광활하게 펼쳐진 들판으로 변했다. 여기저기에 불 꺼진 집들이 새겨져 있었다. 윌리엄이 탄 열차는 편안함과는 거리가 멀었다. 열차라고 부르기도 어려웠다. 그것은 짐칸 옆에 덧댄 얇은 상자에 가까웠고, 앞쪽의 석탄 보관용 차량을 막아주는 고인화성 덩어리 역할을 했다. 단열은 되지 않았고, 쿠션이 없는 좌석이 몇 개 있을 뿐이었다. 그곳은 증기기관과 너무 가까운 곳에 있었기에 시끄럽고 어두컴컴했다.

소음과 불편함, 규칙적인 배기음에도 불구하고 윌리엄은 여행이 시작된 이래 처음으로 긴장을 풀었다. 그는 옷 속에 돈과 총을 숨겨놓았고, 엘렌이 옆 열차에 안전하게 있다는 걸 알고 있었기에 눈을 붙였다.

두 사람이 잠다운 잠을 자본 건 여드레만이었다. 그들은 메이컨에서 나흘 밤 동안 잠을 자지 않고 예행연습을 하며 이제는 완수된 계획을 세웠다. 이후 나흘 동안은 불안과 두려움 사이에서 아드레날린에 의존해 여행했다. 필라델피아가 겨우 몇 시간 떨어진 곳에, 160킬로미터도 되지 않은 곳에 있었다. 그 거리가 조금씩, 조금씩 빠르게 좁아져 가는 동안 윌리엄의 근육은 움찔거리며 부드러워졌다. 호흡도 길어졌다. 잠에 굴복하기에는 거의 최악의 시간이었다.

*　*　*

펜실베이니아행 기차는 강 옆에서 천천히 멈춰 섰다. 밖에서는 비가 내리고 있었다. 어둡고 추웠다. 그곳은 메릴랜드주의 서스퀘해나 강변에 위치한 예쁜 마을 하브르 드 그레이스, 즉 '자비의 항구'로서 한 표 차이로 미국의 수도가 되지 못한 것으로 유명한 마을이었다. 크래프트 부부는 이곳에 멈춰 서게 될 줄 몰랐다.

강의 물살이 너무 빠르고 거칠어서 어떤 다리도 그 강변을 다스리지 못했다. 얼음이 얼었다가 눈이 녹을 때면, 물을 휘저으며 내려오는 거대한 유빙이 다리를 망가뜨리기 일쑤였다. 존슨 씨가 안내받은 대로, 승객들은 새로운 차량으로 옮겨타기 전에 연락선을 타고 짧은 거리에 걸쳐 강을 건너야 했다. 젊은 남부 신사는 소지품을 챙기고 움직일 준비를 했다. 곧 노예가 찾아오리라고 자신하고 있었다.

하지만 처음으로 윌리엄이 오지 않았다. 몇 분이 지나 승객들이 연락선에 타기 시작했다. 배 위에는 따뜻한 음식이 마련되어 있었고, 식탁이 펼쳐져 있었다. 음식을 먹을 시간은 짧았다. 적극적으로 행동해야 했다. 신사들은 교양 따위는 내버려두고 상대방의 접시에서 빵을 채가는 것으로 알려져 있었다. 그곳은 "유색인"도 간식을 먹을 수 있는 곳이었다. 그러나 윌리엄은 어디에도 보이지 않았다. 존슨 씨는 걱정하기 시작했다. 그는 차장을 불러 세워, 자신의 노예를 보았느냐고 물었다.

차장은 유머 감각이 있는 남자였다. 그는 한동안 노예를 보지 못했다며 그가 도망친 게 아니냐고 추측했다. 존슨 씨는 그럴 리 없다고 확신했고, 차장에게 부탁이니 노예를 좀 찾아줄 수 있겠느냐고 물었다.

"저는 노예 사냥꾼이 아닙니다." 그게 대답이었다.

배에 탈 것이냐, 말 것이냐? 엘렌은 윌리엄이 할 수만 있었으면 그녀에게 왔으리라는 걸 알았다. 그렇다면 가능성 있는 시나리오는 세 가지였다. 윌리엄이 납치당해 남부로 돌아갔거나, 기차를 놓쳤거나, 기차에서 살해당한 것이다. 엘렌의 선택지는 제한적이었다. 그녀는 돈이 없었다. 이 마을을 잘 알지도 못했다. 그녀는 연락선에서 내릴 수도 있었지만, 음식을 먹거나 이곳에 머무를 여유는 없었다. 그녀는 아프고 돈 많은 젊은 남자이자 남부에서 온 낯

선 인물이었다(최고의 표적이라는 게 있다면, 바로 그녀였다). 더 나쁜
건, 그녀가 아직 북부의 자유 주에 도착하지 못한 예속 피해자 여
성이라는 사실이었다.

며칠 전 메이컨에서 그녀와 윌리엄은 둘 중 한 명이나 둘 모두
가 발각당해 잡히거나 실종될 가능성에 대한 계획을 확실히 세워
두었다. 엘렌은 누군가 그녀의 변장을 간파할 경우에 대해서, 윌리
엄은 납치당하거나 누군가 그를 알아볼 경우에 대해서 말이다. 하
지만 그들은 지금 필라델피아와 너무도 가까운 곳에, 노예 납치범
보다는 소매치기들이 더 걱정되는 곳에 있었다. 그들은 가장 큰 위
기가 여행의 마지막 단계에서, 엘렌이 더 이상 주인 행세를 하지 않
아도 될 때 찾아오리라는 생각을 하지 못했다.

지금까지 엘렌은 성공적으로 임기응변을 발휘해 왔다. 여행의
각 단계에는 새로운 전략이 필요했다. 처음에는 메이컨 외곽에서
스콧 크레이를 만났을 때 그랬듯 회피가 통했다. 이후에는 그 방법
이 불충분해졌다. 서배너에서는 장애를 꾸며낸 것이 도움이 되었
지만, 찰스턴에서는 실패했다. 찰스턴에서 그녀는 조금씩 모아온
사회적 자본을 구원의 수단으로 썼다. 이어 볼티모어에서 그녀는
자신감을 발휘했다. 쇠약함이 아니라, 힘을 불러일으키고 신앙에
따라 나아갈 능력을 활용했다.

그러나 과거의 어떤 전략이나 준비도 현재를 대비하게 해주지는
못했다. 지금 그녀에게 가장 큰 난관은 외부의 적이 아니라 혼자 남
게 될지 모른다는 예상이었다. 그러나 엘렌은 생존자였다. 이런 상
황에도 준비되어 있었다.

어둡고도 고요한 시간, 그녀는 결정했다. 그녀에게는 필라델피아행 표가 있었다. 윌리엄에게는 돈이 있었고, 총도 있을 가능성이 컸다. 그녀는 자유 주에서 다시 그를 만나기를 기도해야 할 터였다. 그녀는 혼자서 도망치기로 했다.

**

연락선은 15분 동안 운행했다. 다른 사람들은 난로가 있는 실내에 모여 있었지만, 엘렌은 뿌옇게 흐려진 유리창 너머로 점점 멀어지는 강변을 바라보며 그곳에 두고 왔을지 모르는 남편의 흔적을 찾았다. 배에서 내릴 때 남편이 찾아올지 모른다는 희망을 품었을지라도, 그 희망은 엘렌이 기차에 오르면서 사라졌다. 처음으로 그녀는 혼자 기차에 올랐다.

존슨 씨는 노예의 도움을 받지 못한 채 자리에 앉았다. 심하게 놀란 게 분명했다. 차장을 비롯해 기차에 탄 사람들은 그 모습이 재미있다고 생각하며 고개를 저었다. 노예 없는 주인이라니. 짐차와 근처 칸은 연락선에 실렸고, 강을 건너서 다시 기차에 연결되었다.

어느 영리한 사람이 고안한 창의적인 해결책이었다. 기차에서 짐을 하나하나 내려 연락선에 옮겨 실었다가 다시 기차로 옮겨 싣는 대신, 짐은 제자리에 두고 차량을 포함한 모든 것을 배의 위쪽 갑판으로 올렸다가 반대쪽 강변에서 다시 기관차에 연결하는 것이다. 그렇게 하면 골칫거리도, 일거리도, 시간도 줄었다. 크래프트 부부에게도 결국 이 점이 도움이 되었다.

"인마, 일어나!"

윌리엄은 누군가 자신을 세차게 흔드는 것을 느끼고 움찔하며 깨어났다.

"네 주인이 너 때문에 겁이 나서 죽으려 한다."

이제는 윌리엄이 공황에 빠질 차례였다. 엘렌이 발각당한 걸까? 윌리엄은 자신을 내려다보고 선 경비원에게 무슨 문제냐고 물었다.

"네가 도망친 줄 알아."

윌리엄은 긴장을 풀고, 그의 주인은 그런 생각을 하지 않을 거라고 경비원을 안심시켰다.

엘렌과 윌리엄이 나중에 알게 된 것이지만, 차량이 배에 실려 다른 짐과 함께 물을 건너는 내내 윌리엄은 잠들어 있었다. 그는 기차가 다시 움직이기 시작한 뒤에야 경비원이 쿡 찌르는 바람에 일어났다.

윌리엄은 존슨 씨를 찾으러 일등석 차량으로 갔다. 윌리엄을 본 존슨 씨는 티 내지 않으려고 조심하면서도 눈에 띄게 안심했다. 그는 단지 하인이 어떻게 되었는지 알고 싶었던 것뿐인 척했다. 하지만 다른 사람들은 바보가 아니었다.

윌리엄의 차량에는 다양한 사람들이 함께 타고 있었다. 차장(보통은 기차 앞쪽에서 표 검사를 했다), 경비원, 한두 명의 다른 여행객 등이었다. 윌리엄이 돌아와 보니 그들이 젊은 플랜터를 소재 삼아 농담하고 있었다. 한때는 예의와 존중의 대상이던 그가 지금은 우스갯거리가 되었다.

"어이, 네 주인은 뭘 원하는 거야?"

경비원이 물었다. 윌리엄은 주인이 그저 무슨 일이 일어났는지 알고 싶어 할 뿐이라고 대답했다. 경비원은 그게 다가 아닐 거라고 말했다. 그의 주인은 윌리엄이 프렌치 휴가[29]를 내 도망쳤다고 생각한다고 했다.

"노예가 도망칠까 봐 그렇게 겁을 먹는 사람은 처음 봤네."

경비원은 계속해서 윌리엄에게 노예로 사는 방법에 대해 조언했다. 엘렌이 며칠 전 주인으로 사는 방법에 대해 조언을 들었던 것과 비슷했다.

"필라델피아에 도착하면 그 병신을 버리고 도망쳐."

하지만 윌리엄은 자기 역할을 끝까지 연기할 생각이었다.

"아닙니다, 나리." 그가 냉정하게 대답했다. "그렇게는 못 합니다."

차장은 혼란스러워했다. 윌리엄은 자유를 원하지 않는 걸까?

그는 자유를 원하지만, 지금 주인처럼 좋은 주인을 두고 도망치지는 않을 거라고 했다. 그 말은 사실이었다. 세 번째 남자가 경비원에게 윌리엄을 가만히 놔두라고 말했다. 곧 알아서 눈을 뜨게 될 테니까. 하지만 나중에는 어느 흑인 남자가 윌리엄에게 안전한 숙박시설을 귀띔해 주었다. 윌리엄이 도망치고 싶어 할 때를 대비해

---

29 허락 없이 자리를 비우거나 도망친다는 뜻의 영어 관용구

서였다. 윌리엄은 그에게 고맙다고 인사했다. 다만 연기를 그만두거나 경계심을 풀지는 않으려고 주의했다.

***

늦은 밤, 그들은 노란색으로 칠해진 집 옆의 커다란 회색 돌을 지나갔다. 한쪽 면에는 메릴랜드주를 나타내는 M이, 반대쪽에는 델라웨어를 나타내는 D가 표시된 바위였다. 이는 크래프트 부부가 주 경계를 또 한 번 넘었다는 뜻이었다. 그들은 윌밍턴의 거대한 강가에서 잠시 멈추었다. 그런 다음에는 체스터였다. 그곳은 펜실베이니아 자유 주의 일부로 인정받을 때도 있고, 그러지 못할 때도 있는 곳이었다. 크래프트 부부는 여행의 마지막 강인 슈일킬강 옆의 그레이 연락선에 도착했을 때, 목적지에 도착했음을 알았다.

새로운 날의 이른 아침이었다. 아직 어두웠다. 증기선이 머리 위에서 고동을 울리는 가운데, 윌리엄은 창문을 열고 쏟아져 들어오는 차가운 공기를 느꼈다. 멀리서 깜빡이는 도시의 불빛이 보였다. 그의 뒤에서 다른 남자가 "일어나, 늙은 말 같으니. 필라델피아야!"라고 외쳤다.

사실 지난 몇 킬로미터는 진짜 말들이 기차를 끌었다. 말들이 지붕이 덮인 거대한 다리를 지나 도시로 기차를 끌고 들어왔다. 별만 떠 있는 새벽이 오기 전인 이 시간에는 많은 것이 보이지 않았지만 그들이 지나온 풍경에는 한 가지 분명한 변화가 있었다. 이곳에는 커튼과 붉은 깃발이 달린 노예 우리나 경매장이 없었다. 담장이 높고 가시 박힌 슈거 하우스도 없었다. 소금물 웅덩이나 후추 병, 소금 자루가 갖추어진 채찍이나 쳇바퀴도 없었다. 부부나 부모나 아이가 판매되는 법원도 없었다.

그들은 기찻길 위로 덜컹거리며 나아가다가 마침내 새로운 거리에, 자유로운 거리에 접어들었다. 윌리엄은 그 모든 것을 받아들였다. 보고 또 보며, 등에 무거운 짐을 묶어두었던 끈이 끊어지고 짐이 떨어지려는 것을 느꼈다. 그는 신에게 감사 인사를 올렸다. 그런 다음, 달렸다. 그가 엘렌을 만나러 뛰어내렸을 때 기차는 여전히 움직이고 있었다.

둘은 함께 택시를 잡으러 달려갔다. 윌리엄은 엘렌이 택시에 타도록 도와준 뒤 짐을 던져 싣고 그녀의 옆에 탔다. 문이 쾅 닫히고 택시가 움직이기 시작했다. 그들은 빠져나왔다. 역에서 벗어났다. 엘렌이 남편의 손을 꽉 잡았다.

"하느님, 감사합니다. 윌리엄, 우린 살았어!"

크리스마스이브였다. 그들은 메이컨에서 1,600킬로미터 떨어진 곳에 있었다. 자유 도시가 빠르게 창 밖을 지나갔다. 평생을 건 도망이 끝난 그 순간, 그 나날들이 끝난 순간 엘렌은 윌리엄에게 기대었다.

크리스마스이브, 후일담

그들로부터 1,600킬로미터 떨어진 조지아주에서는 일라이자 콜린스가 안절부절못하고 있었다. 그녀가 가장 좋아하는 몸종이 그녀를 떠났다니, 아직 믿을 수 없었다. 마리아의 뱃속에 있을 때부터 보았던 엘렌, 그녀의 신혼집에 함께 왔던 엘렌, 첫아이와 자매를 잃었을 때부터 남편이 불행을 겪고 일라이자가 다시 아이를 낳을 때까지, 그녀가 가장 힘들었을 때 곁을 지켜준 엘렌이 그럴 리 없었다. 일라이자가 한 번도 공개적으로 인정한 적은 없지만, 엘렌은 일라이자의 이복자매이기도 했다. 몇 주 뒤, 증거가 분명해지자 콜린스 가족은 엘렌이 스스로 그런 선택을 한 것이 아니라 속아 넘어갔을 가능성을 열어두었다.

콜린스 저택이 있는 언덕으로부터 길을 따라 내려온 곳, 아직 완성된 형태를 갖추지 못한 거친 널빤지 사이에서 윌리엄이 돌아오지 않았다는 걸 알게 된 가구 장인이 처음으로 느낀 감정은 짜증이었을 것이다. 윌리엄에게 늦지 말고 돌아오라고 말해두었으니 더욱 그랬을 터다. 여기에 불길한 예감이 더해졌다. 어쨌거나, 그는 기차역에서 윌리엄을 찾아봐야겠다는 직감을 느꼈었다. 그가 신뢰하는 일꾼에게, 어린 시절부터 훈련시켰으며 매우 잘 안다고 생각했던 그 일꾼에게 무슨 일이 일어났다면 윌리엄의 법적 주인인 아이라 테일러에게 해명해야 할 터였다. 윌리엄의 통행증을 써준 사람이 그였기 때문이다.

그리고 마침내 그 순간이 찾아왔다. 누군가가 엘렌의 오두막 문을 열고 억지로 안을 들여다보는 순간, 불안과 짜증이 충격과 공포로 바뀌었다. 엘렌과 윌리엄은 최대한 흔적을 감추었지만, 누군지는 몰라도 오두막에 들어간 사람은 자물쇠 달린 서랍장을 발견했다. 아무도 엘렌에게 그런 물건이 있는지 몰랐다. 그 안에 엘렌이 숨겨둔 비밀은 말할 것도 없었다.

콜린스 가족은 이럴 때 보통 어떻게 해야 하는지 알고 있었다. 아이라 테일러도 마찬가지였다. 그들은 모든 주요 항구에 전보를 보내야 했다. 노예 사냥꾼을 보내고 보상금을 제시해야 했다. 키가 큰 흑인 남자와 키가 작고 피부색이 밝으며 팔에 결핵 자국이 있는, 거의 백인으로 보이는 여자를 찾으라는 광고를 내야 했다. 하지만 그들은 그렇게 하지 않았다. 아직은.

펜실베이니아

1848년 12월 24일~
1849년 1월

형제애의 도시

당시의 필라델피아는 가느다란 조각처럼 생긴 도시로서, 동쪽과 서쪽에 흐르는 두 강 사이에 틀어박혀 남북으로 이어지는 조각보 같은 마을들로 이루어져 있었다. 빠르게 확장되어 가는 이 격자형 도시에 곧 태양이 떠오를 터였다. 검은 치마에 챙 넓은 모자를 쓰고 회합에 나가는 퀘이커 교도들도 있었지만, 그보다 최근에 도시에 도착한 사람들도 있었다. 감자 기근에서 탈출한 아일랜드 가족들, 잉글랜드와 독일에서 온 공장 노동자들, 이곳에 두 번째 집이 있는 남부인들이 그들이었다. 그리고 그 근처 크래프트 부부가 향한 남쪽의 길쭉한 거리에는 북부 최대의 자유 흑인 공동체가 모여 있었다.

이러한 형제애의 도시와 그 근교의 흑인 공동체 구성원은 거의

2만 명에 이르렀다. 여성용 모자 제작자와 선원, 마부와 출장 요리 업자, 나쁜 피를 빼낸다는 사혈사, 뺨을 매끄럽게 면도해 주는 이발 사가 있었고 산파와 목사, 행상인과 굴을 파는 상인, 넝마주이와 작 곡가, 세탁부, 재봉사, 장인도 있었다. 차가운 겨울날 내내 마을 전 체에서 노점상들이 보이고 그들이 김 나는 뜨거운 후추 수프를 파 는 소리가 들렸다. 이들은 소의 발과 내장을 비롯한 온갖 것들을 넣 고 양념한 뒤 섞어서 진하고 강한 맛이 나는 수프를 부글부글 끓여 냈다. "뜨끈한 후추 수프요!" 그들은 맛깔나는 수프를 국자로 덜어 주며 이렇게 소리쳤다.

필라델피아는 제임스 포튼―독립전쟁에 뛰어들었던 자유인 출 신 "유색인"―이 유명한 바람막이 돛으로 상당한 돈을 벌어들인 곳이었다. 그는 흑인과 백인을 가리지 않고 가장 뛰어난 일꾼들 을 골라 자신의 다락방에서 일하게 했다. 하지만 필라델피아의 모 든 것이 사랑과 형제애로만 이루어진 것은 아니었다. 포튼의 아들 은 인종차별주의자 폭도에게 공격당했고, 흑인 교회와 보육원, 가 정에도 비슷한 폭력 사건이 남긴 그을린 자국이 있었다. 그래도 필 라델피아는 크래프트 부부 같은 피난자들을 여러 세대에 걸쳐 받 아들인 도시였고, 윌리엄과 엘렌은 당분간 그곳에서 은신할 수 있 었다.

그들은 윌리엄이 기차에서 알게 된 "유색인 호텔"로 빠르게 이 동했다. 브로드가를 쏜살같이 가로질러, 아프리카계 미국인 공동 체의 심장으로 향했다. 그 지역은 대략 쉽펜과 파인가 사이, 11번가 에서 델라웨어 부두까지 이어지는 구역이었다. 마차가 속도를 늦추었다. 말들은 윌리엄이 외우고 있지만 절대로 폭로하지 않을 파인가의 한 주소에 가까워졌다. 크래프트 부부는 짐을 내리고 걸어갔다. 엘렌은 더 이상 다리를 절지 않았지만, 또각또각하는 소리가 나는 높은 굽의 장화를 신고 있었기에 걸음이 흔들거렸다. 그녀는 갑작스러운 추위에 경계하고 있었다.

그들을 맞이한 사람의 눈이 게슴츠레했는지 아니었는지, 지친 젊은이가 키 큰 노예를 데리고 갑자기 나타났다는 점에 놀랐는지 아니었는지는 알 수 없다. 하지만 그는 부부에게 방을 빌려주겠다고 했다. 그들은 곧장 개인 공간으로 가서 무릎을 꿇고 신에게 감사를 드렸다. 시작했을 때와 똑같은 방식으로 북부로의 여행을 마무리했다. 그런 다음, 엘렌은 짐에서 옛 원피스를 꺼내 갈아입었다. 엘렌과 윌리엄은 남편과 아내로 함께 응접실로 나왔다. 숙소의 주인은 그들을 보고 어안이 벙벙해졌다(그의 인종적 정체성은 구체적으로 언급되어 있지 않다).

"당신 주인은 어디 있소?"

그가 윌리엄에게 물었다. 윌리엄이 엘렌을 가리켰다.

"농담하는 거 아니오." 숙소 주인이 말했다. "정말로 당신 주인을 보고 싶은데."

윌리엄은 아내를 한 번 더 가리켰다. 숙소 주인은 엘렌이 윌리엄과 함께 들어온 신사가 절대 아니라고 거듭 말했다. 하지만 그건 사실이 아니었다. 크래프트 부부는 자신들의 위장에 대해 설명하며 진실을 드러냈다. 숙소 주인의 놀란 모습은 이후 일종의 막간 희극이 되어, 크래프트 부부가 여러 차례 말한 이야기에 짜여 들어갔다.

하지만 처음 이 장면이 전개되었을 때는 별로 재미가 없었을지도 모른다. 몇 년 뒤, 윌리엄은 진실을 말할 것을 맹세하고 숙박시설에 들어갔을 때의 이야기를 다르게 회상했다. 이 버전에서는 엘렌이 혼자 방으로 들어갔고, 윌리엄은 총을 꺼내 응접실 탁자에 두었다. 그는 숙소 주인을 부른 다음 자신과 아내가 노예제도로부터 도망쳤으며, 필요할 경우 무기를 사용하겠다고 밝혔다.

윌리엄은 이렇게 덧붙였다. "내가 정말 그 사람을 쏘았을지는 모르겠습니다. 하지만 어느 쪽이든, 나는 쏘겠다고 말했습니다."

숙소 주인의 답은 웃음이었다. 그는 제대로 잠을 자지 못하고 경계심 많은 도망자에게 자신을 믿어도 좋다고 안심시켰다. 그는 이런 종류의 두려움을 전에도 본 적이 있는 게 분명했다. 그에게 새로웠던 것은 존슨 씨의 변신이었다. 30분 뒤, 엘렌은 평소의 옷을 입고 계단을 내려왔다. 그녀는 숙소 주인의 얼굴에 떠올랐던 충격받은 표정을 잊지 못했다.

크래프트 부부는 필라델피아에 잠시 머물러도 안전할지 알고 싶었다. 숙소 주인은 아마 아닐 거라면서도 자신보다 더 잘 아는 사람들을 데려오겠다고, 그들은 크래프트 부부의 이야기를 듣고 싶어 할 게 분명하다고 말했다.

***

숙소 주인은 사람들, 특히 윌리엄이나 엘렌 같은 사람들의 예상보다 훨씬 더 소란스러운 도시로 나섰다. 겉보기에 필라델피아는 직선으로 이루어져 있었다. 너무도 깔끔한 격자 구조를 갖추고 있어 일부 영국 여행객들은 이 도시가 조금이나마 자연스러우면 좋겠다고 애원했을 정도다. 방문객들은 초록색 덧문이 달린 붉은 벽돌집에 감탄했다. 독립선언서와 미국 헌법이 논의되고 서명된 독립기념관을 비롯해 웅장한 대리석 건물들도 있었다. 이곳은 수도가 깔려 있는 곳이었다. 물이 너무 풍부해 인도조차 깨끗하게 물로 청소했다고 기록되어 있다.

한편, 필라델피아의 뒷골목에는 다른 규정이 통했다. 예컨대 방탕한 사람들을 위한 도시 안내서에서는 형제애의 도시가 자매의 애정으로도 가득 차 있다고 은근슬쩍 말했다. 검시관의 보고서에는 굶어 죽거나 동사한 시체들이 자주 발견되어 사실상 관이나 다름없는 판잣집이 설명되어 있었다. 계획적인 필라델피아 거리의 각진 모퉁이 사이사이에는 수없이 많은 골목과 옆길, 슬럼가가 있어, 킬러스, 스팅어스, 스키너스, 블러드 텁스, 랫츠 같은 갱단이 돌아다니며 싸웠다. 미국의 전 수도인 이 도시에서는 폭동도 기승을 부렸다. 어떤 인도는 수돗물로 청소했을지 모르지만, 다른 곳에는 인간의 배설물과 부패한 시체, 퇴비, 썩어가는 쓰레기가 쌓여 있었다. 이런 상태가 이듬해의 콜레라 발발로 이어졌다.

1840년대 초반이라면 숙소 주인에게 크래프트 부부를 위한 좀 더 확실한 행동 계획이 있었을지 모른다. 그 시대에는 자경 위원회와 여성 자경단 같은, 도망자들을 돕고 보호하기 위한 단체들이 활동하고 있었다. 숙소 주인은 음식과 살 곳, 약과 옷, 무엇보다도 안전을 제공할 위원회 구성원들의 비밀 명단을 구했을지도 모른다.

다른 유색인 신사인 로버트 퍼비스와 그의 아내인 해리엇(큰 성취를 거둔 것으로 유명한 제임스 포튼의 세 딸 중 한 명이다)의 지도하에 이런 위원회에서는 하루에 한 명꼴로 도망자들을 도왔다.

그 이후로 상황은 더 복잡해졌다. 필라델피아는 반노예 활동의 중심지로, 흑인 공동체의 강한 리더십과 퀘이커 교도들의 오랜 지지를 갖추고 있었다. 퀘이커 교도들 사이에 노예제도에 대한 입장이 딱히 통일되어 있었던 건 아니나, 그들은 지난 세기부터 예속 가해자들이 그들의 종교에 참여하는 것을 금지했다. 미국 최초의 반노예 단체가 필라델피아에서 만들어졌다. 이 도시는 당시 남자와 여자 모두로 구성된 다수의 다인종 활동가 단체를 자랑하고 있었다.

그러나 필라델피아 최고의 고객은 남부라는 말도 있었다. 크래프트 부부가 내린 기차역에서 몇 걸음만 가면 펜실베이니아 대학교 의과대학이 나왔다. 그곳은 최근까지 엘렌의 예속 가해자였던 로버트 콜린스가 다닌 학교이자 수많은 남부의 가족들이 아들을 보내는 학교이기도 했다. 기차역과 남쪽 도로 사이의 어느 거리는 부유한 남부인들의 저택이 너무 많아, '캐롤라이나 거리'라고 불렸다. 남부와의 지리적 근접성과 개인의 집에서도 얼마든지 폭발이 일어날 수 있다는 사실은 그해 겨울에 밝혀졌다. 필라델피아 법정에서 조지아주의 플랜테이션 농장주 후예인 피어스 버틀러와 영국 태생으로 배우 생활을 하다가 폐지론자가 된 그의 아내 패니 켐블 사이에 추잡한 이혼 소송이 벌어졌기 때문이다.

폐지론자들은 목소리가 크긴 해도 그들이 다수라고 할 수 없었다. 반노예 회의가 안전하게 열릴 수 있는 자유의 사원으로 지어진 펜실베이니아 홀이 건축되고 또 불타면서 그 사실이 극적으로 드러났다(퀘이커 교도조차 폭력을 당할 수 있다는 위험 때문에 더는 이런 모임에 장소를 빌려주고 싶어 하지 않았다). 1838년 5월 16일, 미국 여성 반노예제 협회는 펜실베이니아 홀의 성대한 개관식에 참여한 여러 단체 중 하나였다. 당시에는 이런 회의에서 인종 간 결혼 혹은 교합과 노예제도의 즉각적 종식을 장려한다는 소문이 돌았다(폐지론자들은 남부에서 예속 피해자 여성에 대한 강간을 통해 '진짜' 교합이 일어나고 있다는 아이러니를 건조하게 지적하곤 했다).

다양한 피부색의 여성들이 모여서 이야기하고 있을 때, 바깥의 군중이 벽돌과 돌을 던지며 "니거들을 두들겨 팼다". 수천 명이 홀 안으로 밀려들었고, 다음 날 밤에는 당국이 손 놓고 지켜보는 가운데 폭도들이 자유의 사원에 불을 질렀다. 파란색 다마스크 소파와 황금색 글자를 새긴 간판, 수없이 많은 페이지의 항의 서한이 불에 타버렸다. 어느 조지아 기자는 즐거운 듯 "참 아름다운 불꽃 기둥이었다"라고 그 모습을 묘사했다.

필라델피아는 그 이후로 더욱 폭력적으로 변했다. 남부만이 아니라 해외에서도 도망자들이 밀려들던, 이 붐비는 산업화 도시에서는 토착민 중심주의와 반가톨릭, 반이민 감정이 뜨겁게 끓어올라 폭동으로 터져 나왔다. 필라델피아의 흑인 인구가 반복적이고 폭력적인 공격의 표적이 되었다. 폭도들이 흑인 교회와 보육원에 불을 지르고 집을 파괴했다.

1842년, 유독 잔혹하고 오래 이어진 인종적 폭동 이후로 필라델피아 자경 단체의 중심적인 운영자였던 로버트와 해리엇 퍼비스는 필라델피아 외곽으로 자리를 옮겼고, 단체는 활력을 잃었다. 크래프트 부부가 도착했을 당시에 자경 위원회는 사실상 해체된 상태였으며 도망자를 돕는 일은 대체로 흑인 공동체 내의 개인과 가족들이 이어가고 있었다. 윌리엄과 엘렌, 또 그들의 발자취를 따른 수많은 사람들에게는 다행스럽게도, 노예제 폐지라는 대의에 새로 합류한 장래가 촉망되는 인물이 있었다. 그는 언젠가 언더그라운드 레일로드의 아버지로 알려지게 될 젊은 남자였다.

***

윌리엄 스틸은 평생 자유롭게 살았지만, 펜실베이니아 반노예협회의 직원으로서 예속 상태에서 탈출할 때 치러야 하는 대가를 잘 알았다. 그가 태어나기 전에 메릴랜드주에서 도망쳐온, 지금은 채리티라 불리는 그의 어머니 시드니 때문이었다. 채리티는 전에도 한 번 도망쳤다가 네 명의 어린 자녀와 함께 잡힌 적이 있었고, 다음에 탈출을 시도할 때는 모든 아이를 다 데려갈 수 없음을 알고 어쩔 수 없이 데려갈 자녀를 골라야 했다. 네 아이가 함께 잠들어 있던 짚 깔개 속으로 손을 집어넣은 그녀는 두 딸을 깨우고 여섯 살과 여덟 살이던 아들들에게 입을 맞춘 뒤 어둠 속으로 사라졌다.

"나이가 많고 강한 남자아이들은 남겨두었다." 그녀는 이렇게 설명했다. "어리고 약한 여자아이들을 살렸다." 아들 윌리엄 스틸이 기억했듯, 그녀는 자유를 추구한다는 "불치병"에 걸려 있었다.

어렸을 때, 그녀는 술에 취한 예속 가해자에게 맞아 "아버지의 뇌가 터져나가는 모습"을 목격했다.

스틸은 어머니가 비참한 탈출 이후 아버지와의 사이에서 낳은 열여덟 명의 아이 중 막내였다. 그의 아버지 레빈 스틸은 아내가 딸들을 데리고 성공적으로 도망치기 전에 자신의 자유를 돈으로 샀고, 뉴저지에서 그녀와 재결합했다. 그곳에서 두 사람은 새로운 삶을 일구었다. 다만 잃어버린 아들들에 대한 생각은 계속 맴돌았다. 부모가 견뎌야 했던 고통을 알고 있었기에 윌리엄 스틸은 평생의 사명을 받아들였다. 노예제도를 피해 도망친 사람들을 재우고 먹이고 도와주고 선동하고, 나중에는 그들의 이야기를 쓰는 위험한 일이었다.

어머니를 닮아 광대가 높고 꿰뚫어 보는 듯한 눈을 가진 27세의 스틸은 크래프트 부부가 필라델피아에 도착했을 때 드레스 제작자와 새로 결혼한 상태였다. 그는 전해부터 펜실베이니아 반노예 협회 사무실에서 일하기 시작했으며, 잡역부라는 두 번째 일자리도 구했다. 그는 낮에 사무실을 청소하고 서류를 정리하며, 독립기념관 근처 노스 5번가에서 인쇄된 폐지론자 신문을 보내는 데 도움을 주었다. 이 신문의 이름은 〈펜실베이니아 프리맨〉이었다.

숙소 주인이 크래프트 부부를 도와줄 사람을 찾아 나섰을 때 가장 먼저 응답한 사람 중 하나가 스틸이었다. 많은 경우 스틸은 최초 응답자였다. 그는 헨리 박스 브라운이 27시간 동안 갇혀 있던 상자에서 일어났을 때 그 모습을 목격했다. 피터라는 이름의 남자가 친척을 찾아왔을 때 대기 중이던 사람도 스틸이었다. 피터는 겨우 여섯 살에 잃어버린 어머니를 찾고 있었다. 어머니의 이름은 시드니, 아버지의 이름은 레빈이었다. 그가 다름 아닌 스틸의 잃어버린 형이라는 사실이 드러났다.

그 모든 일은 나중에 일어날 터였다. 지금의 스틸은 아직 자기 삶의 이야기를 다 정리하지도 못한 채 다른 이들이 자기 삶을 써 내려갈 수 있도록 힘을 보태고 있었다. 그리고 이번 크리스마스이브에 그를 찾아온 사람들에게는 놀라운 이야기가 있었다. 스틸이 처음 엘렌을 보았을 때, 엘렌은 신사의 옷을 입고 있었다. 엘렌은 모든 면에서 젊은 신사처럼 보였고, 훌륭한 정장과 외투의 형태, 굽 높은 장화로 커진 키 등은 스틸에게 영영 잊지 못할 모습이었다.

두 번째 지원군인 미플린 위스타 깁스도 무슨 일이 일어날지 모르는 채 숙소에 도착했던 그때를 회상했다. 윌리엄보다 한 살 많은 목수이자 외주 일꾼인 깁스는 미국 최초의 흑인 지방 판사로 선출되게 된다. 그 역시 젊은 신사가 입고 있는 흠 한 점 없는 검은 외투와 그의 높은 모자에서 느껴지는 비단의 광택을 눈여겨보았다. 그는 신사가 훌륭한 외모를 가졌으며, "젊은 유색인 남자"를 통제한다는 사실도 알아챘다. 깁스는 이렇게 썼다. "첫 번째 남자는 내게 크래프트 부인으로, 다른 남자는 그녀의 남편으로 소개되었다. 둘 다 도망 노예라고 했다."

스틸과 깁스는 도망자를 면담한다는 첫 임무를 빠르게 시작했다. 둘의 이야기를 알고 기억하기 위해서이기도 했지만, 조심하기 위해서이기도 했다. 도움을 구하는 사람들 대부분은 진짜였지만, 공짜로 음식과 옷, 돈을 받으려고 도망자인 척하는 사람들도 있었다. 스틸이 사흘 전 인쇄하는 데 도움을 준 신문에는 그런 사칭범들에 대한 경고가 실려 있었다. 당시의 사칭범은 털가죽 모자를 쓴 두 명의 남자로, 그중 한 명은 거친 파란색 셔츠와 언어 장애를 가진 "키 큰 흑인 남자"이고 다른 하나는 초록색 외투와 격자무늬 조끼를 입은 "키 작은 물라토"였다.

크래프트 부부는 지칠 대로 지쳐 있었으나 필요한 정보를 모두 내놓을 준비가 되어 있었다. 스틸이 회상했듯, "자유로운 땅에 도착하기가 무섭게 류머티즘은 사라졌고 오른팔의 팔걸이는 풀렸으며 치통도 가셨다. 수염 없는 얼굴이 드러났고, 귀가 들리지 않는다던 사람이 듣고 말했다. 눈먼 자는 앞을 보았고 다리를 절던 사람은 수사슴처럼 뛰어올랐다. 노예의 놀란 친구들이 지켜보는 가운데, 언더그라운드 레일로드의 위업은 그야말로 흠잡을 데 없는 증거로 완전히 확증되었다". 그 증거가 무엇이었는지, 또 그 자리에 다른 사람은 누가 있었는지는 불확실하다. 하지만 근처에는 크래프트 부부의 이야기를 확인해 줄 독특한 위치에 있는 동맹이 있었다. 그중에는 고전문학 교수이자 진주호 탈출 미수 사건의 기획자인 찰스 덱스터 클리블랜드도 있었다. 우연히도, 그는 엘렌의 첫 여주인인 일라이자 클리블랜드 스미스의 친척이기도 했다.

인터뷰가 끝나고 나서야 엘렌은 신사복을 벗을 수 있었다. 사람들의 시선이 미치지 않는 뒤쪽에서, 그녀는 바지를 벗고 조끼와 셔츠의 단추를 풀고 코르셋을 착용하고 풀스커트를 입었다. 그녀가 다시 사람들이 있는 곳으로 나왔을 때, 그녀의 단발은 펴져 있었다. 새로워진 그녀의 모습은 한 시간 전에 스틸이 처음 보았을 때만큼이나 지울 수 없는 인상을 남겼다. 이 젊은 여자의 모습에서 신사의 흔적이 전혀 보이지 않는다는 게 그에게는 충격적인 일이었다.

이 시간에 함께 모인 사람들 모두가 즐거워했음은 분명하다. 무엇보다도 성공적으로 이곳에 도착한 크래프트 부부가 기뻐했겠지만, 부부의 특별한 이야기를 들은 활동가들도 즐거워했다. 노예제도에 반대하는 강력한 증언들은 이미 존재했다. 그중에는 프레더릭 더글러스나 윌리엄 웰스 브라운처럼 이미 작품을 출간한 작가들의 증언도 포함되었다. 그러나 크래프트 부부의 이야기는 독특했다. 더글러스와 브라운은 북부와의 경계에 있는 주에서, 홀몸으로 도망쳤다. 그들에게는 도와준 사람도 있었다. 더글러스는 미래의 아내가 될 자유인에게서, 브라운은 어느 퀘이커 교도에게서 도움을 받았다. 그러나 크래프트 부부는 사람들이 빤히, 공개적으로 지켜보는 가운데 어마어마한 거리를 여행해 도망쳤다. 의지할 사람이라고는 서로밖에 없었는데, 그것도 함께 말이다. 더 넓은 폐지론자 공동체에 이런 이야기는 황금과도 같았다. 어쨌거나 진주호의 실패한 탈출 기도는 인도주의적 목적뿐 아니라, 세간의 이목을 끌기 위한 기획이기도 했다.

여행을 돌아볼 시간은 많지 않았다. 필라델피아의 활동가들은 숙소 주인이 품었던 의구심을 즉시 확인해 주었다. 크래프트 부부는 안전하지 않았다. 부부는 1793년의 도망노예법 때문에 여전히 취약한 상태였다. 이 법이 이빨 빠진 호랑이나 다름없다는 건 사실이었다(예속 가해자들이 종종 불평한 그대로였다). 소위 개인 자유법이 통과되어 크래프트 부부 같은 도망자들을 보호하도록 되어 있던 펜실베이니아에서는 특히 그랬다. 이 법안에 문을 열어준 것은 1842년 연방 대법원의 프리그 대 펜실베이니아 사건이었다. 이 판결에서 주 정부가 도망노예법을 집행할 것인지는 사실상 선택의 문제가 되었다. 동시에 프리그 사건의 판례는 소송을 건 노예 소유자의 편을 들어주며 이 법의 합헌성을 지지했다. 그렇기에 크래프트 부부는 미국 어디에 가든 여전히 위험했다. 엄밀히 말하면 미국의 법과 헌법 자체가 그들의 반대편에 서 있었다.

법이 아니더라도, 펜실베이니아 같은 접경 주에서는 납치가 심각한 위험이었다. 자유인이든 아니든, 그 어떤 흑인도 납치 위협으로부터 안전하지 않았다. 특히 아이들은 종종 실종되는 것으로 알려져 있었다. 마지막에 크래프트 부부의 친구들이 보스턴을 추천한 것은 이런 이유에서였다. 보스턴에는 강력한 흑인 공동체와 목소리가 크고 다양한 인종으로 구성된 활동가 공동체가 있었다. 사실 반대론자 사이에서 보스턴은 성난 폐지론자의 온상으로 알려져 있었다. 그보다 안전한 곳은 캐나다겠지만, 활동가들은 크래프트 부부가 이토록 빨리 미국을 떠나야 한다고 생각하지는 않았다. 또 그들은 캐나다가 춥다고 경고했다.

부부는 위태롭지만 자유로워진 상태에서 처음으로 중요한 결정을 했다. 그들은 캐나다가 아닌 보스턴을 목적지로 삼기로 했다. 이런 선택을 한 이유는 아직 예속 상태에 있는 사랑하는 사람들과 가까운 곳에 남고 싶다는 욕망이었을 수도 있다. 미국에 남아 있으면 그들을 찾고, 어쩌면 구출하는 것도 더 쉬워질지 몰랐다. 크래프트 부부는 안전이 보장된 길을 피하고 더 위험한 길을 선택함으로써 앞으로의 세월에도 반복될 패턴을 만들었다.

보스턴은 480킬로미터 떨어져 있었다. 기차를 타고 가면 빠르게 갈 수 있는 거리였지만, 크래프트 부부에게는 비밀리에 이동하는 것이 최선일 듯했다. 최고의 솜씨를 가진 사람들이 그들의 차장이 될 터였다. 필라델피아 역에서 그들을 맞이한 사람이 언더그라운드 레일로드의 아버지 윌리엄 스틸이었듯, 그들은 소위 언더그라운드 레일로드의 대통령이라는 로버트 퍼비스와 함께 이동하게 될 터였다.

퍼비스

엘렌이 높은 계급의 승객으로 보일 수 있었다는 점에 누구보다 공감한 사람이 바로 펜실베이니아 반노예 협회의 회장 로버트 퍼비스였다. 그는 38세의 부유한 흑인 자유인(혹은 "쿼드룬") 활동가로 한때 대서양 횡단 선박에서 백인 행세를 하는 대담한 행동을 한 적이 있었다. 그가 백인처럼 보이기로 선택했던 건 이때가 유일했다.

180센티미터의 키에, 어디서든 빼어난 외모로 눈길을 사로잡았던 퍼비스에게서는 남부인 특유의 분위기가 풍겼다. 아일랜드의 정치지도자인 대니얼 오코넬이 그를 노예 소유자로 오해하고 그와 악수하지 않으려 했을 정도다. 한편 노예 소유자들은 퍼비스를 자신들과 같은 사람으로 보고 혈통마(경주마)와 와인에 대해 그에게 조언을 구하곤 했다.

퍼비스는 대서양 횡단을 했을 때 24세였다. 그는 노예제도와 식민화에 반대하는 언변 좋고 열정적인 대변인의 입장에서 영국으로 향하는 중이었다(이때 식민화란 해외 식민지로 흑인을 재정착시키거나 추방하는 일을 말했다). 그가 출항하기 전에 버지니아주의 플랜터가 흑인이 배에 타리라는 사실을 알고 퀘이커 교도인 선주들에게 불만을 제기했다. 남부와의 거래가 걸려 있었기에 퀘이커들은 초조해하며 퍼비스에게 일정을 바꿀 수 없겠느냐고 물었다. 퍼비스는 다른 길로 가기로 했지만, 돌아오는 길에 우연히도 그 버지니아 플랜터와 같은 증기선을 예약하게 되었다.

이번에 그는 흑인이라는 정체성을 광고하지 않았다. 배에 탄 버지니아 사람은 퍼비스를 교양 있고 우아한 신사로 인식하고, 그를 저녁 식사에 초대했다. 퍼비스는 머잖아 버지니아 사람과 그의 친구들을 매료시켰다. 댄스플로어에 있던 아가씨들은 말할 것도 없었다. 작고한 사우스캐롤라이나주 상원의원 로버트 헤인의 형제인 헤인 씨는 항해 중에 "니거는 동물과 큰 차이가 없으며 누구의 핏줄에 들어 있든" 흑인의 피는 "언제나 들키기 마련이다. 남부 사람에게는 특히 그렇다"라는 말을 반복적으로 했다. 바로 이 사람이 자고 있던 퍼비스를 선실에서 끌어내 자기 딸과 춤추게 했다.

마지막 날, 저녁 식사 시간에 퍼비스는 건배사를 하라는 요청을 받았다. 그는 기꺼이 요청을 받아들여 앤드루 잭슨 대통령에 대해 건배사를 했다. 앤드루 잭슨은 퍼비스가 흑인 최초로 미국 여권을 받도록 직접 개입해 준 사람이었다. 다만 퍼비스는 이 시점에 그 이야기를 하지는 않았다. 뉴욕 항구가 눈에 들어왔을 때에야 퍼비스는 "유색인 집사"에게 자신이 바로 이 배에 탄 흑인이라는 사실을 선장의 아내에게 알리라고 했다. 이 놀라운 주장을 확인하기 위해 독일인 의사가 파견되었다. 퍼비스의 답은 이랬다. "네, 돌아가서 모든 사람에게 사실이라고 전하시오. 난 흑인인 게 자랑스럽습니다." 배에 타고 있던 어느 특이한 판사는 너무 재미있어서 배를 잡고 데굴데굴 구르며 웃음을 터뜨렸다고 전해진다.

퍼비스는 목화 중개인이었던 영국인 아버지와 유대계이자 아프리카계 미국인인 어머니 사이에서 태어났다. 그는 아버지로부터 큰 재산을 물려받았다. 그의 외할머니인 디도 바다라카는 어렸을 때 모로코에서 납치당한 것으로 알려져 있다. 퍼비스의 아버지는 찰스턴에서 퍼비스의 어머니를 유일한 아내로 여기며 살다가, 가족과 함께 필라델피아로 이사했다. 퍼비스는 북부에서 애머스트 아카데미를 비롯한 훌륭한 학교에 다녔다. 그는 새뮤얼 콜트라는 이름의 동급생과 함께 장난삼아 대포를 발사했다가 학교에서 쫓겨났다고 전해진다(퍼비스는 콜트가 화기에 대한 직관을 타고났다고 말했으며, 콜트는 나중에 전설적인 권총을 만들어 유명해졌다).

부동산 투자를 비롯한 사업에서 뛰어난 재능을 보였던 퍼비스는 반노예제도라는 대의명분에 자금을 댔다. 그는 윌리엄 로이드 개리슨의 노예제폐지론 지지 신문인 〈해방자〉에 기금을 대는 데 참여했고, 불타버린 펜실베이니아 독립기념관을 짓는 데도 중요한 기여를 했다. 사실 퍼비스가 검은 피부의 아내를 마차에 타도록 도와주는 모습은 폭도의 분노에 불을 붙여, "인종 간 교합"에 관한 소문을 일으켰다. 나중에 퍼비스는 그 끔찍한 저녁에 관한 법적 증언을 하면서 다시 한번 모두를 매료시켰다. 그는 아내에게 팔을 내미는 것이 너무도 자연스럽게 느껴졌다고 말했다. 이번만큼은 법정에서도 웃음이 터졌다.

퍼비스에게 필라델피아를 떠나는 것은 절대 쉬운 결정이 아니었다. 그는 필라델피아에서 오랜 역사를 가지고 있었으며, 전에도 큰 위험을 마주한 적이 있었다. 노예제도의 도망자인 바실 도시가 납치당했을 때 그의 자유를 확보해 준 사람이 바로 퍼비스였다. 퍼비스는 그를 탈출용 마차에 태우고, 직접 마차를 몰아 그를 잡으려는 사람들을 피하게 해주었다. 폭도가 펜실베이니아 독립기념관으로 개리슨을 잡으러 왔을 때 그를 빼낸 사람도 퍼비스였다. 퍼비스와 그의 아내는 수없이 많은 도망자들을 롬바드가에 있는 저택에서 묵게 했고, 아이들 방 아래에 있는 바닥 문을 통해 그들이 드나들게 해주었다.

그러나 1842년 8월의 밤이 찾아왔다. 그날은 영국령 서인도제도에서 노예제도가 폐지된 것을 기념하며 연례행사가 열리고 있었다. 이른바 서인도제도 해방의 날 행진이었다. 그런데 그 이후에 폭도들이 퍼비스의 집을 표적으로 삼았다(처음은 아니었다). 퍼비스는 노예제 반대론에 관한 강연을 하고 집으로 돌아오던 길에, 아이들의 영어 가정교사가 겁에 질려 달려오는 모습을 보았다. 그녀는 폭도들이 그를 잡으러 오고 있다고 경고했다. 그 이후 퍼비스는 아내와 아이들을 지키기 위해, 집과 가정을 지키기 위해 무릎에 총을 둔 채 자기 집 문 앞에서 잠을 자지 못하고 보낸 시간을 절대 잊지 못했다. 퍼비스는 그의 집 문을 넘어오는 첫 사람을 죽일 준비를 하고 있었다.

그날 밤 그의 가족은 살아남을 수 있었지만, 다른 가족들은 아니었다. 폭도들은 흑인이면 애고, 어른이고 가리지 않고 두들겨 팼다. 거리 저쪽에서는 흑인 교회와 강당이 불탔다. 퍼비스는 깊은 절망감을 느꼈다. 어느 친구에게 말한 바에 따르면, 그는 폭도들의 폭력을 넘어서, 공동체 전체의 무관심과 비인간성이 너무나 혼란스럽다고 느꼈다. "대단히 고통스럽고 상세한 조사를 통해 (중략) 나는 공공의 관점에서 우리가 얼마나 절대적으로, 완전히 무의미한 존재인지 확신했다." 다름 아닌 보안관이 안전을 보장할 수 없다고 경고하자, 비참함과 역겨움을 느낀 퍼비스는 이 도시를 떠나야겠다고 결심했다.

퍼비스의 새집은 필라델피아에서 북쪽으로 19킬로미터 떨어진 바이버리에 있었다. 저택은 상상만큼 훌륭한 곳으로, 길 건너편의 퀘이커 회당과는 꽤 넓은 도로를 사이에 두고 있었다. 확실히 이런 시골에서 흑인으로 산다는 건 쉬운 일이 아니었다. 퀘이커 교도조차도 선을 그었다. 어떤 사람들은 회당에 유색인 벤치를 따로 두었고, 언제나 친절하게 굴지도 않았다. 하지만 퍼비스는 이곳에서라면 가족의 안전을 지키고 도시와 어느 정도 거리를 유지하며 성전을 계속할 수 있다는 걸 알았다.

퍼비스는 진정한 시민 운동가였다. 그는 아일랜드인이건, 아메리카 원주민이건, 여성 인권이건, 정의를 요구하는 다른 사람들의 목소리도 지지했다. 그는 자기가 속한 집단에서 포용을 권장했고,

백인 폐지론자들과 협동했으며 여성의 평등한 참여를 지지했다. 그러나 작년의 사건은 그의 이상주의를 시험에 빠뜨렸다. 그리고 크래프트 부부가 도착했을 때쯤, 퍼비스에게는 노골적인 절망은 아니라도 좌절감을 느낄 새로운 이유들이 있었다. 그는 여러 전투에서 싸우고 있었다. 학교에서의 차별에 맞서 싸우고, 투표할 권리를 위해 싸웠으며(한때 펜실베이니아에는 상당한 재산을 가진 흑인 남자에게 투표권이 주어졌으나 당시에는 그 권리가 부정되고 있었다), 교회에서도 싸웠다. 1848년은 퍼비스에게 전환점이었다고 전해진다. 평생 광범위한 인권을 지지하긴 했지만, 이때부터 인종 간 협력에 대한 퍼비스의 믿음은 침식되기 시작했다. 그는 흑인 활동가 집단과 더 많이 연대하는 쪽으로 기울었다.

크래프트 부부의 사례는 그를 감동하게 했을 게 분명하다. 젊은 부부가 인종과 젠더의 카테고리를 기발하게 뒤집어 이용했다니! 동시에 이 부부는 근본적 행동이 필요하다는 걸 나타내기도 했다. 퍼비스가 개인적으로 조바심을 느끼던 그 시기에 말이다.

윌리엄과 엘렌은 마차를 타고 퍼비스의 집으로 갔다. 집이 가까워지면서, 그들은 길 건너편의 퀘이커 회당과 학교도 지났다. 퍼비스가 노예제 반대 회의를 위해 지은 널찍한 강당도 지났다. 이 건물은 필라델피아에서 타버린 건물을 용감하게도 되살려 낸 결과였다.

퍼비스 저택의 입구에서는 높은 문기둥이 그들을 맞이했다. 크래프트 부부는 익숙하지 않은 눈 위를 미끄러져 가며 마차 보관소와 돔이 씌워진 건물 두 곳, 헛간과 얼음 창고를 지난 끝에 3층짜리 저택에 도착했다. 저택 현관은 매우 넓었으며, 눈 쌓인 과일나무로 둘러싸여 있었다. 얼어붙은 정원은 시야가 미치는 곳 너머까지 계속 뻗어나갔다. 더 먼 곳에는 상을 받은 퍼비스의 순혈종 말들이 (지역에서 가장 뛰어난 말을 교배한 종이었다) 겨울의 추위를 막기 위해 들어가 있는 마구간이 여러 곳 있었다.

'하모니 홀'[30]이라 불리는 저택의 문 안에 들어간 순간, 크래프트 부부는 퍼비스의 다른 가족들을 만났다. 퍼비스의 아내 해리엇은 필라델피아 여성 반노예 협회의 창립자이자 그 나름의 반노예 운동가였다. 그들의 일곱 아이 중 맏아이는 열여섯 살로 거의 대학에 갈 나이였으며, 막내는 겨우 걸음마를 했다. 아이들을 돌보는 사람은 백인인 영어 가정교사 조지아나 브루스였다. 원래 그녀는 어린아이들만을 가르치도록 고용되었으나 지금은 퍼비스 부부의 나이 많은 아들들도 가르치는 책임을 맡고 있었다. 차별을 이유로 부부가 공립 학교에서 아이들을 빼왔기 때문이었다.

하모니 홀은 이름에 걸맞게 따뜻하고 넓었다. 앞쪽 응접실 난로에서는 커다란 불이 타올랐고, 층 전체에 걸쳐 홀이 있었으며, 멋진 중앙 계단도 있었다. 위풍당당한 저택답게 구조는 전형적이었다. 1층에는 널찍한 거실과 식당, 주방이 있었고, 위층에는 여러 개의 침실이 자리 잡고 있었다. 그러나 지하에는 비밀 공간이 있었다. 윌리엄과 엘렌 같은 손님들을 위해 맞춤형으로 지은 공간이었다.

크래프트 부부가 지상에서 머물러도 괜찮을 만큼 안전하다고 느

---

30 화합의 전당이라는 뜻이다.

껐다면, 하모니 홀의 식사 공간은 크리스마스 만찬을 즐기기에 완벽한 장소였을 것이다. 어쩌면 그들은 커튼을 치고 덧문을 닫은 채, 은식기와 도자기로 아른거리는 기다란 식탁에 집주인들과 함께 앉았을지도 모른다. 여러 개의 초가 따뜻한 빛을 드리웠을 것이다. 그들은 그곳에서 자유인들이 준비했을 뿐 아니라 직접 기른 음식을 즐겼을지도 모른다. 퍼비스 가족은 상을 받을 만큼 훌륭한 농작물을 직접 길렀을 뿐만 아니라 자유 유색인 농작물 협회를 지지했다. 이 협회에서는 노예 노동 없이 생산된 식품을 판매했다.

크래프트 부부는 그 식탁에서 고개를 들고, 벽에 걸린 두 점의 훌륭한 그림을 보았다. 둘 다 화가 너새니얼 조슬린에게 의뢰한 작품이었다. 그림의 한쪽에는 조지프 신케라고도 알려진, 1839년 아미스타드호 노예 반란[31]의 지도자 신케 피에의 초상화가 있었다. 그는 최소 한 명의 관찰자가 윌리엄을 묘사할 때 떠올린 인물이기도 하다. 신케와 그의 동료들은 윌리엄의 조부모가 납치당했던 서아프리카에서 납치당했다. 이들은 납치범들을 타도했으나, 미국 해안 근처에서 방해를 받았다. 이 아프리카인들은 자유를 돌려달라고 요구하며 연방 대법원까지 사건을 끌고 갔고, 연방 대법원에서 존 퀸시 애덤스의 변호를 받아 승소했다.

퍼비스는 마지막 심리 직전에 신케의 초상화를 의뢰했다. 그는 미국 대중에게 이미지가 얼마나 강력한 영향을 끼칠 수 있는지 잘 알고 있었다. 그는 아프리카인들이 승소한 이후, 신케를 자기 집으

---

31 쿠바로 향하던 노예선에서 아프리카 출신 예속 피해자들이 반란을 일으킨 사건.

로 맞이했다. 그 자리에는 반란 지도자의 초상화가 자랑스럽게 걸려 있었다. 사실 퍼비스는 필라델피아에서 열리는 연례 미술 전시회에 이 그림을 전시하고 싶어 했다. 그러나 전시회 주최 측이 해로운 사회적 파장을 걱정해 퍼비스의 청을 거절했다.

그러나 하모니 홀에서는 신케의 초상화가 새로운 힘을 발휘했다. 스스로 해방된 또 한 명의 손님인 매디슨 워싱턴은 고전적인 자세를 취하고 있는, 이 승리한 반란 지도자의 강력한 이미지를 잊지 못했다. 다시 잡혀 노예가 된 이후에도 그 그림으로부터 영감을 받은 매디슨 워싱턴은 미국의 노예선인 크리올호에서 성공적인 반란을 일으켰다.

조슬린이 그린 두 번째 그림은 신케의 그림 옆에 걸려 있었다. 첫 번째 초상화가 크래프트 부부의 시선을 대서양 전체에 걸친 노예 반란의 역사로 돌리게 했다면, 이 그림은 여러 인종이 참여하는 활동가의 미래를 나타냈다. 그림의 모델은 새침하게 보이는 안경 쓴 남자였다. 그 역시 흥분할 수 있는 사람이라는 건 뺨의 홍조로만 드러났다. 그러나 〈해방자〉의 간행인인 윌리엄 로이드 개리슨은 몇 년 전에 맞아서 그 안경을 떨어뜨린 적이 있었다. 노예제에 찬성하는 폭도가 그의 몸에 밧줄을 묶어 보스턴 거리를 끌고 다녔을 때였다.

노예제 반대 활동에 운을 걸면서도 식민지 건설이나 노예 소유자에 대한 보상, 점진적 해방 계획으로 위험을 관리하려 했던 사람들과는 달리 개리슨은 지금 당장 폐지를 추구하는 퍼비스 같은 흑인 활동가들의 요구를 받아들였다. 이들은 지체나 추방, 보상 없는 긴급한 폐지를 원했다. 그가 "나는 진심이다. 나는 얼버무리지 않을 것이다. 변명을 받아들이지 않을 것이다. 한 뼘도 물러나지 않을 것이다. 내 목소리가 들리도록 하겠다"라고 선언했다는 사실은 널리 알려져 있다.

신케와 마찬가지로 개리슨도 퍼비스의 집에 초대된 적이 있었다. 신케는 몇 년 전에 고국으로 돌아간 반면 개리슨은 보스턴에 남아 있었다. 모든 일이 잘 풀린다면 크래프트 부부는 머잖아 보스턴에서 그를 만나게 될 터였다.

퍼비스 부부는 개리슨과 다른 의견을 가지고 있었다. 일단 로버트 퍼비스는 비저항 혹은 위력을 사용하지 말자는 백인 폐지론자들의 고집스러운 주장을 공유하지 않았다. 또 퍼비스는 오염된 정치 제도에는 참여하지 않겠다는 개리슨의 의견에도 동의하지 않았다. 그러나 그와 해리엇은 크래프트 부부가 친구인 개리슨과 보스턴의 다른 사람들에게서 확실히 도움받을 수 있다는 걸 알았다.

퍼비스 부부도, 부부의 식당 높은 곳에 걸려 있는 그림도 크래프트 부부에게 강력한 연합이 있음을 알려주었다. 그들에게는 다양한 인종과 국적의 사람들로 이루어진, 노예 혁명에서 탄생한 운동이 있었다. 이 초상화들은 크래프트 부부에게 과거와 현재, 미래의 여행에 관한 이야기를 전함으로써 그들만의 여행을 더 큰 그림과 이어주었다. 전 세계에 뻗어 있는 한 운동으로.

작은 신발

줄곧 경계하며 깨어 있는 상태로 나흘을 보내면서도 자신의 배역을 완벽하게 연기하고, 필라델피아에 도착했을 때 받은 충격에서 버텨내고, 그토록 오랫동안 아픈 척을 해온 끝에 엘렌은 병이 났다. 그녀는 밤낮으로 사냥꾼들이 그녀를 따라오고 있을지 모른다고 두려워했다. 그녀와 윌리엄에게는 계속 여행하는 것이 더 안전했을지 모른다. 그러나 두 사람은 탈출 소식이 퍼지는 가운데 며칠 동안 하모니 홀에서 머물렀다.

"메이컨 탈출 작전 얘기 들었어요?" 교사이자 폐지론자인 애비 킴버는 뉴욕에 있는 친구 엘리자베스 게이에게 편지를 보내며 이렇게 덧붙였다. "공개되면 안 되겠지만, 웃음이 나는 일이긴 하네요."

엘리자베스는 며칠 전, 필라델피아의 폐지론자 제임스 밀러 맥킴이 그녀의 남편이자 〈내셔널 안티 슬레이버리 스탠더드〉의 편집자인 시드니 하워드 게이에게 이 소식을 전했을 때 이미 이야기를 들었을지도 모른다. 맥킴은 어느 편지에서 숨 가쁘게 말했다. "여태 들은 것 중 가장 흥미로운 사건을 방금 알게 됐어. 당신도 모든 이야기를 알면 이게 살면서 들어본 이야기 중 계획에서나 실행에서나 가장 완벽한 일이라고 말하게 될 거야."

크래프트 부부를 찾아온 수많은 방문객 중에는 바클레이 아이빈스라는 이름의 퀘이커 교도가 있었다. 그는 크래프트 부부를 근처 벅스 카운티에 있는 자기 농장으로 초대했다. 크래프트 부부가 보스턴으로 이동하기 전에 좀 더 쉴 수 있는 곳이었다. 그의 환대에는 엄한 처벌이 따를 위험이 있었다. 다른 퀘이커 교도인 토머스 개럿이 그해 초에 도망자를 도왔다는 이유로 다수의 소송과 5,400달러(오늘날 가치로는 20만 달러 이상)의 벌금을 물어야 했던 사례가 있었다. 그러나 아이빈스를 윌리엄에게 소개해 준 퍼비스는 이 퀘이커 교도가 모든 면에서 진정한 친구[32]임을 알고 있었다. 그는 퍼비스와 마찬가지로, 언더그라운드 레일로드의 역장이 될 때의 모든 위험을 감수할 준비가 되어 있었다.

아이빈스의 초대를 받은 엘렌은 머잖아 다시 짐을 쌀 예정이었다. 그 여행 가방 안에는 당연하게도 새 옷이 들어 있었다. 이토록 추운 날씨에는, 헤아릴 수 없을 만큼 많은 눈이 내릴 때는 따뜻

---

32 Friend는 퀘이커 교도라는 의미도 갖고 있다.

한 옷이 필요했다. 퍼비스 부부와 도망자들을 도와준 다른 사람들은 보통 변장에도 쓸 수 있도록 옷을 빌려주었다. 그 옷이 엘렌의 신사복을 대체했다. 엘렌은 안전상의 이유로 탈출할 때 입었던 신사복을 두고 가기를 원했다. 하지만 과거의 물건 중 일부는 가져갔다. 어떤 사람의 주장에 따르면 그중에는 아이의 신발과 장난감도 있었다.

퍼비스 부부의 가정교사 조지아나 브루스가 나중에 주장한 것처럼 이 물건들은 부부가 잃어버린 아이의 것이었을까? 브루스는 엘렌이 아이를 잃었다고 자신에게 직접 말했으며, 자신은 아이의 물건이 유족이 된 엄마의 가방에 들어가는 모습을 보았다고 주장했다.

가정교사의 이야기를 의심하는 데는 이유가 있다. 그녀는 사건이 일어나고 수십 년이 지난 뒤에야 글을 썼으며, 그 글에는 가능성이 낮은 다른 주장도 들어 있었다. 그러나 그녀의 이야기에도 살펴볼 가치는 있다. 그 이야기에 노예제도에서 도망친 이후 엘렌이 견뎌야 했던 검열의 눈길이 담겨 있었기 때문이다. 브루스의 말에 따르면, 아이가 죽은 이유는 부분적으로 방임 때문이었다. 엘렌이 "이가 나서 약해진 아이를 돌보지 않고 다른 일을 해야만 했기에" 아이가 죽었다는 것이다. 예속 피해자에게 공감하는 근본주의적 폐지론자의 말에도 이 일이 부분적으로는 엘렌의 탓이라는 암시가 들어 있었다.

크래프트 부부가 저택에서 회복하는 동안, 퍼비스의 저택은 아이들로 가득 차 있었다. 게다가 한 아이가 곧 태어날 예정이었다

(조지라는 별명으로 불리게 될 어린 조지아나 퍼비스가 다음 해에 태어났다). 아이를 잃은 적은 없을지 몰라도 어머니를 고통스럽게 잃고, 톺아보는 눈초리에 노출되어 있던 엘렌은 북부에서의 삶에 적응하며 많은 것과 씨름해야 했을 것이다. 그녀는 어떻게 이야기를 전해야 하는지, 얼마나 많은 정보를 공개해야 하는지, 누구를 믿어야 하는지에 관한 새로운 교훈을 얻었다.

친구들

쿼이커 교도인 바클레이 아이빈스는 수수한 옷을 입고 델라웨어강 변의 펜스버리 저택 옆에서 윌리엄과 엘렌을 만났다(이곳은 쿼이커 교도이자 펜실베이니아주의 평화주의적 건국자였던 윌리엄 펜의 시골 저택이며, 동시에 그가 예속 피해자를 거느렸던 장소다). 밤하늘을 배경으로 반짝이던 아이빈스의 널찍한 농가까지는 마차로 조금만 이동하면 됐다. 크래프트 부부가 마차에서 내리자, 농가에서는 펑퍼짐한 검은색 치마를 입은 나이 든 여자 한 명과 그보다 젊은 여자 세 명이 나왔다.

"들어가서 편히 지내세요. 짐은 내가 정리하겠습니다."

아이빈스가 손님들에게 말했다.

하지만 엘렌은 뜰에 가만히 서 있었다. 이 순간까지 그녀는 아이빈스의 얼굴이 딱히 희지 않아 그가 그녀처럼 혼혈이라고 생각했지만, 여자들을 보고 그 생각이 실수였다는 걸 깨달았다.

"윌리엄, 난 유색인들하고 같이 지내는 줄 알았어."

그녀가 남편에게 말했다.

"괜찮아. 다 똑같은 사람들이야."

"아니, 안 괜찮아."

엘렌이 고집을 부렸다.

"난 여기서 묵지 않을 거야. 난 백인들에게 아무 신뢰가 없어. 백인들은 우리를 다시 노예제도로 돌려보내려 할 뿐이야."

엘렌은 집을 등지며 말했다.

"난 바로 떠날 거야."

그때 나이 든 여자, 바클레이의 아내 메리가 앞으로 나서며 엘렌의 손으로 손을 뻗었다.

"안녕하세요?"

그녀가 따뜻하게 미소 지으며 물었다.

"당신과 당신 남편을 만나게 되어 정말 기뻐요. 들어와 불가에 앉으세요. 그런 여행을 했으니 춥고 배고프겠죠."[33]

이 친절한 퀘이커 교도의 손에 이끌려, 엘렌은 꺼림칙했지만 문으로 들어갔다.

"차를 마시기 전에 씻으실래요?"

---

33 원서에서 퀘이커 교도들은 you 대신 thou, thee 등의 단어를 사용한다. 당시에는 you가 귀족적이고 격식 있는 말이었는데, 퀘이커 교도는 모든 사람이 평등하다는 신념을 가지고 있었기 때문이다.

가족의 딸들이 친절하게 물었다.

"아니요, 사양할게요. 잠깐만 머물 거라서요."

"이렇게 추운 밤에 어디로 가려고요?"

방금 들어온 바클레이 아이빈스가 물었다.

"모르겠어요."

엘렌은 솔직히 대답했다.

"뭐, 그럼 물건을 내려놓고 불가에 앉는 게 좋겠습니다. 차는 곧 준비될 겁니다."

"그래요, 엘렌. 이리 와요."

메리 아이빈스도 맞장구쳤다.

"내가 도와줄게요."

그녀는 어머니 같은 관심을 보이며 엘렌의 보닛 끈을 빠르게 풀기 시작했다. 젊은 손님은 아마 움찔했을 것이다.

"겁먹지 말아요, 엘렌."

메리 아이빈스는 계속해서 엘렌을 안심시켰다.

"당신 머리카락 한 올도 다치게 하지 않을게요."

메리는 엘렌과 윌리엄의 탈출 이야기를 전부 들었다면서, 엘렌의 두려움은 이해할 수 있지만 자신들을 두려워해서는 안 된다고 장담했다. 그들을 노예제도로 돌려보내는 것은 자신의 딸들을 노예로 만드는 것이나 마찬가지라면서.

윌리엄과 엘렌은 이날의 환대를 오래도록 기억했다. 이것은 그들이 백인에게서 처음 받아본 위대하고도 사리사욕 없는 친절이었다. 엘렌에게 이 순간은 변화의 계기였다. 이로써 그녀의 두려움과 편견은 사라졌고, 그녀는 피부색과 상관없이 착한 사람과 나쁜 사람이 존재할 뿐이라고 믿게 되었다.

퀘이커 교도 여성의 손길은 기꺼이 엘렌을 도와주려 한 첫 백인의 손길이었을 것이다. 마음을 치료하는 연고 같은 이 어머니의 친절에 엘렌은 눈물을 터뜨렸다.

***

퀘이커 교도들의 친절로는 모자랐다는 듯 엘렌은 아이빈스의 집에 있던 흑인 두 사람, 샐리 앤과 제이콥을 만나고 더욱 마음을 놓았다. 이들은 아이빈스 집안에서 고용한 사람들이었다. 곧 모두가 둘러앉아 농가의 저녁을 먹었다. 백인 가족의 식탁에 손님으로 앉다니, 크래프트 부부에게는 이것도 최초의 경험이었다. 그날의 저녁은 시골 잔칫상이었다. 이 지역 농장에서는 때깔 좋은 순무와 사과, 메밀, 옥수수가 풍성하게 났다. 이런 농작물은 겨우내 먹을 수 있도록 포장되고 절여지고 보존되었다. 아이빈스 농장은 특히 고소하고 풍미가 좋은 폭사이트 감자로 유명했다. 이 감자는 그 자체로도 한 끼 식사가 되었다. 또 근처에는 맛있는 청어가 쌓여 있는 아이빈스 가족의 어장도 있었다.

모두 더 이상 음식을 먹을 수 없는 상태가 되자 아이빈스 부부의 딸들은 윌리엄과 엘렌에게 글을 읽을 줄 아는지 물었다. 답은 "아니요"였다. 이 말에 집주인들은 크래프트 부부가 글을 배우고 싶다면 기꺼이 가르쳐주겠다고 했다. 찻잔과 접시, 남은 음식은 식탁에서 빠르게 치워졌다. 다양한 책과 칠판이 나왔다. 바로 이렇게, 스스로 해방된 지 며칠 만에 엘렌은 글을 읽고 쓰는 방법을 배우겠다는 평생의 꿈을 이루기 시작했다.

엘렌이 어린 시절을 보낸 집안은 교육을 소중히 여기면서도 엘렌에게는 그 기회를 허락하지 않았다. 그곳에서는 단지 비밀리에 알파벳을 볼 수 있을 뿐이었다. 이곳에는 새로운 시작이 있었다. 그녀가 자신의 손으로 머뭇머뭇 만들어낸 연속적인 곡선과 직선이 그 증거였다. 허깨비처럼 잠깐만 스쳐 지나간 흔적, 그렸다가 지우고 다시 그린 흔적이 만들어낸 그녀의 이름, '엘렌'.

***

크래프트 부부는 며칠 동안 글자의 모양을 잡고 단어를 만드는 연습을 하는 동시에 아이빈스 집안에 자신들의 기술을 보탰다. 윌리엄은 바클레이 아이빈스에게 의자 두 개를 만들어주었다. 엘렌은 바느질 솜씨로 여자들에게 감명을 준 것이 분명하다. 그동안 그들은 집주인들과 더 깊은 관계를 맺었다.

이 시기에 그들은 아이빈스 가족이 나름대로 장벽을 넘어온 사람들이라는 것을 알았을지도 모른다. 아일랜드계 이민자인 메리 아이빈스는 날 때부터 퀘이커 교도는 아니었다. 처음 그녀를 사랑하기로 결심했을 때, 그녀의 남편은 자신의 종교에서 쫓겨났다. 그의 종교가 다른 신앙을 가진 사람과의 결혼을 금지했기 때문이다. 결국 그녀는 그의 공동체에서 자기 자리를 찾아 개종했고, 크래프트 부부의 애정을 얻어낸 특유의 인내심으로 공식 신자 명단에 이름을 올렸다.

아이빈스 가족과 있을 때, 엘렌은 그들의 둘째 딸인 29세의 엘리자베스와 가까워졌다. 나중에 엘렌은 그녀와 편지를 교환하게 된다. 또한 엘렌은 마지막으로 남아 있던 신사복 구성품─그녀의 사랑스럽고 값비싸고, 징이 박힌 장화도 포함해서─을 엘리자베스의 남동생 로버트에게 주었다. 비록 이런 남부의 유물이 어떤 식으로든 그녀를 배반할지 모른다는 걱정이 들긴 했지만 말이다.

크래프트 부부는 이후 며칠, 몇 주, 몇 달, 몇 년 동안 다양한 주와 국가의 수많은 가정에서 머물게 된다. 그들은 이 모든 가정 가운데서도 아이빈스 가족이 정말 가족처럼 느껴졌다고 회상했다. 이 퀘이커 교도 가족은 그들 나름대로 크래프트 부부가 몇 주만 머문 것을 아쉽게 여겼다. 그러나 크래프트 부부는 필라델피아와 가까운 곳에서는 안전하지 않았다. 나아가 그들은 일을 시작하고, 세상에서 나름의 길을 개척하고 싶었다.

이후로 일어날 수 있는 일이 너무도 많았다. 크래프트 부부는 다음 안전 가옥으로 이동해, 며칠 안에 보스턴에 도착했을 수도 있다. 두 사람의 이야기는 세상이 모르게 그들이 자유로운 세상에 정착하는 데서 그대로 끝났을 수도 있다. 그런데 그때, 그들의 삶에 윌리엄 웰스 브라운이 들어왔다.

윌리엄 웰스 브라운

매사추세츠 반노예 협회의 베스트셀러 작가이자 스타 강사였던 윌리엄 웰스 브라운은 책을 쓸 때도, 강단에 오를 때도, 노랫말에서도, 무엇보다도 직접 만났을 때도 스토리텔링의 거장이었다. 법은 그를 노예라고 불렀지만(북부에서 14년을 보냈지만 그는 크래프트 부부와 같은 도망자로 여겨졌다), 아무도 그의 언어를 소유하지는 못했다. 그는 자신의 인생 이야기에 대한 저작권을 가지고 있었고, 그 이야기는 이미 3판까지 매진되어 4판이 출간될 예정이었다.

스토리텔러로서 브라운이 가진 힘은 말하는 방식만이 아니라 경청하는 방식에서도 나왔다. 그는 청중에게 잘 맞도록 조율되어 있었고, 그들의 기분에 자신의 음악을 맞췄다. 때로 그는 강의를 하다가 노래를 부르곤 했다(그는 노래 선곡에 관한 책도 막 출간한 터였다). 그는 신뢰를 불러일으켰다. 그의 팬 중 한 사람이 묘사했듯, 그는 허리가 곧고 우아했으며, 옆으로 빗어 넘긴 곱슬머리는 경쾌해 보였다. 브라운은 매력적이고 카리스마 있고 느긋했다. 자유인이든, 예속 피해자든 사람들은 가장 깊은 곳에 숨겨둔 비밀을 이 잘생기고 쾌활하며 따뜻한 눈길을 가진 남자에게 털어놓곤 했다.

그러나 브라운의 매력이 언제나 그에게 유리하게 작용한 것은 아니었다. 한 번은 어느 "사람 몰이꾼"(그는 노예 상인을 그렇게 불렀다)이 그의 존재만으로도 너무 기뻐한 나머지 그 자리에서 그를 사려고 했다. 투자하고 재판매하려는 게 아니라 자기 오른팔로 삼으려고 말이다. 브라운의 예속 가해자가 그 제안을 거절하자(이로써 그는 브라운의 생물학적 아버지이자 자신의 사촌과 한 약속을 지켰다) 노예 상인은 차선책을 제안했다. 대신 브라운을 빌려달라는 것이었다. 나중에 브라운은 그 시기가 평생 살면서 가장 길었던 한 해였다고 회상했다. 머잖아 그는 도망쳤다.

처음에는 켄터키주에서, 그다음에는 미주리주에서 예속 피해를 당하던 중에 브라운은 집안의 하인이자 들판의 일꾼, 배의 일꾼으로 일했다. 오하이오주로 도망친 이후 그는 작가이자 (자기만의 화폐를 인쇄하는) 불법 은행업자, 증기선의 승무원, 그리고 자칭 뉴욕 출신의 멋쟁이 미용사, 서부의 황제가 되었다. 언더그라운드 레일로드의 차장 역할을 한 것은 말할 것도 없다. 그런 뒤에, 그는 반노예 활동가이자 연설가, 작가가 되었다. 그는 필적할 사람이 거의 없을 만큼 다양한 관점을 가지고 있었는데, 이는 북부 전역에서 쉴 새

없이 강연한 끝에 얻은 것이었다.

폐지론 강연자의 삶은 몸과 마음을 모두 지치게 하는 것으로 알려져 있었다. 이들은 낯선 사람들 사이에 섞여 시골길과 기찻길을 오랫동안 여행해야 했고, 많은 경우 폭력을 당하기도 했다. 그해 초에 브라운은 케이프 코드에서 일어난 반노예 폭동에서 연단 뒤쪽으로 내동댕이쳐져 죽을 뻔했다. 프레더릭 더글러스와 윌리엄 로이드 개리슨은 펜실베이니아주 해리스버그에서 간신히 살아나온 적이 있었다. 이런 일을 견디는 데에는 특별한 인내가 필요했다. 지칠 줄 모르는 더글러스조차 밤새 기차를 타고 다니니 죽을 것 같다고 불평했다. 흑인 연사들은 인종적 공격과 2등급 숙박시설 때문에 종종 더 심하게 고생했다.

1849년에 브라운은 5년이 넘도록 이런 경험에서 살아남았다. 그러나 그가 치른 대가도 있었다. 그가 오하이오주에 도착하고 얼마 지나지 않아 그와 결혼한 아내 벳시는 가족에게서 그토록 오래 떨어져 지내는 그를 용서할 수 없었다. 그가 자리를 비운 사이 둘의 아기 헨리에타가 죽었다. 브라운은 집에 너무 늦게 도착해 장례식에도 참석하지 못했다. 그런데도 몇 주 만에 다시 순회강연을 하러 떠났다. 이야기에 따르면, 벳시는 브라운의 친구를 새로운 동반자로 정했고, 부부는 결국 헤어졌다. 브라운이 살아남은 두 딸의 양육권을 가졌다.

브라운은 펜실베이니아주에 계획보다 오래 있었다. 펜실베이니아 반노예 협회의 요청에 따라 여행 기간을 늘렸기 때문이다. 노예제도를 직접 경험한 사람만큼 군중에게 감동을 줄 수 있는 사람은 없었고, 브라운은 청중에게 불을 붙였다. 그러고 나면 청중들은 노예제 반대를 위한 금고를 가득 채웠다(개인적인 차원에서, 백인 폐지론자들은 더글러스가 더 무게감 있는 인물이라는 점에는 대체로 동의하면서도 더글러스보다 브라운을 좋아하는 경향이 있었다). 브라운은 연설을 계속해 달라는 요청을 받아들였다. 그는 딸들과 떨어져 크리스마스를 보냈고, 그 이후로도 2주간 강연을 한 뒤에야 집으로 돌아갈 수 있었다.

새해 첫날 언저리 즈음에, 그는 크래프트 부부에 대해 알게 되었다. 그는 즉시 흥미를 느꼈다. 백인 행세나 변장은 브라운에게 새로운 일이 아니었다. 그는 예속 피해자 남성이 백인 여성의 상복을 입고, 베일을 쓴 우아한 모습으로 도망치도록 도와준 적도 있었다. 하지만 이 이야기는 달랐다. 이 이야기는 도망자의 사랑 이야기, 로맨스였다. 그는 크래프트 부부에게서 직접 그 이야기를 듣고 싶었다.

늘 정보 수집에 능했던 브라운은 크래프트 부부가 떠나기 전에 그들의 은밀한 은신처에 대한 정보를 알아내는 데 성공했다. 우연히도 브라운은 벅스 카운티에서 연설할 예정이었다. 아이빈스의 집은 파인빌에서 열리는 그의 강연 장소와 약 40킬로미터 떨어져 있었지만, 그는 더 자세히 알아보기로 작정했다.

그렇게 윌리엄 웰스 브라운은 아이빈스의 집을 향해 키 크고 늘씬한 몸을 이끌고 악천후에 맞서며 여행했다. 퀘이커 교도의 농가는 그에게 스무 살에 감행했던 노예제도로부터의 탈출을 떠올리게 했을지도 모른다. 당시에 그는 샌퍼드나 샌디라는, 태어났을 때 불린 이름으로 알려져 있었다. 윌리엄이라는 이름은 같은 이름의 백인 친척에게 도둑맞았다. 탈출을 시작하고 이레 만에 브라운은 동상에 걸리고 굶주려 거의 죽을 뻔했다. 그러다가 우연히 어떤 퀘이커 교도를 만났고, 그가 윌리엄을 집으로 데려가 아내와 함께 그를 돌봄으로써 건강을 되찾게 해주었다.

브라운은 그 사람을 영원히 기렸다. 그의 개인적인 이야기는 이런 구절로 시작된다. "오하이오주의 웰스 브라운에게. 13년 전에 나는 사슬과 채찍을 피해 지친 몸으로 당신의 문을 두드렸습니다. 나는 낯선 이였고, 당신은 나를 맞아주었습니다. 나는 굶주렸고, 당신은 나에게 음식을 주었습니다. 나는 헐벗었고, 당신은 나에게 옷을 입혀주었습니다. 노예제도는 내게 사람들 사이에서 살아갈 이름조차 허락하지 않았습니다. 당신은 내게 당신의 이름을 주었습니다. (중략) 당신이 보살펴 온 수많은 사람들 가운데, 어쩌면 저를 기억하지 못하실지도 모르겠습니다. 그러나 내가 나 자신과 하나님을 잊지 않는 한, 나는 결코 당신을 잊을 수 없습니다."

브라운은 윌리엄, 엘렌 부부와 즉시 통했다. 그날에도, 다가올 날에도 알게 된 사실이지만 그들은 공통점이 많았다. 엘렌과 마찬가지로 브라운은 백인 아버지의 흰 피부를 물려받았다. 그 역시 피부색과 출생 때문에 집 안에서 일할 수 있었지만, 가학적인 노예 감독에게는 "흰 니거"로 공격의 표적이 되었다. 또한 엘렌과 마찬가지로, 그는 막내로서 어머니와 깊은 관계를 맺고 있었다. 언제까지나 "엄마 아들"이라고 불렸을 정도다. 윌리엄과 마찬가지로, 브라운은 어머니와 가장 좋아하는 누이가 팔려 가는 모습을 보았고 마지막 작별 인사의 괴로움을 알고 있었다.

　노예제도하에서 브라운이 보낸 시간은 그의 몸에, 오른쪽 눈 위의 흉터로 영원히 새겨졌다. 소몰이 채찍에 맞은 자리였다. 드러나지는 않지만 등과 다른 곳에도 흉터가 있었다. 크래프트 부부는 브라운에게서 독특하면서도 익숙한 사람을 보게 되었다. 독특했던 이유는 브라운이 언변 좋고, 설득력이 뛰어나고, 남에게도 관심을 보이고, 그 사람들의 관심을 받기도 했기 때문이다. 익숙했던 것은 그들이 예속 경험을 공유했기 때문이다. 이런 면에서, 그는 크래프트 부부를 도와주고 은신처를 제공해 준 스틸, 퍼비스 부부, 아이빈스 부부 등 다른 사람들과는 달랐다. 브라운은 예속 피해자가 된다는 것이 무슨 의미인지 알았으며, 크래프트 부부는 최초의 아프리카계 미국인 문학가에게서 자신과 비슷한 존재를 볼 수 있었다.

　브라운은 크래프트 부부에게 그들이 밟을 다음 단계에 관해 물어보았고, 그들이 보스턴으로 갈 예정이라는 사실을 알게 되었다. 그러나 브라운은 두 사람이 걸을 만한 다른 길을 염두에 두고 있었다. 그는 윌리엄과 엘렌에게 자신과 함께 폐지론 순회강연을 다니자고 권했다. 오직 그들만이 알릴 수 있는 이야기를 함께 알리자고.

　브라운은 자신이 크래프트 부부에게 요구한 것이 얼마나 엄청난 일인지 잘 알고 있었다. 지금은 북부에 있지만, 그들은 어찌됐든 도망 노예였다. 공개적으로 모습을 드러내면 위험해질 터였다. 노예사냥꾼들이 나타나지 않는다고 해도 청중이 우호적이게 나오리라는 보장은 없었다. 썩은 달걀과 주먹만 한 돌은 '폐지론자의 세례' 증표였다. 엘렌은 여성이었기에 더 많은 압박에 직면했다. 순회강연에서 가장 유명한 강연자가 될 두 여성, 해리엇 터브먼과 소조너 트루스는 아직 알려진 이름이 아니었다. 1849년에 터브먼은 여전히 예속된 상태였다. 남부 출신의 여성 도망 노예로서, 폐지론 순회 강연에 나선 엘렌은 전례 없는 길을 개척하게 될 것이었다.

하지만 모든 불확실성 앞에서, 브라운은 공적으로 미국의 도망자로 산다는 게 무엇인지 보여주는 하나의 모형을 세웠다. 법적으로 그는 크래프트 부부처럼 취약했지만, 숨기를 거부하고 자신의 이야기를 한때 그의 예속 가해자였던 남자에게 보내기까지 했다. 브라운은 자신에게 인류의 대의를 위한 의무가 있다고 강하게 느꼈다. 아직 예속 상태에 있는 사람이 300만 명이었고, 그중에는 브라운과 같은 상처를 가진 사랑하는 사람들도 있었다. 그는 그들을 위해 말했고, 크래프트 부부도 같은 일을 해주기를 바랐다.

브라운이 젊은 친구들을 같은 명분에 동원하기 위해 했을 만한 다른 주장도 있다. 강연자로서, 크래프트 부부는 돈을 모금할 수 있었다. 그 돈은 그들이 쓸 수도 있고, 다른 사람들을 위해 쓸 수도 있었다. 부부의 소식이 공적인 경로를 통해 그들의 예속 가해자들에게까지 들린다면, 부부가 사랑하는 사람들도 그 소식을 들을 수 있었다. 그러면 엘렌의 어머니는 딸이 살아남았다는 것을 알 수 있을 터였다. 부부는 그녀의 자유를 사겠다는 목표를 세울 수도 있었다. 전에도 그런 일을 이룬 사람들이 있었다.

크래프트 부부는 브라운의 제안에 따르면 여행이 지연되고, 그들 자신의 정착 또한 지연되리라는 걸 알았던 게 틀림없다. 회복이 늦어지는 건 말할 것도 없었다. 동시에, 브라운의 제안은 새로 나아갈 길을 보여주기도 했다. 그리 멀지 않은 과거와 미래를 화해시키는 데 도움이 될 만한 길이었다. 크래프트 부부는 새 친구의 제안을 전부 들었고, 결국 브라운의 설득이 성공했다. 자유 주에 도착한 지 열흘도 안 되어서 크래프트 부부는 브라운의 새롭고 위험한 여행에 함께하기로 했다.

공개 석상에 등장하기 위해, 그들이 가장 먼저 해야 했던 선택 중 하나는 이름을 고르는 것이었다. 브라운과 프레더릭 더글러스는 둘 다 새로운 이름을 선택했다. 윌리엄과 엘렌은 약간 미묘하게 이름을 조정하기로 했다. 메이컨에서 윌리엄은 어떤 사람들에게 빌이라 불렸다. 이제 그는 윌리엄 크래프트라는 이름을 쓰기로 했다. 첫 번째 예속 가해자의 흔적이 남아 있긴 하지만, 그를 새로운 친구와 연결해 주는 동시에 가족과의 연결을 유지해 줄 이름이었다. 엘렌도 태어날 때의 이름을 유지하기로 했다. 그녀의 이름은 어머니 집안의 다른 사람들도 쓰는 이름이었다. 여기에 그녀는 남편의 성을 붙여 엘렌 크래프트라는 이름으로 윌리엄과의 결속이 영원함을 상징적으로 드러냈다.

이런 선택은 용감하고도 유의미했다. 이미 알려진 이름은 그들을 쉬운 표적으로 만들겠지만, 동시에 그들의 역사가 진실하다는 것을 밝힐 터였다. 그들은 이런 이름을 통해 물러서지 않고 당당히 맞설 것이며, 윌리엄 웰스 브라운과 함께 완전히, 그리고 도전적으로 정체를 드러낼 터였다.

뉴잉글랜드

1849년 1월

특별한 탈출

브라운이 기대한 그대로, 크래프트 부부의 이야기는 뜨거운 반응을 일으켰다. 그는 크래프트 부부에 관한 소식과 다가오는 그들의 일정을 열광적인 편지에 담아 〈해방자〉의 윌리엄 로이드 개리슨에게 보냈다. 물론 일부 정보는 과장되었다. 적들을 따돌리기 위해서였다. 그는 자신이 크래프트 부부와 함께 곧장 뉴잉글랜드로 갈 것이며, 크래프트 부부는 그곳에서 준비한 뒤 보스턴에서 멋지게 데뷔할 거라고 말했다(아마 크래프트 부부는 비밀리에 계속 여행하고 그사이 브라운은 혼자서 필라델피아 근교에서의 투어를 마쳤을 것이다). 한편 크래프트 부부에 관한 소식은 펜에서 페이지로, 증기선에서 철도로, 전보를 통해서, 인쇄 매체를 통해서, 입소문을 통해서도 옮겨졌다. 세 사람이 다시 수면 위로 떠올라 처음 공개적으로 등장했을 때쯤에는 이미 이야기가 퍼져 있었다.

브라운의 편지가 재인쇄되었다. 반노예 언론만이 아니었다. 그들의 소식이 〈해방자〉에 실리고 나서 며칠 후, 첫 강연보다 며칠 앞서서 크래프트 부부의 기사가 〈뉴욕 헤럴드〉 1면에 "노예제도로부터의 특별한 탈출"이라는 제목으로 실렸다(이 기사를 읽고 충격을 받아 행동에 나선 인물은 찰스턴의 증기선에서 엘렌을 관찰했던, 황금색 시계를 든 남자였다).

크래프트 부부의 특별한 탈출이 신문 1면에 실렸을 때는 미국 정세도 빠르게 움직이고 있었다. 멕시코와의 전쟁이 끝나고, 미국은 기존 영토의 3분의 1에 해당하는 영토를 더 얻었다. 정착민들이 서쪽으로, 특히 캘리포니아로 몰려가고 있었다. 캘리포니아는 모든 신문에서 요란하게 광고되었다. 이런 광고의 헤드라인은 "골드러시!"라고 소리쳤다. 신문을 배달하는 소년들은 "새 배가 떠납니다!"라고 외쳤다. 이 모든 흥분의 한가운데에는 불안한 질문이 있었고, 크래프트 부부의 도망은 바로 그 질문을 강조했다. 이 땅에서 노예제도의 미래는 어떻게 될 것인가? 미국 전체에서는?

도망자 문제 등 노예제도를 두고 벌어진 갈등은 의회에서도 끓는점에 가까워지고 있었다. 남부인들은 노예 소유주로서 그들이 가진 권리가 공격당한다고 느끼고 너무도 분노한 나머지 자기들끼리 뭉쳐 불만을 표현했다. 이들은 문을 닫아걸고 그 안에서 회의를 열었다. 그러나 한 기자가 그런 회의에 침입하는 데 성공해, 크래프트 부부의 이야기가 실린 바로 그 일자의 같은 신문에 기사를 실었다. 이 회의에서 사우스캐롤라이나주 상원의원 존 C. 캘훈은 새로운 영토에서 노예제도가 금지될 경우 미국 연방을 해체하겠다고 위협했다. 한편 어느 버지니아 사람은 남부의 불만을 미국 식민지의 불만과 견주며, 식민지에서는 이런 불만이 혁명으로 이어졌다고 말했다.

한편 브라운을 비롯한 반노예 활동가들에게는 최근의 모든 징후가 머잖아 닥칠 새로운 미국 혁명의 길을 가리키고 있었다. 첫 번째 미국 혁명, 즉 독립전쟁을 목격했던 사람들도 공기에서 전쟁의 냄새를 맡았다. 브라운의 편지가 〈해방자〉에 실린 날, 날씨가 너무 추워 필라델피아 항구에서 유빙이 배들을 들이받던 그날에 토머스 코프라는 이름의 어느 나이 많은 상인은 일기장에 우려를 적었다. "의회는 거의 아무 일도 하지 않는다. 노예 문제는 모든 것을 빨아들이는 주제다. (중략) 연방은 과거 어느 시기보다 큰 위험에 빠져 있다." 그는 애처로운 울부짖음으로 일기를 마무리했다. "내전만은 겪지 않기를!"

얼어붙은 유빙과 의회에서의 열기로 이루어진 그달의 한복판, 크래프트 부부의 이야기가 〈뉴욕 헤럴드〉 1면에 실리고 세상 속으로 점점 더 멀리 퍼져나가던 그때가 바로 엘렌과 윌리엄이 매사추세츠에 조용히, 소리 없이 도착한 때였다.

***

종과 고동이 울리는 우스터는 여러 면에서 이상적인 상륙 지점이었다. 여섯 개의 철로가 이곳을 가로질렀기에, 이곳으로 도망쳐 들어가기도, 도망쳐 나오기도 쉬웠다. 우스터는 근본주의자들, 그러니까 특정한 종류의 곡물만 먹거나 특별한 목욕을 함으로써 자신의 운명을 향상시킬 수 있다고 믿는 이들에게 우호적이라고 알려져 있기도 했다. 여성의 권리를 옹호하는 사람들도 이런 근본주의자로 여겨졌다. 세니커 폴스 집회 직후, 이곳에서는 첫 번째 전미 여성 권리 대회가 열릴 터였다.

윌리엄과 엘렌에게 무엇보다 중요했던 점은 이 도시가 노예제 반대 성향으로 기울어져 있다는 점이었다. 새로운 영토에서의 "자유로운 땅, 자유로운 노동, 자유로운 인간!"을 요구하는 자유토지당은 우스터에서 처음 당 대회를 열었고 대통령 선거에서 카운티 유권자들의 선택을 받았다. 좀 더 노골적인 폐지론자들도 있었다. 이들은 노예제도를 억제하는 것만이 아니라 박멸하고 싶어 했다.

가장 유명한 사람은 애비 켈리 포스터와 그녀의 남편 스티븐이었다. 이들의 조지아식 농가 리버티 홀은 근처 태트널에 있었다. 새로이 자신을 해방한 사람들이 숨을 수 있도록 지하에 비밀 방을 둔 건물이었다. 포스터 부부에게는 한 살짜리 딸 앨라가 있었는데, 애비는 수많은 비판을 받으면서도 폐지론 강연을 계속하기 위해 일찍 앨라의 젖을 뗐다. 그녀와 스티븐은 번갈아 가며 육아와 여행을 했다. 다만 스티븐을 포함한 모든 사람은 애비야말로 스타였다고 인정했다. 크래프트 부부는 포스터 부부와 잘 아는 사이가 된다.

이들의 작품에는 덜 기록되었지만, 우스터 흑인 공동체에는 다른 구성원들도 있었다. 이들은 개별적으로나 단체로나 크래프트 부부 같은 도망자들을 도왔다. 헤멘웨이, 브라운, 리치 등 몇몇 지도적인 가문을 중심으로, 이곳 활동가들은 보스턴의 흑인 지도자들과 연결되어 있었다. 이들은 힘을 합쳐 새로 온 사람들을 먹이고 재우고 보호했다. 다 합쳐서 약 200명에 이르는 도망자들 중 다수는 윌리엄과 엘렌처럼 젊었다. 그중에는 이발사, 약초 치료사, 바구니 짜는 사람, 케이크 만드는 사람, 그리고 최소 한 명의 "전직 노예"가 있었다.

그러나 우스터에는 이와는 다른, 남부와 밀접한 측면도 있었다. 그중 하나는 목화 관련 제품을 생산하지는 않으나 그와 관련된 기계를 만드는 제조업 관련 세력이었다. 또한 우스터는 학교가 많은 도시이기도 했다. 그중에는 홀리 크로스 대학교도 있었는데, 그곳에서 수많은 노예 소유자의 아들들이 공부하는 것으로 알려져 있었다. 그중에는 엘렌의 이모인 메리 일라이자와 그녀의 남편 마이클 모리스 힐리의 아들들도 있었다. 이들은 홀리 크로스 대학교의 기숙사로 보내졌다(사실 힐리 부부도 북부로 이사할 준비를 서두르고 있었다). 우스터는 전망이 밝은 곳이었지만, 이 춥고도 좁은 세상에서 크래프트 부부가 누구를 만나게 될지는 모르는 일이었다.

부부는 왈도 홀에서 윌리엄 웰스 브라운과 함께 강연을 하기로 했다. 왈도 홀은 구경거리에 굶주린, 내륙 깊은 곳의 이 도시에서 훌륭한 공연이 상연되는 몇 안 되는 공간 중 하나였다. 길이 300미터가 넘는 그림이 그려진 거대한 두루마리를 이용한 파노라마 극을 상연할 수 있을 만큼 컸다. 이런 파노라마 그림은 천천히 펼쳐지며 이탈리아의 풍경에서 요정의 동굴, "모스크바 대화재의 디오라마!"에 이르는 다양한 세상을 보여주었다.

크래프트 부부가 무대에 오를 준비를 하고 있을 때, 파노라마 홀은 밤의 어둠으로 가려져 있었다. 구경꾼과 공연자가 오가는 모습은 둘 다 잘 보이지 않았다. 윌리엄과 엘렌은 처음부터 강단에 올라가지는 않았다. 긴장감을 만들어내는 것이 핵심이었고, 그편이 더 안전하기 때문이기도 했다. 하지만 숨어 있는 동안에도 젊은 부부는 확실히 불안해했다. 그들은 무대 쪽을 바라보는 처음 보는 얼굴들을 내다보았다. 그 얼굴들은 어둑하게 밝혀진 공연장에서 마치 그림자처럼 보였다.

둘의 불안감을 해소해 줄 수 있는 사람이 있다면, 그건 윌리엄 웰스 브라운뿐이었다. 그는 연설의 처음 몇 마디로 객석의 에너지를 바꿔놓을 수 있는 노련하고 카리스마 넘치는 웅변가였다. 진정한 멀티미디어 예술가인 브라운은 손에 닿는 것이면 무엇이든지 이용해 이야기를 만들었다. 그는 이미지를 엮어 글을, 시를 엮어 산문을, 노래를 엮어 선언서를 만들어냈다. 그는 노예의 족쇄를, 또한 소위 그의 주인이라는 자가 보낸 편지를 높이 들어 올리며 그 편지가 발신인 자체라도 되는 것처럼 연기했다. 여러 날, 여러 달에 걸쳐 그를 지켜봄으로써 크래프트 부부는 스토리텔링 예술의 달인으로부터 그 기술을 배웠다.

브라운은 주최자이자 지휘자였다. 며칠 전, 펜실베이니아주 애틀버로에서 그는 젊은이와 늙은이, 보수주의자와 자유주의자, 개혁파와 남부에 친화적인 자들을 한자리에 모았다. 보통은 서로 싸

260

웠을 이런 사람들이 웃으며 그의 말을 경청했다. 브라운은 레퍼토리에 재미를 짜 넣었다. 예컨대 그의 이야기 중에는 백인 소년들에게 보리 사탕을 뇌물로 주고 글을 배웠다는 이야기가 있었다. 그 소년들은 알파벳을 한 글자 가르쳐줄 때마다 사탕을 한 번 핥을 수 있었다. 브라운은 도주 중 매우 배가 고팠을 때, 어느 농부의 아내가 남편을 밀치고 자신에게 음식을 주었다는 이야기도 유머를 담아 전할 수 있었다. 그는 윙크를 하며 이렇게 말했다. "그때 이후로 나는 여성 인권을 옹호하게 됐습니다."

동시에 이 노련한 전술가는 수월하게 청중을 울리거나 놀라게 만들 수도 있었다. 한 번은 그가 강연을 마치고 떠났을 때 7,000명의 청중 가운데서 울지 않은 사람이 아무도 없었다고 한다. 그는 어린 시절에 어머니가 구타당하며 비명을 지르는 소리를 듣고 깨어났다는 이야기와 나중에 어머니를 잃은 이야기를 하곤 했다. 아니면 방향을 틀어, 노예 상인의 조수로 일할 때 늙은 노예들의 머리에서 흰머리를 뽑고 그들이 눈물을 흘리고 있어도 춤추라고 강요해야만 했던 경험을 이야기하기도 했다. 사람들은 어느 날 밤의 강연을 들어도 브라운이 어떤 이야기를 할지, 어떤 관점을 나눌지 알 수 없었다. 아마 브라운 자신도 이야기가 흘러나오기 시작하는 순간까지는 몰랐을 것이다.

모두가 브라운의 극적인 태도를 좋아한 건 아니었다. 그를 못마땅하게 여긴 사람 중에는 백인 폐지론자들도 있었다. 이들은 선을 넘나드는 그의 표현에 불안감을 느꼈다. 프레더릭 더글러스가 연설을 할 때 플랜테이션 이야기를 조금 섞고 실제 그의 교육 수준

보다 쉬운 말을 쓰라는 말을 들었다면, 브라운은 연극성을 조금 죽이라는 조언을 받았다. 그는 지나치게 인기 있었고 지나치게 "건방졌다". 심지어는 그가 너무 자신에게 몰입해 있다는 말까지 있었다. 그러나 그는 언제나 효과적이었다. 어느 증인은 이렇게 말했다. "아마 어떤 사람들은 퀘이커 교도인 브라운이 자신이 다루는 주제에 유머를 너무 많이 집어넣고, 지나치게 화려한 표현을 쓴다고 생각할지 모르겠다. 그러나 청중에게 관심을 끌어내고 대중을 계몽하고 싶다면, 브라운이야말로 적합한 사람이다."

브라운은 자신이 무슨 일을 하는지 정확히 알았다. 세일럼의 여성 반노예 협회에서 미국 노예제도의 현실에 관해 토론해 달라는 초청을 받았을 때, 브라운은 이렇게 말할 수밖에 없었다. "노예제도의 악에 대해서 이야기하고 가장 비천한 처지로 떨어진 노예의 입장을 대신 전해야 한다면, 저는 여러분을 한 명씩 데려다 속삭여야 할 겁니다. 노예제도는 한 번도 대변인을 통해 말한 적이 없습니다. 노예제도는 절대 대표될 수 없습니다."

우스터 거리 옆에 눈더미가 높게 쌓여 있던 혹독한 1월의 저녁, 왈도 홀의 창문이 빛나는 동시에 안개로 흐려져 있던 그 시간에는 윌리엄과 엘렌을 대표해 그들의 여행을 이야기하는 일이 브라운에게 맡겨졌다.

브라운에게는 강연을 위한 필승 전략이 있었다. 넓은 주제로 시작해 핵심적인 이야기로 들어갔다가, 다시 화제를 열어 청중을 동요시킴으로써 행동하게 하는 것이었다. 크래프트 부부의 이야기는 짜릿한 핵심이었지만, 교묘하게 전달해야 하는 이야기이기도 했다. 브라운은 회의적인 사람들을 납득시키기 위해 이 이야기가 진실임을 알리는 정보를 제공하는 한편, 크래프트 부부의 예속 가해자들이 특정될 위험을 피하기 위해 정보를 제한해야 했다. 무엇보다도 그는 어조를 적절히 설정해야 했다. 청중은 크래프트 부부를 믿어야 했지만, 크래프트 부부는 이미 원 스트라이크를 당한 셈이었다. 부부의 탈출에서 중요한 도구였던 대담한 거짓말 때문이었다. 게다가 엘렌의 문제도 있었다. 그녀는 남자 바지를 입었다. 방탕하거나 여자답지 못한 사람이나 할 행동이었다. 게다가 그녀는 무대에 오른다는 그 이상의 대담성까지 보였다. 그녀의 전복은 현존하는 사회적 질서를 공격했다. 남부의 질서만이 아니었다. 청중이 크래프트 부부를 맞이할 만큼 달궈지려면 브라운이 친구들의 평판을 쌓아주어야 했다.

브라운은 두 사람의 이야기를 전하면서 크래프트 부부가 어떻게 누구의 도움도 받지 않고 이런 위업을 해낼 수 있었는지, 그 자세한 내용에 천착했다. 남편인 윌리엄은 솜씨 좋은 장인으로 주인에게 1년에 220달러를 벌어다 주며 5년 넘는 세월 동안 자신은 100달러를 모았다. 구체적인 숫자를 제시함으로써, 브라운은 청중 대부분의 머릿속에 떠올랐을 질문 중 하나에 대비했다. 그 질문이란 크래프트 부부가 어떻게 옷과 여행에 필요한 경비를 모을 수 있었느냐는 의문이었다. 브라운은 두 사람이 정직하고 믿음직한 사람임을 증명했다. 그들은 엘렌이 변장에 쓴 옷을 훔치지 않았고, 거지가 되어 북부에 도착하지도 않았다고 전했다. 이는 그들이 참여하는 어느 공동체에든 약점이 아니라 자산이 될 터였다.

크래프트 부부의 캐릭터를 확고히 설정한 다음, 브라운은 연설의 정점에 도달했다. 그때까지 윌리엄과 엘렌은 청중 사이에 숨어 있었다. 그러나 사람들이 준비되었다고 평가한 순간, 브라운은 영웅적인 부부를 가리키며 홀 전체에 충격을 전달했다. 극적이면서도 역사적인 순간이었다. 엘렌이 매사추세츠주에서 강연한 최초의 아프리카계 여성은 아니었을 수 있다. 하지만 그녀가 남부 출신으로서 스스로 해방된 최초의 여성 공개 연설자인 것은 확실했다. 게다가 그녀는 노예였으며, 따라서 흑인의 정체성을 가지고 있었지만 겉모습은 백인이었다.

청중은 그녀를 보고 너나 할 것 없이 헛숨을 들이켰다. 수많은 사람들은 자신의 아내나 누이와 똑같아 보이는 이 젊은 여자가 조용히 그들을 마주 보는 모습을 보았다. 엘렌 크래프트는 그들의 도움이 필요한 "불행한 노예"가 아니었다. 어쨌거나 그녀는 자신과 남편을 구했다. 그녀는 윌리엄과 함께 자신들을 내려다보지 말고 같은 눈높이에서 보라고 요구했다.

이제 브라운은 청중에게 윌리엄과 엘렌에게 질문할 기회를 주었다. 호기심 어린 질문이든, 의구심 어린 질문이든 무엇이든 괜찮았다(브라운은 사람들이 재미있어 하면서도 속지 않고 싶어한다는 걸 잘 알고 있었다). 대화는 어디로든 흘러갈 수 있고 크래프트 부부는 초보 강연자였으므로 이런 자유로운 질의응답은 위험했다. 하지만 크래프트 부부는 이미 임기응변의 달인이었다. 사실 그들은 어렸을 때부터 연기를 해야만 했다. 엘렌은 어머니가 없는 날에도 억지로 미소 지어야 했고, 윌리엄은 누이가 팔려 갈 때도 냉정함을 유지해야 했다. 엘렌은 백인 관료들을 기세로 제압하느라 평생 최고의 연기를 해야 했다. 그들이 이미 통과한 것만큼 부담스러운 시험이란 존재하지 않았다.

도전은 강렬하고도 빠르게 이루어졌다. 이야기하던 도중 어느 순간에 크래프트 부부는 여행이 조지아주 메이컨에서 시작되었다고 고백했다(그로써 부부에 대한 위험이 가중되었다). 관객들은 윌리엄에게 메이컨과 그곳 사람들에 대한 질문을 쏟아냈다. 어떤 사람들은 그 도시로 이주한 이 지역 주민들을 언급하기도 했다. 윌리엄은 망설임 없이 질문을 받았다. 그는 거명된 사람 대부분을 특정할 수 있었을 뿐 아니라, 그들이 어디에서 살고 일하는지에 관한 자세한 정보를 내부자만이 알 수 있는 구체적인 방식으로 말했다.

한편 청중은 엘렌에 대해서는 그녀의 개인사를 알고 싶어 했다. 다시 말해, 어떻게 그녀처럼 흰 피부를 가진 여자가 노예가 될 수 있느냐는 질문이었다(섹스와 강간이라는 이중의 금기가 무언중에 맴돌았다). 엘렌은 자신이 첫 번째 주인의 딸이었으며, 그 주인은 엘렌과 엘렌의 어머니를 해방하라는 유언을 남겨놓고 죽었다고 말했다. 그러나 주인의 남자 상속자가 이런 바람을 무시하고 그들을 예속 피해자로 잡아두었다. 물론 이 말은 사실이 아니었다. 제임스 스미스는 메이컨에서 매우 잘 살고 있었다. 그는 여전히 엘렌의 어머니를 법적으로 소유하고 있었고, 그의 딸인 일라이자가 엘렌에 대한 소유권을 가지고 있었다.

엘렌이 자신의 이야기를 수정한 이유는 추정할 수밖에 없다. 어쩌면 그녀는 미끼를 놓기 위해, 여전히 그녀의 어머니를 예속 상태에 잡아둔 이들에게서 관심을 돌리기 위해 이런 말을 했을지도 모른다. 아니면 이복자매이자 여주인에 대해서 말하고 싶지 않았을지도 모른다. 엘렌은 공개적으로 일라이자를 비난할 생각이 없었다. 이유가 무엇이든 한 가지는 분명하다. 엘렌이 아버지를 죽여버리고 이복자매이자 예속 가해자인 일라이자의 성별을 바꿔버린 이 허구의 이야기에서, 그녀는 이야기꾼으로서의 뛰어난 기술을 선보였다.

청중은 두 사람에게 마음을 빼앗겼다. 윌리엄은 준비된 재치는 물론 영민함, 지성, 재능으로 그가 범상치 않은 인물임을 보여주었다. 엘렌도 똑같이 똑똑하다고 알려졌다. 강연이 끝날 때쯤에는 모든 사람이 크래프트 부부가 도둑맞은 천부인권, 그들이 도망친 이유인 자유를 누릴 "자격"이 있다고 확신했다. 이것이야말로 브라운을 비롯한 활동가들이 원했던 반응이었다. 이는 공감의 첫걸음이 되어 국가의 '특이한 제도'에 대한 무관심이라는 침체 상태를 깨뜨리고, 노예제라는 도덕적 문제를 다시 논쟁의 중심으로 끌어올리는 계기가 될 터였다.

우스터나 그와 비슷하게 현장과 멀리 떨어진 도시에서는 누구나 쉽게 안일해지기 마련이었다. 노예제도가 아무리 끔찍하더라도 북부의 문제는 아니라고 생각하게 되는 것이다. 흑인들이 남부의 노예제도 아래에서 더 행복하게 지낸다는 주장은 흔하게 이루어졌다. 남부에서는 흑인들이 돌봄의 대상이 되고, 북부의 가난한 흑인보다 더 잘 산다는 주장이었다. 이런 주장에 따르면, 흑인들은 해방되더라도 자족적으로 살 능력이 없었다. 또는 가난과 값싼 노동력을 가지고 북부로 흘러넘치게 될 터였다. 어쨌거나 자유토지당은 그렇게 주장했다. 노예제도에 진정으로 반대하는 사람들이 있었던 반면, 새로운 토지에 흑인 노동자나 흑인의 몸이 없기를 원해 자유토지당을 지지하는 사람들도 있었던 것이다.

폐지론의 다른 적들은 노예제도를 종식하는 것이 경제에 나쁜 영향을 미친다는 주장을 하곤 했다. 수많은 제조업 기반 도시가 그렇듯, 우스터도 남부와의 무역에 의존하고 있었다. 사업 기회를 잃는 게 바람직한 일일까? 멕시코와의 전쟁이 끝난 지 얼마 지나지도 않았는데, 우리 아들들을 전쟁터로 보낼 가치가 있을까? 경계심 많은 뉴잉글랜드 사람이라면 캘훈이 천둥처럼 내지르는 말을 듣고 이렇게 물을 수 있었다.

또 다른 사람들은 어깨를 으쓱하며 노예제도는 이미 관에 누워 있다고 말했다. 시장이 체제를 고치기 마련이라는 것이다. 노예제도는 어차피 수익성이 떨어진다. 왜 억지로 이 문제를 밀어붙이는가? 안 그래도 미국이라는 나라는 광활한 새 영토나 그 영토를 어떻게 관리할 것인지에 관한 큰 문제와 씨름하는 가운데 결정해야 할 일이 너무도 많았다. 당분간 남부는 그대로 두자.

그러나 크래프트 부부를 본 청중은 끔찍하긴 해도 추상적인 일로만 생각하거나 심지어 부정했을지도 모르는 현실을 마주할 수밖에 없었다. 어느 기자의 말대로 크래프트 부부는 북부에서조차 범법자 신분이었다. 노예 사냥꾼들이 어느 순간에든 와서 그들을 끌어낼 수 있었다. 정부가 그 뒤를 받쳐줄 테고. 청중 가운데 그들을 도울 수 있는 사람은 아무도 없었다. 사실 돕는다면 그들 역시 처벌을 받게 되었다. 양심에 따라 행동했다는 이유로 범죄자가 되고, 그들의 자유 또한 강탈당하는 것이다.

크래프트 부부는 엄청난 갈채를 받으며 강연을 마무리했다. 최초의 승리였다. 브라운은 이 보기 좋은 젊은 부부가 무대 위에서 자기 몫을 해낸 것을 보고 기뻐했을 것이 분명하다. 이는 보스턴이나 그 이후의 강연도 잘 풀리리라는 징조였다. 그러나 연기는 아직 끝나지 않았다. 연설이 끝나고 기부금이 걷힌 뒤에는 청중이 연사들에게 인사하고 그들과 악수를 나누는 것이 전통이었다. 몇 주 안에 크래프트 부부를 보러 온 사람들이 급증해 젊은 부부를 삼켰다. 결국 크래프트 부부는 일찍 강당에서 빠져나가는 편을 선택했다. 이날 밤에는 군중의 수가 더 적었을 가능성이 크지만, 낯선 사람들이 그들을 만져보겠다고 힘주어 손을 뻗는 모습은 윌리엄과 엘렌에게 분명 불안감을 주었을 것이다. 이런 식으로 뻗어오는 손도 그들의 이야기가 전해지고 받아들여지는 하나의 통과 의례였다.

***

이후 사흘 동안은 말과 움직임으로 이루어진 소용돌이였다. 크래프트 부부와 브라운은 우스터에서 남쪽으로 이동했다. 그들은 로드아일랜드 포터킷에서 열리는 또 한 번의 강연을 하러 가는 길이었다. 눈더미와 얼어붙은 물가, 낯선 겨울 풍경을 지나면서 그들은 남부에서 알았던 것과는 다른 종류의 여행을 경험했다. 다만 이 풍경에도 나름대로 선입견의 역사가 있었다.

'짐 크로' 분리법[34]이 매사추세츠에서 폭력적으로 집행된 게 불과 얼마 전의 일이었다(공교롭게도, 백인 민스트럴[35] 공연자의 이름에서 따와 이동에서의 차별을 의미하게 된 이 용어는 북부의 철도 회사에서 일하는 백인 직원들이 처음 쓰기 시작했다). 1840년 전반에는 프레더릭 더글러스가 린에서 일등석 열차에 타려 했다는 이유만으로 공격을 당하고 기차에서 내동댕이쳐졌다. 하지만 그를 비롯한 활동가들은 결국 불매운동과 탑승 운동, 청원을 비롯한 시위를 통해 승리를 거두었다. 그들의 승리가 크래프트 부부와 브라운에게 좌석을 고를 선택권을 주었다.

포터킷을 떠난 이후, 그들은 다시 북쪽으로 향했다. 마침내 그들은 넓고 습지대가 많은 강을 건넜다. 강에 섞여 있는 오염 물질 때문에 강물은 색깔이 이상했다. 그곳이 백베이 조수 분지였다. 한쪽에서는 흩어져 있는 여러 공장에서 연기가 뭉게뭉게 피어올랐고, 다른 쪽에서는 교회 첨탑이 하늘을 향해 뻗어갔다. 버지니아주 리치먼드나 크래프트 부부가 보았던 수많은 다른 도시들에서 그랬듯, 강력한 건물 한 채가 북적거리는 도시의 스카이라인 위로 솟아 있었다. 반짝이는 돔이 있는 매사추세츠주 의사당은 크래프트 부부가 마지막 목적지인 보스턴에 도착했음을 알렸다. 그들은 자신들의 명성이 그들보다 먼저 보스턴에 도착했음을 모르고 있었다.

---

34 19세기 말부터 1960년대까지 미국 남부를 중심으로 시행되었던 인종차별 법률 체계. 이 법에서는 공공시설, 학교, 교통수단 등에서 백인과 흑인을 분리시키고, 흑인에 대한 차별을 법적으로 정당화했다.

35 백인이 흑인으로 분장하고 노래와 춤을 선보이는 쇼.

자유의 요람

그들은 뒷길을 따라 보스턴 광장 뒤쪽으로 이동해, 가스 등으로 밝게 밝혀진 저택과 벽돌로 만든 연립주택을 지났다. 이들이 걸어간 길은 동네 사람들이 "니거 언덕"이라는 이름을 붙여준 비컨 힐의 반대쪽 면으로 가파르게 이어졌다. 메이컨의 탁 트인 격자와는 너무도 다른 이곳을 사람들은 주먹처럼 생겼다고 했다. 이미로 같은 도시에서 크래프트 부부를 안내해 줄 윌리엄 웰스 브라운이 있었다는 건 다행스러운 일이었다.

땅은 차갑고 축축하며 언덕 아랫부분의 바람은 가혹했다. 하지만 그 덕분에, 일행은 공장 폐기물과 동물 창자, 비교적 따뜻한 날에 찰스강에서 나오는 다른 오염원 등으로 인한 악취를 피할 수 있었다. 수많은 언어의 억양이 거리 전체에 울렸다. 아일랜드계 이민자들의 가사 섞인 노래, 남부에서 온 다른 도망자들의 흐르는 듯 늘어지는 억양, 그리고 입을 크게 벌리지 않고 발음하는 보스턴 특유의 납작한 모음 소리까지. 골목과 구석이 잔뜩 있는, 노동자 계층이 사는 이 동네에서 윌리엄과 엘렌은 잠시 발걸음을 늦추었다.

브라운은 웨스트 시더가에 집이 있었다. 강 근처, 정교한 새 감옥이 지어지는 현장과 가까운 곳이었다. 하지만 그는 크래프트 부부를 안전히 지낼 수 있는 다른 집으로 안내했다. 곧 그들은 눈에 띄지 않는 사우색가의 벽돌 건물에 도착해 루이스와 해리엇 헤이든의 환영을 받았다. 그들은 부부 혁명가로, 수많은 다른 사람들을 반갑게 맞이했듯 크래프트 부부 또한 두 팔 벌려 환영했다.

헤이든 부부는 겨우 6년 전에 켄터키에서 탈출했다. 이들은 두 명의 백인 폐지론자와 목사 한 명, 교사 한 명의 도움을 받았다. 크래프트 부부와 비슷하게 헤이든 부부도 변장을 했다. 그들은 얼굴에 밀가루를 뿌려 멀리서 보면 백인처럼 보이도록 했다. 헤이든 부부는 아들과 함께 캐나다까지 가는 데 성공했지만, 남겨두고 온 사람들이 걱정되어 미국으로 돌아왔고 처음에는 미시간주에 머물렀다가 지금은 보스턴에 정착해 살고 있었다. 이제 가족은 루이스 헤이든의 중고 의류점 외에도 사우색가에 있는 집을 활동가들의 본부로 삼고 있었다.

헤이든 부부의 집 정면에는 짧은 계단과 좁은 문이 있었지만, 들고나는 길은 그곳만이 아니었다. 두 번째 문이 지하실로 나 있었다. 또한 오직 지하실 아래 공간에서만 접근할 수 있으며 어둡고 기어서 지나야만 하는 비밀 터널이 있어서, 다른 방문자들이 눈에 띄지 않고 집에 드나들거나 알려지지 않은 어떤 장소로 갈 수 있었다. 아마 그 장소는 길 건너편에 있었을 것이다. 한 번에 최대 열세 명의 사람이 맨 위층에 숨을 수 있었다. 윌리엄과 엘렌이 처음 이 집에 들어갔을 때는 다른 남부의 도망자들이 이 건물에서 숙식을 해결하고 있었다.

크래프트 부부를 이 집이나 이 동네보다 더 잘 보호해 줄 수 있는 곳은 많지 않았다. 복잡한 골목을 통해, 도망자들은 적을 피해 몰래 빠져나갈 수 있었다. 반면 낯선 이들은 쉽게 길을 잃었다. 이곳에는 저항의 정신이 생생하게 살아 있었다. 어쨌거나 이곳은 예속 피해자인 아버지와 자유인 어머니 사이에서 태어난 호전적인 흑인 활동가이자 미국 흑인들에게도 동일한 시민권이 있어야 한다고 주장했으며 말로써 남부 전체에 공포의 한기를 전달한 인물, 데이비드 워커가 고향으로 받아들인 곳이었다. 그의 말에 남부인들이 일으킨 전율은 20년이 지난 뒤에도 선명하게 느껴졌다.

남부로 몰래 보낸 소책자 〈세계의 유색 시민에게 보내는 호소문〉에서 워커는 흑인들에게 필요하다면 무기를 들고 봉기해, 그들을 예속시킨 자들을 쫓아내고 흑인들의 도움을 받아 만들어진 국가의 평등한 시민으로서 정당한 자리를 요구하라고 강력히 권고했다. 그는 이렇게 명령한 것으로 유명하다. "여러분의 어머니, 아내, 아이들을 보고 전능한 주님께 응답하십시오. 당신을 죽이려 드는 사람을 죽이는 것은 목이 마를 때 물을 마시는 것만큼 해롭지 않은 일임을 믿으십시오." 워커는 성직자와 백인들의 위선을 지목하며, 독립선언서를 신중히 인용하고 이렇게 물었다. "당신들은 당신들의 말을 이해하긴 합니까?"

워커의 말과 예언은 동료 유색인 시민들을 고무시키는 동시에 노예 소유자에게 겁을 주고, 독살을 당하거나 불에 타 죽거나 살해당할지 모른다는 편집증을 강화했다(워커는 "우리를 인간처럼 대하면 위험은 없습니다. (중략) 우리를 인간처럼 대하면 우리는 당신들의 친구가 될 것입니다"라는 말도 했지만, 이런 말은 그들의 두려움을 무마하는 데 충분하지 않았다). 정치인들은 더욱 강하게 반응해 자유 흑인과 예속 피해자들에게 불리하고도 가혹한 법을 통과시켰다. 조지아주 정부는 워커의 머리에 1만 달러의 현상금을 걸었다. 지명수배범이 되고 1년 뒤, 워커는 보스턴에서 갑자기 사망했다. 결핵 때문이라고 했다. 하지만 그가 타오르게 한 두려움과 저항 정신은 계속 살아남았다.

한편 헤이든 부부의 집에서 언덕을 따라 겨우 몇 블록을 올라가면 자본가들의 화려한 집이 있었다. 그중에는 면직 공장주를 비롯해 예속 피해자들의 노동에서 직간접적으로 이득을 얻는 다른 지역 주민들이 있었다. 이곳에서 어린 시절을 보낸 백인 폐지론자 웬델 필립스에 따르면, 이 거리는 목화 먼지로 숨이 막힐 듯했다. 아무튼 그런 보스턴 사람은 자신들이 고용한 요리사나 돌보미, 마차 운전수 등이 사는 언덕 아래쪽에 발을 들일 가능성이 낮았다.

언덕 아래쪽 공동체는 경계 태세를 갖추고 있었다. 이곳에는 사업가와 기업가, 프리메이슨[36]을 비롯한 이런저런 모임의 회원들, 목사와 교인들이 있었다. 이들은 문제가 생길 경우 동원될 준비가 되어 있었다. 2년 전, 어느 노예 사냥꾼이 이 동네에 들어왔을 때 여러 나라 말에 능통한 선교 활동가이자 기업인, 세계 여행자, 곧 작가가 될 낸시 프린스는 일단의 여성과 아이들을 이끌고 돌을 던져 그를 쫓아냈다.

다른 사람들은 법원에서 도망자들을 데려왔다. 이들은 자기 몸을 던져, 법을 어기면서까지 도망자들이 다시 노예가 되는 걸 막았다. 다른 사람들과 마찬가지로 헤이든 부부는 총을 가지고 있는 것으로 알려져 있었다. 백인 폐지론자 중 비저항을 고집하는 사람들이 있었을지는 모르지만, 노예제도를 알고 다시 끌려갈 위험에 처해 있는 사람들은 자기 자신과 자신이 보호하는 사람들을 지켜야 하므로 좀 더 현실적인 방법을 취해야 했다.

크래프트 부부는 머잖아 윌리엄 스틸과 퍼비스 부부를 비롯한 사람들이 보스턴으로 가라고 한 이유를 알게 되었다. 보스턴은 이 지역이 종종 일컬어지는 그대로 "벌집"이었다. 규모는 필라델피아보다 훨씬 작았지만, 이곳은 그들이 쉽게 사라지고 강력한 보호를 받을 수 있는 세상이었다. 그러나 엘렌과 윌리엄은 숨지 않을 터였다.

***

크래프트 부부가 숨을 고르기 무섭게 보스턴의 그 유명한 패뉴

---

36 전 세계적으로 퍼져 있는 비밀 결사 성격의 사교 단체. 종종 정치적·사회적 영향력을 가진 인물들이 소속되어 있는 것으로 알려져 있다.

일 홀에서 데뷔할 날이 찾아왔다. 고전적인 벽돌 건물 위, 1월 밤의 불빛으로 3층의 아치형 창문이 환하게 빛나는 그곳 꼭대기에는 유리 눈을 가진 반짝이는 메뚜기 하나가 바람을 따라 천천히 돌고 있었다. 뱃속에 타임캡슐이 숨겨진 장난기 어린 풍향계였다.

이 반짝이는 곤충은 셈 다운이라는 이름의 구리 세공사가 약 100년 전에 만든 장식물로, 보스턴의 기업가이자 자선사업가면서 보스턴에 이 건물을 선물로 지어준 피터 패뉴일을 기념해 만든 것이다. 이 곤충은 처음 만들어진 이후로 많은 것을 보고 들었다. 소위 자유의 요람이라는 보스턴은 그 깊은 곳에서부터 "자유!"와 "혁명!"을 외치는 고함으로 쩌렁쩌렁 울렸다. 그러나 이곳에서는 다른 외침도 들려왔다. 피터 패뉴일은 당밀과 생선, 와인과 목재 외에도 예속된 인간을 사고팔았다. 이 예속 피해자들은 크래프트 부부가 지금 들어가고 있는 그 건물 앞, 바로 도크 광장에서 팔려갔다. 이런 것이 윌리엄 웰스 브라운이 잘 알던 아이러니였다. 그는 미국이 자유의 요람이라면, 아기를 흔들다가 죽여버린 셈이라고 말장난했다.

시민의식을 가진 노예 소유자가 자금을 지원해 건설한 이 전당은 이제 다양한 사람들로 꽉 차 있었다. 입석 관객으로 꽉꽉 차는 경우가 자주 있던, 넓고도 밝은 조명이 들어오는 공간에는 등받이 낮은 벤치가 여러 줄로 질서 있게 배치되어 있었다. 이런 벤치는 숙녀들이 치마를 펼 수 있도록 해주었다. 관객은 인종이 뒤섞여 있을 뿐 아니라, 젠더도 뒤섞인 복잡한 군중이었다. 위쪽에는 발코니가 있어서 더 많은 관중이 들어올 수 있었다. 윌리엄과 엘렌은 때가 될 때까지 신분을 감춘 채로 1층 군중 속으로 조용히 섞여 들었다. 바닥은 물론 발코니까지, 사방이 다양한 인종의 노예제 폐지 운동가들로 가득 찼다.

그날은 미국에서 가장 악명 높은 백인 폐지론자 윌리엄 로이드 개리슨의 본령인 매사추세츠 반노예 협회의 열일곱 번째 연례 대회가 열리는 날로, 이 대회는 한 해 중 가장 큰 개리슨 행사였다. 단체의 설립자들은 1832년의 어느 날 밤에 처음으로 아프리카 회당(학교로도 쓰이는 건물이었다)의 지하실에서 만났다. 다 합쳐서 열두 명의 백인 남성이 참석했고, 그 곁에는 노련한 매사추세츠 유색인 총연합회[37]의 지도자들이 증인을 자처하고 있었다. 행사가 마무리되자 개리슨은 선언했다. "친구들, 우리는 오늘 이 어두운 학교에서 만났지만 오랜 세월이 지나기 전에 패뉴일 홀을 뒤흔들게 될 겁니다."

그 이후 개리슨의 반노예 조직은 극적으로 성장해 요원들을 파견하고 나라 전체에 퍼져나갔다. 그리고 지금은 개리슨의 예언을 기리기라도 하듯, 정말로 패뉴일 홀을 뒤흔들고 있었다. 남자와 여자를 가리지 않고, 여러 인종의 수천 명이 연합했다.

크래프트 부부는 이 대회에서 여러 얼굴로 이루어진 인파를 바라보았을 것이다. 헤이든 부부나 몇몇 사람은 이미 아는 얼굴이었

---

[37] 매사추세츠 유색인 총연합회(Massachusetts General Colored Association)는 1820~1830년대 미국 보스턴을 중심으로 활동한 흑인 인권 단체로, 노예제 폐지와 흑인의 평등권을 강하게 주장한 조직이다. 당시로서는 드물게 조직적이고 공개적인 정치 활동을 벌였으며, 후일 백인 폐지론자들과 협력하거나 때로는 대립하기도 했다.

을 테고, 곧 잘 알게 될 낯선 사람들도 있었다. 그중에는 온순하고 책벌레처럼 보이는 인상 때문에 이면의 불길이 잘 드러나지 않는, 깡마르고 눈 나쁜 남자가 한 명 있었다. 사람들은 윌리엄 로이드 개리슨을 만날 때면 늘 놀랐다. 이 사람이 그 목소리 큰 인물이라고? 개리슨은 고양이를 좋아하고, 무릎을 꿇고서 아이들과 놀아주며, 정책 문제를 놓고 야단하기를 좋아하는 사람처럼 보였다. 실제로 그런 사람이기도 했다.

침착한 태도와 걸맞게, 그의 접근법에는 근본적인 평화로움이 있었다. 개리슨은 폭력에 직면한 상황에서도 위력의 사용에 반대했다. 노예제도를 종식할 방법은 도덕적 설득이라고 확신했기 때문이다. 이 문제에 있어서, 그는 데이비드 워커와는 의견이 달랐다. 보스턴 "신사 폭도"의 손에 그 자신이 당했듯 위협당하고 침을 맞고 공격당한 사람에게 개리슨은 수동적으로 저항하라고 조언하곤 했다.

동시에 개리슨은 접근법에 있어서나 목표에 있어서는 전투적이고 비타협적이었다. "노예 소유주가 있는 한 연방은 없다!"가 시위 때 그가 외치는 구호였다. 이 말은 필요하면 교회나 국가와도 결별할 것이며, 예속이라는 죄악을 미국에서 쫓아내기 위해 필요하다면 무엇이든, 당장, 타협 없이 희생하겠다는 뜻이었다. 개리슨의 시각에 따르면, 미국 헌법은 그 자체로 노예제도에 친화적이라 미국이라는 나라를 뿌리부터 오염시켰다. 더 완벽한 연방을 만들 유일한 방법은 과거로부터 떨어져 나와 새로 시작하는 것이었다. 개리슨은 노예제도에 대항하는 싸움에 참가하는 모두를 환영했다. 인종도, 종교도, 젠더도 상관없었다. 그의 목표는 단순한 노예제 폐지가 아니라 시민의 평등권이었다. 이것이 개리슨주의의 근본적 교의였다.

크래프트 부부가 데뷔 무대에 오를 준비를 하고 있을 때, 개리슨주의자들은 조직 차원에서 나사가 풀려 있었다. 하루 종일 용어 하나하나를 두고 실랑이를 벌인 데다, 그보다 더 고단했던 지난 한 해가 모두를 지치게 했기 때문이다. 어떤 면에서 활동가들에게 이보다 좋은 순간은 없었다. 언론에서나 미국 국회의사당에서나 모두가 노예제도에 대해서만 이야기했다. 워싱턴에서는 노예제도를 새로운 영토에도 확장할 것인지와 노예무역의 미래가 신랄한 토론의 대상이 되고 있었다. 캘훈 상원의원은 그의 광기 어린 시각을 대놓고 선포할 만큼 분노에 눈이 멀어 선명한 공격 대상이 되었다. 미국에서 가장 큰 두 당이 압박에 무너져 내리는 듯했다. 이제는 반노예 운동이 주류인 것 같았다.

그러나 개리슨주의자들에게 상대적인 평화의 시기는 다른 문제들을 가져왔다. 적어도 위기 상황에서는 연대가 가능했다. 지금 그들에게 가장 큰 두통거리는 좀 더 부드러운 적인 자유토지당이었다. 우호적이지 않은 어느 기자가 비웃은 대로라면, 자유토지당은 개리슨 패거리의 천둥을 훔치고 그들의 자금까지도 빼앗아갔다. 노예제도의 즉각적인 종식을 옹호하던 모든 사람에게는 대단히 끔찍하게도, 그들이 그토록 열렬히 퍼뜨리던 노예제도 반대 메시지는 수정된 가락에 흡수되어 그 노래에 따라 불리는 듯했다. 노예제도에 관한 문제는 더 이상 도덕적 잘못을 뿌리 뽑는 것이라기보다는, 선을 새로 긋고 노예제도를 억제하는 것이 되었다. 어쨌든 자유토지당에서는 그렇게 주장했다.

심지어 일부 노예제 반대론자들도 이편이 더 합리적인 길이라고 믿었다. 노예제도를 격리하고, 문제를 점진적으로 해결하는 것이 더 낫다고 생각하게 된 것이다. 연방을 공중분해 하기보다는 노예제도를 지금 그대로 두는 것이 더 현명한 일 아닐까? 연방의 해체는 더 강력한 노예 제국의 창설로 이어질 수도 있었다. 그곳에서는 예속 피해를 입은 인간이든, 자유 흑인이든 모두의 운명이 더 나빠지기만 할 터였다. 일부 노예제 반대 활동가들이 보기에는 개리슨과 근본주의자야말로 비현실적인 모 아니면 도 식의 요구로 위험한 선을 그으려는 사람들이었다.

하루 종일, 대회에서는 절차를 놓고 지루한 말다툼이 이어지며 성마른 분위기가 감돌았다. 오늘 밤 이들 집단에는 서로가 공유하는 목표가 그 어느 때보다 필요했다. 개리슨이 표현했듯, 집이 불타고 그 집 안에 가족이 갇혀 있을 때 사람은 천천히 합리적으로 걷지 않는다. 문제는 애초에 불이 났다는 것을 다른 사람들이 인식하게 하는 방법이었다. 어떻게 그 열기를 불러일으킬까? 바로 이때 크래프트 부부가 등장해 그들의 경험을 증언했다. 이곳의 온도를 올리는 데 누구보다 적절한 사람, 다름 아닌 윌리엄 웰스 브라운과 함께 말이다.

영원한 긍정[38]

      윌리엄 웰스 브라운에게 이번 여행은 금의환향이었다. 매사추세츠 반노예 협회의 마스코트 도망자였던 1년 전의 브라운과는 확연히 다른 입장이었다. 방금 그의 예속 가해자가 쓴 편지를 받았기 때문이었다. 이 연락을 시작한 사람이 브라운 자신이라는 점은 중요하지 않았다. 브라운은 그를 매각할 노예 소유자의 힘을 한 점 의심의 여지 없이 밝힌 그 편지에 동요했다. 그와 멀어진 아내도 문제를 일으켰다. 그녀는 보스턴의 이 집, 저 집을 돌아다니며 브라운의 고용주인 매사추세츠 반노예 협회의 지도자들이 걱정할 만한

---

38 영원한 긍정(Everlasting Yea)이라는 표현은 19세기 스코틀랜드 철학자이자 문필가인 토머스 칼라일의 저서 《재단사 이야기》에서 유래한 것으로, 인간 존재와 삶에 대한 궁극적인 긍정, 즉 허무와 절망을 극복한 이후 도달하는 신념과 수용의 자세를 의미한다.

이야기를 퍼뜨렸다.

그러나 브라운은 폐지론자들의 무대에서 가라앉지 않고 버텼다. 그는 주인의 편지를 높이 들어 올리고 그 편지를 향해 말했다. 그 순간 권력의 축이 극적으로 뒤집혔다. 윌리엄은 그 편지를 말로 뭉개버렸다. 브라운은 그해 내내 편지를 강연에 활용했다. 그는 맹렬한 속도로 순회강연을 이어갔으며, 폐지론자들의 슈퍼스타로 널리 알려졌다. 영웅적이고 보기 좋은 젊은 부부, 엘런과 윌리엄이 함께하는 지금 그는 다시 한번 보스턴의 혁명 전당에서 무대를 호령하고 있었다.

그는 한 번 더 남부에서 온 값진 종이를 흔들어댔다. 이번에는 〈뉴어크 데일리 머큐리〉에 새로 실린 기사로, 자신을 그저 "A"라고만 칭한 남자가 쓴 기사였다. 그는 바로 찰스턴의 증기선에서 황금색 시계를 보는 척 크래프트 부부를 관찰한 남자였다. 그는 나중에 그들의 특별한 탈출 소식을 읽었다고 했다. 브라운 자신이 썼다 해도 기사가 더 도발적이고 흥미로워질 수는 없었을 것이다. A는 사실을 기술했을 뿐 아니라, 배경을 별이 뜬 밤으로 설정해 놓고 존슨 씨가 "여자 아니면 천재"라고 생각했던 동료 여행자의 말을 언급하며 글을 마무리했다. 이 기사는 극적인 성격 때문만이 아니라 하나의 증거였기 때문에 이상적인 서두가 될 수 있었다.

우스터에서 그랬듯, 브라운은 젊은 부부의 여행을 개략적으로 그려냈다. 그런 다음, 본능적으로 파악한 적절한 순간에 크래프트 부부를 무대로 올렸다.

몇 년 전에 한 강연에서, 윌리엄 로이드 개리슨은 회의적인 군중을 훈계했다. "어떤 기적에 의해 노예들이 갑자기 백인이 될 수 있다고 생각해 보십시오. 그 사람들의 고통도 못 본 체하면서 헌법상의 제한에 대해 침착하게 이야기하겠습니까? 아니요, 여러분의 목소리는 쩌렁쩌렁한 천둥처럼 노예 감독들의 귀에 울렸을 것입니다."

지금 그 기적이 엘렌을 통해 실현된 것처럼 보였다. 활동가로 전직한 목사 새뮤얼 메이 주니어는 이렇게 감탄했다. "엘렌 크래프트는 (중략) 아름답다고 할 만한 여자였다. 그녀의 얼굴에는, 그녀의 눈과 두 뺨, 코, 머리카락에는 아프리카계 혈통의 흔적이 전혀 드러나지 않았다. 그녀의 모습 전체가 남부 태생의 백인 여성으로 보였다. 그런 여성이 하나의 재산으로 취급되고 가장 높은 가격을 부르는 사람에게 팔려 갈 수 있다고 생각하는 것은, 실제로는 피부가 가장 검은 여성이 그런 일을 당하는 것과 비교해 더 나쁘거나 사악한 일일 리 없지만, 유색인에 대한 편견 속에 자라난 공동체에 천배는 큰 소요를 일으켰다."

엘렌을 본 청중은 한 번 더 강당 전체에 전류가 흐르듯이 반응했다. 다들 눈을 크게 뜨고 몸을 돌렸다. 공간이 우레 같은 갈채로 울렸다. 군중의 맥동을 느낀 브라운은 이 모든 것을 더욱 끌어올릴 준비를 했다. 그는 도망자들의 이야기를 들은 청중에게 세 가지 질문을 던질 예정이었다.

첫째, 그는 이렇게 소리쳤다. "여기 있는 분들 가운데, 노예를 예속 상태로 돌려놓는 데 도움을 줄 사람은 '네'라고 말해주십시오."

크래프트 부부에게 이것은 최악의 악몽이었다. 홀 뒤쪽의 장의

자에서 외롭지만 분명한 목소리가 "네!"라고 소리쳤을 때는 특히 그랬다. 브라운은 그 목소리를 무시하고 밀어붙였다.

둘째, "이 도망자를 위해서든, 이 도망자에게 불리한 방식으로든 아무것도 하지 않고 가만히 있을 분은 '네'라고 말해주십시오".

이번에는 아무 소리도 들리지 않았다.

셋째, 브라운이 소리쳤다. "이 도망자를 노예제도로부터 보호하고 구출할 분은 모두 '네'라고 말하십시오." 그러자 강당이 터져나갈 듯했다. 찬성하는 목소리가 일제히 터져 나와 메아리쳤다. 거대하고도 긴 찬성의 소리가 무대를, 윌리엄과 엘렌을 휩쓸고 또 휩쓸었다. "영원한 긍정", 지속되는 소리였다. 확실히, 부부가 들어본 어떤 소리와도 달랐다.

이후 그 목소리는 노래하는 하나의 목소리가 되었다. 브라운은 우스터에서처럼 크래프트 부부를 앞으로 끌어내 질의응답 시간을 갖게 하는 대신 그들의 모습을 반노예 운동의 선율로 감쌌다. 그의 가사집 〈반노예 운동의 하프〉에 실린 노래였을 것이다. 이런 노래는 영가나 노동요 같은, 브라운 자신이 부두에서 듣거나 불렀던 노래가 아니었다. 이 노래들은 "오! 수재너"나 "올드 랭 사인" 같은 인기 있는 곡조에 급진적인 가사를 붙인 곡이었다. 군중을 기쁘게 하는 노래 말이다.

이 분위기에 어울릴 만한 노래는 뒤에 남겨진 예속 피해자 어머니를 다룬 "도망 노예의 한탄"이나, 비슷한 주제의 "아, 가엾은 노예 어머니여"였을 것이다. 두 번째 노래는 말하지 못하고 남겨진 이야기들을 떠올리게 했다. 좀 더 생기 있는 노래가 필요할 때면,

브라운은 폐지론자들의 히트곡인 "기찻길에서 내려"를 불렀을지도 모른다. 이 노래는 힘찬 "호!"로 시작해, "자유의 열차, 해방!"에 대해 말했다(언더그라운드 레일로드에 대한 지지에 불을 붙이기에 진짜 무쇠 열차를 타고 자유가 있는 곳까지 온 도망자들만큼 좋은 방법이 있을까?).

윌리엄과 엘렌은 새로 만난 친구가 이 정열적인 모임 앞에서 그들의 이야기를 엄숙하거나 환희에 찬 음조로 말하고 노래하는 것을 들으며 신비로움을 느꼈을 것이다. 브라운은 마지막 음을 이어갔고, 군중은 다시 갈채를 터뜨리며 크래프트 부부의 선풍적인 보스턴 데뷔 무대를 마무리했다.

***

회중은 "매우 지적으로 보이는 흑인 남성 윌리엄과 꽤 멋진 모습의 (중략) 검은 직모를 가졌으며 행동거지가 예쁘고도 자연스러운" 엘렌에게 더 많은 것을 원했다. 이런 표현은 엘리트 집단인 보스턴파에 참여했던 활동가 자매 세 명 중 한 명인 앤 워런 웨스턴이 자매인 데버라에게 크래프트 부부를 묘사할 때 쓴 것이다. 다음 날 저녁, 크래프트 부부는 다시 보스턴 대강당으로 초대받았다. 그다음 날 밤에도 마찬가지였다. 이때쯤 크래프트 부부는 너무도 선풍적인 인기를 끌고 있어서, 비판자들마저 그들을 보기 위해 군중에 섞였다. 이런 사람 중에는 노을이 질 때 곁눈으로 이 장면을 살핀 〈보스턴 포스트〉의 기자도 있었다.

폐지론자들은 달아올랐다. 윌리엄 로이드 개리슨은 미국 연방의 즉각적인 해체를 요구했다. 그는 미국 연방이 "300만 명의 엎드린 몸뚱이에 토대를 두고 그들의 피로 굳어진 연방, 인간의 육신을 도매로 판매하는 자들에게 절대적 권한과 완벽한 안전을 보장하는 연방, (중략) 언론의 자유와 청원의 자유, 안전하고 평등한 이동의 자유를 도끼로 찍어버린 연방"이라고 소리쳤다.

개리슨은 노예제도를 증오한다고 주장하면서도 노예를 데리고 있는 남부와 너무도 쉽게 타협하려는, 믿음 없는 북부인들에게 너무도 분노한 나머지 사우스캐롤라이나주 상원의원 존 C. 캘훈이라는 노예 세력의 목소리까지 칭찬하기로 마음먹었다. 적어도 캘훈은 노예제도가 긍정적인 선이라는 믿음을 진실되게 표현한다면서 말이다. 이후, 충분한 기금이 모이지 않으면 남부로 팔려 갈 "가톨릭 노예 소녀"를 위한 기부금이 모였다. 그다음은 윌리엄 웰스 브라운이 유명한 도망자들을 소개할 시간이었다.

천장 조명과 군중, 그 시간의 심장 박동을 표시하듯 째깍째깍 앞으로 나아가는 거대한 시계. 그 맞은편에 강단이 있었다. 브라운은 강단 중앙에 서서 분위기부터 고조시키기 시작했다. 그는 자신의 아버지가 켄터키주의 귀족이었으나, 브라운 자신은 겸손해서 패뉴일 홀의 백인 평민들과도 이야기할 수 있다고 말했다. 그의 말에 웃음이 터져 나왔다. 하지만 이 말에는 뼈가 있었다. 한 사람을 다른 사람보다 "높은" 존재, 혹은 "주인"으로 만드는 선(線)은 자의적이고 잘못된 것이라는 교훈이었다.

청중이 지나치게 오래 키득거리기 전에, 브라운은 다시 분위기를 바꾸었다. 그는 개리슨의 결심에 무게를 실어준 뒤 자신의 가족 이야기를 전함으로써 지금 위험에 처해 있는 모든 것을 자세히 묘사했다. 그 이야기가 윌리엄과 엘렌의 마음도 뒤흔들었다.

브라운이 한 이야기의 정확한 내용은 역사 속에 사라졌다. 다만 그가 자주 꺼내던 이야기는 그가 가장 좋아하던 누이, 그리고 어머니와의 이별 이야기였고, 이런 상실은 윌리엄과 엘렌도 경험한 것이었다. 브라운은 며칠 사이에 두 사람을 모두 잃었다. 노예 상인의 오른팔이라는 끔찍한 직업에서 막 풀려나온 10대의 브라운은 그의 누이 엘리자베스가 팔려서 미시시피주 나체스로 갈 예정임을 알게 되었다. 인생 최악의 날들을 나체스와 뉴올리언스를 오가며 보낸 이후, 그는 누이가 정확히 어디로 가는지 알았다. 그녀는 성적인 인신매매로 유명한 노예무역의 중심지로 갈 예정이었다. 브라운은 누이가 잡혀 있는 감옥에 몰래 들어갔다. 그는 누이가 그를 두 팔로 끌어안고 눈물을 터뜨린 다음, 그에게 어머니를 데리고 도망치라고 말했던 일을 떠올렸다.

브라운은 함께 탈출하자고 어머니를 설득했다. 그러나 브라운의 어머니는 다른 아이들을 남겨두고 떠나는 걸 꺼렸다. 이런 고통은 도망친 모든 사람에게 생생히 살아 있는 것이었다. 결국 두 사람은 밤에 세인트루이스를 떠나 작은 보트를 훔쳐 타고 일리노이 연안으로 간 다음 숲속에 숨어 폭우를 견뎠다. 브라운이 캐나다에서 일자리를 찾고 형제자매를 사서 가족을 재결합하겠다는 꿈을 소리 내서 말하기 시작했을 때쯤, 노예 사냥꾼들이 말을 타고 왔다. 어머니와 아들은 헤어졌고, 브라운의 어머니는 강 하류의 뉴올리언스로 팔려 갔다. 브라운이 마지막으로 보았을 때 어머니는 사슬로 묶여 북적거리는 배 위에 타고 있었다. 브라운의 누이와 달리, 어머니는 움직이지도, 말하지도, 울지도 못했다. 그러나 아들이 용서해 달라고 빌자 그녀는 이 일은 그의 잘못이 아니라고 안심시켰다. 누이가 그랬듯, 어머니도 그에게 도망치라고 했다.

겨우 1개월 전, 엘렌과 윌리엄은 브라운이 소환하는 그 세계에 살고 있었다. 그의 말이 두 사람의 상처를 건드렸다. 브라운이 자기 가족 이야기를 하는 걸 듣고 윌리엄과 엘렌이 울음을 터뜨렸다는 걸 알아챈 사람은 〈보스턴 포스트〉에서 나온 그 심술궂은 기자였다. 크래프트 부부의 눈물은 친구가 그들을 폐지론자들의 강단으로 끌어올린 뒤에도 보였다.

브라운이 빠르게 어조를 바꿔, 청중을 매료시킨 이 부부의 여행에 관한 생기 넘치는 이야기를 한 번 더 시작한 이유가 아마 그래서였을 것이다. 보스턴의 아들인 유명한 웅변가 웬델 필립스는 크래프트 부부의 이야기에 너무 큰 감명을 받아 예언하듯 열변을 토했다. "미래의 역사가와 시인들은 이 이야기를 미국의 연대기에서 가장 짜릿한 이야기로 전할 것이며, 수백만 명이 남녀 주인공에게 감탄하며 그 이야기를 읽을 것"이라고 말이다.

한때 축축 처지던 단체는 밤의 에너지로 자극받아 발걸음을 재촉했다. 집회의 지도자들이 사흘 동안 논쟁하던 결의안에 대한 최종 투표를 요청했을 때, 결의안은 만장일치로 통과되었다.

***

〈해방자〉의 기사에 따르면, 크래프트 부부는 패뉴일 홀을 감전시켰다. 보스턴은 조지 래티머 이후로 이렇게까지 압도당한 적이 없었다. 래티머는 새로 자유인이 될 크래프트 부부에게 하나의 모범 사례이자 경고로 작용하는 이야기를 가지고 있었다. 흰 피부의 래티머는 자신은 백인 행세를 하고 임신한 아내는 노예인 척하며 노예제도에서 빠져나왔다. 크래프트 부부의 탈출에 대한 거울 이미지인 셈이었다. 래티머가 정체를 들켜 보스턴의 감옥에 갇히자 모든 피부색의 활동가들이 자극받아, 보스턴 사람들이 얼마나 힘차게 일어설 수 있는지를 보여주었다. 그들은 거리로, 법원으로 나아갔고 의회는 청원으로 홍수를 이루었다. 보스턴 사람들은 래티머의 자유를 샀고, 압박 끝에 래티머법, 즉 개인의 자유법을 통과시켰다. 이 법은 인간 재산을 추적할 수 있는 노예 소유자의 힘을 제한하는 법이었다.

백인 폐지론자들에게 자신처럼 피부가 흰 젊은 예속 피해자 남성을 보는 것은 특히 큰 동기가 되었다. 엘렌의 사례에 그들이 흥분한 것과 마찬가지였다. 그러나 래티머의 사례는 완전히 행복한 이야기만은 아니었다. 그는 폐지론 순회강연을 하도록 장려받았다가, 행사 주최자들이 기대한 만큼 카리스마 넘치는 연사가 아닌 것으로 증명되자 밀려났다. 그의 낭만적인 탈출 이야기도 역시 개인적인 문제탓에 퇴색하고 말았다. 결국 조지 래티머가 아내와 아이들을 버린 것이다. 그의 사례는 북부에서의 인생이 아무것도 보장해 주지 못한다는 증거였다.

여행의 다음 단계를 위해 짐을 싸고 루이스 헤이든의 집에서 출발했을 때—루이스 헤이든 역시 순회강연에서 곤란한 경험을 했고, 무대로 끌어올려졌다가 여행 도중에 버려진 자신의 이야기를 해주었을 수 있다—크래프트 부부는 앞으로 맞이할 수많은 위험에 맞서 각오를 다져야 한다는 걸 알고 있었다. 위험은 무대 위에서도, 무대 아래에서도 존재했다.

활동가의 관점에서, 이 찬란한 젊은 부부가 받은 관심은 노예제도 폐지라는 명분에 안성맞춤이었다. 그러나 도망자들에게는 이런 스포트라이트가 걱정스러운 것도 분명했다. 브라운이 보스턴에서 한 말이 언론을 통해 미국 전역의 저 먼 곳까지 퍼져나가 남부에까지 이르렀기 때문이다.

다시 메이컨

소식은 날개를 달고 퍼져나갔다. 아니, 전보와 철도를 타고 퍼져나갔다고 해야겠다. 그중에는 윌리엄과 엘렌이 혁명적인 여행을 하며 지나온 바로 그 철도도 있었다. 2월 중순의 어느 아침, 콜린스 부부는 잠에서 깨어 지역 신문에 실린 기사 하나를 보았다. 거기에 그들이 있었다. 잘생긴 물라토 남자, 그리고 그보다도 훌륭한 외모를 가진 백인에 가까운 직모의 여자가 최근 조지아주의 주인에게서 도망쳤으며 현재는 이 부부가 보스턴에 있다는 기사였다. 한 점 의혹도 없애려는 듯, 신문에서는 이 노예들이 로버트 콜린스와 아이라 테일러의 소유라고 밝혔다.

〈메이컨 위클리 텔레그래프〉 사무실에서 몇 블록 위, 멀버리가 높은 곳에 있는 저택은 버려진 바느질 작업소와 노예 오두막을 마주 보고 있었다. 이곳에서 콜린스 부부는 신문에 적힌 기사를 마주해야 했다. 도망쳤을 뿐 아니라, 가장 괘씸한 방식으로 도망친 엘렌과도.

엘렌은 백인 남자의 옷을 입고 기차에 탔다. 여행 중이던 낯선 사람이 자신의 장화를 벗기게 했다. "결혼 적령기" 백인 여자의 가슴을 두근거리게 했다. 이 모든 일이 충격적이었다. 게다가 기사에서는 엘렌이 탈출하면서 적극적으로 역할을 수행했다고, 누가 그녀를 데려간 것이 아니라고 분명히 밝혔다. 비록 신문에서는 그녀가 유인당했을 가능성을 열어두었고, 콜린스는 계속해서 윌리엄을 비난했지만 말이다.

문제는 이제부터 무엇을 할 것이냐였다. 행동하는 인간인 로버트 콜린스는 도망자들을 추적해야겠다는 충동을 느꼈을지도 모른다. 그는 크래프트 부부가 보스턴 근처에 있다는 걸 알았고, 보스턴에 친구들이 있었다. 또 그는 이런 종류의 일을 처리할 수 있는 사람들과 관계를 맺고 있었다. 그는 아무 행동도 하지 않으면 재앙에 가까운 결과가 나올 수 있다는 것도 알았다. 콜린스는 질서에 대해 떠들어대는 잔소리꾼이자 규칙과 그에 대한 엄격한 천착이 노예 관리에 필수적이라고 믿는 사람이었다. 나중에 직접 밝혔듯, 그는 엘렌의 성공적인 도주가 다른 노예들에게도 영감을 주리라는 걸 알고 있었다.

질서에 대한 위협은 그의 집안을 넘어 확장되었고, 바로 이런 이유에서 그는 다른 노예 소유자들의 지지를 받을 수 있으리라는 것 또한 알고 있었다. 다름 아닌 그의 입장이 그대로 언론에 나갔다. 크래프트 부부가 〈텔레그래프〉에 실린 바로 그날, 이 신문에서는 병약한 백발의 상원의원 존 C. 캘훈이 쓴 〈미연방 의회 남부 대표자들이 유권자에게 보내는 호소문〉(이하 〈호소문〉)도 실었다. 이 글에서 그는 도망자들의 문제는 개인이나 지역 차원의 문제가 아니라, 기분 나쁜 국가적 위기라고 주장했다.

거의 68세가 된 전직 부통령이자 육군장관 겸 국무장관이었던 캘훈은 지독한 기침에 시달리며 워싱턴의 하숙집에서 혼자 살고 있었다. 그의 아내 플로리드가 수십 년 전 도시를 버리고, 사우스캐롤라이나주에 있는 그들의 목화 플랜테이션을 관리하러 떠났기 때문이었다. 워싱턴에서 그는《정부에 관한 탐구》라는 책을 집필하며, 해외로 갈 예정인 가장 사랑하는 딸 애나를 포함한 아이들을 걱정했고, 플로리드가 점점 뻗어가는 저택에 방을 하나 더 짓지 않았기를 바랐다. 하지만 남부의 의원들을 대표해 쓴 흔들림 없는 굳은 〈호소문〉에서는 그의 개인적 스트레스가 전혀 드러나지 않았다.

지난 몇 달 동안 캘훈을 비롯한 남부인들은 진주호 탈출 실패에 관해 계속 열을 내다가, 동료 의원들이 대담하고도 새로운 반노예제 법안을 발의하자 점점 더 불안해하는 중이었다. 남부인들은 새로운 영토와 그 주도에서 노예제도를 제한하려는 시도에 특히 분노했다. 심지어 새로운 영토에 사는 자유 흑인과 노예들의 투표로 이 문제를 결정하자는 제안까지 있었다. 도망자 문제도 화가 나는 지점이었다. 남부의 의원들은 항의 대회를 열었다. 캘훈의 〈호소문〉이 그 결과였다.

캘훈이 앞장서 표현했듯, 남부 노예 소유자들의 권리는 다름 아닌 헌법에 의해 보호되었다. 미국 헌법은 4조 2항 3절에서, "한 주에서 봉사하거나 노역해야 하는데 다른 주로 도망친 사람은 반환되어야 한다"라고 규정했다. 이런 약속이 없었다면, 남부 건국의 아버지들은 그들을 연방으로 이끈 조약에 절대 서명하지 않았을 것이다. 달리 말해, 노예 소유주의 권리를 보장하지 않았다면 미합중국은 존재하지 않았을 것이다. 이처럼 약속된 권리가 도망자들이 북부로 도망치면서 매일 공격당했다. 이것이 캘훈이 〈호소문〉에서 밝힌 첫 번째 불만이었다. 콜린스 같은 남부인들에게는 큰 울림이 있는 이야기였다.

캘훈이 보기에, 도망 노예의 탈출이나 그들이 반환되지 못한다는 점은 사소한 법 위반이 아니라 남부 노예제도의 종식으로 한 걸음 다가가는 현상이었고, 이는 궁극적으로 그들의 삶의 방식을 끝장내 버릴 터였다. 그는 노예 해방이 빠르게 다가올 것이며, 그보다 더 나쁜 일도 벌어지리라고 경고했다. 투표권으로 권력을 가지게 된 과거의 노예들이 곧 북부와 손을 잡고 남부의 백인을 완전히 종속시키리라는 것이었다.

"간단히 말해, 우리는 그들과 처지를 바꾸게 될 것이다." 캘훈은 그렇게 말했다. "이는 여태껏 자유롭고 개명된 사람들에게 닥친 그 어떤 모욕보다 큰 모욕이자, 우리로서는 탈출할 수 없는 모욕이다. (중략) 우리 자신과 조상들의 집으로부터 도망치고, 우리의 땅을 과거 우리가 부리던 노예들에게 넘겨줌으로써, 이곳은 무질서와 무정부주의, 가난, 비참함, 불행이 영원히 사는 곳이 될 것이다." 남부는 뒤집힌 세상이 되고 말 터였다.

모든 남부인이 캘훈의 불안을 비슷한 정도로 느끼는 것은 아니었다. 어떤 사람이 보기에는 세 차례 대통령 선거에 출마했던 전직 부통령이 너무 과하게 느껴졌다. 그런 사람들은 캘훈을 급진적인 연방 해체주의자로 보고 무시했다. 이상하게도, 이런 혐의는 캘훈이 숙적인 윌리엄 로이드 개리슨과도 공유하는 것이었다. 남부 의원들이 서명한 〈호소문〉 최종판은 어조가 조절되어 있었다. 이 시기에는 노예 주에서든, 자유 주에서든 갈등을 궁극적인 결론인 전쟁까지 밀어붙일 준비가 된 사람이 많지 않았기 때문이다.

로버트 콜린스는 강력한 친연방주의자였다. 그에게는 이데올로기와 정치 외에도 고려해야 할 현실적인 문제들이 있었다. 캘훈이 〈호소문〉에서 생생하게 전한 그대로, 북부의 도망자를 쫓는 일은 값비싸고 지저분한 일일 수 있었다. 심지어 치명적일 수도 있었다. 콜린스는 다른 사람들의 고생을 목격했다. 친구인 S. T. 베일리 대령의 사례가 특히 주목할 만했다.

베일리의 "하인"(그는 자신이 예속 피해를 가한 여성을 그렇게 불렀다)은 베일리와 그의 가족을 따라 버몬트를 여행하던 중 탈출했다. 대령은 그녀를 추적해 잡는 데 성공했지만, 그의 주장에 따르면 그 결과는 핏불처럼 기운 넘치던 폐지론자들에게 쫓겨 세 개의 주를 가로지르는 것이었다. 버몬트로 돌아온 베일리는 납치 혐의로 체포당해 교도소에서 10년을 복역해야 했다. 석방되기는 했지만, 그는 충격에서 벗어나지 못했다. 그가 콜린스를 비롯한 친구들에게 말했듯, 지옥에서 온 악마들도 그를 체포한 패거리처럼 맹렬한 악의를 보이지는 못했을 터였다.

베일리 대령이 힘겨운 싸움을 했다면, 로버트 콜린스의 미래는 그보다 훨씬 나빴다. 베일리 사건은 겨우 5년 전에 일어났지만, 법적으로 보면 그때는 완전히 다른 시대였다. 그사이에 새로운 개인의 자유법이 생겨, 남부인들이 주 경계 바깥에서 예속 피해자들을 다시 잡는 것이 훨씬 어려워졌기 때문이다. 이들은 주 법원 판사와 경찰의 도움을 받지 못했고, 그 지역의 감옥을 이용할 수도 없었다. 더 나아가 보스턴은 폐지론자들이 있는 도시로 악명이 높았다. 콜린스가 엘렌을 추적하려 한다면, 그는 도망 노예 하나 때문에 모든 것을 걸어야 할 터였다. 그것도 개인적으로 최악이던 시기에 말이다.

콜린스는 기업계에 있는 그의 도플갱어 윌리엄 B. 존스턴과 여전히 법적 다툼을 벌이고 있었다. 엘렌을 도망치게 한 것도 이 싸움이었을지 모른다. 1회전에서 패배한 콜린스는 봄에 항소를 준비하고 있었다. 오늘날 가치로 수백만 달러에 해당하는 수십만 달러가 이 소송에 걸려 있었다. 이런 판돈을 생각하면 한 명의 도망 노예가 아무리 가족에게 소중한 존재였고, 아무리 이 상황이 수치스럽다 한들 힘을 쓸 만한 가치가 없었다.

엘렌의 법적 소유주인 일라이자도 이런 결정을 내리는 데 어느 정도 역할을 했을지 모른다. 그녀가 직접 판단을 내렸을 수도 있다. 콜린스는 나중에 "엘렌은 어린 시절부터 집안 하인들 가운데 가장 신뢰받고 가장 믿음직스러운 하인이었으며 그 결과로 우리 가족은 엘렌에게 큰 애착을 느꼈다"라고 말했다. 지난 몇 주, 몇 달 동안 일라이자는 그녀의 욕구를 너무도 전문적으로 돌봐주던 몸종에 대해 별로 아는 게 없었다는 사실을 마주해야 했다. 통행증을 주지 않겠다는 말에 엘렌이 눈물을 흘렸을 때, 일라이자는 거절하고 싶다는 본능에 거슬러 엘렌을 믿어주었으나 그 믿음을 배반당했다.

하지만 어떤 감정을 느꼈건, 어떤 권리를 가졌건, 결국 일라이자 콜린스는 법적으로 그녀가 할 수 있던 행동이자 그녀의 남편이 아니라면 아버지라도 대신해서 해줄 수 있었던 행동을 밀어붙이지 않았다. 그녀는 자신이 예속 피해를 가했던 이복자매를 억지로 반환시키지 않았다. 윌리엄의 예속 가해자 아이라 테일러도 같은 입장이었던 것으로 보인다. 아마 콜린스와 상의한 결과였을 것이다. 의사인 콜린스와 달리 인맥이나 자본을 전혀 갖지 못했던 젊은 남자—그는 윌리엄과 나이가 비슷했다—테일러에게 판돈은 적고 잃을 것은 많았다. 게다가 그는 결혼을 앞두고 있었다. 미래의 신부를 맞이하기 위한 준비가 더 중요했다.

크래프트 부부의 소식은 엘렌의 어머니 마리아에게도 닿은 것이 분명하다. 윌리엄과 엘렌이 탈출한 이후, 그녀를 비롯한 사람들은 대가를 치렀을 수 있다. 크래프트 부부도 그 사실을 잘 알고 있었다. 크래프트 부부를 아는 사람들은 직접적인 처벌을 받거나 고문의 위협을 당하거나, 그게 아니라도 최소한 행동 하나하나에 감시의 눈초리를 받았을 것이다. 통행증은 다시 고려되고, 특권은 빼앗겼을 것이다.

1,600킬로미터 떨어진 곳에서, 엘렌과 윌리엄은 계속 나아갔다. 남겨진 사람들과 의견을 나누거나 예속 가해자들의 의도를 점칠 수 없었던 이들 부부는 계속해서 순회강연을 다니며, 한때 그들을 예속했던 체제를 파괴하기 위해 싸웠다. 그렇게 목숨을 걸었다.

순회

1849년에 강연이란 곧 공연이었다. 전국을 돌며 강연을 펼치는 스타급 인물들이 무대를 장식했다. "위대한 인간"에 관해 말한 랠프 월도 에머슨, "시민 불복종"을 이야기한 헨리 데이비드 소로, 그리고 헌법사를 다룬 매사추세츠주 상원의원 대니얼 웹스터가 모두 이 시기에 활동한 인물이다. 이 세 가지 주제는 모두 같은 계절에 나름의 순회강연을 하며 뉴잉글랜드 전역을 돌아다닌 조지아의 도망자 이야기에도 표현되어 있었다. 그리고 이들에게는 윌리엄 웰스 브라운이 함께했다.

크래프트 부부는 운이 좋았다. 이들이 브라운과 함께 다닌 것은 일반적인 일이 아니었다. 개리슨의 행사 주최자들은 흑인과 백인 강사로 팀을 이루는 것을 좋아했다(보통 백인 연사에게 더 높은 봉급이 주어졌다). 예컨대, 프레더릭 더글러스는 윌리엄 로이드 개리슨과 함께 다니는 식이었다. 다른 면에서도 크래프트 부부가 브라운과 연결된 것은 운 좋은 일이었다. 부부의 친구 브라운은 위대한 연설가일 뿐 아니라 시사 평론과 기금 모금의 전문가였고, 폐지론자들이 다니는 이 길에서 편한 곳은 어디고 위험 지역은 어딘지를 잘 아는 길잡이기도 했다.

겨우 여섯 달 전, 8월의 숨 막히게 더운 날 브라운과 다른 두 연설자는 매사추세츠주 하위치에서 폭도들에게 구타당했다. 젊고 사랑스러운 루시 스톤도 현장에 있었지만 다치지 않고 빠져나왔다. 폭도 중 한 명에게 신사답게 자신을 지켜달라고 요구한 덕분이었다. 그녀는 다른 경우에도 뛰어난 자기방어 능력을 보였다. 누군가가 강연에서 그녀에게 식식대자 스톤은 마주 쏘아붙였다. "다시 식식거려 보세요, 뚱뚱한 분. 이건 수치스러운 사실이고, 식식거려야 마땅한 일이니까요." 그 말에 청중이 웃음을 터뜨렸고, 그 남자는 강당을 빠져나갔다. 그래도 군중은 루시 스톤을 보면 열을 냈다. 백인 여성인 그녀가 브라운 같은 흑인과 같은 무대에 올랐기 때문이다. 브라운은 하위치 근처에는 절대 친구들을 데려가지 않았고, 케이프 코드를 아예 피했다.

대신, 그는 크래프트 부부를 연안에 있는 다른 소금기 어린 장소로 데려갔다. 매사추세츠주 뉴베드퍼드는 고래잡이로 유명했다. 동시에 그곳은 스스로 해방된 사람들의 피난처로도 알려져 있었다. 피난자들은 못 박힌 상자에 들어가거나 퀘이커 교도의 복장을 하거나 기차를 타거나 고구마라 표시된 통에 들어가는 등 온

갓 방식으로 도착했다. 네다섯 살쯤 된 이사벨 화이트라는 이름의 어린이가 바로 그해에 그런 방식으로 혼자 도착했다고 알려져 있었다. 이곳은 노예제도로 헤어진 사랑하는 사람들이 서로를 찾는 곳이자 수많은 사람들이 정착하는 곳이었다. 뉴베드퍼드는 아메리카 원주민과 다양한 인종의 사람들(폴 커프 같은 기업가 겸 활동가), 그리고 남부 태생의 수많은 흑인 등 유색인 공동체가 크게 자리 잡고 있는 곳이었다. 비율만 따지자면 남부 태생 흑인이 뉴욕이나 보스턴 출신보다 많았다.

브라운은 이 마을에 개인적인 애정을 가지고 있었다. 열 살과 열세 살인 그의 두 딸 조세핀과 클래리사가 프레더릭 더글러스를 맞아들였던 활동가 부부와 함께 지난 2년간 이곳에서 지낸 적이 있었기 때문이다. 자신의 작품으로 폐지론자들의 일을 달콤하게 만들어주었다고 알려진, 폴리 존슨이라는 유명한 제과 장인과 그녀의 남편인 출장 요리업자 네이선이 바로 그 활동가들이었다. 브라운의 딸들은 폭신한 스펀지케이크와 부드러운 마카롱, 송아지 발 젤리[39], 설탕을 입힌 배, 레모네이드를 만드느라 달콤한 냄새를 풍기는 이 집에서 살며 공립학교에 다녔다(브라운은 그들을 보스턴에서 키우지 않으려 했다. 그 도시에는 흑인 아이들이 다닐 수 있는 학교가 한 곳밖에 없었기 때문이다).

딸들은 이곳에서 지냈기에 부모의 감정싸움으로부터 보호받을 수 있었다. 브라운 부부의 형편없는 결혼 생활은 두 사람이 물리적

---

39 송아지의 발을 오래 끓여서 천연 젤라틴을 우려낸 뒤, 식혀서 굳힌 고기 육수 젤리.

으로 떨어져 있음에도 걷잡을 수 없이 커지고 있었다. 사실 브라운은 전해 여름에야 딸들이 사는 곳을 아이들의 엄마인 벳시에게 알려주었고, 이들은 그때에야 불편하게 재회했다. 벳시가 데려왔지만 브라운은 절대 자신의 아이라고 인정하지 않은 새로운 딸도 그 자리에 함께 있었다. 브라운에게 뉴베드퍼드에서 딸들을 다시 만나는 것은 또 하나의 귀향이나 마찬가지였다. 여러 가지 이유로 뉴베드퍼드는 새출발을 하기에 적절한 장소였다.

그날 밤에는 엄청나게 많은 군중이 모여들었다. 브라운 덕분이었다. 그가 광고지와 함께 "백인 노예"가 등장한다는 소문을 미리 퍼뜨렸기 때문이다. 이 문구는 브라운이 전에도 사용한 적 있는 아이디어로, 특히 백인 청중에게 연민과 두려움을 동시에 불러일으키도록 계산된 것이었다. 광고는 날씨의 도움을 받아 제대로 먹혔다. 항구가 얼어붙고 실내에 언제까지나 틀어박혀야만 하는 한겨울에 이 행사는 신나는 일을 약속했다. 리버티 홀은 크래프트 부부가 등장하기로 한 시간보다 한참 전부터 혼잡했다. 평소 모이는 흑인 활동가와 유색인, 퀘이커 교도나 다른 동맹만이 아니라 "백인 노예"를 직접 보고 싶어서 찾아온, 폐지론에 대해서는 잘 알지도 못하는 사람들도 있었다.

엘렌이 윌리엄과 함께 앞으로 나서자 사람들은 헛숨을 들이켜며 손가락질했다.

"저 여자가 노예로 잡혀 있었다니, 가능한 일이야?" 놀란 속삭임이 번졌다. 그런 다음, 한 여자가 엘렌에게 물었다. "남부에서는 당신을 '니거'라고 불렀나요?"

"아, 그럼요." 엘렌이 말했다. "다른 이름은 아예 쓰지 않았어요. 다른 이름을 썼다간 제가 교만해질 거라면서요."

윌리엄에게도 빠르게 여러 질문이 나왔다. 예컨대 누군가가 도 강치던 그를 잡으려 했다면 어떻게 했을 것이냐는 질문이 있었다. 윌리엄은 눈에 불길을 담고 대답했다. 어떤 사람들은 그 모습에서 아미스타드호 사건의 신케를 떠올렸다.

"저는 잡혀서 돌아가면 어떻게 되는지 알고 있었습니다." 그가 깊고 안정적인 목소리로 대답했다. "그래서 잡히기 전에 죽거나 죽 이기로 결심했습니다."

그전에는 청중이 단합하지 못했더라도, 크래프트 부부가 이야기 를 마쳤을 때는 상황이 바뀌었다. 이곳에 모인 사람들은 노예제도 의 종식을 지지하기로 결심했다. 더 나아가, 이들은 매사추세츠로 도망쳐 오는 윌리엄과 엘렌 같은 이들에게 "우리가 가지고 있다고 주장하는 생명과 자유, 행복 추구의 권리를 똑같이 보장할 것"을 지지하기로 했다.

굉장한 약속이었다. 구출만이 아니라, 평등한 기회를 주겠다고 한 것이니 말이다. 겨울밤, 완전히 각성한 군중의 호응 속에 결의안 은 만장일치로 통과됐다. 앞으로 여러 마을이 그렇듯 뉴베드퍼드 도 새롭게 타오르며 저항할 준비를 갖추었다.

***

이들은 뉴베드퍼드에서부터 매사추세츠주 전체로 빠르게 이동했다. 킹스턴에서는 손바닥에 낙인이 찍힌 선장과 악수했다. 일곱 명의 예속 피해자들을 배로 도망시키다가 실패한 이후 "노예 도둑"으로 몰려 찍힌 낙인이었다. 이어서 그들은 서쪽으로 스프링필드와 비슷한 위치에 있는, 신발과 가죽 공예가 발달한 마을인 애빙턴으로 갔다가 업튼이라는 친근한 마을로 돌아왔다. 이들의 속도는 빠르고도 흔들림 없었다. 관중은 흘러넘칠 정도로 강당을 가득 채웠고, 열광적인 폐지론자들은 그들에게 계속 움직이라고 강권했다. 여행을 시작하고 일주일 만에 브라운은 윌리엄이 머잖아 자신과 같은 일을 시작할 수 있으리라는 신호를 보냈다. 잠시 후, 폐지론자들은 크래프트 부부가 강연을 이어가게 하자는 결의안을 만장일치로 통과시켰다.

이동하고, 도착하고, 인사하고, 강연하고, 자고, 일어나는 일정이 반복되었다. 크래프트 부부는 어디에서 쉬거나 먹게 될지 모르고 매일 이동했다. 여러 지역을 이동하는 강연 사이에 며칠 이상의 간격이 있었던 적은 없었다. 그들이 이동한 위치를 지도에 그렸다면, 점은 아무 이유 없이 온 사방에서 춤추는 것처럼 보였을 것이다. 하지만 그들의 여행에는 논리가 있었다. 그들이 연설한 모든 곳은 기찻길을 따라서, 혹은 기차역 옆에 있었다. 이번에도 이들의 여행을 규정한 것은 기차였다.

여행은 불안할 수 있었다. 아일랜드계 승객만 탈 수 있도록 제한된 '지미 차'나 '패디 차'[40]는 더 이상 공식적으로 존재하지 않았지만, 철도를 운영하고 기차를 이용하는 뉴잉글랜드 인구의 대다수는 "유색인 여행자"에게 적대적이거나, 그렇지는 않더라도 그들을 경계하는 경향이 있었다. 언젠가 더글러스가 말했다. "피부색에 대한 편견은 남부보다 북부에서 강했다." 더글러스는 이렇게 덧붙였다. "그 편견이 무거운 짐처럼 내 목에 걸려 있다."

때로는 이런 무게가 그들의 강연에도 들어왔다. 매사추세츠 한가운데에 틀어박힌 농업 및 제조업 지역인 노스버로의 꽉 찬 마을 강당에서 윌리엄은―이제 브라운은 아주 짧게만 그를 소개했다― 자신과 엘렌의 탈출에 대한 짜릿한 이야기를 전했고, 이 이야기에 청중은 숨도 못 쉬고 긴장했다. 그때, 노예제도 찬성론자가 앞으로 나와 윌리엄에게 7년 전 조지아주의 주지사 이름을 대라고 했다.

윌리엄은 이런 식의 괴롭힘에 익숙해져 있었지만, 대답할 준비는 되어 있지 않았다. 다행히도 그는 군중의 마음을 얻었고, 누군가가 질문자에게 똑같은 질문을 되돌려주었다. "7년 전 매사추세츠주 주지사는 누구였는데?"

그 남자는 당황했고, 강당은 박수 소리로 울렸다.

이어서 속삭임이 어딘가에 갇힌 바람처럼 그 공간에 불어왔다. "아내가 말하는 것도 듣고 싶은데"라는 속삭임이었다. 엘렌이 나와 그들을 만났다. 이후에는 사람들이 엘렌과 윌리엄을 만져보겠다고 무대로 몰려드는 바람에 거의 광적인 흥분이 일어났다.

이 장면은 다시, 또다시 반복되었다. 다른 강당에서도 박수가 울려 퍼졌고, 모두가 이 유명 인사들 가까이에 오고 싶어 했을 뿐 아

---

40 19세기 미국 철도에서 아일랜드계 이민자들을 따로 태우기 위해 마련한 열차 칸으로, 인종 또는 민족적 배제를 반영한 비공식적인 분리 관행이었다. 'paddy'는 아일랜드인을 비하하는 표현이며, 'jimmy'도 하층 노동자를 경멸적으로 부를 때 사용되었다.

니라 그들을 만져보고 싶어 했다. 겨우 두 달 전에 노예제도에서 탈출한 부부에게, 1,600킬로미터를 이미 여행해 왔으며 자신들의 인생 이야기를 매일 밤 되풀이해야 했던 이들에게는 불안한 동시에 피곤한 일이었을 게 분명하다. 그래도 이들은 멈추지 않고 이동했다.

이들에 대한 소식도 계속 퍼져나갔다. 메인주, 오하이오주, 뉴욕주, 메릴랜드주, 위스콘신주, 루이지애나주, 조지아주까지 말이다. 조지아주의 〈어거스타 데일리 컨스티튜셔널리스트〉에서는 교묘하게도 〈볼티모어 선〉에서 빌려온 "영리하게 해내다"라는 제목으로 엘렌을 인정해 주었다. 이 모든 일이 벌어지는 가운데 폐지론에 반대하고 도망자들을 적대하는 남부의 권력자들은 광기를 더해갔고, 크래프트 부부는 폐지 운동에서 가장 목소리가 큰 사람들의 대열에 공식적으로 합류했다. 의회에서는 남부 사람들이 폐지론자들의 프로파간다와 도망노예법의 허술한 집행에 불만을 표현했고, 메이컨에서는 반폐지론 집회가 법원 앞에서 열렸다. 여기에 참석한 사람 중에는 윌리엄과 엘렌에 대해 공개적으로는 입을 다물고 있던 로버트 콜린스도 있었다.

크래프트 부부가 혼란스러운 시기에 너무 유명해졌기에 어떤 사람들은 그들의 안전을 걱정했다. 크래프트 부부는 그들 나름대로 계속해서 미국 시민권의 힘을 최대한 확장해 가며, 도망자라는 그들의 법적 상태에 저항하고 연설하고 이동했다. 윌리엄과 엘렌은 예속되었을 때 할 수 없던 말과 아무 제약 없는 여행에서 자유와 힘을 느꼈다.

경험과 함께 자신감도 생겼다. 이제 크래프트 부부는 브라운과 나란히 강당에 들어갔다. 다만 이들의 현란한 등장은 짜릿함을 더하기 위해 약간 뒤로 미루어졌다. 2월에는 크래프트 부부가 애비 켈리 포스터, 그리고 그녀의 남편 스티븐과 한 무대에 서서 보기 좋은 4인조가 되었다. 배짱과 아름다움으로 유명한 두 여자가 그들을 지원해 준 남자들 옆에 섰다. 낮이 길어지면서, 그들은 힌엄 같은 항구 마을이나 로웰 같은 방적 공장 도시로 여행했다. 어린 소녀들이 거대한 동력 직기를 이용해 남부에서 온 목화를 천으로 바꾸는 곳이었다.

이들의 목적지 중 다수가 노동자들의 영역이었다. 이런 곳에서 집회에 참여하는 사람들은 흔한 폐지론자의 이미지처럼 머리가 하얗게 센 특권층 지식인이나 퀘이커 교도가 아니었다. 이들은 농장 노동자나 장인 등 나이가 젊고 손으로 일해 먹고사는 남녀였다. 토머스 웬트워스 히긴슨이 회상했듯, 폐지론은 강단이나 대학교보다는 공장이나 신발 가게에서 더 강력했던 민중의 운동이었다. 이 운동은 자기 나름대로 정의를 요구해야 하는 사람들에게 강한 지지를 얻었다. 그의 표현을 빌리자면, "급진주의는 신발 가죽 냄새와 함께 갔다". 운동의 핵심에는 흑인 운동가나 유색인 운동가들이 있었다. 세일럼의 레먼즈처럼 유명한 사람도 그중 하나였다. 크래프트 부부가 방문한 곳에서 흑인 아닌 "유색인"은 수도 적고 현존하는 기록에서도 덜 드러나지만, 이들 역시 쉬지 않고 여행하는 이 부부를 응원했다.

헨리 데이비드 소로는 월든 연못에서 잠시 멈춰 고독을 즐길 시간[41]을 찾았을지 모르지만, 크래프트 부부와 브라운은 수많은 정거장 중 하나였던 콩코드에서도 시간을 끌지 않았다. 대신 이곳에서부터 계속 매사추세츠주의 동부와 중부를 오갔다. 그러다가 4월이 깊어지며 이들은 개리슨, 웬델 필립스와 함께 보스턴의 트레몬트 템플[42]에 등장했다. 이때쯤에는 삼총사를 보고 싶어 하는 사람이 너무 많아서 입장료까지 생겨났다. 폐지론자 회합에서는 드문 일이었다.

다른 곳에서 그랬듯, 이곳에서도 윌리엄은 자신과 엘렌의 모험을 전하며 청중을 흥분시켰다. 그러나 모두가 보고 싶어 하는 사람은 엘렌이었다. 몇 정거장을 더 가서, 조선업이 발전한 바닷가 마을 뉴버리포트에 들어갔을 때는 엘렌이 청중에게 이야기를 전했다.

무려 900명의 열정적인 청중이 엘더 파이크 플레이스라 알려진 코트가의 회당을 압도했다. 이곳은 배와 기찻길에서 몇 블록 떨어진 곳에 틀어박힌 회당이었다. 유명한 조지아의 도망자들을 보고 이야기를 듣고 싶어 하는 사람들이 넘쳐났다. 수많은 이들이 찾아왔다가 입장하지 못하고 돌아가야 했다.

뉴버리포트에서 가난한 어린 시절을 보낸 윌리엄 로이드 개리슨

---

41 헨리 데이비드 소로는 매사추세츠주 콩코르 근교 월든 연못에서 은거하며 《월든》과 《시민 불복종》 등을 쓴 사상가로, 노예제 폐지에 공감했다.

42 1839년 미국 매사추세츠주 보스턴에 세워진 침례교 교회로, 당시로서는 파격적으로 인종, 성별, 계층에 상관없이 누구에게나 공개된 예배 공간이었다. 노예제 폐지 운동이 한창이던 19세기 중반, 이곳은 흑인 연설자와 폐지론자들이 자유롭게 연설할 수 있던 드문 장소였다. 프레더릭 더글러스, 윌리엄 로이드 개리슨, 크래프트 부부 등 주요 연사가 이곳 무대에 섰다.

에게 이곳은 유령들이 사는 곳이었다. 한때 지역 교회에서 강연을 거절당했던 그는 지금까지도 그곳에 강연하러 간 적이 없었다. 반면 윌리엄 웰스 브라운은 마을의 인기인이었다. 평소처럼, 브라운은 군중을 미리 달구어 놓았고 이어 윌리엄 크래프트가 무대에 올랐다. 그러나 그 봄날 밤에 이야기를 전할 사람은 엘렌이었다.

엘렌은 자신만의 스타일로 앞에 나섰다. 그녀의 연설에는 고막을 찢을 듯한 종이나 경적도, 언더그라운드 레일로드의 전설적인 영웅 서사도, 흐느낌이나 지나친 감정도 없었다. 이런 것은 일부 백인 남성 폐지론자들이 자주 사용하는 기법이었다. 그녀는 남편이나 브라운과 달리 짜릿한 모험으로 청중을 숨 가쁘게 흥분시킬 생각도 없었다. 지역 대장장이의 말을 빌리자면, 엘렌은 대신 단순하고도 기교 없는 방식으로 이야기했다. 그러나 바로 이런 말투와 담담한 외양으로, 그녀는 지배적인 규범을 뒤흔들었다.

많은 사람이 엘렌을 백인으로 보았다. 그리고 그렇게 생각한 사람들은 겉보기에는 백인인 이 여성이 흑인 남성을 사랑하기로 했다는 사실을 받아들여야 했다. 인종 간 결혼이 몇 년 전까지만 해도 금지되었던 주에서는 작은 문제가 아니었다. 엘렌은 청중에게 사회적 질서를 고정해 두는 그 모든 범주의 의미에 질문을 던지라고 요구했다. 그 범주가 북부든, 남부든, 흑인이든, 백인이든, 주인이든, 노예든, 남편이든, 아내든 간에 말이다. 엘렌과 윌리엄은 힘을 합쳐 널리 퍼져 있던 인종차별주의적 주장을 뒤집었다. 흑인은 사회악이거나 최선의 경우에도 자선의 대상이며 구원이 필요하다는 주장, 흑인이 백인이 되고 싶어 한다는 주장을 말이다.

엘렌이 이 모임에서 한 말은 대장장이의 짧은 언급밖에 기록되어 있지 않다. 그는 청중이 만족했다고 적시하며, 다음번에 브라운이 올 때는 더 큰 강당이 마련되기를 바란다고 덧붙였다. 그러나 엘렌에게 이 행사는 전환점이 되었다. 이후로, 크래프트 부부는 잠시 여행을 멈추었다. 그 이후로 엘렌은 공개 연설을 그만둔 것으로 보인다.

왜 그랬는지는 알 수 없다. 그녀가—두 윌리엄에 의해—침묵당했다는 주장도 있었고, 그녀가 조용하고 여성적인 중산층의 형태에 잘 맞는다는 일반인의 기대 때문이라는 말도 있었다. 기록에 전해지지 않는 위협 때문일 수도 있다. 혹시 남부에서 나쁜 소식이 들려왔을까? 엘렌은 노예 소유자의 분노가 그녀의 사랑하는 사람들을 찾아갈 수 있는 여러 가지 방법을 너무도 잘 알고 있었고, 한 번도 어머니를 머릿속에서 완전히 지우지 않았다.

그러나 침묵에는 그 나름의 의미가 있을 수 있었다. 엘렌은 그녀만의 것인 고통에 대해 말하지 않기로 선택했다. 낯선 자들이 자제하지 않고 끔찍한 질문을 던지며 그녀의 상처를 더듬지 않도록 말이다. 어쩌면 엘렌은 그냥 신물이 난 걸지도 모른다. 전략적인 선택일 수도 있었다. 엘렌은 삶에서나, 북부로 여행할 때나 반복해서 자신을 드러낸 인물이었다. 그녀는 자신의 해방을 설계하고 실행했으며, 그 길에서 만난 모든 사람을 꾀로 이겼다. 그녀의 침묵은 말할 준비가 되어 있지 않거나 말하기를 금지당한 사람의 침묵이 아니라, 같은 주제에 대한 하나의 변주로 간주될 수 있다. 그녀의 침묵은 일등석 기차를 탔던 것만큼이나 능동적인 저항 행위였을지 모른다.

메이컨에서 기차를 타고 왔을 때 그랬듯, 이번에도 엘렌은 폐지론자들의 무대에 올라 말하고 설명하는 일을 다른 사람들에게 맡기고 청중의 지레짐작이라는 무게에서 힘을 끌어와 목표로 다가가는 추진력으로 활용했다. 과거에는 그 힘으로 북부의 목적지에 도착했고, 지금은 반노예 운동의 불길에 연료를 댔다. 달리 말해, 엘렌은 조지아에서 올 때 그랬듯 침묵을 통해 대세의 힘에 굴레를 씌웠다. 청중은─그녀의 등장에 헛숨을 들이켜고, 그녀의 피부와 머리를 눈여겨보고, 그녀의 손을 잡으면서─더 많은 것을 달라고 소란을 떨지 몰라도, 그녀는 누구에게도 대답하지 않는 자신만의 방식으로 의사소통했다.

**

엘렌이 뉴버리포트에서 자신의 이야기를 전하고 12일이 지난 뒤, 신록이 가득해진 봄에 크래프트 부부는 다시 여행을 시작했다. 그들은 퀸시에서 케임브리지까지, 턴튼에서 럭스버리까지 강당을 꽉꽉 채우다가 한 번 더 뉴베드퍼드에, 사탕으로 가득한 존슨의 집에 도착했다. 이곳에서 출발한 지 3개월 하고도 일주일 만이었다. 이번에 그들은 1,600킬로미터 이상의 거리를 여행했다. 조지아주에서 온 거리와 비슷했다.

크래프트 부부는 브라운이 뉴욕에서 열리는 미국 반노예 협회 연례 모임에 참석하러 떠나면서 마침내 쉴 수 있었다. 지금까지 그들은 오랫동안 쉬어본 경험, 자신들만의 시간을 가져본 경험이 전혀 없었다. 이때의 2주는 그들에게 평생 동안 가장 긴 휴식 시간이었다.

뉴욕 대회는 최상위급 활동가들이 모두 참석하는 전국 무대로서 큰 기회였다. 하지만 최근의 폭동이나 노예제도의 다른 도망자가 납치당한 것을 생각할 때 크래프트 부부에게는 너무 위험한 일로 여겨졌을 것이다. 이 대회에 빠지면서 크래프트 부부는 거물급 폐지론 운동가들을 만날 기회를 놓쳤다. 그러나 이 계절의 가장 큰 개리슨파 행사는 따로 있었다. 크래프트 부부가 스스로 해방된 여섯 명의 스타 중 두 자리를 차지하게 될 블록버스터 행사였다.

여섯

 새로운 사람이 노예제도 폐지 운동의 무대로 성큼성큼 걸어 올라왔다. 그는 길이 90센티미터, 폭 60센티미터, 높이 70센티미터의 상자 안에서 튀어나온 버지니아 사람이었다. 헨리 브라운은 무려 키 173센티미터, 체중 90킬로그램의 몸으로 상자 안에서 무릎을 가슴에 바짝 붙이고 있었다. 냉기를 유지해 줄 것이라고는 물로 꽉 채운 소의 방광뿐이었다. 그렇게 그는 윌리엄과 엘렌이 여행해 온 육상 우편로를 따라 27시간 내내 상자 안에서 이동했다.

 크래프트 부부와 마찬가지로, 헨리 브라운도 어콰이어 크리크를 따라 워싱턴까지 가서 볼티모어를 통과했다. 그런 다음, 그는 하브르 드 그레이스에서 다른 짐들과 함께 던져졌다. 그는 괴로워했다. 상자에는 "취급 주의. 이쪽이 위쪽"이라는 딱지가 붙어 있었으나 그는 뒤집히고 말았다. 한 번은 거의 두 시간이나 뒤집힌 자세로 있었다. 얼굴의 혈관이 손가락처럼 두껍게 부풀어 올랐다. 그는 죽음을 생각했다.

윌리엄 스틸과 함께 필라델피아에서 상자를 수령한 요원 제임스 밀러 맥킴은 자신의 손에 들어온 것이 관일지도 모른다는 생각에 두려웠다. 그러나 브라운은 의기양양하게 밖으로 나왔다. 세례라도 받은 것처럼 젖은 채로, 그는 찬송가를 불렀다. "당신은 미국에서 가장 위대한 사람이오!" 맥킴은 감격해 소리쳤다.

이 가장 위대한 사람이 보스턴의 멜로디언에서 열리는 뉴잉글랜드 반노예 협회의 첫날 밤 모임에서 크래프트 부부와 함께할 터였다. 미국의 혼합 악기(일부는 리드 악기, 일부는 건반 악기였다)의 이름을 딴 멜로디언은 과거에 극장으로 쓰였으며, 성경에 나오는 여왕과 코끼리를 포함한 살아 있는 동물들이 나오는 쇼를 상연했다. (폭우를 뚫고서 이곳에 온) 군중에게는 크래프트 부부와 헨리 브라운이 중요한 구경거리였다. 그러나 폐지론 운동의 전장에 새로 온 이들에게는 우러러볼 강력한 중견 연설자가 있었다. 바로 31세의 예언자이자 혁명가인 프레더릭 더글러스였다.

스스로를 해방시킨 여섯 명이 개회식 날 밤에 무대에 올랐다. 신문에서는 '여섯 도망자'가 나온다고 선언했다(더글러스의 경우는 전 도망자였다. 그는 해외에서 자신의 자유를 샀으니 말이다. 몇몇 개리슨주의자들은 이 사실을 몸값에 타협한 것이라 보고 못마땅하게 여겼다). 크래프트 부부와 헨리 브라운, 윌리엄 웰스 브라운, 왓슨이라는 남자와 프레더릭 더글러스는 함께, 자랑스럽게 우뚝 섰다. 헨리 브라운은 그날 밤 새로운 이름을 얻게 될 터였다. 언제나 영리한 문학가, 윌리엄 웰스 브라운이 그에게 박스라는 이름을 붙여준 것이다. 그래서 그는 곧 헨리 박스 브라운이라는 이름을 쓰게 될 터였다.

다음 날 밤, 대회의 새로운 스타인 크래프트 부부와 브라운은 각자의 이야기를 전했다. 윌리엄 웰스 브라운이 소개한 헨리 박스 브라운은 짜릿한 공감을 이끌어냈고, 귀청이 떨어질 것 같은 외침 속에 강연을 마무리했다. 그런 다음, 더글러스가 윌리엄과 엘렌을 소개했다.

어느새 60번 이상의 강연을 한 뒤라, 윌리엄은 이제 노련한 강연자가 되어 있었다. 그는 부부의 모험담을 유쾌하게 풀어냈다. 그는 엘렌과 늦은 밤 함께 탈출을 준비하던 일, 지나치게 펑퍼짐한 코트 때문에 긴장했던 일, 엘렌이 이런 스타일의 코트는 "원래 제대로 맞지 않아!"라고 말했던 일을 떠올렸다. 그는 엘렌의 경험을 들여와, 엘렌에게 구애했던 짐꾼이 그녀를 도련님이라고 부른 일도 설명했다. 그는 자신이 하인 연기를 너무 완벽하게 해내서, 남부인들이 북부 출신 친구들에게 그를 가리키며 주인과 노예의 관계가 얼마나 훌륭하고 끈끈할 수 있는지 보라고 했다는 말도 했다. 또한 그는 여행 내내 엘렌이 한 번도 용기를 잃지 않았다고 회상했다. 혼자서 하브르 드 그레이스에 내렸을 때는 마음이 꺾일 뻔했지만 말이다.

크래프트 부부가 탈출 방법을 자세히 말하기로 한 것이 더글러스에게는 마음에 들지 않았을지도 모른다. 더글러스는 다른 사람들도 자신과 같은 방법을 사용할 수 있도록 자신의 탈출 방법을 공개하지 않았다. 더글러스를 비롯한 사람들은 앨프리드와 스윙키라는 두 남자의 비극을 너무도 잘 알고 있었다. 그들은 최근에 상자를 통한 탈출에 실패한 사람들이었다. 헨리 브라운의 이야기가 공개되며 그 방법이 노출된 게 틀림없었다(그들은 이동 중에 잡히고 말았다. 다름 아닌 리치먼드 시장이 그들의 상자를 열었다). 그러나 윌리엄이 쩌렁쩌렁한 박수를 받으며 강연을 마무리했을 때는 이런 불쾌함이 전혀 드러나지 않았다.

"굉장한 강연이군요!"

더글러스는 감정이 고조된 군중에게 소리쳤다.

"이 얼마나 대단한 등장입니까!"

그는 이렇게 물었다. "노예들은 행복하게 만족하며 살고 있습니까?" 그렇지 않다는 증거로 그는 자신과 무대에 있는 다른 사람들을 가리켰다. 그들의 탈출은 노예도 "자유인이 될 자격이 있다"라는 증거였다.

군중의 재촉에 따라 헨리 박스 브라운이 무대로 돌아왔다. 그는 처음 상자에서 나왔을 때 부른 찬송가를 불렀다. 〈시편〉 40편의 말씀이 들보 끝까지 퍼져나가며 침묵 속을 자유롭게 흘렀다. "내가 여호와를 기다리고 기다렸더니." 음이 점점 높아지며 "주님을 찬양하라"에서 절정에 이르자 갈채로 공기 자체가 파열되는 것만 같았다.

***

폐지론자들의 분위기는 폭우와 상관없이 열광적이었다. 나중에 웬델 필립스는 이처럼 에너지가 폭발한 것은 스스로를 해방시킨 연설가들 덕분이라며 이렇게 말했다.

"미국인에게 가장 강력한 말을 전달하는 것은 억압에서 영감을 얻어 말하는 노예들, 플랜테이션에서 온 도망 노예들이다."

그는 흥분해 실수한 것이다. 이 모임의 스타 도망자 중 플랜테이션 노동자는 한 명도 없었으니 말이다. 이들은 숙련된 도시 노동자였다. 이 점은 폐지론자들 사이에도 교육이 필요하다는 사실을 보여주는 생략된 세부사항이었다.

한편 프레더릭 더글러스는 전혀 축하할 기분이 아니었다. 그는 머잖아 어느 선동적인 연설에서 자신의 기분을 드러냈고, 이 연설은 크래프트 부부에게 미국에서의 경험을 새롭게 바라볼 틀을 제공했다. "사실을 말하시오." 언젠가 백인 폐지론자가 그렇게 말한 적이 있었다. 그 말은 연설가 개인의 이야기만을 고수하라는 뜻이었다. 그는 이렇게 덧붙였다. "철학은 우리가 처리하겠소." 더글러스는 늘 그랬듯, 사실과 철학을 모두 전달할 준비가 되어 있었다.

더글러스는 검게 굽이치는 머리카락을 세련되게 왼쪽으로 넘기고, 넓게 자리 잡은 눈으로 모든 사람의 시선을(여기에는 카메라의 시선도 포함되었다. 그는 카메라를 받아들이되 절대 미소 짓지는 않았다) 마주 보는 그 용모로 종종 잘생긴 사자 같다고 묘사되었다. 그런 더글러스는 자신이 만나게 될 대부분의 사람보다 훨씬 많은 거리를 이동해 왔다. 그는 메릴랜드주 탤벗 카운티에서 태어났다. 그의 어머니는 예속 피해자였다. 더글러스는 어머니를 무척 기억하고 싶어 했다. 아버지는 백인이었다. 아마 그가 더글러스의 첫 예속 가해자였을 것이다. 그는 19세에 크래프트 부부와 헨리 박스 브라운이 나중에 이용할 철도를 따라 예속에서 도망쳤다. 그 이후로 더글러스는 전 세계에서 강연했다. 미국은 물론 영국과 스코틀랜드, 아일랜드에서도 수천 명에게 연설했다.

이 시기에 축축하고 캄캄한 보스턴에서 그를 만난 사람들은 모르는 사실이었지만, 더글러스는 암울한 시기를 보내고 있었다. 그는 폐가 망가져 있었고 근육통도 느꼈다. 엘렌이 위장했던 것과 비슷한 질병, 즉 염증성 류머티즘에 걸렸던 것이다. 좋지 않았던 것은 그의 신체적 상황만이 아니었다. 더글러스는 개인적으로나 재정적으로도 곤란을 겪고 있었다. 그는 한때의 친구이자 조언자인 윌리엄 로이드 개리슨과 결별의 위기에 처해 있었다.

개리슨은 23세의 더글러스가 성경 구절과 고전적인 웅변, 혁명적인 의견을 뒤섞어 자신만의 설교를 함으로써 낸터킷섬에서 군중을 일으키는 모습을 처음 보고 그야말로 충격을 받았다. 더글러스도 똑같이 감탄했다. 〈해방자〉와 그 신문의 발행인, 아버지에게 버려져 뉴버리포트에서 먹을 것을 찾아 헤매며 어린 시절을 보내고 신발 제작자로서 수련을 받아 어른이 된 뒤에는 인쇄공이자 예속 피해자들을 위한 집 없는 옹호자가 된 개리슨에 대해서 더글러스는 이렇게 말한 적이 있다. "나는 이 신문과 그 편집자를 그냥 좋아한 게 아니다. 사랑했다."

그러나 폐지론 운동의 고집스러운 두 거인은 그 이후 점점 멀어졌다. 특히 더글러스가 영국에서 돌아온 이후로 그랬다. 더글러스는 영국에서 그를 인간으로 보고 받아들이는 다른 세상에 눈을

졌다. 미국으로 돌아온 그는 미국의 폐지론자들에게 점점 더 분노와 환멸, 조바심을 느꼈다. 그들은 너무 천천히 움직였으며, 너무 많은 경우 미묘하게든 아니든 편견을 드러냈다. 심지어 개리슨과 가장 가까운 사람들 중에서도 때때로 인종차별적인 말을 내뱉는 사람들이 있었다.

더글러스가 돌아오고 얼마 지나지 않아 그와 개리슨은 다시 여행길에 올라, 전설적인 서부 순회 연설에서 나란히 노예제에 관한 폭로를 이어갔다. 하지만 그들은 서로 어울리기보다 점점 멀어질 뿐이었다. 더글러스가 자신만의 신문 〈노스 스타〉를 창간한 이후에는 더욱 그랬다. 신문 창간은 더글러스와 그의 사람들이 오래도록 품어온 꿈이었지만 개리슨은 이에 반대했다. 더글러스는 또한 정치 영역을 탐구하기 시작해, 존 브라운이라는 이름의 백인을 포함한 다른 활동가들을 만나기 시작했다. 존 브라운은 훗날 하퍼스 페리에서의 봉기를 주도한 인물이었다. 개리슨과 그의 친구들은 왼뺨을 맞으면 오른뺨까지 내주라는 조언을 했지만, 16세에 전문 "노예 조련사"를 힘으로 이겨버린 더글러스는 위력의 가치를 경험으로 알고 있었다.

둘 모두에게 어려운 봄이었다. 둘 다 아팠고, 개리슨은 최근에 아이를 잃었다. 여섯 살의 찰리가 사망한 것은 아직 아기였던 딸이 죽고 겨우 1년 뒤에 일어난 일이었다. 한편 더글러스는 두 번째 딸을 맞이했고, 현재는 불행한 결혼 생활로 부양해야 할 아이가 다섯 명 있는 상태였다. 재정적으로, 그는 수지타산을 맞추기도 힘든 상태로 신문을 창간하느라 애쓰고 있었다. 그는 영국인 친구 줄리아 그리피스가 도착하면서 도움을 받을 수 있었다. 그녀는 신문 발행과 가사에 도움을 주었다. 그러나 둘의 관계에 대한 소문은 더 큰 피해를 주었다.

더글러스와 개리슨은 각자의 작업에 온몸을 바쳐 무리하게 강연했다. 그러나 둘은 같은 명분을 위해 싸우고 같은 무대에 섰음에도 이데올로기적 충돌을 맞고 있었다. 더글러스가 크래프트 부부로서는 들어본 적 없는 연설을 하면서 이 점이 분명해졌다.

*　*　*

사흘 내내 날씨가 좋지 않았다. 그러나 폐지론자들에게는 불이 밝혀진 새로운 강연장이 있었다. 패뉴일 홀이었다. 이들은 바람 부는 횃대에서 빙빙 도는 인공 메뚜기의 유리 시선을 받으며 다시 한번 모였다. 홀은 팽팽한 긴장감으로 가득했다. 변호사와 의사, 상인, 기계공, 농부, 성직자 등으로 이루어진 다양한 군중이 모여들었다. 노련한 흑인 활동가들과 우울한 개리슨주의자들도 있었지만, 적대적인 젊은 남자들과 발을 구르며 식식대는 사람들도 있었다. 행사의 주최자들에게 경멸당하는 몇몇 고집스러운 미치광이는 말할 것도 없었다.

더글러스는 자연스럽게 모두를 맞이했다. "의장님, 그리고 신사 숙녀 여러분." 그는 울림이 강한 중저음의 목소리를 달구기 시작했다. "패뉴일 홀에서 연설할 때마다 나는 내게 다루고자 하는 주제를 정당하게 다룰 능력이 부족하다고 느낍니다."

대단히 겸손한 소개였다. 더글러스는 미국에서 가장 인기 있는 정치인 중 한 명인 "헨리 클레이 의원님"을 언급하며 연설을 시작했다. 그는 크래프트 부부를 포함해, 이곳에 있는 수많은 사람들의 삶을 언젠가 바꾸어놓을 위대한 외교적 협상을 해낸 것으로 유명한 상원의원이었다. 그 이름만으로도 갈채가 나왔다. 그러나 더글러스의 의도는 응원하려는 게 아니라 겨냥하려는 것이었다.

그는 노예제도 종식에 관한 클레이의 계획에 대해 나름의 관점을 밝혔다. 이 켄터키주 상원의원은 오랫동안 인간 재산을 소유해 왔으며, 동료인 캘훈과는 다른 용어로 노예제도에 대해 이야기했다. 노예제도를 '두 인종 모두에게 크나큰 악'이라고 칭하면서 말이다. 그러나 수많은 다른 사람과 마찬가지로, 클레이 역시 흑인과 백인이 함께하는 미국을 상상하지 못했다. 그의 해결책은 의무적 식민화를 동반한 점진적 해방이었다. 그렇게 하면 미국에서 노예제도가 천천히 체계적으로 사라지고 이 나라에서 예속 피해자들이 제거되리라는 것이었다.

클레이의 계획에 따르면, 1860년 이후로 태어난 모든 아이들은 25세에 해방되어야 했다. 이때부터 그들은 아프리카로 추방당하기 전에 필요한 돈을 벌도록 3년간 일해야 했다. 크래프트 부부 같은 사람에게 이런 계획은 자유를 손 닿을 수 없는 곳으로 밀어내는 것일 뿐 아니라, 그들이 1860년 이후로 낳는 모든 아이들을 추방하는 조치였다. 그동안 예속 가해자들은 원하는 대로 인간 재산을 매각하거나 담보로 잡힐 수 있었다.

더글러스는 이렇게 말했다. "이것이 선량한 헨리 클레이의 계획입니다. 여러분이 너무도 높이 평가하고 존경하는 그 사람 말입니다." 이 말에 식식거리는 소리와 "부끄러운 일이야!"라는 외침이 둘 다 나왔다.

더글러스는 켄터키주에서 뉴욕주로 강연의 방향을 돌렸다. 그는 며칠 전, 자신이 백인인 영국인 여성 두 명과 함께(줄리아 그리피스와 그녀의 자매였을 가능성이 크다) 증기선에서 저녁 식사를 하려고 했다고 말했다. "내 모습과 곱슬머리, 납작한 코는 완전히 잊고 내게 그들이 잡을 팔꿈치와 대단히 허기진 배가 있다는 것만 기억하며" 말이다.

웃음이 다시 강당을 채웠지만, 더글러스가 이어진 소동에 대해 이야기하면서 곧 분위기가 바뀌었다. 그는 서비스를 거부당하고 떠나라는 명령을 받았다. 선장이 남자 너덧 명을 거느리고 나타나자 더글러스는 결국 그곳을 떠나야 했다. 더글러스가 설명했듯 그에게는 코트가 한 벌밖에 없었다. 그는 그 코트가 찢어지는 것을 원하지 않았다. 더글러스는 말하지 않았지만, 다른 사람들은 이미 사건의 배경을 알고 있었다. 더글러스와 그의 친구들이 최근에 서로 팔짱을 끼고 뉴욕의 배터리가를 따라 걷고 있었는데, 그들의 모습을 보고 격분한 백인 남자들이 그들을 공격하고 머리를 때렸다는 사실 말이다.

더글러스는 자신이 그 배를 떠날 때 다른 손님들이 환호했다는 걸 영영 잊지 않았다. 난처해하는 표정을 짓는 사람조차 한 명도 없었다. 그를 응원하는 말은 당연히 없었고, 어느 노예 소유자 여성은 흑인인 더글러스 근처에 있는 것만으로도 겁이 난다며 전형적인 편견을 드러냈다. 그러는 내내, 다른 흑인 남자들이 가까운 곳에서 저녁 시중을 들고 있었는데 말이다.

더글러스가 말했다. "이로써 모든 사정을 알 수 있습니다."

그는 동료 미국인들의 근본적인 위선을 지적했다. 그와 같은 흑인 미국인은 이 나라를 건국하는 데 도움을 주었고, 처음부터 이 나라를 위해 싸웠다. 그런데도 백인이 거둔 것 같은 혜택은 전혀 받지 못했다.

"우리도 여러분이 이 나라와 관계를 맺던 바로 그때에 이 나라와 관계를 맺었습니다." 더글러스는 이렇게 말하며, 필그림이 이 나라에 상륙한 바로 그해에 노예들도 버지니아주 제임스강에 상륙하고 있었음을 지적했다.

"우리는 이 나라를 사랑합니다." 그는 더 나아가 이렇게 선언했다. "우리는 그저 이 나라를 증오하는 자들과 같은 대우를 받기를 요구할 뿐입니다." 이는 "미국의 제도에 대해서나, 미국의 역사에 대해서 전혀 모르는" 최근의 이민자들이 오히려 "이 땅에서 태어난 사람들을 제거하라고 제안하는 뻔뻔함"을 보인다는 데 대한 분노였다.

개인적으로, 더글러스는 미국에 남아 정의를 위해 계속 싸우겠다고 선언했다. 그는 해외에서 편안히 살 수도 있었지만, 이 나라가 바뀔 수 있다고 믿으며 돌아오기로 했다. 최근까지만 해도 인종 간 결혼은 불법이었고 기차는 인종에 따라 분리되어, 유색인들은 짐 크로 차에만 타도록 제한되었다. 더글러스는 보스턴에 처음 도착해 조선소에서 일할 때, 그 자신도 백인들과 함께 식사하기를 망설였다는 기억을 떠올렸다. 백인 중에는 그와 함께 먹기를 거부하는 사람들도 있었다. 그러나 웬델 필립스가 다른 길을 보여주었다. 더글러스의 기억에 따르면, 그는 자기 집에 온 손님들에게 "더글러스와 같은 식탁에 앉고 싶지 않다면 그들끼리 따로 앉아야 한다"라고 말했다.

더글러스는 주장했다. "피부색의 극복 불가능성에 대한 이 모든 이야기는 거짓입니다. 여러분 중에도 분명 그런 관념을 가진 사람이 있습니다. 내가 그 관념을 어떻게 없애는지 알려드리겠습니다. 유색인을 끌어올리고 향상시키고 개명할 만한 일을 시작하십시오. 그러면 여러분의 편견이 사라질 겁니다. 흑인을 인간으로 만들고자 노력하면 노력할수록, 그 사람을 인간으로 생각하게 될 겁니다."

그런 다음, 그는 한마디 더 하겠다며 폭발적인 방향으로 연설을 틀었다.

더글러스는 현재 300만 명의 인간이 미국 정부의 지원 아래 예속 상태에 있다고 말했다. 미국 정부만이 아니라, 노예 봉기가 일어날 경우에 무기를 들어야 할 다름 아닌 보스턴 시민들도 이런 상태를 지지한다고 말했다. 이는 미국 혁명의 정신을 거스르는 일이었다. 이어진 더글러스의 외침은 강당을 뒤흔들었다.

그는 안절부절못하는 뉴잉글랜드 사람들, 혁명가의 아들과 딸들의 머리 위로 우레처럼 소리쳤다. "미국인의 역사를 (중략) 생각했을 때, 만일 내일이라도 남부에서 노예들이 봉기했다는 소식, 그곳을 아름답게 꾸미고 가꾸는 데 동원됐던 검은 팔이 죽음과 파괴를 퍼뜨리는 데 참여하고 있다는 소식이 들리면, 나는 그 소식을 마땅히 환영할 것입니다."

이제는 고함과 화내는 소리가 터져 나왔다. 어느 목격자의 기록에 따르면, 이는 선정적인 일이었다.

"지금 이 순간, 남부는 전쟁 상태입니다." 더글러스가 선언했다. 그는 발을 구르며 고함치는 소리를 누르느라 목소리를 높였다. "노예 소유자들은 억압받는 자들을 상대로 공격적인 전쟁을 벌이고 있습니다. 노예들이 현재 그의 발아래 있습니다."

더글러스는 더 이상 직접적으로 말하지 않았지만, 메시지는 충분히 전달되었다. 봉기의 시간이 왔다. 그의 청중도 느꼈다. 1848년에 전 세계에서 혁명이 일어났고, 북부와 남부의 미국인들은 환호를 질렀다. 그들은 프랑스에서 왕에게 맞서 바리케이드를 쳤다는 말에 축하하며 "공화국 만세!"를 외쳤고, 그보다 먼저 일어났던 프랑스 혁명을 기려 "자유, 평등, 박애"를 외치기도 했다.

더글러스는 이렇게 요구했다. "여러분도 남부에서 밀려오는 물결을, 노예들이 봉기했으며 (중략) 무쇠 같은 심장을 가진 노예 소유자에 맞서 프랑스의 공화주의자들이 왕당파를 대상으로 이룬 것을 이루었다는 사실을 똑같이 기쁘게 맞이해야 하지 않겠습니까?"

대강당은 불협화음으로 가득했다. 자유롭게 태어난 자, 해방된 자, 법적인 예속 피해자 모두가 소란에 삼켜졌다. 그 가운데에 선 더글러스는 크고 분명하게 말했다. 이는 개리슨이나 캘훈이 서로 다른 방식으로 주장한 것처럼 연방이 무너지는 일이 아니었다. 오히려 미국은 새로 만들어져야 했다. 민주주의 정신에 따라, 건국 원칙에 충실하게. 미완의 혁명이 마침내 승리를 거두어야 했다.

***

　보스턴 이후로, 윌리엄 웰스 브라운은 혼자 여행했다. 그에게는 더 큰 계획이 있었다. 메인주와 낸터킷을 포함한 매사추세츠에서 2주 동안 강연하기로 한 것이다. 크래프트 부부는 그를 따라가지 않았다. 아마 그와의 동행을 아주 위험한 일로 여겼을 것이다.

　브라운은 여행을 떠났다가 새로운 소식을 잔뜩 가지고 돌아왔다. 그는 8월에 파리에서 열리는 국제평화회의에 대표로 참석해 달라는 초청을 받았고, 크래프트 부부가 유럽으로 가는 투어에 함께해 주기를 바랐다. 엄청난 사건이었다. 이번의 여행으로 두 사람의 안전이 보장될 터였기 때문이다. 하지만 크래프트 부부는 한 번 더 거절했다. 그들에게 활동가로 사는 것은 의미 있는 일이긴 해도 목표가 아니었다. 그들은 공동체의 정의를 위해 몇 달간 헌신해 왔고, 이제는 정착할 준비가 되어 있었다. 그들은 과거가 깃들어 있지만, 더글러스가 그들 대신 그려준 미래도 있는 나라에서 삶을 일구기로 했다.

　하지만 엘렌은 공적인 삶으로 한발 나아갔다. 브라운이 떠나기 전에 그녀는 자신의 이미지를 남겼다. 이 초상은 그녀의 이복자매이자 예속 가해자인 일라이자의 커다란 유화와 너무도 달랐다. 그 그림에서 일라이자는 찬란한 모습이었다. 그 그림에는 비단옷, 화려한 배경, 미소 짓는 아이와 섬세한 손에 들린 통통한 포도가 있었다. 반면 엘렌의 초상은 남성적이고 현대적이며 기계에 의해 만들어진 것이다. 그녀의 초상은 분주한 워싱턴가에 있는 루서 홀먼 헤일의 은판사진관에서 기계가 찍은 사진이다.

엘렌은 원피스를 입고 그 공간에 들어갔을지는 몰라도, 갈아입을 신사 옷을 가지고 들어갔다. 그녀는 그 옷을 한 겹, 한 겹 걸치며 메이컨의 머나먼 어느 아침에 했던 의식을 재현했다. 엘렌의 머리카락은 그 이후로 아직 완전히 자라지 않았다. 그녀는 곱슬머리 몇 가닥을 잡아당겨 귀 뒤로 넘겼다. 목에는 팔걸이를 걸고 어깨에는 망토를 걸쳐, 장식용 술이 늘어지도록 했다. 습포제는 빼놓았다. 나중에 설명한 대로, 그래서는 사진이 잘 찍히지 않을 테니 말이다.

그녀는 왼손으로 망토의 안감을 만지작거리며 오른손은 자유롭게 두었다. 그래서 팔걸이는 비어 있었다. 그녀가 보여주려는 것은 남성성이지 질병이 아니었다. 단, 안경은 썼다. 그녀는 카메라의 셔터가 닫히기를 기다리는 동안 완벽하게 가만히 앉아 있으면서, 앞을 바라보았다. 숨조차 쉴 수 없는 짧은 순간, 그녀는 여행에서 그랬듯 자세와 태도를 유지했다. 폐지론 운동의 길에 올라 몇 시간, 몇 달씩 그랬던 것처럼.

엘렌은 그 자세를 완전히 익히고 있었다. 이번에도 그 자세는 그녀에게 힘을 주었다. 주머니에 넣을 수 있는 크기로 작아진 그녀의 이미지는 이 손에서 저 손으로 옮겨 다니며 온 세상을 여행할 터였다.

***

7월 16일에는 윌리엄 웰스 브라운을 환송하고 윌리엄 로이드 개리슨을 기리기 위한 파티가 열렸다. 이 행사를 주최한 '유색인 시민'을 대표해, 작가, 역사가, 그리고 최근까지 프레더릭 더글러스의 신문 편집자였던 브라운의 좋은 친구 윌리엄 쿠퍼 넬이 개리슨에게 은주전자를 선물했다. 주전자에는 "내 나라는 세상이고, 내 동포는 온 인류다"라는 그의 신문사 모토가 새겨져 있었다.

이틀 뒤, 엘렌과 윌리엄, 넬은 브라운과 함께 보스턴 항구에 서서 캐나다호라는 증기선을 기다리고 있었다. 브라운이 리버풀로 떠나기 때문이었다. 브라운이 가지고 있는 물건 중에는 그의 책, 영국 사교계에 그를 소개하는 편지, 노예제도를 담은 웅장한 파노라마 스케치가 있었다. 또한 그는 샬럿 브론테의 《제인 에어》와 토머스 맥컬리의 《영국의 역사》를 가지고 있었다. 친구들이 준 작별 선물이었다. 예속에서 풀려난 사람들이 그에게 준 족쇄와 쇠로 된 목줄도 있었다. 마지막으로, 그는 엘렌의 사진 여러 장을 가지고 있었다.

윌리엄은 친구들에게 작별 인사를 했다. 그는 배의 가장자리 너머로, 뜨겁게 번뜩이는 정오의 햇빛 속 백 베이를 바라보았다. 그곳 연안에는 그들에게 행운을 빌어주는 사람들이 높이 든 파라솔이 점점이 찍혀 있었다. 윌리엄이 다른 사람들보다 높이 흰 손수건을 펄럭이는 모습이 언뜻 보였다. 언젠가는 친구들을 다시 보게 되리라는 묘한 예감이 들었다. 그의 상상보다는 훨씬 오랜 시간이 지나야 하겠지만 말이다. 그때 미국을 떠난 것은 브라운에게는 운 좋은 일이었다.

미국

———

1849~1850년

언덕 위의 도시[43]

　　윌리엄과 엘렌이 뉴잉글랜드에 발을 들였을 때는 엘리자베스 피바디가 시내의 잡다한 서점에서 초월주의 철학자들을 불러 모으고, 유토피아 실험이 유행처럼 번지던 이른바 개화기였다. 이런 실험적 공동체는 독서와 사변을 즐기던 브루크 농장 공동체[44]부터 자유연애를 주장한 오나이다 공동체[45], 그리고 금욕 생활을 실

43 언덕 위의 도시(city upon a hill)는 1630년 존 윈스롭이 매사추세츠주 식민지로 향하던 배 위에서 한 설교인 〈기독교적 자선에 대하여〉에서 유래한 표현이다. 그는 자신들과 그들의 공동체가 "세상의 본보기"로서 하나님의 뜻을 실현하는 도덕적 이상향이 되어야 한다고 강조하며, "우리는 언덕 위의 도시가 될 것"이라고 말했다.

44 1841년 매사추세츠에서 창립된 유토피아 실험 공동체. 초월주의자, 교육자, 작가들이 농촌에서 자립적인 지적·노동 공동체를 만들고자 시도했다. 호손도 잠시 참여한 바 있다.

천한 셰이커 교단[46] 같은 더욱 급진적인 집단까지 다양했다.

큰 문학적 결실이 이루어진 시기였다. 크래프트 부부가 도착한 해에 너새니얼 호손은 《주홍 글자》의 초고를 썼다. 한편, 당시 열여덟 살이던 에밀리 디킨슨은 시를 가지고 조숙한 놀이를 하고 있었다. 헨리 데이비드 소로는 〈시민 불복종〉을 출간했고, 허먼 멜빌은 곧 《모비-딕》의 집필을 시작할 터였다. 이 해에는 스스로 해방된 작가 세 명도 책을 출간했다. 그중에는 헨리 박스 브라운도 있었다.

크래프트 부부는 자기 삶의 이야기를 엮어내는 데 집중하고 있었지만, 그 이야기를 쓸 때까지는 아직 시간이 남아 있었다. 그들은 몇 달 동안 끊임없이 이동해 왔다. 지금은 그들이 상상했던 삶을 살 기회였다. 그들이 머물 곳은 보스턴에서도 청교도인 존 윈스롭이 매사추세츠주 연안에 가까워졌을 때 기독교적 자선의 모범 혹은 언덕 위의 도시라 상상했던 곳이었다(그는 이곳에서 예속 가해자 겸 식민지 총독이 되었다).

이때의 보스턴은 냉철한 눈의 에머슨[47]에게 충격을 주었던 한 풍성한 자연과는 거리가 멀었고, 젊은 시절의 루이자 메이 올콧[48]이

---

45 1848년 뉴욕에서 창립된 종교적 공동체. 복합결혼제라 불리는 자유연애 원칙을 따랐고, 모든 구성원이 서로의 배우자 역할을 나누며 자녀 양육과 재산을 공동으로 했다.

46 18세기 후반 영국에서 유래한 기독교 분파로, 독신과 금욕, 노동, 검박, 남녀 평등을 핵심 가치로 삼았다. 몸을 흔들며 기도하는 열정적 예배 형태 때문에 '셰이커'라는 이름이 붙었다.

47 미국의 철학자이자 수필가, 시인인 랠프 월도 에머슨을 말한다.

48 미국 매사추세츠 출신의 소설가. 대표작 〈작은 아씨들〉로 잘 알려져 있다.

인생에서 가장 궁핍했던 시절을 경험한 곳과 비슷했다. 크래프트 부부는 인구 밀도가 높은 바로 그 도시에 들어섰다. 오염된 물의 악취가 부두에서 풍겨왔다. 여름에는 위험한 일이었다. 전 세계적으로 유행병이 기승을 부릴 때는 더욱 그랬다. 콜레라는 보스턴 동쪽의 공동주택을 중심으로 번졌다. 이미 기근으로 약해진 아일랜드계 이민자들이 한 집에 너무 많이 모여 살고, 한 변소를 너무 여럿이 썼기 때문이다. 안전하거나 위생적이라고 하기는 어려웠다. 그해에 콜레라 관련 기사를 작성한 사람들은 자신들이 사는 곳에서 겨우 몇 블록 떨어진 지역의 생활 조건에 충격을 받았다.

윌리엄과 엘렌이 살던 곳도 붐비기는 마찬가지였다. 그러나 둘은 이 사실에서 안도감을 느꼈다. 그들은 보스턴의 흑인 공동체 심장부에 있는, 헤이든 부부의 안전 가옥에서 살았다. 이곳에서 그들은 다른 남부의 피난민들에게 둘러싸여 있었다. 그중에는 사우스캐롤라이나주에서 태어난 19세의 재단사 피터 커스텀, 버지니아주 출신 요리사 해리슨 크로퍼드, 40대에 노인이 되어버린 캐롤라이나주 출신의 상인 윌리엄 그리픈, 그리고 직업은 적혀 있지 않으나 역시 사우스캐롤라이나 출신인 23세의 프랭크 와이즈가 있었다. 아이들은 헤이든 부부의 자녀인 남자아이 한 명과 여자아이 한 명만이 기록되어 있다. 엘렌에게는 친구도 있었다. 집주인인 해리엇 헤이든, 그리고 다른 사람의 집을 청소해 주고 생계비를 버는 젊은 영국계 백인 이민자 브리짓이었다.

안전 가옥 주변이나 보스턴에 사는 흑인 인구의 대략 4분의 1이 남부 태생이었다. 헤이든의 집으로부터 겨우 몇 집 떨어진 곳에는 침례교회가 세워지고 있었는데, 남부에서 피난한 사람들이 교회 건설에 너무 많이 참여했기에 "도망 노예 교회"라는 별명이 붙을 정도였다. 크래프트 부부는 일요일마다 더 멀리, 멜로디언까지 가 급진주의자인 시어도어 파커 목사의 설교가 여러 인종으로 이루어진 수천 명의 신도들을 깨우는 소리를 들었다. 언덕을 넘는다는 것은 위험을 무릅쓴다는 뜻이었다. 아무리 보스턴이라지만 노예제도에서 탈출한 사람이 완전히 편안히 지낼 수는 없었기 때문이다. 그러나 크래프트 부부는 예배를 볼 때든, 다른 선택을 할 때든 두려움으로 자신들의 삶이 규정되게 놔두지 않았다.

윌리엄 웰스 브라운이 영국으로 항해를 떠나자마자 윌리엄은 〈해방자〉에 첫 광고를 냈다(이후 보스턴 전화번호부에도 광고가 나갔다).

윌리엄 크래프트
새 가구, 중고 가구 거래함
보스턴 페더럴가 62번지
참고: 모든 종류의 가구 청소 및 수리합니다.
배달 가능. 언제나 고객 만족.
친구와 대중의 성원을 정중히 부탁드립니다.

윌리엄은 루이스 헤이든의 옷 가게나 다른 흑인 소유 가게들이 있는 케임브리지가가 아니라, 보스턴 커먼[49]의 반대편에 있는 페더럴가에 가게를 열기로 했다. 그의 가게와 멀지 않은 곳에 루이자 메이 올콧의 삼촌이 사는 훌륭한 저택이 있었다. 올콧은 여름의 더위와 전염병을 피해 그 집에 와 있곤 했다.

윌리엄은 대부분의 시간을 고급 가구 제작보다는 판매와 수리에 썼다. 아마 지역의 편견 때문이었을 것이다. 아무튼 그 사업체는 온전히 윌리엄의 것이었다. 숙련된 흑인 노동자들에게 기회가 주어지는 경우가 너무 적은 공동체에서, 윌리엄은 그 가게 덕분에 입지를 마련할 수 있었다(아이러니하게도 윌리엄 같은 장인들은 대부분 남부 출신이었다). 그는 소나무를 잔뜩 주문했고, 머잖아 수요가 너무 많아져 다른 직원을 고용해야 했다.

한편, 엘렌은 조지아주에서 늘 다루던 것보다 묵직한 천을 다루게 되면서 바늘땀을 조정했다. 나아가, 그녀는 지역의 딘이라는 여성에게 실내 천 장식 제작 기술을 배웠다. 그렇게 천은 더욱 두꺼워졌다. 엘렌은 그녀의 집에서 그리 멀지 않은 저택들을 드나들며 일했다. 거리는 가까웠지만, 그런 저택은 샹들리에와 유화, 너그러운 벽난로가 있는 딴 세상이었다. 그곳의 난로에서는 연기가 나는 싸구려 목재가 아니라 잘 마른 장작으로 지핀 불이 활활 타올랐다.

엘렌의 고객 중에는 우아한 옷을 입은 여자가 한 명 있었다. 그녀의 부유한 남편은—인도와 무역을 하는 무역업자 겸 철도 사업가였다—자기 집안 여자들이 입는 옷에 대해 엄격한 취향을 가진 것으로 유명했다. 그는 노예제도 찬성파로도 알려져 있었다. 딸인

---

49 미국에서 가장 오래된 도시공원. 1634년에 공동 목초지로 조성된 이래 군사 훈련장, 공개 처형 장소, 노예 해방 운동 및 반전 시위 등 다양한 역사적 사건의 배경이 되어왔다.

캐롤라인 힐리 돌은 폐지론자였지만. 엘렌의 친구들은 엘렌이 그의 집에 들어갔다간 안전을 위협당할지도 모른다고 걱정했다. 그러나 엘렌은 윌리엄이 그랬듯 움츠러들지 않고 자신 있게 움직였다. 힐리 가족에 대한 그녀의 판단은 결국 옳았다.

날씨는 식어갔고, 다행히 콜레라도 함께 잦아들었다. 크래프트 부부가 사는 곳의 어두운 골목에는 나무 한 그루 없었다. 그러나 보스턴 커먼을 지날 때면, 그곳을 가득 채운 수천 그루의 느릅나무가 황금빛으로 물들어 가는 모습을 볼 수 있었다. 그런 뒤에는 모직 스타킹과 밑창이 두꺼운 장화의 계절이 왔다. 다행히, 부두의 짐마차꾼과는 달리 크래프트 부부가 하는 일은 계절을 타지 않았다.

1849년 가을에서 겨울로 접어들면서, 두 가지 이야기가 마을의 화제가 되었다. 첫 번째는 끔찍한 살인 사건에 관한 이야기였다. 하버드 교수의 잘리고 그을린 뼈와 가슴이 다른 교수의 화학 실험실에서 발견되었다는 이야기였다. 실험실은 윌리엄과 엘렌이 사는 곳과 그리 멀지 않은 곳에 있었다. 슬럼가의 악덕에 대해 아무리 떠들어도—노스 엔드에서의 밤거리 배회나 쥐 싸움[50]에 대해서든, ('매춘의 산'이라 불리던) 비컨 힐 북쪽에서 남자들이 온갖 인종을 막론하고 몸을 흔드는 댄서들을 훔쳐보며 독한 술을 들이켜던 모습에 대해서든—지역의 어떤 범죄 관련 기사도 이 하버드 교수가

---

50 19세기 유럽과 북미의 빈민가에서 성행하던 도박성 오락. 테리어종 개를 풀어 쥐 떼와 싸우게 하고, 그 개가 일정 시간 안에 몇 마리의 쥐를 죽일 수 있는지를 놓고 돈을 걸었다. 동물학대적 요소와 함께 당시 빈곤층의 열악한 삶과 사회적 무질서를 보여주는 사례로 자주 언급된다.

남긴 현장에는 비할 바가 못 되었다.

　부부의 집과 더 가까운 곳에서는—이 사건은 머잖아 허먼 멜빌의 장인인 레뮤얼 쇼에게 재판을 받게 된다—새라 로버츠 사건이 벌어졌다. 새라 로버츠는 다섯 살짜리 아이로 흑인 아이들에게 배정된 유일한 학교에 갈 수 있었는데, 그 학교와 로버츠의 집 사이에는 다른 학교가 다섯 개나 있었다. 인쇄공 겸 활동가인 로버츠의 아버지가 딸아이를 더 가까운 학교에 다니게 해달라고 소송을 걸면서 분리 조치 해제를 위한 싸움이 벌어졌다. 이 싸움은 보스턴과 그 안의 흑인 공동체를 분열시키게 된다.

　두 사건 모두 역사에 기록되었다. 하버드 살인 사건은 "합리적 의심"이라는 유명한 말이 처음 유래된 사건으로, 의심의 여지가 배제되어야 범죄 혐의를 인정할 수 있다는 원칙이 확립되는 계기가 되었다. 새라 로버츠가 학교 감사를 요청했다가 실패한 일은 분리 조치를 합법화한 플레시 대 퍼거슨 사건(1896년)의 선례가 되었지만, 한편으로는 브라운 대 교육부 사건(1954년)에서 나온 주장을 예비한 것이기도 했다. 그 사건에서는 강제적인 분리 조치를 그 자체로 불평등한 것이라고 선언했다. 학생과 살인자가 등장하는 두 사건은 이 시대에 뉴잉글랜드에서 아무리 유토피아주의가 개화했다지만 그곳을 이상적인 세계라 말하기는 어려웠다는 증거다.

　크리스마스가 코앞에 닥쳤기에, 반노예 자선 시장 같은 기대할 만한 축제가 많이 열렸다. 이제는 크래프트 부부가 활기찬 강당에 들어가 자리에 앉을 차례였다. 강연자가 아니라 청중으로서 말이다. 엘렌은 라로이 선딜랜드 목사의 "정신과학적 기적"이 일으킨 최면 효과에 전율을 경험했다. 기록에 따르면, 그녀는 그 기적에 매료되었다고 한다. 한편, 폐지론자 모임에서는 새로 온 피난자들이 무대 중앙에 올랐다. 그중에는 벳시 블레이클리라는 10대 엄마도 있었다. 그녀는 노스캐롤라이나주에서 출발한 증기선을 몰래타고 왔지만, 어쩔 수 없이 아기는 남겨두고 와야 했다.

그때까지도 크래프트 부부에게는 스타로서의 독특한 힘이 있었다. 유명한 스웨덴 소설가 프레드리카 브레머가 보스턴에 방문했을 때, 개리슨은 브레머가 크래프트 부부를 만나도록 주선했다. 브레머에게 이들 부부의 모습은 진정으로 행복해 보였지만, 그녀가 부부와 주고받은 상호작용을 보면 그 이상의 복잡한 문제가 있었음이 드러난다.

브레머는 엘렌에게 왜 예속 가해자들에게서 도망쳤느냐고 물었다. 브레머는 그들이 엘렌을 학대했는지 궁금해했다.

엘렌이 대답했다. "아니요, 그 사람들은 언제나 내게 잘해줬어요. 하지만 인간으로서의 권리를 주지는 않았죠. 그래서 도망친 거예요."

그녀는 이렇게 덧붙였다.

"난 아무것도 배우지 못했어요. 읽는 법도, 쓰는 법도."

엘렌은 자신이 읽고 쓰기에서 상당한 진전을 이루었다는 말도 덧붙였을지 모른다. 인구 조사원들이 이듬해 헤이든의 집에 방문해 집안 사람 중 글을 읽을 줄 모르는 사람이 누구냐고 물었을 때는 남자 한 명만이 문맹자로 기록되었다. 그리고 그 문맹자는 윌리엄이 아니었다. 1년도 채 못 된 과거에 부부는 퀘이커 교도의 집에서 분필과 칠판을 가지고 그림 그리듯 자신의 이름을 쓰는 방법을 배웠다. 그리고 지금은 그들이 쓰는 글자에 좀 더 확신이 들어갔다. 크래프트 부부는 야학에 다닐 계획을 세우고 있었다.

다른 사람들은 윌리엄에게도 물었다. 남부에 방문한 사람들은 그런 일을 한 번도 본 적이 없다고 주장하는데, 어떻게 노예들이 흔하게 매질과 구타를 당한다고 주장할 수 있느냐고.

윌리엄은 영민한 표정으로 미소 지으며 대답했다.

"남들이 보는 앞에서는 아이도 때리지 않죠. 그런 일은 남들이 보지 않을 때 벌어집니다."

브레머는 시인 헨리 워즈워스 롱펠로와 함께 크래프트 부부를 다시 만나게 된다. 롱펠로의 기억에 따르면, 이때 브레머는 남자 옷을 입고 탈출했다는 엘렌의 이야기를 입에 올렸는데 엘렌이 고개를 축 늘어뜨렸다. 롱펠로는 엘렌이 그 이야기를 좋아하지 않는다고, 어떤 사람들은 그 이야기가 충격적이라고 생각한다고 말했다.

시인은 브레머가 이런 고상한 척을 비웃었다고 회상했다. 두 작가는 엘렌에게 그녀가 한 일을 자랑스럽게 여기라고 했다. 하지만 엘렌이 그처럼 자긍심을 드러냈다면 오히려 환영받지 못했을 것이다. 지식인들이 뭐라고 말하든, 그녀는 자신의 미래가 숙녀처럼 행세하는 것에, 또 자랑스럽게 바지를 입는 사람은 남편이라는 점에 달려 있다는 걸 알았다.

아무튼, 크래프트 부부는 지난 한 해를 돌아보며 감정이 북받쳤을 게 분명하다. 그들은 1849년 새해를 필라델피아 바이버리에 있는 퍼비스 가족의 집에 몸을 숨긴 채, 신케와 개리슨의 초상화를 올려다보며 맞이했다. 단, 지금은 그 그림을 보고 상상했던 세상에 살고 있었다. 새로운 삶에서, 크래프트 부부는 랠프 월도 에머슨이 유명한 에세이 〈자립〉에서 정의한 본보기가 되어가고 있었다. 그러나 곧 '시민 불복종'의 시간이 곧 찾아올 터였다.[51]

---

[51] 〈시민 불복종〉은 헨리 데이비드 소로가 1849년에 발표한 수필로, 개인이 도덕적 신념에 반하는 정부의 법률이나 정책에 평화적으로 저항할 권리와 의무가 있음을 주장했다. 이후 간디와 마틴 루서 킹 주니어 등 비폭력 저항 운동의 이론적 토대가 되었다.

타협

　시계가 1850년의 자정을 알리기도 전에 국회의사당에서 소란이 발생했다. 12월, 의회가 개원하면서 결국 하원과 상원의 의원들은 헨리 클레이 상원의원이 "노예제도라는 이 골치 아픈 문제"라고 부른 문제를 놓고 욕설을 하며 몸싸움을 벌이는 지경에 이르렀다.

　이런 일은 미국의 영토가 커지고 국경선이 다시 그어질 때마다 벌어졌다. 노예제도의 미래와 그것이 성장하게 둘 것이냐는 문제에는 폭발성이 있었다. 30년 전, 루이지애나주 매입[52]의 끝물에 하

---

[52] 1803년 미국이 프랑스로부터 미시시피강 서쪽의 광대한 루이지애나 영토를 약 1,500만 달러에 매입한 일이다. 이로 인해 미국은 국토 면적을 거의 두 배로 확장하게 되었으며, 이후 서부 개척과 노예제도의 확대 여부를 둘러싼 갈등이 격화되는 계기가 되었다.

원에서는 미주리주 타협안을 내놓았다. 소위 "위대한 타협"을 이룬 클레이 상원의원이 설계한 이 법안은 크래프트 부부가 건너온 메릴랜드주와 델라웨어주 사이의 마법적인 선인 메이슨 딕슨 선이 북쪽까지 이어지지 않을 것임을 분명히 했다.

그러나 이제는 머나먼 서부에서, 길고 가느다란 영토를 가진 캘리포니아주가 메이슨 딕슨 선에 걸쳐지게 되었다. 캘리포니아주는 반노예제도로 기울어졌고, 뉴멕시코주도 마찬가지였다. 당시에는 노예 주 15개 대 자유 주 15개로 국가의 균형이 이루어지고 있었기에 서부는 이런 평형을 무너뜨릴 위험이 있었다. 노예제도의 이해 당사자들은 그게 무슨 의미인지 잘 알았다. 점점 더 많은 사람들이 아무리 큰 대가를 치르더라도 이 상황에 맞서 싸우기로 맹세했다.

모든 것이 갈등의 원인이었다. 새로운 영토에서의 노예제도만이 아니라 수도에서의 노예무역도 그랬다(이런 노예 무역의 광경은 클레이 자신에게도 혐오스러운 것으로 여겨졌다). 텍사스라는 노예 주(텍사스주는 뉴멕시코주에 눈독을 들이고 있었다)에 둘러쳐진 선도 문제였고, 도망 노예에 대한 충돌도 점점 큰 문제가 되어갔다. 갈등의 불씨는 크래프트 부부 같은, 최근에 탈출한 유명인들 때문에 더욱 크게 타올랐다. 노예 소유자들은 인간 재산을 다시 잡는 것을 헌법적 권리라 여겼으며, 이 권리를 조롱거리로 만드는 도망자와 그 공모자들에게 분노했다. 한편 노예제도 반대파는 크래프트 부부 같은 사람들의 이야기에서 영감을 얻었고, 그들을 다시 잡아가는 일을 범죄로 여겼다.

새해가 오고 얼마 지나지 않아, 남부의 상원의원 두 명이 도망노예법의 갱신을 제안했다. 도망자를 잡는 일을 전례 없는 국가적 의무로 삼기 위한 법이었다. 이어진 몇 달 동안, 이 법안은 수많은 사람들을 머리 아프게 했다. 그런 사람 중 일부는 모두가 또 다른 위대한 타협을 이룰 수 있기를 바랐다.

***

헨리 클레이는 병들어 죽어가는 인물이었지만, 한때 혼란 속에서 국가를 이끌었던 정치 거물 삼인방, 즉 위대한 삼두 정치인 중 한 명이기도 했다. 삼인방은 켄터키주 출신으로 서부를 바라보는 클레이, 남부의 존 C. 캘훈, 뉴잉글랜드의 아들 대니얼 웹스터였다. 이 세 사람은 서로를 싫어했지만, 삼인방으로서의 결속만큼은 깊이 이어졌다. 캘훈은 이렇게 표현했다. "나는 클레이가 싫다. 그는 악당이자 협잡꾼, 사악한 음모를 꾸미는 자다. (중략) 하지만 신을 걸고, 나는 그자를 사랑한다!" 이들은 서로를 아무리 싫어해도 힘을 합치는 법을 배웠다. 적어도 이날까지는 그랬다.

그들은 협력하지 않으면 어떤 일이 일어날지 알고 있었다. 특히 클레이와 웹스터는 정치적 싸움이 개인에게 얼마나 큰 대가를 요구하는지를 뼈저리게 인식하고 있었다. 클레이가 가장 좋아하는 아들이자 그의 이름을 물려받은 아들이 멕시코와의 전쟁에서 전사했고, 웹스터도 아들을 잃었기 때문이다. 아들의 시신이 집에 온 바로 그날, 그는 사랑하는 딸도 매장했다. 세 사람 모두 멕시코 전쟁에 반대해 왔다. 미국의 국경을 또 한 번 확장하는 일이 평화롭게 유지할 수 있는 선을 넘는 것이라고 예상했기 때문이다. 그런데 지금, 미국은 내전을 이야기하고 있었다.

역사적인 어느 겨울날, 미국 상원은 처음 지어질 때 예상했던 것보다 훨씬 많은 수의 상원의원들로 꽉꽉 차 있었다. 클레이가 그 답답한 회의실에서 일어나 입을 열었다. 180센티미터가 넘는 키에 몸이 길쭉한 그는 승리감 어린 미소를 지었다. 그는 여자들이 그와 키스하거나 춤을 추기 위해 줄을 서도록 만드는 강건한 카리스마를 가진 인물이었다고 한다. 켄터키의 매력남은 이제 73세가 된 데다, 8년간 자리를 비웠다가 상원에 돌아온 참이었다. 그는 잠도 제대로 자지 못하고 기침을 하는 등 기진맥진한 모습이었다.

클레이는 켄터키주에서 가장 많은 사람에게 예속 피해를 준 인물 중 하나로, 무려 네 살 때 인간 재산을 상속받았다. 그러나 캘훈과 반대로, 그는 노예제도가 "긍정적 선함"이 아니라 종식되어야 할 악이라고 믿었다. 그가 선호하는 방법은 점진적 해방이었다. 프레더릭 더글러스는 더글러스대로 그 방법을 비웃었고, 동료 노예 소유자들은 그들대로 클레이를 비난했다. 그러니 이날 그가 내놓은 제안은 미국을 위한 타협만이 아니라, 그 자신을 위한 타협이기도 했다.

클레이가 그 법안을 하나하나 읽어나가면서 의회는 조용해졌다. 법안의 내용은 다음과 같았다. 캘리포니아는 노예제에 대한 어떤 제한도 없이 편입될 것이며, 멕시코로부터 양도받은 다른 지역들 역시 마찬가지일 것이다. 텍사스는 뉴멕시코와의 국경 분쟁을 포기하는 대신, 연방 정부로부터 부채 탕감을 받게 될 것이다. 의회는 컬럼비아 특별구에서 노예제를 폐지하지는 않겠지만, 수도에서의 노예 거래는 금지될 것이다.

그러고 나서 가장 짧지만 결정적인 의미를 지닌 결의안이 조용히 통과되었다. 이 결의안은 새로운 타협안을 떠받칠 핵심 조항이었다. 클레이는 "노동이나 봉사에 묶인 사람들의 반환과 인도를 위한 보다 효과적인 조치"를 요구하며, 새로운 도망노예법을 제안했다. 최후의 타협안으로서, 하원에서는 서로 다른 주 사이의 노예 무역에 간섭할 권한을 갖지 못하게 될 터였다.

클레이는 자신이 양측에게 무언가를 내주고 평형을 이루었기를 바랐다. 그러나 그는 말을 마무리하면서 이 타협에 더 많은 판돈을 건 쪽은 남부라고 경고하며 이 교훈을 실감하게 할 극적인 장면을 묘사했다. 그는 남부의 가장 어두운 악몽, 즉 노예 봉기와 반란으로 인한 세계 종말을 상기시켰다. 그는 노예제의 굴레가 너무 빨리, 너무 많이 풀려버리고 입법자들이 행동을 주저한다면 그런 사태가 일어날 수 있다고 경고했다. 그는 북부에 있을 때는 노예제도를 도덕적인 문제로 생각하는 것이 좋아 보이겠지만, 남부인들에게는 노예제도의 미래가 삶과 죽음의 문제라고 말했다. 헨리 클레이 같은 사람들은 그와 같은 예속 가해자들이 숫자로 밀린다는 점을 잘 알고 있었다.

클레이는 여자와 아이들이 활활 타오르는 불길과 떨어지는 서까래 사이에서 비명을 지르는 모습과 불타는 집을 들먹거렸다.

"그게 누구의 집입니까?" 그가 물었다. "그들은 누구의 아내와 아이입니까? 자유 주에 있는 당신들일까요? 아니죠. 당신들은 지금 이 사태를 안전하고 평온한 곳에서 그저 지켜보고 있을 뿐입니다. 하지만 내가 묘사한 격렬한 불길은 노예 주에서 이미 타오르고 있습니다. 당신들이 의도한 것은 아닐지 몰라도, 당신들이 취한 조치의 필연적 결과 때문입니다. 게다가 다른 사람들은 당신들의 본래 의도를 훨씬 넘어서는 방식으로 이런 조치를 추진해 왔습니다."

클레이가 예견한 집은 분열된 집이 아니라 타오르는 집이었다. 이는 개리슨이 상상하라고 했던 것과 같은 이미지였다. 단, 클레이의 예견에서는 힘을 가진 쪽이 흑인이고 가만히 서서 불타는 사람들이 백인이었다. 뒤집힌 세상이었다.

***

클레이의 말은 전보를 타고 아래로는 메이컨, 위로는 보스턴까지 미국 전역에 빠르게 퍼졌다. 보스턴에 있는 헤이든의 집에서 이 소식은 저항에 부닥쳤다. 루이스 헤이든은 켄터키주에서 예속되어 있다가 도망친 인물이었다. 헤이든에게 클레이는 그의 첫 아내인 에스더 하비와 두 사람 사이의 아들을 구매한 사람이었다. 그의 아내와 아이는 클레이의 소유하에 있다가 딥 사우스로 팔려 갔다. 아무도 모르는 곳으로 가족이 팔려 갔다는 사실은 그에게 견딜 수 없는 고통이었다.

헤이든은 엘렌과 윌리엄, 100명 이상의 다인종 연합과 함께 항의 청원에 서명하기로 했다. 그들은 자유 흑인을 가두고 노예가 되도록 팔아버리는 행위를 비롯해, 무엇보다도 남부의 노예 소유자에게 매사추세츠주 땅에서 "도망 노예를 사냥하고 잡도록" 해주는 헌법적 타협에 관한 일련의 불만을 열거한 다음, "아메리카 연방으로부터의 평화로운 탈퇴"를 요구했다.

연방의 해체라는 극단적인 방법을 옹호한 사람은 이들만이 아니었다. 반대편에서 이 불길에 부채질을 한 사람은 소위 "인간으로 태어난 적 없고, 따라서 제거될 수도 없는 것처럼 보이는 무쇠 인간"이자 엘렌의 아버지가 존경한 인물, 존 C. 캘훈이었다.

전해지는 말에 따르면, 캘훈은 생애의 마지막 연설을 하려고 절뚝거리며 상원에 들어갔을 때 이미 죽은 사람처럼 보였다고 한다. 그의 몸은 검은 옷으로 감싸여 있었으며, 머리카락은 회색 철사 같았고, 얼굴은 푹 꺼져 있었다. 눈은 지나치게 형형했다. 그날 그는 목소리를 쓰지 않을 터였다. 대신 그는 남부의 젊은 동료 의원에게 자신의 말을 대독하게 했다.

캘훈은 아무 조치가 취해지지 않으면 연방이 끝장나고 전쟁이 일어날지 모른다고 명시적으로 주장했다. 그는 말로만 그치는 조치는 충분하지 않다며 이렇게 주장했다. "아파서 드러누운 위험한 환자를 살릴 때 의사가 '건강, 건강, 건강을 챙기세요!'라고 외치는 건 아무 소용 없는 일입니다. 마찬가지로, '연방, 연방, 명예로운 연방'이라는 외침도 아무 소용이 없습니다."

연방을 진정으로 사랑한다는 것은 연방을 만든 헌법을 사랑하는 것이고, 헌법을 사랑하는 것은 헌법을 지키며 헌법이 요청하는 고귀한 임무를 수행하는 것이었다. 그런데 과연 고귀한 임무가 이행되었는가? 도망 노예에 대한 대우를 보면 그렇지 않았다. 캘훈은 이들의 위반을 악랄한 현상이라고 불렀다(이 자리에서는 말하지 않았지만, 캘훈은 개인적으로 이런 문제를 잘 알았다. 그의 예속 피해자 중 헥터라는 이름의 남자, 그리고 알렉이라는 이름의 신뢰받던 몸종이 탈출했기 때문이다. 알렉은 잘못된 행위를 교정하기 위한 조치를 피하는 것 말고는 아무 이유도 없이 탈출했다고 전해졌다. 캘훈은 헥터를 쫓도록 했고, 알렉은 잡혀서 감옥에 갇혔다가 채찍형을 당했다).

캘훈에게 타협은 해결이 아니었다. 그가 보기에 남부는 이미 너무 많은 것을 포기했기에 더 이상 넘겨줄 것도 없었다. 이제 연방을 유지하느냐, 마느냐는 전적으로 북부의 손에 달려 있었다. 캘훈은 자세한 내용에 대해서는 모호하게 말했지만, 그 결과에 대해서는 구체적으로 언급했다. 그의 마지막 말이 낮게 울렸다.

"동의할 수 없다면 그렇다고 말하시오." 그가 선포했다. 그렇다면 연방의 여러 주는 평화롭게 갈라설 수 있었다. "평화롭게 이별하고 싶지 않다면 그렇다고 말하시오. 그러면 우리도 무슨 일을 해야 할지 알게 될 것이고, 당신들은 '항복할 것이냐, 저항할 것이냐'라는 새로운 질문을 스스로에게 묻게 될 거요." 그는 침묵을 지키면서 "우리도 당신들의 행위를 통해 당신들의 의도를 추정할 수밖에 없다"라고 경고했다. 캘훈이 소리 내서 말한 적은 없으나 모두가 '전쟁'이라는 단어를 들었다.

***

캘훈의 말은 동부의 해안선과 그 너머까지 이미 활활 타오르던 불에 연료를 더했다. 〈뉴욕 헤럴드〉에서는 "부지불식간에 내전과 살육이 시작될 수 있다"고 보도했다. 심지어 하원의원들조차 보이 칼과 총을 가지고 의사당의 높은 계단을 올랐다. 이제는 그 어느 때보다도 통합의 목소리가 필요했다. 위대한 삼인방 모두 서툴다고 생각한 대통령, 재커리 테일러 장군은 전혀 도움이 되지 않았다.

이때 대니얼 웹스터가 개입했다. 사람들이 캘훈의 마지막 말을 제대로 이해하기도 전에, 매사추세츠주의 이 의원은 자리에서 일어나 목소리를 냈다. 많은 미국인은 그의 말이야말로 연방의 목소리라고 믿었다. "자유, 그리고 연방은 지금도 존재하며 앞으로도 영원히 존재할 것입니다. 단일하게, 분리되지 않고!" 그는 사우스캐롤라이나주 상원의원 로버트 헤인과 토론을 벌이면서 이렇게 소리친 것으로 유명하다. 학교에서는 아이들에게 이 말을 외우도록 가르쳤다.

노예제에 대한 웹스터의 입장은 교묘했다. 그는 같은 당의 반노예 의원들, 이른바 '양심 휘그당(Conscience Whigs)'[53]에는 가담하지 않았다. 그러나 그는 1820년 플리머스 록에서 행한 마법 같은 연설로 깊은 인상을 남겼다. 당시 그는 몸을 떨며 격정적으로 미국

---

53 양심 휘그당(Conscience Whigs)은 1840년대 미국 휘그당 내에서 노예제도를 도덕적·종교적으로 반대한 개혁 성향의 의원들을 일컫는 말이다. 주로 북부 출신 정치인들로 구성되었으며, 노예제 폐지를 지지하거나 최소한 그 확산을 막고자 했다. 이들과 대비되는 집단으로는 '목화 휘그당(Cotton Whigs)'이 있었다.

의 노예무역을 비난했다. 그는 우렁차게 외쳤다. "나는 망치 소리를 듣습니다. 아직도 인간의 팔다리에 채우기 위해 족쇄와 수갑이 만들어지는 용광로의 연기가 보입니다. (중략) 그 자리를 정화합시다!" 그는 이 말을 반복했고, 이 연설 덕분에 '신과 같은 대니얼'이라는 별명을 얻게 되었다.

웹스터는 돈을 내 몇몇 예속 피해자들의 자유를 사준 것으로도 알려져 있었다. 그중에는 모니카 맥카티라는 이름의 유명한 요리사도 있었는데, 그녀는 튀긴 굴과 부드러운 껍질의 게 요리로 오랜 세월 사람들의 기억에 남은 사람으로서 당시 유명한 미식가인 웹스터에게 고용되어 있었다. 웹스터는 헨리 플레전트에게도 500달러를 지급했다. 그는 이것이 '생애 최고의 지출'이라고 말하며 눈물을 흘렸다. 플레전트가 웹스터의 아들과 함께 싸우러 멕시코에 갔다가, 그의 시신을 집으로 되찾아왔기 때문이다.

신과 같은 대니얼은 복잡한 인물이었다. 그는 짙은 피부색 때문에 어린 시절부터 '어둠의 댄'이나 '검은 댄'이라고 불렸다(그의 피부가 엘렌 크래프트보다 검었다는 말도 있다). 이런 별명은 그의 개인적 습관 때문에 붙은 것이기도 했다.

당시 68세이던 이 상원의원은 주위의 이목을 집중시키는 인물로, 머리가 엄청나게 크고 오페라 가수 같은 폐활량과 강타하는 듯한 눈빛을 가지고 있었다. 사생활에 있어서는 그와 캘훈의 역할이 완전히 뒤집혔다는 말도 있었다. 술을 한 방울도 마시지 않는 캘훈은 엄격한 표정을 한 농부의 아들이자 예일대 졸업생으로, 타고난 "청교도"였다. 반면 반면 대니얼 웹스터는 자유분방한 취향을 가

진 카발리에였다.[54]

웹스터는 국회의사당 내에 자신만의 음주 공간을 둔 유일한 상원의원이었다. 그는 정교하게 색칠한 여성의 번쩍이는 가슴 모형을 가지고 다녔다. 그 모형은 화가 새라 굿리지가 준 자화상으로, 웹스터가 아내를 잃고 두 번째 아내를 얻기 전에 화가가 준 선물이었다.

웹스터는 술꾼이며 성적으로 방종하고 돈을 물 쓰듯 쓴다는 소문에 시달렸다. 그해 봄에는 특히 그랬다. 하지만 웹스터는 온갖 소문을 일축해 버렸다. 그렇게 무시당한 사람 중에는 선구자적인 여성 기자도 있었는데, 그녀는 웹스터가 물라토 아이들을 낳았다는 혐의를 제기한 뒤 국회 출입 자격을 잃었다. 하지만 최소한 한 명의 젊은 예속 피해자 남성, 로버트 옌시—나중에 로버트 웹스터라 불린다—는 대니얼 웹스터가 그의 어머니의 자유를 사주었을 뿐 아니라 그녀를 고용했으며, 자신의 생물학적 아버지라고 주장했다.

3월 7일에 연단에 나선 인물은 이처럼 복잡한 인물이었다. 여러모로, 그의 딜레마는 북부가 직면한 양심의 위기를 상징적으로 나타냈다. 웹스터는 개인적으로 노예제도에 반대했으며 노예제도가 종식되어야 한다고 믿었다. 하지만 그 대가로 연방을 희생해야 한다면? 다른 아들을 희생해야 한다면?(그의 남은 아들 플레처는 제

---

54 청교도와 카발리에는 17세기 청교도 혁명(1642~1651년) 당시 대립하던 두 진영의 상징적 인물 유형이다. 청교도는 의회파로, 금욕과 신앙, 도덕적 엄격함을 강조했으며, 종교적 이상을 위해 싸웠다. 반면 카발리에는 왕당파 귀족으로, 명예와 기품, 세련된 취향과 쾌락적 삶을 중시했다.

2차 불런 전투[55]에서 사망했다.)

웹스터의 주장에는 정치적이고 현실적인 계산도 고려되었다. 그는 대통령이 되기를 절실히 원했다. 과연 웹스터는 그 마지막 도전을 위험에 빠뜨릴 수 있을까? 채무자로서, 재정적 생명줄을 위태롭게 하는 게 가능할까? 이런 것은 앞으로 모든 미국인이 맞이할 선택이었으며 결국은 한 가지 질문으로 귀결되었다. "신념을 위해, 다른 지역에서 벌어지는 사건을 위해, 세계의 반대편에 있는 사람들을 위해 어디까지 기꺼이 포기할 수 있는가?"라는 질문 말이다.

그날, 상원의 중앙 연단에 오른 웹스터가 무슨 말을 할지는 아무도 몰랐다. 상원은 상원의원과 그들의 가족, 구경꾼들로 넘쳐나고 있었다. 하원에서는 본 적 없는 풍경이었다. 그중에는 여성도 대단히 많이 포함되어 있었는데, 그들은 부통령의 의자를 둘러싸고 서 있었다. 몇 명은 심지어 의원석에도 앉아 있었다(의원들이 기품 있게 자리를 양보했다).

폐지론 옹호자들은 희망을 품고 기도하는 마음으로 웹스터에게 편지를 썼다. 그들은 웹스터의 말이 미국의 역사를 바꿀 수 있으리라 생각했다. 그러나 웹스터를 친구라 여긴 것은 이들만이 아니었다. 웹스터와 같은 당에 속해 있지만 남부와 관계가 있는 사람들, 웹스터가 개인적으로 빚을 지고 있는 "목화 휘그당"도 그를 친구라 여겼다.

---

55 미국 남북전쟁 중 1862년 8월, 버지니아주의 불런강 근처에서 벌어진 주요 전투. 북군과 남군 사이의 격렬한 전투로, 남군 장군 로버트 E. 리의 지휘 아래 남군이 결정적인 승리를 거두었다.

웹스터는 삼인방 중 다른 두 사람이 할 말을 어느 정도 알고 있었다. 클레이는 웹스터의 친구가 아니었으나, 어느 비 오는 추운 밤에 웹스터를 찾아와 술을 마시고 이야기를 나누었다. 사우스캐롤라이나주 상원의원 캘훈의 경우, 캘훈이 웅변을 하기 이틀 전에 웹스터가 직접 그의 숙소를 찾아갔다. 벤저민 실리먼이 웹스터에게 보낸 편지에 따르면, 그들을 포함한 미국 전체가 나라의 운명의 전환점이 될 수도 있는 연설을 통해 그의 생각을 들으려고 기다리고 있었다. 웹스터는 아들인 플레처에게 고백했듯 불안감에 토할 것만 같았다.

웹스터는 꽉 찬 의사당을 향해 첫 문장을 힘주어 말했다. "나는 오늘 매사추세츠주의 사람도, 북부의 사람도 아닌 미국인으로서, 또한 미합중국 상원의 일원으로서 말하고자 합니다. (중략) 나는 연방의 보존을 옹호합니다."

그는 거의 네 시간 동안 분열의 골을 넘나들며 연설했다. 양쪽에 다 좋은 사람이 있다고 주장하며 균형을 옹호했다. 그는 모든 것을 절대적으로 보는 사람들, 만물을 절대적으로 그르거나 옳은 것으로 보는 극단주의자들을 비판했다. 그는 이렇게 말했다. "이런 사람들은 어떤 하나의 의무를 마치 전쟁터의 말처럼 타고 올라서서, 그 길을 가로막는 다른 모든 의무를 짓밟고 나아가려 듭니다."

웹스터는 이렇게 결론지었다. "그렇게 전쟁이 벌어집니다. 그것도 불의한 전쟁이 말입니다."

이 유명한 헌법의 수호자는 계속해서 남부와 북부 양쪽이 미국을 연방으로 묶어주는 신성한 문서, 즉 헌법의 목표를 존중해야 한다는 임무를 다하지 못하고 있다고 말했다. 우선 그는 남부에 대한 비판부터 시작했다. 그의 말에 따르면, 오래전에는 북부와 남부를 나누지 않고 모두가 노예제도는 잘못된 것이라고 합의할 수 있었다. 가장 저명한 사람들은 모두 노예제도가 미국의 "악이자 마름병, 폭약, 곰팡이, 재앙이자 저주"라고 여겼다. 웹스터가 보는 대로라면, 초기 미국인들은 노예제도가 사악한지 아닌지가 아니라, 이악을 어떻게 처리해야 하느냐를 문제 삼았다.

당시의 해결책은 노예제도에 마감일과 제한을 설정하는 것이었다. 노예제도가 자연스럽게 고사하리라는 가정에서였다. 웹스터는 노예제도라는 단어가 헌법에 포함되어 있지 않다는 점을 지적했다. 이후 미국의 네 번째 대통령이 되었으며 그 자신도 계속 가해자였던 제임스 매디슨이 일부러 그렇게 만들었다. 헌법에는 "도망 노예"가 반환되어야 한다는 말이 적혀 있지 않았다. 대신 "봉사해야 하는 사람들"은 원래 자리로 돌려보내져야 한다고 적혀 있었다.

그러나 목화가 모든 것을 바꾸었다. 남부는 영토와 노예제도의 확장을 탐욕적으로 바라게 되었다. 남부는 루이지애나주 매입에서부터 시작해 텍사스주, 그리고 이제는 멕시코가 양도한 영토에 이르기까지 새로운 땅을 계속 찾아 나섰다. 웹스터는 남부가 사람들 생각보다 훨씬 더 강력했으며, 걸신들린 것처럼 탐욕스러웠다고 말했다.

그러나 웹스터는 남부의 불만에도 정당한 부분이 있다고 생각했다. 이상하고도 뚝뚝 끊기는 속도로, 간신히 들릴 정도의 목소리로, 매사추세츠주 상원의원은 북부의 잘못을 지적하기 시작했다.

이 과정에서 그는 가치관을 절대적으로 명백하게 드러냈다. 그는 연방과 헌법의 수호가 먼저라고 말했다. 남부가 헌법의 정신을 위반했다면, 북부 역시 그 정신에 충실하지 않았다고 했다. 양쪽 모두 잘한 점과 잘못한 점이 있었다.

그중에서도 한 가지 잘못이 두드러졌다. 웹스터는 이 대목에서 자세를 가다듬었다. 그는 이제부터 미국의 역사를 바꿀 말을, 윌리엄과 엘렌을 비롯한 아주 많은 사람의 인생에 영향을 줄 대사를 말할 터였다. 웹스터는 북부인들 중에는 "자유 주로 도망쳐 온 봉사해야 하는 사람들의 반환과 관련해 헌법상의 의무를 온전히 이행하지 않으려는 사람들"이 있다고 말했다.

오해의 여지가 없는 주장이었다. 웹스터는 노골적으로 이렇게 말했다. "그런 면에서는 남부가 옳고 북부가 그르다는 것이 내 판단입니다."

웹스터는 모든 시민은 헌법에 따라 이 의무를 이행해야 한다고 말했다. 그는 동료 북부인들을 향해, 그들에게 헌법을 우회할 어떤 권리가 있느냐고 물었다. 그의 답은 "전혀 없다"는 것이었다. 어느 역사가의 말을 빌리자면, 웹스터가 이렇게 발언한 순간은 미국의 분열을 막은 순간, 혹은 적어도 10년간 분열을 미룬 순간이었을지도 모른다.

웹스터의 커다란 이마가 땀으로 축축해졌다. 그의 눈은 불덩이처럼 보였다. 웹스터는 죽어가는 것처럼 보이는 동료 존 캘훈에게로 시선을 돌리며 증오의 대상이 되는 단어를 말했다.

그가 소리쳤다. "분리라니요! 평화로운 분리라니! 의원님, 당신도, 나도 절대 그런 기적을 보지 못할 겁니다. 이 거대한 나라가 과연 아무런 격동 없이 해체되겠습니까?"

그는 강조해서 말했다. "평화로운 분리 같은 건 없습니다. 없습니다, 의원님! 없다고요! 나는 여러 주의 파열로 이어질 말을 하지 않겠습니다. 그러나 의원님, 나는 하늘의 태양을 보듯 분명히 알고 있습니다. 나는 그 파열이 차마 묘사할 수 없는 전쟁으로 이어질 게 뻔하다는 걸 압니다. 우리의 선조들이, 우리의 아버지와 할아버지들이 우리를 나무라고 꾸짖을 것입니다. 우리의 아이들과 손자들은 우리에게 부끄러운 줄 알라고 소리칠 테고요!"

웹스터는 마지막으로 희망에 불을 붙였다. 그는 간청했다. "이런 어두운 동굴 속에 머무는 대신, 경악스럽고도 끔찍한 모든 것으로 가득한 이념의 손길로 주위를 더듬거리는 대신, 대낮의 빛이 드는 곳으로 나옵시다. 자유와 연방이 주는 신선한 공기를 마십시다." 그는 미국 연방은 다른 어떤 연방과도 다르다고 주장하면서, 국민에게 연방을 지지하는 데 함께해 주기를 촉구했다.

그가 말했다. "역사 내내 미국은 늘 선행을 베풀어왔습니다. 미국은 그 누구의 자유도 짓밟지 않았습니다. 그 어떤 주 정부도 파괴하지 않았습니다. 미국 연방은 일상적으로 자유와 애국주의를 호흡했습니다." 그는 그 어느 때보다도 "이 공화국은 엄청난 넓이로, 아메리카 대륙 전체에 뻗어가는 중"이라고 말했다. "세계의 두 대양이 이 연방의 양쪽 해안에 닿는다"고.

웹스터는《일리아스》에서 호메로스가 묘사한 아킬레우스의 방패[56]를 인용하며 제국주의적 상상을 마무리했다.《일리아스》에서도 아킬레우스의 방패는 "모든 것을 하나로 묶어주는 살아 있는 은(銀)", 곧 바다로 둘러싸여 있는 것으로 묘사된다. 단, 웹스터는 한 가지 사실을 간과하고 말하지 않았다. 온 세상을 둘러싼 광활한 바다가 나오는 이 위대한 예술 작품에서도 방패는 그 방패를 들었던 그리스의 전사를 지켜주지 못했다. 아킬레스는 불멸을 포기했으며, 전쟁을 향해 나아가는 순간에도 자신이 파멸할 것임을 이미 알고 있었다.

＊＊＊

모든 말이 끝나자 의원들과 구경꾼들은 달려나가 기진맥진한 웹스터를 칭찬했다. 많은 사람이 그를 타협이라는 곡조에 맞춰 단결의 노래를 부른 그날의 영웅으로 보았다. 그가 헨리 클레이의 제안에 날개를 달아주었다고 말이다. 신과 같은 대니얼은 여러 곳에서 구원자로 칭송받았다. 시장이 호응하며 가격이 치솟았다. 심지어 존 캘훈조차 웹스터가 한 몇 가지 주장을 대단히 기쁘게 여겼다. 캘훈은 특히 도망 노예에 관한 웹스터의 입장을 반겼다.

웹스터의 지역구에서는 상원의원을 칭송하는 내용의 서한에 지도적인 위치에 있는 시민 800명이 서명했다. 이들은 그가 연방을 구했다고 말했다. 4월에는 5,000명의 추종자들이 보스턴 리비어 하

---

56 아킬레우스의 방패는 고대 그리스 서사시 《일리아스》 제18권에 등장하는 상징적인 무기이다. 대장장이 신 헤파이스토스가 아킬레우스를 위해 만든 이 방패는 단순한 전쟁 도구가 아니라 우주의 질서와 인간 세계를 묘사한 예술 작품으로 그려진다.

우스⁵⁷에서 그에게 환호를 보냈다. 웹스터는 이웃과 지역 사람들에게 나눠주겠다며, 개정한 자신의 연설 원고 1,000부를 개인적으로 주문했다. 그러나 웹스터가 그리 평화로운 상태는 아니었음을 보여주는 다른 징후도 있었다. 동시대의 어떤 인물은 어둠의 댄이 도망 노예에 대해 선언한 다음 하루에 네 시간 이상을 자지 못하고 꿈속에서 시달렸다고 전했다.

다른 사람들도 그를 비난했다. 목화 휘그당이야 기뻐했을지 모르지만, 그의 지역구를 비롯한 여러 지역에서는 더 많은 사람들이 상원의원의 배신을 비난했다. 웬델 필립스가 문제를 제기했듯, "가장 낮은 골짜기에도 부도덕한 정치인을 위한 더 낮은 골짜기가 있다면, 과거의 변절자들은 모두 비켜서서 그 자리를 비우기 바란다. 웹스터가 오는 것을 보고 지옥이 아래에서부터 자리를 옮겨 왔으니"라고 말했다.

패뉴일 홀에서는 반웹스터 모임이 열렸다. 이곳에 모인 사람 중에는 크래프트 부부도 있었다. 엘렌의 이름이 반복적으로 거론되었다. 윌리엄과 엘렌이 전날 밤에 들렀던 집주인이자, 반란을 설교하는 백인인 시어도어 파커는 청중에게 머천트 로우에서 엘렌을 잡으려는 뜨거운 추격전이 벌어지는 모습을 상상해 보라고 했다.

"지친 도망자들이 패뉴일 홀에 몸을 피했는데, 자유의 요람이던 이곳에서 (중략) 사냥개들이 그 사냥감을 잡는다고 생각해 보십시

---

57 19세기 중엽 보스턴에 위치했던 고급 호텔. 정치인, 작가, 상류층 인사들이 모이는 대표적인 사교 공간이었다.

오! 웹스터 의원이 (중략) 그 꼴을 바라보면서 노예 사냥꾼을 응원하고 목숨 걸고 도망치는 도망자를 막아선다고 상상해 보십시오."

하지만 모두의 갈채를 받은 사람은 검은 대니얼 웹스터로 알려진, 뉴욕의 역동적인 젊은 목사 새뮤얼 링골드 워드였다. 스스로를 해방시킨 예속 피해자였던 이 목사는 이미 자유당에서 미국 부통령으로 고려한 적이 있는 데다가 부통령직 후보에 오른 최초의 흑인으로 역사에 기록될 인물이었다. 워드는 "북부의 밀가루 반죽 같은 인간들", 쉽게 허리를 굽히는 자들이라면 "노예정(奴隷政)의 귀족들이 뱉은 침을 핥으며 맛있다고 맹세라도 할" 거라고 맹비난했다.

그날 밤, 워드는 그 자리에 함께한 엘렌에 대해서도 말했다. "엘렌은 이곳에 노예를 잡으러 온 수많은 사람보다도 훨씬 흰 피부를 가지고 있습니다." 그가 혁명을 선언하며 반란을 불렀을 때 터져 나온 갈채는 희열에 가득 차 있었다.

이틀 뒤, 워드는 아프리카 회관에서 동료 "유색인 시민"들에게 시련의 시간에 대비할 것을, 보스턴에서 자유인으로 살고 자유인으로 죽을 것을 촉구했다. 그는 노예 사냥꾼들이 이미 보스턴에 들끓고 있다고 지적했다.

워드의 말이 옳았다. 노예 소유자와 납치범들은 웹스터의 말만으로도 대담해져 북부를 급습했다. 그들의 힘을 처음으로 느낀 사람이 엘렌이었다. 플리머스에서 열린 폐지론 집회에서, 노예 사냥꾼 여섯 명이 그녀를 잡으러 왔다고 한다(그들이 실패했다는 정보 외에 알려진 내용은 없다). 다른 보도에서는 또 다른 메이컨의 노예 사냥꾼이 어슬렁거리고 있다고 했다. 그러나 크래프트 부부가 가장 아슬아슬한 위기를 맞았던 것은 전문적인 사냥꾼 때문이 아니라, 윌리엄의 가게에 들어와 그에게 인사를 건넨 두 명의 돈 많은 신사 때문이었다.

* * *

윌리엄은 형의 예속 가해자를 알아보았다. 키가 크고 여위었으며 백인치고 피부가 검은 아이작 스콧은 어느 친구의 회상에 따르면 에이브러햄 링컨과 놀랍도록 닮은 얼굴이었다. 스콧은 자신을 자수성가형 인물 혹은 아무런 재산도, 교육도 없이 이 세상에서 너무도 잘 살아온 사람이라고 여겼다. 윌리엄의 예속 가해자였던 휴 크래프트와 마찬가지로, 스콧 역시 학교를 중퇴하고 사업가가 된 고아였다. 그러나 크래프트와 달리 그는 목화 중개상이자 은행가, 철도계의 거물로서 한 대담한 결정으로 대체로 승리를 거두었다. 사업은 그를 점점 더 북쪽으로 이끌었다. 미래에 스콧은 가족과 함께 남부를 떠나, 남북전쟁이 끝날 때쯤 증기기관의 도움으로 뉴욕까지 가게 된다. 그러나 당시에 그는 남부의 자랑스러운 연방주의자로 행세하고 있었다.

스콧 옆에는 두 번째 사업가인 조지프 스토리 페이가 서 있었다. 스콧은 애정을 담아 그를 스토리라 불렀다. 강 건너 매사추세츠주 케임브리지에서 태어난 페이는 서배너에서 살았으며 목화로 돈을 벌었다. 그는 예속 가해자이기도 했다. 함께 서 있는 그들은 북부와 남부가 "방적기의 대공"과 "채찍의 대공"으로서 맺고 있는 사업적 이해관계의 선이 가늘고 얇다는 것을 보여주었다.

스콧은 사업가로서 단련된 눈을 가지고 있었다. 그는 메이컨 사람들이 빌이라 알고 있는 남자가 보스턴에 가게를 차려놓고 번창하고 있다는 사실을 분명히 알았을 것이다. 스콧은 말이 별로 없고 호불호가 강하며 원한을 잘 품는 인물로 알려져 있었다. 그는 바로 본론으로 들어갔다.

"윌리엄, 아니, 빌. 네 형의 자유를 사지 않겠어?"

윌리엄은 자신과 여동생보다 먼저 팔려간 마지막 형제인 대장장이 찰스와 다시 만나기를 열망했을 게 분명하다. 그러나 위험도가 너무 높았다. 그는 자신과 엘렌의 안전이 위협받을 수 있다는 것 말고는 아무것도 확신할 수 없었다. 그는 이 남자들을 달래기 위해 할 수 있는 모든 것을 했고, 그들이 떠나자 가게 위치를 옮겼다.

새로운 터는 악취가 나는 물가에, 카운티 교도소 건설이 계획된 곳에 있었다. 하지만 그곳은 헤이든 집안 사람들을 비롯해 그의 편을 들어줄 수 있는 사람들과 가깝기도 했다. 남자들의 방문은 일종의 경고였다. 스콧이 윌리엄을 찾아냈다면, 로버트 콜린스도 그들을 찾을 수 있었기 때문이다. 크래프트 부부는 스콧 일행이 자신들의 예속 가해자와 연관되어 있다고 생각했을지도 모른다. 만일 그랬다면, 이는 옳은 추측이었다. 스콧만이 아니라 페이도 콜린스를 좋은 친구로 여겼다. 그는 크래프트 부부를 감시하기에 좋은 자리에 있기도 했다. 윌리엄을 찾고 알아볼 수 있게 된 지금은 더욱 그랬다.

헨리 박스 브라운도 아슬아슬하게 위기를 벗어났다. "납치 시도!"라는 신문 기사가 실렸다. 브라운은 로드아일랜드주 프로비던스에서 파노라마 극인 〈노예제도의 거울〉을 상연하던 터였다. 흑인의 몸이 사로잡히고 매각되고 고문당하는 생생한 이미지가 담긴 그 파노라마에는 도망치는 엘렌의 사진도 들어 있었다. 그러던 중 브라운은 대낮에 길을 걷다가 한 무리의 남자들에게 둘러싸여 잔인하게 구타당했다. 그들은 브라운을 마차에 태우려 했다. 그러나 브라운은 숫자로 밀렸음에도 공격자들이 상대하기에는 너무 힘이 셌다. 일단 탈출한 다음, 그는 법정에서 반격했다.

뉴잉글랜드의 어느 곳도 안전하지 않았다. 윌리엄과 엘렌은 어떤 선택지가 있는지 헤아려봤을 것이 분명하다. 예컨대, 그들이 처음에 생각했던 목적지는 캐나다의 정착촌이었다. 그러나 크래프트 부부는 이번에도 누군가는 낙관주의라고, 또 누군가는 무모함이라고 부를 만한 태도를 취했다. 그들은 자신들이 쌓아온 삶을 버리지 않고 지금의 자리를 지키기로 했다. 그러는 내내, 클레이가 제안하고 웹스터가 받아들인 타협안이 이 땅의 법이 되지 않기를 기도했다. 하지만 이 도박에서는 그들이 졌다.

문어발 권력

보스턴 커먼에서 대포가 발사되었다. 절제된 포성이 연달아 100번 울리며 1850년 합의의 통과를 알렸다. 이로써 새로운 도망노예법이 통과되었다. 그 소리는 보스턴을 넘어 수 킬로미터 이어지며 부두의 짐마차꾼, 더럽고 축축한 옷을 입은 세탁부, 하버드 교수, 펜대를 쥔 상인, 아기를 돌보는 어머니들에게도 영향을 미쳤다. 누구든 잠시 하던 일을 멈추고 그 소리를 들으며 의아해했을 법하다. 이 소리에 뭔가 의미가 있을까? 만약 있다면, 그들에게는 무슨 의미일까?

타협안은 극심한 분열을 넘어 통과되었다. 노예 소유자였던 대통령이 아니라 뉴욕에서 온 그의 대행이 이 타협안에 서명했다(재커리 테일러는 더운 독립기념일에 얼음을 너무 많이 먹고 열병에 걸려 사망했다. 아니면 콜레라 때문이라는 의심도 있었다). 밀러드 필모어는 북부 출신이었는데도 남부인들의 우려와 달리 폐지론을 선호하지 않았고, 전임자인 대통령보다 타협안을 더 지지하는 입장이었다. 결국 1850년 9월 18일, 그는 타협안에 서명해 이를 법안으로 승인했다. 대통령만이 아니었다. 새뮤얼 링골드 워드가 지적했듯, 의회에는 북부인의 수가 남부인에 비해 훨씬 많았다. 그러므로 이 야만적인 법은 북부 사람들의 손으로 통과된 것이었다.

위대한 삼인방 중 단 한 명도 그 모든 과정을 끝까지 보지는 못했다. 웹스터가 연설하고 한 달도 채 되지 않아 캘훈의 시신이 국회의사당에 눕혀졌다. 클레이와 웹스터 둘 다 상원의 운구자가 되었다. 클레이는 그 이후로 국회의사당을 떠났고, 웹스터도 마찬가지였다. 웹스터는 필모어의 국무장관이 되었으며, 이제는 그 역할에 따라 새로운 도망노예법의 주된 실행자가 되었다.

분노한 듯 귀에 거슬리는 첫 포성은 그 자체로 모두를 꼼짝 못하게 하다가, 대단히 다양한 반응에 길을 내주었다. 연방 사람들, 필모어나 웹스터 같은 자유로운 백인 시민들에게 이 폭발음은 국가가 살아남은 것을 축하하는 북소리였다. 보스턴에서도, 전국 여러 곳에서도 연방의 승리를 자축하는 파티가 열릴 터였다. 포성에 화답하는 건 축배를 들며 유리잔 부딪히는 소리가 될 터였다. 어느 만찬에서는 한 부유한 보스턴 사람이 "보스턴에 오는 첫 번째 도망 노예가 잡혀서 돌려보내지기를!" 바란다고 말했다고 한다. 그러나 다른 사람들에게는 대포의 소리가 그 원래의 목적, 즉 전쟁의 소리와 구분되지 않았다.

새로운 법은 예속 가해자들에게 이브람 X. 켄디가 "문어발 권력"이라 불렀던 것을 주었다. 이 법은 예속 가해자들이 북부로 촉수를 뻗을 수 있게 해주었다. 멀리 떨어진 메이컨에서도 콜린스 같은 사람들이 직접, 혹은 대행을 고용해 다른 주로 길게 팔을 뻗을 수 있었다. 그리고 주의 관료들을 우회해, 마찬가지로 연방에서 임명한 감독관에게 호소할 수도 있었다. 이런 감독관에게는 지나치게 큰 권력이 있었다. 미합중국의 감독관은 콜린스와 확인 증인[58] 두 명의 증언에 따라 크래프트 부부 같은 사람들(혹은 크래프트 부부로 오인된 사람들)을 노예제도로 돌려보낼 수 있었다. 도망자라고 추정되는 사람에게는 증언의 기회가 허락되지 않았다. 감독관은 긍정적인 판결을 받을 때마다 10달러, 받지 못할 때마다 5달러를 벌었다.

도망 노예로 추정되는 사람이 저항할 경우, "합리적인 위력과 제약"이 활용될 수 있었다. 도망 노예를 사냥하기 위한 무장 병력이 활동할 수 있었던 셈이다. 모든 선량한 시민은 다름 아닌 노예 순찰에 참여하라는 요청에 따라야만 했다. 이것이 문어발이 작동하는 원리였다. 도망 노예를 돕는 사람―그들을 숨겨주고, 먹을 것을 주고, 끼어드는 사람―은 최고 6개월의 징역과 1,000달러의 벌금에 더해 탈출한 사람 1인당 1,000달러의 추가 벌금을 물 수 있었다.

문어발 권력은 터무니없게 적용 범위가 넓었다. 이 법은 판사부

---

58 도망노예법에 따라 도망친 노예를 주인에게서 도망친 사람이라고 확인해 주는 증인.

터 일반 시민까지 모든 사람에게 영향을 미쳤다. 남부의 도망자와 노예, 재산으로 지목될 가능성이 있는 모든 사람이 법의 적용 대상이었다. 엘렌의 사례가 모두에게 다시금 일깨웠듯, 법의 영향을 받는 사람이 눈으로 볼 때 흑인인지, 아닌지는 상관없었다. 적법절차도 없었고, "피고"를 위한 배심도 열리지 않았으며, 인신 보호 영장을 요구할 권리도 없었다. 그저 예속 가해자의 주장과 증인의 확인만 있으면 됐다.

미합중국의 모든 흑인은—과거에 노예였든, 자유인으로 태어났든—그 어느 때보다도 큰 위험에 빠졌다. 자기방어를 위한 수단이 전혀 없는 만큼, 어느 흑인이든 납치당해 노예가 될 수 있었다. 이들 개개인은 결국 끔찍한 미래를 계산하고 현재를 결정해야 했다. 이들은 그대로 남거나(숨어서 기다리거나, 싸우거나) 이 나라를 떠나야 했다.

***

흑인들은 보스턴에 올 때만큼 조용하게, 어렵게 얻어낸 소지품을 가지고 사랑하는 사람들과 함께, 또는 혼자서 역사와 긴급성을 등에 지고 '언덕 위의 도시'를 빠져나갔다. 기차를 타고, 걸어서, 마차를 타고. 어떤 사람들은 품에 아기를 안고 있었다. 그 부모들은 자녀가 자신들이 떠나온 세상을 절대 경험하지 않기를 바랐다. 어떤 사람들은 노련한 노인이었고, 또 어떤 사람들은 북부에서 태어난 젊은이였다. 그들은 서둘러 떠났으나 최선의 방어를 갖추었다.

그중 많은 수가 제대로 무장하고 있었다.

대다수의 피난자는 이름도, 사연도 남기지 않았다. 이들이 남긴 건 빈자리뿐이었다. 법안이 통과되고 24시간도 지나지 않아, 시어도어 파커 목사는 30명 이상의 보스턴 흑인이 도시를 떠났다고 알렸다. 머잖아 교회의 장의자는 텅텅 비었다. 소위 도망 노예 교회라는, 레너드 그라임스 목사의 제12교구 침례교회에서 가장 극적인 변화가 일어났다. 이곳에서는 신자의 무려 3분의 1, 즉 60명이 넘는 교구민이 사라졌다. 공동체의 빛나는 가능성을 상징하던 교회 공사장에는 이제 완공되지 않은 예배당만이 남았다. 공사는 무기한 중단되었다. 그 모습은 보스턴에서든, 미국이라는 나라에서든 영원히 끝나지 않은 작업을 상기시키려는 듯 으스스하게 보였다. 다가오는 세월 동안, 2,000명의 피난자가 전례 없는 대규모 탈출을 위해 캐나다로 떠났다.

헤이든의 집에도 선택의 순간이 왔다. 선택을 해야 했던 건 이곳에 피신한 사람만이 아니라 집주인들도 마찬가지였다. 루이스 헤이든은 법적으로 해방된 인물이었다. 그는 최근에야 협상을 통해 그를 예속 상태에서 탈출하도록 도와주고 그 세월 내내 감옥에 갇혀 있던 목사의 보석금을 냈다. 이 협상에 헤이든 자신의 자유도 포함되어 있었다. 그러나 헤이든의 아내 해리엇은 여전히 법에 의한 예속 피해자였다. 그러므로 둘의 자녀들도 마찬가지였다.

헤이든은 이 일의 결론이 어떻게 될지 너무도 잘 알고 있었다. 그는 사랑하는 사람들을 잃은 기억에 시달렸다. 그의 아름다운 "인디언 혼혈" 어머니는 그녀를 산 강간범의 손에 너무도 심한 학대를 경험한 나머지 정신이 나가버렸다. 아들의 기억대로라면, 그녀의 길고 검은 머리칼이 전부 하얗게 변했다. 그녀는 칼로, 밧줄로 자살을 시도했다. 한 번은, 헤이든이 일고여덟 살쯤 되었을 때 그의 어머니가 감옥에서 나왔다. 아이들의 존재가 그녀를 조용하게 하는 데에 도움을 줄 거라는 기대에서였다. 헤이든은 어머니가 자신에게 덤벼들어, "놈들이 절대 널 잡지 못하게 만들어줄게!"라고 말했던 일을 떠올렸다. 어머니는 다시 묶여서 끌려갔다.

헤이든은 이렇게 덧붙였다. "때로 제정신이 돌아온 어머니는 놈들이 저지른 짓을 이야기해 주곤 했다." 공개적으로 드러내지는 않았지만, 그는 이런 사연들을 기억하고 있었다.

윌리엄처럼 헤이든도 형제자매가 한 명, 한 명 팔려 나간 일을 기억하고 있었다. 그 자신도 한 쌍의 짐말과 교환되었다. 그러나 헤이든은 그의 성격에 큰 영향을 준 또 다른 사건도 기억하고 있었다. 그 사건은 지금까지도 그를 지탱해 주고, 그가 현재라는 순간에 새로운 역할을 준비하게 해주었다.

헤이든이 어렸을 때, 라파예트 후작이 마을로 찾아온 적이 있었다. 켄터키에는 축하 분위기가 가득했다. 헤이든은 그곳에서 예속 피해자로 살고 있었다. 모든 사람이 거리에 늘어서서 미국이 가장 좋아하는 프랑스의 전사가 훌륭한 사륜마차를 타고 지나가는 모습을 구경하려 했다. 라파예트는 울타리에 앉아 있던 어린 헤이든 앞을 지나갈 때, 조용히 고개를 숙이고 존중과 그의 인간성에 대한 인정을 담은 인사를 건넸다. 헤이든은 그 순간을 영영 잊지 못했다.

"그 행동이 라파예트 후작의 모습을 내 마음에 새겼다." 헤이든은 이렇게 표현했다. "그래서 나는 누구의 허락도 없이 그 순간을 떠올릴 수 있었다." 기억으로 간직된 라파예트의 행동은 헤이든의 자기 해방에 용기를 불어넣었으며 혁명의 열정에 불을 붙였다. 그는 라파예트 장군이 준 용기를 발판 삼아 보스턴에서 저항하기로, 사람들을 동원해 싸우기로 결심했다.

선택의 순간은 윌리엄과 엘렌에게도 찾아왔다. 이들 역시 이 전쟁에 무엇이 걸려 있으며, 잡혀서 남부로 돌아갈 경우 어떤 잔인한 일이 기다리고 있는지 잘 알았다. 그런 일에는 구타와 낙인, 화형이 포함되었다. 부부에게 이 시기는 고통스러우면서도 즐거운 시간이었다. 몇 달의 고된 노동으로 윌리엄은 연간 700달러의 수입을 벌어들였고, 엘렌의 일도 번창하고 있었던 게 틀림없다. 둘은 벌어들인 돈에서 반노예제도라는 대의명분에 1달러당 25센트를 기부했다. 이렇게 모은 돈을 합치면, 둘은 자체 소득으로 윌리엄의 가게 옆에 작은 집을 마련해 그리로 이사할 수 있었다. 또 둘은 야학에 다닐 생각이었다.

다른 꿈도 파닥이고 있었을지 모른다. 크래프트 부부를 알게 된 스코틀랜드의 폐지론자 일라이자 위그햄이 나중에 말하길, 법이 통과된 바로 그 순간, 크래프트 부부는 출산을 기대하고 있었다. 노예제도하에서 태어난 아이에 관한 다른 백인 활동가들의 주장과 마찬가지로 이 진술 역시 진위가 확인되지는 않는다. 엘렌이 임신하고 있었다고 한들, 그녀도 윌리엄도 그 사실에 대해서는 말하지 않았다. 하지만 너무도 오래 미뤄왔던 꿈이 다시 한번 위험에 빠진 것은 분명했다.

윌리엄과 엘렌은 미국의 소위 '자유의 요람'까지 목숨을 걸고 도망쳐 왔다. 지금까지는 이곳에 로버트 콜린스의 손이 닿지 않았다. 그러나 콜린스에게 문어발 권력이 주어지면서, 크래프트 부부와 그들이 현재든, 미래에든 만들어낼 생명은 평안을 얻을 수 없게 되었다. 그래도 크래프트 부부는 보스턴에 남아서 이동권을 온전히 행사하기로 결심했다. 그들의 의지대로 움직이고, 또한 멈추기로 말이다. 그들은 헤이든 부부를 비롯한 다른 공동체 활동가들과 손을 잡고 새로운 혁명을 선도하는 데 도움을 주기로 했다.

혁명가들

아프리카 회관은 10월의 어두운 밤을 배경으로 빛이 밝혀져 있었다. 〈해방자〉에 따르면, 학교, 교회, 성소로 쓰이며 보스턴 흑인들의 패뉴일 홀이라 알려진 이 건물에는 어마어마한 중앙 홀이 있었고, 그곳에는 도망자와 그들의 친구들이 가득했다.

루이스 헤이든이 오늘 모임을 주관했다. 헤이든의 오른팔인 윌리엄 크래프트는 세 명의 부회장 중 한 명으로 그의 곁에 섰다. 그들 옆에는 앞으로 전개할 운동을 책임질 다른 지도자들도 있었다. 그중 두 명은 맡은 일 때문에 발자취를 남기지 못했지만, 그들의 정의로운 발걸음은 현재까지도 이어지는 선을 남겼다.

윌리엄 쿠퍼 넬과 로버트 모리스는 헤이든과 함께 나름의 '위대한 삼인방' 역할을 했다. 기자이자 역사가인 넬은 앞으로 크래프트 부부나 그들과 비슷한 사람들, 그리고 외부 세계를 연결해 주는 통로가 될 터였다. 그는 자신이 본 것으로 책을 몇 권이나 쓸 수 있었다. 실제로 그는 피곤한 상태로 활동가인 친구에게 서둘러 편지를 쓰곤 했다. 하지만 크래프트 부부의 이야기를 쓸 때는 자기가 한 역할의 흔적을 전혀 남기지 않았다. 이는 그가 다른 사람들의 영웅적 모습이 기억되도록 개인적인 노력을 다하는 과정에서 생겨난 슬픈 아이러니다.

다음은 로버트 모리스였다. 그는 사람들이 그에게 남겨준 신뢰라는 강력한 선물을 다른 이들에게도 전파했다. 이제는 27세의 멋진 양복쟁이가 된 모리스는 원래 웨이터로 일하던 열 세살짜리 아이였다. 그러다가 백인 변호사 엘리스 그레이 로링이 그에게서 특별한 재능을 발견하고, 모리스의 어머니와 협상을 벌여 그를 자기 집에서 일하게 했다. 결국 모리스는 로링을 멘토로 삼아 법을 공부한 끝에 미국 최초의 흑인 변호사 중 한 명이 되었다.

모리스는 자신이 받은 선물을 다른 사람들에게도 주었다. 당시 이제 막 아일랜드에서 배를 타고 온 가난한 소년이 있었다. 아이는 아버지를 잃었고, 사람들은 외부인인 그에게 침을 뱉으며 욕설을 했다(아일랜드인들은 종종 그런 취급을 당했다). 학교에서는 구타당하기도 했다. 예전에 로링이 그랬듯, 모리스는 이 아이에게서 특별한 무언가를 보고 그를 채용해 멘토 역할을 해주었다. 소년의 이름은 패트릭 콜린스였다. 그는 나중에 보스턴 시장이 된다.

모리스와 넬을 비롯한 사람들이 지도자로 서 있던 그 교회에는 앞으로 동원될 보병들도 있었다. 그들은 모든 장의자와 복도를 채우고, 여러 문을 통해 흘러들어왔다. 짐마차꾼과 가정부, 선원과 침모, 작업복을 입은 사람들 혹은 부두의 일꾼들, 노동과 행동을 하는 사람들이었다. 수많은 역사서에서는 종종 그 공을 인정하지 않지만, 목숨을 걸면서 도망자들을 돕고 보호하는 가장 중요하고도 위험한 일을 한 사람들은 이런 "유색인 시민"이었다.

모리스는 선출된 지도자들이 쓴 보고서를 읽어달라는 요청을 받았다. 그 지도자 중에는 윌리엄도 있었다. 이어서 넬이 자리에서 일어나 장엄한 어조로 선언문을 낭독했다. 제목은 〈보스턴 유색인 시민의 신념 선언〉이었다.

"기억하라." 유색인 시민들은 용감하게 선언했다. "신은 모든 인간을 자유롭게 창조했으며 미국의 혁명은 그들의 역사이기도 하다." 이들은 미국 독립을 위해 처음으로 순교한 인물이 1770년 보스턴 대학살에서 총에 맞아 죽은 "유색인" 식민지 주민 크리스푸스 아툭스라고 말했다.

"기억하라." 이들은 "유색인"들이 미국 독립전쟁은 물론 1812년 영국과의 전쟁에서도 열심히 싸웠다고 주장했다. 전쟁이 끝나면, 참전한 모든 사람이 잔치에 초대받을 것이라 믿으면서 말이다.

그들의 외침은 이렇게 이어졌다. "그러나 보라! 백인의 잔칫상이 열리고, 자유를 알리는 종소리가 하늘 높은 곳까지 시끄럽게 울렸으나 유색 미국인은 밖에서 기다리다가 자유의 잔칫상에서 떨어지는 부스러기나 주워 먹어야 했다."

초기의 혁명가들이 외쳤듯, 유색인 시민들은 "자유 아니면 죽음을!"이라고 선언하며 자신들 역시 노예로 사느니 자유인으로 죽겠다고 선포했다. 이들은 저항을 이끌 자유 연맹을 제안하고, 보스턴 시민들에게 패뉴일 홀에서 자신들과 함께하자고 요청했다. 그들이 정말 자유의 어느 쪽에 서 있는지 보여달라고.

그다음에는 개인 연사들이 한 명, 한 명 입을 열었다. 대니얼 웹스터에게는 요리해 주지 않겠다고 한, "출장 요리업계의 천재 왕자" 조슈아 보웬 스미스는 모두에게 콜트 리볼버로 무장하라고 조언했다. 필요하다면 외투를 팔아서라도 총을 사야 한다고. 그러나 가장 신랄한 비판을 한 사람은 민간 의사인 로버트 존슨이었다.

존슨은 어린 시절, 감비아강 변에 있던 집에서 납치당해 미들 패시지의 끔찍함을 견뎌야 했다. 의사인 그는 서아프리카에 있는 고향을 공동체가 살아 있는 곳으로 기억했다. 그가 마지막으로 한 자유로운 행위는 이모와 함께 신선한 무화과를 딴 것이었다. 이후로 그는 다시는 이모를 보지 못했다. 이어서 그는 강당의 여성들에게, 세탁부, 하녀, 호텔과 숙박시설에서 노동하는 모든 사람들에게 말했다. 존슨은 그들에게 남부의 노예 포획자들이나 북부에 있는 그들의 공범을 지속적으로 경계하고 뭐든 비상 상황이 발생할 때에 대비해 달라고 요청했다.

여성들은 기쁘게 그의 말을 듣고 자랑스럽게 확인해 주었다. 그렇게 그들은 보스턴 대법원에서 "나가자! 싸우자!" "멈추지 말자!"라고 노래했다. 그 모습을 본 사람들은 바로 이 여성들이 예속 피해자였던 두 명의 여성을 구하는 데 도움을 준 이들임을 떠올렸다. 모두가 그들의 내면에 당시의 영혼이 생생히 살아 있다고 확언했다.

윌리엄 로이드 개리슨도 일어서서 입을 열었다. 그는 이곳에 와 있는 소수의 백인 활동가 중 한 명이었다. 그는 개인적으로 비저항을 선호한다고 밝히면서도 이곳에 모인 사람들과 그들의 선택을 지지한다고 말했다. 도망노예법의 통과로 새로운 싸움이 시작되었다. 다름 아닌 미국의 독립전쟁과 궤를 같이하는 싸움이었다. 평화주의자와 철학자들이 아무리 노력해도 이런 현실을 부정할 수는 없었다. 개리슨은 성직자들에게 편지를 보내겠다고 약속했다. 그들에게 "나팔처럼 목소리를 높이라"고 요청하겠다고 했다. 그 말을 들은 군중의 환호성으로 서까래가 들썩였다.

이들은 봉기할 것인가? 아무리 보스턴이 자랑스러운 자유의 요람이라지만, 보스턴 시민들이 동료 시민의 곁에 서기 위해 힘과 목소리를 빌려줄 것인가? 그것이 회관의 열기에서 주위의 어둠으로 흘러 들어간 질문이었다.

***

열흘 뒤, 그들은 수천 명씩 부름에 응답했다. 어떻게 세느냐에 따라 3,000명에서 6,000명에 이르는 사람들이 패뉴일 홀을 집어삼켰다. 젊은 사람과 나이 든 사람, 온갖 피부 색깔의 여자와 남자 중 많은 사람이 노동계급 소속임을 보여주는 작업복을 입고 있었다. 숙녀들을 위해 마련된 회랑이 가득 채워지고, 밖에서는 수백 명이 더 찾아왔다가 홀에 들어가지 못하고 떠났다. 그들은 단 하나의 정신처럼 모여든 사회의 '뼈와 근육'이었다. 어느 기자가 그 맥동을 느끼고 감탄했듯, 비슷한 부류의 물방울이 합쳐져 하나가 된 것 같았다. 그곳에는 상당한 수의 유색인 인구가 존재했다. 그들은 이 문제에 자기 목숨이라도 걸린 것처럼 연설에 귀 기울였다.

이날 밤에는 사회적 명성과 지위를 가진 중년 백인 남성들, 즉 저명한 인물들의 모습이 상대적으로 적게 보였다. 그 사실을 언급한 사람은 아이러니하게도 그 부류에 속하는 인물로 〈2년간의 선원 생활〉의 저자인 리처드 헨리 데이너였다. 또한 이 모임을 대표한 사람은 바로 그런 인물인 찰스 프랜시스 애덤스였다. 애덤스는 미국 대통령의 아들이자 또 다른 대통령의 손자였다. 그는 도망노예법을 벼락에 비유하며, 지금은 행동하고 법안을 철폐하고 연대할 시간이라고 선언했다.

이제 사방에서 들려오는 시끄러운 구호로 강당이 흔들리기 시작했다. 그들은 전보를 받고 불려온 위대한 인물이 힘찬 외침을 들려주길 바라며 소리쳤다.

"더글러스! 더글러스!"

프레더릭 더글러스는 로체스터에서 먼 길을 달려왔다. 눈에 띄게 피로해 보였다. 그러나 그는 곧 사람들과 손바닥을 부딪치며 무대까지 길을 뚫고 나왔다.

더글러스는 도망노예법과 그 결과에 대해 말했다. 어떤 악당이든 맹세만 하면 자기가 선택한 사람을 어디서든 붙잡아 족쇄를 채우고 속박으로 돌려보낼 수 있다는 그 터무니없는 생각에 반대했다. 수천 명이 함께 소리쳤다.

"규탄! 규탄!"

더글러스는 보스턴에서조차 느껴지는 두려움에, 다시 잡힌다는 것이 복수를 의미한다는 걸 아는 사람들의 공포심에 호소했다. 그가 설명했듯, 노예 소유자 자신도 자유의 단맛을 본 사람은 절대 다시 이윤을 내는 노예가 될 수 없다는 것을 잘 알고 있었다.

환호성에 말이 끊겼지만, 더글러스는 계속 이어나갔다. "그러므로 노예 소유자들이 노예를 쫓는 것은 그들을 본보기로 삼기 위해서입니다. 노예 역시 반환되면 끔찍한 고문을 당한다는 것을 압니다 (어느 기자는 "장내가 술렁였다"고 적었다). 그러므로 그들은 이렇게 눈물을 흘리며, 어두운 기차를 타고 죽음에서 도망치듯 이 땅을 떠나는 것입니다."

더글러스는 사람들이 연기를 흘려넣어 강제로 빼내려 했음에도 배의 화물칸에 숨어서 꼼짝도 하지 않았던 뉴베드퍼드의 어느 여자에 대해 말했다. 그 여자는 전에도 도망친 적이 있어 잡힐 때의 결과를 알았다. 한 번은 그녀의 예속 가해자가 그녀를 발가벗겨 채찍으로 때린 뒤, 그녀의 등을 소금물로 씻고 오른쪽 귀를 울타리에 못 박았다. 그녀는 괴로워하면서 자기 귀의 바깥쪽을 찢어버렸다.

더글러스는 노예 사냥꾼들이 그 여자를 다시 잡아가도록 놔둘 것이냐고 물었다. 모두 "아니요!"라고 답했다. 더글러스가 한 번 더 질문하자 더 많은 "아니요!"의 함성이 들려왔다.

그러나 한 사람이 "그렇소!"라고 말하는 소리도 들렸다. 어느 기자가 "그렇소, 폐지되기 전까지 법은 지켜져야 합니다!"라고 소리친 것이다.

즉시, 흠 한 점 없는 옷을 입은 흑인 남자가 그의 앞을 막아섰다.

덩치는 작지만 곧게 서서 커 보이는 사람이었다. 그는 기자를 빤히 바라보았다. 기세에 눌린 기자가 물었다.

"젊은이, 내가 알기로 자네는 엘리스 그레이 로링 씨의 심부름 꾼일 텐데?"

"아니요"가 대답이었다. "나는 로버트 모리스입니다. 변호사이자 치안판사." 그 이후로 더 이상 "그렇소"라는 소리는 들려오지 않았다. 더글러스가 노예제도로 돌아가느니 죽겠다는 사람들의 결심을 선언하자 환호성은 더욱 달아올랐다.

"찬성!" 그들은 소리쳤다. "대찬성!"

더글러스는 이 법안을 지지한다면 "보스턴의 거리에 무고한 자들의 피가 흘러넘치는 꼴을 볼 마음의 준비를 하라"고 경고했다. "다른 어떤 나라에서도 목격한 적 없는 괴로움"을 보는 것, "노예사냥꾼이 사슬을 짊어진 노예를 끌고 가거나 (중략) 당신 동네에서 살해당하는 모습"을 보게 되는 상황에 대비해야 한다고.

더글러스가 유혈 사태를 언급함으로써 야유와 고함을 들었던 지난 5월의 멜로디언과는 상황이 한참 달라졌다. 이제, 그는 우레 같은 갈채를 연달아 받는 새로운 혁명 영웅이었다. 더글러스가 분명히 밝혔듯, 행동할 시간이 왔다.

어떤 행동이 필요할까? 모두의 마음속에 타오르는 질문은 바로 그것이었다. 안전과 경계를 위한 위원회(일명 경계 위원회)⁵⁹가 소집되었지만, 그 위원회의 입장은 느슨하고도 일반적이었다. 접점이 별로 없는 수많은 사람을 한데 모은 곳이었기 때문이다. 벌써부터 긴장이 느껴졌다. 세일럼의 흑인 활동가인 찰스 레녹스 레먼드 같은 사람들은 더 강경한 노선을 요구했다.

레먼드의 입장은 그날 밤이 끝날 무렵, 보스턴 트레몬트 스트리트 교회의 침례교 목사이자 백인 폐지론자 너새니얼 콜버를 통해 지지를 얻었다. 목사는 이렇게 말해 귀청이 떨어질 듯한 갈채를 받았다. "헌법이야 어떻든, 법이야 어쨌든, 우리는 도망 노예가 매사추세츠에서 잡혀가는 일을 허용하지 않을 것입니다."

콜버는 강하고 운동을 잘하던 로드아일랜드주의 어떤 사람에 관한 이야기로 발언을 마무리했다. 그 사람은 여행 중에 어느 통나무집에서 괴로워하는 고함을 들었다. 그곳에서 무자비하게 아내를 때리던 남자를 발견했다. 로드아일랜드 사람은 그 남자를 붙들고 강하게 끌어안아, 뼈가 부러질 때까지 힘을 주면서 "난 네가 참 좋아!"라고 소리쳤다. 그 남자가 살려달라고 소리 지를 때까지 말이다.

목사가 말했다. "자, 노예 사냥꾼이 왔는데 다른 누구도 이런 방식으로 그를 사랑해 주지 않는다면 내가 그렇게 하겠습니다." 콜버가 연설을 마쳤을 때, 사람들은 그의 선언을 결의안으로 만들자고 요청했다. 그렇게 11시 정각에, 결의안은 어마어마한 "찬성!" 소리와 함께 통과되었다.

이런 단결이 너무 일찍 이루어졌다고는 할 수 없었다. 이 늦은

---

59 A Committee of Safety and Vigilance(Vigilance Committee)는 19세기 미국에서 법의 보호를 받지 못하거나 불의에 맞서기 위해 조직된 자발적 시민 조직을 말한다. 특히 도망 노예를 보호하고, 노예 사냥꾼으로부터 도망자들을 지키기 위해 활동했던 북부의 흑인 및 백인 폐지론자들의 조직으로 잘 알려져 있다.

시각에, 문어가 이미 촉수를 뻗기 시작했기 때문이다. 메이컨에서 출발한 노예 포획자들이 엘렌과 윌리엄을 노리고 보스턴으로 오고 있었다.

주인, 노예

　　1,600킬로미터 떨어진 메이컨에서 로버트 콜린스는 준비를 마쳤다. 조지아주치고도 이상하고도 무서울 만큼 더운, 이상한 여름이었다. 존스 카운티에서는 기온이 40도라는 기록적인 수준으로 올라갔다. 신선식품이 빠르게 썩어갔고, 웹스터의 타협안을 두고 벌어진 토론에 갇힌 사람들의 성질도 그만큼 빨리 나빠졌다. 어떤 사람들은 그 타협안을 항복이라고 불렀다.

　그해 여름에는 테일러 대통령 말고도 괴상한 죽음을 맞은 사람들이 또 있었다. 이를테면 엘렌의 이모인 메리 일라이자 힐리가 북쪽에 있는 아이들과 다시 만날 계획을 세우던 중 갑자기 사망했다. 몇 달 안에, 마이클 모리스 힐리(메리 일라이자 힐리의 법적 예속 가해자지만, 그녀를 자신의 아내라 부른 인물이었다)도 사망했다. 그는 건강에 아무 문제가 없었기에, 그가 상심해서 사망했다는 말이 나왔다.

힐리의 개인 재산은 경매에 부쳐졌다. 엽총, 액자, 던가넌이라는 이름의 경주마가 모두 할인가로 팔렸다. 그가 계속 피해를 주었던 59명의 사람은 외부에 고용되었다. 다만 이때의 인간 재산에 힐리의 자녀 아홉 명은 포함되지 않았다. 그들 중 여섯 명은 이미 북부에서 백인 행세를 하며 특권층을 위한 학교에 다니고 있었고, 막내는 조지아주에 갇혀 있었다. 형 중 한 명이 구레나룻과 가발, 안경으로 위장하고 몰래 남부로 와 만나본 적 없는 동생을 구했다는 이야기는 나중에나 알려졌다. 그는 아마 사촌인 엘렌 크래프트가 탔던 북쪽으로 가는 철도를 탔을 것이다.

힐리 가족은 놀라운 삶을 이어갈 터였다. 그들이 이룬 성취는 한두 가지가 아니었다. 그중 한 명은 북극 탐험가가 되었고 다른 한 명은 조지타운 대학교의 총장이 되었다. 한편 그들은 아버지의 유언에 따라 끔찍한 역설에 처하게 되었다. 법에 의해 노예로 간주되면서도 다른 노예들의 노동과 판매로 인한 수익을 얻게 된 것이다. 아버지의 유언에 의해 힐리가의 모든 노예들은 힐리가의 막내가 성년이 되면서 모두 매각되었다. 그중 마거릿이라는 여성이 자유를 달라는 소송을 시작했다. 하지만 패소했고 그녀와 그녀의 자녀인 윌리엄, 줄리아, 바이올렛, 마사 앤은 따로따로 팔렸다.

마이클 모리스 힐리의 사망 소식을 들은 로버트 콜린스는 (강변의 조용한 땅, 외부에 고용돼 돈을 벌어주는 예속 피해자들 등)매물로 나온 재산에 눈독을 들였을지도 모른다. 하지만 그는 가족의 법적 재산, 엄밀히 말하면 아내의 재산에 좀 더 날카로운 관심을 기울였다. 그 재산이란 새로운 도망노예법이 포함된 대타협으로 마침내 그의 손이 닿는 곳에 들어온 엘렌이었다.

콜린스는 입에 거품을 물고 전쟁을 옹호하는 인물도 아니었고, 대중 집회를 열겠다고 수천 명 단위로 메이컨에 몰려다니는 분리론자도 아니었다. 그런 자들은 죽은 존 C. 캘훈을 연상시키는 사우스캐롤라이나주의 로버트 레트 같은 인물이었다. 콜린스는 오랫동안 민주당 당원이었으나, 무엇보다도 미국이라는 나라와 그 헌법을 찬양하는 연방주의자였다. 그리고 그는 평화로운 인물로 알려져 있었다. 어느 뜨거운 조지아주의 밤, 극단주의자들이 지역 신문사의 편집자를 폐지론에 동조하는 인물이라고 의심하며 린치하겠다고 위협했을 때 모두를 진정시키고, 그 남자가 교수형을 당하지 않도록 막아주고, 그가 정의로운 판결을 받게 되었다며 축하해준 사람이 콜린스 박사였다.

콜린스는 거의 2년 전에 엘렌이 사라지고 난 이후 줄곧 바쁘게 지냈다. 그의 법적·경제적 싸움은 항소 이후에도 중단되지 않았다. 그는 몇 년 동안 윌리엄 B. 존스턴과의 싸움을 이어갔다. 하지만 늘 그랬듯, 어찌어찌 콜린스는 승리를 거두는 데 성공했다. 그는 다른 여러 사업 중에서도 캘리포니아까지 가는 국립 철도 사업을 탐색하고 있었다. 그러는 내내, 콜린스는 엘렌에 대한 선정적인 소식을 견뎌내며 행동을 삼갔다. 보스턴에 있는 엘렌의 주소를 알게 되었을 때조차 말이다. 그러나 새로운 법은 그에게 힘과 목적의식을 주었다.

콜린스는 집안 하인 중 가장 신뢰받았던 충직한 하인인 엘렌을 다시 노예로 만들고 싶다는 개인적 바람이 없다고 주장했다. 사실 어느 편지에서 그는 "그녀에게 자유를 사주려는 사람들만큼 나도 그녀의 자유에 반대하지 않는다"라고 말했다. 그의 우선순위는 엘렌의 노동력이나 금전 가치도 아니었다. 오히려 콜린스는 자신의 개인적 희망을 넘어서는 이유로 엘렌을 쫓아야 한다고 믿었다. 일단 그는 엘렌과 윌리엄의 발자취를 따라야겠다는 충동을 느낄 법한 다른 노예들에게 본보기를 보여야 했다. 또한 과연 남부의 권리가 확보될 수 있는지, 북부는 타협안과 헌법, 연방, 다시 말해 북부가 한 약속의 정신을 지킬 것인지도 시험해 봐야 했다.

여기에 콜린스의 고결한 소명이 있었다. 엘렌을 다시 잡는 것은 더 이상 콜린스의 집안에서 균형을 회복하거나 그 자신의 두려움을 정복하는 문제가 아니라, 미국 자체에 질서를 부여하는 일이었다. 콜린스는 도망노예법이 폐지론자들의 도시 보스턴에서조차 충실하게 실행될 수 있으며, 그렇게 될 것이라고 믿었다. 그 점에서 콜린스는 수많은 동료 노예 소유자와는 반대되는 입장이었다. 남부의 수많은 노예 소유자들은 새로운 법이 옛 법만큼 쓸모없다고 확신했으며, 타협안을 입에 올리느니 콜린스가 실패하는 꼴을 지켜보고 남부에 분리주의의 동력이 생기기를 바랐다. 콜린스는 엘렌을 데려와 이런 호전적인 자들이 틀렸다는 것을 입증하고 조국을 온전하게 지키고 싶어 했다.

콜린스의 궁극적 목표는 연방을 보존하는 것만이 아니라, 그가 열렬히 신뢰하는 제도를 보존하는 것이었다. 그는 노예제도가 북부에서 주장하는 것과는 달리 "도덕적으로도, 사회적으로도, 정치적으로도 악"이 아니라고 주장했다. "세계를 돌아보아도 주인과 하인 관계에 있어서든, 사회에 있어서든 남부에서의 노예제도만큼 악하지 않은 복종의 체계는 없기" 때문이었다.

그는 이런 말을 하는 데까지 나아갔다. "남부의 자유 니거는 북부의 자유 니거나 도망 노예보다 훨씬 더 바람직한 상태에 있다." 하지만 노예 중 누가, 언제, 어떻게 자유인이 되어야 하는지 결정할 특권과 권리는 노예 소유자의 것이었다. 그리고 그는 자신의 특권과 권리로, 일단 엘렌을 자유인으로 만들지 않기로 했다.

콜린스는 집안의 주인만이 아니라 더 큰 정치적 목표를 가진 인물로, 앞장설 준비가 되어 있었다. 그의 평판에 대한 최근의 공격에도 불구하고, 콜린스는 공공사업과 전보, 철도에 대한 투자로 유명했다. 그해 가을, 그는 주 헌법 제정 회의에 참가할 연방주의자 명단 꼭대기에 올랐다. 이로써 그는 타협안에 대한 조지아주의 입장을 결정하게 될 터였다. 그는 엘렌을 잡으면 자신의 입지를 강화하는 데 도움이 되리라는 것을 알고 있었다. 이듬해에 그는 더욱 높은 목표를 잡아 주지사가 되고자 했다. 선거를 준비하면서, 콜린스는 매사추세츠주 사람들보다 먼저 도망 노예에 대한 권리를 주장한 인물이 되어 연방이 계속 존재해야 하고, 존재할 수 있음을 증명하려 했다.

10월의 어느 금요일, 조지아주의 뜨거웠던 열기가 마침내 진정되었을 때 그는 지역의 두 젊은 남자를 불러 명령을 내렸다. 그는 엘렌의 인상착의를 포함한 필요한 서류를 준비했다. 인상착의에 따르면, 엘렌은 얼굴이 매우 희고, 체격은 건장하다기보다 작으며, 나이는 약 22세로, 머리는 직모이고 눈은 갈색이었다. 한쪽 팔에는 결핵으로 인한 흉터가 있었다. 아이라 테일러도 윌리엄의 인상착의를 알렸다. "고급 가구 제작자로, 키가 크고 몸매가 좋으며 나이는 약 27세인 검은 피부(갈색에 가까움)의 소유자. 검고 곱슬곱슬한 머리카락에 검은 눈을 가지고 있다."

이들의 대리인은 윌리스 휴즈라는 인물이었다. 콜린스는 투박한 태도의 메이컨 교도소 간수인 그에게 체벌을 포함한 어려운 일을 믿고 맡길 수 있다는 걸 잘 알고 있었다. 사실 휴즈는 "모두의 니거 채찍형 집행자"로 불렸으며, 한 번은 엘렌의 삼촌을 죽기 직전까지 때린 것으로 알려져 있었다. 메이컨 교도소 간수로서 휴즈는 도망자들을 다루어보았으며 단일한 건물 안에서 살고 있는 남자, 여자, 아이들의 불안정한 조합 속에서 질서를 유지하는 방법을 알고 있었다. 그와 함께 갈 사람은 키가 크고 머리색이 검은 존 나이트 였다. 그는 휴즈와 함께 양동이 만드는 사업을 시작하고 싶어 했다. 나이트는 휴즈보다 몇 살이 어려 아직 20대였고, 동업자에 비해 순진했다. 하지만 그는 윌리엄과 함께 고급 가구 제작자의 가게에서 일한 적이 있었기에 윌러엄과 엘렌을 둘 다 알아볼 수 있었다.

콜린스와 테일러는 요원들에게 작별 인사를 하며 대리인이 포로를 붙잡아 곧 돌아오기를 바랐다. 한편 다른 사람들은 그들이 실패하기를 기도했다. 일단, 콜린스의 적들은 그를 굴종주의자 (submissionist)라는 뜻을 담아 "서브"라 불렀다. 나중에 이들은 콜린스를 방해하려고 일부러 요원들이 출발했다는 소식을 신문에 실었다는 의심을 받았다. 또 윌리엄과 엘렌이 잘 알고 사랑하는 공동체도 있었다.

어느 기자는 메이컨에서 열린 분리주의자 모임에 관한 기사를 썼다. 기사에 따르면, 이 모임에서는 북부 사람들이 노예 인구를 해방시키겠다며 남부를 상대로 전쟁을 벌이려 한다는 매우 이상한 이야기가 오갔다. 그리고 다수의 흑인들이 그 이야기에 귀를 기울였다. 이 담론이 흑인들의 귀에 들어가는 것을 두려워한 구경꾼 대부분은 흑인 청중을 몰아냈다.

너무 늦었다. 주전파가 아무리 불을 뿜어대도, 이런 말을 들은 메이컨의 예속 피해자들은 보스턴의 아프리카 회관 등 다른 회관에서 끓어오르던 열기를 느꼈다. 이는 그들을 따뜻하게 해주는 다른 종류의 불이었다.

***

휴즈와 나이트는 메이컨에서 서배너로 향하는 기차에 올라 며칠 뒤 맨해튼에 도착했다. 그곳에서 그들은 조지프 스토리 페이의 환영을 받았다. 페이는 아이작 스콧과 함께 윌리엄을 찾아가 윌리엄이 가게를 옮기도록 한 장본인이었다. 페이는 재력과 권력을 가진 보스턴의 "신사"들에게 그들을 소개하는 소개장을 써주었다. 그 신사들은 법의 편에 설 사람들이었다. 휴즈와 나이트는 10월 18일 금요일 5시 정각에 보스턴으로 출발해, 다음 날 아침 해 뜰 때쯤 보스턴 커먼에서 동쪽으로 몇 골목 떨어진 기차역에 도착했다. 그곳은 뉴잉글랜드에서 가장 큰 호텔 맞은편이기도 했다.

유나이티드 스테이트 호텔에는 객실이 수백 개 있었고, 욕조와 샤워기에서는 온수가 나왔다. 식당도 세 곳이나 있었고 모든 가구는 현대적이었다. 휴즈는 모든 편의를 삼가고 호텔 명부에 가명을 적었다. 10분도 지나지 않아 그는 곧장 일을 하러 출발했다. 이제 그는 윌리엄과 엘렌이 사는 곳과 걸어서 겨우 20분 거리에 있었다.

메이컨에서 온 남자들

크래프트 부부를 납치하려던 윌리스 H. 휴즈 혹은 그가 호텔에 적은 이름에 따르면 뉴욕의 윌리엄 해밀튼은 157센티미터의 작은 키에 난폭해 보이는 사람으로, 나이는 30세에서 40세 정도였다. 나중에 보스턴의 비우호적인 사람들이 떠올린 기억에 따르면, 그는 모래색 머리카락에 붉은 구레나룻, 새까맣고 짤막한 치아를 가지고 있었으며, 담배를 씹거나 피우는 습관이 있었다. 그는 보스턴에 도착하자마자 평소보다 많은 담배를 피웠을 것이다.

휴즈에게 크래프트 부부를 찾는 건 큰 문제가 아니었다. 공개 주소록에 윌리엄이 케임브리지가 51번지의 가구 제작자로 등록되어 있었기 때문이다. 보스턴 커먼을 가로질러 비컨 힐을 건너가면 금세 갈 수 있는 곳이었다. 하지만 윌리엄과 엘렌을 붙잡는 것은 다른 이야기였다. 그러기 위해 휴즈는 법적 도움을 받아야 했다. 일단, 영장이 필요했다. 변호사를 포함한 페이의 인맥을 모두 동원하면 영장을 받는 것은 쉬운 일이어야만 했다. 그러나 소이어라는 이름의 변호사는 보스턴을 잠시 비운 상태였다. 그래서 휴즈는 혼자 법원 광장으로 가서 무능한 인간들을 연달아 만나야 했다. 그 사람들은 어린애 장난이라도 하는 것처럼 휴즈를 서로에게 떠넘겼다.

미합중국 순회법원 판사 레비 우드버리는 슬픈 듯, 걱정에 잠긴 듯 이마에 주름이 진 대머리 남자로 자신이 영장을 발급하기에 적당한 인물이 아니라고 주장했다. 미합중국 지방 검사 조지 런트도 자신에게 주어진 이 일이 불쾌한 업무라면서 거부했다. 다음으로는 연방에서 임명한 감독관인 벤저민 할렛이라는 인물의 차례였다. 새로운 도망노예법에 따라, 그는 휴즈에게 아직 없는 권한을 가지고 있었다. 그러나 할렛은 하루 종일 연락이 되지 않았다. 결국 휴즈는 자정이 되기 한 시간 전에 비컨 힐 꼭대기의 루이스버그 광장에 있는 그의 집으로 찾아갔다.

휴즈는 지금 당장 영장이 필요하다고 말했다. 그래야 "니거들을 체포"할 수 있기 때문이었다(사실 크래프트 부부는 감독관의 집에서 언덕만 넘어가면 되는 5분 거리의 집에서 살고 있었다). 그러나 휴즈로서는 놀랍게도, 감독관은 그에게 영장 없이 일단 그들을 체포한 다음에 자신을 다시 찾아오라고 말했다. 무장 병력도, 법의 지원도 없이 흑인 공동체의 심장부에 들어가 도망자들을 잡아 오라고? 나중에 휴즈는 할렛에게 가짜 귀 한 쌍만 달아주면 P.T. 바넘 쇼[60]에나 어울릴 만한 '보스턴산 멍청이 표본'이 될 거라고 분노에 차서 말했다.

휴즈는 그에게 도망노예법 법안 사본을 건네며 그가 해야 하는 일을 보여주려 했다. 할렛은 잠시 그 책자를 살펴보더니 밤사이 생각해 보고 아침에 답하겠다고 말했다.

휴즈는 터덜터덜 호텔로 돌아가며 위험을 분산시키기로 했다. 그는 감독관을 만나 영장을 달라고 할 생각이었지만, 동시에 동업자인 존 나이트에게 미끼를 쥐여주고 윌리엄의 가게에 보내기로 했다. 최소한 나이트는 윌리엄의 얼굴을 확인할 수 있을 터였다. 어쩌면 그 이상도 가능할지 몰랐다.

* * *

그들은 윌리엄을 그가 선택한 이름인 윌리엄이나 윌리엄 크래프트가 아니라 빌 혹은 빌리로 알았다. 아마 윌리엄은 자신의 가게에서 빌이라고 불렸을 가능성이 크다.

가게는 헤이든의 집에서 모퉁이를 돌면 나오는 분주한 건물에 있었다. 바로 옆집에서는 F.C. 셰퍼드 씨가 레이스 제품 가게를 운영했고, 일라이자 스튜어트 부인은 외국산 거머리를 사육했으며, 브라운과 갈런드 씨는 화려한 간판을 그리는 일을 하고 있었다. 호레이쇼 제닝스도 같은 집 뒤쪽에 살고 있었다. 그러니 만약 윌리엄

---

60 P.T. 바넘은 19세기 미국의 흥행사로, 기묘한 인물 쇼(freak show)와 서커스, 전시물 박람회 등으로 유명하다. 그는 키가 매우 작은 사람, 수염 난 여성 등 희귀한 외모를 지닌 사람들을 대중 앞에 전시하며 큰 수익을 올렸다.

이 소리를 지른다면 증언해 줄 이들은 많았다.

윌리엄 자신도 준비되어 있었다. 그는 조슈아 보웬 스미스의 조언에 따라 작업대 옆에 권총을 보관해 두었다. 그럼에도 메이컨에서 마지막으로 보았던 호리호리하고 야윈 검은 머리의 남자는 윌리엄을 놀라게 했을 게 분명하다. 비록 산전수전을 다 겪은 윌리엄은 아무리 혼란한 와중에도 중심을 잃지 않는 것처럼 보였지만 말이다.

존 나이트는 키가 약 150센티미터로 윌리엄보다 작았다. 키만이 아니라 장인으로서의 솜씨도 윌리엄에 비해 모자랐다. 두 사람이 일했던 고급 가구 제작소에서 고객들이 가장 아끼는 물건의 수리를 맡긴 사람은 나이트가 아닌 윌리엄이었다. 나이트의 일은 단순히 주문을 받는 것이었다.

나이트는 오래전에 사라진 지인을 보고 기쁨을 표현했다. 윌리엄은 메이컨에서 온 이 남자에게(보이게든, 보이지 않게든 총을 든 채로) 혼자 왔느냐고 물었다. 나이트는 그렇다고 말했다. 우연히 볼일이 있어서 이곳에 들렀다며, 빌이 그에게 동네를 구경시켜 주면 좋겠다고 했다.

윌리엄이 너무 바쁘다고 말하자 나이트는 나중에 엘렌과 함께 호텔에 오라고 했다. 엘렌의 어머니 이야기를 할 수 있을 거라고. 심지어 자신이 편지를 전해줄 수도 있을 거라고(그는 엘렌과 마리아가 가깝다는 걸 알고 있었다).

나이트는 곧 떠났지만, 이것이 그의 마지막 연락은 아니었다. 그날 밤늦게, 유나이티드 스테이트 호텔에서 한 사람이 찾아와 윌리엄에게 편지를 전했다. 나이트의 이름이 적힌 그 편지는 다음과 같 았다.

1850년 10월 22일 화요일 오후 11시 정각, 보스턴.

윌리엄 크래프트 씨, 아침 일찍 떠나야 해서 약속대로 방문할 수 는 없겠습니다. 그러니 고향에 편지를 전해주기를 바란다면 내일 유나이티드 스테이트 호텔로 편지를 가져와 44번 사서함에 넣어두 세요. 아니면 내일 저녁, 차 마시는 시간이 지난 다음에 직접 편지 를 가져오세요. 직접 오겠다면 U.S. 호텔 44번 사서함으로 쪽지를 보내줘야 나도 차 마실 시간까지 기다려야 하는지, 아닌지 알 수 있 습니다. 당신 아내도 나를 보고 싶어 한다면, 직접 올 때는 아내를 데리고 와도 됩니다.

존 나이트

추신: 나는 목요일 아침 일찍 메이컨으로 갑니다.

나이트는 이 편지가 위조된 것이라고 말했다. 실제로도 그랬다. 이 편지를 쓰고 서명을 남긴 사람은 휴즈였다. 나이트는 자기도 모 르게 이 사실을 고백하고 말았다. 그가 나중에 설명한 바에 따르면, 그의 계획은 크래프트를 (호텔) 방으로 끌어들여 확보하는 것이 었다. 휴즈는 윌리엄만 잡으면 엘렌을 잡는 건 문제가 아닐 것이라 고 믿었다.

그러나 윌리엄은 호텔의 배달부에게서 나이트가 거짓말을 했다 는 사실을 들었다. 나이트는 혼자 온 것이 아닐 뿐더러, 크래프트 부부도 잘 아는 메이컨의 악랄한 교도소 간수와 함께 왔다.

크래프트 부부는 이제 아이작 스콧이 페이와 함께 윌리엄의 가게에 나타났을 때보다 훨씬 큰 위험에 처했다는 것을 깨달았다. 그러나 이번에 그들은 자리를 옮기지 않을 생각이었다. 아프리카 회관에서 결의를 다진 윌리엄은 다음 날 직장으로 돌아갔다. 다만 신경 써서 문을 걸어 잠그고 권총에는 총알을 꽉 채워놓았다.

언덕 너머에서는 윌리스 휴즈도 준비하고 있었다. 루이스버그 광장으로 할렛을 만나러 갔던 다음 날 아침, 감독관은—놀랍지도 않은 일이지만—다시 휴즈를 지체시켰다. 그는 휴즈가 법적 형식을 갖춰서 혐의를 제기해야 한다고 말했다. 휴즈는 그러기 위해서는 훌륭한 변호사가 필요하다는 걸 알고 있었다. 고용주의 연줄 덕에 이 지역에서 가장 높은 등급의 변호사와 상담을 잡을 수 있었다는 건 휴즈에게 다행한 일이었다. 그 변호사는 다름 아닌 대니얼 웹스터였다.

웹스터의 남자들

　　그달 초에 워싱턴을 떠난 이후, 대니얼 웹스터는 밀러드 필모어 대통령에게 불평했듯 상당히 아팠다. 그는 계속 여행을 다니며 매사추세츠주 마시필드와 뉴햄프셔주 프랭클린에 있는 집을 오갔으며, 그다음에는 보스턴으로 향했다. 보스턴에서 그는 더 이상 매사추세츠주 상원의원이 아니라 미합중국 국무장관이었다.

　어색한 역할이었다. 웹스터가 서둘러 다른 사람들에게 상기시켰듯, 그에게는 도망노예법에 찬성표를 던질 힘이 없었다. 그 법은 모든 폐지론자들을 들끓게 했으니 말이다(웹스터는 그들의 행동이 극도로 사악하고 혐오스럽다고 생각했다). 개인적으로 그는 배심재판을 포함한 수정안을 선호했다. 이런 수정안은 도망자로서의 신분을 광고한 크래프트 부부 같은 사람들에게는 전혀 도움이 되지 않겠지만, 너무도 흔해져 가는 납치에 대항할 방어 수단은 제공해 줄 터였다. 그럼에도 웹스터는 이 납치 행위가 합헌이며, 법인 만큼 지켜져야 한다고 믿었다.

필모어 대통령도 같은 의견이었다. 나이트가 윌리엄의 가게를 찾아간 바로 다음 날, 필모어는 웹스터에게 아무리 큰 비용을 치르더라도 그 법을 지킬 생각이라는 편지를 썼다. 필요시 군사력을 동원해서라도 말이다. 군사력 행사는 더 많은 고민이 필요한 미묘한 문제였지만, 필모어는 "모든 희생을 치르더라도, 모든 위험을 감수하더라도 의무를 다할 생각"이라고 적었다.

그는 이렇게 설명했다. "주님께서도 내가 노예제도를 싫어한다는 것을 아십니다. 그러나 노예제도는 존재하는 악이며, 우리에게는 그에 대한 책임이 없습니다. 우리는 노예제도를 견디고, 헌법에서 보장한 대로 노예제도를 보호해야 합니다. 이 세상에 유일한 자유 정부에 대한 마지막 희망을 파괴하지 않고도 노예제도를 없애 버릴 수 있을 때까지는 말입니다." 휴즈가 자문 변호사를 찾던 시기에, 필모어가 보낸 편지는 아직 웹스터에게 도착하지 못했을 것이다. 그러나 상관없었다. 국무장관 웹스터는 이미 대통령과 같은 생각을 하고 있었고, 크래프트 부부를 추적하기에 딱 맞는 사람을 알고 있었기 때문이다.

43세의 세스 J. 토머스 대령은 웹스터와 달리 보스턴 라틴 스쿨 졸업자나 하버드 졸업자, 혹은 다트머스 출신이 아니었다. 그렇다고 부와 특권을 갖추고 있으며, 보스턴 남부 연안의 마시필드에서 가장 멋진 지역을 차지하고 있는 오래된 토리 가문인 '그' 토머스 집안과 관계가 있는 것도 아니었다. 학벌과 집안만으로도 토머스는 휴즈가 자문을 구했던 다른 모든 사람들과 구분되었다.

토머스와 웹스터는 마시필드라는 지리적 공통점을 가지고 있을지 모른다. 그러나 토머스는 사우스강 옆, 넥의 반대편에서 온 반면 '대지주 웹스터'라 불리던 웹스터는 그린 하버에 있는 1,000에이커의 땅에서 농사를 지었다. 그곳에서 웹스터는 애정을 담아 모래투성이 땅에 해초를 비료로 주었고, 거위와 오리를 키워 자신의 연못에 머물게 했다. 웹스터가 한창 명성을 떨치며 마시필드로 이사했을 때 토머스는 10대 후반이었으며, 이 위대한 남자의 매력에 취하고 말았다.

로버트 콜린스와 그의 대리인인 윌리스 휴즈가 변호사를 찾을 당시에, 토머스는 이제 막 세상에서 두각을 나타내고 있었다. 그는 인생 초기에 교육 기회를 누리지 못했음에도 정치를 통해, 법을 통해 기업 운영과 군사 분야에서 정신과 신체를 단련시켰다. 원래 하노버가의 모자 장수였던 그는 일을 그만두고 보스턴에 있는 대니얼 웹스터의 동업자 밑에서 공부했다.

토머스는 배심원들을 좌지우지하는 것으로 특히 유명했다. 그는 연설을 잘했다. (사람들의 회상에 따르면) 온화했고, 전달 방식에는 체계가 있었다. 다양한 인생 경험을 깔고 있었고, 까다로운 입장을 취하는 것도 겁내지 않았다. 그는 웹스터와 같은 복도, 같은 화장실을 함께 썼다. 웹스터의 넓은 사무실 맞은편이자 복도 건너편에 있는 작은 사무실을 썼기 때문이다. 두 사람 모두 보스턴의 코트가와 트레몬트가가 만나는 모퉁이에 있는 같은 건물에 사무실을 두고 있었다. 국무장관이 보스턴에 있을 때면, 두 사람은 거의 매일 아침 마주쳤다.

조지아주에서 온 노예 사냥꾼들에게 변호사가 필요했을 때 웹스터는 막 보스턴에 도착한 참이었다. 자문해 줄 사람을 연결해 달라는 요청을 받았을 때 웹스터는 그저 복도 건너편을 보기만 하면 되었다. 다른 사람이라면 직접 양쪽 당사자를 소개해 주었겠지만, 웹스터는 훌륭한 필기도구로 시간을 들여 부탁과 기대를 담은 편지를 썼다(일단 토머스는 이를 고맙게 여겼다). 이 편지는 전해지지 않지만, 다른 편지에는 그가 썼던 주장이 담겨 있었다. 그는 토머스에게서 위협에 넘어가지 않는 변호사의 전형을 본다며, 현재의 법은 아무리 인기가 없다 한들 실행되어야 한다는 점을 분명히 밝혔다.

인기가 없다는 말은 문제를 과소평가한 것이었다. 시간이 지나 더 많은 남부인들을 대변하게 되면서, 토머스는 노예 포획자들의 법적 포주나 그보다 심한 이름으로 불리게 된다. 토머스에게 공감하는 다른 사람들은 그가 하는 일이 불쾌한 임무였지만, 토머스가 국가적 이해관계를 이해하고 있었기에 개인적으로 무척 꺼리면서도 이런 사건들을 맡았다고 말하곤 했다. 나중에 토머스는 "분명 기분 좋은 소송이 아니었지만, 나는 최선을 다해 그 일을 처리했다"라고 회상했다.

토머스와 휴즈는 둘 다 전투 훈련을 받은 인물이었다. 휴즈는 제2차 세미놀 전쟁[61]에 참전했고 메이컨 자원군 소속으로 활동한 경험이 있으며, 토머스는 매사추세츠주 방위군 출신이었다. 이들은 함께 전투할 준비를 마치고 법원 광장으로 행진했다.

***

　불행히도 그들은 펠렉 스프라그 판사라는 벽에 부딪혔다. 휴즈는 변호사를 대동하고 왔음에도 똑같이 일이 지연되는 것에 화가 났다. 우연히도 그날에는 스프라그에게 접근한 다른 사람이 있었다. 조지아주 사람들에게 동맹이 있었듯 윌리엄과 엘렌에게도 동맹이 있었던 것이다.

　나이트가 윌리엄을 찾아왔던 다음 날 저녁, 경계 위원회는 보스턴의 법적 중심지라 할 수 있는 워싱턴가 46번지에 모였다. 패뉴일 홀에서 태어난 연합은 현재 80명의 회원을 모으고 기하급수적으로 성장하고 있었다. 여기에는 영장을 감시하고, 법적 장애물을 만들어내고, 마을에 경보를 울리기 위해 구성된 법무 위원회를 포함한 수많은 하위 단체들이 있었다. 보스턴에 휴즈 일당 외에도 다른 납치범들이 어슬렁거리고 있었기에, 이런 경계가 긴급히 필요했다.

　변호사 엘리스 그레이 로링과 새뮤얼 E. 시월은 스프라그 판사의 방으로 찾아가 영장을 발급한 적이 있는지 물었다. 스프라그는 답변을 거부했다. 하지만 같은 날, 그는 다른 영장 청구도 거절했듯 휴즈의 영장 청구도 거절했다. 휴즈는 나중에 쓴 글에서 그가 "말을 얼버무리고 시간을 질질 끌었다"고 회상했다.

　상황의 반전은 대니얼 웹스터의 친한 친구 중 한 명인 조지 티

61　미국 플로리다에서 벌어진 미국 정부와 세미놀 부족 간의 전쟁(1835~1842년). 미연방 정부는 토지를 강제로 몰수하고 세미놀 부족을 서부로 이주시킬 목적으로 무력을 사용했으며, 이 과정에서 격렬한 게릴라전이 벌어졌다.

크노 커티스와 함께 일어났다. 3월 7일이 지나고 얼마 지나지 않아 당시 상원의원이었던 웹스터가 보스턴으로 돌아왔을 때, 커티스는 웹스터와 함께 석양 속에 서서 군중의 환호성을 들었다. 커티스와 그의 형제인 벤저민 로빈스 커티스는 흔히 목화 휘그당이라 불렸다. 목화 플랜터 계급과 가깝게 지내는 북부 출신의 휘그당이라는 의미였다.

저명한 커티스 가족의 구성원들은 "커티"라 불렸으며, 보수적인 것으로 유명했다. 보스턴에 오는 최초의 도망 노예가 잡혀서 돌려보내지길 바란다고 선언했던 사람도 커티스의 친척 중 한 명인 찰스 P. 커티스였다. 그러나 커티는 예상하기 어려운 존재였다. 바로 그해인 1850년에 드레드 스콧이라는 남자가 그의 예속 가해자를 상대로 주 경계를 넘나드는 소송을 벌였다. 그의 사건은 결국 연방 대법원까지 갔다. 조지 T. 커티스가 스콧의 변호를 맡았고, 벤저민 R. 커티스는 연방 대법원이 스콧의 자유권 주장을 거절했을 때 반대 의견을 낸 두 명의 대법관 중 한 사람이었다.

감독관인 조지 커티스도 시간을 질질 끌며 휴즈의 분노를 샀지만 결국 휴즈를 도와주었다. 휴즈에게, 또 나중에는 대니얼 웹스터에게 설명했듯 그는 법안을 실행할 의지가 얼마든지 있었다. 다만 위험부담이 컸다. 이것은 보스턴의 첫 시험적 사건이었고, 저항에 대한 이야기가 너무 많이 나오고 있었다. 그는 영장 발부란 도망노예법에서 허락한 일개 감독관이 아니라 미국 순회법원의 판단에 따라야 한다고 믿었다.

조지아인들의 변호사는 법원 영장이 더 좋다는 데 동의했지만,

한 가지 난관을 지적했다. 대규모 특허 소송이 진행 중이라, 법원이 며칠간 묶여 있으리라는 점이었다. 바로 이때 커티스는 참신한 해결책을 냈다. 그는 판사들과 특별한 만남을 주선해 주겠다며, 그 모임에서 어떤 합의가 이루어지지 못한다면 자신이 직접 영장을 발부하겠다고 제안했다. 어느 쪽이든 조지아인들은 다음 날 아침 9시 정각에 영장을 받게 될 터였다.

그렇게 비밀 모임이 시작되었다. 5시 30분에 법원은 비워지고 육중한 문이 닫혔다. 참석한 사람은 감독관 네 명, 판사 두 명, 부 집행관 한 명이었다. 휴즈는 이미 그들 대부분을 만난 적이 있었다. 사실 한 사람만 빼놓고는 모두 휴즈가 전에 접근했던 대상이었다. 알고 보니 그들은 기꺼이 조치를 취하고 싶어 했다.

법원을 묶어둔 특허 소송의 변론과 판결도 이곳에 모인 사람들이 맡고 있었다. 그들은 아침에 그 사건 재판을 중지하고 크래프트 부부에 대한 영장이 발부되도록 하겠다고 합의했다. 더 나아가, 그들은 크래프트 부부가 체포당할 경우 한 번 더 특허 소송을 일시 정지해서 도망자들이 빠르게 요원에게 인도되도록 하겠다고 합의했다. 그 모든 지체에도 불구하고, 보스턴의 법률가들은 도망노예법을 지키기로, 크래프트 부부를 최대한 빨리 보스턴에서 내보내 다시 예속시키기로 합의했다.

문이 다시 열렸을 때, 휴즈와 그의 변호사는 이 결과에 딱히 우쭐하지는 않았더라도 마음을 놓았을 게 분명하다. 영장은 공개 법정에서 발부될 터였고, 그러면 이 사건은 대중의 눈앞에서 진행될 게 분명했다. 휴즈와 토머스는 영장이 공개 발부될 경우 도망자들이 또 체포당하리라는 사실을 미리 알고 경계할까봐 걱정했을지도 모른다. 하지만 그렇게 생각했다고 해도 그건 그들의 오해였다. 정보는 이미 새어나간 뒤였다.

감독관의 아내

소식을 들었을 때 엘렌은 일하고 있었다. 그녀가 마운트 버넌가에 있는 목사의 집에서 실내용 장식품 만드는 법을 배우고 있을 때, 미국연방감독관—다행히도 친구였다—의 아내가 들렀다. 그 사람은 수전 트레이시 하우 힐러드라는 인물로, 루이스버그 광장의 보석 같은 잔디밭이 내려다보이는 곳에 살았다. 이틀 전, 메이컨 교도소 간수가 찾아갔던 다른 감독관의 집에서 돌만 던져도 닿을 거리였다.

힐러드는 엘렌을 놀라게 하고 싶지 않아, 엘렌이 일을 도와줬으면 좋겠다고만 돌려 말했다. 그러나 엘렌은 그녀의 얼굴에 적힌 무언의 사연을 읽고 눈물을 터뜨렸다. 힐러드의 기억에 따르면, 엘렌은 잠시 심하게 운 뒤 조용해졌다. 이윽고 힐러드를 따라 그녀가 사는 거리에 이르렀을 때쯤에 엘렌은 완전히 평정심을 되찾았다. 이어지는 몇 시간 동안 그녀는 겉으로 평온함을 유지했다. 그렇게 두 여성은 핑크니가 62번지에 있는 감독관의 집으로 조용히 이동했다.

수전 힐러드와 그녀의 남편은 정치적인 면에서든, 다른 주제에 대해서든 의견이 달랐다. 둘의 결혼 생활은 두 살배기 외아들이 죽은 이후로 괴로움의 연속이었다. 조지 힐러드는 유명한 폐지론자인 찰스 섬너를 법적 동업자로 두고 있으면서도 열렬한 웹스터파 휘그당원이었다. 반면 그의 아내는 집 다락에 도망자들을 숨겨주었다. 아무리 둘의 관계가 멀었다 한들 그녀의 남편도 이 사실을 몰랐을 리는 없다. 그러나 그는 한마디도 내뱉지 않았다.

그들의 집에 있는 L자형 코너 공간에는 옷장이 하나 있었고, 그 옷장의 천장에는 비스듬한 지붕 아래 공간으로 이어지는 바닥문이 있었다. 하나밖에 없는 이 통로는 천창을 향해 열 수 있었으며, 공기가 통했다. 수전 힐러드가 엘렌을 데려간 곳이 바로 그곳이었다.

그날 밤, 크래프트 부부는 떨어져 지내게 되었다. 엘렌은 힐러드 부부의 집에, 윌리엄은 사우스엔드에 숨었다. 이제 두 사람은 흔히 말하는 사자 굴의 한복판에서 기다렸다. 아침이 밝아올 때 정의가 실현될지, 아직은 알 수 없었다.

"구조하라!"

판사들이 판결을 내렸다. 흥분으로 타오를 듯한 공개 법정에서 윌리엄과 엘렌 크래프트에 대한 영장이 빠르게 구성되었고, 뜻밖의 인물이 그 영장에 서명했다. 영장을 내준 판사는 우드버리로 알려졌으나 서명한 사람은 미국 연방 대법원의 수석 대법관 로저 B. 태니였다. 그가 당시 순회법원을 열고 있었기 때문이다. 나중에 그는 드레드 스콧 사건의 판결[62]을 통해 기억된다.

조지아인들은 영장을 손에 쥐고, 한 층 아래에 있는 미국 보안관 사무실로 의기양양하게 이동했다. 그들에 관한 소문을 자제시킬

---

[62] 흑인은 미국 시민이 아니므로 연방 법원에 소송할 수 없으며 의회가 연방 영토에 대해 노예제도를 금지할 수도 없다고 선언한 1857년 미국 연방 대법원 판결.

방법은 없었다. 휴즈는 당장 가서 니거들을 골라내겠다고 별렀다. 그는 윌리엄이 걸어서 15분도 채 걸리지 않는 그의 가게에 있으리라 확신했다. 말을 타면 더 빨리도 갈 수 있을 터였다.

그러나 젊은 연방 보안관은 그리 열정적이지 않았다. 30세의 찰스 데븐스는 평생 매사추세츠주에서 산 인물로, 보안관이 된 건 비교적 최근이었다. 그는 개인적으로 노예제도에 반대했고, 법적인 배경지식도 가지고 있었으며, 경고도 이미 받은 터였다. 경계 위원회의 변호사들이 그를 찾아와 이 일이 형사 사건이 아닌 민사 사건이기에, 위력을 사용하거나 누군가의 집 문을 억지로 여는 것은 불법이라고 조언했다. 그렇게 하는 사람은 누구든 소송을 당할 거라고 말이다. 보안관에게 그가 가진 힘의 한계를 떠올리게 하기 위해 경계 위원회의 배후에서 활동하는 핵심 인물 한 명도 찾아왔다. 그는 공식적으로는 경계 위원회 재정팀에 있었지만, 크래프트 부부의 친구이자 자문 역할을 맡았던 로버트 모리스였다.

이후에 일어난 일에 관해서는 논란이 있다. 휴즈는 데븐스가 시간을 끈다고 비난했고, 데븐스는 다른 이유로 일이 늦어지고 있다고 지적했다. 하지만 한 가지 사실에는 모두가 동의할 것이다. 크래프트 부부에 대한 사냥은 즉시 시작되지 않았다. 대신, 영장은 검토되고 수정되었으며(단어가 까맣게 지워지거나 죽죽 그어졌다), 연방 보안관은 특별한 감옥을 마련하겠다며 해군 선창으로 갔다. 개인적 신념이야 어쨌든 데븐스는 법을 집행할 준비가 되어 있었고, 윌리엄과 엘렌이 잡힌 뒤를 대비해야 했기 때문이다.

남부인들이 체포 임무를 비밀로 할 수 있으리라는 희망을 조금이라도 품었을지는 모르겠다. 그러나 그 희망은 법원에서 나오는 순간 사라졌다. 다행히, 누구도 눈치채지는 못했지만 말이다. 노예 사냥꾼의 시선이 미치는 모든 곳에 남자와 여자, 흑인과 백인들이 함께 뒤섞여 대대적인 시위를 벌이고 있었다.

휴즈에게 가장 충격적이었던 점은 거리 모퉁이에 옷을 잘 차려입은 백인 남자가 있었다는 점이다. 그는 곡물 상자 위, 높은 곳에 올라가 "니거와 그 친구들"에게 보위 칼과 단검, 권총으로 무장하라고 촉구하고 있었다. "죽을 때까지 저항하시오!" 그는 강력히 권고했다. "남부에서 온 모든 노예 사냥꾼을 쏘아 죽이시오." 앞으로 닥칠 문제를 예견하는 심란한 징조였다.

정오에는 보스턴 거리 전역에서 깃발이 휘날렸다.

구조하라!
도망자 세 명이 체포되려 한다!!
그중에 크래프트 부부가 있다!
경계하라!
낭비할 시간이 없다!

세 번째 도망자인 윌리엄 존스는 머잖아 캐나다로 떠났다. 그래서 돈을 받고 그를 잡으러 온 사람은 아무라도 잡으려고 보스턴에 남았다. 크래프트 부부의 친구 중 일부는 그들 부부에게도 도망치라고 권했다. 크래프트 부부가 너무 많은 주목을 받고 있었기 때문이다. 현상금 사냥꾼들에게는 구미가 당기는 일이었다. 또한 그들이 잡힌다면, 크래프트 부부는 노예 소유자들에게 트로피가 될 터였다. 그러나 바로 이것이 크래프트 부부가 보스턴에 남기로 한 이유였다. 그들조차 추격당해 잡힐 수 있다면, 다른 사람에게는 과연 어떤 희망이 있겠는가?

1,600킬로미터면 충분했다. 윌리엄은 더 이상 도망갈 생각이 없었다. 그는 평생 살육을 목격해 왔다. 그는 자신이 알고 아끼는 사람들이 윌리스 휴즈 같은 사람에게 쫓기고 고문당하는 꼴을 보아왔다. 하지만 이곳은 남부가 아니었다. 여기서 그는 가게의 소유주로서 인구 조사에 이름을 올렸으며, 총을 비롯한 재산을 소유할 수 있었다. 윌리엄은 그에게 강도질을 하려는 모든 사람을, 누가 됐든지 똑바로 마주하기로 맹세했다. 자신을 위해서든, 자기 사람을 위해서든. 필요하다면, 그는 자유를 위한 전쟁에서 죽기로 했다.

가게를 요새로 만드느라 그의 옷과 침대는 작업대 옆으로 옮겨지고 문에는 철창이 설치되었다. 그렇게 윌리엄은 침착하게 일을 시작했다. 권총 한 쌍과 성경이 그의 곁에 있었다. 몸과 마음을 지켜주는 온전한 보호구였다. 기자들은 그를 흑인 스파르타쿠스나 민족의 챔피언, 자유를 위해 목숨까지 바칠 준비가 된 그 시대의 영웅으로 묘사했다.

그의 가게 앞, 케임브리지가에서는 친구들이 경비를 섰다. 보도에 따르면 "니거 인구는 격하게 흥분하며 저항하겠다는 결심을 품고 무장한 상태"였다. 100명의 눈에 띄지 않고서는 그 누구도 크래프트의 가게 100미터 안에 들어올 수 없었고, 신호 한 번이면 강력한 사람들이 모여들 수 있었다.

한편 보안관 사무실에서 고용한 첩자는 어째서인지 이 모든 일을 전혀 보지 못했다. 부업으로 야간 경비 일을 하는 34세의 경비원은 이런 일에 적합한 사람이 아니었을지도 모른다. 사람들이 처음 접근했을 때, 그는 자신에게 가장 중요한 것은 익명을 유지하며 개인적인 피해를 보지 않는 것이라고 분명히 밝혔다. 실제로 이중 첩자가 아니었다고 해도, 그는 자기도 모르게 상대편에게 도움이 되었다. 연방 보안관 사무실에서는 크래프트 부부를 어디에서도 볼 수 없었다는 그의 반복적인 보고를 인용하며, 자신들은 할 만큼 했다고 주장했다. 나아가 보안관 측에서는 자신들이 직접 해당 지역에 진입하지 않은 이유가 조지아인들의 반대 때문이었다고 주장했다. 휴즈가 보안관과 그 부하들은 이미 얼굴이 알려진 만큼 진입해 봤자 들킬 게 뻔하다면서 차라리 북을 치고 들어가라고 소리쳤다는 것이다.

하지만 신문에 실린 이야기는 달랐다. 어느 정보원에 따르면, 치안 담당관과 일부 경찰이 보안관 사무실에 항의했고, 도망자를 잡아 오라는 명령을 딱 잘라 거절했다. 게다가 정찰자들은 크래프트 부부를 잡을 유일한 방법이 바깥쪽 문을 부수고 들어가는 것밖에 없는데, 그렇게 한다면 목적을 이룰 방법은 피를 흘리는 것뿐이라고 보고했다고 한다. 언젠가 찰스 데븐스는 북군의 장군으로 두각을 나타내게 된다. 그는 전장에서 세 차례 부상을 입었다. 그러나 1850년에는 그가 전쟁을 치를 준비를 하지 못했던 것 같다.

금요일 오후, 윌리엄을 보호하는 일은 루이스와 해리엇 헤이든 부부가 맡게 되었다. 그들은 다시 자기들 집으로 들어오라고 윌리엄을 설득했다. 루이스는 화약 두 통을 준비했다고 전해진다. 그는 손님을 넘겨주느니 자기 집을 날려버리기로 결심했다. 이 순간을 목격한 사람들은 루이스 헤이든이 손에 성냥을 쥐고 서 있던 그때의 단호하고 검은 얼굴에 떠오른 영웅적 광기를 영영 잊지 못했다.

엘렌도 윌리엄 곁에서 저항하고 싶어 했지만, 결국은 윌리엄을 위해 숨어 있어야 한다는 설득을 받아들였다. 아마 대의를 위해서도 그렇게 해야 했을 것이다. 남부에서 벗어났을 때와 마찬가지로 순회강연을 다니는 중에도 크래프트 부부는 내내 서로 보완적인 역할을 해왔다. 윌리엄이 갈채를 받으며 강단에 서고, 엘렌은 군중의 기대에 장단을 맞춰주는 식으로 말이다. 이번에도 다르지 않았을 것이다. 엘렌은 남편이 전사이자 혁명가, 혹은 순교자로서 찬양받는 한편 자신은 최전선에 나서지 않음으로써 더욱 눈에 띈다는 걸 잘 알았다. 지금은 그녀의 개인적 바람을 미뤄두어야 할 때였다.

어느 시점에, 크래프트 부부는 잠시 다시 만나 마지막 작별 인사를 했다. 그리 멀지 않은 과거에 메이컨의 오두막 문 앞에서 인사하던 때와 비슷했다. 윌리엄은 지금이 마지막 순간일지 모른다는 점을 잘 알고 아내를 보았다. 그는 메이컨에서 상대를 죽이거나 자신이 죽는 한이 있어도 다시 잡혀 오지 않겠다고 맹세했듯, "살아도 자유인으로 살고, 죽어도 자유인으로 죽겠다"라는 약속을 진심으로 했다. 반면 엘렌은 남편이 없어도 자신만의 길을 걸으며 계속 살아가기로 다짐했다. 남편이 없으면 그녀는 골칫거리가 아닐 거라 생각하는 세상에 저항하듯이.

엘렌은 사륜 역마차에 올랐다. 중년의 백인 의사, 헨리 잉거솔 보우디치가 고삐를 잡고 있었다. 엘렌은 보스턴 커먼 뒤쪽, 기다란 밀댐 다리를 넘어 브루클라인으로 들어갔다. 그곳은 시야 양옆으로 악취 나는 물이 가득한 곳이었다. 그렇게 그녀는 보스턴과 우스터 철도를 지났다. 해 질 녘에 보우디치의 충성스러운 말 패니는 우아한 저택 앞에 멈춰 섰다. 그곳에서 근사한 차림새의 젊은 여자가 발코니를 거닐고 있었다.

메리 커즌은 이들의 도착을 신나서 떠올리곤 했다. 연기처럼 보이는 물안개 속에서 마차 한 대가 빠르게 다가왔고, 보우디치 박사가 문으로 달려왔다. 그는 이곳에 살고 있던 엘리스 그레이 로링의 가족을 불러달라고 했다. 메리 커즌은 그들이 자리를 비웠지만, 메시지는 전해줄 수 있다고 했다. 의사는 솔직하게 말하겠다고, 마차에 엘렌 크래프트가 타고 있다고 말했다. 그녀에게 체포영장이 떨어졌고, 로링의 아내는 언제든 그녀를 보호해 주겠다고 제안했었다고 말이다. 커즌은 망설이지 않았다. 잠시 후, 엘렌은 마차에서 내려 실내로 피신했다.

엘렌은 혼자 걸었지만, 그녀의 뒤에는 군대가 있는 것이나 마찬가지였다. 노예 사냥꾼들이 근처에 있다는 걸 알면서도 유색인 시민들이 다시 아프리카 회관에 모여들었다. 그중에는 윌리엄도 있었다. 공동체는 죽을 때까지 저항하기로 다시 결심했다. 그들의 목소리가 온 나라에서, 크고 작은 마을과 교회, 강당과 주방에서 비슷한 약속을 하는 다른 사람들과 함께 합창하듯 솟아올랐다. 그날 밤, 무려 200명이 엘렌과 윌리엄을 지키기 위해 목숨을 걸겠다고 서약했다. 한편 다른 사람들은 다른 방식의 공세를 준비하고 있었다.

"보스턴에 노예 사냥꾼!"

    다음 날, 휴즈는 보안관 사무실로 갔다. 그는 무장 병력을 이끌고 가 영장을 제시하고 크래프트 부부를 잡아 올 준비가 되어 있었다. 그러나 휴즈의 말이 떨어지기가 무섭게 찰스 데븐스는 윌리엄이 보스턴을 이미 떠났다고, 정찰병이 그렇게 말했다고 주장했다. 휴즈가 정찰병의 보고를 들먹이며 반박하자 대화 주제가 옮겨갔다. 휴즈는 이렇게 회상했다. "보안관은 자신의 부하가 '빌은 이곳에 없다고 보고했다'라고 말했다. 나는 나의 부하가 '빌이 이곳에 있다'라고 알렸다고 밝혔다. 보안관은 내 부하가 잘못 본 거라고, 자신의 부하는 믿음직스럽고 절대 실수하지 않는다고 말했다." 사실 둘 중에서는 휴즈의 부하가 한 말이 옳았다. 다만 휴즈에게는 그 점을 증명할 시간이 없었다. 도망자들을 데려갈 꿈에 부풀어 있던 그 순간, 그 자신이 먼저 체포당했기 때문이다.

이는 크래프트의 법률팀이 만든 작품이었다. 다만 이때의 법률팀은 찰스 섬너, 새뮤얼 시월, 리처드 헨리 데이너 등 규칙을 따르는, 경계 위원회의 공식적인 법률 분과가 아니었다. 작품을 만든 건 대안적인 길거리 변호사단으로, 이들은 종종 말썽군들의 웃음을 자아냈다.

휴즈와 나이트는 윌리엄 크래프트를 노예라고 부름으로써 그의 사업과 평판에 피해를 주었다는 중상 혐의로, 또한 윌리엄을 공격할 목적으로 위험한 무기를 소지했다는 혐의로 기소되었다. 보석금은 각 1만 달러라는 특별한 금액으로 설정되었다. 그 정도 돈을 낼 수 있는 사람은 거의 없었으므로, 이들은 노예 사냥꾼들이 거리에서 제거되리라고 기대할 수 있었다. 에라스투스 러그 보안관은 조지아인들을 코트가로 다시 데리고 갔다. 거기에서 이들은 경계 위원회의 구성원이 포함된 군중과 합류했다. 군중은 휴즈가 크래프트 부부 외의 다른 사람도 쫓고 있는지 알고 싶어 했다.

"아니오!" 남부 출신의 휴즈는 고함을 질렀다.

"나는 다른 누구도 잡으러 오지 않았소. 그리고 제기랄, 영원히 여기 머물러야 한대도 그자들을 잡고 말 거요! 내가 신경 쓰는 건 니거들 하나하나가 아니라, 이 문제에 적용되는 원칙이오!"

지역 보안관 사무실에 있던 나이트도 곧 상원의원으로 선출될 냉담하지만 인상적인 인물, 찰스 섬너에게 모욕을 당하고 거의 폭발할 뻔했다. 섬너는 키가 193센티미터에 이르렀다. 나이트가 손을 뻗자, 이 거대한 남자는 손을 뒤로 빼며 노예 사냥꾼의 손길로 오염

되고 싶지는 않다고 말했다. 그러자 나이트는 솟구치는 분노에 일어서며, 남부 방식대로 자기가 만족할 때까지 잘못을 바로잡겠노라고 말했다. 사실 섬너는 언젠가 이 남부 방식[63]으로 잔혹한 복수를 경험하게 된다. 사우스캐롤라이나주의 친노예제 성향 의원인 프레스턴 브룩스가 미국 상원에서 그를 지팡이로 후려친 것이다. 그러나 이날은 행운이 섬너의 편이었다.

행운은 조지아인들에게도 따라주었다. 그들의 보석금을 누군가 빠르게, 비밀리에 내주었기 때문이다. 모두가 돈을 댄 사람의 정체를 밝히는 데 정신이 팔려 있을 때, 조지아인들은 뒷문을 통해 각자 슬쩍 빠져나갈 수 있었다. 이들은 분노를 드러내는 데는 열정적이었으나 아직 적을 알아보지는 못했던 시위자들을 지나쳐 갔다.

상황은 곧 변했다. 체포의 목적은 남부인들을 잡아두는 것만이 아니라, 그들의 정체를 확인하는 것이기도 했기 때문이다. 휴즈가 호텔에서 가명을 쓰며 혼란을 야기했기에 벌어진 일이었다. 이제는 인상착의에 따라 이들을 식별할 수 있게 된 만큼, 보스턴 전역에 새로운 경고 포스터가 만들어졌다.

"보스턴에 노예 사냥꾼이 있다!" 전단지는 그렇게 소리쳤다. 여기에는 조지아인들에 대한 노골적인 인상착의가 들어 있었다. 보통은 도망 노예를 찾는 공고에서 발견되는, 신체 크기와 색깔에 관한 정보였다.

---

63 남부 방식(The Southern Way)은 19세기 미국 남부의 명예 중심 문화를 가리키는 표현으로, 모욕이나 도전을 받을 경우 법보다는 개인적인 복수나 폭력으로 대응하는 행동 방식을 의미한다.

호텔로 돌아온 나이트는 아직 이 소란에 대해 몰랐으나 "엄청난 수의 니거"들을 보았다. 그는 빠르게 변장하고 뉴잉글랜드 사람의 목소리와 태도를 최대한 흉내 냈다. 그는 집회 사이를 활기차게 돌아다니며 남부에서 온 납치범에 관한 소식을 모았다. 그는 자신과 휴즈가 앞으로 다가올 며칠 동안 얼마나 맹렬한 추격을 당하게 될지 상상도 하지 못했다. 사냥꾼들은 머잖아 사냥감이 될 터였다.

가장 냉정한 남자

보스턴 커먼 뒤쪽, 비컨 힐에서는 전투의 함성이 커졌다. 보스턴에 있는 노예 사냥꾼은 휴즈와 나이트만이 아니었다. 조슈아 보웬 스미스—동료 애국자들에게 콜트 리볼버에 투자하라고 권했던 "출장 요리 업계의 왕자"다—는 경계 위원회의 동료들에게 대여섯 명의 무장 단체가 법원 광장에서 레스토랑 직원 두 명을 스토킹하는 모습을 보았다고 알렸다.

토요일, 휴즈와 나이트가 체포당해 정신이 없을 때 윌리엄은 윌리엄대로 겁을 먹었다. 그는 사우색가에서 프레더릭 더글러스와 이야기하고 있었는데(더글러스는 최근에 보스턴으로 돌아왔다) 마차 한 대가 위험할 정도로 가까이 다가왔다. 서너 명의 악의적인 사람이 윌리엄과 너무 가까운 곳으로 다가와, 그를 잡아갈 것처럼 보였다.

그러나 윌리엄은 평정심을 유지했다. 그는 누구보다 차가운 냉정함으로 "저들은 나를 산 채로 잡아갈 수 없다"라고 말했다. 마차가 계속 따라오자 더글러스는 윌리엄에게 차라리 이 주를 떠나는 게 낫지 않겠느냐고 물었다.

"아니요." 윌리엄은 그렇게 대답했다. "우리 사람들은 쫓길 만큼 쫓겨왔습니다." 그는 이곳에서 자유롭게 살거나 죽을 생각이었다.

더글러스는 친구의 손을 잡고 그의 이름을 부르며 작별 인사로 이렇게 말했다. "만약 자네가 죽는다면, 그 죽음이 우리 민족을 살릴 걸세." 그 말은 윌리엄의 순교가 노예제도 폐지라는 대의명분에 새로운 생명을 불어넣으리라는 뜻이었다.

윌리엄은 이 도시에서 "가장 냉정한 남자"로 불렸다. 권총으로 무장하고 대낮에 거리를 걸어 다니는 사람이라고. 시어도어 파커 목사는 헤이든 부부의 집에서 그를 보았다. 식탁에는 무기가 잔뜩 놓여 있었다. 윌리엄에게 이 반란군 목사는 반갑고도 특이한 존재였다. 감히 도망노예법과 싸우기 위해 강단을 이용하는 성직자의 수는 너무도 적었다. 한편, 어떤 목사들은 심지어 그 법을 지지하는 설교를 했다. 오빌 듀이라는 목사는 노예제도에 반대한다면서도 도망자들에게 항복할 것을 요청했다. "자유 주와 노예 주로 이루어진 연방을 보존하기 위해 필요하다면 자신의 형제나 자녀도 노예로 만들겠다"라고 선포하면서 말이다. 윌리엄은 자신은 이미 노예제도를 한 번 경험해 보았고 목사는 희생할 준비가 되어 있다니 듀이가 그 자리를 대신하면 되겠다고 생각했다.

시어도어 파커는 그런 자들과 달랐다. 그는 한 번도 무기를 든 적이 없었지만, 혁명가의 후손이라는 점을 자랑스럽게 여겼다. 윌리엄의 무기고를 살펴보는 순간, 전투에 대한 그의 취향이 그대로 드러났다. 목사는 이렇게 말했다. "윌리엄의 화약은 품질이 좋았다. 보관도 건조하게 잘 되었다. 윌리엄의 권총은 방수 처리가 훌륭하게 되어 있었으며, 총열도 깨끗했다. 방아쇠는 쉽게 당겨졌다. (중략) 나는 윌리엄의 단검도 써보았다. 칼날은 충분히 단단하고 날이 서 있으면서도 탄력이 있었다. 칼끝이 날카로웠다."

파커의 결론은 "윌리엄에게는 자연법[64] 외에 아무 법도 없다"라는 것이었다. 윌리엄은 무장 투쟁을 할 태세였고 유니태리언 교회 소속의 파커 목사도 때가 되면 그렇게 할 터였다.

바로 그날, 크래프트 부부에게 한 가지 제안이 들어왔다. 그들을 곤경에서 구해주고 보스턴에 질서를 회복해 줄 만한 제안이었다. 어쨌든, 일부 사람들은 그러기를 희망했다. 대니얼 웹스터의 친구인 J. T. 스티븐슨은 만일 윌리엄이 평화롭게 항복한다면 아무리 돈이 많이 들어도 그와 엘렌을 주인에게서 구매해 주겠다는 제안을 보내왔다. 그러나 윌리엄은 공동체 전체를 대신해 답했다. 그는 자신과 엘렌은 모든 도망자를 대표하며, 자신이 포기하면 그들 모두가 노예 사냥꾼의 처분에 맡겨지게 된다고 말했다. 그러므로 윌리

---

64 인간 사회에 보편적으로 적용된다고 여겨지는 자연적이고 도덕적인 법의 원칙. 인간이 만든 실정법과는 별개로, 인간의 이성과 양심, 정의에 기반한 본질적인 도덕 법칙이다.

엄은 두 푼에 그의 자유를 살 수 있다고 해도 타협에 동의하지 않을 생각이었다.

브루클라인에서 엘렌도 이 제안을 거절했다. 다만 그녀는 다시 움직일 수 있다는 가능성에 대해서는 윌리엄처럼 강력하게 반대하지 않았다. 캐나다에 가는 방안에 대한 질문을 받자 엘렌은 간단하게 대답했다.

"윌리엄은 더 이상 가고 싶지 않다더군요."

엘렌의 말을 들은 사람의 기억에 새겨진 것은 그녀의 눈빛이었다. 그녀는 마치 모든 비용을 계산해 보고, 인간이 그녀에게 저지를 수 있는 일은 두려워할 가치조차 없다고 생각하는 듯했다. 사람들은 이 말의 의미가 무엇인지에 대해 숙덕거렸다. 시어도어 파커의 말에 따르면, 콜린스의 계획은 엘렌을 뉴올리언스에 창녀로 팔아버리는 것이었다. 이 말이 사실이든 아니든, 콜린스가 예속 가해자로서 그런 권리를 가지고 있었던 것만은 진실이다.

토요일 밤 내내 엘렌은 거의 잠을 잘 수 없었다. 그녀는 소리가 날 때마다 놀라서 깼다. 낮은 긴장되어 있기는 해도 조용했다. 그 시간은 엘렌을 반겨준 젊은 여성인 메리 커즌의 드레스를 만들고 꿰매는 일로 채워졌다. 메리는 엘렌이 괴로워하는 징후를 전혀 발견하지 못했다. 그녀가 몇 시간씩 완벽하게 상냥한 성품과 우아한 태도를 보였기 때문이다. 그래서 커즌은 엘렌이 너무도 좋았다고 말했다.

오후에는 한 전령이 윌리엄이 쓴 쪽지를 가져왔지만—잠깐 마음이 놓이는 일이었다—그다음에는 석간신문이 나왔다. 이 신문에는 윌리엄이 마주한 위험이 극적으로 표현되어 있었다. 엘렌은 자기 방으로 피신했고, 그녀를 맞이한 집주인들은 그녀가 흐느끼는 소리를, 또 나중에는 잠자리에서 울부짖는 소리를 듣고 걱정했다.

엘렌은 남편과 함께 도망치는 악몽을 꿨다. 간수 휴즈가 그들을 바짝 뒤쫓았고, 그 뒤를 대니얼 웹스터가 가까이에서 따랐다. 그는 장전된 권총을 겨누었다. 이 꿈은 어떤 예감 때문에 꾼 것일지도 모른다. 대니얼 웹스터가 정말로 가까운 곳에 있었기 때문이다. 그는 아직 뉴햄프셔주에 있을 가능성이 높았지만, 크래프트 부부에게 시선을 고정한 채 보스턴으로 향할 계획이었다.

***

고맙게도 안식일에는 온 거리가 고요했다. 그러나 윌리엄은 기진맥진한 상태였다. 그에게는 더 큰 적막이 필요했다. 매사추세츠주 반노예 협회의 부회장이자 42세의 내과의사이며 엘렌을 태워주었던 헨리 잉거솔 보우디치가 보기에는 분명히 그랬다.

윌리엄의 호전성은 주변 사람을 긴장하게 했다. 유니태리언 교회의 목사 제임스 프리먼 클라크는 이렇게 회상했다. "윌리엄은 자신을 체포하려 한다면 연방 보안관도 죽이겠다고 말했다. 하지만 윌리엄의 친구 중 몇 명은 그런 행동이 윌리엄의 인종 전체에 몹시 나쁜 영향을 끼칠 것이며, 그들의 상황을 악화시키기만 할 거라고 말했다."

보우디치 박사는 노예 사냥꾼들이 일요일에 영장을 집행할 가능성은 낮다고 판단하고, 윌리엄을 브루클라인에 있는 엘렌에게 태워다 주겠다고 제안했다. 그러면 부부가 함께 시간을 보낼 수 있을 테고 윌리엄은 쉴 수 있을 터였다. 하지만 속으로는 모두가 아무리 노력해도 윌리엄이 잡힐 가능성이 높다고 생각했다. 그러므로 이는 크래프트 부부가 이 세상에서 만날 마지막 기회인지도 몰랐다.

윌리엄은 한 가지 조건을 걸고 마차 여행 제안을 받아들였다. 그는 보우디치의 손에 작은 총을 쥐여주며 말했다. "박사님, 이 총을 사용하시겠다면 함께 가겠습니다."

윌리엄은 보우디치의 형제가 준 콜트 리볼버 외에도 총 한 자루를 더 가져갔다. 그는 총을 쏠 준비가 되어 있었다. 그리고 체포 시도가 이루어질 경우, 비저항에 대한 개리슨주의자의 입장이 무엇이든 보우디치도 총을 사용하리라는 확답을 받아야 했다.

의사는 충격을 받았다. 그는 평소 사람의 몸을 꿰매는 일을 하지, 그 몸에 총을 쏘는 일을 하지는 않았으니 말이다. 하지만 보우디치가 익숙한 영역에서 벗어나는 건 지금이 처음이 아니었다. 8년 전, 그는 결과를 철저히 생각해 보지 않은 채 프레더릭 더글러스를─방금 만난 사이였다─자기 집 저녁 식사에 초대했다. 당시 보스턴에서는 흑인 남자를 자기 집에 초대해 식사를 함께하는 것은커녕 그와 나란히 걷는다는 것조차 급진적인 일이었다. 의사가 살던 지역에서는 특히 그랬다.

보우디치는 당시에 그랬듯 지금도 두려움을 무릅쓰고 걷고 있었다. 아니, 오히려 더 많은 것이 위험에 처해 있었다. 옆에 앉은 윌리엄과 보우디치 사이에는 열 살 난 목사의 아들 냇이 앉아 있었기에 특히 그랬다. 냇에게는 이 여행이 영영 잊지 못할 노예제도 반대론의 교훈이 된다.

의사는 남에게 대접받고 싶은 대로 남을 대하라는 말을 듣곤 했다. 그리고 그는 그나 그의 아내를 노예로 삼으려는 자를 죽이는 것은 영예로운 일이라고 생각했다. 그래서 보우디치는 "알겠네"라고 대답했다.

현기증이 나고, 의욕이 넘치고, 꽤 무서웠을 게 분명하지만 의사는 밀댐 다리까지 말을 몰고 가 요금 징수소를 지났다. 오른손에는 권총을, 왼손에는 고삐를 쥐고 있었으며 옆에는 아이를 앉힌 채였다. 아이 옆에는 가장 냉정한 남자가 권총과 나팔총(엽총의 조상에 해당한다)으로 무장하고 있었다.

'함께라면 우리는 꽤 근사한 싸움을 선보였을 것이다.' 의사는 혼자 그렇게 생각했다. 그 싸움으로 피가 흐를 수도 있었다. 나중에 알게 된 것이지만, 그의 권총에는 세 발의 녹탄이 장전되어 있었다. 더 나중에, 보우디치는 사랑하는 아들 냇을 위해 그 총을 기억 상자에 보관해 두었다. 냇은 남북전쟁에서 돌격대의 선봉에 섰다가 전사하게 된다.

의사는 요금 징수소의 남자를 제외한 누구와도 마주치지 않고 브루클라인에 도착해 깊이 안심했다. 메리 커즌이 문을 열어주었다. 그녀는 아름다운 새 드레스가 생겨 기뻐하는 중이었다(그녀는 말하기를 좋아하는 사람이었다. 이후 며칠 동안 다른 사람들이 이 놀라운 옷을 만들어준 사람이 누구냐고 물었을 때, 그녀는 침묵을 지키는 걸 어려워했다). 크래프트 부부는 즉시 위층 방에 격리되었다. 의사는 그 문을 닫고 절대 건드리지 말라는 엄한 명령을 내렸다.

10분도 되지 않아 크래프트 부부가 방에서 나왔다. 윌리엄은 이곳에 머무는 건 옳지 않은 일이라고 선언했다. 엘리스 그레이 로링이 이 집에 없다는 사실을 알게 되었기 때문이다. 윌리엄이 이런 입장을 취한 건 이번이 처음이 아니었다. 그는 엘렌이 힐러드 감독관의 집을 떠나야 한다고 고집했다. 힐러드가 고액의 벌금과 징역의 위험을 무릅써야 할 뿐 아니라 직업까지 잃을 수 있기 때문이었다.

커즌과 그녀의 이모는 그냥 머물라고 윌리엄을 설득하려 했다. 엘렌도 가세했다. 시간도 늦었고 날씨도 나쁜데, 아침까지는 머물러도 되지 않겠느냐고 했다. 그러나 윌리엄은 단호하게 문으로 향했다. 엘렌은 눈물을 흘리며 보닛 끈을 묶었다고 전해진다.

어둠 속으로 그들을 안내하는 한 사람과 함께 크래프트 부부는 몇 골목 떨어진 일라이자와 새뮤얼 필브릭의 집으로 이동한 다음 무장한 채로 직원 숙소에 숨었다. 숙소 여주인은 그들이 총을 만지다가 자칫 스스로를 다치게 할까 봐 가슴을 졸였다. 그래도 그들은 총을 장전한 채로 곁에 두었다. 언제든 쏠 준비가 되어 있었다.

뒤집힌 세상

　　보스턴에서 강을 건넌 곳에서, 조지아인들은 나름의 공포와 직면했다. 이제는 그들의 얼굴이 알려지고 말았다. 그들이 호텔에서 발을 내딛기가 무섭게 거리의 소년들이 쓰레기를 던지며 상스러운 소리를 외쳐댔다. 사람들이 그들을 쫓아다니며 소년들과 함께 돌을 던졌다. 사방에서 고함이 커졌다. "노예 사냥꾼!" "도둑놈!" "사냥개!" 하지만 그게 최악은 아니었다.

　주말에 벌어진 사건에서 간신히 회복한 월요일, 두 사람은 다시 보스턴 지역 보안관 대니얼 J. 코번의 방문을 받았다. 코번은 그들을 체포하겠다고 했다. 이번에는 그들이 윌리엄 크래프트를 납치하기 위해 공모했다는 혐의였다. 보석금은 다시 1만 달러로 책정되었다.

지역 주민 두 사람 덕분에 보석금을 빨리 치른 것은 이들에게 행운이었다. 보석금을 내준 인물은 전에도 그들을 보석으로 빼주고 연방 보안관의 승인을 받았던 연방 부보안관 패트릭 라일리, 그리고 루이자 메이 올콧의 사촌인 브로커 해밀턴 윌리스였다. 이 시기에 윌리스는 웹스터의 편에 섰지만, 나중에는 크래프트 부부 같은 사람들에게 힘을 빌려주게 된다. 아무튼, 조지아인들에게 보석금을 내고 풀려난 일은 앞으로 벌어질 잊을 수 없는 하루의 시작에 불과했다.

　그들이 밖으로 나오니 법원 광장에는 엄청나게 많은 남자와 여자, 아이들이 모여 있었다. 나이트의 추정으로는 약 2,000명은 되는 것 같았다. "니거"들의 숫자가 백인 시위자의 숫자를 3대 1로 압도했다. 기자들은 흑인에 비해 백인이 훨씬 많았다고 보도했지만 말이다. 구성이야 어쨌든, 시위자들은 단결해 나이트가 혐오하게 된 구호를 외쳤다. "노예 사냥꾼! 노예 사냥꾼! 저기 노예 사냥꾼이 간다!" 어떤 사람들은 깃털과 타르를 가져오자고 외쳤다.[65]

　머잖아 백마 두 마리가 끄는 전세 마차 한 대가 다가왔다. 말들은 흥분해 거칠어져 있었다. 주 보안관이 사람들을 밀치고 길을 뚫은 덕분에 휴즈는 간신히 마차에 탈 수 있었다. 다만 이미 모자를 잃어버리고 상당히 시달린 다음이었다. 한편 나이트는 뒤에서 붙잡혀 물러날 수밖에 없었다. 시위자들이 야유하고 마차 문을 부수

---

[65] 18세기부터 19세기까지 미국 등지에서 망신을 주기 위해 사용되던 처벌 방식이다. 피해자의 몸에 끈끈한 타르를 바르고 그 위에 깃털을 덮어 조롱과 수치를 주는 수단으로, 특히 민중의 분노를 표현하거나 사회적 제재 수단으로 쓰였다.

려 했다. 나이트로서는 놀랍게도 그의 동업자는 마차 안에서 웃으며 뻐기고 있었다. 단, 오래 그러지는 못했다.

군중은 하나의 정신을 가진 하나의 몸이 되었다. 그들은 길고 강한 팔로 마차를 뒤덮고 양옆으로 흔들었다. 마차의 승객을 잡으려는 생각에서였다. 보도에 따르면, 한 흑인 남자가 창문을 깨고 무기를 겨누었다. 떨리는 한순간, 그는 휴즈를 시야에 두었다. 그러나 경계 위원회의 이름 없는 한 회원이 그를 말렸다.

마차의 마부가 채찍을 높이 들어 내리쳤다. 그렇게 마차는 덜컹하며 앞으로 움직이기 시작했다. 문은 열려 있고, 사람들은 사방에 매달려 있었다. 그들은 마차의 바퀴살을 잡고 버텼다. 몇몇 사람은 그 과정에서 넘어졌다. 그중 한 시위자는 파커 식당 앞에서 쓰러진 채로 움직이지 못했다. 얼마 전 노예 사냥꾼들이 배회하던 장소였다.

마차는 쏜살같이 코트가를 따라 달렸고, 군중은 위협적으로 소리 지르며 그 뒤를 따라 뛰었다. 도시에 그들의 고함이, 억압받는 자들의 분노가 메아리쳤다. 사람들은 뒤늦게야 나이트를 떠올렸다. 나이트는 모자를 낮게 눌러쓰고 몸을 수그린 채 몰래 빠져나간 다음이었다. 다만 그는 사람들이 거칠게 외투를 잡아당겼다고 불평했고, 어느 흑인 남자 한 명이 그를 따라오는 모습에 불안감을 느꼈다. 그는 간신히 택시를 잡아타고 유나이티드 스테이트 호텔로 안전히 돌아올 수 있었다.

그러는 내내, "니거 폭도"는 두 발로 휴즈의 마차를 따라 달렸다. 마차는 혼비백산해 도망쳤다. 케임브리지가를 미친 듯이 내

달리고 낡은 감옥을 지나, 찰스강의 푸른 물결이 펼쳐지는 레이먼드 부두 곁을 스쳐 지나갔다.

마차는 덜컹거리며 크레이기 다리를 건너고, 속도를 높여 요금 징수소를 지났다. 마부는 끈질기게 따라붙던 시위자들이 요금 때문에 주저하기를 바랐다. 그러나 어느 너그러운 사람이 계속 가겠다는 모든 사람의 돈을 내주었고, 시위자들은 노예 사냥꾼이 타고 있다고 외치면서 한껏 기운을 내 마차를 따라왔다. 다른 모든 사람들의 위에서, 한 "유색인 남자"가 마차 지붕에 올라탄 채 케임브리지가를 의기양양하게 달렸다. 그야말로 이동형 시위였다.

몇 킬로미터를 더 가서 동물들의 악취가 극심한 우시장과 도축장, 경마장 풍경이 나온 뒤에야 마차는 시위자들을 따돌리고 노스케임브리지의 포터스 태번에서 멈출 수 있었다. 그러나 마부는 어려운 시련에 겁을 먹은 나머지 더 이상 일하지 않겠다고 했다. 휴즈는 알아서 보스턴으로 돌아갈 길을 찾아야 했다.

휴즈는 찰스강을 건넜다. 그는 크래프트 부부도 바로 그날, 엑시터 플레이스에 있는 시어도어 파커의 집에 가느라 이 강을 건넜으리라고는 상상도 하지 못했다. 파커의 집은 비치가의 유나이티드 스테이트 호텔에서 겨우 두 골목 떨어진 곳, 소총의 사정거리 안에 있었다. 휴즈와 나이트는 그 호텔에서 차를 마셨다.

***

그날 늦게, 조지아인들은 떨리는 손으로 찻잔을 들었을 게 틀림

없다. 그런 뒤에는 제대로 회복하기도 전에 지역 보안관 코번이 찾아왔다. 그는 이번에도 크래프트 부부의 변호사인 찰스 리스트와 함께 와서 조지아인들이 세 번째로 체포되었음을 알렸다. 엘렌을 납치하기 위해 공모했다는 혐의였다. 이들은 각기 2만 달러로 책정된 보석금(이전 보석금의 두 배였다)을 내기 위해 코트가로 돌아가야 했다. 이로써 이들을 지키기 위해 쓰인 돈은 총 8만 달러에 이르렀다. 오늘날의 가치로는 300만 달러가 넘는 금액이다.

조지아인들은 더 이상 견딜 수 없었다. 그들은 영웅으로서 메이컨을 떠났으며, 노예를 잡아 의기양양하게 돌아갈 수 있으리라 생각했다. 그러나 조롱당하고 침을 맞고 법과 남자, 여자, 아이들에게 쫓기기만 했다. 썩은 달걀을 비롯한 쓰레기를 그들에게 던진 건 길거리의 소년들만이 아니었다. 보스턴의 고위층도 교육받지 못한 하류 계급 쓰레기라며 그들을 조롱했다. 이 세상의 밑바닥에 사는 것은 그들이 잡으려는 사람들이 아니라 그들 자신이라는 듯이.

이들은 호텔을 나가 코트가로 가지는 않겠다고 했다. 그들이 체포되었다는 사실을 아무도 모른다는 보안관의 설득도 먹히지 않았다. 조지아인들은 바보가 아니었다. 호텔 바로 앞에 소규모 흑인 시위자 무리가 서 있었고, 적대적인 백인들이 복도에 도사리고 있었다. 보안관은 두려워할 것이 별로 없다고 생각했지만, 이들을 자기 집으로 데려가 보석될 때까지 기다리게 해주겠다고 제안했다. 다행히, 조지아인들의 변호사가 와서 보석 담당관이 오고 있으니 이동할 필요는 없다고 알려주었다. 그들은 남부 출신의 거친 남자 두 명이 숨어 있으리라고는 아무도 예상하지 못할 공간, 즉 여성용 객실에서 기다렸다.

마침내 보석 담당관들이 나타났다. 그중 한 명이었던 연방 부보안관 패트릭 라일리의 말에 따르면, 나이트는 이 일을 끝내고 싶어 안절부절못했다. 그는 저녁에 어떤 여자와 극장에 가기로 약속되어 있다고 말했다(결국 나이트는 몰래 빠져나가는 데 성공했다). 반면 휴즈는 그날 밤 상태가 좋지 않았다. 심지어 법원 광장을 피해야 한다는 직감이 옳았다는 것을 깨닫고는 상태가 더욱 나빠졌다. 무장한 폭도가 지역 보안관 사무실에 모여 휴즈와 나이트를 기다리고 있었다(널리 알려진 바에 따르면 대체로 흑인 시위자들이었다). 이들 가운데에는 말을 탄 흑인 남자도 한 명 있었는데, 그는 자신이 휴즈를 쏘는 첫 사람이 되겠다고 맹세했다.

흑인이 말을 소유하는 것을 금지하는 법이 있는 세계, 아무리 자유 흑인이라도 총을 들었다가는 등에 39대의 채찍질을 당해야 하는 세계, 백인의 몸에 위해를 가하는 것이 사형에 처해지는 중범죄인 세계에서 온 조지아인들에게 이는 정말이지 뒤집힌 세상이었다. 그들로서는 불행한 일이었지만, 축은 이제 막 기울어지기 시작한 참이었다.

유나이티드 스테이트 호텔

조지아인들은 다음 날 하루 종일 방문자들 때문에 정신이 없었다. 가장 먼저 찾아온 것은, 나이트가 세어본 바에 따르면, 100명의 백인 남자들이었다. 이들은 조지아인들을 위협해 보스턴을 떠나게 하려 했다. 다음으로는 열여섯 명의 위원회가 찾아와 폭도가 공격할 거라고 경고했다. 호텔 주인이 방문자들을 되돌려 보냈다. 그는 인기 없는 손님과 법에 계속 봉사했다. 경계 위원회의 재무 담당자인 프랜시스 잭슨이 문제를 제기하자, 호텔의 재정 관리인은 자기 딸에게 적용되더라도 법을 지키겠다고 고집을 부렸다.

마지막으로는 여자들이 왔다. 이들은 남부인들이 만나지 못한 것을 후회한 유일한 방문객들이었다. 보스턴 여성들은 투표권을 포함해, 시민으로서 가진 자신들의 권리를 총동원했다. 지난주, 우스터에서는 최초의 전국 여성 권리 대회가 열렸다. 소조너 트루스, 애비 켈리 포스터, 프레더릭 더글러스 등의 활동가들이 그 행사에 참석했다. 하지만 보스턴 여자들이 방문했을 때, 조지아인들은 자리를 비우고 없었다. 그래서 나이트의 용감한 표현에 따르면, 그와 휴즈는 그들을 만나는 이루 표현할 수 없는 기쁨을 빼앗기고 말았다.

사냥감이 아닌 사냥꾼이 되겠다고 결심했으면서도 표적을 놓친 휴즈는 연방 보안관 사무실로 갔다. 하지만 그곳에서는 아무것도 알아낼 수 없었다. 그런 다음, 조지아인들은 폭격을 당했다.

마치 노예 사냥꾼이 되고자 하는 이들의 등에 "우리를 체포하세요"라는 플래카드라도 달려 있는 것 같았다. 그들은 담배를 피우며 마음을 달래기가 무섭게 거리에서 흡연했다는 혐의를 뒤집어썼다 (이들의 고향에서 공공장소에서의 흡연은 흑인이 저질렀을 경우에만 처벌 가능한 위법 행위였다). 괴로워 소리를 지르면 "신성모독적 욕설" 혐의가 따라왔다. 월요일에 케임브리지까지 쫓겨 갔던 트라우마적 사건은 요금을 내지 않고 과속했다는 더 많은 혐의로 이어졌다. 조지아인들을 지켜보던 사람들의 눈에 그들은 겁에 질린 것처럼 보였다. 그들은 무기를 숨기고 다닌다는 혐의를 추가로 썼다. 흑인인 그들의 적은, 신문의 표현을 빌리자면 "이빨까지 무장하고" 있었는데도 말이다. 최악은 지역 주민들이 이들의 괴로움을 즐기는 것처럼 보인다는 사실이었다. 어느 신문에서는 놀리듯이 이렇게 표현했다. "정말이지 보스턴 시민의 준법 의식은 대단하다!"

사실 크래프트 부부의 깡패 변호사 집단은 공들여 세운 괴롭힘 일정을 또박또박 따라가며 즐거워했다. 그러나 좀 더 진지한 법적 작전도 진행되었다. 연방 보안관이 크래프트 부부를 체포하려 할 경우에 대비해, 부부의 구금을 문제 삼기 위한 모호한 내용의 영장이 발급될 예정이었다. 윌리엄은 일부러 형사상 혐의로 기소당할 준비도 하고 있었다. 그가 체포당하면 조지아인들이 그에게 접근하지 못할 것이기 때문이었다. 혐의로는 채무, 폭행, 심지어 간음 등 모든 것이 가능했다. 크래프트 부부는 법적으로 혼인한 상태가 아니었으므로(어느 주의 법에 따라서도 말이다), 간음죄를 저지르며 살고 있다는 혐의로 체포될 수 있었다. 엘렌은 아니어도 윌리엄은 최후의 수단으로 이 계획에 동의했다고 전해진다.

부부의 친구들은 차마 그런 일까지 벌어지지는 않기를 바랐다. 그들이 원한 것은 휴즈와 나이트가 추격당하는 데 정신이 팔려 크래프트 부부를 추격하지 못하는 것이었다. 이들의 계획은 성공 가도를 달리는 것처럼 보였다. 조지아인들의 변호사는 며칠 동안 뉴욕으로 물러났다가, 이런 열광이 식은 뒤에 다시 크래프트 부부의 체포를 시도해 보자고 제안했다. 여전히 상태가 좋지 않았던 휴즈는 그 아이디어를 깊이 생각해 보았지만, 아직 떠날 준비가 되어 있지는 않았다. 그는 이른 아침, 반란군의 목사가 문을 두드렸을 때도 여전히 그곳에 있었다.

***

시어도어 파커는 이 일을 심하게 원했다. 경계 위원회에서는 최근 또 한 번 비공개 긴급회의를 열었다. 단단히 블라인드가 쳐진 회의장에는 루이스 헤이든, 프레더릭 더글러스, 새뮤얼 그라이들리 하우를 비롯한 참석자들이 있었다(맹인을 진료하는 의사로 유명했던 하우는 다른 방면으로도 사람들이 눈을 뜨게 해주었다). 이들은 노예 사냥꾼들을 겁주어 쫓아버릴 방법을 의논했다. 파커의 동료 애국자들은 파커가 대사 역할을 제대로 할 수 있을지 모르겠다는 의심을 표현했다. 이번 일은 신을 섬기는 사람이 할 만한 일이 아니었기 때문이다.

겨우 몇 주 전, 이들은 패뉴일 홀에서 파커의 말을 들었다. 그때 파커는 "위험한 무기에 기대지 맙시다. 대신, 노예 소유자들의 진전을 막도록 자연이 준 무기를 사용합시다"라고 촉구하며 평화적인 행동을 하라는 조언을 건넸다. 그러나 이 변절한 목사는 무슨 짓을 해서라도 이번 일을 해내겠다며 이렇게 선언했다. "신사 여러분, 위원회는 내가 하지 않겠다는 임무를 내게 맡길 수 없습니다." 파커는 전에도 폐지론자였다. 그러나 도망노예법의 통과와 크래프트 부부에 대한 의리로, 그는 자신이 정한 선을 벗어났다.

파커 목사는 사상만 급진적인 게 아니었다. 노예제도를 둘러싼 토론의 양측에서 수많은 사람들이 그랬듯―예속 가해자만이 아니라 폐지론자들도 그랬다―그는 몇 가지 관습적인 인종차별주의적 시각을 가지고 있었다. 윌리엄 쿠퍼 넬 같은 흑인 활동가들이 공들여 이 점을 지적했다. 예컨대 파커는 안일한 마음으로 인종에 등급을 매기곤 했다. 그는 백인 앵글로색슨족을 최상위에, 유대인을 그다음에, 흑인을 가장 아래에 두었다. 그렇지만 파커는 공통적인 인간성에 대한 설교로 멀리, 광범위한 영향을 주었다. 앞으로 오랫동안 미국인들에게 영감을 줄 두 가지 문구의 원저자가 파커였다. 에이브러햄 링컨의 게티즈버그 연설에 쓰인 "민중의, 민중에 의한, 민중을 위한 정부"라는 말과 마틴 루서 킹 주니어의 "도덕적 우주의 호선은 길지만, 결국 정의를 향해 굽어진다"라는 말 말이다.

파커는 설교와 강연, 책에서 이런 주옥같은 글귀를 수백 개, 심지어 수천 개 던져댔다. 그러나 그날, 11월의 이른 아침에 그의 말을 듣는 사람은 단 두 명뿐이었다. 아니, 실은 한 명이었다. 휴즈와 나이트 중 책임자는 덩치가 더 작은 교도소 간수 윌리스 휴즈라는 점이 분명했기 때문이다.

파커는 목적지에서 겨우 두 골목 떨어진 자신의 집에서 나왔다. 도시의 거리와 철로가 아직 어두운 시간이었다. 호텔 직원들은 파커 목사가 찾는 남자들은 외출 중이라고 즉시 알려주었다. 그래도 파커는 주저하지 않고 그들의 방으로 카드를 올려보냈다. 카드는 철자가 잘못 적힌 메시지와 함께 빠르게 되돌아왔다. "휴즈 씨는 바쁨."

노예 사냥꾼이 바쁘든 말든 간에, 목사에게는 곧 더 많은 자경단원이 합류했다. 다 합쳐서 60명이 좀 넘는 이 남자들은 응접실과 식당으로 흩어졌다. 결국, 파커와 그의 무리가 그냥 떠나지는 않으리라는 걸 깨달은 호텔 주인은 그들을 객실로 안내하기로 했다. 노크 소리와 함께 44호의 문이 열렸고, 목사와 노예 사냥꾼은 서로 눈을 마주 보았다.

파커는 상대방의 얼굴을 보고 경악했다. 그는 휴즈에 대해 완전한 타락이 인간이 된 것 같았다고 말했다. 휴즈도 대머리에 날카로운 파란 눈을 가진 목사가 마음에 들지 않았다. 그는 파커가 도덕적인 인간이어야 한다고 생각했는데, 딱히 그렇지는 않은 것 같다고 말했다.

"뭐가 그렇지 않다는 겁니까?" 파커가 물었다.

"폭동이며, 폭력이며."

"난 그런 일을 막으러 온 겁니다." 목사가 고집스럽게 말했다.

"우리는 법을 집행하러 여기 온 거요."

"그렇소." 파커도 동의했다. 하지만 그는 크래프트 부부를 도시에서 데려가기는커녕 잡을 수도 없다는 걸 알아야 한다고 말했다. 그러자 조지아인들이 불평하기 시작했다. 심하게. 그들은 너무 나쁜 취급을 받고 있었다. 그들은 문밖에 나서기가 무섭게 "노예 사냥꾼! 노예 사냥꾼! 저기 노예 사냥꾼이 간다!"라는 끔찍한 구호를 들었다. 나이트가 특히 불공평하다고 생각했던 것은, 실제로 노예 사냥꾼인 휴즈와 달리 자신은 노예 사냥꾼이 아닌데도 똑같이 공격당하고 있다는 점이었다.

파커는 조지아인들에게 하룻밤 더 머물렀다가는 안전을 보장할 수 없다고 말했다. 하지만 떠나겠다면, 자신을 비롯한 사람들이 '안전한 통행'을 보장해 주겠다고 말했다.

"우리는 안전한 통행을 바라지 않소." 휴즈의 반박이었다. "그건 우리가 알아서 하면 되니까."

파커는 자신이 이미 한 차례 이들을 폭력에서 구해주었으나, 다시 그렇게 하리라고 약속할 수는 없다고 알렸다. 그러나 휴즈는 아무런 약속을 하지 않았다.

목사와 간수, 두 남자는 한 번 더 서로를 응시했다. 둘 다 서로를 좋아하지 않았다. 그런 다음, 둘은 서로에게 인사를 건넸다. 휴즈는 눈을 깜빡이지 않았지만 승기를 잡은 건 파커였다. 헤어질 때, 목사는 상대방의 눈에서 타락만이 아니라 공포도 감지했으니 말이다.

호텔 문은 그날 하루 종일 감시를 당했다. 보도에 따르면, 노예 사냥꾼들은 밖으로 나오지 않았다. 시간이 지나 그들이 2시 정각에 기차를 타고 떠났다는 발표가 났다. 순찰 중이던 사람들에게는 당황스러운 소식이었다. 휴즈와 나이트의 인상착의에 맞는 사람은 한 명도 지나가지 않았기 때문이다. 이 사실은 그들이 엘렌과 똑같은 전략을 써서 탈출했을 게 틀림없다는 의심으로 이어졌다. 그들은 성별이라는 망토를 이용해 보이지 않는 존재가 되어, 남자 두 명만을 찾던 경계심 어린 눈길을 피해 두 명의 숙녀로서 춤추듯 지나갔을지 몰랐다.

보스턴을 떠나기 전, 휴즈는 메이컨의 고용주에게 전보를 보냈다. 냉정하고 귀에 거슬리는 타닥거리는 소리로 전송된 메시지는 다음과 같았다. "니거 숨음." 휴즈는 일단 뉴욕으로 가서 다음 지시를 기다리기로 했다.

사자 굴

이 소식은 크래프트 부부의 귀에도 들어갔다. 부부는 당시 시메온과 벳시 도지 부부의 집에 숨어 있었다. 매사추세츠주 북쪽 연안의 마블헤드라는 바닷가 마을에 있는 집이었다. 이 집은 숨겨져 있기는커녕 마을 중심부의 교차로에 자리 잡고 있어 눈에 잘 띄었다. 이들을 엿보는 눈길이 너무 심했기에 윌리엄처럼 목수였던 시메온은 도망자들이 기습당할 때 탈출할 수 있도록 바닥문을 만들어두었다. 바닥 널 아래에 숨을 때면, 180센티미터에 이르는 윌리엄의 몸은 그보다 작은 엘렌의 몸 옆에 구겨져 들어갔다. 위에서는 어린아이들의 목소리가 들렸다. 도지 부부에게는 자식이 많았고, 한 명이 더 태어날 예정이었다.

다음 목적지가 가장 큰 고민이었다. 돌아가도 안전할까? 아니면 계속 움직이는 것이 최선일까? 그들은 이미 보스턴에서 북쪽으로 32킬로미터 지점에 와 있었다. 이대로 계속 이동해 캐나다에서 다시 모습을 드러낼 수도 있었다. 경계 위원회의 일부 회원들은 처음부터 이런 진로를 제안했다. 영국의 폐지론자인 조지 톰슨이 와서 해외로 가는 방법을 더욱 지지했다. 톰슨은 미국인들이 매우 쉽게 과열될 수 있다는 걸 알고 있었다. 16년 전, 보스턴에 왔을 때는 톰슨 역시 마블헤드에 있는 도지 부부의 집에서 지냈다. "신사 폭도들"이 그에게 타르와 깃털을 바르겠다고 위협한 다음이었다(그때는 개리슨이 대신 공격당했다).

그러나 일단, 루이스 헤이든은 크래프트 부부를 해외로 보내는 데 반대했다. 그는 웬델 필립스, 시어도어 파커, 찰스 섬너, 심지어 보도에 따르면 랠프 월도 에머슨까지 포함된 인물들에게 자기 의견을 밝혔다. 이들 중 에머슨은 경계 위원회의 회원이었던 적은 없지만, 수많은 사람이 그랬듯 도망노예법이 철학을 행위로 전환시킬 촉매제라고 보았다. 지금은 크래프트 부부도 그에게 도망노예법과 비슷한 존재였다. 이토록 다채로운 사람들이 크래프트 부부를 위해 모일 수 있고, 보통은 서로를 표적으로 삼을 법한 사람들이 서로의 차이를 미뤄두고 하나가 될 수 있다는 건 이들 부부가 가진 힘을 나타내는 징표였다.

윌리엄과 엘렌은 헤이든에게 동의했다. 크래프트 부부는 그들의 선택과 행동에 세상을 움직일 힘이 있다는 걸 알았다. 그래서 그들은 안전한 곳의 반대 방향으로, 곧장 사자 굴로 돌아가는 길을 택했다. 대니얼 웹스터가 있는 보스턴으로, 루이스와 해리엇 헤이든 부부의 집으로 말이다.

11월 첫 안식일에 조지 톰슨이 헤이든 부부의 집을 방문했다. 윌리엄 로이드 개리슨이 보스턴 뒷골목이라는 미로를 지나 그를 안내해 주었다. 부부의 집은 경계가 삼엄했다. 창문은 막혀 있었고, 문에는 이중 자물쇠와 철창이 쳐져 있었으며, 모든 부분이 무기고나 다름없었다. 집 안에 있는 유명한 도망자들에게 더 큰 총이 겨누어졌다는 소문이 무성했기 때문이다. 〈해방자〉에서 보도한 정보에 따르면, 필모어 대통령은 "모든 위험을 무릅쓰고서라도 도망 노예 빌을 잡기로" 결심했다. 신문은 이 보도에 "어디 두고 보라지!"라는 말을 덧붙였다.

톰슨과 개리슨은 루이스 헤이든이 "어린 아들과 용감한 유색인 남자들과 함께 머무는 모습"을 보았다. 그들은 빈틈없이 무장했으며, 연방 보안관이나 그의 무장 단체를 상대로 언제든 목숨 건 싸움을 벌일 준비를 하고 있었다. 몇 년 뒤, 윌리엄은 헤이든과 함께 화약통 옆에 서서 불을 붙일 준비를 했던 그날 밤을 떠올렸다. 이번에는 둘이 함께였다. 그들은 윌리엄과 엘렌을 잡으려는 시도가 조금이라도 이루어지면 화약통을 터뜨리기로 했다.

크래프트 부부는 어떤 결과든 맞이할 준비가 되어 있었다. 그 대가로 함께하지 못하게 된다고 해도 상관없었다. 윌리엄은 헤이든 부부와 함께 머물렀지만, 엘렌은 곧 시어도어 파커의 집으로 돌아갔다. 계단 네 층을 올라 엑시터 플레이스의 꼭대기 층으로 가, 복도 하나를 사이에 두고 있는 목사의 서재 맞은편에 남는 방에 들어갔다. 엘렌은 그곳에서 며칠 밤낮을 기다리며, 딴생각을 하는 대신 실과 바늘을 들기로 했다. 아니면, 읽기를 배우고 있었으니 책을 읽었을지도 모른다. 이 집은 어디에나 두꺼운 책이 사방에 널려 있었다. 다 합쳐서 약 1만 7,000권이었다. 목사는 언제나 기꺼이 그 책들을 빌려주었다.

같이 있을 사람으로는 파커와 그의 아내 리디아, 두 사람이 입양한 아들 조지(리디아 파커의 사망한 형제가 10대 때 낳은 사생아였다), 그리고 목사 부부의 가까운 친구 해너 스티븐슨이 있었다. 해너는 불행했던 결혼 초기에 생물학적 자녀를 낳겠다는 소중한 꿈을 품었으나, 그 이후 다른 방식으로 가족과 가정을 꾸리는 방법을 찾았다. 그녀는 빈틈없고 신중하며 관습에서 벗어난 여성으로, 언젠가 남북전쟁에서 간호사로 활동한 루이자 메이 올콧의 멘토가 된다. 그녀는 또한 커티스 집안과 혈연으로 얽힌 반골 기질의 인물이었으며, 다니엘 웹스터의 친구인 J. T. 스티븐슨의 여동생이기도 했다. J. T. 스티븐슨은 크래프트 부부에게 법에 순응하는 대가로 그들의 자유를 사주겠다고 제안했던 인물이다.

파커는 "여자들"에게 문 근처에는 얼씬도 하지 말라고 지시했다. 이때 "여자들"은 아마 파커의 가족을 의미했을 것이다. 적들은 문을 부수고 들어오더라도, 계단을 오르기 전에 먼저 파커의 총을 상대해야 했을 것이다. 그는 무기를 마련해 놓고 설교를 준비했다. 잉크통 아래, 열린 서랍에는 칼이 들어 있었다. 손 닿기 쉬운 곳에는 장전된 권총이 격발기에 뇌관까지 장착되어 즉시 쏠 수 있는 상태로 준비되어 있었다. 때때로 그는 할아버지가 독립전쟁 때 사용한 화승총을 힐끗거렸다. 그 총이 벽에 걸린 채 조용히 조언해

주는 듯했다.

보스턴 커먼의 시들어가는 풀밭 건너편에서, 더글러스는 유혈극이 벌어질 것임을 직감했다. 그는 동료 활동가인 에이미 포스트에게 이런 편지를 보냈다. "윌리엄과 엘렌 크래프트 부부를 다시 잡겠다는 계획이 알려지자 보스턴 사람들은 무척 흥분하고 있습니다. 말로 표현하기 어려울 정도입니다. 모든 순간이 유혈 사태와 대살육을 불러올 수 있습니다." 다른 목격자는 '보스턴이 냄비처럼 끓어올랐다'라고 적었다.

보스턴만이 아니었다. 소식이 전보를 통해, 전선을 타고 빠르게 남부로 퍼지자 메이컨의 냄비도 똑같이 뜨겁게 끓어올랐다.

***

로버트 콜린스는 이제 막 조지아주 헌법 회의에 대의원으로 선출된 것을 자축하던 중 윌리스 휴즈로부터 전보를 받았다. 그는 소식을 외부에 드러내지 않고 혼자 간직했다. 이웃들이 궁금해하던 또 다른 전보, 즉 크래프트 부부의 자유를 돈으로 사겠다는 제안에 어떻게 응답할지에 관해서는 더욱 말을 아꼈다(J. T. 스티븐슨 같은 이들의 제안은 양측 모두에게 제시되곤 했다).

콜린스가 몸값을 부르고 크래프트 부부가 매입에 찬성했다면, 부부에게 방랑의 세월은 끝났을지도 모른다. 그러나 크래프트 부부에게 그랬듯, 콜린스에게도 그들이 예속될 때의 가치, 혹은 자유로워질 때의 가치는 돈으로 측정할 수 없는 것이었다. 콜린스는 전보가 도착한 다음 날 보스턴의 한 친구에게 편지를 보냈다. "이윤만 생각한다면 크래프트 부부보다는 돈을 갖는 게 낫지. 우리는 그들이 다시 우리 노예가 되는 걸 바라지 않네. 그들에게 개인적인 상처를 입히고 싶지도 않고." 하지만 콜린스는 크래프트 부부의 탈출이 가진 낭만적 성격이나 그들의 순회강연 탓에, 그들의 사건이 "다른 노예 스무 명보다 중요한 사건"이 되었다고 보았다. 이런 요소가 남북을 가리지 않고 그들을 "악명 높게" 만들었기 때문이었다.

콜린스는 이렇게 선언했다. "이보다 더 명확한 사건은 없네. 법의 효력을 시험하기에 이보다 더 적절한 경우도 없고, 이토록 대중의 이목이 집중된 사건도 없지. 진실을 밝힘으로써 나라에 이토록 큰 도움이 될 만한 사건은 없다는 말이네." 그가 보기에, 지금 위험에 처한 것은 연방이 살아남을 것이냐는 문제 자체였다.

그는 또 이렇게 말했다. "북부인들이 신의 성실의 원칙에 따라 도망노예법을 실행하고 남부가 만족하면, 우리 국민에게는 평온이 회복될 것으로 보이네." 그는 경고했다. "그러나 이 법에 저항이 일어나고, 법이 실행될 수 없다면 연방은 즉시 위험에 빠지겠지."

나중에 그는 이렇게 설명했다. "당신의 방법에 따르면 자유로워질 자격이 없는 자들이 자유로워질 것입니다. 그 방법에 따르면 크래프트 부부가 두고 떠난 노예들이 불만을 품을 것입니다. 해방된 노예들의 무리가 조직화해 다른 노예들의 자유를 공모할 것입니다. 폐지론 모임과 자유토지당, 도망자의 보호와 방어를 위한 협회에 용기를 주게 될 것입니다(사실 이런 일은 이미 일어나고 있었다)." 콜린스는 친구에게 엘렌을 얼마든지 공정한 가격에 팔고 싶으나, 그건 엘렌을 반환받은 뒤의 일이라고 설명했다.

그러나 수동적으로 기다리기만 해서는 안 될 터였다. 1850년 11월 2일, 콜린스는 남부의 의지를 북부에 강요할 가장 좋은 자리에 있던 사람에게 영향을 끼칠 방법을 찾았다. 콜린스는 펜을 쥐고, 다름 아닌 밀러드 필모어 대통령의 도움을 구했다.

못마땅한 임무

      밀러드 필모어는 6개월 전만 해도 워싱턴의 방관자적인 부통령이었다.이제, 그는 거의 상상하지 못했던 시험을 마주했다. 재커리 테일러 대통령이 사망하고 백악관에서 보낸 첫 여름 동안 그는 자신이 분열 위기만이 아니라 전 세계적 유행병, 즉 콜레라의 한복판에 있다는 것을 알게 되었다. 워싱턴의 수많은 사람들이 설사로 고생했고, 겁이 나서 오이나 베리 종류의 음식을 먹지 못했다. 이런 음식이 테일러를 죽였으며 콜레라와 관계 있다는 믿음 때문이었다. 그 이후로 날씨가 식으면서 전염병도 한 풀 기세가 꺾였다. 그러나 정치적 열기는 줄어들지 않은 채 남부와 북부를 달구었고, 새로운 대통령은 그 열기를 다스리는 데 어려움을 겪었다.

  노예 소유자인 테일러에 대항하는 균형추로써 휘그당의 대선행

티켓을 쥔 뉴욕 출신의 필모어는 부통령 후보자일 때부터 남부인들의 경멸을 받았다. 미국의 제13대 대통령이 되고 4개월이 지난 지금은 타협안에 서명해 법안을 통과시켰다는 이유로 사방에서 포화를 맞고 있었다. 찰스 섬너는 필모어에 대해 "태어나지 않는 것이 그 자신에게 훨씬 좋았을 것이다. 그의 기억이나 자녀들의 평판을 위해서라면 대통령이 되지 않는 편이 좋았을 테고!"라고 말했다. 다른 사람들은 필모어가 죽기를 바랐다. 북부와 남부를 가리지 않고 협박장이 우편으로 날아들었다. 어떤 협박은 두개골 등의 뼈 그림과 함께 도착했다.

북부에서 그는 물러터졌다는 의미에서 밀가루 반죽 같은 인간이라고 불렸다. 새로운 도망노예법으로 인해 북부 전체에 시위가 일어났다. 필라델피아에서는 다시 잡힌 도망자를 누군가 교도소에서 몰래 빼갔고, 보스턴에서는 도망자들을 도저히 잡을 수 없었다. 한편, 남부의 극단주의자들은 분리를 요구하는 행진을 벌였다. 내시빌에서는 남부인의 새로운 집회가 열렸다. 선동꾼들이 그 집회를 주도했다. 찰스턴에서는 연방의 요새를 점거하자는 말이 나왔다. 남북전쟁을 촉발시킨 행동[66]을 예견하는 으스스한 말이었다.

그러나 필모어는 부드러운 아래턱과 달리 단호함이 있었다. 그를 아는 어떤 사람은 이렇게 회상했다. "미소 짓는 얼굴과 예의 바른 태도 이면에는 잠재적인 열정과 힘이 잠들어 있다. 관리를 받으

---

66 1861년, 남부 연합은 사우스캐롤라이나 찰스턴항에 있는 포트 섬터를 공격했다. 사우스캐롤라이나주가 연방에서 탈퇴한 직후 벌어진 이 사건은 남북전쟁의 직접적인 도화선이 되었다.

며 언제든 출항할 준비를 하고 있는 거대한 배의 엔진 속 불길처럼 말이다." 무엇보다도, 새로운 대통령은 타협안과 도망노예법을 지키기로 작정한 터였다. 필요할 경우, 그는 자신의 옛 스승이자 새로운 국무장관인 대니얼 웹스터가 가장 높은 등급의 "못마땅한 임무"라 부른 것을 위해 군사력까지 동원하기로 마음먹고 있었다.

그해 봄, 웹스터는 지지자들로 인산인해를 이룬 집회에서 이렇게 소리쳤다. "기분 좋은 임무야 누구든지 할 수 있습니다. (중략) 그러나 모든 사람이 못마땅한 임무를 수행할 수 있는 건 아닙니다." 문제는 매사추세츠주나 미국이 "스스로 맹세한 의무"를 지킬 수 있느냐는 점이었다.

다른 사람들도 필모어와 웹스터에게 같은 질문을 던졌다. 11월 초, 그 답이 나온 것 같았다. 로버트 콜린스가 편지를 보낸 바로 다음 날, 신문에는 군대가 명령을 받고 보스턴 항구로 향하고 있다는 충격적인 보도가 나왔다.

워싱턴의 어느 신문 기사는 "대통령과 도망노예법의 격랑"이라는 제목으로 발간되었다. "신뢰할 만한 정보원에 따르면, 필모어 대통령은 토요일에 미합중국의 가용한 모든 포병 및 보병단을 보스턴 항구에 즉각 집결시키도록 명령했다." 〈볼티모어 선〉에서는 더 많은 정보를 전했다. 메인주, 메릴랜드주, 버지니아주처럼 먼 곳의 군대도 보스턴으로 출발하라고 명령받았다는 내용이었다. 이중 대다수는 윌리엄과 엘렌이 숨어 지내던 시어도어 파커의 집에서 6킬로미터도 채 떨어져 있지 않은 포트 인디펜던스에 배치될 터였다.

이 말은 사실이었을까, 아니면 나중에 다른 신문들이 보도했듯 그저 소문이었을까? 이후 며칠 동안, 대통령과 가까운 매체인 〈워싱턴 리퍼블릭〉에서는 모든 혐의를 강하게 부정했다(다른 신문들은 한 박자 늦은 조치라고 말했다). 그러나 대니얼 웹스터가 필모어에게 직접 보낸 편지에 따르면, 명령은 실제로 있었던 것 같다. 11월 5일, 웹스터는 이렇게 썼다. "나는 군대가 명령에 따라 이 지역에 들어온다는 것을 알고 있다." 그는 이렇게 덧붙였다. "그러나 그들이 필요해질 거라는 불안은 들지 않는다."

이 시기에 웹스터는 보스턴으로 돌아와 있었다. 다만 그는 조지아의 노예 사냥꾼을 몰아낸 군중의 열기를 직접 목격하지 못했고, 도시 분위기는 가라앉아 있었다. 그래서 대통령에게도 기꺼이 그렇게 보고했다. 웹스터는 도망자가 체포된다고 해도 저항은 없으리라 생각했다. 설령 저항이 있더라도 수백 명의 청년이 연방 보안관에게 도움이 되고자 자원했으니 조금만 미리 경고해도 그들을 움직일 수 있으리라고 믿었다.

그러나 그 이상의 조치가 필요해질 경우, 국무장관은 그 조치가 조용하고 빠르게 이루어져야 한다는 암시를 남겼다. 그는 "우리 국민은 태생적으로 군사력 행사를 경계하기에, 이에 관해서는 가급적 말하지 않는 것이 현명하다고 봅니다"라고 경고했다.

필모어와 웹스터는 벌써 실용적인 문제를 고려하기 시작했다. 도망자들을 잡아두는 데 신병 연습함(演習艦)을 활용해야 할까? 필모어는 연방 보안관에게 이미 임시 감옥을 제공할 힘이 있으니 그럴 필요는 없다고 생각했다. 다른 모두가 그랬듯, 필모어 역시 크래프트 부부를 감옥에 가두고 남부로 돌려보내는 미래를 생각하고 있었다.

***

윌리엄과 엘렌에게는 또 한 번 괴로운 결정의 순간이 찾아왔다. 아무리 "자유 아니면 죽음"이 두 사람의 모토였다지만, 군대까지 동원됐다는 소문이 도는 지금은 그들만이 아닌 수많은 사람의 목숨이 그들의 문제에 달려 있었다. 그중에는 죽을 때까지 크래프트 부부를 지키겠다고 맹세한 200명의 친구도 포함되었다. 한편 이들이 새로 사귄 영국인 친구이자 개리슨과 함께 헤이든 부부의 집에 방문한 조지 톰슨은 세 번째 대안을 지지했다. 미국에서 '자유 아니면 죽음'을 택하는 대신 해외에서 자유롭고 대담하게 살라는 것이었다.

제임스 서머싯(그는 버지니아 사람과 보스턴 사람에게 각기 예속 피해를 입었다)이 1772년의 기념비적 판결에 따라 영국에서 자유권을 주장한 이래로, 영국은 자유로운 나라로 유명했다. 톰슨은 여왕의 영토에서라면 크래프트 부부가 진정한 친구를 찾을 수 있을 것이라며 이들을 설득했다. 그가 말한 친구들 가운데는 1년이 훨씬 넘도록 해외에서 체류하다가, 지금은 수천 명의 청중이 들으러 오는 순회강연을 하고 있는 윌리엄 웰스 브라운도 있었다. 그와 함께라면, 크래프트 부부는 반노예 저항 운동을 계속할 수 있었다.

새뮤얼 메이의 회상에 따르면, 윌리엄은 다른 사람들이 압박하기 전부터 이미 아내를 생각해 미국을 떠나는 것이 최선이라고 여기기 시작한 터였다. 전에는 엘렌이 윌리엄의 바람에 따라주었다면, 이제는 그가 엘렌의 생각에 주의를 기울이게 된 건지도 몰랐다. 하지만 무엇보다 강한 동기는 자녀들의 미래였을 것이다.

출산을 앞두고 있었든, 아니든(나중에 크래프트 부부의 친구는 그들이 아이를 낳을 예정이었다고 말했다) 크래프트 부부는 사랑하는 아이들이 정말로 자유로울 수 있는 나라에서 살고 싶어 했다. 누구도 감히 그들을 괴롭히거나 그들에게 겁을 줄 수 없는 나라에서 말이다. 원하는 대로 가족을 꾸리겠다는 결심은 조지아주 메이컨에서 서로를 해방하기 위해 처음 여행을 떠나온 계기이기도 했다. 그리고 이제는 그 여행이 아직 끝나지 않았음이 명백해졌다. 크래프트 부부가 도망쳐야 하는 곳은 남부가 아니라 미국이었다.

크래프트 부부는 이처럼 달라진 현실과 변함 없는 모험 정신, 임기응변, 그리고 서로에 대한 사랑을 안내자로 삼아 완전히 방향을 틀었다. 그들은 대안적인 약속의 땅을 찾아 '자유의 나라'를 떠나기로 했다. 캐나다를 거쳐, 영국으로.

엘렌은 땅거미가 지는 시각에 파커 집안 사람들에게 작별 인사를 했다. 11월 6일 수요일, 6시 30분이었다. 그녀와 윌리엄은 마지막 밤을 사우색가에 있는 헤이든 부부의 집에서 함께 보내기로 했다. 시련을 당하는 내내 그들을 응원해 주고, 두려울 때는 물론 단조로운 일상이 이어질 때에도 기운을 북돋워준 친구들도 함께 했다. 그들은 다음 날 보스턴을, 그리고 미국을 떠날 예정이었다.

다만 가기 전에, 크래프트 부부는 중차대하고 위험한 행동을 하고 싶어 했다. 공범이 필요한 행동이었다. 윌리엄 쿠퍼 넬이 서둘러 파커의 집으로 찾아가, 목사에게 한 가지를 부탁했다. 내일, 두 사람을 결혼시켜 줄 수 있겠느냐는 부탁이었다.

남편과 아내

　　반체제 성향의 파커 목사는 크래프트 부부의 결혼식을 주재해 달라는 제안을 받아들였다. 새로운 결혼법에 따르면 이 결혼은 첫 번째 위험한 단계를 밟아야 했다. 윌리엄과 엘렌이 법원 광장 21번지에 있는 등기사무소에서 혼인 관계 증명서를 발급받아야 했던 것이다. 그곳은 대니얼 웹스터의 사무실이 있는 곳 근처였다.

　　법적인 결혼을 한 날인 11월 7일 아침, 이들은 속삭이듯 조용히 움직였다. 크래프트 부부는 그들을 방해했던 모든 법률가들의 코밑을 지나가, 대담하게 혼인 관계 증명서에 이름을 올렸다. 윌리엄 크래프트(때로는 그의 이름이 '크래프츠'라고 적혔다), 고급 가구 제작자, 25세. 엘렌 크래프츠, 23세. 둘 다 조지아주 메이컨 태생이었다. 딱 하나 남은 빈칸이 크게 보였다("부모의 이름").

크래프트 부부는 정오에 헤이든 부부의 집으로 돌아왔다. 목사가 그들을 맞이해 결혼식을 집전했다. 시어도어 파커는 문을 넘어 들어오면서 앞쪽 탁자에 성경과 칼이 나란히 놓여 있는 것을 언뜻 보았다. 몇 주 전, 윌리엄의 작업대에서 본 모습 그대로였다. 윌리엄은 그 둘을 모두 사용하겠다고 말했다.

결혼식에는 가까운 사람들만이 참석했다. 아마 윌리엄 쿠퍼 넬과 헤이든 부부, 어쩌면 다른 주민들이 포함되었을 것이다. 그 외에도 몇 년 전 헤이든 부부가 노예제도에서 벗어날 수 있도록 도와준 캘빈 페어뱅크도 있었을지 모른다. 파커는 신랑, 신부에게 하는 표준적인 말로 결혼식을 시작한 다음, 윌리엄의 특이한 임무에 대해 말했다. 파커는 이 나라 법에 의해 보호받지 못하는 무법자로서, 윌리엄에게는 그를 다시 잡아 노예로 만들려는 모든 사람에게 대항해 죽을 때까지 싸울 자연스러운 권리, 더 나아가 어떤 대가를 치르더라도 엘렌의 생명과 자유를 지킬 권리가 있다고 말했다. 윌리엄이 자신의 무덤과 함께 1,000명의 무덤을 더 파게 된다고 해도 말이다.

파커는 윌리엄과 엘렌을 남편과 아내로 선언하고는, 문 앞에서 보았던 두 가지 물건을 집어 들었다. 먼저, 그는 윌리엄의 오른손에 성경책을 쥐여주며 그에게 그 자신과 아내의 영혼을 구하는 데에 그 책을 활용하라고 지시했다. 그런 다음, 무시무시한 캘리포니아 칼**67**을 집어 들고 윌리엄 쪽으로 칼자루를 돌리며 다른 방법으로는

---

67 19세기 골드러시 시절 샌프란시스코 장인들이 주로 만든 보위 나이프

불가능하다면, 아내의 자유와 생명을 지키기 위해 그 칼을 사용하라고 지시했다.

파커는 자신이 폭력을 싫어하지만, 폭력을 사용해야 하는 경우가 있다면 바로 지금이라는 말도 덧붙였다. 그는 윌리엄에게 마지막으로 한 가지 임무를 맡겼다. 한때 그와 엘렌을 예속했거나, 여전히 예속하려 드는 자들에게 가혹한 복수심을 품지 말라는 임무였다. 증오심 없이 칼을 휘두를 수 없다면, 그의 행동은 죄 없이 이루어진 것이 아닐 테니까.

파커가 주최한 결혼식은 명예롭게, 혹은 악명 높게 기록될 터였다. 이 반체제 목사는 대니얼 웹스터에게 개인적으로 이 결혼식에 대해 자랑했다. 물론, 크래프트 부부에게 이 결혼식은 평생 서로에게 해온 헌신, 그리고 호흡에는 기도를 담고 손에는 권총을 든 채 함께 메이컨에서 도망칠 때 했던 결심을 확인하는 시간이었지, 무언가를 새로 만들어낸 사건은 아니었지만 말이다.

어쨌거나 결혼식은 크래프트 부부에게 한 가지를 더 주었다. 성경에는 "하느님께서 짝지어 주신 것을 사람이 갈라서는 안 된다"라고 적혀 있다. 이제 크래프트 부부에 대한 소유권을 주장하고 두 사람을 갈라놓으려는 모든 사람은 인간의 법만이 아니라 신의 법에도 도전하게 될 터였다. 결혼식은 단순히 낭만적인 손짓이 아니라, 둘의 결속은 물론 둘의 자녀에게도 합법성을 부여할 강력한 법적 행위였다. 둘은 하나로, 남편인 윌리엄이 대표하는 단일한 법적 정체성으로 결합되었다.

엘렌에게 결혼은 남부의 예속 피해자 여성으로서 한 번도 가진

적 없는 권리를 빼앗긴다는 뜻이었다. 그녀의 법적 신분은 법적 종속이라는 절차에 따라, 남편의 신분으로 가려지게 될 터였다. 결혼한 여성은 스스로 계약을 맺거나 소송을 걸거나 소송을 당할 수 없었고, 부부가 낳은 자녀는 법적으로 남편에게 속했다. 그러나 크래프트 부부의 경우, 이런 법적 뺄셈 안에는 덧셈도 포함되어 있었다. 교회와 국가의 인정에 따라, 윌리엄과 엘렌은 주인과 노예가 아닌 남편과 아내라는 용어로 규정되었기 때문이다. 그렇게 새로운 방정식이 만들어졌다.

북부

엘렌과 윌리엄은 그들을 지켜줄 성경과 칼을 가지고 보스턴을 몰래 빠져나갔다. 삼촌 같은 목사, 새뮤얼 메이 주니어가 그들과 함께했다. 그는 루이자 메이 올콧의 친척으로, 훌륭하게 두 사람의 정체를 숨겨주었다. 그의 온몸에서는 존중할 만한 지위와 특권의 분위기가 풍겨나왔다. 그는 죽음을 각오한 크래프트 부부를 위해서라면 벌금도, 징역도 기꺼이 감수할 수 있는 광적인 개리슨주의 폐지론자였지만, 그런 티는 전혀 나지 않았다.

메이는 크래프트 부부가 보스턴에 도착한 직후부터 그들을 유심히 지켜보았다. 그는 엘렌이 청중에게 미치는 영향을 눈치채고, 몇 주 동안이나 영국으로 떠나라고 둘을 압박해 왔다. 그는 반노예 사역을 위해 영국을 여행한 적이 있었으며, 크래프트 부부가 환영받으리라는 걸 알았다. 그는 이제라도 두 사람이 여행길에 나선 것을 보고 만족했다.

매사추세츠주 반노예 협회의 대리인으로서, 메이는 무수히 많은 강연 여행을 계획했다. 그러나 모든 길이 철저히 감시당하고 있었으므로 크래프트 부부를 어느 길로 데려가야 할지는 문제였다. 헤이마켓 광장에서 출발하는 포틀랜드행 기차가 딱 맞는 것으로 보였다.

새로운 삼인조는 북동쪽으로 이동했다. 시들어가는 나뭇잎이 창문 너머로 빠르게 지나가는 가운데, 메이는 자신들이 연방 보안관의 관할 지역에서 벗어났고 그날 밤이면 크래프트 부부가 이 나라를 떠나게 되리라는 걸 확인하고 안도의 한숨을 내쉬었다. 이들의 계획 마지막 부분은 다섯 단계로 구성되어 있었다.

메이 목사와 함께 메인주 포틀랜드까지 기차를 타고 간다. 크래프트 부부만 밤배를 타고 캐나다 뉴브런즈윅주의 세인트존까지 이동한다. 두 번째 증기선을 타고 노바스코샤주 윈저로 이동한다. 역마차를 타고 핼리팩스로 이동한다. 마지막으로 영국의 왕립 우편선인 캐나다호를 타고 영국 리버풀로 이동한다.

다섯 단계를 하나로 압축할 수도 있었지만―윌리엄 웰스 브라운은 보스턴 항구에서 곧바로 캐나다호를 탔다―첩자가 너무 많은 지금은 그 방법을 이용하기가 불가능했다. 크래프트 부부는 일주일 뒤, 캐나다호가 연료 보충을 위해 핼리팩스에 들를 때 그곳에서 배를 타기로 했다.

부부는 보스턴에서 소리 없이 퇴장해 포틀랜드에 소리 없이 도착했다. 좋은 징조 같았지만, 행운은 오래가지 않았다. 남부에서 빠져나올 때 한 첫 번째 여행에서 윌리엄과 엘렌은 신기할 정도로 일이 잘 풀린다고 느꼈다. 그와 달리, 이번 여행에서는 계속 일이 틀어졌다. 도착하자마자, 그들은 메인주에서─미국에서─빠져나가야 하는 배가 스쿠너선과 충돌해 큰 손상을 입었고, 그래서 배를 탈 수 없다는 것을 알게 되었다.

그들은 스프링가 133번지의 올리버와 리디아 데넷 부부의 집으로 빠르게 달려갔다. 마을 중심 근처에 있는 집이었다. 데넷 부부는 두려움을 모르는 개리슨주의 폐지론자로, 일상적으로 도망자들을 숨겨주고 말들을 대기시켜 두었다. 메이는 급한 일이 있어 보스턴으로 돌아가야 했다. 그러나 크래프트 부부는 드물게도 도와달라고, 이곳에 함께 남아달라고 메이에게 간청했다. 그래서 그들은 배가 수리될 때까지 함께 기다리며, 배가 너무 늦지 않게 출항해 크래프트 부부가 핼리팩스의 연결편을 탈 수 있기를 기도했다.

***

그로부터 멀리 떨어진 메이컨에서는 로버트 콜린스가 기다리고 있었다. 존 나이트가 크래프트 부부와 같은 시간에 길을 떠났고, 머잖아 집으로 돌아가 보스턴의 두려운 상황을 전했다. 그는 수천 명이 화가 나 자신을 사냥했으며, 수많은 "니거"들이 거의 반란을 일으켰다고 말했다. 나이트는 이 이야기가 자신이 원하던 방식 그대로 신문에 실린 것을 보게 되었다. 그는 엘렌이 남부로 돌아가고 싶어 한다고, 윌리엄이 직접 그렇게 말했다고 했다(이를 시작으로, 비슷한 주장이 많이 나온다. 엘렌은 이런 주장을 부정하고 경멸했다).

충격을 받긴 했지만, 젊은 나이트는 수많은 보스턴 사람들이 남부의 입장을 지지하고 있으며, 또 아직 뉴욕에서 명령을 기다리고 있는 휴즈가 결국 성공을 거둘 거라며 낙관적인 의견을 표현했다. 물론, 크래프트 부부의 친구들이 뜻을 이루지 못한다면 말이다.

"노예 사냥꾼을 조심하라!" 보우디치는 뉴욕의 편집자이자 언더그라운드 레일로드의 요원인 시드니 하워드 게이에게 긴급한 메시지를 보냈다. 그는 휴즈가 뉴욕에 와 있으며, 할 수만 있다면 뉴욕 경계 위원회가 그를 조용히 남부로 보내야 한다고 경고했다(정확한 방법에 대해서는 조언하지 않았다). 최소한 그들은 휴즈가 보스턴으로 돌아갈 것인지에 관해 전보를 보내야 했다. 그래야 내부자들이 휴즈의 계획을 방해하는 데 필요한 일을 수행할 수 있었다. (그들은 크래프트 부부가 영국행 증기선에 탈 게 틀림없다고 생각했다.) 11월 14일까지 시간을 끌 수만 있으면 뭐든지 해야 했다.

***

크래프트 부부는 포틀랜드에서 불안한 마음으로 배의 수리 상황을 추적했다. 마침내, 일정보다 이틀을 꽉 채워 늦은 다음에야 그들은 SS 코모도어호가 출항할 준비가 되었음을 알게 되었다. 메이가 몇 시간 먼저 배를 확인했다. 그는 배가 물 위에 둥둥 떠 있는 모습을 본 다음, 크래프트 부부를 태워주고 이제 자신이 떠나도 안전하겠다고 판단했다. 그래도 그는 작별 인사를 하면서 불안해했다.

엘렌은 매우 아픈 상태였다. 머리에 심한 통증이 있었다. 메이는 아마 오랫동안 신경 쓰고 불안해한 탓일 거라고 생각했다. 엘렌은 걱정하지 말라며 메이를 안심시켰지만, 메이는 엘렌의 고통이 눈에 보여 마음이 놓이지 않았다.

"미국은 정말로 '자유로운 자들의 땅이자 용감한 자들의 고향'인가?" 메이는 영국의 한 친구에게 이런 편지를 보냈다. 크래프트 부부가 배에 탈 때 가지고 갈 편지였다. "그 말이 사실이 아님은 주님께서도 아시네. 우리도 알고."

출항 시간이 다가오자 사람들이 배로 모여들었다. 그들은 눈에 띄지 않고서는 도착할 수 없었던 그 유명한 도망자들을 잠깐이라도 보고 싶어 했다. 그러나 윌리엄과 엘렌은 어찌어찌 사람들의 눈을 피해 배에 오를 수 있었다. 크래프트 부부는 11월 9일에 미국 연안을 떠났다. 그날은 다른 면에서도 그들에게 의미가 있었다. 미국 대통령이 로버트 콜린스에게 답장을 보낸 날이었기 때문이다.

***

대통령의 답장은 콜린스가 듣고 싶어 하던 소식이 아니었다. 필모어 대통령이 비서를 통해 보낸 편지에 따르면, 대통령은 콜린스의 편지 내용을 인정했다(콜린스의 편지에는 보스턴에서 벌어진 극적 상황에 대한 신문기사도 들어 있었다). 그러나 대통령은 당국이 잘못을 저질렀다거나 법을 회피했다는 증거는 없다고 결론지었다. 다시 말해, 이 순간에 행동에 나설 필요는 없다는 뜻이었다. 누군가가 임무에 실패했다면, 그 사람을 공직에서 사퇴시키는 것으로 충분했다. 콜린스의 부하들이 부당하게 핍박받았다면 법원이 그 위반 행위를 구제해 줄 수 있을 터였다.

편지는 강한 어조로 단결을 선언하며 끝났다. 대통령은 북부와 남부는 형제애를 키우도록 온갖 노력을 기울여야 한다고 주장했다. "우리는 하나의 이해관계, 하나의 감정을 가진 국민이 될 것입니다. 그 어떤 지역적 결정도 하지 않고, 그 어떤 분파주의적 부당함도 참지 않을 것입니다. 진정한 미국인 모두의 가슴속에 너무도 소중하게 자리 잡은 우리의 연방은 헌법의 엄격한 준수와 법의 불편부당한 집행을 통해서만 보존될 수 있습니다."

대통령의 편지는 널리 인쇄되었다. 콜린스의 적들에게는 무척 기쁜 일이었다. 그들은 이 편지를 미합중국이 도망노예법을, 그리고 사실상 남부의 이해관계를 보호하는 데 실패했다는 증거로 받아들였다. 그러나 콜린스와 그의 동맹은 이 편지를 다른 방식으로 읽었다. 대통령은 도망노예법을 지키겠다고, 위력을 사용할 준비도 되어 있다고 분명히 선언했다. 아직 희망이 있었다. 대니얼 웹스터가 보스턴에 돌아온 지금은 더욱 그랬다.

***

웹스터는 크래프트 사건이나 보스턴 자체에서 한동안 떨어져 있다가 법원 광장에 정착했다. 그런 뒤에야 그는 좀 더 공격적인 행동을 취할 준비를 했다. 몇 주 전에 펜실베이니아에서 어느 도망자 관련 사태가 벌어졌을 때, 그는 법이 집행되어야 한다는 대통령의 의견에 동의하면서 이런 조언을 덧붙였다. "어떤 주저함이나 의심, 망설임도 없어야 합니다. 이 일은 최대한 부드럽게, 조용히, 그러나 반드시 이루어져야만 합니다."

웹스터는 연방 보안관 데븐스에게 크래프트 부부에 대한 영장을 집행하거나, 집행하지 않는다면 그 이유를 공개적으로 발표하라고 요구했다. 연방 보안관이 영장을 집행하지 않는 바람에 웹스터와 대통령에 이르기까지 모든 북부인의 인상이 나빠졌다고 했다. 그런 뒤에는, 크래프트 부부가 SS 애드미럴호에 타고 보스턴 항구로 돌아왔다는 소식이 들려왔다. 뉴욕에서 대기 중이던 윌리스 휴즈가 보스턴으로 요란하게 들어왔다. 그러는 내내, 연방 보안관 사무실은 계속해서 이전에 일을 맡겼던 서툰 첩자를 기용했다. 그들은 나름의 비밀 전보를 보내기도 했다("존스 씨는 도시에 없다"라는 이 메시지의 의미는 윌리엄이 발견되지 않았다는 뜻이었다). 이 메시지는 한 박자 늦게 애드미럴호의 정찰병에게로 보내졌지만, 그래 봐야 크래프트 부부는커녕 흑인 승객이 한 명도 배에 타지 않았다는 점만 알게 되었을 뿐이다.

휴즈는 즉시 방향을 돌려 남부로 돌아갔다. 그는 뉴욕에서 찰스턴으로 SS 플로리다호를 타고 간 다음, 메이컨으로 이동해 마침내 의무를 벗었다. 한편 그가 잡고 싶어 했던 사람들은 정반대 방향으로 속도를 내며 미국과 캐나다 사이에 가로놓인 보이지 않는 선으로, 그보다 더 먼 곳으로 향하고 있었다.

***

"저항 성공." 포틀랜드의 어느 신문은 이런 제목으로 크래프트 부부가 이 도시를 떠났음을 확인해 주었다. 이 소식은 금세 나라 전체로 퍼졌다.

"당신들은 대니얼 웹스터를 채찍으로 후려치고, 매사추세츠를 바로잡았습니다. 당신들은 훌륭한 동지입니다." 어떤 사람은 찰스 섬너에게 보내는 축하 편지에서 이렇게 기뻐했다. 한편 조지아주의 기자는 애통해했다. "도망노예법은 이로써 끝이다. 이 법은 남부를 잠재우려는 그럴싸한 자장가에 불과했다."

오래전부터 손을 떼어야 할 때를 귀신같이 잘 알던 로버트 콜린스는 곧 사냥을 취소했다. 처음에 그는 소송을 걸려 했지만(그는 새뮤얼 메이 주니어를 비롯한 사람들을 압박하고 싶어 했다. 크래프트 부부가 영국에서 돌아올 계획이 있는지, 있다면 언제 돌아올 계획인지 알고 싶었기 때문이다), 이런 노력은 아무 열매를 맺지 못했고, 콜린스는 크래프트 부부에 대한 영장을 한 달도 못 돼 취소해 달라고 요청했다.

이런 실패나, 미국이 위기에 처해 있다는 그의 경고에도 불구하고 연방에 대한 콜린스의 지지는 여전히 흔들리지 않았다. 사실 콜린스의 노력은 타협안의 운명을 결정하기 위해 주지사가 소집한 회의에서 소위 조지아 선언[68]을 만드는 데 도움을 주었다. 조지아 선언은 분리를, 따라서 내전을 회피하는 데 핵심적인 역할을 했다.

그러나 미국의 위기가 끝났다고 보기는 어려웠다. 수많은 북부인들은 크래프트 부부가 보스턴에서 성공적으로 탈출한 것을 승리로 여겼지만, 이 사건으로 인해 북부와 남부 사이의 균열은 물론, 각 지역 내부의 균열도 더욱 심해졌다. 보스턴에서는 패뉴일 홀에서 열린 조지 톰슨을 위한 축하 행사가 아수라장이 되었다. 연설자들이 고함을 쳤고, 조명은 꺼졌으며, 적들이 무대에 몰려들었다. 며칠 뒤, 같은 홀에서 "연방 회의"가 열렸다. 웹스터의 이름은 환호성을 불러왔고, 그의 친구인 벤저민 로빈스 커티스(그는 곧 연방 대법관이 된다)는 도망자들을 '일군의 외국인'이라고 지칭했다. 가난한 아일랜드계 이민자들과 마찬가지로, 그들 역시 아무리 억압받는다 한들 매사추세츠주의 평화와 안전을 침해할 권리를 가지지는 못한다는 말이었다. 근거는 그들에게 미국에 대한 소유권이 없다는 것이었다.

한편 메이컨에서는 크래프트 부부의 영향으로 노예들 사이에 또다시 동요의 기미가 감지되면서 새로운 불안감이 피어올랐다. 보스턴발 뉴스 기사를 흑인 여러 명에게 큰 소리로 읽어주던 흑인 한 명이 붙잡혔다는 소식이 퍼졌다. 모두가 확실한 처벌을 받았다. 흑인이 글을 읽거나 일곱 명 이상 모이는 건 불법이었기 때문이다. 하지만 너무 늦었다. 이 기사를 보도한 기자가 너무도 잘 알고 있었듯, 언어란 주고받거나 빌릴 수는 있어도 돌이킬 수는 없기 때문

---

68 1850년 타협안에 대해 조지아주가 채택한 공식 입장문으로, 타협안의 수용과 연방에 대한 충성을 조건부로 천명하고 노예제 유지에 대한 권리를 침해하지 않는 한 분리를 지지하지 않겠다는 내용을 담고 있다. 이 조치는 남부 내 극단적 분리주의 흐름을 잠재우고 내전을 일시적으로 회피하는 데 핵심적인 역할을 했다.

이다.

기자는 흑인들이 읽었다는 기사에 정확히 어떤 내용이 들어 있었는지 말하지 않았지만, 널리 회람된 기사 "크래프트 부부의 고귀한 결심"이 실린 〈보스턴 크로노타입〉을 특별히 지목하기는 했다. 이 기사의 핵심적인 주장은 프레더릭 더글러스에게 한 윌리엄의 선언, 즉 "우리 민족은 쫓길 만큼 쫓겼다"라는 말이었다.

메이컨에서 이런 신문이 읽히는 순간은 매우 특별했다. 당시 크래프트 부부가 있던 곳에서 수천 킬로미터나 떨어진 곳에서도 '크래프트 부부의 사람들'이 그들의 이야기를 들었다는 뜻이었기 때문이다.

* * *

추수감사절에 보스턴에 사는 크래프트 부부의 친구는 부부가 안전하게 리버풀로 가고 있으리라 믿으며 조심스레 기쁨을 표현했다. 시어도어 파커는 너무도 확신에 찬 나머지 밀러드 필모어에게 직접 편지를 보내, 크래프트 부부를 결혼시켜 해외로 보내는 일에서 그가 담당한 역할을 자랑했다.

크래프트 부부의 승리는 분명 도망노예법에 훼방을 놓았다. 이들은 상처를 입거나 목숨을 잃지 않았고, 심지어 노예 사냥꾼들을 상대로 약간의 유머 감각까지 발휘했다. 어떤 사람들이 하는 이야기를 들으면 보스턴 전체가 그 농담에 참여한 것 같았다. 시간을 질질 끌었던 사법부부터, 썩은 달걀과 돌을 던지던 길거리 소년들까지 이 이야기의 장르는 임박한 비극에서 통제를 벗어난 희극으로 바뀌었다. 그러나 축하하기에는 너무 일렀다.

윌리엄과 엘렌이 포틀랜드에서 배를 타고 국경을 건너 캐나다로 향한 건 사실이었지만, 그들의 여행은 계획대로 진행되지 않았다. 메이컨의 노예 사냥꾼을 상대로 벌인 전투는 막바지에 이르렀을지 몰라도, 그 이후로 새로운 싸움이 시작되었기 때문이다. 이번 싸움은 자연과 시간, 둘 모두를 상대로 한 것이었다.

캐나다

—

1850년 11월

이방인

엘렌과 윌리엄은 캐나다에 도착함으로써 메이컨에서 세웠던 최초의 목표를 달성했다. 아직 예속 상태에 있을 때, 그들은 이 머나먼 땅에 대해서 들은 적이 있었다. 여러 세대에 걸쳐 물밀듯이 도망쳐 온 수많은 난민들도 마찬가지였다. 그들은 미국 독립 전쟁, 1812년 전쟁, 그리고 최근에는 도망노예법의 통과로 인해 캐나다로 떠났다. 크래프트 부부는 의도했던 것보다 훨씬 더 먼 거리를, 훨씬 더 오랜 시간에 걸쳐 이동해야 했지만 마침내 노예제도가 불법이며 그들의 자녀가 자유인으로 태어날 수 있는 땅에 도착했다.

그러나 캐나다도―원주민의 노예화를 포함해―노예제도를 모르는 것은 아니었으며, 역사의 흔적은 계속 살아남았다. 세인트존과 핼리팩스 같은 바닷가는 흑인 왕당파들의 피신처였다. 이들은 미국 독립전쟁 당시에 미국인들이 요구했던 바로 그 자유를 약속받았다. 동시에, 이곳에서도 나름의 노예 경매와 도망 노예에 대한 현상 수배가 이루어졌다(단, 그 숫자와 빈도는 미국에 비해 훨씬 적었다). 캐나다에서 예속 피해를 입은 일부 사람들은 예속에서 탈출하기 위해 미국으로 도망치기도 했다.

뉴잉글랜드 사람이라고 해서 남부에서 온 모든 도망자를 환영하지는 않았다. 북부인들도 남부와의 관계에서 이익을 보았다. 마찬가지로 캐나다인들도 미국에서 온 도망자에 대해 뒤섞인 반응을 보였다. 이곳에서도 흑인 정착지 건설을 제한하거나 새로운 이민자들을 추방하려는 노력이 진행되고 있었다. 최근에 도착한 수많은 사람들은 음식이나 의복, 기타 물품을 거의 챙기지 못하고 도망쳤기에 캐나다에서 자리 잡기가 쉽지 않았다. 기아와 가난의 사례가 수없이 보고되었다.

크래프트 부부에게도 캐나다는 정말로 안전한 공간이 아니었다. 법적으로만 보면, 이들이 본국으로 송환될 가능성은 낮았다. 그러나 보장된 건 없었다. 크래프트 부부가 떠나온 나라는 그들을 다시 잡는 일에 너무 많은 것을 걸고 있었다. 서배너와 찰스턴, 뉴올리언스에서 캐나다까지 운행하는 직항 증기선이 있으니 더욱 그랬다. 크래프트 부부는 낯선 땅의 이방인이었다.

그들은 거센 바람이 몰아치는 뉴브런즈윅주 세인트존에 도착했다. 거대한 폭포 소리가 울려 퍼지는 그곳에서, 그들은 노바스코샤주 윈저행 증기선을 타기까지 이틀을 보내야 했다. 핼리팩스를 거쳐 영국으로 떠나기 전 마지막 경유지가 윈저였다. 인구 1만 4,000명의 이 마을에서, 크래프트 부부는 한 남자와 그의 아내로서 머무르고자 했다.

마을 호텔에서 직원에게 먼저 다가간 사람은 윌리엄이었다.

"오늘 밤 여기서 묵고 싶습니다." 그가 선언하듯 말했다.

직원은 불편한 표정이었다. 숙녀를 위한 방이야 많지만, 유색인 친구들은 절대 받아주지 않는다는 것이었다.

"아, 나는 신경 쓰지 마십시오." 윌리엄이 망설임 없이 대답했다. "숙녀분께 내줄 방이 있다면 그걸로 충분합니다." 그런 다음, 윌리엄은 짐을 방으로 올리는 동안 산책을 나섰다.

돌아온 윌리엄은 "숙녀"를 만나겠다고 했다. 그가 노크도 없이 그녀의 방에 들어가자 사람들이 속닥거렸다. 엘렌은 두 사람분의 저녁 식사를 주문해 사람들을 더욱 흥분시켰다.

"2인분이라고요!" 엘렌과 윌리엄의 얼굴을 번갈아 보며 놀란 종업원이 한 말이었다. 그러더니 그는 서둘러 문을 나섰다. 다음으로는 지배인이 문을 두드렸다. 그 역시 이해하지 못하고, 엘렌에게 주문을 확인했다.

"네, 2인분이요." 엘렌이 확인해 주었다.

가정부가 따라 들어와, 호텔 여주인이 "지금 저녁을 올려드릴지, 친구분이 도착하실 때까지 기다릴지" 알고 싶어 한다고 전했다.

"지금 바로 올려주시면 감사하겠어요."

호텔 주인이 도착하자 호텔에는 작은 소동이 일어났다. 그는 코모도어호의 승무원으로부터 엘렌과 윌리엄의 이야기를 들었다. 둘이 다름 아닌 그의 고향인 영국으로 가는 중이라는 말도, 어쩌면 그들이 유명 인사라는 소식도 들었을 것이다. 그래서 그는 크래프트 부부를 손님으로 친절하게 환영했다. 이 모든 일은, 캐나다는 아닐지라도 영국에서는 환대를 기대할 만하다는 신호였다.

일주일에 한 번 운행되는 증기선이 세인트존에서 윈저로 출발했다. 다행히도, 윌리엄과 엘렌은 그 배에 탈 수 있었다. 이어서 핼리팩스로 가기 위해 매일 출발하는 역마차에도 탈 수 있었다. 하지만 비가 내렸기에 윌리엄은 어쩔 수 없이 짐을 가지고 기우뚱거리는 마차 꼭대기에 앉아야만 했다. 마차 안에는 "유색인"을 위한 자리가 없었기 때문이다.

윌리엄은 거의 64킬로미터를 비바람에 맞서 눈을 깜빡거리며 이런 방식으로 여행했다. 그때 역마차가 쓰러지며 모두를 밖으로 내동댕이쳤다. 윌리엄은 운전사 위에 떨어졌다. 운전사는 머리 전체가 진흙탕에 처박혀 있었다. 이 남자는 전에 "니거들이 백인 친구들과 함께 마차 안에 타는 것에 처음부터 반대해 왔다"라고 말한 적이 있었으므로, 윌리엄은 그가 자신보다 더 깊은 진창에 빠져 있는 것을 보고도 딱히 미안함을 느끼지는 않았다.

마차 안이든, 밖이든, 여자든, 남자든, 승객이든, 운전사든, 백인이든, "유색인"이든, 결국은 중요하지 않았다. 모두가 더러워지고 놀라고 멍들었다. 모두가 갈색으로 변한 바지와 젖은 치마를 입고, 핼리팩스까지 최소 11킬로미터에 걸쳐 흙과 비로 이루어진, 질척거리는 길을 걸어가야 했다.

결국 그들은 굴 껍데기를 비롯한 잡다한 쓰레기를 으적으적 밟으며 핼리팩스에 들어갔다. 가게는 불이 꺼져 있었고 부두도 조용했다. 크래프트 부부에게는 실망스러운 일이었지만, 왕립 우편선인 캐나다호가 두 시간 전에 도착해 우편물과 승객을 싣고, 크래프트 부부는 내버려둔 채 떠나버렸기 때문이다. 리버풀행 다음 증기선은 2주 뒤에나 도착할 예정이었다. 그들이 갈 만한 곳은 문 닫힌 시장 건너편에 단 하나밖에 없는 황폐한 여관뿐이었다. 윌리엄은 겉모습을 보고 그 여관이 "처참하고 더러운 구덩이"라고 판단했다.

크래프트 부부는 위험을 감수하지 않기로 했다. 엘렌이 들어가 방을 구했고, 윌리엄은 비를 맞으며 마차가 짐을 가져오기를 기다렸다. 여관 주인은 윌리엄이 짐 근처에 있는 것을 수상하게 여기고 서둘러 엘렌에게 가서 물었다. "아래층의 저 검은 남자, 아세요?"

엘렌은 잘 안다고 확인해 주었다. 그가 자신의 남편이라고.

"저 검은 남자…… 니거 말이에요."

"알아요. 그 사람이 내 남편이에요."

"세상에!" 여관 주인은 소리 지르더니 달려 나갔다.

여기서든, 다른 곳에서든 크래프트 부부가 받은 반응을 보면, 이들이 앞서 한 여행이 성공한 이유는 엘렌이 백인 행세를 했기 때문만이 아니라 돈이 많고 장애가 있는 백인 남자 행세를 했기 때문임을 잘 알 수 있다. 크래프트 부부가 그렇게 여행할 수 있었던 건 서로 친밀한 관계나 남편과 아내라는 점, 어느 학자의 말을 빌리자면 '성적인 친족 관계'라는 점을 전혀 드러내지 않았기 때문이다. 그 관계가 드러난 지금, 크래프트 부부는 조지아주를 떠나 이동했을 때보다 훨씬 더 많은 편견에 마주하게 되었다. 남부를 벗어나고 미국을 벗어났는데도 남편과 아내라는 역할은 받아들여지지 않았다. 주인과 노예, 그건 아니라도 주인과 하인이라는 역할은 받아들여졌는데도 말이다.

아침이 되자 여관 주인은 크래프트 부부에게 새로 묵을 곳을 찾아야 한다고 말했다. 그녀는 자신에게 편견이 있어서 그러는 게 아니라며 이렇게 말했다. "나는 유색인들에 대해 많이 생각하고, 언제나 그 사람들의 친구였어요." 단지 그녀의 사업이 곤란해지는 게 문제였다.

크래프트 부부는 여관 주인이 다른 숙소만 찾아준다면 얼마든지 떠나겠다고 대답했다. 하지만 여관 주인은 아침 내내 수소문했는데도 숙소를 찾지 못했다. 결국 주인은 그들을 받아줄 만한 "어느 존경스러운 유색인 가족"에게 연결해 주었다.

핼리팩스는 보스턴보다 규모가 큰 도시였지만, 흑인 공동체의 규모는 거의 비슷했다. 도시와 그 인근에 약 1,700명의 흑인이 살았고, 여기에는 해먼즈 플레인이나 프레스턴 같은 시골의 흑인 정착지도 포함되었다. 아프리카 혈통을 가진 다양한 사람들이 오래도록 이 지역에서 살아왔다. 그중에는 이곳에서 태어난 사람들 외에도 흑인 왕당파, 자메이카 마룬족[69], 미국에서 살던 사람들이 있었다. 핼리팩스 안에는 흑인 교회와 아프리카 학교, 폐지운동 협회가 있어서 새로 온 사람들을 받아들이고 돌볼 줄 아는 공동체를 이루고 있었다. 그러나 크래프트 부부도 경험했듯, 핼리팩스에도 인종적 긴장이 깃들어 있었다. 겨우 3년 전에 흑인과 백인 핼리팩스 시민들 사이에 인종 폭동이 일어났다.

캐네디 목사와 그의 아내는 크래프트 부부가 아픈 걸 보고 기독교적 자선을 베풀었다. 이즈음, 크래프트 부부는 비와 한기, 핼리팩스까지 거의 11킬로미터를 걸어온 여파로 심하게 앓았다. 특히 엘렌이 그랬다. 캐네디 부부는 크래프트 부부에 대해 알았을지도 모른다. 그들의 소식이 지역 신문에 실렸기 때문이다. 하지만 이들은 크래프트 부부의 소식을 비밀로 해주었다.

윌리엄과 엘렌은 거의 2주 동안 배를 기다리면서 둘 다 침대 신세를 졌다. 지난 몇 주, 몇 달, 몇 년 동안 신체적으로나 감정적으로나 너무 많은 일을 겪었기에, 그들의 몸은 한계 너머로 내몰렸다. 의사를 불렀다는 사실이 상황의 심각성을 나타냈다. 엘렌은 몇 달 동안 기력을 찾지 못했다.

크래프트 부부는 여행을 연기하라는 압박을 받았을지도 모른다. 하지만 시간은 대단히 값비쌌다. 그들은 여전히 남부에서 배 한 번만 타면 쫓아올 수 있는 거리에 있었고, 이곳에 머무는 시간이 하루

---

69 17세기부터 자메이카에서 영국 식민 지배에 저항하며 독립적으로 살아온 아프리카계 민족 공동체. 이들은 원래 스페인 식민지 시절 자메이카로 끌려온 노예들의 후손으로, 영국이 자메이카를 점령한 이후 산악 지대로 탈출해 자치 공동체를 형성하고 무장 저항을 이어갔다. 1790년대 반란 이후 일부 마룬들은 영국에 의해 강제 이주당해 캐나다 노바스코샤 지역에 정착했다.

하루 길어질수록 경계 위원회에서 받은 250달러의 자금도 소모되어 갔다. 세인트존까지 가는 뱃삯만 14달러, 리버풀까지 가는 표는 150달러였기에 남는 돈은 거의 없었다.

다음으로 탈 수 있는 배는 그들이 놓친 배의 자매선이었다. 약간 더 오래되고, 약간 더 느리고, 아마 운이 좀 덜 따라주는 배였을 것이다. 그 배의 이름은 캠브리아호였다. 폐지론자들 사이에서 악명 높은 배였다.

***

프레더릭 더글러스는 몇 년 전에 커너드 라인[70]의 왕립 우편선인 캠브리아호를 타고 영국을 오갔다. 왕복 모두 순탄치 않았다. 영국으로 가는 길에는 일등석 푯값을 냈지만 억지로 삼등석에 타야했다. 폭발 사고 위험이 가장 높은 퀴퀴하고 시끄러운 배의 앞부분이었다. 프레더릭 더글러스는 밤에는 이 시끄러운 곳에서 자고 낮에는 친구들의 초대를 받아 갑판으로 올라갔다. 심지어 노예제도 반대연설을 해달라는 요청을 받기도 했다. 하지만 이 배에는 다양한 승객들이 타고 있었고, 그중에는 노예 소유자도 있었다. 사람들이 더글러스를 배에서 던져버리겠다고 위협하면서 폭동이 일어났다. 그들은 선장이 말썽을 부리는 사람은 누구나 사슬로 묶어버리겠다고 협박한 다음에야 물러났다.

---

70 19~20세기 초에 대서양 횡단 여객선 운항으로 유명했던 영국의 선박 회사.

돌아가는 길에는 선실을 쓸 수 있었다. 그러나 선실 안에서 식사하고 다른 승객들과 마주치지 않는다는 조건이 붙었다. 이 소식은 커너드 라인이라는 이름의 시조이자 핼리팩스 출신의 자수성가한 사업가인 새뮤얼 커너드의 귀에도 들어갔다. 그는 이런 식의 편견이 다시는 자신의 증기선에서 일어나지 않도록 하겠다고 약속했지만, 그 약속은 지켜지지 않았다. 크래프트 부부도 곧 그 사실을 알게 될 터였다.

윌리엄은 두 차례 표를 사러 나갔다. 그러나 매표원들은 두 번다 그에게 거짓말했다. 그들은 증기선이 도착한 뒤에나 승선권을 예약할 수 있다고 말했다. 윌리엄은 그 말이 사실이 아니라는 걸 알았다. 다음에 가니 매표원들은 너무 늦었다고, 배가 만석이라고 말했다. "다른 방법으로 리버풀에 가는 게 좋겠는데요."

결국 윌리엄은 경계 위원회의 재무 담당자인 프랜시스 잭슨에게 받은 편지를 활용해 지역의 유력자에게 연락했다. 그가 매표 사무소를 질책했다. 그제야 윌리엄은 아슬아슬하게 표를 살 수 있었다.

보스턴에서 승객 대부분을 태운 캠브리아호는 1850년 11월 29일에 마침내 핼리팩스 해역으로 들어왔고, 인사의 뜻으로 대포를 쏘았다. 윌리엄과 엘렌은 아팠지만, 대서양을 가로지르는 마지막 여행을 각오했다. 선원들이 검게 넘실거리는 물을 우울하게 바라보고 있었다.

캠브리아호

그들은 좁다란 건널 판자를 건너 배에 올랐다. 캠브리아 호는 용골이 나무로 만들어진 검은색 증기선으로, 깃발을 나부끼고 있었다. 두 개의 강력한 돛은 황금색으로 칠해진 외륜 덮개와 불처럼 빨간 굴뚝 양옆에 서 있었다. 캠브리아호는 강력하고 노련한 배였다. 거울이 있는 살롱으로 장안의 화제를 모으던 미국의 콜린스 라인처럼 화려하거나 삼등석의 싸구려 표를 파는 패킷선[71]처럼 저렴하지는 않지만, 겨울의 폭풍도 헤쳐나갈 수 있고, 다른 배로는 몇 주, 심지어 몇 달이 걸릴 목적지에도 열흘 만에 도착할 수 있는 믿음직스러운 배였다.

---

71 17세기부터 19세기까지 우편과 소규모 화물, 승객을 실어나르던 정기 운항 범선.

선석이 좁다는 불평은 있었다. 몇 년 전, 캠브리아호의 자매선을 타고 이동하던 찰스 디킨스는 자신의 선실을 '전적으로 비실용적이고, 철저하게 절망적이며, 근본적으로 불합리한 상자'라고 불렀다. 그는 매트리스가 석회 칠처럼 얇다고 투덜거렸다. 그러나 이런 경제적인 설계 덕분에 배가 출렁거리며 파도를 맞을 때도 사람들은 장식적인 요소에 머리를 부딪히지 않았다. 작은 창문이 달려 있어서 그걸 열면 빛과 공기가 들어왔다. 선실의 승객들은 아침가다 이부자리가 정리되고 오물이 치워지고 구두는 닦일 것을 기대할 수 있었다. 또 여성 라운지에는 푹신한 벨벳 소파가 있었고, 남성 살롱은 오전 6시부터 바의 문을 활짝 열었다.

비위만 괜찮다면, 그곳에서 뜨끈한 돼지고기 구이나 바싹하게 갈린 대구, 차갑게 식힌 소 혀 요리나 따뜻한 롤, 삶은 감자, 푸딩, 짙은 초록색 피클을 먹을 수 있었다. 노련한 승무원들이 이런 음식을 흰 식탁보가 깔린 긴 식탁에 내왔다. 머리 위에서는 황금색 도금 장식이 반짝거렸고, 벽에는 보스턴, 뉴욕, 런던, 글래스고 등 사람들이 가보았거나 가보고 싶어 할 만한 장소의 그림이 걸려 있었다.

일등석에는 이 모든 것이 제공되었다. 그러나 크래프트 부부는 더글러스가 그랬듯 인종과 계급에 따라 구분되어 삼등석에서 여행했다. 커너드의 약속에도 불구하고 이 배에서는 분리가 원칙이었다. 선박 업계의 거물들이 가장 많은 돈을 내는 손님인 남부인들과의 사업을 염두에 두었기 때문이다.

삼등석은 신사숙녀용 선실에서 가장 먼 쪽, 엔지니어와 화부와 선원 숙소 옆에 틀어박혀 있었다. 고기와 젖을 얻기 위해 배에 싣고 다니는 가축들과 그리 멀지 않은 자리였다. 그곳은 배에서 가장 어둡고 시끄럽고 축축한 앞쪽 끝에 있었다. 배가 출렁거리며 파도를 탈 때마다 온몸이 떠밀렸다. 윌리엄과 엘렌은 바로 이곳에서 항해했다.

커너드 라인의 삼등석은 제한적이었고 광고조차 되지 않았다. 그러나 크래프트 부부에게는 여행 동료가 있었을지도 모른다. 조사이어 헨슨—그는 해리엇 비처 스토의 《톰 아저씨의 오두막집》에 나오는 톰 아저씨의 모델로 유명해진다—이 아들과 함께 그 배에 타고 있었다고 전해진다. 그러나 크래프트 부부도, 헨슨 부자도 서로와의 만남을 언급하지는 않았다.

대서양 횡단은 처음 배를 탄 승객들에게는 가혹한 경험일 수밖에 없었다. 뱃멀미가 일종의 통과 의례였다. 처음 며칠은 공용 공간에 사람이 한 명도 없었고, 멀미를 하는 승객들이 선실이라는 사적인 공간에서 속을 게워내는 소리만 들렸다. 배 안에서의 위치나 엘렌의 악화되어 가는 건강 때문에 크래프트 부부는 점점 더 불편해졌다. 게다가 마지막으로 액운이 닥친 건지 폭풍이 연달아 불었다.

겨울 여행은 언제나 위험했다. 이 시기에 "북대서양의 묘지"라 불리는 곳을 통과하려고 한 사람이 거의 없었던 이유다. 뉴펀들랜드에서 유래한 안개는 악명이 높았다. 빙산이 갑자기, 난데없이 나타날 수 있었고 난류와 한류가 위험하게 뒤섞이며 허리케인이 생길 수도 있었다. 크래프트 부부의 여행은 '나쁨'에서 '더 나쁨'으로 이어졌다. 심한 돌풍이 잘못된 방향에서 캠브리아호를 향해 불어와 배를 힘으로 밀어내고, 그 뱃머리에 온 힘으로 부딪혔다. 파도가 최대 18미터까지, 건물처럼 높게 솟아올랐다가 돛대와 갑판으로 부서져 내리며 승객들을 뒤흔들었다.

이런 규모의 폭풍 속에서 승객들은 침대에 누워 있다가도 내동댕이쳐졌다. 뜨거운 고기와 수프, 구정물, 와인이 모두 날아다녔다. 유리잔은 아무리 천장에 고정해 두려 해도 박살 났다. 배가 이 파도에서 저 파도로 이동하며 이쪽저쪽으로 구를 때마다 묶어두지 않은 것은 무엇이든 뒤집히거나 옆으로 쓰러졌다. 거친 물살이 갑판 배수구를 압도했다.

폭풍이 불 때는 배에 심한 두려움이 찾아왔다. 승객들은 이런 경험을 종종 전쟁과 비교했다. 그러는 내내, 엘렌은 목숨을 건 싸움을 벌였다. 머리는 욱신거리고 속은 들썩거리는 가운데, 그녀는 바람도 통하지 않고 빛도 들지 않는 격리된 공간에서 밤낮으로 환각을 견뎠다. 태양도, 별도 보이지 않았기에 시간까지 무너져 내렸다. 멀리서 들려오는 종소리만이 어둠에 구멍을 내듯 시간을 알렸다. 일하는 사람들, 때로는 승객들이 비명을 지르는 소리도 들려왔다. 엔진이 쿵쾅거리며 선체를 진동시켰고, 그 진동은 엘렌의 몸 전체에 전달되었다. 가까운 아래쪽에 있는 화부들이 불에 땔감을 넣느라 밤낮으로 노동했다. 그들은 배를 막아서는 바다의 분노에 맞서 처절하게 배에 연료를 공급했다.

찰스 디킨스가 회상했듯, 폭풍의 두려움은 이루 표현할 수 없었다. "폭풍이 울부짖는 목소리는 무엇에도 비할 수 없다. 모든 것이 웅장하고 경악스럽다는 말로도 부족하다. 언어로는 폭풍을 표현할 수 없다. 생각으로는 폭풍을 전달할 수 없다. 오직 꿈만이 폭풍과 그 격노, 노여움, 열정을 불러일으킬 수 있다."

윌리엄과 엘렌은 그 악몽에서 깨어날 수 없을 것만 같았다.

***

캠브리아호는 13일간 끔찍한 물살을 갈랐다. 윌리엄 웰스 브라운이 보스턴에서 출발해 9일 22시간 만에 대서양을 가로질렀다는 걸 생각하면 유독 긴 여행이었다. 당시의 배에는 한 가지 전통이 있었다. 매일 승객들은 밤새 얼마나 이동해 왔는지 내기를 걸었다. 그러면 선장이 선실로 내려와 결과를 공표했다. 캠브리아호의 승객들은 더 이상 그 놀이를 하지 않았을지도 모른다.

그나마 다행인 점이 있다면, 이 배가 존 리치 선장의 손에 맡겨져 있다는 점이었다. 34세의 리치는 몇 년 뒤에 가라앉는 배를 지휘해 600명의 승객을 안전한 곳으로 인도하는 영웅적 행동으로 유명해진다. 그는 마지막으로 배에서 내리겠다는 약속을 지켰다. 1883년 사망했을 때, 그는 바다에서 누린 행운으로 널리 기억되었다.

이 잘생긴 선장의 목소리가 갑판 위에서 쩌렁쩌렁 울렸다. 바람과 물이 혼란스럽게 몰아치는 가운데 그가 큰 소리로 명령을 내리면 갑판장이 호루라기로 그 명령을 전달했다. 선원들은 그에 응답해 전문적으로 움직였다. 결국, 정오의 내기가 즐거워지는 날이 찾아왔다. 상륙 예정일보다 며칠 늦은 12월 11일에 캠브리아호는 아일랜드의 푸른 해안을 지나 세인트 조지 해협을 가로질러 아일랜드해에 들어갔다. 이어 배는 홀리헤드를 빙 둘러 머지강에 접어들었다. 거기서는 지역 도선사가 승선해 배를 리버풀로 이끌었다.

승객들은 역마차에 오르기 전에 최선을 다해 몸단장을 하거나 짐을 챙긴 뒤 강가로 가는 작은 배에 올랐다. 그 바람에 한바탕 소란이 일었다. 그곳에서야 크래프트 부부는 안전하게 밖으로 나올 수 있었다. 아마 엘렌은 그때 처음으로 밖에 나와 찌르는 듯 신선한 공기를 들이마시고 눈을 가늘게 뜬 채 돛대와 부두, 첨탑, 정오의 잿빛 리버풀 해안에서 솟아나는 연기를 보았을 것이다.

많은 사람들에게 이 모습은 딱히 반가운 광경이 아니었다. 한때 영국 노예무역의 수도였던 리버풀은 양극단이 모두 있는 항구로, 말할 수 없는 부가 교환되는 곳이자 끔찍한 가난의 현장이었다. 수많은 사람들이 그 가난에서 탈출하기 위해 노력했다. 기록적으로 많은 숫자의 피난자들이 이곳에서 기다리다가 미국행 패킷선 삼등석에 탔다. 이처럼 어마어마한 이민 물결이 미국을 빠르게 변모시키고 있었다. 자유의 여신상이 그 유명한 선언[72]을 내걸기 훨씬 전부터 미국은 이미 지치고 가난한 자들, "자유롭게 숨쉬기를 갈망하는 웅크린 군중"을 받아들이고 있었다. 하지만 이날만큼은 그 자유의 숨결이 반대 방향으로 불었다.

---

72 1883년 엠마 라자러스가 쓴 시 〈새로운 거상(The New Colossus)〉를 말한다. 미국을 향해 몰려드는 이민자들을 환영하는 정신을 상징하는 이 싯구는 현재 자유의 여신상 받침대에 새겨져 있으며, 가장 널리 인용되는 구절은 다음과 같다. "Give me your tired, your poor / Your huddled masses yearning to breathe free(지친 이들, 가난한 이들, 자유롭게 숨쉬기를 갈망하는 웅크린 군중을 내게 보내주십시오)."

    몇 세대 전, 엘렌과 윌리엄의 조상—윌리엄의 할머니와 할아버지를 포함한—은 납치당해 노예선을 타고 잔혹한 대서양 횡단을 했다. 그 배도 리버풀에서 출발했을지 모른다. 윌리엄과 엘렌이 리버풀에 도착했다는 것은, 그들이 납치당한 시절 이래로 줄곧 그들과 그들의 동족에 대한 소유권을 주장했으며 미국의 법에 따라 그럴 권한을 가지고 있던 여러 세대의 예속 가해자들의 손이 닿는 곳에서 법적으로나 신체적으로나 벗어났다는 뜻이었다.

    그들은 남부의 노예제도에서 살아남았고, 북부에서 납치범들을 따돌렸으며, 한때 고향이라 부르던 나라의 법을 피해 도망쳤다. 그들은 질병을 극복했고, 자연의 시련도 이겨냈다. 이제야 새로운 땅에서 자유를 찾았다.

    그들은 너무도 긴 거리를 달려왔다. 남부에서 북부로 1,600킬로미터, 뉴잉글랜드 전역을 다니며 다시 1,600킬로미터, 그리고 마지막으로는 거친 파도를 건너 4,800킬로미터. 그들은 서로를 위해, 서로와 함께 달렸고 이제는 바로 이곳, 이 시간에 서로를 소유하고 있었다. 이곳은 두 사람이 함께, 충분히 강하게, 각자의 정체성을 따로 탐색할 수 있는 공간이었다. 누구를, 또 무엇을 잃었든 그들은 아무도 깨뜨릴 수 없는 가정을 만들겠다는 꿈을 이룰 수 있었다.

    나중에 기억한 바에 따르면, 그들은 땅에 입을 맞추었다. 이번 여정의 마지막이었던 배에서 내리면서, 그들은 평생 처음으로 자신이 진정으로 자유로워졌음을 알았다. 눈앞에 시간적으로나 공간적으로나 탁 트인 영역이 멀리까지 펼쳐져 있었다. 그 땅을, 그 자유를 어떻게 활용할 것인지는 아직 지켜봐야 할 문제였다.

해외

———

1850년 12월 11일~
1852년 10월 22일

현실주의자

      이제야 땅을 다시 딛고 선 크래프트 부부는 짠내 나는 부두를 지나 정면이 돌로 이루어져 있고 돔이 있어 거대한 바위처럼 보이는 새로운 세관을 통과했다. 짐은 순서에 따라 확인되고 도장을 받았다. 그들은 마차를 타고 짧은 거리를 이동해 클레이튼 광장에 있는 브라운의 템퍼런스 호텔로 이동했다. 그 호텔은 금주자들은 물론 폐지론자들에게도 친절하기로 유명한 곳이었다. 크래프트 부부는 눈에 띄지 않게 조심하며 마침내 회복의 여정을 시작할 수 있었다. 그들은 새로운 질문과 앞으로의 행동에 대해 깊이 생각했다.

    크래프트 부부는 새로운 사람들과 관계를 맺게 해줄 편지를 가지고 있었지만, 그 외에는 이방인이었다. 여행 탓에 신체적으로나 재정적으로나 약해져 있었고 생계를 꾸려나갈 기술이 있었지만 사람도, 집도, 어떻게 시작해야 할지 알려주는 지도도 없었다. 영국인들이 그들을 환영하리라는 말을 들었지만, 경험에 따르면 그 말에는 의심할 여지가 있었다.

과거의 문제, 또 남겨두고 온 사람들을 어떻게 도울 것이냐는 문제도 있었다. 이때 남겨두고 온 사람들이란 그들이 사랑하는 사람들은 물론, 익명의 수백만 명도 포함되었다. 노예제도에 갇혀 있는 사람들도, 그리고 미국의 법에 인질로 잡혀 있는 사람들도. 과연 크래프트 부부는 예속된 가족들을 구하고 동포를 도울 수 있을까? 자신만의 가족을 꾸리겠다는 꿈을 이루면서도?

크래프트 부부는 침묵을 지켰지만, 이들이 도착했다는 소식이 한 남자의 귀에 들어갔다. 오히려 다행스러운 일이었다. 그는 아마 크래프트 부부가 새로운 질문을 탐색하는 데 도움을 주기에 가장 적절한 능력을 가진 인물이었을 것이다. 그는 전에도 그랬듯 크래프트 부부를 난민으로 받아들인 친구, 윌리엄 웰스 브라운이었다.

***

보스턴 항구에서 배웅을 받고 18개월 만에—윌리엄이 흔들던 흰 손수건의 모습이 미국 해변에 대한 그의 기억에 새겨져 있던 게 분명하다—책상물림이던 윌리엄 웰스 브라운은 세상 물정에 밝은 현실주의자가 되었다. 그는 새로 찾은 관광객으로서의 정체성에 전율하며 영국과 프랑스, 아일랜드를 여행했다. 그는 특히 파리를 좋아했다. 루브르 박물관에서 그림을 해석하고, 거리를 산책하고, 길가의 카페에서 커피를 홀짝거렸다. 그는 루이 16세와 마리 앙투아네트의 목이 단두대에서 잘려 나가고 그 피투성이 머리가 하늘 높이 들어 올려졌던 바로 그 자리, 혁명 광장에 서서 전율을 느꼈다. 그는 심지어 (실수지만) 대통령궁까지 마차를 타고 가기도 했다. 거기서는 의복을 차려입은 하인이 마차 문을 열어주고 허리를 숙여 인사하며 대통령과 약속이 있느냐고 물었다(그는 할 수 있는 프랑스어가 그것밖에 없어서 "농"이라고 말했다).

브라운은 아무리 세상을 여행해도 만족할 수 없었다. 마찬가지로, 세상도 그를 가만두지 못한 것처럼 보인다. 브라운은 자신의 인생 이야기를 다시 출간했고, 이 책은 계속 매진되며 수천 명의 사람들에게 말을 걸었다. 브라운 자신의 이야기를 비롯해 미국 피난자들의 이야기를 전하며, 소위 자유의 땅이라는 미국의 불의한 법을 비난하는 책이었다.

그는 국제 회의장과 교회, 콘서트홀 같은 공식 무대에서는 연설의 수위를 한껏 끌어올렸고, 소규모의 사적인 만찬, 클럽, 살롱 모임처럼 친밀한 자리에서는 조용하고 섬세하게 톤을 낮추었다. 그런 자리에서 브라운은 알렉시 드 토크빌, 빅토르 위고 같은 정계와 문학계의 거장들과 어깨를 나란히 하며 교류했다. 그의 지위가 너무 높아지고 달라졌기에 캐나다호에 함께 탔을 때 인종을 이유로 그를 비웃었던 한 여행자는 브라운 곁으로 바짝 다가가 모자를 벗어들고는 빅토르 위고와 그의 친구들에게 자신을 소개해 달라고 부탁했다. 브라운이야 그를 소개하지 않아서 기쁠 따름이었지만 말이다.

하지만 그게 전부는 아니었다. 브라운은 태평하게 행동했지만, 나름의 어려움을 겪었다. 물론 그는 부유한 권력자들 사이에서 갈채를 받았으며 때때로 엄청난 선물을 받기도 했다. 1년 전, 잉글랜드 뉴캐슬의 시장은 그에게 뉴캐슬 숙녀들을 대신해 수제 가방을 주었는데, 그 가방에는 오늘날 가치로 수천 달러에 이르는 20개의 금화가 들어 있었다. 노동자 계급의 영국인들도 브라운을 지지했다. 셰필드에서는 전기 은도금 공장의 직원들이 존경심을 담아 그에게 가방 하나를 돈으로 꽉 채워주었다.

그런데도 소득은 들쭉날쭉했고, 브라운이 딸들과의 생계를 꾸리는 일은 여전히 힘겨웠다. 딸들은 아직 미국에 살고 있었으며, 브라운은 이토록 오랫동안 아이들을 보지 못하게 될 줄은 예상하지 못했다. 도망노예법만 아니었다면 그는 몇 달 전에 돌아갔을 것이다. 브라운은 딸들을 해외로 이동시키기 위해 할 수 있는 모든 것을 하고 있었다. 그러는 한편, 그는 자신이 위험에 빠지는 한이 있더라도 아이들에게 보낼 수 있는 모든 것을 보냈다.

유독 어두운 런던의 어느 날, 벌어들인 돈 거의 전부를 딸들에게 보낸 그는 다음 강연장으로 갈 교통비를 낼 수 없었다. 강연장이 그의 생각보다 멀어 160킬로미터 이상 떨어져 있었던 탓이다. 브라운에게는 1실링밖에 남아 있지 않았다. 그때 그는 메릴랜드주 출신으로서 예속 피해자였던 한 남자를 우연히 만났다. 가로등 옆에 서 있던 그날, 그 사람에게는 일자리도, 돈도, 먹을 것도 없었다. 그의 사연을 들은 브라운은 그나마 가진 돈을 그와 나누었고, 그는 돈을 받고 눈물을 터뜨리며 말했다. "당신은 내가 런던에서 만난 첫 친구입니다."

브라운은 이 낯선 사람을 오래도록 잊지 않았지만 브라운이 여행하면서 만난 가난한 도망자는 그뿐만이 아니었다. 사실, 브라운은 너무도 많은 도망자들을 만났기에 1년이 채 지나기도 전에 사람들에게 영국에 오지 말라고 경고하게 되었다. 그는 메릴랜드주 출신의 그 남자에게 했듯이, 차라리 서인도제도로 가보라고 조언했다.

브라운은 소원해진 아내 벳시가 미국에서 해오는 공격 때문에 방해를 받기도 했다. 벳시는 딸들의 소식을 무척 듣고 싶어 했다. 또한 그녀에게는 도와줄 사람이 절실히 필요했다(브라운은 딸들이 어디에 있는지 알려주지 않고 떠난 터였다). 머잖아 〈뉴욕 데일리 트리뷴〉에 "떠돌이 남편"이라는 제목의 기사가 실렸다. 이 기사는 브라운이 폐지론자 숙녀들 사이에서 너무 인기가 많아진 나머지 검은 아내를 더 이상 원하지 않게 되었으며, 그녀와 그녀의 아이를 땡전 한 푼 없이 가난하게 만들어놓고 떠났다는 벳시의 비난을 인용했다(브라운은 그녀의 아이를 단 한 번도 자신의 아이로 인정하지 않았다). 브라운은 결국 공개 답장을 보냈고 친구들이 그의 편을 들어주었다. 그럼에도 벳시의 주장은 새로운 정치적 논란을 일으켰다. 미국에서 너무도 많은 사람들을 매료시킨 것으로 유명했던 이 남자가 영국 땅에서 놀랍도록 많은 적을 얻었기 때문이다.

크래프트 부부도 곧 알게 되었지만, 영국 폐지론자들의 세상은 좁고도 분열되어 있었다. 공교로운 일이지만, 이들의 단층선은 미국 반노예 운동이 그랬듯 여성과 정치를 두고 갈라졌다. 10년 전, 개리슨주의자들이 런던에서 열리는 세계 반노예 대회에 여성을 참석시키자고 주장했을 때, 영국의 유력한 폐지론자 단체인 영국 및 해외 반노예 협회(British and Foreign Anti-Slavery Society, BFASS)는 반대 입장을 냈다. 그 이후로 폐지론자 단체들 사이에는 앙금이 남아 있었다. 이는 정치적 차이라기보다는 개인적 앙심의 문제였으며, 갈등의 다수는 양극화를 일으키는 인물인 윌리엄 로이드 개리슨을 중심으로 벌어졌다. 이런 분열은 머잖아 브라운이 "공개적 전쟁"이라고 부른 것으로 옮겨진다.

크래프트 부부는 개리슨주의자가 장악한 매사추세츠주에 머무는 동안, 브라운이 그랬듯 이런 정치적 관계에서 멀어져 있었다. 브라운은 일부러 누구와도 관계를 맺지 않고 해외로 향했다. 그러나 개리슨과의 단순한 관련만으로도 BFASS가 강한 곳에서는 치명적인 약점이 될 수 있다는 점이 곧 드러났다. 브라운은 머잖아 BFASS의 창립자이자 총무인 존 스코블과 고약한 앙숙 관계가 되었다. 존 스코블은 한때 "빙하처럼 미끄러운" 인간으로 묘사되었다. 그는 수없이 많은 미국인 피난자들을 도와주며 성공적인 순회강연의 길을 깔아준 적이 있었지만, 브라운에 대해서만큼은 벳시 브라운의 말을 철썩같이 믿었다. 그는 벳시만큼이나 브라운을 쓰러뜨리는 데 골몰하는 것처럼 보였다.

이외에도 여러 이유로, 크래프트 부부는 딱 맞는 순간에 브라운을 만난 셈이었다. 브라운은 그들의 시련을 듣고 괴로워하던 터였다. 더글러스에게 말했듯, 그는 북부의 저항에 희망을 걸고 있다가 크래프트 부부의 소식을 읽고 그 희망을 버렸다. 그는 옛 친구들을 만나게 되어 기뻤다. 그들이 전해줄 보스턴의 최근 소식은 선풍적인 반응을 일으킬 것이 분명했다. 잉글랜드에서 강연 성수기라고 할 수 있는, 11월에서 5월까지의 시즌이 시작되는 시점이었으니 더욱 그랬다.

브라운의 개인적 문제와 달리, 크래프트 부부의 사랑 이야기는 빅토리아 시대의 관중을 사로잡을 것이 분명했다. 브라운은 미국에서 사람들이 크래프트 부부를 보려고 펄쩍펄쩍 뛰는 모습을 본 적이 있었고, 이곳에서도 폭풍 같은 갈채가 일어날 거라고 예견했다. 브라운은 즉시 크래프트 부부에게 편지를 써서 자신과 함께해 달라고 부탁했다. 한편 그는 스코틀랜드의 관계자들에게도 편지를 보내 미국에서 온 새 피난자들을 위한 강연 일정을 잡아달라고 했다. 놓쳐서는 안 될 사람들이라고.

***

윌리엄 크래프트는 템퍼런스 호텔에서 브라운의 편지를 받고 신이 났다. 그는 이렇게 답장을 보냈다. "당신 편지를 받고 기뻤다는 말은 굳이 하지 않아도 아실 겁니다. 하지만 당신을 직접 만났다면 훨씬 더 기뻤을 겁니다." 윌리엄은 엘렌이 아직 아파서 당장은 못 가지만, 꼭 브라운을 만나러 가겠다고 약속했다. 그들은 다음 주 목요일을 목표로 잡았다.

그러나 그날이 왔을 때도 엘렌은 너무 아파 움직일 수 없었다.

그래서 부부는 즉흥적으로 새로운 계획을 정했다. 윌리엄이 먼저 브라운을 만나기로 했다. 친구가 어떤 사람인지 알았으니, 윌리엄은 곧 그와 함께 강연을 다니게 되리라고 믿어 의심치 않았다. 영구적인 해결책은 아니었다. 크래프트 부부는 브라운이라는 지칠 줄 모르는 일행과 함께 여행을 다닌다는 것이 어떤 의미인지 알고 있었다. 게다가 이들은 이미 신체적으로 기진맥진한 상태였다. 브라운과 함께 여행하면 가족을 꾸리겠다는 꿈도 미뤄야 할 터였다. 브라운의 방랑벽은 독신 남성에게는 어울릴지 몰라도, 행복한 결혼 생활을 하거나 가족을 꾸리는 데는 도움이 되지 않았다. 그렇지만 이 여행은 크래프트 부부가 국제적 활동을 펼칠 기회였다. 그 기회는 부부가 이곳의 형세를 파악하게 해주는 동시에, 현재로서는 그들이 앞으로 나아갈 최선의 방법이기도 했다.

엘렌은 반체제 목사인 프랜시스 비숍과 그의 아내 라비아나와 함께 남았다. 그들은 두 자녀와 메리라는 이름의 시중 드는 소녀와 함께 근처의 톡스테스에서 살았다(비숍은 크래프트 부부에게 너무 감명받은 나머지, 메이컨으로 가서 그들의 예속 가해자와 이야기하겠다는 계획을 세웠다. 이후 이 여행 계획은 느닷없이 중단된다). 엘렌은 혼란스러운 부두와 멀리 떨어진 곳에서 몸을 치료하며, 최대한 빨리 윌리엄과 합류하는 것을 목표로 삼았다.

이 시기가 조지아주를 떠난 이후로 크래프트 부부가 가장 오랫동안 떨어져 있던 시간이었다. 꼭 필요하면서도 새롭고, 어쩌면 상징적이기까지 한 움직임이었다. 그들이 들어온 새로운 세상은 그들에게 함께 있을 공간은 주었지만, 동시에 떨어져 있을 시간도 주었다. 이로써 그들은 미국에서 그들을 규정했던 한 쌍으로서의 역할—주인, 노예, 남편, 아내—을 초월해 자신만의 길을 개척할 수 있었다. 그들은 메이컨을 떠나고 거의 2년이 되는 날에 헤어졌다. 윌리엄이 엘렌보다 먼저 매우 다양한 동업 관계를 맺었다.

두 명의 윌리엄

잉글랜드에는 철도가 잘 깔려 있었다. 윌리엄은 서해안의 리버풀에서 동해안의 뉴캐슬어폰타인까지, 양쪽 끝에 가스등이 켜진 거대한 새로운 역사가 있는 그 길을 빠르게 이동해 갔다. 그곳에는 윌리엄의 형이나 다름없는 인물이 있었다. 그는 윌리엄이 세상의 이쪽 지역에서 아는 유일한 사람이기도 했다. 윌리엄은 윌리엄 웰스 브라운의 폐지론 순회강연에 합류할 준비가 되어 있었다. 그렇게 두 명의 윌리엄은 곧 스코틀랜드 에든버러로 가는 다른 기차에 올랐다. 그들은 함께 새해를 맞이할 터였다. 두 사람의 스코틀랜드 모험이 막 시작되고 있었다.

기차 자체도 인상적이었지만─영국인들이 흔히 설명했듯, 영국 기차는 담배즙을 뱉은 자국이 여기저기 묻어 있는 미국 기차에 비

해 더 빠르고 윤이 나고 깨끗했다—에든버러의 풍경은 더욱 비현
실적이었다. 역에서 위로 올라가면 성과 지하 감옥, 어두운 골목길,
지하의 공동체가 온전히 갖추어진 동화 속 도시가 보였다. 줄지어
늘어선 사암 주택으로 이루어진 그림 같은 거리 이면에는 전혀 다
른 세계가 숨어 있었다.

프레더릭 더글러스는 에든버러를 사랑했으며 그 도시가 세계에
서 가장 아름다운 도시 중 하나라고 선언했다. 에든버러는 구시가
지와 신시가지로 이루어져 있었지만, 이 두 단어는 상대적이었다.
신시가지가 건설된 것도 미국의 탄생보다 이른 시기였으니 말이
다. 역은 두 지역 사이의 저점에, 유독한 물이 흐르던 곳 근처에
있었다. 반짝이는 건물들이 사방에 솟아 있었다. 동쪽으로는 홀리
루드 궁전이, 서쪽으로는 에든버러성이 있었다. 둘 다 지금은 보이
지 않았지만 곧 눈에 들어올 터였다.

두 명의 윌리엄은 역에서 빠져나오자마자 브라운이 사랑하던 풍
경을 마주했다. 월터 스콧 경에게 바치는, 하늘 높이 솟은 새 기념
물이었다(더글러스는 스콧 경의 소설에서 자기 이름을 따왔다). 기념
물의 스콧 경은 고딕식 대성당처럼 보이는 건물 안에, 옆에는 충직
한 개를 두고 앉아 있었다. 이곳에서 빠르게 두 골목을 올라가 프린
스가를 지나면 캐넌스 호텔이 나왔다. 두 윌리엄이 앞으로 며칠을
지내게 될 곳이었다.

호텔은 세인트 앤드류 광장 가장자리에 자리 잡고 있었다. 깔끔
하면서도 품격 있는, 이 도시의 비교적 새로운 지역이었다. 양옆에
는 은행과 훌륭한 저택이 있었다. 홈이 파인 드높은 기둥이 폐지론

에 맞서 싸웠던 영국의 지도자를 기념하며 그림자를 드리웠지만, 그 그림자는 두 윌리엄의 계획에 아무 영향을 끼치지 못했다. 그들은 속도를 높여 새로운 폐지론 강연 여행을 준비했다.

브라운은 보스턴의 위기에 대해서나, 노예 사냥꾼에게 도망친 사연에 대해서나 윌리엄에게 직접 소식을 들을 수 있어 신이 났던 게 분명하다. 이 모든 일이 둘의 다가오는 강연에서도 화제가 될 터였다. 한편 윌리엄은 분명 대단히 다른 문화와 정치적 무대에 대해 물었을 것이다.

영국인들은 해방의 역사를 자랑스럽게 여겼다. 현재는 아주 높은 계급의 사람 중에도 반노예 활동가들이 있었다. 다름 아닌 빅토리아 여왕의 남편 앨버트 공이 노예제 반대 연설을 했다. 미국에서 폐지론자를 맞이하는 건 종종 분노한 폭도였다. 반면, 이곳에서는 폐지론 연사들이 환호를 받았다. 브라운이나 크래프트 부부처럼 해방된 미국인들은 말할 것도 없었다. 어느 기자가 풍자하듯 말한 것처럼, 영국인들은 "진짜 흑인"에게 전국적으로 열광했다.

그러나 폐지론에 대한 지지가 보편적이라고 하기는 어려웠다. 영국은 미국과의 무역이나, 남부의 노예 소유자와 맺은 우호적 관계로부터 큰 혜택을 보았다. 글래스고, 브리스틀, 리버풀 외에도 많은 상업 중심지가 미국 노예제와의 결속으로 부유해졌다. 게다가 영국은 자기 나름의 사회적 소요를 경험하고 있었다. 어마어마한 가난, 노동을 두고 벌어지는 갈등, 그리고 상류층 사이에 퍼진 정치적 불안에 대한 공포 등이 그것이었다. 이 모든 것이 새로 도착한 크래프트 부부에게는 조심스레 헤쳐나가야 할 대상이었다.

이곳에서는 미국에 비해 인종적 차별이 덜 느껴졌고, 엘리트 계급도 그들을 더 잘 받아들였다. 그러나 크래프트 부부는 곧 돈과 계급이 이곳에서 극도로 예민하게 받아들여진다는 사실을 알게 되었다. 그들은 기금을 모아야 했지만, 동시에 자신의 이득을 위한 돈에 지나치게 관심을 두는 것처럼 보여서는 안 됐다. 또한 그들은 계급의 경계선을 넘나들며 활동하게 되었으므로 메시지도 전략적으로 전해야 했다.

그런 뒤에는 슬프게도 놀라운 일이 찾아왔다. 폐지론자들 사이에 싸움이 벌어진 것이다. 크래프트 부부는 독립성을 유지하려고 노력했지만, 들고 온 소개장 때문에 이미 개리슨의 친구로 규정되었다. 크래프트 부부 같은, 과거에 예속 피해를 입었던 강연자들은 한쪽 입장에 서야 한다는 심한 압박을 받았다. 사실 이런 강연자들의 수가 너무 많아져서—헨리 박스 브라운과 조사이어 헨슨도 그중 하나였다—일부 강연 조직자들은 점점 염려하고 있었다. 윌리엄 웰스 브라운이 나중에 프레더릭 더글러스에게 보고했듯, 도망자 중에는 노예제도라는 감옥에서 겪었던 부당 행위를 모닥불 옆에서 말할 수 있다는 이유만으로 자신이 강연자가 되어 현장에 나설 수 있으리라 믿는 사람이 너무 많았다. 그중 많은 사람들이 거지나 다름없는 처지가 되었다.

그러나 크래프트 부부에게는 확실한 이점이 있었다. 이들의 이야기는 이미 널리 알려져 있었다. 게다가 엘렌은 영국 순회강연의 개척자가 될 터였다. 미국에서 그랬듯, 그녀는 남부 출신으로서 스스로 이 길을 걸은 최초의 해방된 여성이었다.

하지만 엘렌의 매력이 발휘될 순간은 아직 오지 않았다. 새해 직전으로 잡힌 크래프트 부부의 첫 강연 날짜가 다가오는데도 엘렌은 여전히 이동할 만큼 나아지지 않았다. 그래서 윌리엄은 브라운과 함께, 엘렌 없이 자기들끼리 이야기를 전하러 니콜슨 스트리트 교회로 향했다.

이 모임은 에든버러 여성 해방 협회에서 마련한 것이었다. 신문에서 설명한 대로라면 "존경받을 만한 청중"의 숫자가 매우 많았다. 이들은 크래프트 부부가 나온다는 약속에 이끌려 참석한 터였다. 두 명의 윌리엄과 함께 강단에 오를 사람 중에는 폐지론 조직 활동가만이 아니라 저명한 성직자도 있었다. 엘렌이 등장하지 않는다는 사실이 분명해지자 청중은 실망했다. 그러나 윌리엄은 첫 대사로 청중을 사로잡았다. 그 대사는 "세상에, 내가 자유인이라니!"라는 감탄으로 끝났다.

윌리엄 웰스 브라운이 예측했듯 군중은 갈채를 터뜨렸다. 윌리엄은 계속해서 도망노예법과 보스턴에서 겪은 시련을 소개한 다음, 수줍은 듯 자신과 아내의 탈출 이야기를 전했다.

사람들이 기대한 건 폭력과 상처로 가득한 이야기였을지 모른다. 하지만 그들은 무표정하게 던지는 농담이 군데군데 섞인 이야기를 들었다. 윌리엄은 먼저 그를 고용한 남자에게 아내와 함께 아내의 아픈 이모를 만나러 간다고 말해 여행 허가를 받았다는 이야기로 웃음을 끌어냈다. "결국에 나는 가도 좋다는 허락을 받았습니다. 그러나 내 아내는 이모 대신 필라델피아의 삼촌을 만나러 갔죠!"

그는 찰스턴의 웅장한 호텔을 이야기하면서 또 한 번 청중을 즐겁게 했다. 이때 그는 자신이 어떻게 "절름발이" 주인을 붙들고, 그가 넘어지지 않게 잡고 있었는지 묘사했다. 그러나 가장 큰 반응이 일었던 때는 윌리엄이 리치먼드행 기차를 타고 있을 때 얼빠진 젊은 여자가 엘렌을 보며, "살면서 신사분이 이렇게 가엾게 느껴진 건 처음"이라고 한숨짓는 소리를 들었다는 이야기를 했을 때였다. 이제는 웃음소리가 서까래를 울렸다.

볼티모어에서의 극적인 클라이맥스와 필라델피아에서의 피날레가 오기 한참 전부터, 윌리엄이 혼자 힘으로 청중을 좌지우지할 수 있다는 건 분명해졌다. 다른 곳에서도 그랬지만, 점차 에너지가 결여되었던 이곳 조직에도 새로운 열기가 타올랐다. 그가 연설하고 난 직후에, 목사 두 명이 벌떡 일어나 지지 의사를 밝혔다. 이 단체는 미국에서 노예제도를 전복하기 위해 할 수 있는 모든 것을 다 하겠다고 만장일치로 결의했다.

브라운이 선언했듯, 윌리엄은 엘렌 없이도 스코틀랜드인들이 가장 좋아하는 인물이 될 게 분명했다. 두 명의 윌리엄에게 걱정스러운 한 해를 마무리하고 좀 더 상서롭게 1851년으로 진입하기에 이보다 나은 방법은 없었다.

***

그들은 계속해서 에든버러를 매료시켰다. 새해를 함께 축하한 이후, 그들은 에든버러 템퍼런스 협회가 뮤직 홀에서 주최한 저녁 모임에 참석해, 평생 명예 회원권을 받았다. 회장도 자랑스럽게 그들을 칭송했다.

회장은 이렇게 외쳤다. "이제 미국인들은 자신들이 하찮다고 여겼던 바로 그 사람들이 에든버러의 교양인들 가운데에서도, 귀족들의 연단에서도 손꼽히는 인물로 인정받고 있다는 이야기를 듣게 됐으니, 참으로 겸손해질 수밖에 없겠습니다."

"사악한 노예 법안은 사라져라!" 그는 외쳤다. "피부에 따른 귀족정도 사라져라! 하늘 아래 가장 깊이 오염된 가혹한 마음, 그 혐오스러운 체제는 영원히 멸망하라. (중략) 미국의 노예제도여, 멸망하라."

그날 밤, 두 윌리엄은 강연을 했다. 낮에는 관광을 다녔다. 브라운은 만족할 줄 모르는 탐험가였고, 역사부터 정치학, 시각 예술 등 모든 것에 어마어마한 호기심을 느꼈다. 그가 400쪽짜리 무거운 안내 책자를 손에 들고 다른 윌리엄을 안내했다. 그들은 현재 병영으로 쓰이는 에든버러성에서 출발해, 홀리루드 궁전까지 이어지는 "왕의 길"을 여행했다. 궁전에서는 불그레한 얼굴과 물려받은 곱슬머리, 놀라울 정도로 넓은 모자를 쓴 나이 든 여성이 두 남자를 안내했다. 스코틀랜드 여왕 메리의 연인으로 알려진 이탈리아인이 살해당한 바로 그곳까지 말이다.

그들은 불같은 성정으로 유명했던 목사이자 작가 존 녹스가 살던 집에도 가보았다. 여기서 브라운은 문 위에 새겨진 글을 보고 감동했다. "무엇보다도 주님을 사랑하고, 네 몸을 사랑하듯 네 이웃을 사랑하라." 그들은 에든버러 왕립 연구소에 걸린 웅대한 캔버스를 보며 감탄했다. 그중에는 루벤스와 티치아노가 그린 풍성한 유화도 포함되어 있었다. 단, 가장 많은 관광객을 끌어들인 그림은 17세기의 로멜리니 가문 초상화였다. 뚱한 얼굴에 어두운 색조로 그린 이 그림은 안토니 반 다이크 경이 그린 것이었다.

그러나 윌리엄에게 가장 놀라웠던 건 아마 흔하디흔한 풍경이었을 것이다. 데뷔한 다음 날 아침, 브라운과 함께 훌륭한 아침 식사를 마치고 한가롭게 걸어 돌아가던 중 그들은 흑인 여성 두 명과 팔짱을 끼고 걸어가던 백인 남자와 마주쳤다.

윌리엄은 건조하게 말했다. "조지아주에 있었다면, 노예 소유자들은 그들이 지금보다 서둘러 걷게 만들었을 것이다." 그 말은 인종차별주의자들이 그들을 쫓아냈을 게 분명하다는 뜻이었다. 브라운은 필라델피아나 뉴욕만 가도 그런 식의 편견쯤이야 쉽게 볼 수 있다고 농담했지만, 실은 윌리엄이 한 말의 뜻을 알고 있었다. 그 역시 비슷한 일을 경험한 적이 있기 때문이다. 그들 이전에는 프레더릭 더글러스를 비롯한 다른 사람들도 같은 경험을 했다. 그들은 이곳에서야 비로소 익숙하지 않은 방식으로 눈에 띄고 또 눈에 띄지 않는 느낌, 인간으로서, 한 남자로서 보이는 느낌을 받았다.

브라운은 윌리엄이 새로운 현실에 입문하는 모습을 지켜보며 즐거워했다. 그는 친구에게 이런 편지를 썼다. "거리를 걸어 다닐 때면, 나는 크래프트의 표정을 보며 재미있어한다네. 이 나라에 온 처음 몇 달 동안 모든 도망 노예가 경험하는 변화가 그의 표정에서 보이거든." 브라운 또한 영국에 온 지 16개월이라는 꽤 오랜 시간이 지났는데도 때때로 경이로움을 느끼고 있었다.

월리엄에게는 한 가지 문제가 더 있었다. 그는 뒤섞인 인종 삼인 방이 아무 방해도 받지 않고 걸어가는 것을 보면서, 자신과 엘렌의 새로운 삶을 상상하게 되었다. 그것은 그와 엘렌이 눈에 띄고, 또 띄지 않으면서 함께 존재할 수 있는 삶 이었다.

파노라마

　　새해 셋째 날, 엘렌은 에든버러로 여행할 만큼 몸이 회복되어 마침내 두 윌리엄과 합류했다. 윌리엄 웰스 브라운은 부부에게 동화 같은 이 도시에서 하룻밤을 보내도록 해주고, 자신은 글래스고의 우울한 풍경으로 떠났다. 삼인조는 곧 그곳에서 무대에 오를 터였다.

　　엘렌은 글래스고 시청에서 국제 무대에 데뷔할 터였다. 시청은 머천트 시티 깊은 곳에 자리 잡고 있었다. 프리드리히 엥겔스가 유럽 최악의 슬럼이라고 비난했던 그 지역과 겨우 몇 골목 떨어진 위치였다. 1848년 혁명 시기, 굶주린 폭도들이 빵을 달라고 외치며 건물 주변을 습격해 글래스고의 경찰력과 충돌했다. 글래스고 경찰은 이 나라에 처음으로 도입된 선구적 존재로서, 글래스고의 아버지라 알려진 인물이 창설한 조직이었다.[73] 그 인물은 버지니아산 담배로 돈을 벌었으며 예속 피해자의 손에 자랐다.

이제는 다양한 군중이 시청을 둘러싸고 글래스고에서 가장 큰 공공장소인 대강당에 밀려들었다. 대강당은 실내 과일 시장 위에 세워져 있었고, 시장에서는 익은 과일의 냄새가 올라왔다. 더글러스는 한때 이곳에서 청중에게 "부끄러운 줄 알아야지!"라는 외침으로 미국 노예제도를 소리쳐 비판하게 했다. 오늘 밤에는 엘렌과 윌리엄을 보러 온 사람들로 총 3,000석에 이르는 강당의 모든 자리가 찼고, 수백 명은 들어오지 못해 돌아갔다. 이 행사에는 "노예제도 반대 대회"라는 이름이 붙었다. 두 명의 윌리엄이 강연자로 출연했고, 엘렌은 "백인 노예"로 광고되었다. 엘렌은 그 표현을 좋아하지 않았으나 일단은 참기로 했다.

엘렌은 세 시간이 넘도록 남편과 브라운, 그리고 국회의원을 포함한 글래스고의 지도층 시민들 옆에서 명예로운 자리를 지켰다. 그녀는 수천 명의 관중이 "미국의 노예제도는 언젠가 무너져, 다시는 세워지지 못할 것"이라는 약속이자 예언에 소리쳐 찬성하는 가운데 그 사람들을 바라보았다. 광고가 사실이라면 그녀는 브라운의 부드럽고 감미로운 음조와 남편의 중저음에 맞춰 목소리를 높이고 노래했을 것이다. 그들이 어떤 노래를 불렀는지는 알려지지

---

73 글래스고 경찰을 창설한 인물은 패트릭 콜크훈으로, 그는 1800년경 영국에서 최초의 현대적 경찰 조직 중 하나로 평가되는 글래스고 경찰을 설립했다. 콜크훈은 서인도제도 식민지에서 생산된 버지니아산 담배 무역으로 막대한 부를 쌓았으며, 당시 노예 노동에 의존한 재화를 통해 사회적 지위를 확보했다.

않았지만, 브라운이 만든 곡 중 하나로서 스코틀랜드인들이 사랑하는 민요 "올드 랭 사인"의 멜로디에 노예제도를 반대하는 가사를 덧붙인 곡, "반노예제도의 깃발을 휘날려라"가 불렸을 가능성이 높다. 밤늦게 윌리엄이 스코틀랜드인들에게 아내를 소개했을 때 엘렌이 받은 갈채는 황홀할 정도였다.

저녁 행사가 끝나고, 엘렌은 아마 남편과 함께 에스코트를 받으며 몇 킬로미터 떨어진 곳의 저택으로 갔을 것이다. 그곳이 브라운이 묵는 곳이었다. 브라운이 런던에서 만난 적 있는 사업가가 소유한 그 저택은 주변 수 킬로미터 안에서 가장 훌륭한 저택으로, 킬패트릭 힐의 로렐 뱅크 높은 곳에 자리 잡고 있었다. 엥겔스가 개탄했던 슬럼가와는 먼 곳이었다. 브라운조차 더글러스에게 그 집이 "자신이 여태 본 곳 중 가장 훌륭한 곳"이라고 묘사했다. 엘렌과 윌리엄이 받아들여진 환경은 바로 이런 곳이었다.

크래프트 부부와 브라운은 계속해서 몰아치듯 글래스고를 장악해 갔다. 길이는 수백 미터, 시간으로는 수 세기에 걸친 신비로운 사진과 지도, 역사 모두가 그려진 웅대한 파노라마가 그들과 함께 무대에 올랐기에 이들의 장악력은 더욱 커졌다.

***

예전, 그러니까 1847년 크래프트 부부를 만나기 2년 전에 윌리엄 웰스 브라운은 바로 이처럼 사람을 홀리는 지도에 취한 적이 있었다. 당시 그는 보스턴의 관광객들과 함께 존 밴버드의 유명한

〈미시시피강 대 파노라마〉를 통해 가상의 유람선 여행을 했다. 이 파노라마는 세계에서 가장 큰 그림으로 알려져 있었다. 브라운은 어두운 방에서 조명과 음악, 소리, 이야기와 함께 5킬로미터짜리 그림이 천천히 펼쳐지는 모습을 지켜보았다. 세인트루이스, 나체스, 뉴올리언스 등 한때 그가 노예 상인의 조수로, 또한 증기선의 승무원으로서 여행했던 도시들의 실물 같은 모습이 천천히 풀려났다.

전 세계의 관객이 이 위대한 파노라마를 사랑했다. 그중에는 찰스 디킨스와 빅토리아 여왕, 존 캘훈 상원의원도 포함되어 있었다. 캘훈은 파노라마가 자연을 진실하게 묘사했다고 찬사를 보냈다. 브라운도 놀랐다. 그러나 이유는 달랐다. 강 하류로 팔린다는 것은 바로 이 길을 따라 인신매매를 당한다는 뜻이었다. 분필처럼 흰 절벽이나 스패니시 모스, 낮과 밤의 미묘한 빛을 화려하게 묘사하느라 들어간 노력에도 불구하고, 어떤 단어나 붓질도 브라운이 아는 세상을 불러내지는 못했다. 그가 사랑하는 사람들도, 그들의 노동과 삶, 마음의 상처도 보이지 않았다. 그 순간 이후, 브라운은 자신만의 파노라마를 만들어 자신과 자신의 사람들을 다시 미국의 그림에, 그들이 정당하게 속해야 하는 곳에 집어넣겠다고 맹세했다.

브라운은 보스턴에서도 예술가들의 스케치를 바탕으로 작품을 구체화했다. 그러나 화가들을 고용해 비전을 실현할 자금을 모은 것은 해외에서였다. 그가 상상한 파노라마는 스물네 개의 장면으로 이루어진 연속적인 그림이었다. 이 그림은 '600미터 길이의 캔버스'라고 광고되었지만, 아마 그보다는 작아 길이 9미터, 높이

3미터 정도 그림이었을 것이다. 브라운은 신중하게 장면을 연출했다. 그는 노예제도와 떼어놓을 수 없는 악덕과 잔혹함의 혐오스러운 그림을 표현하지 않고 삼갔다. 그래야 노예 소유자들이 그 파노라마를 과장된 그림이라고 주장할 수 없을 테니 말이다. 실제로 고문에 대한 생생한 묘사는 물론 엘렌의 탈출 장면을 담은 파노라마를 가지고 있던 헨리 박스 브라운은 노예 소유자만이 아니라 영국 언론에서도 비판받았다.

브라운의 파노라마는 움직임이나 크기, 시각 효과가 부족했음에도 그해 가을 성공적으로 데뷔했다. "민스트럴 요정" 삼인방을 참여시켜 움직이는 그림 옆에서 첼로와 하프, 바이올린을 연주하게 했던 헨리 박스 브라운과는 달리(이 요정 중 가장 어린 아이는 겨우 여섯 살이었다), 윌리엄 웰스 브라운은 스케치가 그려진 천 앞에서 고요하게 혼자 노래를 불렀다. 그래도 브라운의 파노라마가 더 우월한 것으로 판단되어, 결과적으로 크래프트 부부와 함께 다니게 되었다. 무엇보다도, 엘렌과 함께 말이다.

***

'미국 노예제도에 관한 삽화 강연'은 7시 30분이라는 조용한 시각에 글래스고의 트레이드 홀에서 상연될 예정이었다. 그 시간은 굴뚝에서 나온 구름이 하늘과 하나가 되는 시간이었다. 6펜스의 입장료를 낸(앞의 두 줄에 앉으려면 반 실링을 내야 했다) 관중은 이중 계단을 올라, 우아하게 가스등으로 밝혀진 공간으로 들어갔다.

그곳에서 파노라마가 기다리고 있었다. 엘렌 역시 스물네 개의 장면을 기다렸다. 방 안이 어두워졌고, 윌리엄 웰스 브라운이 불을 켰다. 엘렌이 본 세상과 닮기도 했고, 전혀 닮지 않기도 한 세상이 부분 부분 밝혀졌다.

브라운은 신처럼 날아다녔다. 시간과 공간을 가로지르며, 관객들에게 모두가 매일 입는 면직물, 달콤한 차, 향긋한 코담배의 편안함을 가능하게 하는 일상적인 괴로움을 직시하게 했다. 그는 고문소, 노예 우리, 인신매매의 현장으로 쓰이는 훌륭한 건물들을 보여주는 한편, 사람들에게도 빛을 비추었다. 흰 피부의 자매들이 높은 가격에 경매되었다(이유는 청중의 추측에 맡겨졌다). 쇠사슬에 묶인 어머니는 아이를 두고 가기를 거부했다는 이유로 채찍을 맞았다.

이런 장면은 엘렌도 잘 아는 것이었다. 단, 새로운 내레이션이 이루어지기도 했다. 흑인의 저항을 기념하는 내레이션이었다. 여기서는 언더그라운드 레일로드나 구원의 손길을 내미는 퀘이커 교도의 자선 단체가 극적으로 그려지지 않았다. 대신, 직접 해방되거나 다른 사람들을 해방시킨 남자, 여자, 아이들이 영웅으로 표현되었다. 엘렌이 듣는 가운데, 브라운은 어떤 남자의 이야기를 전했다. 그는 엘렌만큼이나 교묘하게 상중의 여성으로 위장하고, 예속 가해자와 도시 관료들 코앞을 지나 버팔로행 증기선을 탔지만, 결국 아내를 구하기 위해 되돌아갔다. 브라운은 품 안에 아기를 안은 채 이 유빙에서 저 유빙으로 뛰던 어머니 이야기도 했다. 그렇게 그는 자유의 투사들이 하나가 되어 항거하는, 절정의 전투 장면을 만들어냈다. 엘렌에게 이것은 그녀 자신을 이 영웅들의 공동체에 속한 인물로 상상해 보라는 초대였다.

그 상상은 모두에게 의무였다. 불이 밝혀졌을 때, 브라운은 관중에게 그가 묘사했던 노예의 목줄을 실제로 기꺼이 보여주었다. 그것은 목줄을 차고 있던 여자가 브라운에게 선물로 준 물건으로, 파노라마가 단순한 그림 쇼가 아님을 보여주는 증거였다. 브라운은 영국인들이 변화를 만들어낼 수 있다고도 말했다. 영국인들은 구매력을 활용해 자유노동으로 만들어진 상품을 살 수도 있었다. 폐지론자들의 모금 운동에 동참하고 브라운의 책을 살 수도 있었다. 또한 그들은 손바닥 크기의 엘렌 사진을 살 수도 있었다. 그날 밤에 무대에 오른 엘렌의 모습이 아니라, 높은 모자에 말쑥한 넥타이를 맨 엘렌의 사진 말이다. 이 역시 시대를 앞서나가는 움직임이었다.

야회

      초대장이 너무 많이 왔다. 이후 몇 주 동안 삼인조는 글래스고 근처에 머물렀다. 수백 명이 그들의 마지막 강연을 들으러 왔다가, 강당이 꽉 차 돌아갈 수밖에 없었다. 삼인조는 페이즐리와 캠프시, 구로크와 그리녹 등 더 작은 마을에도 갔다. 스코틀랜드 명물인 해기스[74]의 톡 쏘는 맛이 미국적인 입맛에는 낯설었던 것처럼, 이런 마을의 이름은 그들의 혀에 낯설게만 느껴졌다.

   최신식 철마를 타고 마지막으로 북쪽을 향해 달려가면서, 브라운은 도시의 높다란 굴뚝과 연기가 뒤로 멀어지며 오두막과 농장, 조각한 듯한 계단식 농경지와 그림 같은 숲에 자리를 내주는 모습

---

[74] 양의 내장으로 만든 스코틀랜드식 순대.

을 보고 개인적으로 안도했다. 스털링의 언덕 꼭대기에 있는 장대한 성이 가까워지자 그의 마음속이 열망으로 가득 찼다. 그곳은 여러 번의 살인과 대관식이 일어났던 현장이었다. 아마 브라운은 크래프트 부부를 이끌고 관광을 하고 싶었을 것이다. 하지만 테이강가의 던디에 일정이 있어 그러지 못했다.

던디에서는 1,600명에 이르는 사람들이 큰돈을 내고 파노라마를 보러 왔다. 관중 가운데는 이 도시에서 가장 유명한 인물이자 삼인조가 도착하기 몇 시간 전에 그들을 찾아온 사람이 있었다. 당시에 삼인조는 진하고 뜨거운 차를 홀짝이는 중이었다. 일단 브라운은 거의 졸고 있어서 손님을 맞이할 기분이 아니었지만, 그들을 만나러 온 이 왜소하고 씩씩한 76세 신사의 이름을 듣자 정신이 번쩍 깨어 벌떡 일어섰다.

여러 해 동안 토머스 딕 박사는 교사이자 제명당한 목사, 기독교 철학자로 지냈다. 어린 시절 부모의 반대에도 불구하고 천문학자가 되기도 했다. 여덟 살 때, 그는 하늘을 불태우는 듯한 유성을 보고 낡은 안경 렌즈로 천문 관측 기구를 만들기 시작했다. '던디의 멍고 딕'이라 불리던, 직공이던 그의 아버지는 실망감에 두 손을 번쩍 들며 이렇게 소리쳤다. "저 녀석을 어떻게 해야 할지 모르겠군. 책과 안경 말고는 무엇에도 관심이 없으니."

그 이후로 딕 박사는 《태양계》라는 유명한 책의 저자가 되었으며 폐지론자로 활동하기도 했다. 그가 기억에 남는 방식으로 엘렌에게 인사를 건넸다. 그녀의 손을 꼭 잡은 늙은 천문학자의 뺨에 눈물이 흘러내렸다. 브라운은 그를 보며 생각했다. "미국의 수많은 노예 소유자와 노예제도를 찬성한다는 소위 기독교인들이, 이 사람의 철학을 읽고 숙고한다는 사람들이 이 현장에 있었다면 얼마나 좋았을까."

던디에서의 마지막 날, 삼인조는 브로티 페리의 언덕 위에 있는 과학자의 오두막으로 향했다. 공식 응접실에서 관측대를 지나 노인의 집 깊숙한 곳으로 이동하면서, 그들은 현미경과 망원경 같은 딕 박사의 기구를 들여다보라는 권유를 받았다. 일단은 모형으로 만들어둔 세상을, 그다음에는 저 바깥의 별들을 보라고 말이다.

이들의 명성은 애버딘에서도 이어졌다. 애버딘은 디강과 돈강 사이에 있는 화강암 도시였다. 미국을 담은 스물네 폭의 그림을 보고 미국의 도망자들이 하는 말을 듣기 위해 스코틀랜드인들이 줄줄이 늘어섰다. 학생들도 군데군데 모여 자기 차례를 기다렸다. 두 윌리엄이 대부분의 연설을 했고, 엘렌은 남편 옆에 앉아서 밖을 내다보다가 끝에서야 일어나 인사했다. 그럼에도 엘렌의 존재감이 핵심이었다. 그녀가 나타나지 않으면 청중은 실망했다.

엘렌은 왜 공적으로 침묵을 지켰을까? 이것은 전략적인 선택이었을 수 있다. 당시 영국은 여성이 무대에서 하는 발언에 대해 미국보다 큰 낙인을 찍는 땅이었다. 영국 왕이 빅토리아 여왕이었는데도 그랬다. 또 엘렌은 이후 몇 달 동안 친구들에게 경고했듯 그녀가 유명해져 봐야 어머니에게 더 잔인한 일이 벌어질 뿐임을 잘 알고 있었다. 언어에 대한 차이도 한 가지 이유였을 수 있다. 특히, 두 윌리엄이 꽤 좋아했던 백인 노예라는 용어에 대해 엘렌은 다른 의견을 가지고 있었다. 그녀는 늘 자신이 흑인 공동체에 속했다고 생각했다. 백인 노예라는 용어는 그녀의 복잡한 민족성을 삭제했다. 엘렌이 아예 여행을 원하지 않았을 가능성도 있다.

확실한 건, 엘렌이 원할 때면 무대에서 내려와 강하게 의견을 밝혔다는 점이다. 어느 기자는 크래프트 부부가 해외에 도착하고 얼마 지나지 않아 참석한 만찬에서 엘렌이 "노예들이 해방될 경우, 자신을 보살필 수 있을 만큼 일반적으로 지적이냐"라는 질문을 받았던 때를 떠올렸다.

엘렌의 답은 이랬다. "현재 노예들은 자신을 돌보고 그 주인까지도 돌보고 있습니다. 내 생각에 노예들은 자유로워지면 얼마든지 자신을 돌볼 수 있을 겁니다." 이런 즉흥적인 재치는 대단히 중요했다. 이들이 그때까지 피해왔던 사소한 정치 관계가 곧 그들 모두를 삼키려고 위협해 왔기 때문이다.

***

애버딘에서 남쪽의 에든버러에 이르기까지, 삼인조는 기차보다 증기선을 타고 이동했다. 단지 그편이 더 쾌적했기 때문이다. 일행은 2월보다는 4월처럼 느껴지는 유난히 따뜻한 날씨에 해안선을 따라갔다. 그들은 절대적 금욕 협회[75]에서 막 강연을 마친 참이었고, 배에 올랐을 때는 거의 자정이 되어 있었다. 그러나 브라운은 언제나 그렇듯 기운차게 열광적으로 말했다. "훌륭한 밤이었다. 하

---

75 19세기 영국과 북미 등에서 활동했던 금주운동 단체.

늘에는 얼룩 한 점 없었다. 맑고 청량한 공기에는 거의 본 적 없는 빛이 깃들어 있었으며 달은 정점에 올라 있었다. 증기선과 그 주변의 물체가 극도로 아름다웠다."

삼인조는 배의 응접실에서 환영받았다. 직원들은 삼인조에게 완전한 서비스를 제공했다. 브라운은 프레더릭 더글러스의 신문 〈노스 스타〉가 한 부 있는 것을 보고 기뻐했다. 그는 감동해서, 〈해방자〉 한 부를 "친구로 삼도록" 그 옆에 놓아두었다. 그런 다음, 이들은 증기선의 가장 좋은 선실로 안내되었다. 이 역시 그들이 미국에서 경험한 것과는 전혀 다른 예절이라, 크래프트 부부는 거의 당황한 것처럼 보였다는 것이 브라운의 회상이다. 부부가 도착하고 두 달이 흘렀지만, 일상은 여전히 그들에게 충격을 줄 힘을 가지고 있었다.

에든버러로 돌아온 그들은 강연과 관광을 다시 시작했다. 그들은 캘튼 힐 꼭대기로 올라갔다. 그곳에는 절반의 형태를 갖춘 고전주의 그리스 사원이 푸른 겨울 하늘을 담고 있었고, 도시 전체가 그 아래로 펼쳐지는 것처럼 보였다. 세상 꼭대기에서 보는 살아 있는 파노라마였다. 병원을 둘러보면서, 노예였을 때 의사의 조수였던 브라운은 의대생 가운데 흑인이 있는 것을 보고 유독 동요했다. 강연을 마치고 거리를 건너가면서, 그는 흑인과 백인 대학생들이 팔짱을 끼고 걸어가는 모습에 충격을 받았다.

브라운과 크래프트 부부는 에든버러에서 가장 유명한 인물인 조지 콤과 그의 아내 시실리아의 아침 식사에도 초대받았다. 콤은 골상학 전문가였다. 골상학이란, 머리의 형태를 통해 인간의 행동을 이해하려는 대중과학이었다(어떤 사람들은 골상학을 이용해 인종적 고정관념을 퍼뜨리고 노예제도를 정당화했다). 콤은 수십 년간 현직에서 일하며 수많은 사람의 두개골을 만져보았다. 그중에는 빅토리아 여왕의 아들들도 포함되어 있었다. 시실리아 콤도 영국 연극계의 일류 가문 출신으로 잘 알려진 인물이었다. 작고한 그녀의 어머니가 셰익스피어 비극 전문 배우 새라 시돈스였다. 그녀는 레이디 맥베스 역에서 보여준 압도적인 손 비틀기 연기로 누구와도 비교할 수 없는 명성을 얻었다.

콤 부부는 시실리아 콤의 친척들을 통해 미국의 "기이한 제도"와 연결되었다. 콤의 사촌이자 유명한 영국 배우였던 패니 켐블은 미국을 여행하면서, 특유의 카리스마로 하버드 강당까지 텅텅 비게 만들었다. 일부 젊은이들은 모여 있는 사람들 사이를 미끄러지듯 지나가기 위해 자기 몸에 당밀을 발랐다고 전해진다. 이처럼 그녀에게 홀린 사람 중에는 젊은 시절의 웬델 필립스도 있었는데, 그는 열아홉 번이나 돈을 내고 그녀를 보러 갔다(그가 당밀을 몸에 발랐는지는 알려지지 않았다).

패니는 노예 소유주로서 쌓은 어마어마한 재산을 상속받은 피어스 버틀러와 결혼했다. 버틀러의 재산은 헌법에 서명한 인물 중 하나이며 첫 도망노예법의 창시자[76]가 모은 것이었다. 패니는 조지아주에 있는 버틀러의 플랜테이션에 갔다가 폐지론자가 되었으

---

76 패니가 결혼한 사람은 피어스 미즈 버틀러이고, 그가 상속받은 재산을 쌓은 사람은 그의 조부인 피어스 버틀러다.

며, 부부는 극적인 이혼을 했다. 1859년, 버틀러는 엄청나게 많은 빚 때문에 미국 역사상 최대 규모의 노예 매각을 해야 했다. 이 일은 원래 서배너에 있는 존슨 광장에서 할 예정이었는데, 그곳은 크래프트 부부도 지나간 적이 있었다. 스패니시 모스조차 자라지 않던, 살아 있는 커다란 참나무가 있던 상심의 광장 말이다. 결국 이 매각은 경마장에서 이루어졌다. 비가 며칠 동안 그치지 않는 가운데, 436명의 남자, 여자, 아이들이 "통곡의 시간"으로 기억되는 그 행사를 통해 팔려 갔다.

시실리아 콤이 비밀리에 유통되던, 패니가 조지아주에서 쓴 일기를 읽었는지는 분명하지 않다. 아무튼 그녀는 가장 좋아하는 사촌에게서 미국의 노예제도에 대해 들었을 게 틀림없다. 그녀는 결국 패니에게 아끼는 유산을 물려주었다. 윌리엄 셰익스피어의 것이었다는 장갑이었다. 또한 콤은 노예 주를 가로지르는 여행을 하기도 했다. 그녀는 마틴 밴 뷰런 대통령과 인사하고 미시시피주 상원의원의 아내와 차를 마셨다. 보스턴에서 그녀의 남편은 위엄 있게 돌출된 이마를 가진 대니얼 웹스터와 저녁 식사를 함께하기도 했다.

시실리아 콤은 상차림에 자긍심이 있었다. 그녀는 자신의 식사 자리와 레시피를 꼼꼼히 기록했다. 푸딩 종류만 열일곱 가지나 기록되어 있었다. 조리되자마자 나오는 뜨거운 햄 오믈렛이나 통나무처럼 굴려서 높이 쌓은 팬케이크 같은 진미를 앞에 두고 콤 부부와 삼인조는 공통으로 아는 사람들이나 개탄스러운 제도에 대해 이야기할 기회를 가졌다. 브라운에 따르면, 시실리아 콤은 엘렌의 이야기를 들으며 몇 번이나 울었다.

그러나 삼인조의 에든버러 귀환이 마냥 성공한 것은 아니었다. 사실 최고의 순간인 것만 같았던 이 융숭한 대접은 오히려 반대되는 여파를 일으켜 해외에까지 영향을 미쳤다.

여기에 제임스 W. C. 페닝튼 박사가 들어온다. 그는 스스로 해방된 흑인 목사이자 교사, 박사이자(박사는 이 시기에 명예 학위로서 새로 만들어진 터였다) 베스트셀러 작가, 고전학자, 노련한 강사였다. 44세의 나이로 삼인조보다 연장자이기도 했다. 친근한 눈을 가진 왜소하고 명랑한 페닝튼은 스코틀랜드에서 수많은 추종자를 거느리고 있었다. 그러나 윌리엄 로이드 개리슨의 친구들은 그를 적으로 여겼다. 그가 재정 관리를 제대로 하지 못하고, 엉뚱한 사람들과 동맹을 맺고, 무엇보다도 개리슨을 중상모략하고 있다고 의심했기 때문이다.

이 사람과 함께 무대에 서달라는 초대를 받았을 때, 크래프트 부부와 브라운은 말썽이 생기리라는 것을 알았다. 합동 출연을 거절하면 페닝튼과 그의 스코틀랜드 지지자들을 무시하는 행동이 될 테고, 그 제안을 받아들이면 이 여행을 시작하는 데 도움을 준 보스턴의 후원자들을 모욕하는 셈이 될 터였다. 결국, 삼인조가 결정한 타협책은 재앙으로 드러났다. 두 명의 스코틀랜드 쪽 기획자가 삼인조에게 그날 저녁에 해야 할 말에 관해 모순되는 지시를 전달했다. 그중 한 명은 실망할 수밖에 없었다. 그는 너무도 마음이 상한 나머지 헤아릴 수 없을 만큼 심하게 그들을 비난해 브라운의 분노를 샀다. 그러나 최악은 페닝튼 박사와 직접 만났을 때 일행이 한 경험이었다.

페닝튼은 자신이 다시 잡힌다면 절대 저항하지 않고 그 사건을 "주님의 뜻"으로 여겨 따르겠다고 경건하게 선언했다. 그러는 내내 도망노예법에 관한 우려를 표현했다. 엘렌은 인내심의 한계를 느꼈다. 페닝튼은 한 번도 엘렌과 윌리엄처럼 그 법을 마주한 적이 없었고, 친구들이 곧 그의 자유를 사줄 것이므로 미래에도 그럴 일이 없었다.

페닝튼의 지지자 중 한 명이 엘렌을 돌아보며 그의 마음이 아름답지 않느냐고 물었다. 당시 숙녀들은 관습에 따라 동의하거나 반대 의견을 말해야 했다. 그러나 엘렌은 웃는 편을 선택했다.

엘렌에게 이 순간은 실망스러운 그 밤의 끝이 아니었다 그녀는 수많은 사람들이 삼인조를 보겠다고 줄을 서지만, 폐지론자들의 세계가 생각보다 작고 힘도 없다는 것을 깨닫기 시작했다. 한편으로 다른 영국인 활동가들이 크래프트 부부에게 강연은 이미 포화 상태라며 다른 생계수단을 찾으라고 경고했다. 엘렌과 윌리엄에게 미래를 확보한다는 건 그들 자신의 생계를 꾸려나간다는 것만이 아니라, 예속된 어머니 등 사랑하는 사람들을 해방할 기금을 모으는 것도 의미했다.

크래프트 부부에게 가장 큰 가능성을 제공해 준 건 한 특별한 여성이었다. 그녀는 빠른 눈과 형편없는 청력을 가진 작가이자 여행가였으며, 둘도 없는 청중이었다.

해리엇 마티노

일행은 스코틀랜드에서 잉글랜드로 빠르게 돌아갔다. 윌리엄 웰스 브라운이 평소처럼 말도 안 되는 속도로 부부를 이끌어갔다. 다만 크래프트 부부는 선을 긋는 방법을 배웠다. 늦은 밤, 강연을 마치고 여관으로 돌아가는 길에 그들은 멜로스 수도원 폐허 근처를 지나게 되었다. 브라운은 무척 기뻐했다. 그는 시를 통해 이곳을 불멸의 존재로 만든 월터 스콧 경의 말을 인용하기 시작했다. 하지만 크래프트 부부는 그곳에 가지 않겠다고, 일찍 일어나 보러 가지도 않겠다고 했다. 브라운은 달빛 속에서 혼자 폐허를 산책하러 갔다.

하지만 동이 튼 뒤에는 부부가 브라운과 합류해 스콧의 석조 저택을 관광했다. 그들은 은빛 갑옷이 번쩍이는 웅장한 홀을 지나, 무려 2만 권의 책으로 가득 찬 스콧의 개인 서재로 향했다. 따뜻한 색감의 가죽 제본 책등이 바깥으로 가지런히 정렬되어 있었다. 브라운은 스콧의 의자에 앉아보았다. 삼인조는 스콧이 살았을 때도 입었고 죽을 때도 입었던 넉넉한 파란색 외투와 격자무늬 바지를 함께 구경했다. 그 옷은 이제 유리관 안에 들어가 있었다. 그들은 심지어 스콧의 손녀도 언뜻 보았다. 그녀는 이곳에 있고 싶지 않은 듯한 표정이었다.

이들은 드라이버 수도원에서 담쟁이덩굴로 뒤덮인 스콧의 묘지에 잠깐 들른 다음 오후에는 속도를 내 기차를 타고 하윅으로, 그다음에는 랭홈으로 강연을 하러 이동했다. 그곳에서 칼라일까지 갈때, 브라운은―아마 윌리엄도―짐이 높이 쌓여 묶여 있는 마차 바깥쪽에 탈 수밖에 없었다. 차별 때문이 아니라, 그냥 마차가 만원이었기 때문이다.

스코틀랜드에서 이들이 마지막으로 들른 곳은 전통 결혼식으로 유명한 그레트나 그린이었다. 그 뒤에는 에덴강과 목가적인 계곡이 나왔다. 농가와 풀을 뜯는 양들이 드문드문 흩어져 있었다. 짙은 연기 기둥이 멀리서 피어올랐다. 그들이 잉글랜드의 도시 칼라일에 도착했을 때쯤에는 브라운조차 지쳐 있었다. 다행히 목적지까지는 하룻밤만 더 가면 되었다. 목적지는 잉글랜드에서 가장 전설적인 풍경 중 하나로 워즈워스와 콜리지, 교육받은 여성들이 불멸의 시를 써서 기린 곳이었다. 유명한 작가이자 사상가, 모험가이며 간신히 미국에서 살아나온 경제학자이기도 한 해리엇 마티노의 고향이기도 했다.

1834년 더운 여름, 뉴욕행 배를 탄 32세의 해리엇 마티노는 이미 유명 인사였다. 그녀는 이야기를 활용해 일반 대중을 상대로 정치경제학 같은 주제를 설명하는 것으로 유명했고 《정치경제학의 실제 사례》라는 책으로 불쑥 문단에 들어왔다. 아홉 권으로 이루어진 이 책은 그녀를 반노예론자로 위치시키기도 했다.

　　마티노는 반노예론자라는 명성에도 불구하고, 열린 마음으로 미국에 접근하기로 마음먹었다. 하지만 미국은 같은 방식으로 응답할 준비가 되어 있지 않았다. 당시 미국에서는 노예제 찬성론의 열기가 뜨거웠다. 남부만이 아니었다. 마티노가 이동 중일 때 뉴욕에서 인종차별주의적 폭력이 벌어졌고, 배가 연안을 돌아갈 때 선장은 마티노에게 그녀의 명성을 생각해 안전에 유의하라고 경고했다.

　　그러나 해리엇 마티노는 다른 사람들의 생각이나 행동에 대해 별로 신경 쓰지 않던 시절에 이미 그곳에 가본 적이 있었다. 그녀는 끔찍한 어린 시절을 거쳐 살아남았고, 투쟁을 통해 교육받았다. 그녀는 20세에 청력 대부분을 잃어 장애를 갖고 살았다(그녀는 죽는 날까지 나팔형 보청기를 가지고 다녔다. 그녀에게 분명히 말하고 싶은 사람은 누구나 그 보청기에 대고 말해야 했다). 그녀는 만성적인 질병과 독신자라는 낙인을 안고 글을 썼고, 그녀 같은 여성이 무엇을 할 수 있는지, 어떤 존재가 되어야 하는지에 관한 모든 기대에 저항했다. 그리고 그녀는 미국과 노예제도를 있는 그대로 보기로 결심했다.

　　아이러니하게도, 그녀에게 가장 많은 문제를 제기한 건 남부가 아니라 북부였다. 그녀의 문제는 어느 필라델피아 사람이 그녀에게 한 질문으로 시작되었다. 그녀가 아는 누군가가 흑인과 약혼한다면 반대하겠느냐는 질문이었다. 마티노는 이런 질문을 별것 아닌 듯 넘겨버리며, 피부색이야 어떻든 간에 다른 사람 약혼에 이래라저래라 하는 것은 자신의 일이 아니라고 생각한다고 답했다. 질문한 여자는 입맞춤과 작별 인사를 요란하게 하더니 쏜살같이 그 자리를 벗어나 해리엇 마티노가 인종 간 사랑, 즉 "교합"을 옹호한다는 말을 퍼뜨렸다. 마티노는 이 모든 일이 기이하다고 생각했지만, 그녀의 미국인 친구들은 공황에 빠져 그녀에게 남부로 가지 말라고 경고했다.

워싱턴DC에서 미국인들은 계속해서 편견과는 다르게 행동했다. 남부의 상원의원들은 그녀를 따뜻하게 맞이해, 그녀가 직접 남부의 "기이한 제도"를 봤으면 좋겠다고 말했다. 그녀가 본 것을 있는 그대로 써서 좋은 것이든 나쁜 것이든 출판해 주기를 바란다면서 말이다. 켄터키주에서 그녀는 상원의원 헨리 클레이의 플랜테이션 옆집에 살았던 그의 딸 집에 머물렀다. 한편 찰스턴에서는 다름 아닌 존 C. 캘훈이 그녀를 에스코트했다.

처음에 마티노는 매료되었다. 그녀는 엘렌이 위장하고 묵었던 플랜터스 호텔에서 지냈다. 그곳에서 마티노는 잠에서 깨면 창가 자리에 작은 선물들이 놓여 있는 것을 보았다. 히아신스로 만든 꽃다발이나 마멀레이드로 가득한 예쁜 접시, "인디언 작품" 같은 것들이었다. 보이지 않는 손이 이 모든 것을 그녀의 방 안으로 몰래 밀어 넣었다. 매일 여섯 대의 마차가 도착했고, 운전사들이 그녀에게 봉사했다. 그들은 어디든 그녀가 가고 싶어 하는 곳에 그녀를 데려다주려고 경쟁했다. 마티노는 교회 첨탑 꼭대기에 올라가는 것도 좋아했다. 거기서는 머리 위에 물동이와 과일을 지고 가는 "물라토" 여인들의 두건과 유카 나무의 반짝이는 끄트머리, 멀리 떨어진 강과 섬의 푸른빛이 언뜻언뜻 보였다.

친구들은 그녀에게 노예들이 운영하는 토요일 저녁 시장도 보아야 한다고 주장했다. 노예들이 공예품과 과일을 팔며 즐거워한다고 말이다. 이들은 그게 예속 피해자들이 행복하다는 증거라고 생각했다. 그러나 마티노는 단호히 다른 시장을 보겠다고 말했다. 그리고 마티노가 다른 시장을 방문하면서, 모든 것이 달라졌다.

마티노는 자신이 본 장면을 정확하게 전했다. 경매인 두 명이 탁자에 올라가 있었다. 한 명은 망치를 들고 있었고, 다른 한 명은 입찰가를 불렀다. 그들 뒤와 아래에 팔릴 사람들이 서 있었다. 혼혈 여성이 올라왔다. 그녀는 노란색 두건을 쓰고 앞치마를 걸치고 있었으며, 두 자녀와 함께 있었다. 아기가 그녀의 품에 안겨 있었다. 또 다른 아이는 그녀의 치맛자락을 쥐고 있었다. 어머니의 시선은 양옆을 빠르게 오갔다. 마티노가 영영 잊지 못한 장면이었다.

마티노는 그 여자의 눈에 보이는 고통이 사람들의 입을 다물게 하리라고 생각했지만, 아니었다. 모두가 활기찼다. 누구보다도 경매인이 그랬다. 그는 농담을 하며 열정을 보였다. 마티노는 이것이 자신이 본 것 중 가장 지옥에 가까운 장면이라고 회상했다.

한편 마티노를 초대한 북부 태생의 작가는 이런 의견을 냈다. "당신도 알겠지만, 내 이론은 한 인종이 다른 인종에게 복종해야 한다는 거예요. 어느 인종인지는 관심 없어요. 언제든 흑인들이 우위를 점하게 되면, 나도 저 탁자에 올라서서 아이 두 명과 함께 팔린다고 해도 불쾌해하면 안 되겠죠."

마티노는 인쇄하기에 적절한 답변을 하나도 떠올릴 수 없었다. 다음으로, 여덟 살이나 아홉 살쯤 되는 소년이 혼자 올라왔다.

"그 아이의 표정을 도저히 견딜 수 없었다." 마티노는 그렇게 회상했다. 그녀의 일행은 빠르게 그 자리를 떠났다.

도시에 불이 꺼지고 모든 것에 으스스한 빛이 감돌기 시작한 것은 그때였다. 그들은 "젊은 상속녀의 첫 번째 무도회"에 갔다. 부케가 나왔다. 소녀들이 하늘거리는 드레스를 입고 춤추었다. 누군가 어린이를 데려와 마티노의 뺨에 입 맞추게 했다. 남자들은 관세와 폭정에 대해 분노했다. 마티노는 그 방에 있는 흑인들의 얼굴을 새로운 방식으로 보게 되었다.

나중에 그녀는 여러가지 질문을 던졌다. 그녀는 노예 소유자의 관점을 훨씬 더 많이 전달할 생각이었지만, 결국 마음이 움직여 이렇게 말했다. "내가 부도덕성과 이루 말할 수 없는 악, 노예제도의 슬픔에 관해 마음 깊이 새긴 모든 것은 그로 인해 고통받는 이들의 입술로 전해 들은 것이다."

마티노는 자신을 초대한 사람들에게도 이런 경악스러운 마음을 감추지 않았다. 한 가지 인정해 줄 만한 건, 마티노가 이런 말을 했는데도 그들이 처음처럼 너그러웠다는 점이다. 마티노는 남부에 있는 동안 한 번도 안전을 걱정하지 않았다. 오히려 그녀는 북부로 돌아온 직후에 진정한 두려움을 느끼기 시작했다.

북부에서 그녀는 인생 처음으로 노예제도 찬성 폭동을 보았다. 보스턴에서 그녀는 개리슨을 파멸시키고 싶어 하는 군중들 옆으로 마차를 타고 지나갔다. 이 "신사 폭도"는 처음에 마티노의 동포인 조지 톰슨을 노렸지만, 대신 개리슨을 끌고 거리를 돌아다녔다. 마티노 자신도 여성 폐지론자 모임에 갔다가 폭도들에게 당할 뻔했다. 마티노가 발언을 요청받을 때면, 폭도들이 밖에서 소리를 지르며 똥과 돌을 집 벽에 던지는 소리가 들렸다. 이어서 해리엇 마티노는 끔찍한 결정에 직면했다. 그녀가 살면서 맞이한 가장 고통스러운 순간이었다. 과연 그녀는 부탁받은 대로 자신의 시각을 드러내야 할까?

마티노는 그렇게 했다. 그 이후로 그녀의 인생은 완전히 달라졌다. 보스턴에서는 언론이 기사를 내자마자 도시 전체가 그녀에게 돌아섰다. 한편 소식이 남부로 전해지면서 그녀는 "남부로 와서 남부인들이 외국의 선동가들을 어떻게 대하는지 보라"라는 섬뜩한 초대를 받았다. "그들은 나를 목매달려 했다. 내 혀를 자르려 했다." 그리고 그들은 그 혀를 똥 더미에 던지려 했다.

어느 늦은 밤, 엘리스 그레이 로링이 나타나 그녀에게 서부나 남부로는 여행하지 말라고 경고했다. 이미 사람들이 보청기를 사용하는 영국 여성을 찾고 있었다. 로링은 그 보청기를 통해 분명히 말했다. "당신은 린치당할 겁니다."

대신 마티노는 미시간주와 북부의 오대호 지역으로 향했다. 그곳에서 몇 달 동안 지내며 마티노가 아침에 일어나자마자 한 생각은 그날 하루가 끝날 때도 살아 있을 것이냐는 문제였다. 마침내 잉글랜드로 돌아왔을 때, 그녀는 극도의 안도감을 느꼈다. 하지만 그녀는 고향에서도 계속 협박을 당했다. 협박장에는 대부분 보스턴 우편 소인이 붙어 있었다.

침묵당하지 않는 이 작가는 펜으로 맞서 싸웠다. 그녀는 미국의 인종차별주의에 대한 체계적 비판을 내놓았다. 한때 흥분한 폐지론자들을 경계하는 쪽으로 기울었더라도, 이제 그녀 자신이 완전히 폐지론자로 전향했다. 그녀는 "니거에 대한 억압"과 국가의 "가장 역겨운 악덕"을 욕하는 데 강단을 활용했다.

마티노에게도 편견이 없었던 것은 아니다. 한때 그녀는 "백인의 목소리는, 아무리 여성의 목소리라도 권위만 갖추면 노예 반란군 전체가 무기를 버리고 도망치게 할 수 있다. (중략) 노예 반란군은 자유 흑인이 지도하지 않는 한 절대 전장을 차지하지 못할 것이다"라고 말했다. 또 그녀는 밭에 있는 예속 피해자 여성의 모습이 역겹다고 말했다. 그러나 마티노는 미국을 여행하고 17년이 지난 시기에는 그 어느 때보다도 강하게 노예제도 폐지에 헌신했으며, 누구보다 먼저 크래프트 부부에게 연락했다.

정말이지, 마티노는 앞으로의 나날에 별다른 기대가 없었다. 나중에 엘리스 그레이 로링에게 말했듯, 그녀에게 크래프트 부부와 만나기로 한 주말은 일종의 의무였다. 하지만 그녀는 다른 사람들이 그녀를 환영했을 때처럼 문을 활짝 열고 손님들을 기다렸다.

***

그녀는 "마티노 부인"이라는 호칭을 선호했다. "마티노 양"은 별 가치가 없으며 "청소년에게나 어울리는 호칭"으로 그녀가 결혼 가능한 상태임을 광고하는 역할밖에 하지 않는다고 생각했기 때문이다. 그녀는 절대 결혼하고 싶지 않았다. 48세가 된 지금, 마티노는 강인한 시골 여성들에게 둘러싸여 살며 그들을 '아마존'이라 불렀다. 그녀는 직접 설계한 집에서, 자신이 경작한 농지에서, 자신이 선택한 공동체에서 살았다. 영국의 앰블사이드라는 마을에서 마티노는 자신의 이상에 따라 살며 지역의 주택 공급 프로젝트와 가난한 사람들을 위한 무료 강연을 지원했다. 원하는 대로 글을 쓰고 사람들을 즐겁게 해주기도 했다. 샬럿 브론테, 조지 엘리엇, 나중에는 플로렌스 나이팅게일이 그녀의 동료 아마존이 되었다. 머잖아 엘렌 크래프트도 이 명단에 이름을 올렸다.

마티노의 집은 잉글랜드 레이크 디스트릭트 한복판에 있었다. 그녀의 작고한 친구, 윌리엄 워즈워스의 집에서 조금만 걸어가면 되는 거리였다. 시인 워즈워스는 봄날 오후면 잉글랜드 전역의 관광객을 거울처럼 반짝이는 윈더미어 호수까지 실어 나르는 철도가 그랬듯, 이 지역을 하나의 목적지로 만드는 데 기여했다..

호숫가에 도착한 크래프트 부부와 브라운은 앰블사이드의 살루테이션 호텔까지 마차를 타고 갔다. 그곳에서 마차를 타고 다리 근처의 오래된 집과 구불구불한 시내를 지나면, 머잖아 언덕 위에 있는 마티노의 유명한 집 놀(Knoll)이 나타났다. 그들이 도착했을 때는 날이 이미 어두웠다. 삼인조는 계단을 올라 서재로 안내되었다. 그곳에서 따뜻한 빛이 빛나고 있었다.

널찍한 방은 마티노의 취향을 드러냈다. 셰익스피어를 포함한 사망한 문학계 인사들의 조각과 흉상, 대륙의 지도가 보였다. 일행은 둥근 탁자 위에 수채화 물감과 테라코타 조각상이 흩어져 있고, 반쯤 열어본 편지와 방금 출간된 책으로 뒤덮인 작은 탁자가 있는 더 아늑한 공간으로 들어갔다. 그 모든 것의 한복판에, 왼손에 나팔형 보청기를 들고 오른손을 그들에게로 뻗은 해리엇 마티노 부인이 있었다.

그녀의 움푹 꺼진 눈은 표현력이 강하고 현명해 보였다. 윌리엄 웰스 브라운이 상상한 그대로, 그녀는 키가 크고 당당했다. 단지 브라운의 상상보다 더 젊어 보였을 뿐이다. 마티노는 엘렌과 윌리엄의 이야기를 무척 듣고 싶어 했고, 곧 그들을 자기 곁에 불러 앉혔다.

마티노는 보청기를 들어 좁다란 끝을 자기 귀에 대고, 넓게 퍼진 부분을 윌리엄의 입술에 댔다. 그 기구의 몸통을 통해 그들의 여행과 시련의 소리가 전달되었다. 윌리엄 웰스 브라운은 언젠가 어느 여성 폐지론자 모임에 가서 노예제도와 그 악을 정말로 표현하려면 그들 한 사람, 한 사람에게 속삭여야만 한다고 말한 적이 있었다. 지금, 이곳에서 그 일이 일어났다. 나팔형 보청기를 통해 이야기가 흘렀다.

브라운은 마티노의 두 뺨에서 눈물이 흐르는 것을 보았다. 그는 윌리엄이 보청기에서 몸을 떼자마자 그녀가 한 말을 영영 잊지 못했다. "나는 대영제국의 모든 여자가 내가 방금 들은 이야기를 그대로 듣기를 바랍니다. 그러면 그 사람들도 자유의 땅이라는 미국에서 여성이 어떤 취급을 받는지 깨달을지 모르지요." 책에 둘러싸여 있던 그녀는 엘런과 윌리엄이 교육받고 싶다는 꿈을 꾸고 있다고 말하자 무척 감동해 뭔가 조치하겠다고 맹세했다.

마티노는 나중에 친구와 가족에게 그녀의 손님들이 기대를 한참 넘어섰다고 말했다. 그녀는 사촌 루시에게 이런 편지를 썼다. "내가 본 그들은 상식적이었고, 나름의 방식으로 아주 많은 것을 알고 있었으며, 간단명료했다. 내가 오랜만에 본 진정한 신사와 숙녀였다." 그녀는 거리낌 없이 편애를 표현했다. 세 명의 손님 중에서 그녀는 엘런이 가장 매력적이고, 그다음은 윌리엄이라고 생각했다. 브라운은 "크래프트 부부만큼 마음에 들지 않았다".

하지만 브라운은 그 사실을 영영 몰랐을 수 있다. 그날 밤, 그는 기쁨으로 감싸인 채 잠자리에 들었다. 나중에 그는 이렇게 회상했다. "내가 아이티의 혁명 지도자 투생 루베르튀르에 관한 소설 《시간과 인간》의 작가가 사는 집에 있다고 생각하면, 그리고 대영제국에서 가장 훌륭한 호수의 둔덕에 있다고 생각하면……. 베개를 베고 누워도 잠이 오지 않았다." 그는 앞으로 다가올 호숫가의 모험을 온 마음으로 기대하며, 침대에 누운 채 말똥말똥하게 눈을 뜨고 있었다.

***

호숫가 마을은 그들을 실망시키지 않았다. 다음 날 아침 일찍, 삼인조는 계곡에서 가장 좋은 곳으로 걸어갔다. 몇 년 전만 해도 집안이나 침대를 벗어나지 못한 채 병약자로 살 운명인 것처럼 보이던 집주인이 그들을 안내했다. 마티노는 놀랍게도 최면술을 통해 회복했다. 그녀는 피라미드를 바라보거나 말을 타고 사막의 강도들과 경주를 벌였고, 이 모든 일에 대해 글을 썼다. 호수 주변에서 그녀는 너무도 열심히 걸어 다녔기에―남자 장화를 신고 담배를 피우며 돌아다녔다고 알려졌는데, 이런 산책은 비관습적인 것이기도 했다―윌리엄 워즈워스가 그녀를 꾸짖었다. 너무 많이 걸어 다니는 것은 여성에게 악영향이라고 말이다.

이제, 그녀는 새로 사귄 친구들을 마법 같은 풍경 속으로 불러들였다. 평온한 시골 마을에서는 초록빛 언덕이 너무 가까이 어른거려 꼭 만질 수 있을 것처럼 보였다. 숲에서는 사슴과 토끼가 신록을 가로질러 뛰어다녔다. 가끔은 꿩도 놀라 날아갔다. 인공적으로 만든 시내와 호수, 개울이 보였다. 이곳저곳에 이끼로 까매진 정교한 조각상도 있었다.

사인조는 분명 식욕이 돌아 점심을 먹고 싶었을 것이다. 다만 브라운으로서는 놀랍게도 마티노는 미각이나 후각이 전혀 없었다. 그날 오후에는 이웃인 J. K. 셔틀워스 경이 화려한 4인용 마차를 보냈다. 윤이 나는 마차에 탄 일행은 그래스미어라는 마을로 출발했다. 6시경에 그들은 다시 앰블사이드로 돌아왔고, 차를 마신 뒤 저녁 강연장에 갔다.

미국인들은 인상적인 액수의 돈을 모금했다. 마티노가 친구들에게 말했듯, 그들은 6파운드 17실링 4펜스를 모았다. 펜스는 어린아이들이 낸 돈이었다. 마티노는 크래프트 부부의 재정 상황에 대해 더 알고 싶어 했다. 그들이 교육에 쓸 만한 돈을 모았는지가 특히 궁금했을 것이다. 그러나 마티노도 관찰했듯, 윌리엄은 전형적인 미국인답게 입을 다물고 그녀에게 분명한 답을 들려주지 않으려 했다.

다음 날인 일요일에는 손님들이 잠시 흩어졌다. 아마 이들 집단에 처음 일어난 일이었을 것이다. 엘렌은 새로 사귄 퀘이커 교도 친구들과 함께 호크스헤드로 갔고, 윌리엄은 공들여 편지를 썼으며 (마티노는 크래프트 부부가 "간신히 읽고 쓸 수 있었다"라고 적었다), 윌리엄 웰스 브라운은 당나귀를 타고 라우그리그 펠로 올라가다가 죽을 뻔했다.

일행은 오후에 다시 모여, 좀 더 목가적인 마차 드라이브를 했다. 하늘이 장미색과 황금색으로 바뀌는 그 순간, 그들은 중세의 석조 교회를 맞닥뜨렸다. 마티노는 조용한 그 공간을 가로질러 젊은 주목 아래에 있는 무덤으로 그들을 데려갔다. 그곳에서 이들은 윌리엄 워즈워스에게 경의를 표한 다음 놀로 돌아가 여행의 다음 단계를 위해 짐을 쌌다.

삼인조가 앰블사이드를 떠날 때는 이곳에 도착했을 때보다 훨씬 더 상쾌한 상태였다. 처음에 이들은 쉬지 않고 여행한 탓에 몸이 식고 기진맥진해 있었다. 해리엇 마티노는 영국인 특유의 환대로 그들이 기운을 차리게 해주었고, 계속되는 여행에 필요한 에너지를 채워주었다. 이제 그들은 더 이상 지적인 엘리트의 맞춤형 가정이나 컴브리아 카운티 노동자들의 이엉지붕 오두막이 아니라, 리즈와 요크에 있는 굴뚝과 공장에 더 가까운 곳을 지나게 될 터였다.

한편, 마티노는 새로 사귄 친구들을 대신해 편지를 쓰기로 했다. 그렇게 앞으로 나아갈 또 하나의 길이 개척되었다.

"도망자의 승리"

       해리엇 마티노는 2주 안에 답을 얻었다. 질문도 얻었다. 그녀는 윌리엄 웰스 브라운에게 보내는 편지에서 이렇게 기뻐했다. "할 수 있겠습니다." 모든 것이 준비되었다. 어느 남작 부인 덕분에 크래프트 부부는 원하기만 하면 소박한 환경에서 교육을 받을 수 있게 되었다.

    유명한 낭만주의 시인인 조지 고든 바이런과 사별한 바이런 남작 부인은 자신의 자선 실업학교 중 한 곳의 학생으로 크래프트 부부를 받아주기로 했다. 윌리엄과 엘렌은 장인으로서 고급 가구 제작과 바느질을 가르치고, 대신 교육과 숙식을 해결할 수 있게 되었다. 더 많은 돈이 필요하겠지만, 마티노는 남작 부인이 기꺼이 기부할 생각을 하고 있는 만큼 그 돈을 모금할 수 있다고 확신했다.

학교는 '오컴의 면도날'[77]이라는 말로 유명한 오컴에 있었다. 수백 년 전, 오컴의 윌리엄이라는 철학자가 문제를 해결할 때는 가장 단순한 길을 따라가는 것이 합리적이라는 개념을 널리 퍼뜨리면서, 이 지역이 널리 알려지게 되었다. 그러나 크래프트 부부가 여행자 지도를 살펴보았다고 해도, 그들은 눈을 가늘게 뜨고서야 이 마을을 찾을 수 있었을 것이다. 이곳은 서리 카운티에 있는 바늘구멍 같은 작은 마을로 눈에 보이는 철도도 하나 없었다. 크래프트 부부가 이곳에서의 생활에 헌신하기를 머뭇거리며 다른 계획을 선택한 이유가 그래서였을 것이다.

당시는 여전히 강연 성수기라 초청장이 쏟아져 들어왔다. 대박람회도 곧 개최될 예정이었다. 이 박람회는 빅토리아 여왕의 남편인 앨버트 대공이 준비한 최초의 세계 박람회로, 몇 달간 런던에서 열릴 예정이었다. 하이드 파크 부지에 거대한 수정궁이 한 조각, 한 조각 만들어졌다. 대박람회는 아무도 놓치고 싶어 하지 않는 그해의 행사였다. 삼인조는 특히 그랬다. 대박람회는 세계적인 전쟁에서 노예제도에 대해 세상을 교육할 전례 없는 기회가 될 게 분명했다. 그때까지는 속도를 늦출 수 없었다.

해리엇 마티노는 크래프트 부부가 행동하기를 열렬히 바랐다. 그녀는 친구들에게 가장 행복한 결말, 폐지론자의 동화가 현실이 되는 결말을 써준 셈이었다. 서로를 많이 사랑하는 이 영웅적인 부

---

77 "가장 단순한 설명이 보통 가장 옳다"는 철학적 원칙을 말한다. 14세기 영국의 수도사이자 철학자인 오컴의 윌리엄이 주장한 것으로, 어떤 현상을 설명할 때 불필요한 가정이나 복잡한 설명을 피하고 가장 단순한 가설을 선택해야 한다는 기준으로 널리 사용된다.

부가 잔인한 미국 남부의 예속에서 탈출해 소위 '자유의 땅' 잉글랜드로 피신한 다음, 가장 고귀한 영국인 후원자의 그늘에서 교육이라는 꿈을 이루고, 이후로 영원히 행복하게 살았다는 내용의 결말 말이다. 드라마 같았던 과거를 끝내는 데 필요한 것은 한마디 말뿐이었다. 마티노가 브라운에게 보낸 편지 그대로였다. "이제는 크래프트 부부가 이 제안을 받아들였는지, 오컴에 언제쯤 정착하고 싶어 하는지만 알려주면 됩니다." 그러나 크래프트 부부는 정착을 연기했다.

***

해리엇 마티노가 편지를 보냈을 무렵, 크래프트 부부와 브라운은 영국 동쪽 먼 곳에 있었다. 그곳에서 그들은 보스턴의 또 다른 도망자 이야기가 예기치 못하게 해피엔딩으로 끝난 것을 축하했다. 잡혀서 감옥에 갇혔다가 남부로 돌아갈 예정이던 섀드랙 민킨스라는 남자가 루이스 헤이든 등 크래프트 부부의 옛 친구들의 도움을 받아 감옥에서 탈출한 것이다.

그들은 뉴캐슬에서 이 소식을 전한 다음, 선덜랜드, 요크, 브래드퍼드, 리즈에서도 관객들에게 같은 이야기를 전해 더 큰 호응을 끌어냈다. 이제 그들은 노동자 계급의 관중에게 맞춰 강연의 내용을 조정했다. 착취와 창조, 재치 있는 생존, 돈벌이와 탐욕으로 이루어진, 모든 것을 잡아먹는 체제가 무너뜨린 가족들에 관한 이야기가 강연의 주를 이루었다(엘렌을 "백인 노예"라 부르는 것은 이런 연결을 강화할 뿐이었다).

그러나 노동자들과 이들의 경험이 늘 일치하는 건 아니었다. 예컨대 두 윌리엄이 지적했듯, 이들은 미국의 노예들이 소위 월급의 노예라 불리는 사람들보다 잘 산다는 노예제 찬성론자들의 주장에 반대했다. 윌리엄은 이곳의 빈자들이 고통받는다는 건 알지만, "아무리 가난한 사람도 최고의 노예와 자리를 바꾸고 싶어 하지는 않을 것이고, 만일 바꾼다면 그 사람은 영국인이라 불릴 자격이 없다"라는 외침으로 환호를 받았다.

윌리엄은 나름대로 연사로 자리 잡으면서 거세게 강연을 이어 나갔다. 그는 더 이상 탈출과 추격 이야기로 곧장 들어가지 않았다. 이제 그는 전 세계의 노예제도에 대한 거시적 비평에서 강연을 시작해 노예제도는 영국에서 미국으로 간 것이라고 인식시켰고, 영국인들에게는 그들이 시작한 것을 끝낼 의무가 있다고 일깨웠다. 윌리엄은 자신의 예속이나 가족과 분리되는 고통, 가족들의 자유를 사려는 노력에 대해 더욱 개인적으로 이야기했다. 그는 극적인 부분에서도 더 큰 역할을 했다.

미국에서 그는 탈출 계획을 처음 생각해 낸 사람이 누군지 분명히 밝히지 않았다. 그러나 이제 윌리엄은 자신이 그 아이디어를 냈다고 주장했다. 아내가 부유한 백인 신사로 보일 수 있으리라는 생각을 떠올린 사람이 바로 자신이라고 했다. 돈을 벌고, 계획을 세우고, 변장에 필요한 물건을 구한 사람도 자신이라고 했다. 한편, 그가 말하는 엘렌은 머뭇거리는 사람이었다. 강연장에서 보이는 것처럼 계획에서도 소극적이었던 사람, 남편의 설득과 신앙 때문에 마지못해 남자의 옷을 입기로 한 사람 말이다.

미국 청중에 비해 예의를 더 차리는 영국인들을 위해 윌리엄이 이야기를 재조정한 것일 수도 있다. 그의 정확한 동기는 알 수 없다. 이런 식으로 이야기를 바꾸는 데 엘렌이 동의하기는 했는지, 동의했다면 얼마나 했는지도 마찬가지로 알 수 없다. 그러나 보도된 내용에 따르면, 그녀는 광고와 전단지에서 자신을 묘사하는 데 사용된 언어를 불편해했던 것 같다. 이런 언어는 숫자로도 그녀를 이기고, 목소리도 더 컸던 두 윌리엄이 만들어낸 것이었다. "백인 노예"라는 용어가 계속 사용되었고, 엘렌은 종종 언론에서 "백인 여성"으로 묘사되었다.

그러나 이런 전략은 삼인조가 서쪽으로 이동하면서 곧 바뀌게 된다. 그곳에서 이들은 아버지와 딸로 이루어진 활동가 팀이자 마티노의 친구인 유명한 안과의사 존 비숍 에슬린, 그리고 그의 외동딸인 메리와 만났다. 브라운은 에슬린을 영국에서 가장 가까운 친구 중 하나로 여겼다. 크래프트 부부도 마찬가지였다. 나이 든 의사와 그의 사랑하는 딸은 삼인조를 집으로 초대했다. 그들은 따뜻한 환영을 받았지만, 동시에 철저한 감시를 받기도 했다.

***

65세의 의사 에슬린과 31세의 메리는 둘 다 건강이 심각하게 나빴다. 의사는 류머티즘으로 고통받고 있었고, 메리는 이름 모를 질병을 앓고 있었다. 그런데도 에슬린 부녀는 크래프트 부부가 영국에 도착하자마자 가장 먼저 그들에게 편지를 보낸 사람에 속했다. 이들은 브라운에게 편지를 보냈다. "크래프트 부부가 지금 있는 곳에서 준비된 친구를 찾지 못했다면, 그들을 브리스틀로 보내십시오. 내가 두 사람의 체류 비용을 대겠습니다."

나이 든 안과의사는 부자가 아니었지만 너그러운 것으로 알려져 있었다. 그는 필요한 사람들에게 무료로 진료를 해주었다. 브라운에게도 파노라마를 만들 돈을 빌려주었다. 또한 그는 할 수 있는 한 노예제 폐지라는 명분에 기여했다. 아내가 일찍 사망한 이후로 유일한 가족이었던 딸과 함께 카리브해로 여행을 갔던 그는 노예제도를 직접 목격하고 충격을 받은 뒤 각성해 이 운동에 참여했다.

에슬린 부녀가 너무도 두 팔을 활짝 벌려 환영해 주었기에, 크래프트 부부는 펜실베이니아에 있는 퀘이커 교도 친구들을 떠올렸다. 아버지와 딸은 둘 다 엘렌을 유독 좋아했다. 그녀의 온화한 태도와 조용한 자신감에 감동한 것이다. 차를 나눠 마시면서 엘렌은 그들에게 조지아주에서 경험한 억압에 대해서, 사랑하는 어머니에 대해서 이야기했다. 그녀의 어머니는 세계 반대편에서 여전히 고통받고 있으며, 언제까지나 엘렌의 머릿속에 머물러 있었다. 이런 순간은 그녀를 초대한 사람들에게도 전례 없는 교육을 받는 시간이었다.

해리엇 마티노가 그랬듯, 이들 부녀도 손님들의 등급을 매겼다. 엘렌이 가장 위였다. 단, 이번에는 윌리엄이 마지막이었다. 에슬린은 크래프트에게는 브라운 같은 에너지가 없다며 다음과 같이 덧붙였다. "내가 받은 인상은 그가 약간 게으르다는 것이다." 브라운에 대해서는 크래프트 부부가 그 없이는 아무것도 할 수 없다면서도 영국의 관습과 사회에 대한 지식이 부족하다고 말했다. 엘렌 크래프트가 마땅히 있어야 하고, 또 쉽게 유지할 수 있는 자리에 계속 남아 있도록 하려면 브라운에게는 그런 지식이 필요했다. 에슬린은 두 남자가 감성적인 부분에서 지나치게 쇼맨십이 강하고 거칠다고 생각했다. 그 말은 이들의 말투가 계급적으로 너무 낮다는 뜻이었다. 숙녀 같은 엘렌 옆에서는 특히 그랬다.

엘렌은 엘렌 나름대로 에슬린의 집에서 여성 동지를 한 명 만나게 되었다. 메리 말고도, 이곳에는 메리의 고모 엠마 미첼이 있었다. 그녀는 메리까지 병에 걸리자 살림을 도와주러 온 터였다. 몇 달 동안 줄곧, 엘렌은 여행을 하는 내내 짐가방에서 옷을 꺼내 입으며 살았다. 그녀는 브리스틀에 와서야 공동체, 어쩌면 그 이상의 무언가가 시작된다고 느꼈다. 메리의 고모는 그들이 이 집에서 가족처럼 지냈다고 말했다. 그녀와 에슬린 부녀는 엘렌이 그들의 집을 "우리 집"이라고 부를 때마다 조용히 전율했다.

에슬린 가족이 엘렌을 단단히 뒷받침하면서, 삼인조의 프로그램이 미묘하게 변화했다. 브리스틀에서 열린 강연과 "그림" 전시에는 수많은 사람이 모여들었다. 이때 "그림"이란 파노라마에 예술적으로 새로운 이름을 붙인 것이다. 관중 가운데는 호기심 많은 1,000명의 학생들이 있었다. 엘렌으로서는 무척 기쁘게도(에슬린 박사의 전언이다), 두 윌리엄은 광고에서 백인 노예라는 단어를 지우는 데 동의했다. 엘렌은 대중 모임에서도 더 높은 지위를 가지게 되었다. 브로드미드에서 큰 모임이 열렸을 때 엘렌은 의사와 팔짱을 긴 채 귀빈 대우를 받으며 우아하게 무대에 올라섰다. 노예제 폐지에 헌신하는 여성들이 그곳에 와 있었다. 신문에서는 대단히 존경받을 만한 청중으로 꽉 채워진 강당에 그녀가 입장한 일을 강조하며, 엘렌이 그들의 관심에 어느 정도 당황한 것처럼 보였다고 적었다.

엘렌은 운동가로서의 활동에 박차를 가했다. 그녀는 위원회 모임을 동원하고, 메리 에슬린이 아플 때면 그녀의 의무를 나눠서 졌다. 재앙에 가까웠던 페닝튼과의 만남와는 무척 다르게도, 엘렌은 지저분한 정치적 상황을 전문적으로 헤쳐나가며 몇몇 초대는 전략적으로 거절하고 다른 초대는 너그럽게 받아들였다. 그녀와 윌리엄은 집주인들을 겸손하게 만들 만한 꾸준함으로 노예제도에 대한 가슴 미어지는 질문과 옹호에 응답했다. 개리슨의 친구 일부가 여전히 페닝튼 일에 대해 불평하고 있었지만, 그들은 개리슨과 그 동료들의 인지도를 높이는 데 일조했다.

엘렌은 대단히 유능했고 큰 인기를 얻었으며 태도도 자신감 있게 변했다. 엠마 미첼이 친구에게 쓴 편지에 따르면, 어떤 사람들은 그녀가 허영심을 갖거나 자기 분수를 잊을지도 모른다고 약간 우려하기도 했다. 이에 대해 엘렌은 다음과 같이 대답했다. "저는 이제야 자신을 여자라고 느끼게 됐습니다. 제가 더 이상 단순한 물건으로 여겨지지 않는다는 것을 알게 되었죠. 그런 제가, 단지 사람 대접을 받는다는 이유만으로 우쭐해질 거라는 생각을 대체 어떻게 하실 수 있나요?"

엘렌이 말한 과거가 얼마나 가까운지를 모두가 실감한 순간이 있었다. 보스턴과 조지아에서 각기 편지가 도착했을 때였다. 그 편지에는 그들이 언젠가 돌아가게 될 경우 어떤 위험이 따를지 분명히 보여주는 소식이 담겨 있었다.

***

5월의 추운 날이었다. 크래프트 부부와 엠마 미첼, 에슬린 박사는 새뮤얼 메이 주니어의 소식을 듣기 위해 난롯가에 모였다. 에슬린 박사가 토머스 심즈라는 인물에 대한 비극적인 소식을 큰 소리로 읽었다. 토머스 심즈는 보스턴행 증기선을 타고 노예제도에서 탈출한 서배너 출신 젊은 벽돌공이었다. 처음에는 아무도 그를 추적하지 않았다. 심즈가 경제적 궁핍함을 견디지 못하고 남부에서 자유인으로 살던 아내에게 편지를 쓸 때까지는 말이다. 그 이후에는 심즈의 예속 가해자가 그를 사냥할 대리인들을 보냈다. 로버트 콜린스가 엘렌에게 했던 것과 똑같았다.

크래프트 부부를 도와준 바로 그 사람들이 뛰어들어 심즈의 도주를 도왔다. 그들은 심즈가 3층 높이에서 뛰어내려 탈출용 마차를 탈 수 있도록 교도소 창문 바깥에 매트리스를 준비했다. 하지만 밖으로 나가는 창문에는 철창이 세워져 있었다. 게다가 이번에는 국무장관 대니얼 웹스터와 적들의 변호사인 세스 J. 토머스가 성공적으로 법을 집행했다. 4월의 이른 아침, 도시 사람 대부분이 아직 잠들어 있을 때 심즈는 수백 명의 무장한 남자들과 도시 경찰의 호송을 받아 부두로 갔다. 지역의 자원자들은 크게 경계하고 있었다.

"심즈, 노예들에게 자유를 설교하시오!" 그가 배에 오를 때 누군가 소리쳤다.

"이게 매사추세츠의 자유입니까?" 심즈가 마주 소리쳤다.

크래프트 부부는 그가 남부에서 어떤 운명을 맞이할지 알았다. 윌리엄은 심즈가 보스턴에서 경비병을 죽였어야 한다고, 보스턴에서 교수형을 당하는 것이 살아서 조지아주로 돌려보내지는 것보다 낫다고 말해 에슬린 박사를 놀라게 했다.

언론을 통해 이 시련이 전해지자 서배너의 어느 신문에서는 도망자들을 추격하는 비용에 관해 불평하며 심즈를 조롱했다. 더하여 심즈의 주인이 그를 흥행사 바넘에게 보내, "매사추세츠주에서 처음으로 돌려보낸 도망자"라는 "대단히 신기한 동물"로 전시함으로써 비용을 회수해야 한다고 말했다. 결국 심즈는 공개적으로 서른아홉 번의 채찍질을 당했다.

토머스 심즈의 소식은 윌리엄과 엘렌에게 탈출에 성공하지 못했더라면 겪었을 일은 물론, 미국으로 돌아가는 위험을 감수할 경우 겪을 수 있는 일을 선명히 전해주었다. 한편 조지아주와 보스턴 사이에도 한 통의 편지가 오갔다. 이 편지는 머잖아 널리 출간되었고, 윌리엄과 엘렌은 미국으로 돌아간다는 선택지를 완전히 배제하게 되었다.

서신은 그해 초봄에 시작되었다. 보스턴의 사업가 J. S. 헤이스팅스가 개인적으로 로버트 콜린스에게 연락해 얼마면 엘렌의 자유를 살 수 있느냐고 물었다. 이런 제안이 처음이라고 하기는 어려웠지만, 콜린스에게는 이번 제안을 진지하게 생각할 이유가 있었다.

사업가의 관점에서 보면, 엘렌의 몸값은 그에게 공돈이나 마찬가지였기 때문이다. 콜린스는 엘렌을 다시 잡을 확률이 거의 없다는 걸 알고 있었다. 본질적으로 이들의 거래는 크래프트 부부에게도 보험으로 작용하게 될 터였다. 누군가 크래프트 부부의 자유를 사준다면 그들도 사냥당할 두려움을 느끼지 않고 미국으로 돌아갈 수 있었기 때문이다.

중요한 점은, 헤이스팅스가 기세등등한 폐지론자가 아니었다는 것이다. 그는 콜린스에게 공감하는 입장에서 접근해, 콜린스의 말을 들으면 그가 인간미 있는 사람이라는 걸 알 수 있다고 말했다. 그리고 헤이스팅스는 자신을 비롯한 보스턴 사람들이 도망노예법을 지지할 수 있고, 그렇게 할 거라고 말했다. 그는 이렇게 썼다. "우리에게 법의 집행은 더 이상 의심의 여지가 없는 문제입니다. 우리에게는 법을 집행할 힘도, 의지도 있습니다." 그는 토머스 심즈의 이름을 직접 언급하지 않으면서도 그가 맞이한 운명을 이야기 했다. 그러나 크래프트 부부는 법이 통과되기 전에 도망자가 되었다. 헤이스팅스는 이들에게는 예외를 적용할 수 있을지 알고 싶어 했다.

콜린스는 예의를 차렸지만, 강하게 거절 의사를 밝혔다. 문제는 돈이 아니었다. 엘렌을 다시 노예로 만들겠다는 개인적인 동기가 있는 것도 아니었다. 사실 엘렌에 대해 그가 할 말은 긍정적인 것뿐이었다(윌리엄은 다른 문제였다. 콜린스는 윌리엄에게 "노예 엘렌을 납치한" 책임이 있다고 보았다). 중요한 것은 선례와 원칙을 세우는 것, 그리고 권력이었다. 콜린스는 자유를 선물로 줄 수 있는 노예 소유자의 권리를 주장했다. 그는 착한 노예는 도망자가 되지 않고도 자유를 얻을 수 있다고 말했다. 그 말은 사실이 아니었다. 조지아주에서 엘렌 같은 사람은 아무리 "착해도" 해방될 수 없고, 매각될 수밖에 없었다.

현실적으로 말하면, 콜린스의 편지에는 변화를 일으킬 힘이 거의 없었다. 크래프트 부부는 처음부터 자유를 산다는 생각에 반대해 왔기 때문이다. 그럼에도 콜린스의 진술로 하나의 가능성이 막혔다. 다른 노예 소유자들은 실제로 이런 식의 거래를 해왔다. 예를 들어 더글러스의 예속 가해자가 그랬고, 몇 년 뒤에는 윌리엄 웰스 브라운의 예속 가해자가 그랬다. 반면에 콜린스는 온 세상에 자신은 주인의 자리를 내려놓지 않을 것임을 알리는 글을 썼다. 윌리엄과 엘렌은 콜린스가 살아 있는 한 영영 미국으로 돌아갈 수 없었다. 자유인으로 살기 위해서는 콜린스가, 혹은 노예제도 자체가 죽어야 했다.

크래프트 부부는 과거에 시달리면서도, 이제는 손님이 아니라 정착한 사람으로서 영국에서 미래를 만들 방법을 찾아야 했다. 무엇을 하고, 어떻게 살 것인가? 하루하루가 아니라, 장기적으로 말이다. 오래도록 미뤄온 이런 질문들은 점점 더 답이 시급해졌다. 폐지론자 친구들이 답을 달라고 밀어붙였기에 더욱 그랬다. 그들은 몇 주에 걸쳐 브리스틀에서 잉글랜드 서부의 다른 마을—톤턴, 브리지워터, 글로스터, 첼트넘, 엑서터, 바스, 그리고 웨일스—로 이동했다. 에슬린 부녀가 그들을 지켜보며 보고서를 보냈다. 봄이 가고 여름이 오면서, 에슬린 부부는 점점 더 답답해하고 비판적으로 변했다. 엘렌이 아니라 윌리엄 때문에 그랬다. 이들은 윌리엄이 방어적이며 고집이 세고, 심지어 비합리적이라고 여겼다. 그들이 보기에, 윌리엄은 오컴 문제에서 절대 의견을 굽히지 않는 인물이었다. 반면 엘렌은 의지가 있었다. 비록 이런 생각이 어느 정도는 에슬린 부녀의 소망이었겠지만 말이다. 크래프트 부부와 브라운은 예술적 차이는 있을지라도 언제나 한 팀이었다. 에슬린 박사는 그들이 서로에게 긍정적인 말밖에 하지 않는다는 점에 감탄했다. 다만, 브라운의 유독 좋은 성품만 아니었다면 그들이 이렇게까지 잘 지내지는 못했으리라고 생각했다.

엘렌은 점점 더 목소리를 높였다. 그녀의 목소리는 콜린스의 음울한 노래부터 조지아주에서 들려오는 더 암울한 노래에 이르는 소음은 물론, 폐지론자들이 합창하는 불만까지 눌렀다. 그녀는 여러 모임에서 연설했고, 응접실과 대강당 사이를 오가며 숙녀들과 일대일로 대화하고 악수하고 편안한 태도를 보였다. 그녀는 종종 이런 소망을 밝혔다.

"아, 예전의 여주인이 지금의 내 모습을 볼 수 있다면 얼마나 좋을까."

엘렌이 말한 여주인이 그녀를 결혼 선물로 주어버린 스미스 부인인지, 그녀의 이복자매인 콜린스 부인인지는 알려지지 않았다. 둘 모두를 의미했을 가능성도 꽤 있다.

늦봄에는 브리스틀에서 또 다른 노래가 들려왔다. 심즈 소식이 전해지고 며칠 뒤, J. S. 헤이스팅스가 로버트 콜린스에게 편지를 쓴 바로 그날에 미첼 부인은 엘렌이 "나는 더 이상 노예가 아니다"

라고 노래하는 소리를 듣고 감동해 잠시 계단에 멈춰 섰다.

엘렌이 혼자 부른 노래는 "도망자의 승리"로, 다음과 같은 강력한 가사로 끝난다.

폭군이여! 그대는 내게서
집과 친구, 너무도 달콤한 기쁨을 빼앗았다.
그러나 지금 나는 영영 그대를 떠났노라.
그대와 나는 다시 만나지 않으리라.
(중략)
기쁨이여, 아침처럼 밝은 기쁨이여
이제, 이제, 나에게 쏟아져라.
희망이여, 내게 밝아오는 희망이여,

나는 더 이상 노예가 아니다!

대박람회

엘렌의 옛 여주인이 정말로 지금의 그녀를, 상상조차 할 수 없는 행사를 준비하는 그녀의 모습을 볼 수 있었다면 어땠을까? 이때 엘렌이 준비한 행사란, 만국 산업 제품 대박람회였다. 개막식이 열린 5월 1일, 런던 하이드 파크에서는 다름 아닌 빅토리아 여왕이 직접 행사장에 들어왔다. 이 행사의 총괄 기획자인 여왕의 남편이 그 옆에 듬직하게 자리 잡고 있었으며, 붉은 옷을 입은 경비병과 전 세계의 고위 인사들이 그들을 둘러쌌다(이국적인 비단옷을 입고 온 중국식 범선의 선장도 있었다. 그는 고위급 관료로 여겨져 공식 그림에도 그려졌다).

대박람회의 목적은 세계 산업과 기술이 만들어낸 경이로운 산물을 한데 모으는 것이었다. 판매하거나 흥정하기 위해서가 아니라, 창의력의 가능성을 전시하고 인류가 모두를 위해 무엇을 이룰 수 있는지 꿈을 공유하기 위해서였다. 푯값에 이런 목표가 반영되었다. 입장료는 높게 책정되었지만, 매주 "실링의 날"이 있었다. 실링의 날에는 모든 사람이 인당 1실링이라는 적은 가격으로 이 세상을 구경할 수 있었다.

이 박람회는 세계의 여덟 번째 불가사의로 찬양받았다. 이곳에는 온갖 종류의 진동하는 기계들이 있었다. 타작하고, 바느질하고, 세탁하고, 면직물을 만드는 기계는 물론 신발을 닦는 기계까지 있었다. 이런 기계는 인간 노동을 덜어주거나 아예 대신할 수도 있었다. 모서리가 반듯하고 풀칠까지 된 봉투를 찍어내는 기계도 있었다. 한 명의 연주자가 연주할 수 있는, 피아노와 바이올린의 혼합 악기도 있었다. 사람들을 떨어뜨려 깨우는 침대도 있었다. 가장 경이로운 전시물은 〈일러스트레이티드 런던 뉴스〉의 인쇄기였는데, 이 기계는 시간당 5,000부의 신문을 뱉어낼 수 있었다. 실제로 이 신문은 변장한 엘렌의 사진을 수없이 쏟아냈다.

탈것도 있었다. 반짝이는 총알 모양의 페이튼 오픈카와 힘 좋은 증기기관차, 심지어 잠수함까지 말이다. 전 세계에서 온 천연 보물도 있었다. 그중에는 코이누르라는 이름의 191캐럿짜리 다이아몬드를 비롯해 야수라도 된 것처럼 철장 안에 보관된 보석들도 여럿 있었다.

전시회장 자체가 수천 장의 반짝거리는 직사각형 유리로 만들어진 수정궁이었다. 수천 명의 노동자들이 몇 달에 걸쳐 금속 틀 위에 유리를 쌓아올렸다. 이는 협동과 문제해결 능력, 조직된 노동의 힘을 보여주는 기적이었다. 어떤 기계도 이들을 대신할 수는 없었다. 대박람회는 콜린스 부부가 사랑했을 법한, 바로 그런 종류의 조직적이고 기술적이며 문화적인 업적이었다. 메이컨은 이듬해에 나름의 농업 축제를 열 예정이었는데, 그곳에서 일라이자는 분석적인 시선으로 대회에 출품된 바느질 작품을 심사했다. 그녀의 남편은 노예 관리법 교본을 발표했고 말이다.

신분이 높고 돈이 많은 남부인들도 대박람회에 참석할 것으로 기대됐다. 크래프트 부부와 브라운이 이 행사에 참여하기로 결심한 여러 이유 중 하나였다. 이들은 온 세상이 목격하는 가운데 남부인들에게 노예제도에 대한 문제를 제기할 생각이었다. 삼인조는 모르는 사실이었지만, 브라운의 예속 가해자인 에녹 프라이스도 남부에서 런던으로 왔다. 그는 브라운에게 연락하겠다며 친구에게 명함을 남겼다. 이런 행동은, 비록 예속 가해자가 태평한 태도를 보이긴 했지만 브라운에게 충격을 주었다. 다행히 프라이스는 더 이상 그를 쫓지 않았다.

일행의 계획은 두 명의 윌리엄이 먼저 런던에 자리를 잡는 것이었다. 엘렌은 며칠 뒤에 합류하기로 했다. 에슬린 부녀는 엘렌의 건강을 걱정하며, 아직도 장기적인 계획이 마련되지 않았다는 사실에 초조해하면서 툴툴거렸다. 하지만 그들은 엘렌을 독차지할 수 있어서 기뻐했다. 메리 에슬린의 표현은 이랬다. "엘렌이 우리의 직접적인 보호를 받을 때만큼 기뻤던 적은 없다."

***

삼인조는 찰스 디킨스가 불멸의 문학작품으로 변모시킨 런던에 입성했다. 런던은 훌륭한 왕궁이 있지만, 동시에 공장 굴뚝과 추레함, 올리버 트위스트가 속한 악당 패거리가 있는 곳이기도 했다(사실 윌리엄 크래프트는 찰스 디킨스가 그들을 방문하리라고 기대했을지도 모른다. 에슬린 부녀의 말에 따르면, 윌리엄은 바로 이런 이유에서 브라운의 조언을 무시하고 에슬린 부녀가 마땅찮게 여긴 비싼 방을 잡았다). 런던에는 거의 250만 명의 사람이 살았고, 그중 다수는 금방이라도 무너질 듯한 집을 빽빽이 채우고 있었다. 숫자는 매일 박람회를 보러 오는 수만 명의 방문자들로 더욱 늘어났다. 6개월도 안되어 600만 명이 박람회를 찾았다.

이 모든 것의 핵심에, 서펜타인 호수 아래에 있는 하이드 파크 가장자리에 위치한 수정궁이 있었다. 수정궁은 박람회가 열린 1851년을 기념하기 위해 정확히 1,851피트로 지어졌다. 멀리서 보면, 궁전은 비단 같은 잔디에서 솟아난 것처럼 보였다. 유리와 쇠로 이루어진 투명한 구조물이 약하면서도 강하게 환상처럼 반짝였다.

삼인조가 도착한 주에는 매일 약 6만 5,000명의 방문자가 박람회를 찾았다. 화창한 여름 날씨도 사람들을 더욱 끌어당겼다. 일행은 실링의 날에 박람회장을 찾았는데, 박람회장은 온갖 계급과 부류의 사람들로 흘러넘쳤다. 영국 안팎에서 기차를 타고 오거나, 전세계에서 증기선을 타고 온 사람들이었다. 인근 거리는 만원 합승마차와 밝은 색깔의 마차들로 꽉 막혔다. 빨간색과 황금색 옷을 입은 운전사들이 그 마차들을 몰았다.

일행은 높은 철문을 지났다. 방문자들이 북적거리며 돈을 내고 입장권을 사는 곳이었다. 그다음, 그들은 거대한 유리 궁전으로 들어갔다. 그들은 수랑이라는, 3층으로 지어진 깨끗한 아트리움에 들어가 현기증을 일으키는 분홍색 유리 분수를 보았다. 높이가 8.23미터인 이 분수는 하늘을 향해 빛을 드리웠고, 물은 마법 같은 나선을 타고 흘러내렸다. 광선이 머리 위에 높이 자리 잡은 실물 크기의 느릅나무 잎사귀에 아롱졌다. 나무 전체가 건물 안에 들어와 있었다. 유리 회랑이 아트리움 양옆으로, 시선이 미치는 곳까지 뻗어 있었다. 서쪽으로는 "대영제국과 그 종속국", 즉 식민지와 관련된 박람회가 있었고 동쪽으로는 외국 박람회가 있었다. 이것만으로도 브라운은 말을 잃었다. 나중에 그는 이곳을 세상에 존재했던 가장 위대한 건물이라고 불렀다.

브라운은 온 세상이 한자리에 모이는 광경에도 경탄했다. 유럽인과 아시아인, 아메리카인과 아프리카인이 소통하고 있었다. 통역사들이 러시아어, 아랍어, 터키어, 중국어, 벵골어, 히브리어를 포함한 21개 언어로 통역을 진행했다. 브라운은 머리를 땋아 등 뒤로 늘어뜨린 중국인이 밑창이 나무로 된 신발을 신고 궁전을 성큼성큼 돌아다니는 모습을 보았다. 또 그는 "유색인 남녀"가 근사한 옷을 입은 모습을 보고 자랑스러움과 기쁨을 느꼈다. "나의 동포가 상당히 많이 섞여 있다"라면서.

브라운은 더 나아가 "여왕과 노동자가, 왕자와 상인이, 귀족과 거지가", 온갖 피부색의 사람들과 다양한 삶의 경로를 걸어온 인물이 서로 부딪히고 동등한 지평에서 만난 이 특별한 공간에는 엄청나게 큰 자유가 있었다고 말했다. 이곳에서는 계급의 융합이 이루어졌고, 이해관계가 친절하게 뒤섞였으며, 지위와 등급에 관한 냉정한 격식은 잊혔다. 이 점이 브라운에게는 박람회 자체만큼 아찔하게 느껴졌다.

박람회를 하루에 다 본다는 것은 불가능했다. 16킬로미터에 걸친 1만 3,937개의 개별 전시회장에 10만 개의 물품이 전시되고 있었기 때문이다. 삼인조가 여러 차례 박람회에 참석한 이유 중 하나였다(브라운은 총 열다섯 번 방문했다). 그러나 삼인조가 계속해서 이곳에 온 데에는 다른 이유도 있었다. 그들은 구경만 하는 것이 아니라 무대에 오를 생각이었다. 그들은 이 아름다운 세상의 퍼즐에서 빠진 핵심적인 조각을 함께 보여주려 했다.

카를 마르크스를 포함한 많은 사람은 대박람회를 상품에 대한 자본주의적 페티시즘의 상징이라고 비판했다. 전 세계의 기적을 담은 이 사치스러운 전시회에서는 한 가지가 눈에 띄게 빠져 있었다. 박람회는 토지와 목숨으로 치른 값을 인정하지 않았다. 무엇보다도, 이런 전시품의 너무도 많은 수가 의존하고 있던 예속 피해자들의 노동력이 전혀 드러나지 않았다.

아메리카의 천연자원은 다양하게 전시되었다. 브라운의 말에 따르면, 산처럼 쌓인 햄 더미, 소금과 소고기와 돼지고기가 담긴 통, 때깔 고운 흰색 라드가 있었다. 옥수숫가루와 완두콩, 쌀과 담배, 묵직한 목화 자루도 있었다. 그러나 그 농산물을 기르고 수확하고 도살한 사람들은 언급되지 않았다. 잉글랜드의 눈부신 방직기에서 나오는 알록달록한 사라사 천을 뽑은 이들이 세계 반대편에서 상품이 되어 구매와 판매의 대상이 되는 남자, 여자, 아이들임을 나타내는 건 아무것도 없었다. 사실 사우스캐롤라이나주의 어떤 사람은 "건방진 근육질 니거 대여섯 명"을 전시회에 데려올까 하다가, 도망칠지 모른다는 생각에 그만두었다고 한다. 공식 카탈로그에서 노예노동에 대한 유일한 언급은 미국이 아닌 아프리카에서 재배되는 목화에 대한 것뿐이었다.

단, 수정궁에도 노예제도를 표현한 유명한 전시품이 하나 있기는 했다. "그리스 노예"라는 제목의 빛이 나는 듯한 이 흰 대리석 조각상은 사람들이 가장 많이 찾는 전시품 중 하나였다. 이야기에 따르면, 그리스 혁명 당시에 한 젊은 여자가 터키인들에게 포획되었다고 한다. 그녀의 가족 전체가 살해당하고, 그녀만이 "버리기에는 너무 값진 보물로 보존"되었다. 오직 사슬만을 걸치고 벌거벗은 그녀는 그 자신이 혐오하는 사람들의 시선에 노출된 채 서 있었다 (혹시 이 작품이 포르노는 아니었을지 의심할지 모르겠다. 분명히 말하지만, 이 아름다운 누드상 조각을 바라보는 것은 예속 피해자 여성에게서 드러나는 기독교적 경건함 때문에 범죄가 아니었다).

이 조각상은 대박람회만이 아니라, 그 너머의 넓은 세상에서도 가장 인기가 많은 물품이었다. "그리스 노예"는 뉴잉글랜드에서 남부의 찰스턴까지 이미 미국의 여러 지역을 여행했다. 수정궁에서는 수천 명이 그 드러난 형상을 보려고 줄을 섰다. 조각상은 회전하는 받침대 위에 올려져 있어 (손과 사슬로 반쯤 가려진) 음부가 키큰 남자의 눈높이에 있었다. 그렇게, 그녀만의 붉은 벨벳 울타리 안에서 조심스레 전시되고 있었다. 다름 아닌 여왕이 "그리스 노예"와 30분을 보냈다. 노예 소유자와 목사도 줄을 섰다. 그들은 아이러니를 거의 느끼지 못했다. 크래프트 부부와 브라운은 이 조각상과 관련된 아이러니를 포함한 이런저런 아이러니를 실감 나게 전달할 생각이었다.

런던 대박람회에는 다른 대박람회가 하나 더 필요했다. 그 자체로 공연 예술이 될 박람회, 브라운의 말을 빌리자면 "거대한 파노라마나 수천 명의 공연자들이 각자의 역할을 하는 위대한 연극" 말이다. 이와 관련된 제안은 초기부터 있었다. 해외에서는 급진적인 백인 폐지론자 헨리 C. 라이트가 가짜 노예 경매를 열겠다는 꿈을 꾸었다. 그는 엘렌이 탈출 당시에 입었던 정장을 입고 출연해 주기를 바랐다. 브라운은 파노라마를 가지고, 헨리 박스 브라운은 그의 상자 속에 들어간 채로 함께 등장하면 좋겠다고 했다. 피 묻은 사슬과 흉기를 옆에 두고서 말이다. 그러나 삼인조는 좀 더 섬세한 접근법을 선택했다. 이는 크래프트 부부의 유명한 탈출과 같은 궤도에 있고, 그 나름의 방법으로 훨씬 전복적인 방법이었다. 첫 방문에서 도망노예법을 두고 남부인들과 말다툼을 벌였던 윌리엄은 적들과 정면 대응하는 대신, 그냥 남부에서 북부로, 미국에서 해외로 이동했을 때처럼 공개적으로 박람회장을 가로지기로 했다. 이런 아이디어는 급진적이고 단순한 동시에 대담했다. 그들은 전 세계를 가로지르는, "걸어 다니는 박람회"가 될 터였다.

***

일행은 5실링의 날인 토요일을 선택했다. 그때는 전반적으로 방문자가 적지만, 방문자 중에서 가장 강력한 계급이 참석하기 때문이었다. 날씨가 유난히 따뜻해서 곧 바깥보다 안이 더 더워졌다. 온실은 사우나가 되었다.

주말용 좋은 옷을 차려입은 크래프트 부부는 브라운과 에슬린 부녀를 비롯한 친구들과 함께 수랑에 들어갔다. 다른 친구들은 불같은 폐지론 웅변가인 조지 톰슨의 집에서 만난 사람들로, 조지 톰슨은 보스턴에서 "폭도들"에게 표적이 되었던 사람이다. 톰슨은 미국으로 돌아갔지만, 그의 아내 제니 톰슨과 딸들은 이곳에 남아 윌리엄과 엘렌에 대해 지지를 표명했다.

그들이 도착했을 때쯤, 여왕과 그녀의 수행원들은 이미 영국 회랑을 통과해 서쪽으로 가고 있었다. 한편 크래프트 부부와 그들의 수행원들은 동쪽으로 이동하며 똑같은 유리 세상 안에서 그들만의 전시회를 열었다.

그들은 두 명, 세 명씩 팔짱을 끼고 이동했다. 모두 여자 넷, 남자 넷이었다. 가장 앞에는 엘렌이 제니 톰슨과 맥도널 씨(전국 개혁 연합의 회장)와 함께 걸었다. 다음으로는 윌리엄 웰스 브라운이 톰슨 부부의 맏딸인 루이자 톰슨 곁에서 걸었다. 마지막으로는 윌리엄 크래프트가 톰슨의 막내딸인 아멜리아와 기자인 윌리엄 파머와 함께 걸었다. 이들의 목적지는 미합중국 전시관이었다.

미국관은 그리 대단치 않았다. 미국인들은 자기들 회랑의 작은 크기에 대해 한바탕 법석을 떨어 결국 동관 끝에 훌륭한 자리를 얻었지만, 그곳을 채우는 데 어려움을 느꼈다. 거대한 가짜 독수리가 땅에서 2층 높이인 천장 가까운 곳에서 맴돌며 별과 줄무늬로 이루어진 널찍한 붉은색 깃발의 부푼 천 위를 맴돌고 있었다. 그러나 그 아래의 공간은 이상하게 텅 비어 보였다. 트러스 다리가 중앙을 차지하고 있었으며, 계단이 양옆에서 위로 향하고 있어 방문자들은 그 위에 서서 기차의 옆을 내다보듯 난간을 내다볼 수 있었다. 다리 위에는 멀리서 보면 머리 없는 독수리가 날개를 접고 있는 것처럼 보이는 물체가 놓여 있었다. 이 경화된 고무는 찰스 굿이어 씨와 그의 이름을 따서 이름 지은 회사의 작품이었다.[78]

지금은 그 독수리의 그림자 속에서, 번쩍이는 붉은 깃발 아래서, 수정처럼 맑은 하늘 아래서 세 명의 미국인 피난자들이 그들이 태어난 나라의 전시장에서 바로 찾을 수 있었던 유일한 상징물로 곧장 나아갔다. 그 유명한 "그리스 노예"로 말이다.

이야기에 따르면, "그리스 노예"의 조각가는 자신의 작품을 감상하는 방법을 알려주었다고 한다. 그는 정치적이지 않으면서 경건하게 그 작품을 맞이하라고 권했다. 당연히, 윌리엄 웰스 브라운은 생각이 달랐다. 그는 영국의 풍자 주간지인 〈펀치〉의 최근 판본에서 가져온 그림을 들어 올렸다. 이 조각상과 함께 감상할 동반자로 그려진 "버지니아 노예"라는 그림이었다. 흰색 돌로 만들어진

---

78 찰스 굿이어는 고무를 열과 추위, 마모에 강한 소재로 만들어주는 가공 공정을 발명한 인물로, 그의 이름을 딴 굿이어타이어는 오늘날까지도 세계적인 타이어 제조업체다.

그리스인보다 시각적으로 더 어두운 색깔인 버지니아노예 역시 허리까지 노출되어 있었다. 그녀는 머리에 두건을 쓰고 있었으며, 여러 겹의 천으로 엉덩이를 가리고 있었다. 두 손이 사슬에 묶인 채로 위를 보는 그녀는 미국 국기가 걸린 기둥에 기대고 있었다. 그녀의 발밑 단상은 채찍과 사슬로 장식되어 있었고, "E Pluribus Unum"라는 미국의 모토가 적혀 있었다. "다수로 이루어진 하나", 혹은 "다수 중 하나"를 뜻하는 말이었다.

관객들이 흥분해 모여들기 시작했다. 미국인들은 "그리스 노예"에 자신들이 원하는 것을 투사했다. 수많은 사람들이 자유에 대한 그리스인들의 추구를 독립전쟁 당시 미국인들의 감정과 비교했고, 소수의 폐지론자들은 흰 대리석 노예가 엘렌 크래프트처럼 밝은 색깔의 피부를 가진 예속 피해자 여성을 나타낸다고 지적했다. 그리스인과 버지니아인, 노예제도를 표현한 그 두 작품 사이에 서서 엘렌은 두 작품 모두에 생기를 불어넣고 대화를 촉발했다.

삼인조는 미리 한 가지 사항에 대해 합의해 두었다. 적에게 직접 도전하기보다는 노예제도의 악에 대해서 적과 큰 소리로 소통하자는 것이었다. 그들은 앞으로 나서라고 적을 도발하기로 했다. 더 이상 명확할 수 없는 선전포고였다. 흔히 하는 말로, 결투의 장갑이 던져진 것이다. 하지만 이 도전을 맞이한 것은 침묵이었다.

결국 브라운은 벨벳으로 이루어진 "그리스 노예"의 집에 〈펀치〉의 그림을 내려놓으며 선언할 수밖에 없었다. "미국인 도망 노예로서, 나는 버지니아 노예를 그리스 노예 옆에 놓아둡니다. 이렇게 어울리는 일행도 없으니까요."

그래도 아무 말이 없었다. 행렬은 앞으로 나아갔다. 일행은 겨우 몇 발짝 걸어간 뒤, 버지니아 노예가 사라졌다는 걸 알아챘다. 버지니아 노예를 훔쳐 간 사람은(틀림없이 미국인이었을 것이다) 증거를 손에 들고 서 있었다. 삼인조는 방향을 돌려 그에게 다가갔다. 그가 말하기를 기다렸다. 하지만 그는 입을 닫기를 선택했다. 일행은 계속 움직였고, 침묵도 계속 이어졌다. 그들은 잠시 멈춰 "걸출한 미국인 갤러리"라는 이름의 은판 사진 전시를 바라보았다. 헨리 클레이와 존 캘훈이 포함된 그 얼굴들은 흑백으로 납작하게 굳은 채 말없이 그들을 응시하고 있었다.

잠시 멈춰 그들을 주목한 사람은 새뮤얼 콜트였다. 크래프트 부부가 필라델피아에서 만난 친구인 로버트 퍼비스의 동급생 말이다. 콜트는 대포를 폭발시켰다는 이유로 퇴학당했고, 그 이후로 그가 만든 권총은 세계적 명성을 얻었다. "그리스 노예" 다음으로는 콜트의 전시품이 미국관에서 가장 인기 있었다. 콜트는 자신의 총기에 대해서, 전투를 알리는 시끄러운 철컥 소리에 대해서 말하다가 갑자기 멈추고 일행을 살펴보았다. 아마 그는 친구인 로버트 퍼비스를 떠올렸을 것이며 전쟁의 냄새를 맡았을 것이다.

걸어 다니는 전시회는 예닐곱 시간 동안 이어졌다. 수정궁을 비추는 태양의 각도가 달라졌다. 일행은 기운을 차리기 위해 잠시 멈추었다. 그곳에는 얼음도 있었고, 슈웹스라는 이름의 남자가 만든 탄산음료도 있었다. 화장실도 있었다. 화장실은 공중위생의 혁명이나 마찬가지였다. 화장실 사용 횟수를 일일이 기록하는 위생 감독관이 그곳을 관리했다. 이런 계산에서는 지위나 인종과 관계없이 모두가 평등했다. 사람은 배출한 배설물과 그것을 처리하기 위해 낸 돈으로만 헤아려졌다.

일행은 전 세계의 박람회를 돌아다니며, 수천 명을 마주치고 수 킬로미터를 걸었을 게 분명하다. 아무도 그들을 가로막거나 방해하지 않았다. 아무도 인종적으로 뒤섞인 이들을 보고 놀라거나 못마땅해하지 않았다. 아무도 그들의 신원을 확인하거나 그들을 사냥하지 않았다. 그러니까, 조용한 노예 소유자들을 제외하면 말이다. 크래프트 부부는 그 사람들을 즉시 알아볼 수 있었고, 노예 소유자들은 무력한 분노를 품고 그들을 쏘아볼 수밖에 없었다.

수정궁이라는 투명한 세상에서 윌리엄과 엘렌, 윌리엄 웰스 브라운은 눈에 띄는 동시에 띄지 않았다. 윌리엄이 에든버러에 도착해 흑인 여성 두 명과 팔짱을 끼고 있던 백인 남자를 보았을 때 너무도 놀랐던 그런 방식으로.

이 행렬에서 윌리엄 크래프트의 동반자였던 윌리엄 파머는 조용한 남부인들에 대해 이렇게 말했다. "아마 그들은 살면서 처음으로 입이 완전히 틀어막힌 기분을 느꼈을 것이다. 그들은 물기는커녕 감히 짖지도 못했다." 반면, 미국에서라면 분명 어떤 방식으로든 피해를 당했을 삼인조는 말도 하고 자유롭게 움직였으며 전 세계 사람들에게 환영받았다. 파머가 관찰한 대로였다. "예술가에게 세계 박람회에 나타난 노예 소유자와 노예만큼 '죄'와 '결백'을 나타내는 모델로 적합한 존재는 없었다."

이곳에는 궁극적인 "도망 노예의 승리"가 있었다. 예속 가해자들이 말하는 역할을 선택하지 않았다는 건 중요하지 않았다. 그들은 원치 않아도 동원되어, 삼인조가 각본을 쓰고 안무를 짜고 설계한 공연 예술의 일부가 되었다. 이 연극에서 크래프트 부부는 자신들의 이야기를 다시 썼다. 독창적이고도 전복적으로, 그들 자신의 서사를 지었을 때처럼 대담하게 말이다.

주인과 노예로서 나란히 선 것도 아니고, 남편과 아내로서 팔짱을 끼지도 않은 채, 친구들 사이에 함께 선 지금의 크래프트 부부는 미국에서만이 아니라 해외에서도 그들을 규정했던 역할을 완전히 벗어버리고 세계를 거닐었다. 그들이 순회강연에서 반복적으로 끌어다 쓴 역할, 충격과 눈물, 경이감을 끌어내기 위해 뒤섞어 짜맞춘 역할은 이 마지막 시위에 빠져 있었다. 수정궁은 미국에서든, 그 너머에서든 가능한 삶의 모습이자 하나의 가능성으로, 언젠가는 이루어질 희망으로 나타내는 투명한 국제적 공간이었다. 그리고 그곳에서 윌리엄과 엘렌, 엘렌과 윌리엄은 모든 방해에서 해방되어 세계 시민으로서 걸었다. 그들은 더 이상 주인과 노예, 남편과 아내가 아니었다.

**

떠날 시간이었다. 런던에서 보낸 시간은 정신없었다. 낮과 밤이 눈 깜짝할 사이에 지나갔고, 그사이 크래프트 부부는 여러 폐지론자들을 만났다. 그중에는 막강한 보스턴의 추방자 마리아 웨스턴 챕먼("개리슨의 대위"로도 알려져 있었다)도 있었는데, 그녀는 그동안 내내 파리에서 페닝튼의 일로 불평을 해오다가 이제야 설득당해 조용해졌다. 삼인조는 윌리엄 웰스 브라운의 숙적인 BFASS의 총수 존 스코블도 만났다. 엘렌은 날카로운 질문으로 그가 말을 더 듣게 만들었다. 그게 끝이었다. 그들만의 대박람회를 하고 이틀 뒤, 크래프트 부부는 브라운에게 작별 인사를 하고 에슬린 부녀와 함께 오컴으로 갔다.

오컴은 세상 끝의 푸른 공간으로 보였을 게 틀림없다. 그곳에는 오래된 교구 교회와 훌륭한 시골 저택, 학교, 농장과 들판 외에 별다른 것이 없었다. 함께 지낼 사람들은 러싱턴 가족이었다. 엘렌과 비슷한 나이의 자매 앨리스와 프랜시스가 학교를 운영했고, 그들의 아버지인 스티븐은 유명한 폐지론 법률가이자 개혁가로서 영국에서 노예무역을 몰아내는 데 영향력을 행사했다. 일단, 윌리엄은 이 학교에 다니는 대부분의 학생들이 13세 미만의 어린이라는 것을 알고 불쾌해했다. 전체 학생은 약 50명으로, 절반은 남학생, 절반은 여학생이었다. 이 학교는 어린이에게 실용적인 기술과 교육을 제공하고 그들이 말썽을 피우지 않도록 할 목적으로, 다시 말해 잠재적인 반항을 통제하기 위해서 세워졌다.

에슬린 부녀에게는 친구들을 이 학교에 다니도록 설득하는 것 자체가 힘든 일이었다. 마지막에 그들은 경미한 공황 상태에 빠지기도 했다. 엘렌은 학교를 마음에 들어 하는 것 같았지만, 윌리엄은 부지를 돌아보며 불편해하는 듯했다. 학교에 인쇄기와 지구본, 심지어 "마법 등불"까지 있고, 크래프트 부부에게는 그들만의 오두막과 궁극적으로는 별도의 공부 공간까지 제공될 텐데도 말이다. 투명하고 활기 넘치던 문화, 온갖 피부색의 사람들, 덜컹거리는 기계 소리까지 갖춘 대박람회의 세계와 이 학교의 대조는 충격으로 다가왔을 게 틀림없다. 조지아주에서도 크래프트 부부는 이렇게 외진 곳에서 살아본 적이 없었다.

런던과 좀 더 가까운 곳에서 무언가 찾아볼 수는 없을까? 윌리엄은 고민했다. 그는 에슬린 박사에게 재정 문제를 의논하면서 자선의 대상으로 후원을 받고 싶지 않다고 말했다. 개인적으로, 윌리엄은 브라운과 그의 파노라마를 가지고 가을 내내 강연을 계속하고 싶어 했다. 그러나 브라운은 크래프트 부부에게 오컴을 선택하라고 조언했다. 강연 시즌이 끝나가고 있고, 브라운의 두 딸이 드디어 잉글랜드로 오고 있었기에 지금은 새출발할 시간이었다. 에슬린도 지금은 오컴이 크래프트 부부에게 최고의 선택이며, 이 제안을 거절하는 것은 신중하지 못한 일이라고 분명히 밝혔다.

그리고 엘렌도 있었다. 에슬린은 엘렌이 처음부터 오컴에 호의적이었다고 말했다. 크래프트 부부가 오컴을 거부하는 이유를 상상하는 게 가능하다면, 그들이 이끌리는 이유를 이해하는 것도 똑같이 가능하다고도 했다. 여러 달 동안, 부부는 쉴 새 없이 이동해 왔다. 그것도 브라운과 함께 말이다. 엘렌은 신체적으로 건강하지 않았다. 그들은 오컴에서 고요함과 안전, 고독을 찾을 수 있을 터였다. 그들은 교육을 받고, 어쩌면 자유롭게 가족을 꾸릴 수도 있었다. 이는 메이컨에서 그들을 움직이게 했던, 오랫동안 품어온 꿈이었다. 이곳에서 그들은 잠시 멈춰 가정과 교육에 관한 꿈을 현실로 만들 수 있었다.

그래서 그들은 오컴에 머물렀다. 한편 그들의 친구들은 겨우

48킬로미터 떨어져 있으나 다른 세상이나 마찬가지인 대도시로 돌아갔다. 친구들은 런던에 도착하자마자 크래프트 부부의 해피엔딩에 관한 글을 썼다. 그들은 즐겁게 이야기를 이어나갔다. 마음속으로는 보이는 게 전부가 아니라는 걸 알고 있었는데도 말이다. 그들은 윌리엄이 잘 지낼지 걱정했다. 에슬린은 윌리엄에게 오컴의 새친구들 사이에서 발 디딜 자리를 잃어버리면 다시는 그 자리에 서지 못할 것이라는 경고를 이미 한 터였다. 엘렌에 관해서는 좋은 말밖에 할 말이 없었다. 그는 엘렌이 어떤 중요한 임무를 이루어낼 운명이라고 예상했다.

그런 임무 중 하나는 이후 몇 달 사이에 분명해졌다. 엘렌과 윌리엄이 아기를 갖게 되었기 때문이다.

자유인으로 태어나다

어느 불특정한 날, 서리에서는 쉰 살에 가까운 한 우아한 숙녀가 풍성한 치맛자락을 들어 올리며 수수한 오두막의 계단을 올라갔다. 그녀는 좁은 복도를 지나 위층 방의 문 앞에 멈추었다. 그곳에서는 한 젊은 여자가 창가에 앉아 생업의 도구인 실과 바늘로 수를 놓고 있었다. 손님은 젊은 여자의 무릎에 펼쳐져 있는 철자 책을 알아보았다. 또 그녀의 손이 닿는 곳에는 신문이 있었다. 개리슨의 〈해방자〉와 더글러스의 〈노스 스타〉였다. 그때 젊은 여자가 놀라 자리에서 일어나며 인사했다. 손님은 바이런 부인이었고, 젊은 여자는 엘렌 크래프트였다.

두 여자는 차를 마시며 한 시간을 함께했다. 엘렌은 다시 한번 자신의 이야기를 전하며 바이런 부인의 눈물을 자아냈다. 바이런 부인은 엘렌이 이토록 백인처럼, 이토록 자연스럽게 보이는 것에 놀랐다. 그녀는 자신이 미국인 노예와 함께 있다는 사실을 거의 믿을 수 없었다. 엘렌에게는 한 가지 놀라운 점이 더 있었다. 손님을 맞이하려고, 혹은 차를 준비하려고 일어섰을 때 엘렌은 부푼 배를 드러냈을지도 모른다. 그녀의 치마는 허리춤이 늘어나 있었다. 아마 엘렌이 치마를 수선했을 것이다. 몇 년 전, 예속 가해자를 위해 해주었던 것처럼.

만일 그랬다면, 바이런 부인은 오래전 자신의 기억을 강하게 떠올렸을지도 모른다. 이 재능 있는 여성이(바이런 부인은 수학적 재능이 뛰어나 "평행사변형 공주"라는 별명이 있었다) 그녀의 새로운 남편이자 유명한 시인인 바이런 공이 바람둥이일 뿐 아니라 잔인하다는 것을 알게 된 것이 그즈음이었다. 바이런은 선정적인 사건에 연루되었다. 전하는 이야기에 따르면, 이런 사건 중에는 그의 이복누나와 벌인 일도 있었다. 바이런 부인은 아이를 낳고 몇 주 뒤에 그 아기를 데리고 도망쳤다. 지금 그녀의 유일한 자녀인 에이더 러브레이스(현재는 최초의 컴퓨터 프로그래머이자 최초의 테크 예언가로 알려져 있다)는 아팠고 곧 세상을 떠났다. 하지만 너무도 오랫동안 바랐던 엘렌의 아이에게는 희망이 있었다. 그 아이는 바이런의 결혼과는 무척 대조되게도, 지속성 강한 사랑으로 태어난 아이였다.

윌리엄 웰스 브라운이 〈해방자〉를 통해 보도한 두 여성의 만남은(이 기사에 부푼 배 이야기는 실려 있지 않다) 크래프트 부부의 오컴 생활을 엿볼 수 있는 드문 기회다. 당시의 생활은 대체로 베일에 가려져 있다. 크래프트 부부에게 그해는 사실 많은 것을 품고 있는 해였다. 오가는 사람과 새로운 배움, 새로운 희망이 가득했다. 그러나 그림자도 드리워졌다. 그중 일부는 저 멀리, 세상의 반대편에서 뻗어온 긴 그림자였다.

오컴에서 부부의 나날은 규칙적으로 자리 잡은 리듬에 따라 흘러갔다. 그곳에서 엘렌과 윌리엄은 예속 상태에서는 금지당했던 교육을 받겠다는 평생의 꿈을 이루었다. 그들은 (학교 아이들과는 따로) 수업을 받으며 아침 시간을 보냈다. 과목은 읽기와 쓰기, 음악, 수학, 성경이었다. 몇 달 안에 그들은 유창하게 책을 읽고 받아쓰기를 할 수 있었다. 오후에는 바늘과 선반을 가지고 자신들의 기술을 가르쳤다. 둘 다 교사로서 성공해 학생들의 사랑을 받았다. 일요일에는 오래된 교구 교회에서 예배에 참석했다. 부부는 학교와 마을에서 인기가 많았다. 아침에는 어린 소녀들이 꽃다발로 엘렌을 반겼다. 지역 주민들은 부부가 지나가면 모자에 손을 대며 인사했다.

그러나 친구들은 오컴에서 크래프트 부부의 상황이 매우 외로웠음을 인정했다. 특히 엘렌은 출산할 시기에 가까워지면서 미국의 친구들로부터 고립되어 있음을 예리하게 느끼는 듯했다. 오컴에 머물기 시작하고 한 달이 지나 크래프트 부부는 윌리엄 웰스 브라운과 함께 런던에서 짧은 휴가를 보냈다. 브라운은 그들이 행복하다고 전했다. 크래프트 부부는 에슬린 부녀의 방문에 즐거워했다. 엘렌은 나이 든 의사와 그의 딸이 길을 따라 오는 것을 보자마자 달려가기 시작했다. 이런 방문은 너무 짧고 드물었다. 브라운은 곧 순회강연을 떠났고, 윌리엄은 그와 함께하고 싶어 했다. 그러나 크래프트 부부는 추방된 것처럼 시골에서 머물렀다. 근처에 그들의 관점을 공유하는 사람이 거의 없고, 아무도 딱히 그들을 좋아하지는 않는 곳에 말이다.

그해에는 다른 어려움도 있었다. 윌리엄 웰스 브라운이 엘렌과 불륜 관계라는 소문이 돌았다. 엘렌은 임신 초기여서 건강이 좋지 않아 에슬린 박사를 오컴으로 불러야만 했고, 임신 기간 내내 계속 아팠는데도 그랬다. 에슬린 박사는 이런 소문을 헛소리로 일축한 사람 중 한 명이었지만, 이런 소문이 브라운에게 너무 큰 문제를 일으켰기에 브라운은 그 소문을 퍼뜨렸다고 짐작되는 남자인 숙적, 존 스코블을 고소했다.

게다가 미국에서 온 소식도 있었다. 엘렌의 생물학적 아버지이자 어머니의 예속 가해자인 제임스 스미스는 상당 기간 아팠다. 가을 내내, 크래프트 부부와 폐지론자 친구들은 엘렌의 어머니를 해방하기 위해 밤낮으로 일해왔다. 엘렌은 한순간도 마리아에 대한 걱정을 멈추지 않았다. 엘렌이 아버지의 질병에 대해 알았다면, 지금이 어머니를 구할 마지막 기회이며 그 기회가 곧 사라질 가능성이 크다는 것도 알았을 것이다.

5월의 초저녁이었다. 엘렌은 임신 중기에 접어들어 아기의 발길질과 미동을 느낄 수 있었다. 조산사들이 태동이라 부르는 움직임이었다. 이때, 제임스 스미스가 숨을 거두었다. 그가 사망하자 〈조지아 텔레그래프〉에서는 그를 대단히 훌륭한 인물이라고 찬양했다. 그의 추도 연설문은 이랬다. "그를 알았던 모든 사람은 더럽혀지지 않는 그의 품위와 따뜻한 마음을 증언할 수 있다. 그의 태도에서 우러나는 매력적인 솔직함은 그를 보편적으로 인기 있게 했다. 우리는 그에게 적이 있으리라고 생각하지 않는다. (중략) 그는 훌륭한 변호사로서, 조지아주에 그보다 뛰어난 사람은 별로 없었다. 시민으로서, 그는 지적이고 공공 의식이 강했다. 친구로서는 믿음직스럽고 진실했으며, 이웃으로서는 친절하고 의무감이 강했고, 인간으로서는 명예에 한 점 얼룩이 없었다."

스미스의 재산은 빠르게 계산되고 정리되었다. 그 목록에 포함된 것은 메이컨 시내의 벽돌 대저택, 휴스턴 카운티의 플랜테이션, 수많은 가축, 그리고 보유한 주식이나 가구, 헛간의 동물들보다 높은 1만 7,900달러의 가치로 계산된 116명의 남자, 여자, 아이들이었다. 그중에는 7세의 엘렌(500달러)도 있었다. 60세의 마리아("000")도 있었다. 그 뒤에는 40세의 마리아도 있었다. 그녀는 공식적으로 500달러의 가치를 가진 것으로 평가되었으나, 그녀의 딸인 엘렌 크래프트의 눈으로 보나, 그녀의 새로운 주인인 일라이자 클리블랜드 스미스의 눈으로 보나 (매우 다른 이유로) 가치를 매길 수 없는 존재였다.

제임스 스미스가 사망하면서, 그의 아내가 저택을 소유하게 되었다. 스미스 부인에게는 언젠가 그녀가 딸에게 주어버렸던 아이의 어머니인 마리아와 관해 아주 많은 선택지가 있었다. 스미스 부인은 마리아를 강 너머로 팔아버리거나, 가족에게 선물로 줄 수 있었다. 큰돈을 받고 크래프트 부부에게 팔 수도 있었다. 대신, 그녀는 엘렌의 어머니를 가까이 두었다.

***

임신 마지막 3개월 동안, 엘렌은 남부에서 더 많은 나쁜 소식을 들었다. 신문에서는 엘렌이 자유롭게 살면서 너무 불행해진 나머지 남편을 버리고 미국 신사의 손에 자신을 내맡기며 예속 가해자들에게 돌려보내 달라고 애걸한다는 기사가 실렸다.

마치 남부의 권위자들이 엘렌의 행동을 통제하거나 그녀의 몸을 되찾지 못한 자신들의 무능력에 괴로워한 나머지 그녀의 이야기를 대신 차지하려는 것만 같았다. 엘렌에게는 자기 삶에 대한 주권이 없으며, 그녀가 마음 깊은 곳에서부터 노예라는 것을 증명하려고 말이다. 그들은 엘렌을 아내가 될 능력도 없는 사람, 남편을 버린 사람으로 만들려고 했다. 이들은 가짜 뉴스를 통해 엘렌의 의지를, 욕망을 도용하려 했다. 이런 보도가 너무 끈질기게 나와서, 크래프트 부부가 보스턴에서 나가도록 안내해 준 삼촌 같은 목사 새뮤얼 메이 주니어조차 〈뉴욕 이브닝 포스트〉의 기사를 오려 보내며 사실이냐고 물을 정도였다.

엘렌은 당시에 임신에 집중하느라 답장을 보내지 않았다. 이런 소식 때문에 화가 나긴 했지만, 엘렌에게는 더 중요한 일들이 있었다. 그녀의 아기가 자라고 몸을 펴고 그녀의 꿈속으로 팔을 뻗었기 때문이다. 날씨가 서늘해지기 시작했다. 그제야 윌리엄 웰스 브라운은 웬델 필립스에게 편지를 보내 크래프트 부부가 새로운 가족을 기대하고 있다는 내용을 조심스럽게 적었다.

어느 생생한 10월의 저녁이 찾아왔다. 엘렌이 조지아에서 도망친 지 46개월, 미국에서 도망친 지 23개월이 지난 8시 정각이었다. 그 조용하고 어두운 시간에 그녀의 아이가 태어날 준비를 마쳤다. 힘겨운 진통 끝에 엘렌은 윌리엄과 함께 두 사람의 아름다운 아들을 세상으로 맞아들였다.

부부는 아기의 이름을 찰스 에슬린 필립스 크래프트라고 지었다. 찰스는 윌리엄의 형으로, 팔리기 전까지 대장장이의 도제로 일했다. 에슬린은 그들의 영국인 친구인 존 비숍 에슬린과 그의 딸 메리를 기리는 이름이었다. 필립스는 수백만 명이 크래프트 부부의 이야기를 읽을 거라고 예측했던, 황금의 혀를 가진 웅변가 웬델 필립스를 기억하기 위한 이름이었다. 크래프트는 부부가 조지아주에서부터 알고 있었고, 북부와 해외로 오는 내내 한 번도 버려두지 않은 이름이었다. 두 사람의 아들은 그 이름을 통해 그의 출생까지 이어지는 부부의 모든 생애를 담아내게 될 터였다.

아기를 품에 안은 엘렌의 생각은 그 어느 때보다도 어머니 마리아에게 향했다. 엘렌은 이 기쁜 소식을 그녀와 나누기를 열망했다. 사실 엘렌은 다른 어머니, 그녀가 아이의 대모로 선택한 어머니와 행복한 순간을 나누었다. 바이런 부인 말이다. 남작 부인은 종종 엘렌을 방문했고, 엄마가 된 엘렌에게 큰돈을 선물해 주기도 했다. 한 번은 500파운드, 다른 한 번은 100파운드였다. 일부는 금화였으며 전부 바이런 부인이 사비로 낸 돈이었다.

엘렌은 20년 넘게 이런 개인 자금에 손을 대지 않았고, 그에 관해 말하지도 않았다. 남편에게도 말이다. 제임스 스미스는 딸들의 상속 재산이—그러니까, 그가 인정한 딸들의 재산이—남편의 채무에도 불구하고 보호되도록 유언을 남겨두었다. 엘렌은 침묵 속에 자신만의 재정적 조치를 취함으로써, 궁극적으로는 자기 자신을 지켰다.

윌리엄은 아들을 보고 깊이 감동했다. 그가 쓴 글에 따르면, "도망 노예의 마음에" 갓난아기인 자식을 바라보면서 "그 아이의 몸을 잡아 불구로 만들려고 기다리는 사슬이나 족쇄도 없고, 미국의 노예제도처럼 지옥에서 만들어진 독재가 머리 위에 떨어져 그 아이의 지적 능력을 뭉개 먼지로 만들지도 않을 것임을 아는 것만큼 위로가 되는" 일은 없었기 때문이다.

미국에서 태어났다면, 이 아기는 일라이자 콜린스의 법적 재산이 되었을 것이고, 또한 로버트 콜린스의 재산이 되었을 것이다. 로버트 콜린스는 엘렌이 아기를 낳던 그 시기에 노예 소유주를 위한 교본을 공식적으로 펴냈으며, 교본에서 예속되어 살 때의 장점을 자랑했다. 예컨대 콜린스는 예속 피해자들이 굶주림이나 질병을 걱정할 필요가 없다는 사실을 노예제도의 이점으로 거론했다. 그는 노예와 노예의 자녀는 곧 그만한 금전적 가치를 가지게 될 것이므로 이런 부분에서 돌봄을 받기 마련이라고 적었다.

그건 더 이상 사실이 아니었다. 크래프트 부부의 아이는 부모가 보고, 알고, 도망친 참상을 목격하지 않을 터였다. 엘렌이 어머니에게서 강제로 떨어져 나온 것과는 달리 엘렌에게서 분리되지 않을 터였다. 윌리엄처럼 담보로 잡히거나, 가장 높은 가격을 부르는 입찰자에게 팔리지도 않을 터였다. 윌리엄이 자랑스럽게 선언했듯, 이 아이는 '자유인으로 태어난 첫아이'였다. '자유와 행복 추구의 축복'을 누리고 있는 아이 말이다. 그러나 이 문제에 대해 최종적인 발언을 한 사람은 엘렌이었다.

***

힘겨운 진통을 하고 나흘이 지나, 엘렌은—여전히 그녀의 이야기를 도용하려는 노예 소유자들의 노력에 화가 나고, 이제야 답장을 보낼 준비가 되었기에—펜을 들고 편지를 보냈다. 그녀는 이 편지를 신문 편집자이자 친구이기도 한 인물에게 보여주는 것으로 조지아주의 심장부를 노렸다. 이제는 그녀의 말이 바다를 건너 미국으로 향할 것이다. 철도와 증기선, 전신선을 따라 미국 곳곳으로 퍼져나갈 것이다. 그녀가 남부를 떠날 때 달렸던 철길을 거슬러, 한때 그녀의 여정이 시작되었던 또 다른 감옥까지, 어느 안전한 오두막에서 다른 곳의 감옥 같은 오두막까지 말이다.

최근 미국 신문에 나오는 잘못된 보도를 침묵시키고, 예전 예속가해자들의 주장에 반박하기 위해 그녀는 직접 글을 써 자신의 이야기를 전했다.

"나는 노예 상태로 돌아가겠다고 생각한 적이 단 한 번도 없습니다. 자유보다 노예제도를 선호할 만큼 자유를 부정하는 건 신께서도 금하시는 일입니다. 사실 나는 노예제도로부터 탈출한 이래로 모든 면에서 내가 예상조차 못했을 만큼 나아졌습니다. 만약, 그 반대였다고 해도 이 문제에 관한 내 감정만큼은 똑같았을 것입니다. 나는 아메리카 대륙에서 가장 훌륭한 인간의 노예가 되기보다 잉글랜드에서 자유인으로 살아가는 편이 훨씬 좋습니다."

엘렌은 글 몇 줄로 자유, 글을 읽고 쓰는 능력, 선택 등 자신이 성취하고자 했던 모든 것을 이루었음을 보여주었다. 그녀는 공개적으로 저항했으며, 자신의 성공담을 세상에 주는 교훈으로 삼았다. 그녀가 자신의 주체성을 표현한 행위는 공동체 전체의 정당성을 입증하는 행위였다. 그러나 엘렌은 갓난아기에 대해서는 언급하지 않았다. 늘 그랬듯 그녀는 자기가 정한 방식대로 자신의 이야기를 전했다. 원하는 만큼의 정보만을 공개하고 그 이상은 말하지 않았다. 그녀의 이야기와 그녀의 아이는 온전히 그녀의 것이었다.

그녀는 자신이 선택하고 주장해 온 성과 이름을 그녀의 자유로운 손으로 적었다. "그 누구보다 진심을 담아, 엘렌 크래프트."

추신으로, 그녀는 이렇게 덧붙였다. "크래프트 씨도 나와 함께 여러분의 가족에게 안부를 전합니다." 이날은 자유로운 여성이자 어머니, 문필가인 엘렌 크래프트가 두 사람을 대표해서 말했다.

콜린스 가족의 저택
조지아주 멀버리가 830번지, 1916년. 크래프트 부부는 1848년에 이곳에서 자유로의
대장정을 시작했다.

변장한 엘렌 크래프트
윌리엄의 말을 빌리자면, "누구보다 훌륭
한 신사"였다.

1870년경의 엘렌 크래프트
그녀는 "아, 예전의 여주인이 지금의 내 모습을 볼 수 있다면 얼마나 좋을까"라고 말했다고 한다.

1870~1875년경의 윌리엄 크래프트
'가장 냉정한 남자'라 불리던 그는(그리고 엘렌은) 심한 스트레스 상황에서도 침착함을 유지했고, 이는 둘의 탈출 성공에 대단히 중요했다.

로버트 퍼비스 (언더그라운드 레일로드의 지도자)
사우스캐롤라이나주 출신으로 종종 백인 남성으로 간주되었고, 아내인 해리엇과 함께 크래프트 부부를 도왔다.

윌리엄 웰스 브라운 (흥행사)
작가이자 공연예술가, 특별한 능력을 가진 활동가로서 전 세계 관객들을 매료했으며 크래프트 부부에게 그들의 이야기를 전하는 방법을 알려주었다.

프레더릭 더글러스 (선지자)
크래프트 부부의 동지로서, 미국 전체가 중대한 전환점을 맞이한 순간에 윌리엄 크래프트에게 "만약 자네가 죽는다면, 그 죽음이 우리 민족을 살릴 걸세"라고 말했다.

로버트 모리스 (변호사)
크래프트 부부의 혁명에서 잘 알려지지 않은 영웅
으로, 미국 최초의 흑인 변호사 중 한 명이다.

루이스 헤이든 (장군)
크래프트 부부를 지키기 위해 자신의 집을 폭파하
기로 각오했던 보스턴의 지도자.

해리엇 벨 헤이든 (은신처의 수호자)
스스로 해방된 활동가로서, 남편인 루이스 헤이든
과 함께 크래프트 부부 등 노예제도로부터 도망
친 무수히 많은 도망자들을 먹이고 입히고 재워주
었다.

시어도어 파커 (반란군 설교자)
노예 사냥꾼들에게 맞선 성직자로, 손 닿기
쉬운 곳에 칼과 총을 두고 설교하곤 했다.

대니얼 웹스터 (미국 국무장관)
매사추세츠주의 총아로, 크래프트 부부를
다시 잡아 노예제도로 돌려보내는 작업을
감독하는 것이 그의 업무였다.

해리엇 마티노 (작가)
노예제도에 반대하는 강력한 펜을 휘둘렀던 영국의 유명 인사로, 자신의 영향력을 활용해 크래프트 부부를 도왔다.

수정궁
크래프트 부부는 이 투명한 세계 무대에서 세상을 여행했다.

찰스 에슬린 필립스 크래프트
엘렌과 윌리엄 크래프트 사이에서 태어난 '첫 자유인 아이'.

엘렌 크래프트 크럼
엘렌과 윌리엄 크래프트의 딸.

1876~1880년경의 엘렌 크래프트(오른쪽)
신원 미상의 여인들과 함께 있는 엘렌 크래프트.

에필로그

모든 이야기는 한 가지 질문이나 목표를 향해 시작된다. 그리고 이 이야기는 엘렌과 윌리엄이 메이컨의 어두운 오두막에서 세운 목표를 이루면서 끝난다. 그들의 목표는 안전과 자유, 글을 읽고 쓸 수 있는 능력, 그들만의 가족이었다. 그러나 오컴은 하나의 출발이지 마지막 화음이 아니었다. 아직 전해야 할 순간이, 어느 재회의 순간이 남아 있었다.

오컴의 부부에게 '영원한 해피엔딩'은 찾아오지 않았다. 다만 그들이 이 행복을 다른 방식으로 정의했다면 아마 찾아왔을 수도 있다. 만일 부부가 친구들의 권유대로 다른 사람들이 생각하는 성공담에 맞추어 계속 살았다면, 웬델 필립스의 예언대로 더 많은 사람들이 그들의 이야기를 듣고, 수백만 명이 그들의 이야기를 읽고 알게 되었을 것이다. 대신, 크래프트 부부는 자신들만의 방식으로 삶의 이야기를 즉흥적으로 써나갔다.

아들 찰스가 두 살이 되자, 그들은 오컴을 떠나 런던으로 갔다. 런던은 거의 20년간 그들의 근거지가 될 터였다. 그들은 새로운 사업을 시작하고, 폐지론 운동을 계속하고, 더 많은 아이들을 낳았다. 윌리엄 아이브스(1855년생), 스티븐 브로컴 데노스(1857년생으로 추정), 앨리스 이사벨라 엘렌 혹은 엘렌(1863년생으로 추정), 메리 엘리자베스(1868년생), 그리고 앨프리드(1869년생으로 추정)가 그들이다.

크래프트 부부는《자유를 향한 1,000마일》이라는 제목의 책도 썼다. 이 책은 윌리엄을 유일한 저자로 해 1860년 런던에서 출간되었다. 이 책은 두 가지 판본으로 발행되었고 긍정적인 서평을 받았지만, 윌리엄 웰스 브라운이나 프레더릭 더글러스의 책처럼 베스트셀러로 살아남지는 못했다. 브라운의《클로텔, 제퍼슨 대통령의 딸》이나 해리엇 비처 스토의《톰 아저씨의 오두막》같은 노예제도에 관한 소설만큼 인기를 끌지도 못했다. 다만 두 소설 모두 남자 옷을 입고 도망친 밝은 피부색의 예속 피해자 여주인공을 다룬다. 크래프트 부부의 책은 존 브라운의 하퍼스 페리 급습 사건 이후, 에이브러햄 링컨이 대통령으로 당선된 해에 출간되었다. 널리 주목받기에는 너무 늦게 나온 것인지도 모른다. 책이 출간되고 1년 안에 미국은 남북전쟁에 휘말리게 된다.

미국에서는 윌리엄 웰스 브라운, 프레더릭 더글러스, 루이스 헤이든, 윌리엄 쿠퍼 넬 등 크래프트 부부의 친구와 동료 활동가들이 전쟁에 힘을 쏟았다. 그들은 흑인 남성에게 연방의 군인으로서 싸울 권리를 주고자 힘겨운 로비를 펼쳤으며 (자신들의 아들을 포함한) 젊은 남자들을 매사추세츠주 54연대를 비롯한 미국 유색인 군단에 합류시켰다. 전투가 치열해져 그들이 알던 땅과 사람들을 휩쓸면서, 윌리엄은 미국으로 돌아가 싸우고 싶다는 충동을 느꼈다. 그러나 크래프트 부부는 해외에서 정의를 위해 싸우기로 했다.

윌리엄은 혼자서 아프리카 서해안으로 여행을 떠났다. 그의 조상들이 납치당해 노예가 된 곳이었다. 거기에서 그는 교사이자 활동가, 사업가가 되었다. 그는 다호메이(현재의 베냉) 왕을 설득해 그곳에서 벌어지는 노예무역을 종식하고 다호메이가 목화 재배 등 다른 산업으로 전환하도록 노력했다. 목화는 윌리엄의 가족이 해체되고, 그 자신이 어릴 때 팔려 간 일과 언제까지나 연관되는 상품이었지만 말이다.

1862년, 카누를 타고 다호메이 왕국에 접근한 윌리엄은 상상할 수 없는 장면과 맞닥뜨리게 되었다. 그런 광경에는 2,000명의 여성 전사로 이루어진 군대도 있었다. 윌리엄은 이듬해 잉글랜드의 엘렌에게로 돌아가면서 다른 선물들과 함께 "아마존" 중 한 명이 찼던 허리띠를 가져갔다. 그런 뒤에 윌리엄은 다시 다호메이로 돌아갔고, 이번에는 더 오래 그곳에서 머물렀다.

엘렌은 이번에도 그와 함께하지 않고, 잉글랜드에 남아 네 아이를 길렀다. 그녀는 누군가의 질문에 대답했듯, 윌리엄과 함께 가기에는 피부가 너무 희었기 때문이다. 하지만 그녀가 잉글랜드에 남기로 선택한 데에는 다른 이유도 있었다. 1863년 새해 첫날에 해방 선언문이 발표되어, 적들의 진영에 있는 사랑하는 사람들이 해방되었다. 그들 중에는 엘렌의 어머니도 있었다. 엘렌은 어머니와 재회할 때까지 쉬지 않을 생각이었다.

크래프트 부부는 3년 넘게 멀리 떨어져 살았다. 이런 패턴은 오랫동안 지속될 터였다. 비판자들은 이런 별거에 의문을 품었다. 그러나 함께, 또 따로 사는 것이 부부가 선택한 삶의 방식이었다. 각자가 충분히 강했기에, 함께 있을 수도 있고 떨어져 있을 수도 있었다고 말할 수 있겠다. 정해진 역할을 고수하지 않았던 이들은 계속해서 남편과 아내라는 평생의 동반자 관계를 새로이 발명해 냈다.

그들은 가장 오랫동안 다른 나라에 떨어져 있던 때에 각자 성공을 거두었다. 윌리엄은 한때 와이다(우이다)의 노예 수용소였던 땅에 학교를 세웠고, 그 지역의 노예무역을 종식하는 데 도움을 준 공로를 인정받았다. 그러나 이 시기는 윌리엄에게 행복하게 마무리되지 않았다. 1867년에 윌리엄은 병에 걸리고 말았다. 그는 집으로 돌아갈 준비를 하면서 다호메이의 왕에게 급료를 줄 것을 요구했으나 왕은 50명의 예속 피해자를 대신 보냈다. 왕은 그들을 윌리엄의 마당에 사슬로 묶어두었다. 윌리엄은 50명의 포로를 풀어주었으나 큰 대가를 치렀다. 그의 동업자들이 이 손해에 대해서 그에게 책임을 물었기 때문이다.

엘렌은 잉글랜드에서 활동을 계속해 나갔다. 그녀는 남북전쟁에 대해서, 최근 해방된 사람들의 원조와 교육에 대해서, 시에라리온의 여학교에 대해서 지지를 호소했다. 그러는 내내 혼자서 아이들을 키웠다. 그녀는 동료 활동가와 노예제도에서 도망친 피난자들을 집으로 초대했다. 기금을 모으고 목소리를 내며, 유명한 작가와 정치인들에게 문제를 제기했다. 또 그녀는 새로 자유인이 된 사람들을 위해 옷을 만들었다. 그녀의 가족은 엘렌을 훌륭한 사업가로 기억했다. 시간이 지나면서 그녀의 독립적인 저축액은 2,000달러를 초과했다. 그러나 엘렌이 이 시기에 거둔 가장 큰 개인적 성공은 어머니와 다시 만나겠다는 평생의 꿈을 이루면서 찾아왔다.

＊＊＊

오래 걸렸다. 1863년, 마리아는 링컨의 선언으로 해방되었다. 그러나 메이컨은 노예제에 찬성하고 남부 연합에 친화적인 것으로 유명했고, 마리아는 적군의 진영에 속박당해 있었다. 사우스캐롤라이나주가 처음으로 분리주의를 주장하면서, 마리아는 메이컨에서 울려 퍼진 100발의 예포와 도시 전체에 메아리치는 교회의 종소리, 자극적인 환호성을 들었을 게 틀림없다. 젊은 남자들이 쏟아져 나와 입대했다. 그중에는 스미스가 사랑했던 아들이자 엘렌의 이복형제인 밥도 있었는데, 그는 돌격대의 선봉에 섰다가 사망했다. 추도 행렬이 메이컨 길거리를 행진했다.

철도 때문에 전략적으로 중요했던 메이컨은 곧 남부 연합의 무기고로서 더 큰 중요성을 띠게 되었다. 1865년 4월이 되어서야 북부 연방의 젊은 장군 제임스 해리슨 윌슨이 남부 연합의 수장인 제퍼슨 데이비스를 전쟁 포로로 잡고 메이컨을 가로질러 행진했다. 엘렌은 윌슨 장군에게 어머니를 찾는 임무를 부탁했다.

런던에서 보스턴까지, 미국 전역을 가로질러 남부에 이르기까지, 엘렌은 활동가와 친구들로 이루어진 자신만의 군대를 동원해 윌슨 장군에게 연락했다. 1865년 7월의 더운 날이었다. 윌슨이 마리아를 찾는 데는 겨우 하루밤에 걸리지 않았다. 윌슨의 말에 따르면, 마리아는 멀버리가에 있는 윌슨의 병영과 겨우 200미터 떨어진 곳에서 몇몇 유색인 친구들과 함께 편안하게 살고 있었다.

장군은 마리아를 자기 병영으로 불렀다. 마리아는 엘렌이 탈출한 바로 그 거리에서, 장군이 읽어주는 딸의 메시지를 들었다. 장군의 말에 따르면, 엘렌의 어머니는 건강했고 대단히 정정했으며, 나이에 비해 매우 젊어 보였다. 마리아는 여행비만 마련되면 기꺼이 딸의 곁으로 가겠다고 즉시 대답했다.

그렇게 해서, 약 4개월이 지난 어느 잊을 수 없는 가을에 엘렌의 어머니는 대서양 횡단 여행을 위해 기차역으로 향했다. 그녀는 더이상 속박당한 여성이 아니었다. 그녀는 과거에 남부 연합군의 중령이었던 제임스 버튼의 가족과 함께 그들의 보모로서 여행했다. 그들이 마리아를 안전하게 호위해 주기로 약속했다.

보도에 따르면, 마리아가 먼 곳으로 그녀를 데려갈 기차에 오를 때 수천 명이 배웅하러 왔다고 한다. 이 사람들은 마리아처럼 해방된 사람들이었다. 예속 가해자들에게 분노와 두려움을 일으킨 신문 속 유명 인사이자 마리아의 딸인 엘렌의 놀라운 이야기를 들은 사람들 말이다. 이들에게 엘렌의 이야기는 그들이 알던 세상을 무너뜨리는 데 일조한 이야기이자 현재로 이어진 이야기였다.

"니거 인구는 우렁찬 박수를 보냈다." 신문에서는 이렇게 전했다. "그렇게 한때 그녀가 노예였던 역에서 열차가 빠져나갔다." 엘렌의 어머니는 기차의 창문 밖으로, 마지막으로 메이컨을 보았다. 엘렌과는 달리, 마리아의 시선에는 쫓아올 사람에 대한 두려움이 아니라 그녀를 향해 환호하는 이들의 자부심이 담겨 있었다.

그녀는 기찻길을 따라, 배를 타고, 마차를 타고, 바다를 건너는 증기선을 타고, 마침내 런던 킹스크로스 역으로 먼 거리를 이동했다. 그곳에는 또 다른 군중이 기다리고 있다가, 마리아가 세계 반대편에 두고 온 장면을 거울처럼 보여주었다. 그곳에는 엘렌도 있었다.

신문에서는 불안한 듯 떨고 있는 흰 얼굴의 숙녀다운 여성이 곁에 어린 소년을 데리고서, 이마에 어머니보다 짙은 그늘을 드리우고는 너무도 소중한 어머니를 맞이하던 모습을 묘사했다. "어머니가 꼭 죽은 자들 가운데서 살아난 것처럼 보였다."

17년과 수천 킬로미터의 거리를 건너, 마침내 딸과 어머니가, 엘렌과 마리아가 서로를 다시 안았다. 엘렌에게는 한쪽에는 자신의 아이가, 한쪽에는 어머니가 있는 이 순간이 과거와 현재, 미래가 만나는 순간이었다.

***

윌리엄이 어머니나 다른 가족과 합류했는지는 알려지지 않았다. 그가 노예제도로부터 어머니를 구했다는 보도가 있고, 그의 형제 중 한 명인 찰스는 자유를 사서 메이컨에 정착했다고 전해지지만, 다른 가족에 관한 신문 보도의 흔적은 희미하다. 윌리엄의 여동생 일라이자의 운명이 특히 수수께끼다.

크래프트 부부가 이후에 어떻게 살았는지를 알려주는 정보는 더욱 적다. 다만, 그 시기에도 사건은 많았다. 윌리엄이 아프리카에서 돌아온 이후, 재정이 불안정해지고 남북전쟁은 끝난 상황에서 크래프트 부부는 미국으로 돌아가 자신들만의 방식으로 아메리칸드림을 살아내기로 했다. 그들은 영국에 왔을 때처럼 리버풀을 통해 떠났다. 가족 모두가 함께한 건 아니었다. 두 아들, 브로검과 윌리엄은 영국에 남아 학교를 마치기로 했다. 마리아도 미국으로 돌아간 사람들의 명단에는 올라 있지 않다. 그러나 메리 엘리자베스는 엘렌의 품에 안겨 있었다. 엘렌의 할머니와 이모 메리 일라이자 힐키를 떠올리게 하는 이름을 가진 아이였다. 비극적이게도, 어린 메리는 가족이 보스턴에 도착하고 얼마 지나지 않아 사망했다. 머잖아 메리의 부모는 북부를 떠나게 된다. 예전의 삶을 근본적으로 다시 말함으로써, 남부로 귀환해 이 여정을 마무리 짓기 위해서였다.

그들의 계획은 조지아주로 가는 것이었지만, 그들은 사우스캐롤라이나주 근처의 히코리 힐이라는 플랜테이션에 정착했다. 바로 이곳에서 그들만의 해피엔딩을 쓰려고 준비했다. 크래프트 부부는 자신들이 받은 교육의 힘으로 북부와 국경 너머에서 온 자본을 결합해, 가족과 함께 농업 및 교육 협동조합인 '아메리칸 오컴'을 창립했다. 하지만 이후에 이 시기에는 너무도 흔하던 파괴 행위가 벌어져, "나이트 라이더"[79]들이 횃불을 들고 쳐들어와 이들의 비전을 불태워버렸다.

크래프트 부부는 서배너 근처, 조지아주의 우드빌 플랜테이션에서 다시 도전했다. 이곳에서 엘렌은 지금까지 어느 때보다 강하게 뿌리내렸다. 윌리엄은 자주 여행을 다니며 강연하고 기금을 모

---

79 야간의 복면 기마 폭력단.

앉다. 엘렌이 기억한 대로라면, 집이라고는 하지만 처음에는 더럽고 쥐와 뱀이 가득한 비참한 구덩이처럼 보여 별 가능성이 없어 보였다. 밭은 잡초밭이었다.

그러나 시간이 지나고 아이들의 도움을 받아(여기에는 해외에서 온 아들들도 포함되어 있었다), 크래프트 부부는 노예제도의 버려진 현장이었던 곳을 변모시키는 데 성공했다. 이제 이곳은 적극적인 노동자와 학생들의 공동체로 이루어진 농장이자 학교 조합, 목화와 쌀과 콩을 키우는 밭, 그리고 교회를 포함해 새로 짓고 수리한 건물들로 가득 차게 되었다. 크래프트 부부는 우드빌에서 가족, 자유, 교육, 활동, 신앙이라는 평생의 꿈을 한데 모았다.

부부가 이 공동체에서 특히 자랑스럽게 여긴 것이 학교였다. 엘렌은 이 학교가 브라이언 카운티의 백인과 유색인 아이들 모두에게 최고의 학교라고 선언했다. 건물은 희게 칠해졌고, 유리로 된 다락 창문이 달려 있었으며, 기찻길과 겨우 수백 미터 떨어진 곳에 있었다. 기차역에서는 매일 기차가 서배너에서 플로리다까지 쏜살같이 이동하며 과거를 떠올리게 했다.

윌리엄의 말에 따르면, 학교라는 보호구역에서는 무려 76명의 남녀 학생이—이들은 예전 예속 피해자의 자녀들이었다—글을 쓰고 읽는 법을 배웠다. 건물은 교회 역할도 겸해서, 일요일이면 최대 24킬로미터 떨어진 곳에서 맨발로 걸어온 예배자들이 문 앞에서 신발을 신는 모습이 보였다.

어느 이름 없는 여성은—열다섯 명의 자녀가 팔려 가는 모습을 보았고, 한때는 이 땅에서 예속 피해를 당했던 106세의 여성이었다—이런 변화에 경이로워했다. "전에는 이 플랜테이션에 악마가 나돌아다니는 것 같았지요. 사람들 등에서 난 피가 물처럼 흘렀어요. 하지만 지금은 주님께 감사하게도, 이곳이 살아계시는 주님의 사원이 되었네요."

우드빌에서의 작업을 넘어서 크래프트 부부는 정치에서도 활동하기 시작했다. 윌리엄은 공화당 상원의원으로 출마했다(당시는 공화당과 민주당 둘 다 오늘날과는 매우 달랐다). "우리의 주 정부에서 순수함과 정직함을 원하는 모든 선량한 주민은 다가오는 선거에서 의무를 다해야 한다"라고 독려받았던 이 선거에서 윌리엄은 백인 민주당 후보에게 패배했다. 윌리엄은 심지어 율리시즈 S. 그랜트 대통령에게서 라이베리아 공사직 임명을 놓고 면담을 받기도 했다. 이번에도 윌리엄과 엘렌의 꿈은 그들이 사는 세상의 한계를 초월했다.

조지아주에서 탈출할 당시 엘렌이 백인 남성이 되어 세상을 뒤집어놓았듯, 이들 부부는 돌아오자마자 기존의 질서를 뒤집었다. 충격은 양쪽으로 영향을 끼쳤을 게 분명하다. 남부인들은 새로운 흑인 이웃이 유럽 스타일의 옷을 입고 영국 억양으로 말하며 책을 회람시키고 학교에서 아이들을 가르치는 모습을 보았고, 잉글랜드에서 자란 크래프트 부부의 아이들은 부모가 예속 피해를 당했던 주에서 새로운 삶을 시작했다. 그러나 수십 년 전 크래프트 부부의 시도가 남부를 떠나는 것에서 끝나지 않았듯, 이들이 나중에 겪을 소란에도 지역적 경계는 없었다. 우드빌에서 활동하는 그들에 대한 반대는 이번에는 남부가 아닌 북부에서 찾아왔다.

문제는 조지아주의 이웃 중 한 사람이(크래프트 부부의 성공에 위기감을 느꼈다고 한다) 보스턴에서 우드빌 계획은 사기라는 혐의를 제기하면서 시작됐다. 나중에 보스턴 시민이자 크래프트 부부를 지지했던 한 사람은 지역 신문에 윌리엄에 대한 경고 편지를 실어 그에게 너무도 큰 피해를 입혔다. 그 바람에 윌리엄은 1878년에 명예훼손 소송을 시작했다.

　크래프트 부부는 법정에서 강력하게 맞섰다. 윌리엄은 편안하고 솔직한 태도로 한 번에 며칠씩 설득력 있게 말을 이었다. 사실 어느 신문에서는 윌리엄이 연설을 마칠 때 판결이 내려졌다면 그가 이겼을 거라고 말했다.

　그런 다음에는 엘렌이 자신의 작업에 대해 유려하고도 감동적인 연설을 했다. 어찌나 감동적이었는지 엘렌에게 '고통받는 사람들을 돌보는 천사'라는 별명이 붙을 정도였다. 그녀는 증인석에서 몇 시간 동안이나 그녀의 개인 저축에 관한 심문을 포함한 무자비한 질문에도 당황하지 않고 맞섰다. 문제의 자금은 엘렌이 잉글랜드에서 가져온 것이었다. 그녀는 그 돈을 신성한 것으로 보았고, 한 번도 그 돈을 숨겨둔 장소를 공개하지 않았다. 남편에게조차 말이다.

　그러나 북부에서는 물론이고 조지아주에서도 반대 증언이 너무 많이 나왔기에 부부의 증언은 신빙성을 잃었다. 아마 가장 큰 피해를 입혔던 것은 웬델 필립스(부부는 이 부유한 폐지론자의 이름을 따서 맏아들의 이름을 지었다)와 조슈아 보웬 스미스(활동가이자 출장 요리업자)를 포함한 크래프트 부부의 전 친구들이 한 진술이었을 것이다. 이들은 윌리엄이 학교를 위한 기금을 마련하기 위해 돌아다니면서, 우드빌 관리를 엘렌에게 맡겨둔 시기에 관한 의구심을 표현했다.

왜 그토록 많은 사람들이 크래프트 부부에게 등을 돌렸는지는 명확하지 않으나, 이즈음 크래프트 부부에게는 하나의 패턴으로 자리 잡은 관계가─멀리 떨어진 상태에서 하나의 대의명분을 위해 함께 일하는 독립적인 동반자 관계가─동시대인들에게는 이해하기 어려웠던 것 같다. 이번에도 전통적 경계선을 다시 그리고 규범을 뒤집는 크래프트 부부의 행동은 세상의 다른 사람들과 맞지 않았다.

결국, 윌리엄은 소송에서 패배했다. 이로써 크래프트 부부의 미국 실험은 천천히 마무리되었다. 농장은 계속 운영되었으나 학교는 문을 닫았고, 우드빌에 대한 부부의 재정적 장악력은 약해지기 시작했다. 그러나 크래프트 부부는 최소 10년 더 우드빌에 머물렀다. 그 자체가 하나의 선언이었다. 이들의 플랜테이션은 미국에서 유일하게 흑인이 소유한 플랜테이션으로 알려졌다. 재건의 시대가 린치와 자경단의 정의 구현 따위로 얼룩진 공포의 시대에 자리를 내줄 때도 크래프트 부부는 버텼다. 그리고 최소 한 번 더 엘렌은 필라델피아의 음악 공연장에서 자신의 이야기를 전했다. "오래된 이야기지만, 반복할 가치가 있다"라면서 말이다.

음악 공연장에서의 이 발표가 엘렌의 마지막 공적 행사였다. 말년의 엘렌과 윌리엄은 찰스턴에서 딸의 가족과 함께 생활한 것으로 보인다. 엘렌이 사망한 해로 추정되는 1891년경에 그녀는 자신을 우드빌로 돌려보내 가장 좋아하는 나무인 떡갈나무 아래에 묻어달라고 부탁했다. 그녀가 언제, 어떻게 세상을 떠났는지는 알려지지 않았다.

한 친구의 말에 따르면, 엘렌이 사망한 이후 윌리엄은 오직 농사에만 헌신하며 우드빌에서 살았다고 전한다. 다만 그는 최소 한 번은 보스턴으로 여행해, 그곳에서 자신의 이야기를 전했다. 보우디치 박사(밀댐 다리를 넘어 현기증 나는 속도로 윌리엄을 데려간 남자)의 아들이 전한 바에 따르면, 윌리엄이 보스턴으로 돌아온 것은 슬픈 일이었다. 과거에 그의 친구였던 사람들 대부분이 사망했기 때문이다.

보우디치의 아들은 이렇게 회상했다. "대화하는 동안, 크래프트는 살아서 노예로 남부에 돌아가는 일은 절대 없을 것이라던 자신의 결단에 대해 조용히 미소 지으며 이야기했다." 윌리엄은 자신이 선택한 대로 남부에서 마지막 나날을 보냈다. 사랑하는 사람들이 그를 찾았다. 그중에는 손자인 헨리 켐튼 크래프트도 있었는데, 그는 매일 윌리엄 할아버지가 자리에서 일어나 자기 땅의 경계를 가로지르는 조지아주의 기차를 지켜보았다고 회상했다. 아내는 떠났지만, 윌리엄은 그녀와 이름이 같은 딸 엘렌의 가족과 함께 찰스턴에서 살았다.

윌리엄은 20세기의 벽두인 1900년 1월 27일 아침 7시 정각에 숨을 거두었다. 향년 76세였다. 그는 사망하기 전에 마비와 혼수를 경험했고, 마침내 그의 움직임이 잦아들었다. 슬프게도, 그는 아내 곁에 묻히지 못했다. 우드빌에서는 재정적 곤란이 계속되고 있었고, 채권자들이 그가 사망하고 얼마 지나지 않아 토지를 압류했기 때문이다. 엘렌의 시신은 조지아주에 남았지만, 윌리엄은 찰스턴에 있는 프렌들리 유니언 소사이어티 묘지에 매장되었다. 오늘날, 살아서 함께했던 윌리엄과 엘렌 크래프트는 따로 영면하고 있다.

* * *

크래프트 부부에 대한 문서 기록은 점점 희미해져 갔지만, 다른 기록은 선명하게 남아 있다. 그리고 그중 다수가 갑작스럽고 비극적인 최후를 드러낸다. 크래프트 부부가 보스턴을 떠나고 얼마 지나지 않아, 노예 사냥꾼이 되고 싶어 했던 윌리스 휴즈는 한때의 동업자인 존 나이트의 형제가 휘두른 칼에 간이 꿰뚫려 사망했다. 한편 윌리엄의 마지막 예속 가해자인 아이라 테일러는 심각한 우울증을 겪다가, 남북전쟁 이후 센트럴 레일로드 10번 역사에서 스스로 목숨을 끊었다.

콜린스 박사는 남북전쟁을 목격하지 못했다. 포트 섬터 요새에서 전쟁의 불길이 타오르기 8일 전, 그는 오랜 병치레 끝에 '하늘에 계신 그의 주인' 앞에 나아가 심판의 순간을 맞이했다. 그는 생전에 노예 관리에 관한 에세이를 마무리하며 신의 계명을 인용했었다. "주인들아, 너희 종들에게 의롭고 공정하게 대하라. 너희에게도 하늘에 주인이 계시느니라. 너희는 종들을 자녀의 유산으로 삼고, 그들은 영원히 너희의 종이 될 것이다. 그러나 너희는 그들을 가혹하게 다스리지 말고, 너희 하나님을 경외할지니라."

예속 가해자 남성들과 달리, 엘렌의 옛 여주인들은 오래 살았다.

스미스 부인은 1879년에 87세의 나이로 사망했다. 동료 감리교 신자들이 팡파르를 울리며 그녀를 떠나보냈다. 일라이자 콜린스는 더 오래 살았다. 그리고 그녀가 엘렌과 다시 만났다고 생각할 만한 근거가 있다. 세월이 지난 뒤, 윌리엄은 엘렌과 함께 조지아주의 옛집에 찾아갔다. 친구의 전언에 따르면, 윌리엄은 그곳에서 전 주인들의 친근한 환영을 받았다고 한다. 로버트 콜린스와 제임스 스미스는 이미 사망한 상태였으니, 전 주인들 중 한 명은 일라이자일 수 있다.

윌리엄의 어린 시절 예속 가해자인 휴 크래프트는 미시시피주 홀리 스프링스에서 7년간 마비된 채 살다가 1867년에 사망했다. 그는 거대한 저택을 지었고, 탐구자로서 지역 역사를 파헤치곤 했다. 그러나 홀리 스프링스를 지도에 나오는 유명한 마을로 만든 인물은 이웃이 사망한 시점에 일곱 살이었던 한 소녀다. 그녀의 이름은 아이다 B. 웰스[80]다.

윌리엄과 엘렌이 알고 지낸 수많은 활동가들은 눈에 띄게 오랫동안 역동적인 삶을 살았다. 그중에서 루이스와 해리엇 헤이든 부부는 보스턴에서 계속 지도자 역할을 했다. 루이스는 국회의원이 되었고, 부부는 함께 기부금을 남겼다. 오늘날까지도 이어지는 하버드 의대 장학금이 바로 이들의 유산이다. 윌리엄 웰스 브라운은 의사로서 말년을 보냈다. 그는 1884년에 사망했으며, 매사추세츠

---

[80] 미국의 흑인 민권 운동가, 언론인, 교육자. 노예제 폐지 직후 태어난 그녀는 인종차별, 특히 린치에 맞서 싸우며 미국 남부의 폭력을 고발한 선구적 인물로 평가받는다.

주 케임브리지의 특징 없는 자리에 매장되었다. 오늘날에야 그는 묘비와 자신만의 전기를 갖게 되었다. 이 책은 그가 쓴 400페이지의 안내서보다도 훨씬 분량이 많다. 브라운은 이를 분명 자랑스러워했을 것이다.

크래프트 부부의 가장 확실한 유산은 그들의 자녀와―부부는 바로 이 아이들을 상상하며 모든 것을 걸었었다―그들이 이루어낸 시적 정의 안에서 계속 살아남았다. 아이들이 나름의 이동성을 발휘하며, 엘렌과 윌리엄이 꾼 꿈을 다양한 형태로 실현했기 때문이다. 두 아들은 철도와 우편 분야에 종사하게 되었다. 부부가 낳은 '첫 자유인 아이'인 찰스 에슬린 필립스 크래프트는 철도 회사의 우편 담당 직원이 되었고, 브로검은 미국 우체국에서 일했다. 셋째 아들 윌리엄은 영국에 정착했다. 딸인 엘렌은 아프리카계 미국인 여성 전국 연합의 창립 부회장이 되었고(이 단체는 전국 유색인 여성 연합에 통합된다), 아이다 B. 웰스 같은 활동가와 협력했다. 또한 그녀는 미국의 라이베리아 공사인 윌리엄 데모스테네스 크럼의 아내로서 미국인 '퍼스트레이디'가 되기도 했다. 그녀의 남편은 찰스턴의 세관 징수관이기도 했다.

여러 세대를 지나오면서, 더 많은 가족들이 교사이자 활동가, 학자, 변호사, 이 세상의 시민으로서 윌리엄과 엘렌의 유산을 이어갔다. 그중에는 예술가 겸 활동가, 연설가, 공동체 조직 운동가, 구술 역사가인 동시에 자유의 탑승자[81]였던 페기 트로터 대먼드 프리슬리[82]도 있다. 1961년 크리스마스가 가까워진 어느 날, 19세의 프리슬리는 남동생을 데리고 남부로 간 다음 식당에 앉아 있으므로써 인생에서 첫 체포를 겪었다. 고조할머니의 영혼을 그렇게 담아냈던 것이다. 프리슬리는 이렇게 회상했다. "이 후미지고 작은 마을에서 점심시간에, 식당에 앉아 있으면서 나는 나뭇잎처럼 떨었다. 하지만 나는 동시에 용감하고 강해진 느낌을 받았다. 내가 어떤 운명에 따라 행동하는 것만 같았다."

**

미국은 크래프트 부부를 실망시켰다고도 할 수 있다. 크래프트 부부는 계속해서 꿈을 일부나마 실현하기 위해 밀어붙였지만, 그런 노력은 가로막혔다. 아니, 결승선이 뒤로 물러나는 것 같았다고 해야겠다. 미국이 마침내 그들을 받아주는 것처럼 보였을 때는 그들이 선택한 집이 파괴되거나 법정에서 무너졌다. 게다가 그들은 영면해서도 영원히 행복한 삶을 누리지 못했다.

해피엔딩이 없다는 사실은 크래프트 부부가 더 유명해지지 않은 이유를 부분적으로 설명해 줄지 모른다. 이들의 이야기는 편하게 축하할 수 있는 이야기가 아니며, 종결에 저항한다. 그러나 크래프트 부부가 견뎌낸 힘은 바로 이런 복잡성에서 유래한다. 이 복잡성

---

81 자유의 탑승자(Freedom Rider)는 1961년 미국에서 흑백 분리 정책에 저항하기 위해 남부로 내려가며 버스에 함께 탑승한 시민권 운동가들을 일컫는다. 이들은 연방법에 따라 금지된 인종 분리 정책이 여전히 남부 지역에서 시행되고 있음을 세상에 알리고자 했으며, 종종 구타나 투옥, 생명의 위협까지 감수해야 했다.

82 미국의 예술가이자 시민권 운동가로, '자유의 탑승자'로 활동하며 인종차별 철폐와 투표권 보장을 위해 헌신했다.

이야말로 그들의 이야기를 연구하고 기념해야 하는 이유다. 크래프트 부부는 대담한 탈출, 그리고 용감한 삶을 통해 지치지 않는 임기응변과 끊임없는 혁신, 자신과 다른 이들을 위한 창조적 서사로 자신들만의 미국적 사랑 이야기를 계속 쓰고 또 고쳤다.

두 사람의 서로에 대한 사랑은 그들이 주 경계선과 대륙, 실제로 존재하는 지표와 상상의 지표를 뛰어넘게 했으며 그들이 따로는 달성할 수 없었을 목표를 달성하게 해주었다. 그들은 서로를 위해, 서로와 함께 달렸으며 그 과정에서 자신과 상대만이 아니라 한 나라를, 온 세상을 압박해 더 나은 곳으로 손을 뻗게 했다. 이런 면에서, 그들의 이야기에 결정적인 해피엔딩이 없다는 점은 어떤 결핍이나 부재를 나타내기보다는, 과거와 마주하여 현재와 미래를 변화시킬 수 있는 힘을 가진 미국의 이야기에 잠재적인 공간을 열어준다고 할 수 있다. 바로 그 공간이 우리가 들어갈 자리다.

감사의 말

        나의 연구는 수많은 큐레이터, 기록 보관자, 전문가들의 헌신 덕분에 가능했다. 그들 모두에게 가장 먼저 감사를 전한다. 특히 다음 분들을 언급하고 싶다. 빈센트 골든, 엘리자베스 와츠 포프, 낸 울버턴(미국 고문헌학회), 필립 커닝햄(아미스타드 연구센터), 닉 글레이드, 샨틸 옐(알링턴 공립도서관), 배리 브라운(전 에이버리 연구센터), 크리스토퍼 글래스(보스턴 공립도서관), 앨런 투튼(조지아 중앙 철도 조직), 크레이그 브라이스, 도널드 웨미스(글래스고 트레이드 하우스), 월터 R. 할러웨이(하트퍼드 카운티 역사학회), 제이 E. 무어(마리너스 박물관), 한나 엘더, 댄 힌첸(매사추세츠 역사학회), 뮤리얼 잭슨, 알리시아 오언스(미들 조지아 지역 도서관), 에이미 레이터, 데지리 윌런, 나다니엘 윌첸(국립 기록보관소), 젠트리 홀버트, 브렛 밀러(스프링 힐 칼리지), 아스트리드 드루(증기선 역사학회), 코리 암슬러(머서 박물관), 수잔 인지(피보디 에섹스 박물관).

  이 책은 돈 데이비스를 생각하며 썼다. 처음부터 다시 시작하게 해준 것, 이 이야기에 대한 나의 집착을 함께 나눠준 것, 마땅한 책임 이상의 노력을 함께해 준 것, 그리고 이 책을 밥 벤더의 손에 맡겨준 것 모두 그녀에게 감사한다. 돈은 "밥 벤더는 슈퍼히어로로처럼 망토를 입고 다닐지도 모른다”라고 농담했는데, 정말 맞는 말이 었다. 그에게는 정말이지 이야기를 빠르고 강력하게 이끄는 힘이 있었다. 그들과 함께 일하는 훌륭한 동료들에게도 감사를 전한다. 특히 조한나 리, 필립 메트칼프, 루엘린 폴랑코, 첼시 존스, 캣 보이드, 타이애니 나일스, 필립 배시에게 깊이 감사한다.

나는 늘 줄리 바러에게 감사하는 마음을 품고 있다. 그녀는 이야기와 이야기꾼에 대한 직관이 탁월해서, 그 과정에서 그녀 역시 창조자가 되었다고 할 수 있을 만큼 이야기의 일부가 되어주었다. 더북 그룹의 브렛네 블룸, 니콜 커닝햄, 클로이 냅에게도 감사를 전한다. 화이트닝 재단의 지원 덕분에 이 이야기를 꼭 필요한 방식으로, 필요한 깊이와 자유로움을 갖추고 전개시킬 수 있었다. 이에 대해 다니엘 리드, 코트니 호델, 아디나 애플바움에게 깊은 감사를 전한다.

내 작업에 통찰과 영감을 준 학자들에게도 깊은 감사를 표한다. 특히 다음 분들께 감사드린다. 리처드 블래킷, 에리카 암스트롱 던바, 윌리엄 M. 파울러, 에즈라 그린스펀, 딘 그로진스, 캐스린 그로버, 알리시아 K. 잭슨, 로버트 오밀리, 마니샤 시나, 데이비드 서덜랜드, 하비 아마니 휘트필드, 그리고 나에게 ‘결혼의 상호성’에 대한 귀중한 견해를 들려준 고(故) 로버트 퍼거슨. 복식사 연구에 있어서는 뛰어난 전문가인 린 자책 배셋에게 큰 빚을 졌다. 그녀는 여러 차례 나를 위기에서 건져주었다. 또한 그녀의 동료 전문가들인 카린 뵐케, 마사 카츠-하이먼, 올든 오브라이언, 데이비드 W. 릭먼, 사라 리버스-코필드에게도 감사드린다. 더하여, 엘리자베스 코디,

칼 J. 크루즈, 크리스틴 파크 홉슨, 캐럴 스피낸저 아이빈스, 사라 코친, 프랭크와 안드레아 미르코우, 존 K. 오, 데일 플러머, 래리 스몰우드에게도 감사의 마음을 전한다.

나의 독서 친구들 중에서는 먼저 레이철 쿠서에게 감사를 전한다. 그녀는 문장 하나하나의 리듬과 로그라인을 비평해 주었고, 모든 문제를 해결해 주었다. 이처럼 놀라운 창의적 파트너를 가진 나는 행운아다. 나의 '요정 작가' 로리 해리슨-케이한은 여러 차례 내 글을 읽어주었고, 부제목을 고안해 주었다. 니키알라 은게일 리들리와 타시 리들리는 이 책을 페이지마다 빛나게 해주었다. 원고의 장과 초안에 대한 피드백을 준 이들에게도 감사를 전한다. 비벡 볼드, 닉 보그스, 라라 프라이덴펠즈, 리사 길, 안나 쿠치먼트, 마크 램스터, 윌 맥코이, 킴 라구사, 레이철 로스너, 카라 W. 스완슨, 코네버리 볼턴 발렌시우스, 캐서린 비엔스. 특히 에릭 포너에게 감사드린다. 스승으로서 그가 보여준 너그러움은 내가 앞으로 갚아야 할 빚이며, 그가 초기에 해준 조언—"세부 사항이 이야기를 압도하지 않게 하라"—은 내 좌우명이 되었다.

페기 트로터 대먼드 프리슬리, 즉 크래프트 부부의 고손녀를 알게 된 것은 이 여정에서 가장 뜻깊은 순간 중 하나였다. 우리를 이어준 찰스 버넷에게 감사드리며, 기꺼이 자신의 시간과 이야기를 나눠준 페기 여사에게도 깊이 감사드린다. 또한, 후손으로서 크래프트 부부의 이미지에 대한 통찰을 들려준 줄리아-엘런 크래프트 데이비스에게도 감사드린다.

마지막으로 감사를 전하고 싶은 사람들은 내가 선택한 자매인

안나 쿠치먼트, 알레그라 웩슬러 로위트, 미나 라마크리쉬난, 앨리슨 주무다이다. 나의 시부모님, 박씨 집안의 어머님과 아버님은 조지아주로의 여정을 마치 고향 방문처럼 느껴지게 해주셨다. 또한 나의 동생 원보, 그리고 부모님 김정자와 우규승은 말로 다 표현할 수 없을 만큼 모든 방식으로 나를 지지해 주셨다. 그 은혜에 충분히 감사드릴 길이 없다. 우리는 함께 선택한 가족 오지와 메리 내글러로부터 '연결의 언어'를 배웠다. 기안, 오안, 나리―너희와 함께하는 하루하루가 나를 경이로움으로 채워준다. 그리고 마지막, 나의 준에게. 그는 이 책의 모든 페이지를 날카로운 편집으로 더욱 빛나게 해주었고, 단지 사랑 이야기를 쓰는 것뿐만 아니라, 그것을 살아낸다는 것이 무엇인지를 알려주었다.

정보의 출처에 관하여

　　이 책의 기초가 되는 주요 자료는 크래프트 부부의 자전서사인《자유를 향한 1,000마일》이다. 표지에는 윌리엄 크래프트의 이름만 실려 있지만, 현재는 엘렌과 윌리엄 크래프트가 함께 만든 공동 작업물로 인정받고 있다. 그들의 글은 다양한 선집에 수록되어 있으며, 대학 강의에서도 자주 다루어진다. 나 역시 대학원생 시절 '패싱[83]의 문학(Literature of Passing)'이라는 로버트 오밀리 교수의 세미나에서 처음으로 크래프트 부부를 만났다.

　크래프트 부부의 저작은 문학적 분석에 적합한 풍부한 텍스트다. 영리하면서도 신뢰를 주는 서술, 복합적인 이야기 구조와 주제, 그리고 강력한 아이러니와 유머가 어우러져 있다. 그러나 그들 부부 자체가 그랬듯, 이 작품 역시 쉽게 범주화될 수 없다.《자유를 향한 1,000마일》은 여러 장르를 동시에 아우른다. 정확한 여행기이자 노예제 폐지를 위한 선전물이기도 하고, 풍자문학이며, 삶의 여정을 그린 피카레스크 모험담, 신앙 고백, 그 외에도 다양한 성격

---

[83] 패싱은 특히 인종, 성별, 계급 등 사회적 정체성과 관련해, 자신이 속하지 않은 집단의 구성원인 것처럼 행동하거나 그렇게 보이도록 하는 것을 의미한다.

을 지닌다. 바로 이 점이 오늘날 그들의 역사를 쓰거나 그들의 문학적 회고록을 1차 사료로 사용할 때 해결해야 할 중심적인 과제다.

이 책은 검증 가능한 역사적 세부 정보를 상당히 많이 담고 있다. 몇몇 핵심 인물의 실명도 포함되어 있지만, 엘렌의 노예 소유자였던 스미스와 콜린스, 그리고 윌리엄의 마지막 노예 소유자였던 아이라 테일러의 이름은 언급되지 않는다. 다른 자기 해방 서사의 작가들도 자신과 가족, 도피를 도운 사람들, 탈출 경로 등을 보호하기 위해 정보를 생략하는 경우가 많았다. 게다가 크래프트 부부의 탈출은 너무도 믿기 어려운 일이었기에, 북부에 도착하자마자 다른 어떤 이들보다 더 까다롭게 탈출 과정의 진정성을 입증해야 했다.

크래프트 부부의 서사 대부분은 여행기, 일기, 신문, 기타 문서 등을 통해 구체적인 세부 사항까지 검증할 수 있다. 예를 들어, 그들은 찰스턴을 빠져나올 때 이용하려 했던 증기선 노선에서 노예 상태를 벗어나려던 한 남성이 붙잡혔다는 사실을 언급하는데, 이 내용은 현지 신문 기사에서 실제로 확인된다. 그들이 묘사한 열차 시간표 역시 당시의 여행 안내서에 나온 정보와 일치하며, 자신들을 억압했던 노예 소유자들에 대한 세부 정보 역시 매매 계약서 같은 문서와 부합한다.

동시에, 그들의 이야기에는 분명히 신파적 어조가 느껴지는 부분들이 있으며, 어딘가 가면을 쓴 듯 보이는 대목도 존재한다. 대표적인 예가 엘렌의 이모 가족에 대한 이야기다. 이들 가족은 서사 속에서 슬레이터 가족이라 불리는데, 그들의 상황은 힐리 가족과 기이할 정도로 닮아 있으면서도 중요한 부분에서는 차이를 보인다.

특히 어려운 부분은 그들이 북부로 향한 여정을 재구성하는 대목이다. 이 여정에 대한 삽화적 서술 중 일부는 검증이 불가능하거나, 심지어 의식적으로 문학적 장치를 사용한 것처럼 보이기도 한다. 실제로 어떤 학자는 크래프트 부부가 초고를 윌리엄 웰스 브라운에게 보냈고, 그가 온갖 이야기와 여담을 채워 넣었다고 주장하기도 했다. 따라서 그들의 여정을 쓰는 사람은 이러한 서술을 모두 포함할 것인지, 일부만 담을 것인지, 아예 제외할 것인지, 그리고 어떻게 다룰 것인지를 결정해야만 한다.

반대되는 증거가 없는 한, 나는 크래프트 부부가 서술한 방식대로 각 사건을 일정 부분 유지하기로 했다. 첫째는 그것이 바로 그들이 자신의 이야기를 전달하기 위해 선택한 방식이기 때문이고, 둘째는 사건들이 묘사된 그대로 정확히 전개되었는지와는 별개로(이는 모든 자서전이나 역사적 사료에 제기될 수 있는 질문이다) 그 이야기들이 더 큰 진실, 즉 학자들이 '상징적' 진실이라고 부르는 진실을 드러내고 있기 때문이다. 모든 경우에서 에피소드는 여행의 순간에서 마주칠 수 있었던 실제 위험을 보여주거나 전형화한다.

예를 들어, 리치먼드 출신의 여성은 크래프트 부부가 직면했던 심각한 위험을 보여준다. 리치먼드는 남부의 노예 수출 중심지로 알려진 도시다. 헨리 박스 브라운의 가족 등 수많은 가족이 그곳에서 갈기갈기 찢어졌다. 마찬가지로, 노예 폼페이는 국제적인 노예 수입 금지 조치에도 불구하고 찰스턴 항구를 통해 납치되어 들어온 아프리카인들을 상징한다. 바로 이러한 노예무역 때문에 엘렌이 가장한 노예 소유자와 같은 인물들은 세관에서 들러 노예를 등록하고 노예의 수가 금지 조치에 맞게 통제되고 있는지 확인받아야 했다. 비슷한 사실을 제너럴 클린치호에 탑승한 노예 상인에게서도 찾을 수 있다. 이 배는 노예 밀수에 자주 사용되던 선박이었다. 실제로 크래프트 부부가 탈출하던 바로 그 주에 두 무리 이상의 노예들이 이 배를 통해 이동했다. 그들은 크래프트 부부가 묘사한 노예 상인들과 함께 있었던 것으로 기록되어 있다.

이러한 보완 작업은 특히 크래프트 부부가 의도적으로 자세히 서술하지 않은 이야기에 있어서 매우 중요하다. 그런 내용이 이 책의 분량 중 3분의 2 이상을 차지한다. 크래프트 부부 자신도 서문에서 밝히고 있듯, 이 회고록은 그들의 삶 전체에 대한 완전한 역사가 아니라 탈출에 관한 이야기에 불과하다. 따라서 이들의 서사에서 주된 초점은 북부로 향한 탈출 여정에 맞춰져 있으며, 캐나다를 통과한 여정은 간략하게만 서술되어 있다. 그들은 탈출 전후, 그리고 그사이의 삶에 대해서는 거의 언급하지 않는다. 예를 들어, 미국과 해외에서 강연 활동을 했던 시기, 보스턴과 영국에서의 경험은 전혀 다루지 않았다. 또한 로버트 퍼비스나 에슬린 부녀처럼 몇몇 친구들은 언급하지만, 윌리엄 웰스 브라운을 포함한 다른 인물들은 아예 언급하지 않는다. 이 책은 바로 그러한 공백들을 채우며, 그 이상의 이야기까지도 함께 다룬다.

동시에, 크래프트 부부가 자신들의 책에 대해 "삶 전체의 완전한 역사를 의도한 것이 아니다"라고 언급한 점은 이 책에도 그대로 적용된다. 나는 이 책에서 두 사람이 함께 이루어낸 자기 해방의 이야기를 중심으로, 미국 사회가 변화해 가던 시대적 배경을 풀어 가기로 했다. 이는 의도적인 선택이자, 역사적 자료가 가장 풍부하게 남아 있는 시기를 반영한 결과이기도 하다. 이런 자료는 집중력 있는 서술을 요구한다. 또한 나는 이 책을 순수한 학술서가 아닌, 내러티브 논픽션 형식으로 쓰기로 했다. 크래프트 부부가 살아갔던 시대의 삶의 질감, 그러니까 그들이 지나온 장소와 시간의 분위기를 가장 생생하게, 피부로 느껴지도록 전달하기 위해서였다. 아울러 이 책은 그들의 활동과 실천이 지닌 서사적 규모의 장엄함을 구현하고자 했다. 그리고 무엇보다도, 장르의 경계를 넘나들던 크래프트 부부의 표현 방식에 대한 헌사이기도 하다.

크래프트 부부가 직접 서술하지 않았던 이야기를 풀어내기 위해, 나는 신문, 일기, 편지, 자서전, 법률 문서, 그 밖의 아카이브 자료들을 샅샅이 뒤졌다. 여러 학자들이 지적했듯, 전통적인 역사 기록물은 매우 불안정한 보존 공간이다. 흑인과 노예의 역사를 다룰 때는 더욱 그렇다. 사이디야 하트먼의 말처럼, 그 기록들은 스캔들과 과잉으로 가득 차 있으면서도, 티야 마일스가 표현했듯 끔찍할 정도로 얄팍하다. 권력을 가진 사람들은 풍부한 문서화를 통해 자신의 삶을 남겼다. 그 덕분에 우리는 수백 년의 시간적 거리에도 불구하고 그들이 무엇을 좋아하고 싫어했는지, 어떤 선택을 하고 어떤 행동을 했는지, 심지어 가족 간의 친밀한 관계까지도 자세히 알수 있다. 예를 들어, 크래프트 부부의 노예 소유자 중 한 사람이 어떤 음식을 먹었는지, 그의 자녀들이 아침에 그를 어떻게 바라보았는지조차도 기록을 통해 알 수 있다. 반면, 윌리엄의 가족이 파괴된 사건은 기록되었다 해도 단 한 줄의 숫자로만 남아 있다.

하지만 사이디야 하트먼, 티야 마일스, 바버라 맥캐스킬 등 많은 학자들이 강력하게 설명하고 보여주었듯, 우리는 그런 기록의 최초 목적을 넘어서 다른 의미를 추출할 수 있다. 예를 들어, 친노예제 성향의 언론인이 쏟아낸 독설적인 글 속에서도, 우리는 조지아주 메이컨에서 법을 어기며 크래프트 부부의 이야기를 읽고 들었던 노예들의 존재를 조심스럽게 포착할 수 있다. 이처럼 문제가 많은 이차 사료 또한 재해석의 자원이 될 수 있다. 그 시절 누가 기록을 남겼는지는 바꿀 수 없지만, 그것을 어떻게 읽고, 어떤 시선으로 해석하며, 지금 이 시대에 어떤 방식으로 풀어낼 것인지는 우리가 결정할 몫이다.

문서고를 뒤지며 걸어온 여정은 크나큰 발견으로 이어졌다. 그 가운데는 윌리엄과 엘렌 크래프트가 저당 잡히고, 광고되고, 매매되며, 재산처럼 이전되었던 문서들도 포함되어 있었다. 또한 나는 그들의 노예 소유자들에 관한 핵심 정보도 새롭게 발굴했다. 예컨대 로버트 콜린스의 사업 실패와 법적 분쟁에 관한 기록은 크래프트 부부가 언제, 어떻게, 왜 속박에서 탈출했는지에 대한 새로운 해석의 단서를 제공해 준다. 나는 문서고 바깥으로도 발걸음을 넓혔다. 그들의 여정을 직접 따라가며 방대한 연표를 구성했다. 덕분에 나는 그들이 겪었던 보스턴에서의 위기, 해외에서의 체류, 그리고 강연 활동의 전모를 이전에는 없던 입체적인 방식으로 재구성할 수 있었다.

이 작업은 이전 학자들의 놀라운 탐구와 발굴 작업, 그리고 크래프트 부부의 역사와 유산을 소중히 보존해 온 이들의 헌신 위에 세워진 것이다. 그 중심에는 크래프트 부부의 후손들이 있다. 부부의 후손은 찰스턴의 에이버리 연구센터에 서신, 사진 등의 귀중한 기록을 아낌없이 공유해 주었고, 오늘날까지도 이 이야기를 생생하게 살아 있게 해주었다. 이렇게 자신들의 역사를 대중에게 공개함으로써, 크래프트 가문의 후손들은 개인의 보물을 국민적 유산으로 만들어주었다.

학자들 역시 여러 세대에 걸쳐 깊이 있는 연구를 수행해 왔다. 나는 그들의 작업을 다시 탐색하고 발굴하는 과정을 거쳤다. 그들의 발견이 축적되어 온 흐름은 시간과 공간을 초월한 학문적 협력의 산물이라 할 수 있다. 플로렌스 B. 프리드먼, 앨버트 폴리, 도로시 스털링이 가장 먼저 이 주제에 대한 연구를 출간했으며, 특히 스털링의 작업은 이 책의 집필에 지대한 영향을 끼쳤다. 다만 안타까운 점은, 스털링과 폴리의 작업이 성실한 노력에도 불구하고 문헌적 근거를 거의 갖추지 못했다는 것이다. 나는 그들의 주장에 가능한 한 근거를 모두 찾아내고 주석을 붙이는 것을 하나의 목표로 삼았다. 몇몇 경우에는 그들의 주장을 검증할 수 없었다. 그러나 개연성이 있다고 판단되는 경우, 나는 이런 의견을 구전된 이야기로 신중히 소개했다.

리처드 블래킷의 뛰어난 연구는 크래프트 부부의 생애 전반에 대한 가장 포괄적인 역사 개요를 제공하며, 이 책의 범위를 넘어선 그들의 경험을 상세히 기록하고 있다. 바버라 맥캐스킬은 탐정에 가까운 치밀한 조사와 강력한 문학적 분석을 통해 크래프트 부부의 서사에 대한 필수적인 통찰을 제공해 주었다. 그녀가 편집한 《자유를 향한 1,000마일》 주석본은 크래프트 부부를 다루는 모든 연구의 비판적 기반이 된다. 또한 나는 게일 시마의 크래프트 부부 강연 퍼포먼스에 대한 깊이 있는 분석, 제프리 그린의 아카이브 추적 작업, 스티븐 칸트로위츠와 게리 콜리슨의 연구에서도 많은 도움을 받았다. 에즈라 그린스펀의 윌리엄 웰스 브라운에 대한 방대한 연구는 내가 브라운이라는 인물을 이해하고 서술하는 데 있어 중요한 밑거름이 되었다. 마지막으로 브리지트 필더와 한나-로즈 머리 같은 학자들의 최근 연구는 내 독서에 새로운 활력을 불어넣어 주었다. 머리의 디지털 맵핑 사이트 '영국과 아일랜드의 프레더릭 더글러스(http://frederickdouglassinbritain.com)' 같은 자료는 연구의 새로운 지평을 열어주고 있다.

나는 디지털 기술 덕분에 초기 학자들이 접근할 수 없었던 역사를 연구할 수 있었다. 예를 들어, 폴리는 메이컨에 크래프트 가문이 살았다는 사실은 알고 있었지만, 그들이 윌리엄과 관련이 있다는 증거는 찾지 못했다. 그런데 나는 인터넷 검색을 통해 그 연결의 증거를 발견할 수 있었다. 크래프트 부부의 자서전 등 내가 인용한 오래된 텍스트는 하티트러스트(HathiTrust)에서 열람할 수 있고, 여러 학술지도 디지털 도서관 제이스토어(JSTOR)에서 읽을 수 있다. 패밀리서치(FamilySearch)는 계보 자료를 무료로 제공한다. 보스턴 공공도서관의 노예제 반대 문서 컬렉션에서 인용한 편지들 대부분도 온라인에서 열람할 수 있다. 마찬가지로, 미국 의회도서관, 조지아 역사 신문 아카이브, 영국 신문 아카이브 덕분에 많은 신문 자료도 원격으로 열람할 수 있었다.

마지막으로 언어 사용에 대한 단서를 남긴다. 나는 《노예제에 대해 쓰기》에서 P. 가브리엘 포어먼을 비롯한 여러 원로 학자가 권고한 지침을 따르려 노력했다. 그래서 '예속 피해자(enslaved people)'와 '예속 가해자(enslaver)'라는 표현을 사용했으며, '주인(master, mistress)', '노예(slave)', '플랜터(planter)' 같은 용어는 그들이 내포한 이데올로기를 비판적으로 드러내야 할 필요가 있는 맥락에서만 의도적으로 사용했다. 제목에 이 용어들을 사용한 것 역시 그 지배 구조에 의문을 제기하기 위해서다. 또한 티야 마일스가 《그녀가 간직한 모든 것: 애슐리의 자루 이야기》 말미에서 다룬 언어에 대한 깊이 있는 논의에서도 큰 영감을 받았다. 나는 이러한 지침을 존중했으나, '노예 서사(slave narrative)'처럼 '노예'라는 단어를 포함하고 있으되 학문적으로 정립된 용어는 그대로 사용했다. 단어의 반복을 피하기 위해 '노예 소유자(slaver)' 같은 대체어도 경우에 따라 함께 썼다.

결국 내가 이 책에서 제시하는 것은 크래프트 부부가 직접 들려준 선율에 대한 하나의 해석이며, 그 선율에 관현악처럼 반주를 덧붙이는 작업이다. 이는 다른 목소리와 조화를 이루는 합창의 일부이기도 하다. 내 바람은 이 이야기가 주석 속에서 인용된 자료들과 함께 과거에 대한 더 많은 대화로 이어져, 현재와 미래를 새롭게 비춰주는 빛이 되는 것이다.

옮긴이의 말

이 책을 읽기 전과 후로 우리는 완전히 달라진다.

《주인 노예 남편 아내》를 번역하면서, 그리고 다 옮긴 뒤에도 한동안은 만나는 사람마다 이 책 이야기만 했다. 내가 평소에 선호하는 책이 앉은 자리에서 후루룩 읽을 수 있는 페이지 터너라는 점을 생각하면, 이건 특이한 일이었다. 《주인 노예 남편 아내》는 오히려 감정적으로 압도당한 나머지 시시때때로 읽기를 멈추어야 했던 책, 앞으로 돌아가서 내가 읽었던 내용이 맞는지 확인해야 하는 책, 책에 나온 인물들의 얼굴을 보고 싶어서 인터넷을 검색할 수밖에 없었던 책이기 때문이다. 나는 책에서 본 내용과 내가 찾아낸 내용, 내가 하게 된 생각을 주변 모든 사람들에게 말하고, 그 사람들이 뭐라고 생각하는지 들어야만 했다.

요컨대, 이 책은 진정한 몰입이란 때로 독서의 중단을 요구한다는 것, 책 속의 세상을 그 바깥으로 터져 나오게 하고 책 바깥에서 뻔하게 이어지는 일상을 파열시킨다는 것을 새삼 일깨워주었다. 걸작은 책의 앞표지에서 뒤표지까지 수백 페이지의 작은 공간에서만 작동하는 것이 아니다. 걸작은 책 표지를 뚫고, 그 책을 쥔 사람과 그 사람의 주변 세계까지 뻗어나온다.

저자 우일연이 어떻게 이런 일을 해냈는지 분석하는 것은 내 깜냥을 벗어나는 일이다. 다만 내가 이 책을 만나서 벌어진 일을 시간 순서대로 설명하는 것은 가능하다.

일단, 제목부터 나의 눈길을 끌었다. 주인, 노예, 남편, 아내. 서로 어떤 관계인지 설명하는 연결어 하나 없이 제시된 네 단어는 도발적으로 느껴지기도 했다. 머릿속 어딘가에서 '주인 : 남편', '노예 : 아내'라는 불편한 짝이 이루어지는 것 같았다.

그러나 서곡에서 크래프트 부부의 기발한 탈출 계획—아내인 엘렌이 백인 남성으로, 남편인 윌리엄이 그의 노예로 변장해 탈출한다는—에 대해 읽고, 어느 흥미진진한 드라마의 설정 같은 이 이야기가 심지어 실화라는 사실을 알게 된 순간부터 나는 곧바로 책에 빠져들었다.

나에게 이 책을 소개받은 지인들도 비슷한 반응이었다. 대부분은 내가 소설 줄거리를 설명하는 것으로 생각했다가, 뒤늦게야 "그게 실화라고?", "정말 그렇게 탈출했다고?", "어떻게 그게 가능해?"라며 반신반의했다.

한 가지 이유는, 이토록 흥미로운 역사적 실화가 아직 유명하지 않다는 게 매우 이례적인 일이기 때문이다. 다들 이런 이야기가 널리 알려지지 않았다는 점에 의아해했다. 어떤 면에서, 그들에게는 좋은 소식이다. 명작의 팬들이 종종 하는 말이지만, 세상에 아직 읽지 않은 걸작이 하나 남아 있다는 것은 삶에 기대할 만한 경험이 하나 남아 있다는 뜻이니 말이다.

그 '경험'은 크래프트 부부가 탈출을 결심한 날, 집을 떠나는 모습에서 시작된다. 이를 묘사하는 저자의 문체는 섬세하고 긴장감 넘친다. 독자들은 그날, 오두막의 문을 닫아 걸고 떠나는 크래프트 부부를 숨소리가 들릴 정도로 가까운 곳에서 지켜보게 된다. 상상이 더욱 생생해지는 이유는 저자의 철저한 역사적 고증 덕분이다. 부부가 살고 있는 조지아주의 도시 메이컨의 거리 모습에서 엘렌 크래프트가 만들어 입은 복장에 이르기까지, 저자의 목소리에 귀 기울이다 보면 그 시절을 손에 만져질 것처럼 떠올릴 수 있다.

그런데 이런 몰입감은 VR 안경을 쓰고 1인칭 게임을 할 때 느끼는 '현실감'과는 다르다. 바로 그 지점이 이 책의 특별한 장점 중 하나다. 저자는 크래프트 부부의 탈출을 중심으로 긴장감 넘치는 서사를 이어가지만, 오직 그들의 즉각적인 환경만을 묘사하는 데 그치지 않는다. 저자는 숙련된 솜씨로, 크래프트 부부를 예속한 이들의 가족사에서 당시 미국 사회 전체의 구조까지, 감각만으로는 파악할 수 없는 세계를 폭넓고 깊이 있게 그려낸다. 그래서 크래프트 부부의 기지와 용기, 실행력은 오직 이들만을 돋보이게 하는 묘기나 곡예가 아니라, 역사의 한 순간이라는 거대한 태피스트리 속에서 조그만 인간이 필연적으로, 그러나 동시에 기적적으로 꿰어낸 빛나는 실처럼 느껴진다. 이는 오직 글만이 줄 수 있는 현실감과 몰입감이다.

그 현실이 언제나 경탄만을 일으키는 것은 아니다. 빛이 가장 두드러지는 것은 주위가 어두울 때이듯, 크래프트 부부의 이야기가 눈에 잔상이 남을 만큼 강하게 새겨지는 것은 그 이야기를 둘러싼 어둠이 아프도록 짙기 때문이다. 이 책에 묘사된 예속 피해자들의 고통은 참혹하다는 말로는 부족하다. 이를테면, 예속 피해자들에게 가해진 신체적 고통은 저자가 결코 선정적이라고 할 수 없는 절제된 서술로 담아냈는데도 이따금 독서를 멈춰야 할 만큼 실감난다.

예속 피해자들이 겪은, 어쩌면 신체적인 고문보다도 더 큰 괴로움은 가족과 강제로 헤어지는 고통이다. 경매대에 올라 여동생이 팔려 가는 모습을 보면서도 슬픔조차 마음껏 드러낼 수 없었던 윌리엄, 탈출을 결심한 뒤 여러 자녀 중 어떤 아이를 남겨놓고 어떤 아이를 데려갈지 선택할 수밖에 없었던 어느 어머니의 일화 등 이 책에는 대단히 고통스러운 생이별의 순간들이 기록되어 있다.

이런 사건들이 더욱 충격적으로 다가오는 까닭은 그 삭막함 때문이다. 대부분의 경우 이 가족들이 헤어져야만 했던 이유는 철저히 금전적인 이유 탓이었다. 예속 가해자들은 사업이 망하고 빚을 갚아야 하는 상황이 오면 '재산'이었던 예속 피해자들을 서로 다른 사람에게 매각했다. 책에 인용된 장부나 노예 경매장의 평범한 하루를 보면, 한 인간이 극심한 고통에 시달리는 동안 다른 인간들이 그를 단지 '재산'으로 대하며 아무런 감정도 보이지 않는 장면이 등장한다. 그 무감각이 어떤 잔혹함보다 섬뜩하다.

예속 피해자들이 당한 괴로움에 비할 수는 없겠지만, 노예제도는 예속 가해자들의 인간성도 일그러뜨렸다. 예컨대 엘렌 크래프트가 자신의 아버지 스미스나 '여주인'들과 맺었던 관계에서 그 점이 드러난다. 엘렌이 백인 남성으로 행세할 수 있었던 가장 큰 이유는 엘렌의 피부가 희었기 때문인데, 이런 일이 가능했던 건 엘렌이 백인의 유전자를 물려받았기 때문이다. 정확히 말하면, 엘렌 크래프트에게 예속의 굴레를 씌운 사람, 다름 아닌 노예 소유자가 바로 그녀의 아버지였다.

사람이 자기 자식을 예속시키는 일도 충격적이지만, 그 관계가 법적 아내와 자녀들에게 끼치는 복잡한 영향을 보면 노예제도가 인간성을 어떻게 왜곡했는지 더욱 분명해진다. 스미스의 법적 아내에게, 엘렌처럼 남편의 유전자로 태어난 아이는 남편의 혼외 성관계를 상기시키는 존재다. 그 아내에게서 태어난 '백인' 자녀에게, 엘렌 같은 이는 이복형제/자매다. 물론, 당사자들은 이 사실을 절대 공개적으로 인정할 수 없다. 책에 인용된 문구 그대로다. "모든 가족에 있는 물라토는 백인 아이들과 정확히 같은 모습이다. 모든 여주인은 남의 집 물라토 어린애의 아버지가 누구인지는 떠들면서도, 자기 집 물라토 아이는 하늘에서 뚝 떨어진 것처럼 생각하는 듯하다." 이렇게 관계는 덮어놓은 수많은 방식으로 표출된다. 엘렌의 경우에는 아버지의 법적 아내의 지나친 가혹 행위나 이복자매의 은근한 감싸기가 그 파열의 징후였다. 어쨌거나 이 관계에 내재된 노예제도의 허위는 절대 은폐되지 않는다.

《주인 노예 남편 아내》를 통해 이런 현실을 간접적으로, 그러나 너무도 생생하게 경험하고 나면 한 가지 의문이 떠오른다. "대체 이처럼 비현실적인 현실이 어떻게 현실일 수 있었느냐"라는 질문이다. 아무리 역사의 한 시점, 한 나라에서라지만, 대체 어떻게 그토록 많은 인간이 그토록 반인간적인 체제를 지지할 수 있었을까?

이 질문에 대한 첫 번째 답은 예속 가해자들이 직접 만들어낸 수

사 속에 있다. 엘렌의 예속 가해자 콜린스는 오히려 자신을 대단히 인도주의적이고 도덕적인 사람으로 생각한다. 그는 자유 주인 북부에서 실업과 가난에 시달리느니 남부에서 지내는 것이 예속 피해자들에게도 좋은 일이라고 진심으로 믿는 듯하다. 중요한 건 '주인'이 '노예'를 잘 돌보는 것이다. 그래서 그는 예속 가해자들을 위한 교본을 쓴다.

콜린스만이 아니다. 이 책에 묘사된, 크래프트 부부가 만난 수많은 사람들이 노골적인 인종차별적 발언에서부터 흑인 손님을 받는 것이 사업에 도움이 되지 않아 어쩔 수 없다는 변명에 이르기까지 온갖 말을 한다. 저자가 세세히 짚어내는 이런 다양한 수사를 읽다 보면, 현대의 관점에서는 그야말로 터무니없는 인권 침해가 당시에는 어떻게 일어날 수 있었는지 선명히 이해하게 된다.

나아가, 이 점이 더욱 소름 끼치는 부분인데, 과연 현대 사회는 이러한 체제의 허위의식을 완전히 극복했느냐는 의심이 강하게 든다. 당시에 노예제도를 옹호하던 자들이 하던 말은 오늘날의 체제를 지탱하는 각종 수사와 너무도 닮아 있다.

미국의 체제, 혹은 미국이 주도하는 세계만을 말하는 것이 아니다. 나는 한국 독자들도 19세기 미국에서 사용되던 이런 수사에 으스스한 기시감을 느끼리라 생각한다. 반드시 인종 문제를 이야기하는 것은 아니다. 외국인 노동자들이 많이 유입된 최근에는 상황이 달라졌지만, 20~30년 전까지도 '단일민족국가'를 자처하던 한국에서 체제의 허위의식은 인종 문제보다는 계급 갈등에 크게 결부되어 있었다. 그러나 《주인 노예 남편 아내》는 체제가 거짓말을 할 때, 그게 인종 문제와 관계된 것이든 아니든, 허위가 있음을 일깨워주는 신호가 된다.

더욱 중요한 것은 체제의 수사를 떠받치는 사회경제적 구조다. 예컨대 북부는 남부와 비교해 자유로운 곳으로 그려지기 일쑤이지만, 저자는 북부 역시 남부의 목화 농장과 긴밀하게 연결된 면직물 공장에 크게 의존하고 있었다는 점을 지적한다. 텍사스라는 영토를 새로 획득하고 이를 계기로 남북 간의 갈등이 격화되어 미국 연방이 해체될 위기에 처했을 때, 노예제 폐지론자들 가운데에도 예속 피해자들의 인권을 일부 포기할 수 있는 거래 조건으로 내건 분파가 있었다는 점도 뼈아프게 기록되어 있다. 이런 점을 보면 체제의 문제가 단지 몇몇 악당들을 잡아서 처벌하거나 그들을 착한 사람으로 교화시키는 것으로는 해결될 수 없다는 현실이 묵직하게 다가온다. 물론, 오늘날의 현실에 대해서도 같은 말을 할 수 있을 것이다.

이쯤에서 한 가지 지적해 둘 점이 있다. 《주인 노예 남편 아내》가 체제의 가면을 벗겨내는 이유는 저자가 단지 당시의 체제를 잘 설명하고 있기 때문만이 아니다. 극단적인 경우, 당시의 체제를 '설명'만 하는 글은 우리에게 체제를 속속들이 간파하는 대신 "아, 당시의 노예 소유자들에게도 나름의 이유는 있었네"라는 식으로 이해하게 할 수 있다(요즘 인터넷 등에서는 이런 식의 '이해'를 지적인 것으로 여기는 매우 위험한 풍토가 있다. 이에 동조하는 사람들은 체제에 의한 인권 침해에 반발하는 사람들을 지나치게 감정적이고 세상 물정을 모르는 철부지로 취급한다).

이러한 맥락에서, 《주인 노예 남편 아내》의 정말로 훌륭한 점은 저자의 시각이 매우 균형 잡혀 있다는 점이다. 저자가 책 전체에서 사용하고 있는 enslaved, enslaver라는 단어가 단적인 예다. slave, slaver라는 관습적인 표현에 비해 이런 단어는 다소 생소하게 느껴질 수 있다. 그러나 이런 용어는 slave, slaver라는 단어가 은연중에 담고 있는 세계관—세상에는 노예와 노예 소유자라는 두 범주의 사람이 '원래' 존재한다는 인식—이 은폐하는 현실, 즉 납치와 인신매매 등 예속화(enslaving)라는 행위가 이 관계의 본질이라는 점을 대단히 효율적으로 상기시킨다.

저자는 납치를 납치로, 인신매매를 인신매매로, 고문을 고문으로 정확히 기술한다. 노예제도라는 체제 안에서 무슨 일이 일어났는지 은폐하지 않고 드러낸다. 기이한 일이지만, 세상에는 "A가 B를 죽였다"와 "죽이지 않았다"라는 말을 하는 두 사람이 있을 때, 실제로 A가 B를 죽였느냐와는 관계없이 그 두 가지 진술의 산술적 평균을—그런 것은 불가능한데도—'균형 잡힌', '중립적인' 진술이라고 보는 해괴한 관점이 만연해 있다. 굳이 그 괴상한 저울에 달아본다면, 우일연의 글은 정직함 쪽으로, 현실 쪽으로 치우쳐 있다. 저자는 너무도 끔찍해, 당시에도 지금도 '비현실'로 자꾸만 밀려나려는 현실을 단단히 지킨다.

때로, 이런 균형 잡힌 태도는 침묵에 대한 저자의 섬세한 경청을 통해서도 드러난다. 예컨대 엘렌 크래프트가 탈출 계획을 세우는 데 주도적인 역할을 했을 것으로 추정되는 데 비해, 강연을 다니면서는 발언권을 잃고 침묵하는 것처럼 보인 현상에 대해서 저자가 해석하는 방식이 그렇다. 그녀가 가부장적인 당시 사회에서 남편에 의해 발언권을 박탈당했다거나, 남부에 남겨두고 온 가족들의 안위를 생각해서 침묵할 수밖에 없었다고 보는 주장도 존재한다. 그게 사실일 수도 있다. 하지만 저자는 다른 가능성을 제시한다. 엘렌의 침묵이 자신의 고통을 소유하려는 그녀의 주체적 선택, 침묵을 무기로 사용하는 전략적인 저항의 한 방식일 수 있었다는 것이다.

이런 저자의 관점 덕분에, 독자들은 어떤 이야기를 다루면서도 정작 그 이야기의 주인공을 대상화하는 다른 작품들을 읽었을 때와는 달리 소외감이나 안타까움, 슬픔과 무력감을 느끼지 않을 수 있다. 미리 말해두지만, 이 이야기는 단박에 노예제도를 혁파하거나, 하다못해 크래프트 부부가 영원히 행복하게 잘 살았다는 식의 밋밋한 해피엔딩으로 끝나지 않는다. 그러나 《주인 노예 남편 아내》는 독자에게 무력감보다는 힘을, 두려움보다는 용기를 남긴다.

그렇게 《주인 노예 남편 아내》는 읽는 이를 변화시킨다. 우리가 살고 있는 세계, 은연중에 받아들이고 있던 체제를 돌이켜보게 한다. 그렇게 본 것을, 못 본 것으로 취소할 수 없게 만든다. 이런 관점의 변화가 구체적으로 어떤 행동의 변화로 나타날 것인지는 우리 각자의 역량에 달린 문제이겠지만, 한 가지만은 분명하다. 독자는 이 책을 이야기하지 않고는 견딜 수 없게 될 것이다.

주석

GT

〈조지아 텔레그래프〉, 메이컨(Georgia Historic Newspapers 사이트를 통해 이용 가능하다).

HOU

하버드 대학교 호튼 도서관, 매사추세츠주 케임브리지.

HvC

윌리스 H. 휴즈 대 엘렌 크래프트: 사건 기록, 1790~1911. 미국 지방 법원 기록, 기록군 21. 보스턴 국립 기록 보관소, 월섬, 매사추세츠주, https://www.docsteach.org/activities/teacher/oh-freedom-sought-under-the-fugitive-slave-act.

JK

"Diary of John Knight, the Slave Pursuer," TL, December 6, 1850.

LL

McCaskill, Love, Liberation, and Escaping Slavery.

MHS

매사추세츠 역사학회, 보스턴.

NARA

국립문서기록관리청, 메릴랜드주 칼리지파크.

NASS

전국 노예제 반대 표준, 뉴욕시.

PAS

Cima, Performing Anti-Slavery.

PDW

Webster, Papers of Daniel Webster, vol 7.

RTMF

Crafts, Running a Thousand Miles for Freedom.

SHC

Albert S. Foley Jr., SJ Papers, 스프링 힐 칼리지 도서관 기록 보관소, 앨라배마주 모바일.

SHG

Sydney Howard Gay Papers, 컬럼비아 대학교, 뉴욕시.

TL

The Liberator, 보스턴.

WH1

"Hughes, the Slave-Hunter's Account of His Mission," TL, December 6, 1850.

WH2

"A Card" (with second letter by Willis H. Hughes) Columbus (GA) Times, December 17, 1850.

WWB

Greenspan, William Wells Brown.

프롤로그

16 축하의 햇불을 들었다: Timothy M. Robert, " 'Revolutions Have Become the Bloody Toy of the
   Multitude': European Revolutions, the South, and the Crisis of 1850," Journal of the Early Republic 25, no. 2 (2005): 261.

16 "이 대륙 전체를 점유하고": Quoted in Julius W. Pratt, "The Origin of 'Manifest Destiny,'" American Historical Review 32, no. 4 (1927): 796.

17 "감정 선언문": "Declaration of Sentiments," National Park Service online, https://www.nps.gov/wori/learn/historyculture/declaration-of-sentiments.htm.

17 "미국인만큼 … 이 세상에 없다": "Declaration of Sentiments," National Park Service online, https://www.nps.gov/wori/learn/historyculture/declaration-of-sentiments.htm.

18 영감을 얻었다: RTMF 서문 참조.

18 어떤 언더그라운드 레일로드도 … 도와주지 않았다: Sinha's definition in The Slave's Cause, 400.

19 "미래의 역사가들과 시인들은 … 읽을 것이다": "Seventeenth Annual Meeting of the Massachusetts Anti-Slavery Society," TL, February 2, 1849.

메이컨

23 1일차: RTMF에서는 크래프트 부부가 1848년 12월 21일 수요일 출발하여 일요일인 성탄절에 도착했다고 기록하고 있으나 12월 21일은 목요일, 12월 25일은 월요일이었다. 초기 신문 보도에 따르면 이들은 수요일에 출발해 안식일(토요일)에 도착했다. "Story of Ellen Crafts" 참조.

25 오두막: 크래프트 부부는 RTMF 22에서 이 공간을 오두막이라 부른다. 별도의 표기가 없는 모든 인용문과 생각은 같은 책 27~28쪽에서 발췌했다. 새벽 4시라는 시각은 BAP,

274쪽에 기록되어 있다. 엘렌의 체구에 관해서는 Robert Collins, "Power of Attorney," HvC; "Tuesday.the Second Lecture," Nottingham Review (UK), April 4, 1851 참조. 스미스의 키에 관해서는 Fitzgerald and Galloway, Eminent Methodists, 10 참조.

26 "2층짜리 모자": "Story of Ellen Crafts," "An Ex Slave's Reminiscences."

28 윌리엄은 죽음을 생각한다: RTMF, 28. 이런 생각은 윌리엄이 한 것으로 전해지지만 엘렌도 공유했을 수 있다. 로버트 콜린스의 에세이에 이러한 방법론이 명시되어 있다.

28 광기를 모두 보았다: 같은 책, 68~69.

28 두 배의 복수: 같은 책, 28.

30 윌리엄은 빨리 움직여야 했다: 크래프트 부부는 윌리엄의 진로를 상세히 기록하지 않았으나, 신문 광고, "명예훼손 소송"과 같은 기사, 법률 조항, 지도 등을 통해 도시의 구조와 그가 피해야 할 것들을 알 수 있다. 1848년 12월 5일자 기차 시간표. 메이컨 묘사를 위해 참고한 자료: Tubman African American Museum and Catherine Meeks, Macon's Black Heritage: The Untold Story (Macon, GA: Tubman African American Museum, 1997); Lane, "Macon"; Eisterhold, "Commercial, Financial"; Dolores Hayden, Where Poplar Crosses Cotton: Interpreting Urban Landscape in Macon, Georgia (College Park, MD: Urban Studies and Planning Program, University of Maryland, 2007); O'Toole, Passing, especially 11; and "Vincent's New Map of City of Macon, Georgia" (1854) and S. Rose, "Plan of the City of Macon" (1840), both at the Washington Memorial Library, Macon, Georgia.

31 콜린스 저택이 있던 위치: Butler, Historical Record, 114. 네스빗에 관해: Stewart D. Bratcher, "Eugenius A. Nisbet (1803-1871)," New Georgia Encyclopedia, 2013년 7월 26일.

31 키가 180센티미터를 넘고: BAB, 96.

32 '20회를 초과하지 않는 맨 등의 채찍질': Hotchkiss, Codification, 814-815; RTMF, 10-11.

32 통행증: RTMF, 22. 기간은 불명: BAP, 274에 제시된 대로 3~4일로 보인다. BAP, 274. 특별 배지는 "허가 조례"에 기록됨. GT, January 25, 1848.

33 친구와 동업자들: GT, April 27, 1837 초기 광고 참조.

33 일주일 중 하룻밤: "엘렌 크래프트의 이야기."

33 윌리엄이 목격한 내용: "William Craft to Editor, London Morning Advertiser," in BAP, 318. 윌리엄의 포로로 잡히지 않겠다는 맹세: "Anti-Slavery Meeting in New Bedford" TL, February 16, 1849. 다리에 관해: 젠킨스, Jenkins, Antebellum Macon, 88.

34 '자유로운 솔'이라 알려진… 직접 서빙을 했지만 말이다: Donald Lee Grant, The Way It Was in the South: The Black Experience in Georgia (Athens, GA: UGA Press, 2001), 72; Bellamy, "Macon, Georgia," 309. Free Blacks had a precarious freedom in Georgia, requiring White guardians. See Hayden, When Poplar Crosses Cotton, 8; Rogers, "Free Negro Legislation."

37 엘렌의 아버지: 도로시 스털링이 BF 5~6에서 그의 전기를 처음 소개한다.

37 메이컨은 빠르게 성장했고: 메이컨에 관한 참고 문헌은 위에서 언급된 바와 같다("윌리엄은 빨리 움직여야 했다"). 도박과 무법 상태에 관해: Jenkins, Antebellum Macon, 113~14. 호텔에 관해: Cunynghame, Glimpse, 256. 극장에 관해: Young et al., History of Macon, 104. 다른 업체에 관해: GT에 게재된 기타 서비스 광고.

37 〈조지아 텔레그래프〉: "A Young Lady": GT, February 15, 1848.

38 상냥하고 소년 같은 외모: Joan Severa, Dressed for the Photographer, 18.

38 어머니가 아직도 노예로 잡혀 있는 집이었다: BF, 13. 학자들은 스미스 가문의 다양한 주소를 제시한다. 그중에는 1번가와 플럼가(Foley to Craft), 2번가와 포플러가(Butler, Historical Record, 202) 등이 포함된다.

38-39 바순처럼 … 팔았다: Fitzgerald and Galloway, Eminent Methodists, 110.13; BF, 5. On the Smith house: Old Clinton Historical Society, An Historical Guide to Clinton, Georgia: An Early Nineteenth Century Seat (Clinton, GA: April 1975), 3 (http://www. oldclinton.org/wp-content/uploads/Historical-Guide-to-Clinton.pdf).

39 클린턴에서 가장 큰 권력: An Historical Guide; William Lamar Cawthon Jr., "None So Perfect as Clinton," Georgia Backroads, Autumn 2014; William Lamar Cawthon Jr., "Clinton: County Seat of the Georgia Frontier, 1808.1821" (MA thesis, University of Georgia, 1984), especially 170, 174.75; Williams, History of Jones, 232.93.

40 '조지아주 클린턴산': Calvin Schermerhorn, Money over Mastery, Family over Freedom: Slavery in the Antebellum Upper South (Baltimore: Johns Hopkins University Press, 2011), 16.

40 116명의 인간을 … 예속 가해자였다: Foley to Craft; Foley, "Notes"; BF, 5; Eddie Tidwell, Roster of Revolutionary Soldiers in Georgia, vol. 3 (Baltimore: Clearfield, 1969), 209; Jeannette Holland Austin, The Georgia Frontier, vol. 2 (Baltimore: Clearfield, 2005), 320. 스미스는 소령 또는 대령으로 알려졌으나, 이 칭호의 기원은 불명확하다. 부친의 연금 서류: Charles Smith, W. 6,122, Revolutionary War Pension and Bounty-Land Warrant Application Files, National Archives and Records Administration, Publication Number M804, Record Group 15, Roll 2207. 또한 Jenkins, "Antebellum Macon," 403 참조. 예속 피해자들의 이름은 Bibb Court of Ordinary, Record of Returns, 1851.1853, D-481, BCC에 등장한다.

40 라파예트 후작: Stephen Frank Miller, The Bench and Bar of Georgia: Memoirs and Sketches, vol. 1 (Philadelphia: J.P. Lippincott, 1858), 251.52; Lucian Lamar Knight, Georgia's Landmarks, Memorials, and Legends (Atlanta: Printed for the author by Byrd Printing Company, 1919), 576.

41 "거칠고 못된 녀석": Williams, History of Jones, 92; Foley to Craft; Knight, Georgia's Landmarks, 826.67; Barber, Elijah, The State of Georgia vs. Elijah Barber, Alias Jesse L. Bunkley, Cheating and Swindling: True Bill, 1837, [S.l.: s.n., n.d.], 36.37.

41 "둥근 고리 형태의" 이상한 털: Barber, State of Georgia vs. Elijah Barber, 59.

42 사회적 사다리의 가장 낮은 칸: McCaskill, "Very Truly," 510-11.

43 법에 따라: "An Ordinance." GT, April 25, 1848; Bancroft, Slave Trading, 246.47.

43 "통째로 살 수도 있었다": Cunynghame, Glimpse, 254에서 인용.

43 세계 최초: BF 9에서, 스털링은 엘렌의 관점에서 웨슬리언을 위치시킨다. 웨슬리언 칼리지(코네티컷의 웨슬리언 대학교와 혼동하지 말 것)에 관해: Eunice Thomson, "Ladies Can Learn," Georgia Review 1, no. 2 (1947): 189.97; Samuel Luttrell Akers, The First Hundred Years of Wesleyan College (Macon: Beehive Press, 1976). 스미스의 역할은 클린턴의 역사적 표지에 기록되어 있다.

43 "여성은 더 많은 일을 할 수 있습니다!": Thomson, Ladies Can Learn, 189-97.

44 알파벳을 익혔다 …배우고 싶었다: RTMF, 53, Bremer, Homes, 1:123.24.

44 거대한 모자: 벨든 앤 컴퍼니 광고, GT, GT, August 29, 1848.

45 조지아 토박이: "Death of Mr. Johnston," Macon Weekly Telegraph, October 25, 참조. 크래프트 부부는 RTMF에서 이름을 존슨(Johnson)으로 표기하지만, 초기 보도에서는 존스턴(Johnston)이라고도 한다. "An Escape from Slavery in America," Chambers Edinburgh Journal, March 15, 1851.

45 의상: "Story of Ellen Crafts." 코르셋 착용 시 움직임의 어려움에 관하여: Severa, Dressed, 15. 그레이비 보트 같은 의상에 관한 다른 자세한 정보: Lynne Bassett. Bassett은 David Rickman과 함께 스타일을 관찰했다. 2020년 10월 26일자 이메일로 엘렌의 의상의 한계에 대한 통찰을 제공해 준 릭먼에게 감사한다. 장화는 Lyons, "Quaker Family Home"에서 언급된다. 2020년 10월 28일 이메일에서 장화의 징이 엘렌의 변장을 어떻게 강화했을지 논의한 Sara Rivers-Cofield에게 감사한다. 여기서 인용한 해석은 Sara Rivers-Cofield에게서 비롯했다.

48 기차역: Alvarez의 여행기는 본 장에 필수적이었으며, 특히 "The Railroad Passenger Car," "The Perils of the Road," "The Railroad Station" 장은 철도 차량 내부와 그 사이의 묘비 사진(55), 그리고 승차권 설명(118)과 같은 세부 사항을 파악하는 데 유용했다. 기타 세부 사항: Chambers, Things, 특히 330~35; Henry Benjamin Whipple, Bishop Whipple's Southern Diary, 1843.1844 (London, MN: H. Milford, Oxford University Press, University of Minnesota Press, 1937), 74. 윌리엄과 같은 객차를 탔던 사람이 있었다고 해도 누구인지는 알 수 없다. 이 시기의 흑인 여행자에 관하여: Pryor, Colored Travelers; Kornweibel, Railroads and the African American Experience: A Photographic Journey (Baltimore: Johns Hopkins University Press, 2010).

49 권총을 가지고 있었다고 … 살해당할 각오: 윌리엄은 "Libel Suit"에서 총을, "Anti-Slavery Meeting in New Bedford"에서 자신의 마음가짐을 언급한다. TL, February 16, 1849.

50 다채로운 색깔의 눈 … 살짝 들어간 홈: Josephine Brown, Biography, 76; Robert Collins, "Power of Attorney," HvC; Ellen M. Weinauer, "'A Most Respectable Looking Gentleman': Passing, Possession, and Transgression in Running a Thousand Miles for Freedom, in Passing and the Fictions of Identity ed. Elaine K. Ginsburg (Durham: Duke University Press, 1995), 50.

50 약 150달러: NC Josephine Brown, Biography of a Bondman, 75. 크래프트 부부가 어떻게 돈을 벌고 준비했는지에 대해 McCaskill의 이론도 참조: "Ellen Craft," 88.

50 직행표: Samuel Augustus Mitchell, New Traveller's Guide Through the United States (Philadelphia: Thomas, Cowperthwait, 1849), 106. GT, September 5, 1848 광고.

51 더 큰 골칫거리는 트렁크 … "도련님"이라고 부르며: "Story of Ellen Crafts."

52 거대한 언덕 … 그때까지도 기억하고 있었다: Bremer, Homes, 1:346. "Ocmulgee Mounds," National Park Service online, https://www.nps.gov/ocmu/index.htm. On Collins and the relics: Ida Young, Julius Gholson, and Clara Nell Hargrove, History of Macon, Georgia (Macon, GA: Lyon, Marshall & Brooks, 1950), 80; Butler, Historical Record, 160.

52-53 센트럴 레일로드는 … 뛰어나다는 새로운 기차: Richard E. Prince, Central of

Georgia Railway and Connecting Lines (Millard, NE: RE Prince, 1976), 5.7; Dixon, "Building the Central Railroad," 8.13; Alvarez, Travel, 18.19; Fraser, Savannah, 242, 특히 축하 행사, 방해 행위, 붕괴에 관해: Young et al. History of Macon, 78~81, 117.118, 242.

54 조지아의 구원: Butler, Historical Record, 121-22.

54 인종, 성별, 계급, 장애 여부: 학자들은 이러한 경계 넘기를 분석해 왔다: McCaskill, "Very Truly," 510.11. 또한 Fielder는 Relative Races, 21.22에서 섹슈얼리티를 추가한다.

54 목숨과 노동을 대가로: Theodore Kornweibel, "Railroads and Slavery," Railway & Locomotive Historical Society (R&LHS), no. 189 (Fall/Winter 2003), 34. 59; Railroads in the African American Experience; Prince, Central of Georgia, 5.6.

54 엘렌의 어머니는 어떻게 될까?: 엘렌은 보복적 "잔혹함"에 대한 우려를 표명했다. 참조: John B. Estlin to Samuel May, June 27, 1851, BPL. 그 이상의 결과에 대해서는 RTMF, 19.20.

55 이번에도 성공적으로 통과했다: 엘렌의 위장이 지닌 의미에 대해서는 Foreman, "Who's Your Mama?," 508.

57 좌석은 딱딱하고 … 당나귀 열두 마리가 반복적으로 기침: donkeys: Alvarez, Travel, 19, 31, 56.

58 스콧 크레이: 크래프트 부부는 크레이의 성만을 언급하지만, 1850년 연방 인구 조사에는 그의 미망인 "스콧 크레이 부인"이 콜린스 가족과 함께 거주한 것으로 기록되어 있다. 또한 the Bank of Darien historical marker at "Site Bank of Darien," The Historical Marker Database 참조 (http://www.hmdb.org/marker.asp?marker=10555); Cray to Joseph M. French, December 24, 1843, East Carolina University Digital Archives. (https://digital.lib.ecu.edu/35482); Bibb Court of Ordinary, Record of Returns, 1856.1858, H-270, BCC; Georgia, Acts and Resolutions of the General Assembly of the State of Georgia (Milledgeville, GA: John A. Cuthbert, 1836), 124.

58 10달러의 보상금: 1818년 11월 9일자 〈다리엔(조지아) 가제트〉의 광고 참조.

58 키티, 메리, 폴리: Thomas R. R. Cobb, Reports of Cases in Law and Equity, Argued in the Supreme Court of the State of Georgia, vol. 8 (Athens, GA: T. M. Lamkin, 1850), 153.

59 목숨조차 끝장나게 될지 모르는 행동: RTMF, 25.

조지아

65 휴 크래프트: 크래프트 부부는 윌리엄의 노예 소유자에 대해 성만 밝히고 있다. 앨버트 폴리는 1975년 3월 데 코스타 부인과 크래프트 씨에게 보낸 편지에서 휴 크래프트에 대해 의문을 제기했다(ARC). 크래프트와의 연관성 및 추가 정보를 확인한 출처: Franklin L. Riley, Publications of the Mississippi Historical Society, vol. 10 (Oxford, MS: Printed for the Society, 1909), 223; Elmo Howell, Mississippi Back Roads: Notes on Literature and History (Memphis: Langford & Associates, 1998), 126; Tom Stewart, "From Whence We Came: A Readable Story of Early Holly Springs," South Reporter (Holly Springs, MS), April 14, 2005; William S. Spear, Sketches

of Prominent Tennesseans: Containing Biographies and Records of Many of the Families Who Have Attained Prominence in Tennessee (Baltimore: Genealogical, 2003), 16.17; William Francis and James Monroe Crafts, The Crafts Family: A Genealogical and Biographical History of the Descendants of Griffin and Alice Craft, of Roxbury, Massachusetts (Northampton, MA: Gazette, 1893), 734.35. Berry, Princes of Cotton, 19, 536 n. 29.도 참조.

66 찰스 크래프트라는 성을 물려주었을지도: Crafts, The Crafts Family, 734.

67 윌리엄이 … 태어났다는 점이다: 출생 정보를 포함한 그의 사망 증명서는 Ancestry.com 과 Find a Grave에 게재되어 있다: https://www.findagrave.com/memorial/63823175/william-craft. 윌리엄의 가족에 관해: RTMF, 8; 크래프트가 "사랑하는 아버지께" 보낸 편지; "American Slavery," Bristol Times (UK), April 12, 1851. 휴 크래프트의 성경에 관한 정보는 한때 Ancestry 게시판에 게시된 바 있다.

67 윌리엄의 초년기: 윌리엄이 휴 크래프트의 소유가 된 시점은 알려지지 않았다. 별도 표기 없는 한 다음 장의 세부 내용은 CFT, 릴 1에서 발췌. 특히 참조: Mary to Martha, October 8, 1822; Martha to Mary, October 21, 1823; Hugh Craft to Mary Craft, July 28, 1825.

67 니거 옷: Genealogical Abstracts from the Georgia Journal (Milledgeville) Newspaper, 1809.1840 vol. 3 (1824.1828), 163.

69 "가장 이상한 화합물": Stephen William Berry, Princes, 484. 헨리 크래프트가 아버지에 대해 남긴 다른 묘사들은 1844년 6월 14일자 홀리 스프링스(CFT)에서 작성한 그의 메모에 실려 있다.

69 다른 사람들은 … 기억했다: 에드워드 커티스가 "사랑하는 누이에게" 보낸 편지, December 5, 1824, CFT. 크래프트는 1876년 6월 27일자 〈메이컨(조지아) 텔레그래프 앤 메신저〉에 장로로 등재되었다. 그의 신앙에 관해: Speer, "Sketches," 16.17. CFT 소책자 In Memoriam. Hugh Craft. Elizabeth R. Craft. James Fort. Robert Fort. Lucy Fort. John Y. Craft (printed at McComb City, MS., ca. 1879), 4에서 그는 "universally loved"로 기록되었다.

69 "해도 지옥, 안 해도 지옥": Debby Applegate, The Most Famous Man in America: The Biography of Henry Ward Beecher (New York: Doubleday, 2007), 38~39, 121.

70 사랑하는 마음과 영적 헌신: RTMF, 8-9.

71 포시스 카운티의 어느 도표: Tadman, Speculators and Slaves, appendix 6, 287.

71 노예 상인들: Johnson, Soul by Soul, 119, 123.

71 열 살: 윌리엄은 한 가구 제작자 밑에서 14년간 일했다고 진술했으며, 그의 견습 시작 시점(RFTF에 따르면 가족을 잃은 후로 추정됨)은 약 1834년으로 추정된다("American Slavery," Leeds Mercury (UK), October 25, 1856). 헨리 크래프트(윌리엄보다 다섯 달 먼저 태어남)의 기록에 따르면 크래프트 가족은 헨리가 열 살 때 이사했다(Speer, Sketches, 15).

72 "진정한 기독교"라 부른 종교가 아니라: RTMF, 8. 크래프트의 주택과 재산은 Bibb County Superior Court, Deed Records 1837.1839, E-5, 396.401, BCC에 등재되어 있다.

73 14년: "American Slavery." On boarding: Henry Craft to "Dear Father."

73 모두가 목화의 영향을 받았다: Liz Petry, "Chapter Four: The Lash and the Loom,"

Hartford Courant, September 29, 2002. Petry가 면화 산업과 국가 경제 전반의 교차점, 남북 지역 간 상호연계성, 노예 노동과 자유 노동의 연결성을 논의한 내용이 이 책에 영감을 주었다. 또한 Eisterhold, "Commercial," 430 참조.

74 1837년의 공황: Peter L. Rousseau, "Jacksonian Monetary Policy, Specie Flows, and the Panic of 1837," Journal of Economic History 62, no. 2 (2002): 479; "1837: The Hard Times," Harvard Business School online, https://www.library.hbs.edu/hc/crises/1837.html. 메이컨의 파산 사례에 관하여: Eisterhold, "Commercial."

74 그의 토지는 압류되어 … 패가망신했다: Announcements in GT, January 30, 1834, May 21, 1835, July 9, 1838, June 9, 1840; also Berry, Princes of Cotton, 536n29.

75 주택 담보 대출을 받듯: Bonnie Martin, "Slavery's Invisible Engine: Mortgaging Human Property," Journal of Southern History 76, no. 4 (2010): 822.

75 "소년 윌리엄": 1839년 1월 10일자 증서는 the Bibb County Superior Court, Deed Records 1837.1839, E-5, 396.401, BCC에 수록되어 있다. RTMF 9권에 명시된 대로 윌리엄과 그의 누이가 함께 담보로 잡혔다면, 경매에 부쳐진 누이는 일라이자였다.

75 아들 헨리에게 창피를 주곤 했다: Berry, Princes, 454.55.

76 "니거 세 명": 이 매물은 1840년 6월 2일까지 GT에 여러 차례 게재되었다.

77 녹다운: 크래프트 부부는 이 장의 사건들을 설명한다: RTFM, 9-10. 눈 덮인 목화밭에 관해: Solomon Northrup, Twelve Years a Slave (Auburn, NY: Derby and Miller, 1853), 166. 첫 구매자에 관해: Reidy, From Slavery, 23. 윌리엄의 가족에 관해: 헨리 크래프트가 "사랑하는 아버지께" 보낸 편지.

78 윌리엄은 … 계획을 세웠을지도 모른다: 사우스캐롤라이나주 찰스턴에 있는 구 노예 시장 박물관의 상설 전시에서 이러한 방법을 언급함. 월터 존슨은 Soul by Soul에서 노예들이 이러한 매매에서 능동적인 역할을 수행한 방식을 보다 상세히 분석한다. 워런과 찰스에 관해: 헨리 크래프트가 "사랑하는 아버지께" 보낸 편지.

80 윌리엄은 … 팔렸다: 윌리엄은 구매자를 은행원으로 묘사했는데, 플로렌스 프리드먼이 1969년 아르노 프레스판 RTMF에서 확인한 바에 따르면 그는 Ira H. Taylor였다; "Thomas Taylor's Receipt Regarding His Role in the Return of William Craft to Ira H. Taylor", HvC. 노스캐롤라이나주 포사이스 지역의 평균 노예 가격에 관해: Tadman, Speculators and Slaves, appendix 6, 287. 윌리엄과 테일러의 합의에 관해: "New England Convention," Anti-Slavery Bugle (New Lisbon, OH), June 15, 1849; LL, 27; "Libel Suit," 메이컨의 법률에 관해: Eisterhold, "Commercial," 438.

81 전성기 나이의 절반도 되지 못했다: Johnson, Soul by Soul, 151.

81 언젠가 도망치겠다고 결심했다: RTMF, 4, 10; "Proceedings of the British and Foreign Anti-Slavery Society," North Star (Rochester, NY), June 22, 1855.

81 흩어진 가족들을: 헨리 크래프트가 "사랑하는 아버지께" 보낸 편지. 크래프트 부부는 윌리엄의 여동생이 나중에 미시시피에 살았다고 기록한다(RTMF, 9). 주목할 점은 헨리가 언급하지 않은 윌리엄 가족 중 유일하게 알려진 인물이 바로 이 여동생이며, 추신의 대상이 "일라이자"라는 것이다. 저당권 서류에 언급된 다른 두 사람인 "샐리"와 "앨런"도 이 수수께끼 같은 편지에 등장한다.

83 기차는 빠르게 앞으로 나아갔다: American Notes, 90에서 디킨슨의 묘사 참조.

83 승무원 중 다수는 예속 피해자인 노동자들이었다: Whittington B. Johnson, Black Savannah: 1788.1869 (Fayetteville University of Arkansas Press, 1996), 79; Dixon,

"Building the Central Railroad," 12.14.

84 '니거 악단': 여기서의 세부 사항은 Alvarez의 Travel, 85, 89와 "역"에 관한 장, 특히 111, 123~25쪽에서 비롯된다. "흑인 동호회"는 Alvarez의 표현으로, 86쪽에 나온다.

85 사방에서 사람들이 정신없이 돌아다녔다: 같은 책, 127-28, 141-42, 161; Chambers, Things, 330.32.

86 예속 피해자 일꾼 무리가 농구를 지고: 이 묘사들은 칼튼 홈스 로저스의 Carlton Holmes Rogers, Incidents of Travel in the Southern States and Cuba (New York: R. Craighead, Printer, 1862), 236을 달리 표현한 것으로, Alvarez가 Travel, 156에서 요약한 내용이다.

86 엘렌은 … 흉터가 있었다: "Robert Collins Power of Attorney," HvC; RTMF, 19.

87 어머니 이름은 마리아였다 … 엘렌은 쿼드룬: BF, 5.7; McCaskill, "Ellen Craft," 83. "쿼드룬"에 관해: RTMF, 52.

87 '상냥한 기독교인': "Ellen Craft and Her Mother," NASS, August 12, 1865; "Ellen Craft's Mother," Newcastle Courant (UK), December 15, 1865.

87 집안에서 가사 일을 돌보는 노예: BF, 5-6; Schwartz, Born in Bondage, 118-19; McCaskill, "Ellen Craft," 86.

88 조지아주 법전: BF, 6. 나는 출생 시기를 최초로 지적한 Dorothy Sterling의 연구를 충실히 따르고 있다. 강간을 사형에 해당하는 범죄로 규정한 사항에 대해서는 "Free Negro Legislation," 33; Hotchkiss, Codification, 838 참조.

88 마리아는 … 평가되었다: Bibb Court of Ordinary, Record of Returns, 1851.1853, D-481, BCC.

88 물라토: Chesnut은 크래프트 부부에 관해 학계에서 자주 인용된다. Clinton, Plantation Mistress, 199 참조. Schwartz는 Born in Bondage, 44~45에서 예속 피해자 어머니들이 종종 이 중으로 피해를 입는 방식을 논의하며 그 복잡성을 분석한다.

89 악마 존: Cleveland, Genealogy, 2084, 2177; Foley, "Notes"; Foley to Craft.

89 스미스 부인: RTMF, 3~4. 출생 기록은 Births in Cleveland, Genealogy; Macon (GA) Weekly Telegraph, March 18, 1879의 부고; Fitzgerald and Galloway, Eminent Methodists, 112~13. 여주인의 역할(처벌 포함): Schwartz, Born in Bondage, 110~11; Clinton, Plantation Mistress. 일라이자 클리블랜드 스미스를 일라이자 스미스 콜린스와 혼동하지 않도록 '스미스 부인'으로 표기했다.

91 지역에 다른 가족들: LL, 27. Foley to Craft; "American Slavery," Bristol Times (UK), April 2, 1851; "American Slavery," Bristol Mercury (UK), April 12, 1851; Parker Trial, 147.

91 많은 것이 … 달려 있었다: Erica Armstrong Dunbar가 예속 피해자 여성에게 소유권 변경이 가지는 의미에 대해 논한 내용을 참조하라. Never Caught, 7, 57~58, 97~98.

91 '생존 꾸러미': Miles, All That She Carried, 36.37, xiv.

92 '공포': RTMF, 19.

92 보이지 않는 형태의 훈련: BF, 6-7; Kirby, Autobiography, 302. McCaskill은 "In Plain Sight."에서 크래프트 부부의 어린 시절 경험이 그들의 여정을 위한 "연습" 역할을 했다고 논한다.

93 고통에서 해방된다: RTMF, 4.

94 메이컨행: 1842년 쿡의 그림 Eliza Cromwell Smith Collins and Collins Lewis Juliet에

관하여: Donald D. Keyes, George Cooke, 1793.1849 (Athens, GA: Georgia Museum of Art), 68, National Portrait Gallery's "Catalog of Portraits," https://npg .si.edu/object/npg_SSSA0560. 콜린스에 관하여: Cleveland, Genealogy, 2177. GT, April 25, 1834의 해리엇 부고.

95 "여자는 … 절대로 숙달할 수 없다": 'This is where it all began,' Candler Alumnae Center," 2~3 (날짜 불명), 1974, Wesleyan College Archives, Macon, GA.

95 의학을 공부하기 위해 남부를 떠나: Willard L. Rocker, Marriages and Obituaries, 53.

97 일라이자의 배: 그녀의 임신은 1838년 아이의 죽음으로 입증된다. "Whose Bones Lie Buried," Macon (GA) Weekly Telegraph, February 25, 1891, 7.

97 언제나 대기 상태였다: BF, 6~8; McCaskill, "Ellen Craft," 85. 학자들은 "집안 노예"의 어려움을 지적 해왔다. 예를 들어, Annette Gordon-Reed, The Hemingses of Monticello (New York: Norton, 2008), 30 참조.

97 예속 피해자들을 담보로 활용했다: Alicia K. Jackson, Recovered Life, 34.36, 166n44, 167n54; Bibb County Georgia Superior Court, Deeds and Mortgages 1839.1842, 6 (G): 272.73, BCC; 콜린스 가문과 여덟명의 노예를 포함한 거래 사례 참조: Bibb County Georgia Superior Court, Deeds and Mortgages 1848.1853, 9(K), 494.

98 형제 찰스: Alicia K. Jackson은 로버트 콜린스의 빈번한 사업 동료(그리고 "아마도 친척")인 찰스 콜린스가 "메이컨에서 노예 상인으로 잘 알려져 있었다"라고 기록한다. Recovered Life, 167 n. 51, 36. 증거는 제한적이지만, 프레더릭 뱅크로프트도 그녀의 주장을 지지한다. 그는 Slave Trading, 246~47에서 찰스 콜린스를 메이컨의 노예 상인이자 은행 주식을 보유한 "농장주"로 확인한다. 또한 컬럼비아 대학 소장 뱅크로프트 문서함 9번의 일지를 참조하라. 1840년, 1850년, 1860년 연방 인구조사에 따르면 비브 카운티에 찰스 콜린스가 등재되어 있으며, 가구 정보에 따르면 그는 로버트 콜린스의 형제였다. 그들의 가족 성경은 다음에 등장한다: Daughters of the American Revolution, Hawkinsville Chapter, and Cedar Cemetery, Cedar Hill Cemetery Records, Cochran, Bleckley County, Georgia: Halsey Family Bible Records, Harris-May-Collins Bible Records (Salt Lake City, UT: Genealogical Society of Utah, 1970에서 촬영), 77. 찰스 콜린스의 이름은 "ATTENTION PLANTERS! 61 Negroes," GT December 23, 1856란에 등장한다. 콜린스 가문과 스미스 가문 모두 조지아주 모로우 소재 조지아 기록보관소의 1857년 메이컨 세금 명세서에서 주요 예속 가해자로 기록되어 있다.

99 "훨씬 더 인간적": RTMF, 7; McCaskill, "Ellen Craft," 86, 89.

100 "니거": BF, 9; TL, "Anti-Slavery Meeting in New Bedford," February 16, 1849.

100 "백인을 믿어서는 안 된다": RTMF, 52.

100 엘렌의 이모: 메리 일라이자 힐리의 출생 배경은 오랫동안 논쟁의 대상이었다. Sterling 과 Foley는 출처 없이 그녀를 제임스 스미스의 딸로 지목한다(BF, 7). 오툴은 Passing, 14, 231n19에서 이러한 주장을 의문시한다. 한편 S. T. Pickard는 엘렌으로부터 메리 일라이자가 자신의 외숙모라는 말을 들었다고 보고한다. 휴스턴 대학(HOU)이 소장한 시버트 문서(메인주 지하철도, MS Am 2420, 12)에 수록된, 윌리엄 H. 시버트에게 보낸 그의 편지를 참조하라. 후손들이 기록한 메모(Caroline DuBose, "From the Shadow of Slavery to Place in History," ARC)도 이 보고를 뒷받침한다. 필자의 힐리 가문 개요는 오툴의 Passing, 5~22를 참고하였다. Albert S. Foley, Bishop Healy: Beloved Outcaste (New York: Arno Press, 1969), 9.28 및 Dream of an Outcaste: Patrick F.

Healy; the Story of the Slaveborn Georgian Who Became the Second Founder of America's First Great Catholic University, Georgetown (New Orleans: Portals Press, 1989), 1.11; Foley to Craft도 참고.

100 힐리 가족의 특이한 점: 힐리 가문을 구분 짓는 요소와 조지 워싱턴의 사례는 기존 통념을 완전히 뒤집는 것이었다. 힐리의 법적 문제에 관하여: 같은 책, 21~22; 보다 넓은 이야기에 관하여: 같은 책, 10, 15; Foley, Bishop Healy, 18; Rogers, "Free Negro Legislation," 27.37. 조지 워싱턴에 관하여: Dunbar, Never Caught, 173.76. Healy가 해방을 실행할 수 없었던 점에 관하여: Passing, 22. "한 방울 법칙"에 관하여: 같은 책, 2, 15; Clinton, Plantation Mistress, 203.

서배너

105 그림자와 침묵의 도시: Carlton Holmes Rogers, Incidents of Travel in the Southern States and Cuba, 229; Walter Fraser, Savannah, 258; Emily P. Burke, Reminiscences of Georgia (Oberlin: J. M. Fitch, 1850), 15.

105 목화밭 한가운데에 풍경: Berry and Harris, Slavery and Freedom, 45.47; Fraser, Savannah, 246.48; C. G. Parsons, Inside View of Slavery; Or, a Tour Among the Planters (Boston: J. P. Jewett, 1855), 23; Cunynghame, Glimpse, 260. 철도는 다큐멘터리 Steam, Steel and Sweat: The Story of Savannah's Railroad Shops (Savannah, GA: Coastal Heritage Society, 2003)에서 도시의 가장 큰 노예 상인으로 지목된다.

106 "내 증조할아버지": Alvarez, Travel, 36에서 인용.

106-107 8시 30분에 출발 … 풀라스키 하우스: The Savannah (GA) Daily Republican은 출발 시간을 기록하고 있다. 크래프트 부부의 이곳 체류에 관하여: "An Interesting Case," Savannah (GA) Daily News, 1878년 5월 28일. Collins의 호텔 투숙 기록에 관하여: Savannah (GA) Daily Republican, 1847년 12월 15일; Savannah (GA) Georgian, 1849년 1월 17일.

107 "목에 잔뜩 힘을 주고 다니는": Malcolm Bell, "Ease and Elegance, Madeira and Murder: The Social Life of Savannah's City Hotel," Georgia Historical Quarterly 76, no. 3 (1992): 571에서 인용. 메뉴와 얼음에 관하여: 같은 책; Malcolm Bell, "Savannah's City Hotel," May 1990, City Hotel file, GHS.

108 스패니시 모스가 자라지 않았다: Karen Wortham은 자신의 "Journey by Faith" 투어에서 이 이야기를 전했다.

108 중심축: 사바나의 노예 무역 규모는 후일의 것에 비해 작았지만, 그 핵심 좌표는 이미 확립되어 있었다. Barry Sheehy, Cindy Wallace, Vaughnette Goode-Walker는 Savannah: Brokers, Bankers and Bay Lane: Inside the Slave Trade (Austin: Emerald Book Company, 2012)에서 Bay Lane을 "서배너 노예 거래 지구의 심장부"라고 부른다. Daniel Nason은 Journal of a Tour from Boston to Savannah (Cambridge: printed for the author, 1849), 29.32에서 판매 장면을 묘사한다. 아이러니에 관하여: Clarissa Santos, "Johnson Square," GHS, http://georgiahistory.com/education-outreach/historical-markers/hidden-histories/johnson-square/

108 매음굴과 술집이 더 많았고 … 최대의 노예 상인: Fraser, Savannah, 289, 310. 럼주와

노예제의 초기 금지에 관하여: Harris and Berry, Slavery and Freedom, 2.4.

108 '통곡의 시간': Anne C. Bailey, The Weeping Time: Memory and the Largest Slave Auction in American History (NY: Cambridge University Press, 2017).

109 풀라스키는 … 알려져 있었다: Fraser, Savannah, 310.11; Byrne, "Burden and Heat," 233; Whittington B. Johnson, Black Savannah, 88; Charles Hoskins, Out of Yamacraw and Beyond: Discovering Black Savannah (Savannah, GA: Gullah Press, 2002), 112. 소문에 관하여: Jack McQuade, "Flags, Cuspidor, Dungeon Found in Pulaski Wreckage," Savannah (GA) Evening Press, January 14, 1957; Beth E. Concepcion, "Beneath the Surface," Savannah, March 15, 2017.

109 참아야 했던 만큼: Central Railroad에는 아마도 휴게 시설이 없었을 것이므로, 크래프트 부부는 8시 30분에 증기선에 승선할 때까지 기다려야 했을 것이다.

110-111 제너럴 클린치호 … 웨딩 케이크식 갑판 구조: Eric Heyl, Early American Steamers, vol. 6 (Buffalo: Sin, 1953), 126.27. 베이 주변과 부두 지역에 관하여: Fraser, Savannah, 252.53, 258, 303. 이 장에서는 Gudmestad의 Steamboats가 결정적 참고 자료였으며, 특히 증기선 내 위계(32.33, 53.77)에 관한 논의가 중요했다. 서배너가 조지아의 주요 노예 항구였던 것에 관하여: Byrne, "Burden and Heat," 227; Fraser, Savannah, 310.

111 새라라는 이름의 세 살짜리 아이: 주(州) 간 운항을 하는 선장들은 "Slave Manifests"를 작성해야 했으며, Sarah의 이름은 거기에 나타난다. 불행히도 크래프트 부부가 여행하던 날의 문서는 분실되었거나 파기되어 남아 있지 않은 것으로 보인다. 참조: Papers of the American Slave Trade, Series D: Records of the US Customhouses, Part 1: Port of Savannah Slave Manifests, 1790.1860, "Reel 16: Outward, January 1848. September 1850," 141.50, http://www.lexisnexis.com/documents/academic/upa_cis/100539_AmSlaveTradeSerDPt1.pdf. 애틀랜타 국립문서기록원의 Desiree Wallen의 안내에 감사한다.

111 사교성을 발휘해야만 했다: BF, 14.

112 찰스턴으로 이사: 증거에는 Robert Collins가 Jesse F. Cleveland와 함께 사업을 했다는 공고(GT, October 15, 1839), James W. Hagy, Directories for the City of Charleston, South Carolina … 1840.41 (Baltimore: Clearfield, 1997)에 실린 그의 이름, 그리고 찰스턴(메이컨이 아님)의 1840년 인구조사가 포함된다. 주목할 점은, 일라이자와 엘렌의 나이가 그 가구의 여성들과 일치한다는 것이다. 스미스 일가의 메이컨 이주에 관하여: Foley to Craft.

112 거대한 캔버스: George Cooke의 1842년 그림, 일라이자 크롬웰 스미스 콜린스와 줄리엣 콜린스 루이스. 아들에 관하여: "Whose Bones Lie Buried," Macon Weekly Telegraph, February 25, 1891, 7.

113 감정적 상태: Never Caught 22쪽에서 Dunbar가 Ona Judge의 상황에 대해 논의한 부분을 보라.

113 "도매업과 위탁업": 1839년 10월 10일자 Georgia Messenger (Fort Hawkins, GA)에 실린 광고를 보라. 이는 Alicia K. Jackson이 발굴한 것으로, 그녀는 Recovered Life 34~36쪽에서 로버트 콜린스가 콜린스 앤 클리블랜드에서 동업했음을 밝히고 있다. 가족 관계에 대해서는 Cleveland, Genealogy 211쪽을 보라.

113-114 엘렌을 데려갔다 … 아기 줄리엣: 일라이자가 엘렌을 내보낼 수 없었던 것에 관하

여: BAP, 274. 스미스 일가의 이주는 BF, 9, Foley to Craft에 기록되어 있다. 줄리엣의 출생은 Cleveland, Genealogy, 2177에 1842년 7월 4일로 기록되어 있으며, George Cooke의 그림은 출생을 1840으로 표시한다.

114 다른 기억을: RTMF, 7, 23.

115 메이컨으로 돌아왔기 때문: "Dr. Robert Collins of Charleston"은 Samuel Hazard, Hazard's United States Commercial and Statistical Register, vol. 6 (Philadelphia: William F. Geddes, 1842), 15에 나타난다. 그는 1843년까지 메이컨으로 돌아왔고, 그 때 센트럴 레일로드의 계약을 맡고 있었다.

115 쪽지: 무제 문서, box 6, folder 79, ARC.

115 견딜 수 없었다: RTMF, 3, 19.20.

116 엘렌은 뉴올리언스로: Parker는 Trial, 16에서 이러한 가능성을 제기한다.

117 "같이 살 수 없으며": Collins, Essay, 12.

118 기독교식 결혼식을 허락받지 못했다 … 빗자루를 뛰어넘는 의식: McCaskill, "Ellen Craft," 86.

118 후대 사람들이 그리워하는 … "팔려 보냈던 것 ": Caroline Williams, History of Jones, 68~69에서 인용.

119 감시: 나는 General Clinch와 같은 선박의 문화와 관련해 Gudmestad의 Steamboats 에서 자세한 정보를 얻었으며, 기타 관련 배경도 이 저작에 근거했다. 특히 "Floating Palaces and High-Pressure Prisons," 60, 6 8; 공동 시설에 관한 64~65가 핵심이 었다. 이 장의 장면들은 RTMF와 "An Incident in the South," Newark Daily Mercury, January 19, 1849에 상당히 가깝게 구성되었다.

122 치료제 중 하나: 콜레라에 관하여: Richard J. Evans, "Epidemics and Revolutions: Cholera in Nineteenth-Century Europe," Past & Present, no. 120 (1988): 123.46. 오포델도크에 관하여: H. B. Skinner, The Family Doctor, or Guide to Health, 16th ed. (Boston: published for the author, 1844), 46.

122-123 티비섬: "Journey by Faith"의 Karen Wortham에게 이 섬을 생생하게 그려준 데 감사한다. 이 섬은 Byrne, Burden and Heat, 217; Berry and Harris, Slavery and Freedom, 23에도 묘사되어 있다.

123 밤새: Charles Lyell, A Second Visit to the United States of North America (London: John Murray, 1849), I: 308, Cunynghame, Glimpse, 262.

125 성수기: Richard McMillan, "Savannah's Coastal Slave Trade: A Quantitative Analysis of Ship Manifests, 1840.1850," Georgia Historical Quarterly 78, no. 2, 342.

127 "그 자치권의": Fitzgerald and Galloway, Eminent Methodists, 110, 113.

128 〈뉴욕 헤럴드〉: "Singular Escape"는 1849년 1월 17일 이곳에 게재되었다.

129 어느 모로 보나 최악은 아니: RTMF, 3; Collins, Essay, 6.

130 "조지아주 노예의 삶": John Brown, Slave Life in Georgia: A Narrative of the Life, Sufferings, and Escape of John Brown, a Fugitive Slave, Now in England, ed. Louis A. Chamerovzow (London: W. M. Watts, 1855), 48, 88, 132. On Brown, see F. N. Boney's Beehive Press edition (1972); Fisch, American Slaves, 56.

130 "나는 … 노예들을 … 보았습니다": RTMF, 68.69. 크래프트 부부가 노예 사냥꾼의 보복 에 대해 논의하는 내용은 같은 책 20쪽을 보라.

132 공개 선언문을 내야 했다: "To the Public," Savannah (GA) Georgian, October 30,

1832.

132 가장 큰 신뢰를 받는: 콜린스가 헤이스팅스에게 보낸 편지.

132 저택이 경매로 팔리는: 1844년 9월 4일의 스미스의 매입과 일라이자에게의 증여는 Bibb County Superior Court, Deed Records 1842.1845, H-7, 692.93, BCC에 문서화되어 있다. 집에 관하여: John C. Butler, The Life of Elam Alexander (Macon, GA: J. W. Burke, 1886), 7.

133 명단은 아찔했다. … 모두도 포함되었다: "Postponed Bibb Sheriff's Sale," GT, September 29, 1846. William은 "Libel Suit"에서 결혼 연도를 1846년으로 기록했다. 나는 이 매각이 실제로 집행되었다는 확정적 증거를 찾지 못했다. 다만 여기 열거된 이름들을 1850년 인구조사에 나타난 콜린스의 노예 보유 내역과 비교하면, 특히 남성이 상당히 줄어들었음이 확인된다.

133 1845년 7월 1일: Bibb County Superior Court, Deed Records 1845.1848, I/J-4, BCC. 엘렌은 "17세가량의… 소녀"로 기술되어 있는데, 이는 통상 알려진 1826년생보다 더 어린 나이로 기록된 것이다.

134 니거 남자: "Death of Mr. Johnston," Georgia Weekly Telegraph, October 25, 1887. 추가적인 세부 정보는 Johnston-Felton-Hay House Museum의 전시 자료와 Tommy H. Jones, The Johnstons, Feltons and Hays.100 Years in the Palace of the South (Atlanta: Georgia Trust for Historic Preservation, 1993), 관련 웹사이트에서 확인할 수 있다: http://tomitronics.com/old_buildings/hay%20house/people.html.

135 '속임수와 장난질'에 관련되었으며: Johnston v. South West Rail Road Bank 사건을 참조하라, Strobhart, Reports, 359. 그리핀의 사례는 Jenkins, "Antebellum Macon," 155에 나타난다.

137 아기를 낳았으며: McCaskill은 "Ellen Craft," 89.90, LL, 30; Parker, Trial, 147; James Freeman Clarke, Anti-Slavery Days: A Sketch of the Struggle Which Ended in the Abolition (New York: J. W. Lovell, 1883), 83~84 등 두 갈래의 근거를 제시한다. Papson과 Calarco는 Secret Lives, 67에서 Kirby, Years (305.8)을 인용한다. 여기에 Lyons, "Quaker Family Home" 속 Barclay와 Mary Ivins의 후손이 남긴 미간행 "Ellen Craft" 증언을 보탰다. 주목할 점은, 이들 모두가 크래프트 부부가 재노예화 위험에서 벗어난 뒤에야 이야기를 공개했다는 것이다. 파커는 크래프트 부부와 가장 가까웠는데, 윌리엄은 그를 "훌륭한 친구"이자 "이 도시의 성직자 중 조금이라도 신뢰하는 유일한 사람"이라고 불렀다(증거: Samuel May에게 보낸 편지, May 29, 1860, BPL; "Libel Suit."). 또한 아이가 윌리엄의 친자가 아닐 가능성도 제기되어 왔는데, 이에 대해서는 LL, 30; Beaulieu, Writing African American Women, 228을 보라.

137 "무엇보다도" 괴로웠다고 한다: RTMF, 3.

137 주인의 피해자: Thomas Wentworth Higginson to Charles Devens, US Marshal, September 29, 1850, Letters and Journals, box 3, Thomas W. Higginson Papers, HOU; McCaskill, RTMF, xxii.

138 후손들은 … 기억했다: Albert Foley to Dorothy Sterling, December 27, 1974, Dorothy Sterling Papers, Special Collections and University Archives, University of Oregon.

138 "인류의 모든 족속을 … 우리 편에 계신다": RTMF, preface, 21.

139 엘렌은 … "겁쟁이처럼 굴지 마!": McCaskill은 LL, 25에서 Josephine Brown, Biography, 75.81을 근거로 계획을 처음 생각해 낸 사람이 엘렌이라고 본다. 또 다른 보

고에 따르면 윌리엄은 최대 220달러까지 저축했을 수 있다. 참조: "American Slavery," Leeds Mercury (UK), October 25, 1856.

141 며칠에 걸쳐 ⋯ "될 것 같아": RTMF, 21.24; "Story of Ellen Crafts," BAP, 321; 조작 문제는 같은 책, 274. "green glasses"의 의미를 알려준 Lynne Bassett에게 감사한다.

141 특권과 질병: McCaskill은 엘렌이 "deafness, toothache, and snobbery"를 가장했다고 지적한다(RTMF, x). 엘렌의 위장에서 장애 표상의 의미에 관하여: Ellen Samuels, "'A Complication of Complaints': Untangling Disability, Race, and Gender in William and Ellen Craft's Running a Thousand Miles for Freedom," MELUS 31, no. 3 (2006), 특히 "the invalid as 'one who is served,'" 36~38을 보라. 보다 넓은 논의는 Dea H. Boster, African American Slavery and Disability: Bodies, Property and Power in the Antebellum South, 1800.1860 (New York: Routledge, 2013).

141 눈과 귀, 손발 역할: Still, Underground Rail Road, 369. McCaskill은 "In Plain Sight"에서 필라델피아주의 의미를 논의한다.

142 윌리엄 존슨, 혹은 다른 스펠링인 존스턴: 크래프트 부부는 RTMF에서 Johnson으로 썼지만, 다른 곳에서는 엘렌의 가명이 존스턴으로 나타난다. 추가 참고: McCaskill, LL, 31.32.

찰스턴

145 두 집: (별도 기록이 없는 한) 모든 대화와 생각은 RTMF를 따랐다. 또한 BAP, 246~49의 "Speech by William Craft"를 보라. 전신에 관하여: Butler, Historical Record, foreword, 179~81. Charleston의 Old Exchange Building(옛 customhouse)의 현판과 상설 전시는 이곳이 최대 규모의 노천 노예시장이었음을 설명한다.

147 슈거 하우스 ⋯ 채찍 방: James Matthews, "Recollections of Slavery by a Runaway Slave," Emancipator (New York), August 23, September 13, 20, October 11, 18, 1838. 또한 Susanna Ashton, "Recollecting Jim," Common-Place 15, no. 1 (Fall 2014); Lineberry, Be Free or Die, The Amazing Story of Robert Small's Escape From Slavery to Union Hero (New York: St. Martin's Press), 43; Joseph Williams, "Charleston Work House and 'Sugar House'," Discovering Our Past, College of Charleston online; Samanthis Smalls, "Behind Workhouse Walls: The Public Regulation of Slavery in Charleston, 1730.1850" (PhD diss., Duke University, 2015), "little sugar" 35n2, 55; Miles, All That She Carried, 172.73.

147 '영원한 계단': "The Charleston Sugar House," TL, June 29, 1849.

148 경찰국가: Andrew Delbanco, 26; Ivan D. Steen, "Charleston in the 1850's: As Described by British Travelers," South Carolina Historical Magazine 70, no. 1 (1970): 42.44. 인구 수치는 The Seventh Census of the United States: 1850에 근거한다.

148 "찾기는 어렵다": Mackay, Western World, 184.

149 그의 이름은 모지스였다: "Remarkable Attempt to Escape by A Slave," Camden (SC) Journal, November 1, 1848.

151 플랜터스 호텔: Martha Zierden et al., "The Dock Street Theatre: Archaeological Discovery and Exploration," vol. 42, March 2009. (https://www.charlestonmuseum.

org/assets/pdf/ArchaeologyReports/Dock%20Street%20Theatre%202009%20-%20AC%2042.pdf); Lineberry, Live Free or Die, 45.

151 항구의 북쪽 끝 … 칠면조독수리: 정확한 경로는 알려져 있지 않지만, 도시의 배치는 Amelia Murray의 기록(독수리에 관한 언급은 Steen, "Charleston," 41에 수록)과 Wellington Williams, "Plan of Charleston" (Philadelphia: W. Williams, 1849) 같은 지도에서 잘 드러난다.

152 미국 최초의 극장: "Dock Street Theatre: America's First Theatre," Charleston Stage online, https://charlestonstage.com/about-us/dock-street-theatre.

152 음탕하고 시끌벅적한 공연: Joseph Kelly, America's Longest Siege: Charleston, Slavery, and the Slow March Toward Civil War (New York: Overlook Press, 2013), 26.

152 인간이 매매된다: Beaulieu, Writing African American Women, 228.

152 몸종: 이 맥락에서 배지와 로즈의 삶에 대한 Miles의 논의가 중요하다: All That She Carried, 82.87.

152 그 집에는 … 있었다: Cleveland, Genealogy, 2119, Charleston's 1840 city directory 및 census.

154 미들 패시지 세대의 손자였다: BAP, 541. 추가 분석은 LL, 19.21.

155 "작은 돈 업 부크라": RTMF 35.

156 '신사 해적': 해적과 건물에 관한 세부 사항은 Ruth M. Miller, Ann Taylor Andrus, Charleston's Old Exchange Building: A Witness to American History (Charleston, SC: History Press), 특히 14, 47에서 가져왔다.

157 필라델피아 직행 표: "Singular escapes," 7; BAP, 247. 운임은 William W. Williams, Appleton's Railroad and Steamboat Companion (New York: D. Appleton, 1848), 261, 290을 보라.

158 찰스턴 사람들은 … 감탄의 대상이 되곤 했다: Walter J. Fraser, Jr., Charleston! Charleston! The History of a Southern City (Columbia: University of South Carolina Press, 1989), 225.

161 3시 정각: Sumter Banner (Sumterville, SC), November 28, 1849의 광고. 비교: RTMF, 37(드물게 일치하지 않는 사례).

육로

165 엉뚱한 녀석:이 장은 다음 자료에 크게 의존한다: Cunynghame의 Wilmington 및 그 너머로의 여행에 대한 생생한 묘사: Glimpse, 264.75. 참조: also Olmstead, Journey, 337.40, 368, 374; James Sprunt, Chronicles of Cape Fear, 2nd ed. (Raleigh, NC: Edwards & Broughton, 1916), 154, 160; Bryant, Letters, 78.79.

165 '물 위의 화산': Thomas P. Jones and James J. Mapes, eds., Journal of the Franklin Institute of the State of Pennsylvania (Philadelphia: Franklin Institute, 1843), 401.

165 불규칙성으로 잘 알려져 있었다: James C. Burke, The Wilmington & Raleigh Rail Road Company, 1833.1854 (Jefferson, NC: McFarland, 2011), 72.)

167 찰스 디킨스는 … 충격을 받았다: Dickens' American Notes, 166.

167 "표요!" … 니거 화부: Chambers, Things, 331.32, Crowe, With Thackeray, 143.44.

168 승객들에게 한 가지 위안 … 망가진 기사들: Cunynghame, Glimpse, 269, 276.

168 결혼하지 않은 그의 두 딸: Josephine Brown, Biography of a Bondman, 78. Other accounts in Ripley, BAP, 246; "An Escape from Slavery in America," Chambers's Edinburgh Journal

171 상자 속으로: McInnis's Slaves Waiting Richmond, 더불어 Scott Nesbit, Robert K. Nelson, and Maurie McInnis, "Visualizing the Richmond Slave Trade," Hidden Patterns of the Civil War, University of Richmond online, http://dsl.richmond.edu/civilwar/slavemarket_essay.html. 또한 다음을 참고했다: Olm stead, Journey, 19.24; Mackey, Western World, 2:152; Crowe, With Thackeray, 130.

172 "자유 아니면 죽음을.": Bryant, Letters, 72. 헨리의 예속 관행에 관하여: Harlow Giles Unger, Lion of Liberty에 관하여: Patrick Henry and the Call to a New Nation (New York: Da Capo Press, 2010).

172 재판매 중심지 … 가족은 찢어지는 것: McInnis, Slaves Waiting, 78, 83, 99, 147; Bancroft, SlaveTrading, 246.47.

173 '악마의 반 에이커' … 거의 백인: Abigail Tucker, "Digging Up the Past at a Richmond Jail," Smithsonian Magazine, March 2009; Sydney Trent, "She Was Raped by the Owner of a Notorious Slave Jail," Washington Post, February 1, 2020.

173 비슷한 일과: Underground Rail Road, 369. 참조: Richmond Republican, May 23, 1849에 광고된 기차 시간표.

174 "아뇨, 이 녀석은 내 노예입니다": 이 이야기는 (Sanborn이 "The Plagiarist's Craft"에서 언급했듯이) 과장되었을 가능성이 크지만, 실제 사건에서 비롯되지 않았다고 단정할 수는 없다.

174 헨리라는 이름의 리치먼드 남자: Jeffrey Ruggles, Unboxing; Ernest, ed., Narrative of the Life of Henry Box Brown.

176 수도: vendors에 관하여: Bryant, Letters, 71; Mackay, Western World, 67. Aquia Landing, 참조: the site marker at "Steamships Stages and Slave Trade.Trail to Freedom," The Historical Marker Database, http://www.hmdb.org/marker.asp?marker=40129.

177 "롤러에 감아둔 수건 두 장"… 니거 이발사: Dickens, American Notes, 2:7, Chambers, Things, 268.

177 "재미있었다"라고 표현: Berry, Princes of Cotton, 503.

178 어느 여행객은 … 기억했다: Mackay, Western World, 64. Other descriptions in these passages from 같은 책, 66; Chambers, Things, 268; Olmstead, Journey, 17~19. Ona Judge에 관하여: Dunbar, Never Caught. 주된 노예 수출 시장으로서의 알렉산드리아의 과거에 : McInnis, Slaves Waiting, 105.

181 백인처럼 옷을 입은: RTMF, 43.

181 엘렌이 아닌 윌리엄: Marjorie Garber는 Vested Interests: Cross-Dressing and Cultural Anxiety (New York: Routledge, 1992) 285쪽에서, "여자가 아니라 남편이 여장했다는 비난을 받는다"는 점에 아이러니가 있다고 지적한다.

183 "단일 사건으로 가장 규모가 큰 사건": 나의 논의는 Mary Kay Ricks, 'Escape on the Pearl,' Washington Post, 1998년 8월 12일자 기사와 그녀의 저서 Escape(특히 92쪽)에 근거한다.

184 "나는 이 법안이 어디로 이어질지 압니다": "Debate in the United States Senate," GT, May 9, 1848.

184 다름 아닌 말처럼: Quoted in Ricks, Escape, 96~97. 활발한 영업에 관한 보도: "From Washington," GT, January 2, 1849.

185 "이런 일이 그 자체로 잘못된 점은 없다."…열 살의 외로운 제리: William Dusinberre, Slavemaster President: The Double Career of James Polk (Oxford: Oxford University Press, 2007), 18, 20.21, 77.78; Ta-Nehisi Coates, "The Case for Reparations," Atlantic, June 2014에서 인용.

186 "조지아주 클린턴 출신.": Calvin Schermerhorn, Money over Mastery, Family over Freedom: Slavery in the Antebellum Upper South (Baltimore: Johns Hopkins University Press, 2011), 16.

186 "호프 헬 슬로터": Joseph Henry Allen, ed., The Unitarian Review, vol. 36 (Boston, Office of the Unitarian Review, 1891), 197; "Recaptured Fugitives," NASS, May 4, 1848.

186 일등석 열차: Joseph J. Snyder, Baltimore and Ohio: The Passenger Trains and Services of the First American Common-Carried Railroad, 1827.1971 (Shepherdstown, WV: Juniper House Library Publications, 2012), 45.

188 볼티모어: 그들이 알았던 것: RTMF, 44, Colson Whitehead, Underground Rail Road (New York: Doubleday, 2016), 57. Weather reports in the Baltimore Daily

190 호프 헐 슬래터의 오래된 노예 우리: 슬래터와 그의 사업, 터널에 관하여: Clayton, Cash for Blood, 83.91, 667n18; "Cash for Negroes," Baltimore Sun, July 18, 1838.

191 "어디 가냐, 이 녀석아?": 별도 표기가 없는 한 이후 인용은 RTMF, 44~47에서 인용했다.

192 죽을 때까지 싸우겠다: "Anti-Slavery Meeting in New Bedford," TL, February 16, 1849, 27.

194-195 필요하다고는 생각하지 않았다: BAP, 248.49.

197 짐: 열차 여정에 대한 서술은 다음 자료에 근거한다: Charles P. Dare, Philadelphia, Wilmington and Baltimore Railroad Guide (Philadelphia: Fitzgibbon & Van Ness, 1856), 26.27. Francis Scott Key에 관하여: Christopher Wilson, "Where's the Debate on Francis Scott Key's Slaveholding Legacy?," Smithsonian, July 1, 2016. 검둥이 칸에 관하여: Mackay, Western World I: 102.4. 이 장의 모든 대화는 RTMF, 47~50을 따랐다.

197-200 하브르 드 그레이스 …유색인도 간식을 먹을 수 있는 곳: Jamie Smith Hopkins, "Hidden Gem: Havre de Grace," Baltimore Sun, November 8, 2009; Chambers, Things, 253. the 수송 등에 관하여: RTMF, 48; Mackay, Western World, 104; Charles Richard Weld, A Vacation Tour in the United States and Canada (London: Longman, Brown, Green, and Longmans), 1855), 337; John Disturnell, A Guide Between Washington, Baltimore, Philadelphia, New York, and Boston (New York: J. Disturnell, 1846), 20.

205 늦은 밤: 글자가 들어간 돌에 관하여: Dare, Philadelphia, 75. 말에 관하여: Geffen, "Industrial Development," 316; Mackey, Western World, II:97.

207 크리스마스이브, 후일담: 콜린스 가족이 엘렌의 주체성을 받아들이는 데 망설인 것에 관하여: 콜린스가 헤이스팅스에게 보낸 편지. 참조: "Runaway Slaves," GT, 1849년 2월

13일. 고급 가구 제작자의 본능에 관하여: RTMF, 29.

펜실베이니아

211 형제애의 도시: 이 도시는 Sam Katz의 2011년 다큐멘터리 Philadelphia, The Great Experiment, "Disorder, 1820-1854"에 생생히 구현되어 있다. WPVI-TV 온라인에서 볼 수 있음: https://6abc.com/entertainment/philadelphia-the-great-experiment. full-episodes/446858/ 이 장의 주요 참고 문헌은 다음과 같다: Elizabeth M. Geffen, "Industrial Development" 및 "Violence in Philadelphia in the 1840s and 1850s," Pennsylvania History: A Journey of Mid-Atlantic Studies 36, no. 4 (1969년 10월): 381-410; Julie Winch, Elite of Our People: Joseph Wilson's Sketches of Black Upper-Class Life in Antebellum Philadelphia (Pennsylvania State University Press, 2000); W. E. B. DuBois, The Philadelphia Negro: A Social Study (Philadelphia: published for the university, 1899), 25-45; Daniel R. Biddle and Murray Dubin, Tasting Freedom: Octavius Catto and the Battle for Equality in Civil War America (Philadelphia: Temple University Press, 2010).

211 여성용 모자 제작자와 선원: Daniel Murray Pamphlet Collection (Library of Congress) 및 Society of Friends, A Statistical Inquiry into the Condition of the People of Colour, of the City and Districts of Philadelphia (Philadelphia: printed by Kite & Walton, 1849); Winch, Elite, 16-22.

211 "남쪽의 길쭉한 거리: "An Ex Slave's Reminiscences"; Winch, Elite, 6.

212 "뜨끈한 후추 수프요!": Winch, Elite, 13.

214 윌리엄은 … 다르게 회상했다: "Libel Suit."

215 영국 여행객들: Ivan D. Steen, "Philadelphia in the 1850's: As Described by British Travelers," Pennsylvania History: A Journal of Mid-Atlantic Studies 33, no. 1 (1966): 33. Geffen은 특히 "Industrial Development," 315-16에서 도시와 그 대비를 생생히 묘사한다.

215 자매의 애정: A Guide to the Stranger, or Pocket Companion for the Fancy: Containing a List of the Gay Houses and Ladies of Pleasure in the City of Brotherly Love and Sisterly Affection (Philadelphia: s.n., 1849). 검시관 보고서: Daniel Murray Collection, Society of Friends, "Statistical Inquiry," 34. 갱단과 쓰레기에 관하여: Geffen, "Violence in Philadelphia," 391, 그리고 "Industrial Development," 318.

215 자경 위원회: Larry Gara, "William Still and the Underground Railroad," Pennsylvania History 28, no. 1 (January 1961): 33-44; Joseph A. Borome, et. al, "The Vigilant Committee of Philadelphia," Pennsylvania Magazine of History and Biography 92, no. 2 (July 1968): 320-51; Janice Sumler-Lewis, "The Forten-Purvis Women of Philadelphia and the American Anti-Slavery Crusade," Journal of Negro History 68, no. 4 (Winter 1981-82): 281-88; Nilgun Anadolu Okur, "Underground Railroad in Philadelphia, 1830-1860," Journal of Black Studies 25, no. 5 (May 1995): 537-57; Bacon, But One Race, 81. 필라델피아주에 관하여: Richard Newman and James Mueller, Antislavery and Abolition in Philadelphia (Baton Rouge: Louisiana State

University Press, 2011), 1.

216 필라델피아 최고의 고객: Geffen, "Violence," 383.

216 캐롤라이나 거리: Daniel Kilbride, An American Aristocracy: Southern Planters in Antebellum Philadelphia (Columbia: University of South Carolina Press, 2006), 5.

217 펜실베이니아 홀이 … "참 아름다운 불꽃 기둥이었다": 인용문: Ira V. Brown, "Racism and Sexism: The Case of Pennsylvania Hall," Phylon 37, no. 2 (2nd quar., 1976): 130, 135. 또한 다음을 참조하라: Bacon, But One Race, 66-73; Beverly C. Tomek, Pennsylvania Hall: A 'Legal Lynching' in the Shadow of the Liberty Bell (New York: Oxford University Press, 2013).

217 필라델피아는 그 이후로 더욱 폭력적으로 변했다: Geffen, "Violence," 383; Borome et al, "Vigilant Committee," 327-28; Larry Gara, "Friends and the Underground Railroad," Quaker History 51, no. 1 (1962): 11; Still, Underground Rail Road, 611.

218 "나이가 많고 강한 남자아이들": Still, Underground Rail Road, 5, 370; Gara, "William Still," 33-34. Still은 Laine Drewery의 2012년 다큐멘터리 Underground Rail Road: The William Still Story에 생생히 구현되어 있다. Still에 관하여 더 알아보려면: William Kashatus, The Underground Rail Road and the Angel at Philadelphia (Notre Dame, IN: University of Notre Dame Press, 2021).

220 훌륭한 외모: Mifflin Wistar Gibbs, Shadow and Light: An Autobiography with Reminiscences of the Last and Present Century (Washington, DC, s.n., 1902), 12.

221 키 큰 흑인 남자: 광고는 Pennsylvania Freeman (Philadelphia), 1848년 12월 21일자에 실렸다. Gara는 "William Still" 37쪽에서 잠재적 "사칭자"에 대한 "심문"을 논의한다.

221 "자유로운 땅에 도착하기가 무섭게": Still, Underground Rail Road, 370.

221 찰스 덱스터 클리블랜드: Josephine F. Pacheco, The Pearl: A Failed Slave Escape on the Potomac (Chapel Hill: University of North Carolina Press, 2005), 68-69; Cleveland, Genealogy, 2:1901.

222 크래프트 부부의 이야기는 독특했다: McCaskill, LL, 5-6, 그리고 PAS, 179, 197. Sinha 는 The Slave's Cause, 285에서 Douglass와 Brown의 결혼 생활의 불행을 지적한다.

223 도망노예법 때문에 … 납치가 심각한 위험: Dunbar, Never Caught, 105-6; David Smith, On the Edge of Freedom: The Fugitive Slave Issue in South Central Pennsylvania, 1820-1870 (New York: Fordham University Press, 2013), 96-97. 납치의 위험에 관하여: Richard Bell, Stolen (New York: 37 Ink, 2019); Berlin, "Slavery, Freedom," 34.

224 소위 언더그라운드 레일로드의 대통령: "Robert Purvis Dead," New York Times, 1898년 4월 16일.

225 퍼비스: 이 전기적 개요(1848년 Purvis의 가정과 상황과 모든 일화)는 Margaret Hope Bacon의 광범위한 연구에 기반한다. But One Race(특히 101-16쪽)과 "'The Double Curse of Sex and Color': Robert Purvis and Human Rights," Pennsylvania Magazine of History and Biography 121, no. 1/2 (1997): 53-76; "Robert Purvis at 80," Pennsylvania Press, August 3, 1890을 참조하라. 또한 다음을 참조하라: Julie Winch, A Gentleman of Color: The Life of James Forten (New York: Oxford University Press, 2002), 351-54; 같은 작가의 Philadelphia's Black Elite (Philadelphia: Temple University Press, 1993), 152-165. 크래프트 부부의 Byberry 통과에 관하여: Papson

and Calarco, Secret Lives, 66-67.

225-227　노예 소유자들은 퍼비스를 … 혈통마 … "화기에 대해 직관을 타고 났다": 모든 인용문은 "Robert Purvis at 80"에서. 또한 다음을 참조하라: Bacon, But One Race, 45-47 (오코넬 이야기를 포함). Pryor는 퍼비스가 "백인으로 위장"한 것이 아니라 "정체를 드러냈다"다고 분석한다: Colored Travelers, 136-37. Sinha는 The Slave's Cause, 160-171에서 식민운동과 "독립적인 흑인 주도 이민 운동"을 구분한다.

228　"너무도 자연스럽게 느껴졌다": Bacon, But One Race, 72.

229　"대단히 고통스럽고 상세 … 완전히 무의미한 존재": Bacon, But One Race, 99. 또한 다음을 참조하라: "Robert Purvis at 80"; Geffen, "Industrial Development," 353; "Violence," 387. Byberry로의 이주 도전에 관하여: Bacon, But One Race, 101-2, 105.

229-230　진정한 시민 운동가 … 전환점: 이 단락은 Bacon, But One Race, 특히 2, 52~53, 115, 그리고 "Double Curse," 54에 기반한다. 또한 Kate Masur, Until Justice Be Done (New York: Norton, 2021)에서 남북전쟁 전 시민권 투쟁에 대한 분석도 참조했다.

231　퍼비스의 아내 해리엇: 해리엇 퍼비스의 기금 모금, 활동 등에 관하여: Bacon, But One Race, 96-97; Sumler-Lewis, "The Forten-Purvis Women of Philadelphia," 281-88; Winch, Gentleman, 352-53.

232-233　두 점의 훌륭한 그림 … '해로운' 사회적 파장: Bacon, But One Race, 39, 84-85. 윌리엄과 신케에 관하여: "Anti-Slavery Meetings in New Bedford," TL, 1849년 2월 16일. 또한 다음을 참조하라: Richard J. Powell, "How Cinque Was Painted," Washington Post, 1997년 12월 28일; Sinha, The Slave's Cause, 411-13. Sinha의 "인종 간 및 국제적 세계의 폐지 운동"에 대한 분석이 이 인물들과 운동에 대한 나의 관점을 형성했다.

233　"나는 진심이다. 나는 얼버무리지 않을 것이다": TL, 1831년 1월 1일. 퍼비스와 개리슨의 차이에 관하여: Bacon, But One Race, 114-15.

235　작은 신발: 엘렌의 병과 두려움에 관하여: Still, Underground Rail Road, 370; RTMF, 52; "An Ex Slave's Reminiscences." Papson and Calarco는 Crafts의 체류, Georgiana Bruce Kirby의 발언과 존재를 Secret Lives, 66-67에서 지적한다. Ellen의 신사복에 관하여: Lyons, "Quaker Family Home."

235　"메이컨에서 탈출 작전 얘기 들었어요?": Abby Kimber가 Elizabeth Gay에게 보낸 편지, 1848년 12월 31일, box 45, SHG.

236　"내가 여태 … 알게 됐어": James Miller McKim가 Sydney Howard Gay에게 보낸 편지, 1848년 12월 26일, box 46, SHG. James A. McGowan, Station Master on the Underground Rail Road: The Life and Letters of Thomas Garrett (Moylan, PA: Whimsie Press, 1977).

237　아이의 신발과 장난감 … "엘렌의 탓": Kirby, Years, 305-8. Kirby에 관하여: Carolyn Swift and Judith Steen, Georgiana: Feminist Reformer of the West (Santa Cruz, CA: Santa Cruz Historical Trust, 1987). Bruce의 편지는 SGH, box 4에 있으며, 그녀가 당시 퍼비스의 집에 함께 있었음을 확인한다.

237　의심하는 데는 이유가 있다: Lucy Freibert는 Kirby가 임의적으로 기억을 꾸몄을 수 있다고 제안한다. Bruce의 이야기 속 일부 세부 사항은 믿기 어려워 보인다. 참조: "Kirby, Georgiana Bruce," American Women Writers: A Critical Reference Guide from

Colonial Times to the Present, 온라인, ed. Carol Hurd Green and Mary Grimely Mason, https://www.encyclopedia.com/arts/news-wires-white-papers-and-books/kirby-georgiana-bruce.

239 친구들: 윌리엄 펜의 노예 소유는 Pennsbury Manor 박물관에서 문서화되어 있다: "Colonial Americans at Pennsbury: Pennsbury Manor online, http://www.pennsburymanor.org/history/colonial-americans-at-pennsbury/.다음의 대화와 장면은 RTMF, 52~54에서 발췌. Farrison은 William Wells Brown, 135에서 Ivins 가족 (RTMF 에서는 "Ivens"로 표기됨)을 확인했다. 그들의 토지는(후에 Edward Lewis가 소유) Thomas Hughes, "Map of Falls Township, Bucks, County, Pennsylvania" (Lith. of Friend & Aub.: Philadelphia, 1858)에 나타난다.

242 글을 읽을 줄 아는지: 크래프트 부부의의 문해력에 관해서는 또한 RTMF, 53; Bremer, Homes, 1:123-124를 참조하라.

243 며칠 동안: Lyons, "Quaker Family." Ivins 가족은 크래프트 부부가 도착한 다음 날 방문객이 왔다고 회상했으나, 부부는 가족과 함께 머무는 것이 더 안전하다고 느꼈다. 또한 다음을 참조하라: Russell Michael McQuay, "Mary Ivins Cunningham (1858-1922) (A Bucks County, PA, Quaker. Born to Paint)" (1988년 1월), Carol Spinager Ivins 소장 타이프스크립트 사본. Barclay Ivins가 unity (교단 일치)에서 배제된 것에 관하여: U.S., Encyclopedia of American Quaker Genealogy, vol. 2, 1005.

244 사랑스럽고 값비싸고 징이 박힌 장화도: Lyons, "Quaker Family"; McQuay, "Mary Ivins Cunningham." Ellen의 Elizabeth와의 서신에 관하여: "Libel Suit."

245 윌리엄 웰스 브라운 … 저작권: WWB, 150. Greenspan의 훌륭한 전기는 이후 장에서 Brown을 다루는 주요 자료이다. 저작권과 관련된 아이러니에 관하여: 150. 기타 출처: Brown의 서사들, Farrison, William Wells Brown.

246 허리가 곧고 우아했으며 … 느긋했다: 인용: WWB, 208, 211. Greenspan은 Brown의 경청 능력과 매력을 WWB에서 묘사한다. 여기서는 69쪽의 그의 관찰을 참고했다.

246 가장 길었던 한 해: Brown, Narrative of William W. Brown, 61.

246 멋쟁이 미용사: Greenspan, Reader, 83; WWB, 102-103.

247 페지론 강연자의 삶 … "밤새 기차를 타고 다니니 죽을 것 같다": 인용: Blight, Douglass, 194. Blight는 같은 책 123쪽에서 이렇게 쓴다: "순회 반노예제 운동은 외롭고, 위험하며, 좌절스러운 직업이었다." Greenspan은 WWB, 125-130, 135-138에서 브라운의 순회 활동의 어려움, 그의 파탄 난 결혼, 그리고 헨리에타의 죽음을 상세히 기록한다.

248 청중에게 불을 붙였다 … 더글러스보다 브라운을 좋아하는 경향: 탈출 노예 연사들의 힘에 관하여: Larry Gara, "The Professional Fugitive in the Abolition Movement," Wisconsin Magazine of History 48, no. 3 (1965): 196-204. Pennsylvania에서 Brown의 "스타 파워"에 관하여: WWB, 182-183. Douglass와의 비교에 관하여: 같은 책, 148-149, 208-209; Blackett, Building an Anti-Slavery Wall, 134.

248 크래프트 부부에 대해 알게 되었다: 브라운이 크래프트 부부에 대해 가진 관심, 그와의 "특별한" 만남, 즉각적인 연결에 관하여: WWB, 184-186; 또한 "Singular Escape," TL, 1849년 1월 12일. Brown은 상복(喪服) 위장을 Panoramic Views, 28에서 기록했다.

249 '흰 니거': WWB, 39; Josephine Brown, Biography of a Bondman, 12.

249-250 "엄마 아들"… 흉터: WWB, 37, 68.

250 최초의 아프리카계 미국인 문학가: William L. Andrews, From Fugitive Slave to Free

Man: The Autobiographies of William Wells Brown (Columbia: University of Missouri Press, 2003), 1.

250 폐지론자의 세례: Sinha, The Slave's Cause, 425. Sterling은 또한 BF, 24-25에서 Harriet Tubman과 Sojourner Truth를 언급한다.

251 인류라는 대의를 위한 의무: Greenspan, Reader, 106-129에 수록된 그의 연설 참조.

251 다른 주장도 있다: Sterling은 엘렌의 어머니와 연결지어 크래프트 부부의 선택(이름 등)에 의문을 제기하면서 브라운과 더글러스를 BF, 25-26에서 인용한다. Wendell Phillips는 남부에서 "엘렌 크래프트가 죽었다"는 소문을 전하기도 했다: "Speech of Wendell Phillips," TL, June 8, 1849. 윌리엄이 빌로 불린 것에 관하여: WH1. James Smith의 기록에서 "엘렌"이 반복 등장: Bibb Court of Ordinary, Record of Returns, 1851-1853, D-481, BCC.

뉴잉글랜드

255 특별한 탈출: 브라운의 기지를 보여주는 사례로, 그의 출간 계획과 단독 강연 광고를 비교하라: "Singular Escape from Slavery," New York Herald, January 17, 1849; "Bucks County Meetings," Pennsylvania Freeman (Philadelphia), December 28, 1848. 크래프트 부부의 뉴잉글랜드 도착에 대한 최초의 공개 기록은 그들이 우스터에서 브라운을 만났음을 보여준다: "Fugitive Slaves," Massachusetts Spy, Janary 24, 1849.

257 '남부의 불만': "Southern Caucus," New York Herald, January 17, 1849.

257 "의회는 거의 아무 일도 하지 않는다": Thomas P. Cope, Philadelphia Merchant: The Diary of Thomas P. Cope, 1800-1851 (South Bend, IN: Gateway Editions, 1978), 569.

257 종과 고동이 울리는 우스터: 우스터의 역사와 사람들에 관하여: Worcester Women's History Heritage Trail: Worcester in the Struggle for Equality in the Mid-Nineteenth Century (Worcester, MA: Worcester Women's History Project, 2002). Foster에 관하여: Margaret Hope Bacon, I Speak for My Slave Sister: The Life ofAbby Kelley Foster (New York: Thomas Y. Crowell Company, 1974), 141, 151.

259 전직 노예: 우스터의 흑인 공동체에 관하여: Daniel Ricciardi, "Census Data of Worcester's People of Color in the 1850s," Worcester and Its People, College of the Holy Cross online, http://college.holycross.edu/projects/worcester/afrcamerican/census_data.htm. 활동가들에 관하여: Worcester Women's History, 31-43. 노예 소유자들의 아들들에 관하여: O'Toole, Passing, 27, 35, 38.

259 "디오라마": 브로드사이드 "Conflagration of Moscow!" [Worcester, MA: s.n., 1848], American Antiquarian Society, Worcester, MA.

260 노련하고 카리스마 넘치는 웅변가 … 진정한 멀티미디어 예술가: Greenspan은 WWB, 124-199에서 Brown의 카리스마, 연설 방식, 기법을 생생히 보여준다. 멀티미디어에 관하여: 같은 책, 289. 문해력 습득에 관하여: 106-108. Attleboro에 관하여: "Dear Friends," Pennsylvania Freeman (Philadelphia), January 25, 1849. 그의 긴장감 조성에 관하여: PAS, 201, 206.

261 "그때 이후로": William W. Brown, Narrative, 106.

261 울지 않은 사람은 아무도 없었다고 한다: WWB, 165. 브라운은 삶의 경험을 Narrative에 기록했다.

261 "플랜테이션 이야기를 조금" 섞고: Kantrowitz, More, 110; Douglass, My Bondage and My Freedom, 362.

261-262 지나치게 인기 있었고 … "퀘이커 교도인 브라운이": WWB, 189; Samuel May가 존 B. 에슬린에게 보낸 편지, 1849년 5월 21일, BPL; "Dear Friends," 185.

262 '미국 노예제도의 현실': Greenspan, Reader, 108.

262 혹독한 1월의 저녁: 이 1월 19일 행사에 관한 최초 보도: "Fugitive Slaves," Massachusetts Spy, January 24, 1849, 이후 Anti-Slavery Bugle (New Lisbon, OH), 1849년 2월 9일에 재인쇄. 특별히 언급 없는 한 모든 인용문은 여기에서 발췌했다. 나는 엘렌의 공연에 대한 Cima의 분석(PAS, 179-231)에서 많은 도움을 받았다. 브라운의 책략에 관하여: BF, 24-25; WWB, 186; PAS, 201; Farrison, William Wells Brown, 136-137. 신뢰성, 크래프트 부부의 "거짓"과 그 위험에 관하여: PAS, 214, 241n111. 엘렌의 전복적 행위에 관하여: 같은 책, 181, 190.

264 최초의 여성 공개 연설자: Maria Stewart가 더 이른 시기의 공개 연사였음을 주목할 것. Cima는 "엘렌 크래프트가 폐지론 무대에서 연설한 최초의 여성 탈출 노예였을 가능성이 있다"고 제안하며, 크래프트 부부의 "연예인 같은 매력"을 PAS, 197에서 지적한다. 청중의 "놀람(gasp)"에 관하여: WWB, 187; PAS, 183.

264 불행한 노예 … 같은 눈높이에서 보라: PAS, 179-181, 191, 202 참조. Cima는 "그들은 동정이 필요한 비참한 노예가 아니라 이미 자신감과 정의감을 발휘하는 자원 있는 개인들이었다"라고 분석한다.

264 임기응변의 달인 … 평생 최고의 연기: PAS, 179, 185 참조.

266 활동가들이 원했던 반응 … 안일해지기 마련이었다: Mayer는 All On Fire, 특히 364-365, 389-390에서 크래프트 부부와 같은 활동가들이 맞서야 했던 문제와 도덕적 쟁점을 전면에 내세울 필요성을 분석한다. 또한 Delbanco는 War, 6-14에서 "남북전쟁 전의 도덕적 모호성"을 논의한다.

267 청중은 … 마주할 수밖에 없었다: Delbanco에 따르면, "탈출 노예들은 미국이 흑인들의 현실을 숨기려 했던 장막을 찢어 버렸다. 흑인의 대부분은 남부에 살았고, 북부 사람들의 시야와 마음속에서 벗어나 있었다." War, 2, 8-9.

268 악수를 나누는 것 … 일찍 강당에서 빠져나가: PAS, 203, 196 참조. 조기 퇴장에 관하여: "Correspondence of the Boston Post," BP, May 2, 1849.

269 짐 크로 분리법 … 비슷한 시위: Pryor, Colored Travelers, 3, 77-78, 90-91, "Criminalizing Black Mobility" 장; Richard Archer, Jim Crow North: The Struggle for Equal Rights in Antebellum New England (New York: Oxford University Press, 2017).

269 백베이 조수 분지: William A. Newman and Wilfred E. Holton, Back Bay's Tidal Basin: The Story of America's Greatest Nineteenth-Century Landfill Project (Lebanon, NH: Northeastern University Press, 2006), 42-43.

270 자유의 요람: 이어지는 동네 묘사는 Horton and Horton, Black Bostonians, 특히 1-6; Kendrick and Kendrick, Sarah's Long Walk, 21-28; Mayer, All On Fire, 108에 기초한다. "Nigger Hill"에 관하여: Horton and Horton, Black Bostonians, 8. 도시의 형태에 관하여: Mayer, All On Fire, 45-46.

270 수많은 언어의 억양: Horton and Horton, Black Bostonians, 5-6에서.

646

271 루이스와 해리엇 헤이든: 이 짧은 전기와 주택 설명은 Robboy and Robboy, "Lewis Hayden," 특히 596; Kantrowitz, More, 92에 기초한다. 열세 명의 인원: Austin Bearse, Reminiscences of Slave Law Days in Boston (Boston: Warren Richardson, 1880), 8.

272 "여러분의 어머니, 아내, 아이들을 보고": David Walker, Walker's Appeal, in Four Articles (Boston: David Walker, 1830). Walker와 그의 영향에 관하여: Kantrowitz, More, 28-33; Jackson, Force and Freedom, 17-20; Kendi, Stamped, 165.

273 "목화 먼지로 숨이 막힐 듯했다": 인용: Blackett, Captive's Quest, 397. Nancy Prince 에 관하여: Kantrowitz, More, 188, 467n38 참조.

274 헤이든 부부는 총을 가지고 있는 것으로 알려져 있었다: Kantrowitz, More, 83-121.

275 패뉴일 홀: "The Legend of Faneuil Hall's Golden Grasshopper Weathervane," New England Historical Society online, http://www.newenglandhistoricalsociety. com/legend-faneuil-hall-golden-grasshopper-weathervane/. 노예 매매의 역 사: NPS online, "Faneuil Hall: The Cradle of Liberty," https://www.nps.gov/bost/ learn/historyculture/fh.htm. 또한 참조: Robert E. Desrochers, "Slave-for-Sale Advertisements and Slavery in Massachusetts, 1704-1781," William and Mary Quarterly 59, no. 3 (2002): 623-64.

275 미국이 자유의 요람이라면: Greenspan, Reader, 120.

276 한 해 중 가장 큰 '개리슨' 행사: Quarles, Black Abolitionists, 62-63.

276 단체의 설립자들 … 매사추세츠 유색인 총연합회: 협회의 창립과 관계에 대한 설명: William Cooper Nell, The Colored Patriots of the American Revolution (Boston: Robert F. Wallcut, 1955), 345; Kantrowitz, More, 52-58. Kantrowitz의 Garrison과 Walker 간의 연결 분석은 특히 중요하며 내 해석에 깊은 영향을 주었다.

276 "친구들, 우리는 오늘 이 어두운 학교에서 만났지만": 인용: Mayer, All on Fire, 131.

277 사람들은 윌리엄 로이드 개리슨을 만날 때면 늘 놀랐다: 같은 책, 141, 356.

277 '신사 폭도': "Boston Gentlemen Riot for Slavery," New England Historical Society online, http://www.newenglandhistoricalsociety.com/boston-gentlemen-riot-for-slavery/; Jack Tager, Boston Riots: Three Centuries of Social Violence; All On Fire, 203-205.

277 "예속 가해자가 있는 한 연방은 없다!"; 개리슨주의의 핵심: Mayer, All On Fire, 263, 410; Blight, Douglass, 104-105. 폐지론자들 사이에서 개리슨주의를 둘러싼 논쟁은 10년 전 American Anti-Slavery Society 내부 분열을 낳았고, 반대파로 American and Foreign Anti-Slavery Society가 생겼다. 그러나 Ibram Kendi는 개리슨이 다른 이들보다 덜 급진적이었다고 지적한다. 그는 즉각적인 해방을 주장했지만 평등은 점진적으로 달성해야 할 목표로 보았다. Stamped, 168 참조.

278 개리슨 패거리의 천둥을 훔쳐 갔다: "Massachusetts Anti-Slavery Society," Boston Post, 1849년 1월 26일; Mayer, All On Fire, 364-365.

279 모 아니면 도 식의 요구: 관련 쟁점과 복잡성에 관하여: Delbanco, War, 7-8, 10. Kantrowitz는 Hayden과 Douglass 같은 흑인 활동가들이 개리슨주의 극단론에 저항했음을 분석하며, More, 159-167에서 Free Soil 논의도 다룬다.

279 천천히 합리적으로 걷지 않는다: "To the Public," TL, 1831년 1월 1일.

280 영원한 긍정: 브라운의 상황(그의 결혼 문제와 노예 소유자와의 서신 포함)에 관하여: WWB, 167-168, 176-177, 180-181; Farrison, William Wells Brown, 120-121. "A"

의 글은 "An Incident at the South," Newark Daily Mercury, 1849년 1월 19일, 2면으로 출판되었다.

281-282 "어떤 기적에 의해 노예들이 갑자기 백인이 될 수 있다고": William Lloyd Garrison, Selections from the Writings and Speeches of William Lloyd Garrison (Boston: R.F. Wallcut, 1852), 57.

282 "엘렌 크래프트는": Samuel May → John B. Estlin, 1849년 2월 2일, BPL.

282 전류가 흐르듯이: "The Annual Meeting," TL, 1849년 2월 2일.

282 도망자들의 이야기를 들은 청중들에게: 이후 인용은 특별히 달리 표기된 경우를 제외하고 모두 "Seventeenth Annual Meeting of the Massachusetts Anti-Slavery Society," TL, February 2, 1849에서 발췌했다. 단 "Aye!"는 "Massachusetts Anti-Slavery Society," BP, January 25, 1849에서 발췌했다.

283 노래의 종류: WWB, 173-174; Quarles, Black Abolitionists, 62; William Wells Brown, The Anti-Slavery Harp: A Collection of Songs for Anti-Slavery Meetings, 2판 (Boston: B. Marsh, 1849).

284 "매우 지적으로 보이는 흑인 남성": 앤 워런 웨스턴이 데버라 웨스턴에게 보낸 편지, January 28, 1849, BPL.

285 "300만 명의 엎드린 몸뚱이에 토대를 두고": "Seventeenth Annual Meeting."

285 "겸손해서": "Massachusetts Anti-Slavery Society," BP, January 26, 1849.

286 며칠 사이에 두 사람을 모두 잃었다: 이 사건들과 관련 인용은 William W. Brown, Narrative, 62~77에 나타난다. 또한 WWB, 74~78를 참조하라. 노예 거래의 중심지 Natchez에 관하여: WWB, 75; Edward Ball, "Retracing Slavery's Trail of Tears," Smithsonian, November 2015.

287 "미래의 역사가와 시인들": "Seventeenth Annual Meeting."

288 북부에서의 인생이 아무것도 보장해 주지 못한다: Kantrowitz, More, 70-76; Scott Gac, "Slave or Free? White or Black? The Representation of George Latimer," New England Quarterly 88, no. 1 (2015): 특히 79~81; Delbanco, War, 180-183. Lewis Hayden에 관하여: Kantrowitz, More, 114~115.

290 "잘생긴 물라토 남자": "Massachusetts Anti-Slavery Society," BP, January 26, 1849; "Runaway Slaves," GT, February 13, 1849.

291 콜린스는 계속해서 윌리엄을 비난했지만: 콜린스가 헤이스팅스에게 보낸 편지에서.

291 규칙성: Collins, Essay, 10. 그의 두려움은 콜린스가 헤이스팅스에게 보낸 편지에서 드러난다.

292 〈미연방 의회 남부 대표자들이 유권자에게 보내는 호소문〉: Hunter and Democratic Party, The Address. Bartlett은 이후 버전들이 John C. Calhoun, 366에서 약화되었다고 지적한다. 이전 버전은 GT에서 먼저 실렸고, 1849년 2월 13일에는 편집된 버전이 실렸다.

292 존 C. 캘훈: 전기적 세부사항은 Bartlett, John C. Calhoun, 특히 366-368; Niven, John C. Calhoun and the Price of Union: A Biography (Baton Rouge: Louisiana State University Press, 1988); "Floride Bonneau Colhoun Calhoun," Clemson University online, https://www.clemson.edu/about/history/bios/floride-calhoun.html에서 확인된다. 남부인들의 불안에 관하여: Bartlett, John C. Calhoun, 364-365. 캘훈과 개리슨의 공통된 주장에 관하여: TL, Feburuary 9, 1849, 1.

294 "블러드하운드처럼 기운 넘치던 폐지론자"들에게 쫓겨: "Extra," GT, October 1, 1844. 개인 자유법(personal liberty laws)에 관하여: Kantrowitz, More, 74; Sinha, The Slave's Cause, 391-392.

295 법적 다툼: 항소는 1849년 초였으나 정확한 시기는 불분명하다. Strobhart, Reports, 263-370.

295 "엘렌은 어린 시절부터": 콜린스가 헤이스팅스에게 보낸 편지에서. 후대의 한 편지에서는 엘렌과 일라이자 모두 일라이자가 엘렌의 노예 소유자라는 사실을 알고 있었음을 시사한다: "Letter from Francis Bishop," TL, February 28,1851.

296 결혼을 앞두고 있었다: Jefferson County, State of Georgia, Court of Ordinary, Marriages "White" Book A (1803-1880), 32.

296 대가를 치렀을 수 있다: 엘렌은 나중에 어머니에 대한 보복을 두려워했다고 밝혔다. 이는 존 B. 에슬린이 새뮤얼 메이에게 보낸 1851년 6월 27일자 편지(BPL)에 기록되어 있다.

297 순회: 이 장의 나의 해석은 선행 학자들의 비평적 분석에 기초하며, 특히 Cima가 PAS, 196-207에서 논의한 엘렌의 침묵과 고요함에 관한 분석에 도움을 받았다. 강연에 관하여: Salem Lyceum, Historical Sketch of the Salem Lyceum (Salem, MA: Press of the Salem Gazette, 1879), 49-50. "조지아주의 도망노예"에 관하여: "Interesting Meeting," TL, April 27, 1849. 개리슨주의 조직자들의 협업에 관하여: WWB, 126-127; Kantrowitz, More, 111.

298 "다시 식식거려 보세요, 뚱뚱한 분": 인용: Andrea Moore Kerr, Lucy Stone: Speaking Out for Equality (New Brunswick, NJ: Rutgers University Press, 1992), 55. 스톤과 브라운에 대한 반응에 관하여: WWB, 178-179.

298-299 고구마라 표시된 통에 들어가거나… 유색인 공동체: 더 많은 사례는 Grover, Fugitive's Gibraltar, 3, 206 참조. Grover는 New Bedford의 풍부한 역사와 다양한 인구를 상세히 설명한다: 특히 인구통계에 관한 56~57쪽을 참조하라. 또한 "The Underground Rail Road: New Bedford," National Park Service (https://www.nps.gov/nebe/planyourvisit/brochures.htm).

299 폐지론자들의 일을 달콤하게 만들어주었다: WWB, 160. 음식 목록은 "Mary J. Polly Johnson," New Bedford Historical Society online (http://nbhistoricalsociety.org/Important-Figures/mary-j-polly-johnson/). 존슨 가족에 관하여: Grover, Fugitive's Gibraltar, 94, 135.

300 그때에야 불편하게 재회했다: WWB, 160, 176-177.

300 백인 노예: 이 사건에 관한 모든 인용: "Anti-Slavery Meeting in New Bedford," TL, February 16,1849. 겨울의 흥분에 관하여: BF, 24. 윌리엄의 목소리에 관하여: Bowditch, Life, 205.

301 매사추세츠주 전체로 빠르게 이동: "Notices" in TL: February 2, 1849, 9, 23; March 2, 9, 16, 2; April 6, 20, 26; May 18, 25. 기타 장소: Hopedale 공동체: Daegan Miller, This Radical Land: A Natural History of American Dissent (Chicago: University of Chicago Press, 2018), 264n48. "노예 도둑"에 관하여: The Branded Hand of Captain Walker, Southworth & Hawes의 다게레오타입, 1845, Massachusetts Historical Society online, https://www.masshist.org/database/viewer.php?item_id=154&pid=15. Sterling은 브라운이 잠재적인 종료 신호를 보냈다고 지적하며, 증거는 없지만 크래프트 부부가 보스턴으로 돌아가려 했을 것이라 추측한다: BF, 26.

302 이동하고, 도착하고, 인사하고: Greenspan은 순회강연의 어려움을 논의한다: WWB, 124-126. 흑인 연사와 "colored travelers"의 어려움에 관하여: Pryor, Colored Travelers, 특히 46-64; Kantrowitz, More, 46-50; William Wells Brown, Three Years, 167.

303 "피부색에 대한 편견": Kantrowitz, More, 45에서 인용.

303 짜릿한 이야기 … 아내가 말하는 것도 듣고 싶은데: "William and Ellen Craft," TL, March 2, 1849.

304 그들을 만져보고: Cima는 PAS, 196-198, 203에서 공개적 "악수"를 식별하고 분석한다.

304 "영리하게 해내다": Daily Constitutionalist (Augusta, GA), February 13, 1849. 남부의 불만과 반(反)폐지론에 관하여: Hunter and Democratic Party, Address; "Public Meeting in Regard to the Abolition Movements in Congress," GT, February 6, 1840.

304 그들의 안전을 걱정했다: "William and Ellen Craft," Anti-Slavery Bugle (New Lisbon, OH), February 23, 1849.

304 힘을 최대한 확장해 가며: Pryor, Colored Travelers, 60 참조 (이동과 시민권에 관하여).

305 현란한 등장은 … 약간 뒤로 미루어졌다: Cima는 그 지연을 PAS, 206-207에서 식별한다.

305 노동자들의 영역: Sinha, The Slave's Cause, 253-254.

305 민중의 운동: Thomas Wentworth Higginson, Cheerful Yesterdays (Boston: Houghton Mifflin, 1989), 15. 흑인 활동가들에 관하여: Jackson, Force and Freedom, 9. 크래프트 부부가 레먼드 가족을 만난 시점은 불명확하나, Sarah Parker Remond는 훗날 영국에서 그들의 손님이 되었다: Zackodnik, Press.

306 입장료까지 생겨났다: "Welcome to the Fugitives," TL, 1849년 4월 6일; Quarles, Black Abolitionists, 62.

306-307 코트가의 회당… "단순하고도 기교 없는 방식": 엘렌의 연설은 "Interesting Meeting," TL, April 27, 1849에서 회상된다. 개리슨의 역사에 관하여: Mayer, All On Fire, 102. 엘렌과 헨리 워드 비처의 비교: Cima, PAS, 191.

307-308 지배적인 규범을 뒤흔들었다 … "흑인이 백인이 되고 싶어 한다": 나의 해석은 PAS, 180-181, 189-190, 201-202; Foreman, "Who's Your Mama?" 525에 근거한다. 빈곤 문제와 빈민법·반흑법의 연계 우려에 관하여: Masur, Until Justice Be Done.

308 "침묵당했다" … 전략적인 선택일 수도 있었다: Cima는 Ellen의 침묵에 대한 해석을 비판적으로 검토하며, PAS, 180, 231n4에서 논의한다. 나의 해석은 Cima가 제시한 '정지와 침묵을 전략으로 본 관점'에 기초한다: 같은 책, 179-181; 201-202; 206-207. Cima는 엘렌이 "몸짓, 무대 위 위치, 역설적으로 정지된 침묵을 통해 매우 크게 발언했다"고 주장한다 (180).

310 최근의 폭동 … "납치": Eric Foner, Gateway to Freedom: The Hidden History of the Underground Railroad (New York: W. W. Norton, 2015), 114-115; WWB, 193.

312 "당신은 미국에서 가장 위대한 사람이오!": Ruggles, Unboxing, 29, 32-34, appendix B, 134; Henry Box Brown, Narrative.

312 보스턴의 멜로디언 … 여섯 도망자: Melodeon의 극장으로서의 과거에 관하여: PAS, 193. Blight는 Douglass를 그의 전기에서 "예언자"라 묘사한다. 그 여섯에 관하여: "N.E. Anti-Slavery Convention," TL, June 1, 1849. 왓슨은 최근 자신의 서사를 출간한

Henry Watson일 가능성이 높다.

312 몸값에 타협: Blight, Douglass, 172; T. Tillery, "The Inevitability of the Douglass-Garrison Conflict," Phylon 37, no. 2 (1976): 141-142.

313 짜릿한 공감 ⋯ 귀청이 떨어질 것 같은 외침: "New England Anti-Slavery Convention," NASS, June 7, 1849.

313 "절대 제대로 맞지 맞지 않는다!" ⋯ "도련님": 인용문은 Boston Chronotype, June 30, 1849에 처음 실린 기사에서. 이후 "The Story of Ellen Crafts"라는 제목으로 다른 신문에도 실렸다.

313 마음에 들지 않았을지도 모른다: 더글러스는 이렇게 썼다: "윌리엄과 엘렌 크래프트 부부가 채택한 독창적인 계획은 처음 실행되자마자 무너졌다. 전국의 모든 노예 소유자들이 그 사실을 알게 되었기 때문이다" (My Bondage and My Freedom, 323). Alfred와 Swanky에 관하여: Ruggles, Unboxing, 43-47.

314 "이 얼마나 대단한 등장입니까!": 더글러스의 연설, 브라운의 노래, 박수 모두 "New England Anti-Slavery Convention," NASS, 1849년 6월 7일에 기록됨. 추가 보도: TL, June 8, 1849.

315 "미국인에게 가장 ⋯ 노예들이다.": Wendell Phillips의 연설, TL, June 8, 1849.

315 "사실을 말하시오": Douglass, My Bondage and My Freedom, 361.

316 염증성 류머티즘: Blight, Douglass, 209.

316 결별의 위기: 같은 책, 13. 나의 Douglass 초상은 같은 책, 특히 178-227에 기초한다. 개리슨과 더글러스의 부자(父子) 같은 관계에 관하여: 96, 106, 179. 더글러스의 분노: 179. 개리슨이 충격 받은 모습: 99-100. 또한 Kendrick and Kendrick, Sarah's Long Walk, 209; Horton and Horton, Black Bostonians, 66-68 참조.

316 "그냥 좋아한 게 아니다.": Douglass, My Bondage and My Freedom, 354.

317 인종차별적인 말: 다음에 사례가 수록되어 있다: Kantrowitz, More, 61; Grover, Fugitive's Gibraltar, 138; Kendrick and Kendrick, Sarah's Long Walk, 29.

317 전문 노예 조련사를 힘으로 이겨버린 ⋯ 위력의 가치: 순회 연설에 관하여: Tillery, "Inevitability," 143; Blight, Douglass, 187-188. "노예 파괴자"에 관하여: 같은 책, 59-60. 더글러스의 변모한 시각에 관하여: Jackson, Force and Freedom, 41-44. 흑인 활동가들과 자유토지당 및 기타 정치 집단과의 관계: Kantrowitz, More, 159-167; James Oliver Horton and Lois E. Horton, "The Affirmation of Manhood," in Courage and Conscience, ed. Jacobs, 127-153.

317 불행한 결혼: Lorraine Boissoneault, "The Hidden History of Anna Murray Douglass," Smithsonian, 2018년 3월 5일; Blight, Douglass, 209, 213.

318 이데올로기적 충돌: Robin Lindley, "What You Don't Know About Abolitionism: An Interview with Manisha Sinha on Her Groundbreaking Study," History News Network, 2018년 2월 16일, https://historynewsnetwork.org/article/168091.

318 변호사와 의사 ⋯ 미치광이: Ruggles, Unboxing, 48; "The New England A.S. Society," TL, June 8, 1849. 적대적인 남자들: "Letter from Reverend Mr. Dall," TL, June 15, 1849. "Crackpots": Irving H. Bartlett, Wendell Phillips: Brahmin Radical (Boston: Beacon Press, 1961), 105.

318 "의장님, 그리고 신사 숙녀 여러분.": 프레더릭 더글러스의 연설, TL, June 8, 1849.

319 "두 인종 모두에게 크나큰 악" ⋯ 상상하지 못했다: Henry Clay가 Richard Pindall에게

보낸 편지, February 17, 1849. 재수록: Calvin Colton, ed., The Works of Henry Clay Comprising His Life, Correspondence and Speeches (New York: G. P. Putnam' Sons, 1904), 346-352. Clay의 견해에 대한 분석: Delbanco, War, 229-231.

320 뉴욕의 배터리가: Blight, Douglass, 204-205; "Assault on Frederick Douglass," TL, July 5, 1850.

323 미완의 혁명: Barker, Fugitive Slaves, 특히 14-20.

324 아주 위험한 일로 여겨졌을 것이다: BAB, 90. 크래프트 부부는 실제로 Abington에서 열린 7월 4일 기념 행사에 참석했고, 이는 William Cooper Nell이 North Star (Rochester, NY), 1849년 8월 24일자에서 기록했다.

324-325 루서 홀먼 헤일의 은판사진관: LL, 37-43.

325 사진이 잘 찍히지 않을 것이기 때문: RTMF, 24. 크래프트 부부는 이러한 그림 판매를 같은 책 10에서 언급한다.

326 '유색인 시민' … 운 좋은 일이었다: 모임과 출발에 관하여: WWB, 192-193, 198-199; "Farewell Meeting," TL, July 27, 1849; 초청 브로드사이드 "Presentation and Farewell Meeting!!," BPL, https://www.digitalcommonwealth.org/search/commonwealth:70796c89x; BAP, 242; William Wells Brown, Three Years, 1-2.

미국

329 언덕 위의 도시: 이 장의 많은 정보(값싼 녹색 목재 등)는 Horton and Horton, Black Bostonians, 2에서 가져왔다. 다른 참고 문헌: Kendrick and Kendrick, Sarah's Long Walk, 21-28; Kathryn Grover and Janine V. da Silva, "Historic Resource Study for the Boston African American National Historic Site 31," 2002년 12월, https://www.nps.gov/parkhistory/online_books/bost/hrs.pdf; Mayer, All On Fire, 107-108. 1849년에 책을 낸, 스스로 해방된 저자들: Henry Bibb, Josiah Henson. John Winthrop과 노예제에 관하여: C. S. Manegold, Ten Hills Farm: The Forgotten History of Slavery in the North (Princeton, NJ: Princeton University Press, 2011).

331 피터 커스텀: 이 이름은 1850년 미국 인구조사 (Boston 6구역)에 나타난다.

331-332 보스턴에 사는 흑인 인구 … '도망 노예 교회': Roy E. Finkenbine, "Boston's Black Churches," in Courage and Conscience, Jacobs, 182. 크래프트 부부와 시어도어 파커의 교회에 관하여: F. B. Sanborn, Dr. S. G. Howe, the Philanthropist (New York: Funk & Wagnalls, 1891), 235.

332 윌리엄 크래프트: TL, July 27, 1849 및 이후 호. Alcott에 관하여: Jon Matteson, Eden's Outcasts: The Story of Louisa May Alcott and Her Father (New York: W. W. Norton, 2007), 196.

333 편견 때문이었을 것이다: Sterling은 아무도 윌리엄을 고용하지 않았다고 주장한다(출처 없음), BF, 27. 그의 사업에 관하여: Directory of the City of Boston, 126; Collison, Shadrack Minkins, 93; 1850년 미국 제조업 인구조사 (Boston 5구역). 또한 Horton and Horton, Black Bostonians, 6-13 참조.

333 딘이라는 지역의 여성: Still, Underground Rail Road, 373.

334 캐롤라인 힐리 돌: Dall은 Ellen이 부모 집에서 "보호"받았다고 썼다. Alongside: (Boston:

Thomas Todd, 1900), 93, 100. 또한 다음을 참조하라: Helen R. Deese, Daughter of Boston: The Extraordinary Diary of a Nineteenth-Century Woman (Boston: Beacon Press, 2005), 126.

334 끔찍한 살인 사건 … '매춘의 산': Paul Collins, Blood & Ivy: The 1849 Murder That Scandalized Harvard (New York: Norton, 2018). 악행에 관하여: Horton and Horton, Black Bostonians (범죄 보고서를 인용, 예: Edward H. Savage, A Chronological History of the Boston Watch and Police: From 1631 to 1865 (Boston, 1865)). "Mount Whoredom"에 관하여: Kendrick and Kendrick, Sarah's Long Walk, 26-27.

335 새라 로버츠: Kendrick and Kendrick, Sarah's Long Walk, 26-27; J. Morgan Kousser, "The Supremacy of Equal Rights: The Struggle Against Racial Discrimination in Antebellum Massachusetts and the Foundations of the Fourteenth Amendment," Northwestern University Law Review 82, no. 4, 941-1010.

335 정신과학적 기적: "Pathetism, and Its Important Developments," TL, December 21, 1849, 3. Betsy Blakely에 관하여: "Eighteenth Annual Meeting of the Massachusetts Anti-Slavery Society," TL, February 1, 1850.

336 진정으로 행복해 보였지만: Bremer, Homes, 1:124. 그녀는 곧 메이컨을 방문하며, "새처럼 자유롭고 속박받지 않은 느낌"(323)을 기록했다. 크래프트 부부의 학교 계획에 관하여: "Singular Escapes," 8.

337 "고개를 축 늘어뜨렸다": "Longfellow and the Fugitive Slave Act," National Park Service online, https://www.nps.gov/long/learn/historyculture/henry-wadsworth-longfellow-abolitionist.htm.

339 타협: 동의의 세부사항에 관하여: Delbanco, War, 215-229; Bordewich, America's Great Debate, 106-133. 이 저작들이 본 장에 크게 기여했다.

339 "노예제도라는 이 골치 아픈 문제": Bordewich, America's Great Debate, 122.

340 혐오스러운 것으로 여겨졌다: Cong. Globe, 31st Cong., 1st Sess. 144, January 29, 1850, 244-247.

340 갈등의 원인 … 헌법적 권리: Delbanco, War, 215; Bordewich, America's Great Debate, 121. 남부의 제안에 관하여: Bordewich, America's Great Debate, 126-127; War, 226-228.

341 위대한 삼두 정치인: 삼두정치에 관한 세부: Merrill Peterson, The Great Triumvirate: Webster, Clay and Calhoun (New York: Oxford University Press, 1997); Bordewich, America's Great Debate; Delbanco, War, 220-257. 또한 Remini, Daniel Webster; Bartlett, John C. Calhoun; David Stephen Heidler and Jeanne T. Heidler, Henry Clay: The Essential American.

341 "나는 클레이가 싫다": Neil MacNeil and Richard A. Baker, The American Senate: An Insider's History (New York: Oxford University Press, 2013), 281.

341 클레이에 대한 설명: Peterson, Great Triumvirate, 379, 382-383; Bordewich, America's Great Debate, 73. Bordewich는 클레이를 켄터키주의 "큰 노예 소유주들 중 하나"라 부르며, 그의 "양가적" 입장, 탈출 노예 사건, 그리고 식민화에 대한 견해를 같은 책 93~94, 74에서 다룬다.

342 긍정적 선함: John C. Calhoun, Speeches of John C. Calhoun: Delivered in the Congress of the United States from 1811 to the Present Time (New York: Harper &

Brothers, 1843), 225.

343 "보다 효과적인 조치": Cong. Globe, 31st Cong., 1st Sess. 144, January 29, 1850, 244-247. 클레이의 제안에 관한 해석: Bordewich, America's Great Debate, 135; Delbanco, War, 232-233; Paul Finkelman, Millard Fillmore (New York: Times Books, 2011), 64-69.

344 아무도 모르는 곳: Harriet Beecher Stowe, A Key to Uncle Tom's Cabin: Presenting the Original Facts and Documents upon Which the Story is Founded (London: Sampson, Low, Son, 1853), 378-380. 클레이는 이 주장에 반박했으며, 이에 대한 논의는 Runyon and Davis, Delia Webster, 113-116; Kantrowitz, More, 117-118에 실려 있다.

345 사냥하고 잡도록: "Petition of Francis Jackson," Massachusetts Anti-Slavery and Anti-Segregation Petitions; House Unpassed Legislation 1850, Docket 2552, SC1/series 230. Massachusetts Archives, Boston, https://iiif.lib.harvard.edu/manifests/view/drs:46792352$6i.

345 무쇠 인간: Martineau, Retrospect, 243. 제임스 스미스의 존경에 관하여: Fitzgerald and Galloway, Eminent Methodists, 110. 캘훈의 상원 출석에 관하여: Delbanco, War, 238; Bordewich, America's Great Debate, 156.

345 '연방, 연방, 명예로운 연방': Cong. Globe, 31st Cong., 1st Sess. 144, March 4, 1850, 451-456.

346 아무 이유도 없이: 캘훈의 노예 소유 관행에 관하여: Barlett, John C. Calhoun, 279-283. 노예제에 대한 그의 견해: Peterson, Great Triumvirate, 408-411; Delbanco, War, 237-248.

347 "내전과 살육": Bordewich, America's Great Debate, 164에서 인용. 무기에 관하여: "Patrick Henry on the Growing Crisis," New York Herald 재인용, TL, 1850년 3월 29일.

347 대니얼 웹스터: 웹스터와 그의 "3월 7일 연설(Seventh of March speech)" 및 그 파급에 관한 주요 자료: Remini, Daniel Webster, 662-681; Bordewich, America's Great Debate, 123-133; 162-172; Peterson, The Great Triumvirate, 400; Delbanco, War, 248-261.

347 "자유, 그리고 연방": Daniel Webster, "Second Reply to Hayne, January 26 and 27, 1830 (in the Senate)," United States Senate online (https://www.senate.gov/artandhistory/history/resources/pdf/WebsterReply.pdf).

347 "나는 망치 소리를 듣습니다"… '신과 같은 대니얼': Remini, Daniel Webster, 183-184에서 인용.

348 모니카 맥카티: Fletcher Webster, ed., The Private Correspondence of Daniel Webster, vol. 2 (Boston: Little, Brown, 1875), 408; Elizabeth Dowling Taylor, A Slave in the White House: Paul Jennings and the Madisons (New York: St. Martin's Press, 2012), 157.

348 "생애 최고의 지출": Remini, Daniel Webster, 644에서 인용.

348 엘렌 크래프트보다 검었다: Parker, Trial, 183.

348-349 청교도 …카발리에: Peterson, The Great Triumvirate, 406; Bordewich, America's Great Debate, 130; "Bosom Buddies: The Surprising Story of America's First Boob

Selfie," Economist, December 19, 2015. 언론인 Jane Swisshelm과 Robert Webster에 관하여: Marc Wortman, "Why Was Robert Webster, a Slave, Wearing What Looks Like a Confederate Uniform?" Smithsonian, 2014년 10월; Remini, Daniel Webster, 307.

350 맞이할 선택: Delbanco, War, 특히 7, 250-251에서 제기된 질문이 나의 독해에 영향을 주었다.

351 전환점이 될 수도 있는: Bordewich, America's Great Debate, 165; PDW, 7:16.

351 "나는 … 말하고자 합니다": Cong. Globe, 31st Cong., 1st Sess. 144, 1850년 3월 7일, 476-484.

353 미국의 분열을 막은 순간: Delbanco, War, 253.

353 불덩이: Samuel P. Lyman, The Public and Private Life of Daniel Webster (Philadelphia: J. W. Bradley, 1859), 2:158; Remini, Daniel Webster, 672.

355 대단히 기쁘게: "Webster and Calhoun," TL, April 5, 1850. 기타 반응에 관하여: Bordewich, America's Great Debate, 170-172; Delbanco, War, 255-257; Peterson, Great Triumvirate, 464-466; Remini, Daniel Webster, 674-680. 웹스터의 불면증에 관하여: Irving H. Barlett, Daniel Webster (New York: Norton, 1978), 240.

356 "가장 낮은 골짜기에도": James Brewer Stewart, Wendell Phillips: Liberty's Hero (Baton Rouge: Louisiana State University Press, 1986), 146에서 인용.

356 뜨거운 추격전: Parker, Trial, 183.

357 검은 대니얼 웹스터: Brenda E. Stevenson, Larry Gara, and Peter C. Ripley, The Underground Rail Road (Washington, D.C.: U.S. Department of the Interior, 1998), 68. Reinhard O. Johnson, The Liberty Party, 1840-1848: Antislavery Third-Party Politics in the United States (Baton Rouge: Louisiana State University Press, 2009), 1511.

357 북부의 밀가루 반죽 같은 인간들: "Speech of Rev. Samuel R. Ward," TL, May 10, 1850.

357 동료 유색 시민들에게 … 촉구했다: "Anti-Webster Meeting," TL, April 5, 1850. 노예 사냥꾼들에 관한 보고: "Mass Convention at Plymouth," TL, April 12, 1850; "Letter from Rev. Calvin Fairbanks," TL, April 5, 1850; "A SLAVE-HUNTER IN BOSTON," TL, April 19, 1850.

358 자수성가형 인물: "Libel Suit"; BF, 28. 시기는 불명확하나, 7월 중순 이전(디렉터리와 1850년 인구조사 발표 시점)으로 보인다. 찰스 크래프트에 관하여: Henry Craft to "Dear Father"; Scott, "Diary," 7. 스콧의 외모에 관하여: Harney Twiggs Powell의 1920년 7월 21일자 편지, Scott, "Diary." 그가 "자수성가한 사람"이자 친연방주의자(pro-Union)였다는 점에 관하여: 같은 책, 4-5. Lords of Loom and Lash 인용: George Frisbee Hoar, ed., Charles Sumner: His Complete Works Vol. 2 (Boston: Lee and Shepard, 1900), 233. 또한 Joseph Story Fay의 전기와 스콧에게 보낸 편지: Fay-Mixter Family Papers, MHS. Susan Martin, "'They belonging to themselves': Minda Campbell Redeems Her Family from Slavery," Massachusetts Historical Society online, 2018년 2월. PDW, 421, 427. 크래프트 부부와 노예 소유자들의 연관성: 페이가 대니얼 웹스터에게 보낸 편지 (1850년 11월 18일); Seth J. Thomas (1850년 11월 15일), Attorney General Papers, "Letters Received, 1809-1870," RG60, NARA.

360 "납치 시도!" : TL, September 6, 1850.

361 문어발 권력: 이 표현은 Kendi, Stamped, 189에서 나온 것이다. 이 "무자비한 행위"와 대포에 관하여: Delbanco, War, 4, 262; 또한 Frank, Trial, xviii.

362 이 야만적인 법: Samuel Ringgold Ward, Autobiography of a Fugitive Negro (London: John Snow, 1855), 108.

362 국무장관: Irving H. Bartlett, "The Double Character of Daniel Webster," New England Journal of Public Policy 3, no. 1 (January 1, 1987): 47.

362 "첫 번째 도망 노예": "Indictment of Theodore Parker and Wendell Phillips," TL, January 19, 1855.

363 북부로 촉수를 뻗을 수 있게: Kendi, Stamped, 189; United States, The Fugitive Slave Law (Hartford: s.n., 1850).

364 기차를 타고, 걸어서, 마차를 타고: Ricks, Escape, 227.

364 "제대로 무장": Blackett, Captive's Quest, 44.

365 시어도어 파커 목사는 … 알렸다: Parker, Trial, 146. 출발에 관하여: Horton and Horton, Black Bostonians, 112; Finkenbine, "Boston's Black Churches," in Courage and Conscience, Jacobs ed., 182; Blackett, "Freemen to the Rescue!" in Passages to Freedom, David Blight ed. (Washington, DC: Smithsonian Books, 2004), 137-138.

365 탈출: Blight, Douglass, 240. 또한 Horton and Horton, Black Bostonians, 112; Finkenbine, "Boston's Black Churches," in Courage and Conscience, Jacobs ed., 182; Theodore Parker, The Collected Works of Theodore Parker, Frances Power Cobbe ed. (London: Trubner, 1863), 187; Blackett, Captive's Quest, 398.

365 헤이든의 집에도 선택의 순간이 왔다 … 인디언 혼혈 어머니: Strangis, Lewis Hayden and the War Against Slavery (North Haven, CT: Linnet Books), 60; Sinha, The Slave's Cause, 397; Runyon and Davis, Delia Webster, 120-122. 모든 인용문은 Stowe, Key to Uncle Tom's Cabin, 378-380, Robboy and Robboy, "Lewis Hayden," 593-594에서 나왔으며, "fighting Frenchman"만 Lin-Manuel Miranda, Hamilton에서 인용됨.

367 선택의 순간은 윌리엄과 엘렌에게도 찾아왔다: RTMF, 69에 회상된 잔혹 행위. William의 사업에 관하여: Collison, Shadrack Minkins, 93 및 1850년 미국 제조업 인구조사. 기부금에 관하여: "Collections," TL, 1850년 6월 7일. 그들의 집에 관하여: "Fugitive Slave Excitement in this City," Boston Post, October 26, 1850. 학교에 관하여: "Singular Escapes," 8. Eliza Wigham은 The Anti-Slavery Cause, 92에서 자신의 주장을 제기함.

369 혁명가들: 관련 논의는 Sinha, The Slave's Cause, 500-542; Barker, Fugitive Slaves; Christopher Bonner, "Runaways, Rescuers and the Politics of Breaking the Law," in New Perspectives on the Black Intellectual Tradition, Keisha N. Blain, Christopher Cameron, Ashley D. Farmer 편 (Evanston, IL: Northwestern University Press, 2018), 209.

369 어마어마한 중앙 홀 … 친구들이 가득했다: 달리 명시되지 않은 한, 인용문은 "Declaration of Sentiments of the Colored Citizens of Boston on the Fugitive Slave Bill," TL, October 11, 1850에서 발췌했다. 또한 "Meeting of the Colored Citizens of Boston," TL, October 4, 1850; Dean Grodzins, "'Constitution or No Constitution,

Law or No Law': The Boston Vigilance Committees, 1841-1861," in Massachusetts and the Civil War: The Commonwealth and National Disunion, Mason, Viens, Wright ed. (Amherst: University of Massachusetts Press, 2015), 62-66; Kantrowitz, More, 180-186. 부회장에는 Henry Watson과 John Telemachus Hilton(부고: TL, March 25, 1864)도 포함된다.

369-371 '위대한 삼인방 역할' … 이런 유색인 시민: 세 사람의 서로 다른 스타일에 관하여: Horton and Horton, Black Bostonians, 58-63. Nell은 학교 통합 투쟁의 지도자였다. 그의 편지는 Wesley and Uzelac, William Cooper Nell, 278에 실려 있다. 그의 활동에 관한 더 많은 정보: Francis Jackson, The Boston Vigilance Committee: Appointed at the Public Meeting in Faneuil Hall October 21st, 1850 to Assist Fugitive Slaves (Boston: Bostonian Society, 1850). 모리스와 그의 유산에 관하여: Kendrick and Kendrick, Sarah's Long Walk, 16-60, 207-208; Michael Philip Curran, The Life of Patrick A. Collins (Norwood, Mass.: Norwood Press, 1906), 12; Laurel Davis and Mary Sarah Bilder, "The Library of Robert Morris, Antebellum Civil Rights Lawyer and Activist," Law Library Journal, 111:4 (2019). "Colored Citizens"가 가장 중요한 역할을 했다는 점에 관하여: Kantrowitz, More, 183; Collison, Shadrack Minkins, 84-85.

372 출장 요리업계의 천재 왕자: Garrison, The Letters of William Lloyd Garrison, Vol. 4, Louis Ruchames 편 (Cambridge, MA: Harvard University Press, 1976), 334; David S. Shields, The Culinarians: Lives and Careers from the First Age of American Fine Dining (Chicago: University of Chicago Press, 2017), 145-146; "Bluffed Off," TL, October 25, 1850, 91-92.

372 로버트 존슨: "Massachusetts Anti-Slavery Society," TL, February 4, 1837; Randy J. Sparks, Africans in the Old South (Cambridge, MA: Harvard University Press, 2016), 81-102.

372 "나가자! 싸우자!""멈추지 말자!"라고 노래했다: Leonard W. Levy, "The 'Abolition Riot': Boston's First Slave Rescue," New England Quarterly 25, no. 1 (March 1952): 88.

373 새로운 교전 상태: Jackson, Force and Freedom, 특히 69.

373 뼈와 근육: 연설과 반응은 "Rocking of the Old Cradle of Liberty," TL, October 18, 1850; "Fugitive Slave Meeting in Faneuil Hall," North Star (Rochester, NY), October 24, 1850. Blackett는 Captives, 400n6에서 3,500명으로 추산함.

375 "그렇소, 폐지되기 전까지 법은 지켜져야 합니다!": "Robert Morris, Esq.," Boston Herald, October 15, 1850.

376 안전과 경계를 위한 위원회: League of Freedom과의 관계에 관하여: Grodzins, "Constitution or No Constitution," 62-66; Gary L. Collison, "The Boston Vigilance Committee: A Reconsideration," Historical Journal of Massachusetts 12, no. 2 (June 1984). Nathaniel Colver는 럼프킨의 교도소 부지에 학교를 세웠다. Kantrowitz, More, 97 참조.

377 "헌법이야 어떻든, 법이야 어쨌든": "Fugitive Slave Meeting in Faneuil Hall," The North Star (Rochester, NY), 1850년 10월 15일.

379 주인, 노예: 날씨에 관하여: Dennis Noble and Truman R. Strobridge, Captain "Hell Roaring" Mike Healy: From American Slave to Arctic Hero (Gainesville: University

Press of Florida), 28. Healy 가문에 관한 자세한 정보: O'Toole, Passing, 특히 상심과 형제 구출, 마거릿의 사건에 관해서는 45-50, 역설에 관해서는 37을 보라. 또한 엘렌의 이모 이야기로 알려진, 허구화된 슬레이터 부부의 이야기는 RTMF, 18에 나온다.

381 연방주의자 … 정의로운 판결을 받게 되었다며 축하: "Public Meeting," Georgia Citizen (Macon), July 5, 1850; Talmadge, "Georgia Tests the Fugitive Slave Law"; "The Macon Mass Meeting and the Georgia Citizen," Savannah (GA) Morning News, August 26, 1850; "Mr. Rhett's Speech," GT, September 24, 1850. 콜린스의 소송에 대해서는 Collins v. Johnson, Thomas R. R. Cobb, Reports of Cases in Law and Equity Argued and Determined in the Supreme Court of the State of Georgia (Athens, GA: Reynolds & Bro., 1855), 16:458를 참고하라. 그의 캘리포니아 사업에 관하여: "Railroad to California," Georgia Journal and Messenger (Macon), July 18, 1849. "낭만적" 탈출에 관하여: Reidy, From Slavery, 3; Collins to the attorney general.

382 개인적 바람이 없다: 이후 인용문은 콜린스가 헤이스팅스에게 보낸 편지에서 발췌. 단 "따르고 싶은 유혹"는 법무장관에게 보낸 편지에서 인용(비슷한 주장 포함). 그의 반대 입장에 관하여: "Who Are Our Enemies?," Georgia Journal and Messenger (Macon), November 6, 1850; Talmadge, "Georgia Tests the Fugitive Slave Law," 57. Union Party 공천 및 주지사직에 관하여: 같은 책, 62; "The Next Candidate for Governor," Georgia Journal and Messenger (Macon), January 15, 1851. 크래프트 부부 사건의 중요성은 콜린스의 법무장관에게 보낸 편지에서 언급된다.

383 얼굴이 매우 희고: "Robert Collins' Power of Attorney," October 11, 1850, HvC.

384 "고급 가구 제작자로서": "Ira H. Taylor's Power of Attorney," HvC.

384 "모두의 니거 채찍형 집행자": John Knight, Parker, Trial, 147; Weiss, Life, 95. 간수 (jailer)에 관하여: Jenkins, "Antebellum Macon," 28.

384 '서브'라 불렀다: "The Southern Press, South," NASS, January 2, 1851에서 재인용. 사보타주에 관하여: "Who Are Our Enemies?"

385 다수의 흑인들: "Meeting on Yesterday," Georgia Citizen (Macon), August 23, 1850.

385 재력과 권력을 가진 보스턴의 "신사"들: Fay 등에 관한 세부사항: WH1, WH2, JK. 호텔 광고는 Tremayne's Table of Post-offices in the United States (New York: W. H. Burgess, 1850).

387 메이컨에서 온 남자들: 나이트와 휴즈의 편지가 주요 출처다: JK, WH1, WH2.

387 작은 키에 난폭해 보이는 사람: "Slave Hunters Arrested."

387 고급 가구 제작자로 등록되어 있었기 때문이다: Directory of the City of Boston, 351.

388-389 적당한 인물 …보스턴산 멍청이 표본: 휴즈의 만남에 대한 모든 묘사는 WH1, WH2에서 발췌. 반론은 Boston Daily Atlas, 1850년 12월 3일자에 실려 있다.

389 그들은 윌리엄을 …"빌" 혹은 "빌리"로 알았다: 장면의 출처: WH1; WH2; JK; Lydia Maria Child, The Freedmen's Book, 195; Bowditch, Life, 2:372-373; Weiss, Life, 95-96; F. B. Sanborn, Theodore Parker, The Rights of Man의 서문. Weiss와 Sanborn은 현재는 분실된 파커의 일기를 인용했다. 파커는 나이트가 이틀 연속 방문했다고 주장했다(10월 22일 화요일과 23일 수요일). 그러나 편지가 화요일(22일)자로 되어 있으므로 이는 불가능하다. 참조: "The Fugitive Slave Law in Boston," New-York Daily Tribune, October 29, 1850. 나이트에 관하여: "Slave Hunters Arrested"; Weiss,

Life, 95. 케임브리지가 51번지 이웃은 Directory of the City of Boston에 기재됨.

391 1850년 10월 22일 화요일 오후 11시 정각, 보스턴: New-York Daily Tribune, Boston Traveler, October 29, 1850의 편지를 재인용; 또한 TL, November 1, 1850.

391 크래프트를 (호텔) 방으로 끌어들여 확보하는 것: "No. 3."

392 법적 형식을 갖춰서 혐의를 제기해야 한다: WH1.

393 웹스터가 … 극도로 사악하고 혐오스럽다: 대니얼 웹스터가 밀러드 필모어에게 보낸 편지, 1850년 10월 14일, PDW, 160. 웹스터가 선호한 도망노예법 수정안에 관하여: PDW, 110-111, 179.

394 "주님께서도 내가 노예제도를 싫어한다는 것을 아십니다": 밀러드 필모어가 대니얼 웹스터에게 보낸 편지, 1850년 10월 23일, PDW, 163-164.

395 사우스강 옆, 넥의 반대편 … 머물게 했다: 세스 J. 토머스에 관하여: The American Lawyer, vol. 2 (New York: Stumpf & Stewer, 1894), 79. 웹스터에 관하여: L. D. Geller, Daniel Webster: New England Squire, New England Historical Series Massachusetts (Cape Cod Publications, 1992) 팸플릿.

395 인생 초기에 교육의 기회를 누리지 못했음에도 … "온화했고": 토머스의 기록은 American Bar Association, Report of the Nineteenth Annual Meeting of the ABA, vol. 19 (Philadelphia: Dando Printing, 1896), 661-664를 참고하라. 토머스가 웹스터의 부탁을 회상한 기록: American Lawyer, 79. 휴즈는 Mr. Thayer가 소개했다고 진술: "Fugitive Slaves: Case of the Crafts," 1850년 11월 22일, vol. A, 2335, RG 60, National Archives, College Park, MD.

396 위협에 넘어가지 않는 변호사: "Seth J. Thomas," 663.

396 '노예 포획자들의 법적 포주': Leonard W. Levy, "Sims' Case: The Fugitive Slave Law in Boston in 1851," Journal of Negro History 35, no. 1 (1950): 44에서 인용. 토머스는 Shadrack Minkins, Thomas Sims, Anthony Burns 사건에서 노예 소유주 측 변호를 맡았다.

396 불쾌한 임무: "Seth J. Thomas," 663.

396 개인적으로 무척 꺼리면서도: 토머스의 부고, Boston Daily Globe, December 6, 1895.

396 분명 기분 좋은 소송이 아니었지만: American Lawyer, 79. 휴즈의 플로리다 전쟁 시절에 관하여: WH2.

396 전투 훈련을 받은: 휴즈의 성격에 대한 증언, GT, December 10, 1850.

397 마을에 경보를 울리기: Weiss, Life, 95. 로링과 시월의 방문에 관하여: "Fugitive Slave Excitement in this City," Boston Post, October 26, 1850.

397 말을 얼버무리고 시간을 질질 끌었다: WH1.

398 커티: Von Frank, Trials, 114-117.

398 잡혀서 돌려보내지길!: "Connection of the Curtises with the Recent Cases of Kidnapping in Boston," TL, January 19, 1855; Curtis, Memoir, Curtis ed., 121.

399 그렇게 비밀 모임이 시작되었다: "A Fugitive Slave Case," National Intelligence (Washington, DC), December 6, 1850; "Indictment of Theodore Parker and Wendell Phillips," TL, January 19, 1855; Levi Woodbury and Nahum Capen, Writings of Levi Woodbury (Boston: Little, Brown, 1852), 353. 사건에 관하여: Erastus B. Bigelow v. Josiah Barber (BP, October 25, 1850).

401 감독관의 아내: 사건은 Still, Underground Rail Road, 373에 기록되어 있다. 힐러드 가

문에 관하여: Robert L. Gale, A Henry Wadsworth Longfellow Companion (Westport, CT: Greenwood Press, 2003), 106-107; Francis W. Palfrey, "Memoir of the Hon. George Stillman Hillard," Proceedings of the Massachusetts Historical Society 20 (June 1882): 339-348.

402 열렬한 웹스터파 휘그당원 … 코너공간: Siebert, "The Underground Railroad in Massachusetts," 45.

403 "구조하라!": 윌리엄의 영장과 "Willis H. Hughes' Complaint Against Ellen Craft," 둘 다 1850년 10월 25일자, HvC. 휴즈가 엘렌의 영장을 보관했다는 라일리의 증언: "No. 3, Affidavit of Patrick Riley." 데븐스에 관하여: BAP, 249; Collison, Shadrack Minkins, 97; George Barnes, "Pondering the Complexity of Historical Figures," Worcester (MA) Telegram and Gazette, June 27, 2020. 변호사들의 방문에 관하여: "Boston Slave Hunt and the Vigilance Committee." 로버트 모리스에 관하여: JK; Bearse, Reminiscences of Slave Law Days in Boston, 4. 상반된 기록 비교: 휴즈의 편지(WH1, WH2)와 데븐스, "No. 2, Affidavit of Charles Devens Jr."

405 니거와 그 친구들: 영장이 발부되었을 때 발생한 사건이라 휴즈가 보고함. WH1; JK: "Fugitive Slave Excitement in this City," BP, October 26, 1850.

405 구조하라!: "The Fugitive Slave Excitement in Boston," Portland (ME) Advertiser, October 29, 1850, Boston Times, October 26, 1850에서 재인용.

405 일반적 사냥: "Slave Hunters Arrested."

405 크래프트 부부가 남기로 한 이유: Collison, Shadrack Minkins, 95. 윌리엄의 마음가짐에 관하여: "From Our Boston Correspondent," NASS, November 7, 1850; "Slavery in America," London Times, December 14, 1850; Parker, Trial, 147; RTMF, 68-69.

406 흑인 스파르타쿠스 … 니거 인구: "Boston Slave Hunt and the Vigilance Committee."

407 "차라리 북을 치고 들어가라": "No. 3"; "No. 4. Affidavit of James H. Dickson Accompanying Deputy Marshal Riley's Affidavits," November 18, 1850, Attorney General Papers, "Letters Received, 1809-1870," RG60, NARA.

407 "딱 잘라 거절했다: "The Hunt," NASS, October 31, 1850.

407 목적을 이룰 방법은 피를 흘리는 것뿐: "Boston Slave Hunt and the Vigilance Committee."

408 영웅적 광기: Archibald Grimke, "Anti-Slavery Boston," New England, December 1890, 458. (참고: Kantrowitz는 More, 185-186쪽에서 이에 대해 회의적 입장을 보였다.)

408 윌리엄을 위해: "Slavery in America," London Times, December 14, 1850. 엘렌의 '순종적인 페르소나'에 대한 논의는 McCaskill, "Ellen Craft," 97쪽. 마지막 작별 인사에 관하여: "Singular Escapes," 8.

408 골칫거리가 아닐: "No. 3, Affidavit of Patrick Riley."

409 메리 커즌: Higginson, "Romance," 47-53. 로링은 Courzon의 삼촌 George Searle과 Brookline New Lane(현 Cypress & Washington St.)에서 하숙했다. 출처: Harold Parker Williams, "Brookline in the Anti-Slavery Movement"(pamphlet), 80.

409 죽을 때까지 저항하기로: "Fugitive Slaves in Boston," Boston Traveler, November 26, 1850, New York Daily Tribune, October 30에서 재인용. 엘렌은 "An Ex Slave's Reminiscences"에서 이 맹세를 회고했다. Jackson은 이런 맹세들을 Force and

Freedom, 53에서 논의했다.

410 "보스턴에 노예 사냥꾼이!": Southern Press (Washington, DC), October 31, 1850.

410 '빌은 이곳에 없다고 보고했다': WH1. 이에 데븐스와 라일리는 반박했다: "No. 2, Affidavit of Charles Devens Jr." 및 "No. 3, Affidavit of Patrick Riley."

411 말썽꾼: Richard Henry Dana가 Edmund T. Dana에게 보낸 편지, 1850년 11월 12일, MHS; "The Boston Slave Hunt and the Vigilance Committee." Charles List, John C. Park 등이 포함된다. 단, 학자들은 백인 활동가들의 역할이 과도하게 강조되어서는 안 된다고 경고한다: Kantrowitz, More, 182-186; Gary Collison, "The Boston Vigilance Committee: A Reconsideration," Historical Journal of Massachusetts (June 1984): 112; Collison, Shadrack Minkins, 84-85.

411 사업과 평판에 피해를 주었다: "The Hunt."

411-412 "아니오!" … 솟구치는 분노: "Slave Hunters Arrested"; TL, December 6, 1850. 남부식 스타일에 관하여: Manisha Sinha, "The Caning of Charles Sumner: Slavery, Race, and Ideology in the Age of the Civil War," Journal of the Early Republic 23, no. 2 (2003): 246.

412 보석금을 누군가 빠르게, 비밀리에 내주었기: 패트릭 라일리는 자신과 부보안관 Watson 을 보증인으로 지목했다: "No. 3."

413 엄청난 수의 니거들을: JK. Blackett는 사냥꾼과 사냥감이 뒤바뀐 상황을 언급: BAB, 94.

414 가장 냉정한 남자: Joshua Bowen Smith에 관하여: Weiss, Life, 95.

415 누구보다 차가운 냉정함: "Noble Determination of Craft," GT, November 6, 1850.

415 "가장 냉정한 남자" … 권총으로 무장하고: "From Our Boston Correspondent," NASS, November 7, 1850; Parker, Trial, 148.

416 자신의 형제나 자녀도 노예로 만들겠다: RTMF, 60; 또한 "The Fugitive Slave Act," Eclectic Review 1 (January-Jun, 1851): 675.

416 윌리엄의 화약은 품질이 좋았다: Weiss, Life, 22.

416 "평화롭게 항복한다면"… "모두가 노예 사냥꾼의 처분에 맡겨지게": RTMF, 56; Collison, Shadrack Minkins, 248n24; Richard Henry Dana가 Thomas Stevenson에게 보낸 편지, 1850년 10월 28일, MHS. 웹스터는 스티븐슨의 조언을 무시했고, 이는 그의 "3월 7일 연설"에 드러난다. 출처: Bowditch, Life, 1:203.

417 "윌리엄은 더 이상 가고 싶지 않다더군요.": "Slavery in America," London Daily News, December 14, 1850.

417 뉴올리언스에 창녀로 팔아버리는: Parker, Trial, 16.

417 완벽하게 상냥한 성품과 우아한 태도: Higginson, "Romance," 50. 엘렌의 악몽에 관하여: "Slavery in America"; Child, Freedmen's Book, 135; Higginson, "Romance."

418 "죽이겠다고 말했다": Wilbur H. Siebert Papers, Underground Rail Road in Massachusetts, vol. 2, MS AM 2420 (14), HOU.

419 가능성이 높다고 생각했다: Henry Ingersoll Bowditch, Bowditch Memorial Cabinet Catalog, 1877, xxxiv, MS sBd-61, MHS.

419 마지막 만남: 기술과 인용은 Bowditch, Life, 1:207-208. 그 외의 출처: Charles F. Folsom, "Henry Ingersoll Bowditch," Proceedings of the American Academy of Arts and Sciences 28 (1892): 310-311. 보우디치가 자신도 두려움을 느꼈음을 보여줌: Kantrowitz, More, 77-83. 냇의 교훈에 관하여: Bowditch, Memorial Cabinet, xxxix;

John T. Cumbler, "A Family Goes to War: Sacrifice and Honor for an Abolitionist Family," Massachusetts Historical Review 10 (2008): 57-83.

420-421 메리 커즌 ⋯ 일라이자와 새뮤얼 필브릭: Higginson, "Romance"; Still, Underground Rail Road, 373-374; "Slavery in America." 커즌은 자신의 "엘렌 드레스"를 히긴슨에게 보낸 편지(1851년 4월 13일, bMS Am 784 (383), HOU)에서 회고한다. 필브릭 부부에 관하여: Walter S. Burrage, Proceedings of the Brookline Historical Society at the Annual Meeting, March 20, 1949 (Brookline Historical Society, 1949). (http://www.brooklinehistoricalsociety.org/history/proceedings/1949/Philbrick.html)

422 뒤집힌 세상: 거리의 소년들과 그들의 외침에 관하여: Octavius Brooks Frothingham, Theodore Parker: A Biography (New York: G. P. Putnam's Sons, 1880), 405; Bowditch, Life, 2:372; LL, 50; JK. 패트릭 라일리가 보석에 대해 한 기록: "No. 3, Affidavit of Patrick Riley." 또한 다음을 참조하라: "The Slave Excitement in Boston," North American (Philadelphia), October 30, 1850. 해밀튼 윌리스의 올콧 가문과 Sims, Burns 사건 지원에 관한 연계: Von Frank, Trials, 81-83; Siebert, "The Underground Railroad in Massachusetts," 84; Pauline Willis, Willis Records (London: St. Vincent's Press), 85-89.

423 니거들의 숫자가 백인 시위자의 숫자를 3대 1로 압도했다: JK; Kantrowitz, More, 186-186. 이 행동 장면은 휴즈와 나이트의 기록(WH1, WH2, JK)과 신문 보도를 교차 인용했다. "More Fugitive Slave Excitement," Boston Daily Times, October 29, 1850; "Additional Retaliatory Suits in Relation to the Fugitives," BP, October 29, 1850; "Slave Excitement in Boston"; "From Our Boston Correspondent," NASS, November 7, 1850; "Boston Slave Hunt and the Vigilance Committee."

423 모자를 잃어버리고 상당히 시달린 뒤에야: "More Fugitive Slave Excitement."

424 뻐기고 있었디: JK.

424 니거 폭도: 리처드 헨리 데이나가 에드먼드 T. 데이나에게 보낸 편지, 1850년 11월 12일, MHS.

425 유색인 남자: "From Our Boston Correspondent." 소·말 시장의 풍경에 관하여: Thomas F. O'Malley, "Old North Cambridge," Proceedings of the Cambridge Historical Society, vol. 20, 1927: 129-131.

425 찰스강을 건넜다: 대체로 파커가 크래프트 부부를 은신시킨 공로를 인정받았으나, 그의 일기를 보면 부부가 항상 그의 집에 있었던 건 아니다. 부부는 다른 장소, 예컨대 Mark 와 Caroline Healey Dall 집에 머물렀을 가능성이 있다. 출처: Parker, Rights of Man; Higginson, "Romance"; Bowditch, Life, 1:208; 파커가 Edna Cheney에게 보낸 편지 (Weiss, Life, 308); George Putnam이 William Siebert에게 보낸 편지(1893년 12월 27일, HOU); Siebert, "Underground Railroad in Massachusetts." Collison이 지적한 "흑인 활동가들이 간과된 것"도 중요한 논점이다("Boston Vigilance Committee," 111).

425 소총의 사정거리: Parker, Rights of Man 서문 참조.

426 지역 보안관 코번: 사건은 Daniel J. Coburn, "The Boston Slave-Hunt," NASS 1850년 12월 12일자, WH1; "Boston Slave Hunt and the Vigilance Committee"; JK에 기록됨.

427 저녁에 어떤 여자와 극장에 가기로 약속되어 있다: "No. 3."

427 휴즈를 쏘는 첫 사람: WH1, 또한 "Additional Retaliatory Suits," BP, October 29, 1850.

427 등에 39대의 채찍질: Hotchkiss, Codification, 812, 838.40.

428 유나이티드 스테이트 호텔: 이 장의 초반 사건은 JK, WH1, WH2에 기록됨.

428 적용되더라도: Parker, Rights of Man 서문.

429 이루 표현할 수 없는 기쁨을 빼앗기고: 나이트가 JK에서 방문을 회고함.

429 거리에서 흡연했다는 혐의: 리처드 헨리 데이나가 토머스 스티븐슨에게 보낸 1850년 10월 28일자 편지, MHS. 또한 WH1; "Boston Slave Hunt and the Vigilance Committee"; "Proceedings of the British and Foreign Anti-Slavery Society," North Star, June 22, 1855. 메이컨의 법과 관련해서는 다음을 참조하라: Robert S. Davis Jr., Cotton, Fire, and Dreams: The Robert Findlay Iron Works and Heavy Industry in Macon, Georgia, 1839-1912 (Macon, GA: Mercer University Press, 1998), 101.

429 이빨까지 무장하고: "Kidnappers in Boston," Emancipator & Republican (보스턴), October 31, 1850.

429-430 "정말이지.!" … 엘렌은 아니어도: "Boston Slave Hunt and the Vigilance Committee." 심각한 법적 대응 관련: 같은 책; Collison, Shadrack Minkins, 97; 리처드 헨리 데이나가 에드먼드 T. 데이나에게 보낸 1850년 11월 12일자 편지, MHS. 엘렌의 동의에 대한 침묵은 Kantrowitz가 More, 188에서 언급.

431 경계 위원회: Henry Steele Commager, Theodore Parker (Boston: Unitarian Universalist Association, 1982), 214.15.

431 "위험한 무기에 기대지 맙시다": "Rocking the Old Cradle of Liberty," TL, October 18, 1850.

431 "신사 여러분": Commager, Theodore Parker, 215.

431 관습적인 인종차별주의적 시각: Teed, Revolutionary Conscience, xvii, 153.57; Chadwick, Theodore Parker, 240. 파커와 인종 문제에 관련해, Dean Grodzins와의 대화에도 감사를 표한다.

432 "민중의, 민중에 의한, 민중을 위한 정부": LL, 28; Clayborne Carson, Melissa Block 인터뷰, "Theodore Parker and the 'Moral Universe,'" All Things Considered, PBS, September 2, 2013.

432 파커는 … 나왔다: 호텔 대치 상황의 서술(약간의 문법적 수정 포함)은 Weiss, Life, 97.98에 발췌된 파커의 일기를 바탕으로 함. 또한 Parker, Rights of Man 서문; Williams, "Brookline," JK, WH1, WH2 참조.

433 "완전한 타락이 인간이 된 것 같았다": Theodore Parker, The Collected Works of Theodore Parker, vol. 5, Frances Power Cobbe 편집 (London: Trubner, 1863), 193.

434 엘렌과 똑같은 전략을 써서 탈출했을 게 틀림없다: "Final Flight of the Slave Hunters. A Precious Confession," Emancipator & Republican (Boston), November 7, 1850.

434 "니거 숨겨짐.": "A Despatch Received in Macon," Savannah Morning News, November 4, 1850.

435 사자 굴: Simeon과 Betsey Dodge 관련: McCaskill, "Ellen Craft," 95; LL, 52; "Sheltered the Fleeing Slave," Boston Daily Globe, August 27, 1900. 그들의 활동은 David Meade, George Putnam, Simeon Dodge가 HOU에 있는 Wilbur H. Siebert Papers에 남긴 편지에서 묘사된다.

436 루이스 헤이든은 … 다채로운 사람들이 크래프트 부부를 위해 모일 수 있고: Kantrowitz, More, 185; Jeremiah and Jane Dunbar Chaplin, Life of Charles Sumner (Boston: D. Lothrop, 1874), 157; Calvin Fairbank, Rev. Calvin Fairbank, During Slavery

Times (Chicago: R. H. McCabe, 1890), 79. Emerson 관련: Delbanco, War, 315~16, 373~76. 모임의 시기와 참석자는 출처마다 다르지만 토머스의 존재로 미루어 조지아 사람들이 떠난 뒤로 보임. 특히 무력 사용을 둘러싼 긴장 관련: Grodzins, "Constitution or No Constitution," 67~69; 또한 Collison, "Boston Vigilance Committee," 109~11.

437 "보도한 정보": "Slave-Hunters in Boston!!" TL, November 1, 1850.

437 어린 아들: George Putnam이 Wilbur H. Siebert에게 보낸 1893년 12월 27일자 편지, Underground Railroad in Massachusetts, vol. 2, MS AM 2420 (14), HOU. Thompson의 Marblehead 사건 관련: Simeon Dodge가 Wilbur H. Siebert에게 보낸 1894년 1월 29일자 편지, HOU.

437 잡으려는 시도가 조금이라도 이루어지면: Bowditch, Life, 2:373. 이 기록은 Archibald Grimke의 "Anti-Slavery Boston"과 다르다. Grimke에서는 헤이든이 홀로 선 것처럼, 엘렌은 부재한 것처럼 서술된다.

438 시어도어 파커의 … 해너 스티븐슨이 있었다: 파커의 삶과 집에 관한 세부 사항은 Dean Grodzins, American Heretic: Theodore Parker and Transcendentalism (Chapel Hill: UNC Press, 2002) 및 2020년 5월 5일, 8일자 이메일을 참고했다. 엘렌의 체류 관련: Weiss, Life, 102. Grodzins가 스티븐슨과 그녀의 올콧 및 Curtii와의 관계를 내게 처음 알려주었다. J. T. 스티븐슨 관련: Collison, Shadrack Minkins, 248n24; 리처드 헨리 데이너가 토머스 스티븐슨에게 보낸 1850년 10월 28일자 편지, MHS; "The Boston Post States": GT, November 12, 1850.

438 여자들: 파커가 Edna Cheney에게 보낸 편지, Weiss, Life, 308에 게재됨.

438 "장전된 권총이… 쏠 수 있는 상태": Parker, Trial, 187.

439 "보스턴 사람들은 무척 흥분하고 있습니다": 프레더릭 더글러스가 에이미 포스트에게 보낸 1850년 10월 31일자 편지, John R. McKivigan ed., The Frederick Douglass Papers, series 3, vol. 1 (New Haven, CT: Yale UP, 2009), 434.

439 "보스턴이 … 끓어올랐다": George Putnam이 Wilbur H. Siebert에게 보낸 편지.

439 소식이 전보를 통해: "A Despatch Received in Macon," Savannah (GA) Daily Morning News, November 4, 1850.

440 "돈을 갖는 게 낫지": 콜린스가 법무장관에게 보낸 편지.

440 "당신의 방법": 콜린스가 헤이스팅스에게 보낸 편지. 콜린스가 밀러드 필모어에게 보낸 편지는 대통령 대리 비서 W. S. 데릭이 작성한 답변에서 참조되며, 이는 1850년 11월 20일자 Washington (DC) Daily Union 등 여러 신문에 실렸다.

442 못마땅한 임무: 콜레라와 테일러의 죽음 관련: Stephen E. Maizlish, "The Cholera Panic in Washington and the Compromise of 1850," Washington History 29, no. 1 (2017): 55.64. "우연히 대통령이 된 사람" 관련: Finkelman, Millard Fillmore, 특히 72~91.

443 "태어나지 않는 것이 … 훨씬 좋았을 것이다.": John E. Crawford, ed., Millard Fillmore: A Bibliography (Westport, CT: Greenwood Press, 2002), xxi에서 인용. 위협 관련: Robert J. Rayback, Millard Fillmore: Biography of a President (Buffalo: Buffalo Historical Society, 1959), 268; Elmore Smith, The Presidencies of Zachary Taylor & Millard Fillmore (Lawrence: Univ. Press of Kansas, 1988), 195.97.

443 밀가루 반죽 같은 인간: Garrison, All On Fire, 392. 남북의 위기 상황에 관하여: Smith, Presidencies of Zachary Taylor & Millard Fillmore, 211, 217; Rayback, Millard Fillmore, 274~75.

443 미소 짓는 얼굴과 예의 바른 태도 이면: Smith, Presidencies of Zachary Taylor & Millard Fillmore, 162; Frank H. Severance, ed., Publications of the Buffalo Historical Society, vol. 11: Millard Fillmore Papers, vol. 2 (Buffalo: Buffalo Historical Society, 1907), 508.

444 "기분 좋은 임무야 누구든지 할 수 있습니다.": Curtis, ed., Curtis, Memoir, 119.

444 "대통령": Brooklyn Daily Eagle, November 5, 1850. 신문 보도에 관하여: "Correspondence of the Baltimore Sun" 및 "Washington," Washington (DC) Republic, November 4, 1850.

445 "나는 군대가 명령에 따라 … 알고 있다": 대니얼 웹스터가 밀러드 필모어에게 보낸 1850년 11월 5일자 편지, PDW, 178.

446 영국은 자유로운 나라로 유명했다: James Somerset에 관하여: Delbanco, War, 90.101; Pryor, Colored Travelers, 128~29. Mary Anne Estlin은 Ellen이 영국의 노예제 폐지 현실을 접하고 받은 놀라움을 회상했음. 에슬린이 웨스턴 양에게 보낸 1851년 5월 8일자 편지 참조, BPL.

447 아내를 생각해: 새뮤얼 메이 주니어가 존 에슬린에게 보낸 1850년 11월 10일자 편지, Taylor, British and American Abolitionists, 353에 실림.

447 사랑하는 아이들이: RTMF, 57. Wigham은 The Anti-Slavery Cause, 92에서 "expected child"를 언급. 크래프트 부부와의 특별한 관계에 관하여: Bowditch, Life, 2:350.

449 남편과 아내: 새로운 결혼법에 관하여: Weiss, Life, 99. 이름은 "Massachusetts Marriages, 1841-1915," vol. 47, p. 129, Massachusetts State Archives에 나타남.

449 '부모의 이름': LL, 51에서 McCaskill의 빈칸 해석 참조.

451 한 가지 임무: 파커가 예식과 자신의 대사를 회상, Weiss, Life, 99. 또한 Fairbank, Rev. Fairbank, 79.80 참조. 파커가 대니얼 웹스터에게 한 자랑은 1850년 12월 12일자 편지에 나타남, PDW, 189.90.

453 북부: 여행에 관한 자료: 새뮤얼 메이 주니어가 존 B. 에슬린에게 보낸 편지, RTMF, 55; Taylor, British and American Abolitionists, 352. 특별히 언급되지 않은 한, 모든 대화와 회상은 RTMF, 55.69에서 인용됨. 메이에 관하여: John White Chadwick, "Samuel May of Leicester," New England 20, March-August, 1899. 크래프트 부부는 포틀랜드에 있을 때 대니얼 올리버의 집에 머물렀다고 썼지만 학자들은 Dennetts를 지목함. 또한 BAP, 478.79; Mothers of Maine (Portland, ME: Thurston Print, 1895), 239.41.

455 수많은 '니거들이 거의 반란을 일으켰다고.: JK.

456 "노예 사냥꾼을 조심하라!": 헨리 잉거솔 보우디치가 시드니 하워드 게이에게 보낸 1850년 11월 12일자 편지, box 3, SHG.

454-455 포틀랜드에 소리 없이 도착했다: "Arrival of William and Ellen Crafts in Portland," Boston Herald, November 13, 1850; "SUCCESSFUL RESISTANCE," Savannah (GA) Morning News, November 22, 1850.

458 "온갖 노력을": "Mr. Fillmore and the Man-Hunt," NASS, November 28, NASS.

459 법이 집행되어야 한다: 웹스터가 필모어에게 보낸 1850년 10월 29일자 편지, PDW, 173.74. 데븐스 보안관에게 한 웹스터의 요구는 필모어에게 보낸 1850년 11월 15일자 편지에 있음, PDW, 181. 이 정보는 "The Fugitive Crafts," BP, 1850년 11월 14일에 보도됨.

460 "성공적 저항": Savannah (GA) Daily Morning News, November 22, 1850.

460 "대니얼 웹스터를 채찍으로 후려치고": Collison, Shadrack Minkins, 99에서 인용.

460 처음에 그는 소송을 걸려 했지만: 새뮤얼 메이가 존 B. 에슬린에게 보낸 1851년 2월 4일자 편지, BPL; "Attorney General Chittenden and the Boston Marshal," Boston Atlas, November 27, 1850; "U.S. Marshal's Return of Writ to Apprehend William Craft," December 9, 1850, HvC.

460 조지아 선언: Talmadge, "Georgia Tests the Fugitive Slave Law"; Richard Harrison Shryock, "Georgia and the Union in 1850" (PhD diss., University of Pennsylvania, Philadelphia, 1926), 313.15.

461 조지 톰슨을 위한 축하 행사: TL, November 29, 1850; Blackett, Captive's Quest, 24.

461 "일군의 외국인": Curtis, ed., Curtis, Memoir, 135.36 참조.

462 "크래프트 부부의 고귀한 결심": Emancipator & Republican (Boston), October 31, 1850.

462 시어도어 파커는 … 자랑했다: Weiss, Life, 100.102. 승리에 관하여: Collison, Shadrack Minkins, 99.

캐나다

467 엘렌과 윌리엄은 캐나다에 도착함으로써: "Arrival of the Cambria," London Morning Chronicle, December 12, 1850; "Successful Resistance," Savannah (GA) Daily Morning News, November 22, 1850. 더 자세한 역사는 다음을 참조하라: Harvey Amani Whitfield, Blacks on the Border: The Black Refugees in British North America, 1815-1860 (Burlington: Univ. of Vermont Press, 2006); D. A. Sutherland, "Race Relations in Halifax, Nova Scotia, During the Mid-Victorian Quest for Reform," Journal of the Canadian Historical Association 7, no. 1, 1996: 35.54; Robin Winks, The Blacks in Canada: A History (Montreal: McGill-Queen's Univ. Press, 1997); Sharon A. Roger Hepburn, "Following the North Star: Canada as a Haven for Nineteenth-Century American Blacks," Michigan Historical Review 25, no. 2 (1999): 91.126.

468 캐나다에서 … 미국으로 도망치기도 했다: Natasha L. Henry, "Black Enslavement in Canada," The Canadian Encyclopedia online (Historica Canada), 마지막 수정 2020년 5월 8일, https://www.thecanadianencyclopedia.ca/en/article/black-enslavement.

468 새로운 이민자들을 추방: Whitfield, Blacks on the Border, 특히 59~61. 캐나다에서의 어려움에 관하여: 같은 책, 77.78; Fugitive Slaves in Canada, Vol. 1 (MS 2420:1), box 1, Wilbur H. Siebert Papers, HOU; "Visit Among the Refugees in Canada," Voice of the Fugitive, December 12, 1851.

468 송환될 가능성은 낮았다: 법률 해석은 Winks, Blacks in Canada, 168~74 참조.

469 "오늘 밤 여기서 묵고 싶습니다": 모든 대화와 이어지는 장면은 RTMF, 63~66에 기록됨.

472 성적인 친족 관계: 여기서는 Brigitte Fielder의 분석을 빌림. 즉, "엘렌의 백인성은 윌리엄과의 성적 친족 관계에 대한 어떠한 가정으로부터의 거리 유지에 달려 있으며" 또 "부부의 위장은 단지 엘렌의 옷차림이나 계급/능력/성별 표현일 뿐 아니라 엘렌과 윌리엄의

상호 관계 자체다." Relative Races, 21.22.

472 약 1,700명의 흑인이 살았고: Whitfield, Blacks on the Border, 3. 인종 폭동에 관하여: Sutherland, "Race Relations."

473 캐네디 목사: McCaskill은 목사가 AME Zion Church의 Hugh Kennedy 목사일 수 있다고 제안했다(LL, 99n56). 또한 Whitfield, Blacks on the Border, 154n128 참조. 크래프트 부부에 관한 소식은 그 이전에 British Colonist (Halifax, NS), October 13, 1850에 실림.

474 총 250달러의 자금: Ruggles, Unboxing, 115. 다른 요금에 관하여: Wellington Williams, The Traveller's and Tourist's Guide Through the United States of America, Canada, Etc. (Philadelphia: Lippincott, Granbo, 1851), 16.

474-475 프레더릭 더글러스 … 새뮤얼 커너드: Douglass, My Bondage and My Freedom, 366; Fox, Transatlantic, 200; LL, 54. Donald Sutherland에 따르면, 윌리엄은 떠나기 전에 연설을 했을 수도 있다. "Race Relations," 50 참조.

476 캠브리아호: 이 장의 정보 출처: Stephen Fox, Transatlantic: Samuel Cunard, Isambard Brunel, and the Great Atlantic Steamships (New York: Harper Collins, 2003), 특히 107, 113, 그리고 "Life on a Steamer" (196~25); William F. Fowler Jr., Steam Titans: Cunard, Collins, and the Epic Battle for Commerce on the North Atlantic (New York: Bloomsbury, 2017), 167~82; Isabella Lucy Bird, The Englishwoman in America, 특히 메뉴 관련, 455; Dickens, American Notes, 1:1~53, 2:227~49; Philip Sutton, "Maury and the Menu: A Brief History of the Cunard Steamship Company," New York Public Library 온라인, 마지막 수정 2011년 6월 30일, (https://www.nypl.org/blog/2011/06/30/maury-menu-brief-history-cunard-steamship-company), 특히 신뢰성 관련; F. E. Chadwick et al., Ocean Steamships: A Popular Account of Their Construction, Development (New York: Charles Scribner's Sons, 1891), 22.23; J. C. Arnell, "Life on a Cunard Steamer," Steam and the North Atlantic Mails (Toronto: Unitrade Press, 1986), 90~101. 폭풍우 관련 보도: London Standard 및 London Morning Chronicle, December 12, 1850; Liverpool Mercury, December 13, 1850.

477 "전적으로 비실용적": Dickens, American Notes, 1:2.

477 인종과 계급에 따라 구분되어: Pryor는 이러한 선박들을 "분명히 인종화되고 계급화된" 것이며, "대서양 횡단 여행은 백인 우월주의의 요새였다"라고 말한다. Colored Travelers, 130~33, 142~43 참조. 빠르고 비싼 Cunard 선박에서는 선실이 매우 제한적이었고 대형 범선에서 흔한 것과 달랐음. Josiah Henson에 관하여: Jeffrey Green, Black Victorians, 56.

478 북대서양의 묘지 … 허리케인이 생길 수도 있었다: Fox, Transatlantic, x.xi.

479 전쟁과 비교했다: Mackey, Western World, 1:19.

479 "폭풍이 울부짖는 목소리": Dickens, American Notes, I:34.

480 배에는 한 가지 전통이 있었다: Fowler, Steam Titans, 170~71.

480 존 리치 선장: 그의 부고는 Leeds Mercury (UK), July 28, 1883에 실림.

481 한때 영국 노예무역의 수도였던 리버풀: 리버풀 국제 노예제 박물관은 도시의 노예무역 역사를 세계적 맥락에서 강렬하게 전시함. LL, 56 참조.

해외

485 현실주의자: William Cullen Bryant가 Letters of a Traveller: Or, Notes of Things Seen in Europe and America, 2nd edition (New York: G. P. Putnam, 1850), 150에서 풍경을 묘사함. 크래프트 부부의 도착에 관하여: "William and Ellen Craft," TL, January 24, 1851. William Wells Brown의 여정과 경험 자료: Three Years and American Fugitive; 그가 Frederick Douglass에게 보낸 1850년 12월 20일자 편지, BAP, 239; WWB, 203~67; Farrison, WWB, 145~96.

487 할 수 있는 프랑스어가 그것밖에 없어서: William Wells Brown, Three Years, 72.

488 20개의 금화: Quarles, Black Abolitionists, 127; Josephine Brown, Biography of an American Bondman, 64. Brown이 딸들을 위해 한 노력은 그가 Wendell Phillips에게 보낸 1851년 1월 24일자 편지에서 증명된다. MS Am 1953 (327), Wendell Phillips Papers, HOU.

488-489 유독 어두운 런던의 어느 날 … "첫 친구입니다": William Wells Brown, Three Years, 110. 그의 경고에 관하여: "Don't Come to England," TL, July 25, 1851; WWB, 263. Betsey에 관하여: 같은 책, 212~14, 232~36.

489 "떠돌이 남편": New-York Daily Tribune, March 12, 1850.

489 영국 폐지론자들의 세상: Mary Anne Estlin이 Miss Weston에게 보낸 1851년 5월 8일자 편지, BPL.

490 공개적 전쟁: WWB, 234.35. Brown의 독립적 입장에 관하여: William Lloyd Garrison이 Elizabeth Pease Nichol에게 보낸 1849년 7월 17일자 편지, BPL. BFASS와 Garrison 진영 간 분열에 관하여: Blackett, Building an Anti-Slavery Wall, 42~45; BAB, 48~49, 100; PAS, 217; BAP, 17.

490 빙하처럼 미끄러운: Elwood H. Jones, "Scoble, John," Dictionary of Canadian Biography, vol. 9 (University of Toronto/Université Laval, 2003); WWB, 217, 232~36.

491 딱 맞는 순간에 … 희망을 버렸다: WWB, 248; BAP, 242.

492 "당신 편지를 받고 … 아실 겁니다": 윌리엄 크래프트가 윌리엄 웰스 브라운에게 보낸 1850년 12월 18일자 편지, BAP, 241.

494 프랜시스 비숍: "Letter from Francis Bishop," TL, March 2, 1851. 가정 정보: "England and Wales Census, 1851." Bishop의 여행 계획에 관하여: 그가 William Lloyd Garrison에게 보낸 1852년 8월 14일, 22일자 편지, BPL; William Ingersoll Bowditch, White Slavery in the United States (New York: American Anti-Slavery Society, 1855), 8.

494 두 명의 윌리엄: 이 장의 사건은 Brown의 Three Years에서, 연설들은 신문에서 전해진다. 더글러스와 에든버러에 관하여: Blight, Douglass, 163. St. Andrew's Square 기념비에 관하여: Darren McCullins, "Charting Edinburgh's Slave Trade History," BBC News, October 13, 2018, https://www.bbc.com/news/uk-scotland-edinburgh-east-fife-46030606.

496 문화와 정치적 무대: 브라운이 영국에서 직면한 도전은 여러 학자들에 의해 잘 묘사되어 있으며, 여기서 나는 그들의 분석을 참고했다, 특히: LL, 55.75; BAP, 1.35; PAS, 210.27. 영국 사회 불안과 계급 갈등에 관하여: Zackodnik, Press, 49~75. 대서양 횡단

노예제 폐지 운동 정치에 관하여: Blackett, Building an Anti-Slavery Wall, 124~45.

496 "진짜 흑인": Fisch, American Slaves, 69에서 인용.

497 돈과 계급이 이곳에서 극도로 예민하게 받아들여진다: Zackodnik, Press, 57~58; Clytus, "Envisioning Slavery," 211; Fisch, American Slaves, 1.4.

497 "자신의 이득을 위한 돈": 존 B. 에슬린이 새뮤얼 메이 주니어에게 보낸 1849년 4월 26일자 편지, BPL.

497 크래프트 부부는 독립성을 유지하려고 노력했지만: 동시대인들은 크래프트 부부가 개리슨 진영에 대한 적대감을 보고 놀라는 것을 관찰했는데, 이는 개리슨주의자들이 "그들을 친구이자 동등한 존재로 대우한 유일한 백인들"이었기 때문이다. Bristol and Clifton Ladies' Anti-Slavery Society, Special Report of the Bristol and Clifton Ladies' Anti-Slavery Society (London: John Snow, 1852), 23. Blackett은 BAB, 100에서 이러한 갈등을 분석했다. 세 사람은 개리슨 반대파인 British and Foreign Anti-Slavery Society 가 강력히 자리 잡고 있던 런던을 피했다.

497 우리의 도망자 중에는 … 너무 많았다: "Don't Come to England," TL, July 25, 1851.

497 엘렌은 … 개척자가 될 터였다: Zackodnik, Press, 58; BF, 39.

499 존경받을 만한 청중 … 새로운 열기가 타올랐다: "American Slavery," TL, January 24, 1851. 크래프트 부부의 고무적인 영향에 관하여: Blackett, Building an Anti-Slavery Wall, 126.

499 스코틀랜드인들이 가장 좋아하는 인물: 본문 인용은 William Wells Brown, Three Years, 164, 171, 173 (조금씩 다른 문구), 167에서 가져옴.

503 파노라마: 글래스고 역사는 Glasgow Police Museum에서 생생히 살아난다. 글래스고의 아버지에 관하여: "Patrick Colquhoun," The University of Glasgow Story, University of Glasgow 온라인, https://www.universitystory.gla.ac.uk/biography/?id=WH0206&type=P. Grand Hall에 관하여: "The City Hall," Glasgow Chamber of Commerce Journal (1858년 2월); 155, Glasgow Scrapbook #23, Michell Library, Glasgow; Frank Worsdall, Victorian City: A Selection of Glasgow's Architecture (Glasgow: Richard Drew, 1982), 86.

504 "부끄러운 줄 알아야지!": Russell Jackson, "The Story of Freed Slave Frederick Douglass' Time in 'Beautiful' Scotland," Scotsman (Edinburgh), April 1, 2018에서 인용.

504 "백인 노예": "Illustrated Lectures on American Slavery," Glasgow Herald, January 3, 1851. Ellen의 불호감에 관하여: John B. Estlin이 Samuel May에게 보낸 1851년 5월 2일자 편지, BPL.

504 "미국의 노예제도는 언젠가 무너져": "American Fugitive Slave Bill," TL, February 14, 1851.

505 '반노예제도의 깃발을 휘날려라': Aaron D. McClendon, "Sounds of Sympathy: William Wells Brown's 'Anti-Slavery Harp,' Abolition, and the Culture of Early and Antebellum American Song," African American Review 47, no. 1 (2014): 96.

505 황홀할 정도: "American Fugitive Slave Bill."

505 자신이 여태 본 곳 중 가장 훌륭한 곳: William Wells Brown, Three Years, 175.

506 파노라마가 자연을 진실하게 묘사했다: John Banvard, Description of Banvard's Panorama of the Mississippi River (Boston: J. Putnam, 1847), 45~46. Banvard와 그

의 "largest painting"에 관하여: Ried Holien, "John Banvard's Brush with Success" *South Dakota*, September/October 1997.

506 브라운도 놀랐다: William Wells Brown, *A Description of William Wells Brown's Original Panoramic Views of the Scenes in the Life of an American Slave* (London: Charles Gilpin, 1849; 재판, Cornell University Library Digital Collections), 2. "sold down the river" 경험에 관하여: Edward Ball, "Retracing Slavery's Trail of Tears," *Smithsonian*, November 2015.

506 '600미터 길이의 캔버스': "Illustrated Lectures on American Slavery," *Glasgow Herald*, January 3, 1851. 더 작은 추정치는 PAS, 215; WWB, 244, 549n104. 파노라마 분석(현재는 Brown의 서술로만 남음)에 관하여: WWB, 240.45; Teresa A. Goddu, "Anti-Slavery's Panoramic Perspective," *MELUS* 39, no. 2, Visual Culture and Race (2014년 여름): 12~41; PAS, 215~17; Clytus, "Envisioning Slavery," 194~257.

507 노예제도와 떼어놓을 수 없는 … 그림: William Wells Brown, *Description*, iv.

507 민스트럴 요정: Ruggles, *Unboxing*, 117. 박스 브라운의 파노라마와 비평가들에 관하여: Fisch, *American Slaves*, 73.83; PAS, 215. 윌리엄 웰스 브라운의 우월성에 관하여: Joseph Lupton이 새뮤얼 메이에게 보낸 1851년 3월 3일자 편지, BPL.

508 어떤 이유인지: William Wells Brown, *Description*, 17.

510 야회: 수백 명이 입장 거부당한 것에 관하여: "A Great Meeting in Glasgow," *TL*, February 7, 1851. 윌리엄 웰스 브라운의 안도에 관하여: *Three Years*, 177~78. 이후의 사건들은 여기와 Brown의 *American Fugitive*에서 묘사됨. 1,600명 관련: 윌리엄 웰스 브라운이 Wendell Phillips에게 보낸 1851년 1월 24일자 편지, MS Am 1953 (327), Wendell Phillips Papers, HOU; WWB, 249.

511 "저 녀석을 … 관심이 없으니.": Dick에 관하여: William J. Astore, *Observing God: Thomas Dick, Evangelicalism, and Popular Science in Victorian Britain and America* (New York: Routledge, 2017), 16, 22; John A. Brashear, "A Visit to the Home of Dr. Thomas Dick," *Journal of the Royal Astronomical Society of Canada* 7 (February 1913년): 19.

512 '얼마나 좋았을까': William Wells Brown, *Three Years*, 181.

512 애버딘에서도 이어졌다: 같은 책, 306; Blackett, *BAB*, 98.

512 두 윌리엄이 대부분의 연설을 했고 … 왜 공적으로 침묵을 지켰을까?: PAS, 180.81; McCaskill, "Yours Very Truly," 523; Kenneth Salzer, "Great Exhibitions: Ellen Craft on the British Abolitionists Stage," in *Transatlantic Women: Nineteenth-Century American Women Writers and Great Britain*, ed. Beth Lynne Lueck, Brigitte Bailey, and Lucinda L. Damon-Bach (Durham: Univ. of New Hampshire Press, 2012), 138.39; Zackodnik, *Press*, 70~71. 여성의 발언에 대한 낙인에 관하여: 같은 책, 56~57; Fisch, *American Slaves*, 84. Ellen의 초상에 관하여: *Nottingham Review*, April 4, 1851.

512 "더 잔인한 일이 벌어질 뿐": 존 B. 에슬린이 새뮤얼 메이에게 보낸 1851년 6월 27일자 편지, BPL.

512 "꽤 좋아했던": 존 B. 에슬린이 새뮤얼 메이에게 보낸 1851년 5월 2일자 편지, BPL.

512-513 흑인 공동체에 속했다고 생각: Cima는 엘렌이 "흑인 공동체에 대한 충성을 공연했으며," "스스로를 흑인으로 동일시하거나 인종적 범주를 넘어 즉흥적으로 정체성을 만들

어냈다"고 분석했다: PAS, 189, 201.

513 "현재": "The Anti-Slavery Advocate," TL, March 23, 1853; PAS, 224.

513 "훌륭한 밤이었다": 이어지는 묘사 역시 William Wells Brown, Three Years, 307에서 나온다.

514 조지 콤: William Wells Brown, American Fugitive, 267; Cameron A. Grant, "George Combe and American Slavery," Journal of Negro History 45, no. 4 (1960): 259~69. Combe는 영국 왕실에 관해 일기를 남겼으며, 이는 에든버러 National Library of Scotland의 George Combe Collection에 있다.

515 패니 켐블: Catherine Clinton, Fanny Kemble's Civil Wars (Oxford: Oxford University Press, 2000), 33, 63, 201; Irving H. Bartlett, Wendell Phillips: Brahmin Radical (Boston: Beacon Press, 1961), 28.

516 위엄 있게 돌출된 이마: "Cecelia Combe Diary," Journal in the US, 1842, MS 7459, George Combe Collection. Van Buren 관련: "Miscellaneous Personal Papers of Cecelia Combe," MS 7460, George Combe Collection. 그녀의 식탁 관련: "Menus of Cecelia Combe," MS 7467, George Combe Collection. 영국 요리에 관해 조언해 준 Caroline Sloat에게 감사한다.

517 제임스 W. C. 페닝튼 박사: 페닝튼의 정치, 영국 개리슨 진영, 그리고 크래프트 부부와 관련하여: Blackett, Building an Anti-Slavery Wall, 특히 124.35; BAB, 1.87; William Wells Brown이 Wendell Phillips에게 보낸 1851년 1월 24일자 편지, MS Am 1953 (327), Wendell Phillips Papers, HOU. 또한 Pennington, The Fugitive Blacksmith (London: C. Gilpin, 1850) 참조. 크래프트 부부는 어느 편에도 서고 싶어 하지 않았다, BAB, 100에서 분석. 또한 "Anti-Slavery Meeting," TL, February 28, 1851 참조.

517 그들을 비난해: 메리 에슬린이 웨스턴 양에게 보낸 1851년 5월 8일자 편지, BPL.

518 그러나 엘렌은 웃는 편을 선택했다: Cima의 분석 참조, PAS, 218.19. 엘렌의 폐지 운동 인식에 관하여: 메리 에슬린이 웨스턴 양에게 보낸 1851년 5월 8일자 편지. BAB, 97.101. 경고에 관하여: Lupton이 메이에게 보낸 편지, BPL. 크래프트 부부의 재정과 브라운의 "liberal terms"에 관하여: Taylor, British and American Abolitionists, 377; John B. Estlin이 "My Dear Mrs. Chapman"에게 보낸 1851년 5월 26일자 편지, BPL; WWB, 248.49. 크래프트 부부의 어머니들에 관하여: McCaskill, "Profits," 76.77; "American Slavery," York Herald and General Advertiser (UK), March 29, 1851.

519 해리엇 마티노: 이 장의 많은 사건은 William Wells Brown, Three Years, 185.207에 나온다.

521 뉴욕행 배를 탄: 마티노는 세 가지 출처에서 여행을 기록했으며, 이 부분은 이를 충실히 따랐다: Harriet Martineau, Autobiography, vol. 2, Maria Weston Chapman ed. (London: Smith, Elder, 1877); Views of Slavery & Emancipation: From Society in America (New York: Piercy & Reed, 1837); Retrospect, vol. 1. Deborah A. Logan의 연구도 이 장에 반영되었으며, Collected Letters; "The Redemption of a Heretic: Harriet Martineau and Anglo-American Abolition in Pre-Civil War America," Proceedings of the Third Annual Gilder Lehrman Center International Conference at Yale University, October 25-28, 2001; The Hour and the Woman: Harriet Martineau's 'Somewhat Remarkable' Life (DeKalb: Northern Illinois University Press, 2002).

521 반 노예론자라는 명성 ⋯ 노예제 찬성론의 열기: Logan, "Redemption," 2; Linda K. Kerber, "Abolitionists and Amalgamators: The New York City Race Riots of 1834," New York History 48, no. 1 (1967): 28~39.

522 흑인과 약혼 ⋯ 혼종을 옹호한다: Martineau, Autobiography, 2:14~19.

522 인디언 작품 ⋯ 물라토: Martineau, Retrospect, 225~27.

523 "당신도 알겠지만, 내 이론은⋯": 같은 책, 235; Martineau, Autobiography, 2~21.

523 젊은 상속녀의 첫 번째 무도회: Martineau, Retrospect, 238.

524 "마음 깊이 새긴 모든 것": Martineau, Views of Slavery, 32.

525 "남부로 와서" ⋯ "린치당할 겁니다": Martineau, Autobiography, 2:46, 48, 55~57.

526 니거에 대한 억압 ⋯ "백인의 목소리": Martineau, Views of Slavery, 7, 11.

526 "역겹다": Martineau, Retrospect: 217.18. Martineau의 "부정적 고정관념"에 관한 Miles의 해석은 All That She Carried, 142.

527 마티노 부인: Logan, Hour and the Woman, 273n4.

527 아마존이라 불렀다: Harriet Martineau, "Year at Ambleside: February," Sartain's Union Magazine of Literature and Art, Vol. 6, January-June 1850, Mrs. C. M. Kirkland과 Professor John S. Hart ed. (Philadelphia: John Sartain, 1850), 139; Alexis Easley, "The Woman of Letters at Home: Harriet Martineau and the Lake District," Victorian Literature and Culture 34, no. 1 (2006): 297.

527 언덕 위에 있는 ⋯ 놀: 이 만남 장면은 William Wells Brown, Three Years, 196~207에 나온다. 또한 Harriet Martineau이 "Dear Lucy (Aiken)"에게 보낸 1851년 4월 5일자 편지, Logan, Collected Letters, 3:190, 196을 기반으로 한다. 이후 인용은 특별히 언급되지 않는 한 Brown에 나온다.

529 마르티노는 나중에 친구들에게: Mary R. Courzon이 Thomas Wentworth Higginson에게 보낸 1851년 4월 13일자 편지, MS 784, Thomas Wentworth Higginson Papers, HOU.

529 "그들은 상식적이었고": 마티노가 "사랑하는 루시에게"에게 보낸 편지.

529 "크래프트 부부만큼 마음에 들지는 않는다": 커즌이 히긴슨에게 보낸 편지.

530 계곡에서 가장 좋은 곳: 마티노가 "사랑하는 루시에게"에게 보낸 편지.

530 최면술을 통해 ⋯ 사막의 강도들과 경주: Easley, "Woman of Letters," 293; Logan, Collected Letters, vi.vii.

530 여성에게 악영향: Easley, "Woman of Letters," 300에서 인용. 신발과 시가에 관한 전승: Jules Brown, The Rough Guide to the Lakes District (London: Rough Guides, 2002), 60; Sarah Perry, "Essex Girls," The 2019 Harriet Martineau Lecture, National Centre for Writing 온라인, 마지막 수정 2019년 6월 20일, https://nationalcentreforwriting. org.uk/article/sarah-perrys-harriet-martineau-lecture/.

530 마법 같은 풍경: William Wells Brown, Three Years, 206. 또한 Harriet Martineau, Complete Guide to the English Lakes (Windermere, UK: John Garnett, 1855).

530 미국인들은 ⋯ 모금했다: 마티노가 "사랑하는 루시에게"에게 보낸 편지. 마티노의 호기심에 관하여: 커즌이 히긴슨에게 보낸 편지.

533 "할 수 있겠습니다.": 해리엇 마티노가 윌리엄 웰스 브라운에게 보낸 1851년 3월 14일자 편지, Logan, Collected Letters, 290.

535 엘렌을 '백인 노예'라 부르는: "Anti-Slavery Meeting in Newcastle," Newcastle

Guardian and Tyne Mercury (UK), March 15, 1851. Wilson Armistead는 크래프트 부부를 리즈에 있던 자신의 가구에 등록했다: "Fugitives from Slavery. Remarkable," Illustrated London News, April 19, 1851. 노동계급 군중에 관하여: Lupton이 메이에게 보낸 편지, BPL; Zackodnik, Press, 65.66. 엘렌이 "White Slave"로서 "미국 노예이자 빈곤한 영국 어머니"를 동시에 대표했다는 분석은 같은 책, 69 참조.

536 "아무리 가난한 사람도": "American Slavery," York Herald and General Advertiser (UK), March 29, 1851.

536 나름 연사로 자리 잡으면서: Blackett, Building an Anti-Slavery Wall, 125; BAP, 271; PAS, 215; "American Slavery." 가족에 관하여: "American Slavery"; McCaskill, "Profits," 76~77.

537 불편해했던 것 같다: 엘렌은 수십 년 후 이야기를 전하면서, 윌리엄의 발상이었다고 하지 않고 "우리"라고 말함. "An Ex Slave's Reminiscences"; Murray, Advocates, 212~13.

537 '백인 여성': "Three Fugitive Slaves in Nottingham," Nottingham Review (UK), April 4, 1851.

537 존 비숍 에슬린: 브라운과의 긴밀한 유대에 관하여: WWB, 236~39. 에슬린의 "가부장적 비전"에 대한 비판적 독해: Fisch, American Slaves, 1.4. 노예제 반대 운동으로의 전환에 관하여: William James, Memoir of John Bishop Estlin (London: Charles Green, 1855), 236.

538 "크래프트 부부가 지금 있는 곳에서 준비된 친구를 찾지 못했다면": "A Good Man Gone," TL, July 6, 1855.

538 크래프트 부부는 ⋯ 떠올렸다: RTMF, 67. 에슬린 가족은 엘렌과의 따뜻한 감정과 대화를 여러 편지에서 표현함. 예: 존 B. 에슬린이 메이에게 보낸 1851년 5월 2일, 6일자 편지, BPL.

538 "크래프트에게는 브라운 같은 에너지가 없다": 존 B. 에슬린이 메이에게 보낸 1851년 5월 2일자 편지, BPL.

539 "지나치게 쇼맨십이 강하고 거칠다"⋯ 계급적으로 너무 낮다: 존 B. 에슬린이 Eliza Wigham에게 보낸 1851년 5월 3일자 편지, BPL; Zackodnik, Press, 66; PAS, 217에서의 비판적 독해.

539 "가족처럼 지냈다": Emma Michell이 웨스턴 양에게 보낸 1851년 5월 9일자 편지, BPL; 존 B. 에슬린이 메이에게 보낸 1851년 5월 2일자 편지, BPL.

539 '그림' 이란 ⋯ 동의했다: 존 B. 에슬린이 새뮤얼 메이에게 보낸 1851년 5월 2일자 편지, BPL. 아이들에 관하여: "The Panorama of American Slavery," Bristol Mercury (UK), April 12, 1851.

539 더 높은 지위를 가지게: 존 B. 에슬린이 Wigham에게 보낸 편지, BPL.

540 대단히 존경받을 만한 청중: "American Slavery," Bristol (UK) Mercury, April 12, 1851.

540 위원회 모임을 동원하고 ⋯ 전문적으로 헤쳐나가며: 메리 에슬린이 Caroline Weston에게 보낸 1851년 6월 6일자 편지, BPL.

540 가슴 미어지는 질문과 옹호에 응답했다: Michell이 웨스턴 양에게 보낸 1851년 5월 9일자 편지, BPL. Blackett은 크래프트 부부가 여러 복잡성과 후일의 "냉각"에도 불구하고 Garrison 진영을 도왔음을 보여준다: BAB, 98~101.

540 약간 우려": Michell이 웨스턴 양에게 보낸 편지, BPL.

541 새뮤얼 메이 주니어의 소식: 존 B. 에슬린이 메이에게 보낸 1851년 5월 2일자 편지,

BPL.

542 "심즈, 노예들에게 자유를 설교하시오!": Levy, "Sims' Case," 71.

542 대단히 신기한 동물: "The Boston Fugitive Slave Case," Daily Constitutionalist (Augusta, GA), 1851년 4월 12일.

542-543 편지가 오갔다 … "법의 집행": 편지는 BP, June 9, 1851에 실림.

544 해방될 수 없고: O'Toole, Passing, 10, 42.43. 크래프트 부부가 매입 제안을 거부한 것에 관하여: 윌리엄 크래프트가 시어도어 파커에게 보낸 1851년 1월 24일자 편지, Theodore Parker Collection, MHS.

545 오컴 문제에서 … 유독 좋은 성품: 존 B. 에슬린이 메이에게 보낸 1851년 6월 27일자 편지, BPL.

545-546 "아, 예전의 여주인이 지금의 내 모습을 볼 수 있다면"… "나는 더 이상 노예가 아니다!": 강조는 원문. Michell이 웨스턴 양에게 보낸 편지, BPL.

547 대박람회: 대박람회의 생생한 묘사는 Michael Leapman, The World for a Shilling (London: Headline Book, 2001)에 의거한다. 세부 내용에는 중국 정크선 선장의 이야기, "shilling days" 논의, 기계와 보석 우리 목록 등이 포함된다: 121, 190, 146~50, 170. 또한 Julia Baird, Victoria the Queen: An Intimate Biography of the Woman Who Ruled an Empire (New York: Random House, 2017), 243.57; Liza Picard, "The Great Exhibition," British Library 온라인, 마지막 수정 2009년 10월 14일, https://www.bl.uk/victorian-britain/articles/the-great-exhibition 참조. 인쇄기 관련: 같은 글. "Ellen Craft," Illustrated London News, 1851년 4월 19일, 316. 일라이자 콜린스 관련: "Needle Work," Southern Cultivator, vol. 10, no. 11 (November 1852), 325, 85. Enoch Price 관련: WWB, 262~63.

549 "기뻤던 적은 없다": 메리 에슬린이 Caroline Weston에게 보낸 1851년 5월 16일자 편지, BPL.

550 찰스 디킨스: 존 B. 에슬린이 메이에게 보낸 1851년 6월 27일자 편지, BPL.

550 600만 명… 매일 약 6만 5,000명: Picard, "The Great Exhibition"; Sussex Advertiser (UK), 1851년 6월 24일.

551 대영제국과 그 종속국: Great Exhibition, Official Catalogue of the Great Exhibition of the Works of Industry of All Nations (London: Spicer Brothers, 1851), 2.

551 "세상에 존재했던 가장 위대한 건물": William Wells Brown, Three Years, 210. 브라운은 이후 방문에 관한 편지에서 이를 관찰했다. 언어 관련: Green, Black Americans, 20; "Incidental Paragraphs," Bristol Mercury (UK), June 21, 1851. 100,000개 전시품 관련: Leapman, World, 10. 반복된 방문에 관하여: William Wells Brown, American Fugitive, 204; William Farmer, "Fugitive Slaves at the Great Exhibition," TL, July 18, 1851.

552 상품에 대한 자본주의적 페티시즘의 상징: Catherine Golden, Posting It: The Victorian Revolution in Letter Writing (Gainesville: Univ. Press of Florida, 2009), 129에서 인용.

552 때깔 고운 흰색 라드: William Wells, Three Years, 215. 또한 Farmer, "Fugitive Slaves."

553 건방진 근육질 니거 대여섯 명: Green, Black Americans, 22에서 인용.

553 '그리스 노예': 관련 해석은 Vivien Green Fryd, "Reflections on Hiram Powers's Greek Slave," Lisa Volpe, "Embodying the Octoroon: Abolitionist Performance at the London Crystal Palace, 1851," Nineteenth-Century Art Worldwide 15, no.

2 (Summer 2016); Charmaine Nelson, The Color of Stone: Sculpting the Black Female Subject in Nineteenth-Century America (Minneapolis: Univ. of Minnesota Press, 2007), 75~86; McInnis, Slaves Waiting, 181~88; Lisa Merrill, "Exhibiting Race 'Under the World's Huge Glass Case': William and Ellen Craft and William Wells Brown at the Great Exhibition in Crystal Palace, London, 1851," Slavery & Abolition, 33 no. 2 (2012): 321.36; Joy S. Kasson, "Mind in Matter in History: Viewing the Greek Slave," Yale Journal of Criticism 11, no. 1 (Spring 1998): 79.83.

553 버리기에는 너무 값진 보물로 보존: Henry T. Tuckerman, Book of the Artists: American Artist Life (New York: G. P. Putnam & Son, 1867), 285; PAS, 220에서 인용.

553 포르노는 아니었을지 의심: Merrill, "Exhibiting Race," 328. 조각의 이동 경로와 여왕의 관람에 관하여: Nelson, The Color of Stone, 78.

554 "거대한 파노라마": William Wells Brown, American Fugitive, 204, 206; Merrill, "Exhibiting Race," 322의 논의 참조.

554 가짜 노예 경매: "American Slavery in the World's Fair in London," TL, February 28, 1851.

554 걸어 다니는 박람회: 장면은 Farmer, "Fugitive Slaves"에 기반. 날씨와 기타 세부 사항은 박람회에 대한 일간지 보도에서 가져옴: London Morning Chronicle, June 23, 1851; London Daily News, June 24, 1851; Liverpool Mercury (UK), June 24, 1851.

555-556 미국관은 … 그리스 노예: Volpe, "Embodying." 예술가의 지시 관련: PAS, 221; Kasson, "Mind in Matter." "companion" 그림에 관하여: John Tenniel, "The Virginian Slave, Intended as a Companion to Power's [sic] 'Greek Slave,'" Punch 20, June 7, 1851, 236.

557 방문자들이 … 원하는 것을 투사했다: McInnis, Slaves Waiting, 183.84; Volpe, "Embodying."

558 새뮤얼 콜트: Bacon, But One Race, 22. 유일하게 이 행렬을 기록한 사람이—의미심장하게도—폭발물 제조자였다는 사실을 지적한 건 내가 처음이 아니다.

558 화장실도 있었다: 이 주제에 관해서는 빅토리아 앨버트 박물관 가구 갤러리의 "Great Exhibition" 다큐멘터리가 유용했다. 1페니 요금은 Baird, Victoria, 247에 실려 있다.

559 "아마 그들은 살면서 처음으로": Farmer, "Fugitive Slaves"; PAS, 222. Merrill은 "안무(choreography)"와 관람객을 사건에 연루시킨 크래프트 일행의 방식에 관하여 "Exhibiting Race," 325에서 논의.

560 그가 말을 더듬게 만들었다: 메리 에슬린이 앤 워런 웨스턴에게 보낸 1851년 6월 27일자 편지, Wendell Phillips Papers, HOU.

561 알고 불쾌해했다: 존 B. 에슬린이 메이에게 보낸 1851년 6월 27일자 편지, BPL 참조.

561 이 학교는 … 세워졌다: Blackett, BAB, 102.3; BF, 42.43. Lushington 가문에 관하여: Green, Black Americans, 18; "Stephen Lushington and Fugitive Slaves in Ockham," Exploring Surrey's Past, https://www.exploringsurreyspast.org.uk/themes/subjects/black_history/abolitionists/lushington/. 존 B. 에슬린은 메이에게 보낸 1851년 6월 27일자 편지에서 수를 추정했다, BPL.

561 마법 등불: 품목은 BF, 42에 열거되었다. 출처: W. A. C. Stewart, W. P. McCann, The Educational Innovators, 1750-1880 (London: Macmillan, 1967), 213.

561-562 재정 문제를 의논 … 오컴에 호의적이었다: 존 B. 에슬린이 메이에게 보낸 1851년 6월 27일 및 12월 12일자 편지 참조, BPL. 에슬린은 1년 치 학비를 보증했다. 크래프트 부부는 가르치고 일하면서 기여했고, 바이런 부인 같은 인물도 자금을 기부했다. 엘렌의 병에 관하여: 메리 에슬린이 Caroline Weston에게 보낸 1851년 5월 16일자 편지, BPL.

563 어떤 중요한 임무를 이루어운명: 존 B. 에슬린이 메이에게 보낸 1851년 6월 27일자 편지, BPL.

564 자유인으로 태어나다: 첫 장면은 브라운의 편지("Leander"로 서명됨), TL, September 3, 1851(또한 American Fugitive, 300)을 따른다. 이 만남은 편지 날짜(8월 6일)보다 "몇 달 전"에 발생했다고 전해지므로, 엘렌은 당시 임신했을 가능성이 있다. 이는 다른 곳에서도 언급되었다.

565 '평행사변형 공주' … 최초의 컴퓨터 프로그래머: Miranda Seymour, In Byron's Wake: The Turbulent Lives of Lord Byron's Wife and Daughter: Annabella Milbanke and Ada Lovelace (New York: Pegasus Books, 2018), 40; Betsy Morais, "Ada Lovelace: The First Tech Visionary," New Yorker, October 15, 2013.

566 오컴에서 부부의 나날: BAB, 103; PAS, 222.23; 존 B. 에슬린이 메이에게 보낸 1851년 8월 15일자 편지, BPL; Sheila Brown, "Ockham School," Root and Branch: A Publication of the West Surrey Family Historical Society 37, no. 2 (2010년 9월): 73. 크래프트 부부의 인기에 관하여: 존 B. 에슬린이 메이에게 보낸 1851년 12월 12일자와 8월 15일자 편지, BPL. 현지인들에 관하여: Harriet Beecher Stowe, Sunny Memories of Foreign Lands, vol. 2 (New York: J. C. Darby, 1854), 107.

566 고립되어 있음을 예리하게 느끼는: 존 B. 에슬린이 메이에게 보낸 1852년 9월 2일자 편지, BPL.

567 불륜 관계라는 소문: WWB, 265; Farrison, William Wells Brown, 201; 존 B. 에슬린이 윌리엄 로이드 개리슨에게 보낸 1852년 6월 7일자 편지, BPL. Ellen의 병에 관하여: 존 B. 에슬린이 Mrs. Chapman에게 보낸 1852년 4월 3일자 편지, BPL. "William and Ellen Craft," TL, December 17, 1852.

567 밤낮으로: 존 B. 에슬린이 Bristol Mercury (UK), October 4, 1851 사설에 보낸 편지 참조.

567 훌륭한 인물: "The Late James Smith," GT, May 18, 1852.

568 스미스의 재산은 빠르게 계산되고 정리되었다: Bibb Court of Ordinary, Record of Returns, 1851-1853, D-481, BCC.

569 이런 보도가 너무 끈질기게 나와서: May가 John B. Estlin에게 보낸 1852년 9월 1일자 편지, BPL; "Ellen Craft," Georgia Journal and Messenger (Macon), 1852년 8월 25일.

569 가족의 확장: William Wells Brown이 Wendell Phillips에게 보낸 1852년 9월 1일자 편지, HOU.

569 찰스 에슬린 필립스 크래프트: "Foreign and Domestic," Bristol Mercury (UK), October 30, 1852. 크래프트 부부는 윌리엄의 형제와의 관련성을 명시하지 않았다.

570 엘렌의 생각은 … 어머니 마리아에게 향했다: "Ellen Craft," TL, April 1, 1853.

570 큰돈을 선물해 주기도 했다: Sterling은 (출처 없이) 바이런이 엘렌에게 금화 100을 주었다고 주장했다: BF, 52. 다른 금액에 관하여: "The Craft Libel Suit," BDA, June 12, 1878; "Craft v. Schlesinger," Boston Journal, June 1, 1878.

571 유언을 남겨두었다: Bibb Court of Ordinary, Record of Wills, 1851, B-17, BCC 참조.

571 "위로가 되는": "William and Ellen Craft," TL, December 17, 1852.

571 그만한 금전적 가치: Collins, "Essay." 초판은 B. F. Griffin이 1852년 10월 19~23일 Macon 박람회를 위해 발간했으며, 주제에 관한 최우수 논문에는 100달러의 상금이 걸려 있었다. De Bow's Review 3 (1852): 103. (콜린스는 낙선했다.) 찰스는 10월 22일 출생했다.

571 자유인으로 태어난 첫아이: "William and Ellen Craft," TL, December 17, 1852.

572 "단 한 번도 없습니다.": "Letter from Ellen Craft" (October 26, 1852), Anti-Slavery Advocate, December 1852. 존 비숍 에슬린과 리처드 웹이 이 신문을 편집했다고 BAP, 330.31에 기록되어 있다. McCaskill, "Very Truly," 512~14의 해석도 참조.

에필로그

582 에필로그: 크래프트 부부의 후기 생애에 관한 개요는 주로 BAB, 103-37; McCaskill, "Profits"; BF, 43-59; PAS, 219-30, 그리고 윌리엄의 1878년 명예훼손 소송 보도를 근거로 한다. 크래프트 부부의 영국 경험에 관하여: 특히 Green, Black Americans, 18-27; Murray, Advocates, 211. 자녀 출생 연도(불일치 있음)는 LL, 39-40; Green, Black Americans, 19, 27.

583 《자유를 향한 1,000마일》: 출간 역사에 관하여: BAB, 105; LL, 58-70.

583 싸우고 싶다는 충동: BF, 45; 출처는 "The Commonwealth, Boston," Ocrober 2, 1869, folder 1:79, Dorothy Sterling Papers, Amistad Research Center, Tulane Univ., New Orleans, LA.

584 아프리카 서해안: BAB, 108-13, 118-21, 특히 바라쿤(119), 노예무역 종식을 돕는 윌리엄의 활동(137), 그리고 윌리엄이 논한 50명의 노예(120)에 관하여: "Crafts v. Schlesinger," Boston Journal, June 7, 1878. 윌리엄에게 아이들이 증여되었다는 추가 증거도 있음. BAB, 113; 찰스 크래프트가 엘렌을 대신해 쓴 편지, "An Appeal from Africa," Freed-Man (UK), July 1, 1866. 아프리카 관련: Green, Black Americans, 22-24; McCaskill, "Profits," "Libel Suit"; Robin Law, Ouidah: The Social History of a West African Slaving 'Port,' 1727-1892 (Athens: Ohio Univ. Press, 2004), 241.

584 2,000명의 여성 전사 … "피부가 너무 희었기": Child, Freedmen's Book, 203-4. 엘렌이 "곧 아프리카 해안으로 항해할 것"이라는 후일의 확인되지 않은 보도: "Special Meeting," Freed-Man (UK), March 1, 1867.

584 비판자들은 이런 별거에 의문을 품었다: BAB, 132.

585 엘렌은 … 활동을 계속: BAB, 122; BF, 47; PAS, 229; Murray, Advocates, 211.

585 훌륭한 사업가: "Craft, Ellen," Notable American Women (1607-1950): A Biographical Dictionary, ed. Edward T. James, Janet Wilson James, and Paul S. Boyer (Cambridge, MA: Harvard Univ. Press, 1971), 2:397. 그녀의 종잣돈에 관하여: "Libel Suit."

586 노예제에 찬성: Robert Scott Davis, "A Cotton Kingdom Retooled for War: The Macon Arsenal and the Confederate Ordinance Establishment," Georgia Historical Quarterly 91, no. 3 (Fall 2007): 268-69. "Bob"에 관하여: Fitzgerald and Galloway,

Eminent Methodists; Macon (GA) Telegraph, July 29, 1862.

587 편안하게 살고 있었다: "Ellen Craft and Her Mother," TL, August 4, 1865.

587 수천 명이 배웅하러 왔다고: "Ellen Craft's Mother," Freed-Man, December 1, 1865. 마리아에 대해서는 알려진 바가 거의 없다. 다만 1866년 엘렌과 함께 등장했다는 보도 가 Green, Black Americans, 26-27 및 Freed-Man, 1866년 7월 1일에 있다.

588 "노예제도로부터 어머니를 구했다" … 수수께끼: 윌리엄의 어머니에 관하여: "Slavery," Newcastle Courant (UK), December 4, 1857; RTMF, 10; McCaskill, "Profits," 76-77. 그의 형제에 관하여: "Diary of Isaac Scott," 7, 83; "Libel Suit." 찰스 크래프트는 아내 Sarah와 메이컨에 정착했으며, 1870년 인구조사에서 각각 5,000달러를 소유한 것으로 기록되었다. 이는 1870년 당시 기준으로 놀라운 액수다.

589 메리 엘리자베스는 엘렌의 품에: Green, Black Americans, 27; LL, 29.

589 '아메리칸 오컴' … 나이트 라이더: BAB, 103, 125; 또한 "Libel Suit," "Profits," 88 참조.

590 집이라고는 하지만 … 비참한 구덩이처럼 보여: "Craft Libel Suit," BDA, June 12, 1878. 변모한 모습에 관하여: "Georgia," BDA, July 30, 1875.

590 백인과 유색인 아이들 모두에게 최고의 학교: "Craft v. Schlesinger," Boston Journal, June 11, 1878.

591 "전에는 … 같았지요": "Georgia," BDA, July 30, 1875.

591 "모든 선량한 주민": "Radical Trickery: A Ticket for the Legislature in the Field," Savannah (GA) Morning News, October 6, 1874. 윌리엄이 그랜트 대통령과의 인터 뷰에서 언급된 일에 관하여: "Libel Suit."

591 충격은 … 영국 억양 : 크래프트 부부의 성공이 불러온 문화 충돌과 위협에 관하여: BAB, 132.33, LL, 80.83. 그들의 억양에 관하여: Bowditch, Life, 2:372; BF, 49.

592 명예훼손 소송: 보스턴 매사추세츠 주립 기록 보관소에 남아 있는 사건 기록은 매우 빈 약하다(#1752 SJC/8u CRAFT v. Schelsinger et al., 1878년 4월, Rec. 180). 추가 분 석에 관하여: BAB, 130.33; McCaskill, "Profits," 89.90; LL, 75.86.

592 편안하고 솔직한 태도: "Craft Libel Suit," BDA, July 16, 1878.

592 '돌보는 천사': "The Craft Libel Suit," BDA, June 12, 1878.

592 신성한 것으로 보았고: "Craft v. Schlesinger."

592 전 친구들이 한 진술: BAB, 133; BF, 57. Blackett은 조지아에서 증인들을 소환하는 데 드는 막대한 비용 때문에 크래프트 부부가 증언을 거의 확보하지 못했음을 지적하며, Phillips, Smith, William Still의 의심을 논한다(BAB, 131.33). McCaskill은 로버트 모리 스와 다른 이들의 지지를 보여준다(LL, 81.86; "Profits," 90). 또한 "Craft Libel Suit," BDA, June 14, 1878; "Craft v. Schlesinger" 참조.

593 소송에서 패배 … 공포의 시대: BAB, 133.36.

593 유일하게 흑인이 소유한 플랜테이션: "Craft, Ellen, (1826-c. 1891)" Women in World History Encyclopedia, 2021년 9월 23일, https://www.encyclopedia.com/women/ encyclopedias-almanacs-transcripts-and-maps/craft-ellen-1826-c-1891; BF, 55.

593 "오래된 이야기": "An Ex Slave's Reminiscences"; Murray, Advocates, 212.13.

593 가장 좋아하는 나무인 떡갈나무: BAB, 135. 대부분의 학자는 엘렌의 사망 시기를 1891년으로 보지만, 일부 가족은 1897년으로 기억한다. Fradin and Fradin, 5,000 Miles, 90. Blackett이 지적하듯 이 시기의 기록은 거의 남아있지 않다. 어떤 자료는 (출처 없이) 엘렌이 윌리엄 없이 찰스턴으로 이주했다고 전한다. Notable American

Women, 2:397 참조.

594 오직 농사에만 헌신하며… "대화하는 동안": Bowditch, Life, 2:373.

594 윌리엄 할아버지: Florence B. Freedman, Two Tickets to Freedom: The True Story of William and Ellen Craft, Fugitive Slaves (New York: Scholastic, 1993), 96.

594 1900년 1월 27일 아침 7시… 따로 영면: 사망 증명서는 "South Carolina, Death Records, 1821-1968" (온라인 데이터베이스) Provo, UT, USA: Ancestry.com Operations, 2008에서 확인 가능하다. 크래프트 부부의 분리된 묘소 모습은 이미지에서도 반복된다. Foreman은 "Who's Your Mama?," 523~26에서 크래프트 부부가 결코 같은 사진에 함께 있지 않음을 관찰함.

595 갑작스럽고 비극적인 최후(휴즈, 테일러, 콜린스): Willis Hughes에 관하여: "Fatal Rencounter," Baltimore Sun, January 13, 1851; Parker, Collected Works, 5:193. Ira Taylor에 관하여: Reidy, From Slavery to Agrarian Capitalism, 4; "Melancholy Event," Charleston (SC) Daily News, May 16, 1867. 로버트 콜린스에 관하여: Rocker, Marriages and Obituaries, 271.

595 옛 여주인: Fitzgerald and Galloway, Eminent Methodists, 113; 일라이자 클리블랜드 스미스의 부고, Macon (GA) Weekly Telegraph, March 18, 1879; 일라이자 콜린스의 1889년 유언장, Wills, Bibb County, Georgia, book C (1870-1891), 456.

596 "옛 집"에 찾아갔다: Bowditch, Life, 2:373.

596 휴 크래프트: Berry, Princes of Cotton, 536n.9.

596 루이스와 해리엇 헤이든: 헤이든 가족의 지속적인 시련에 관하여: Kantrowitz, More, 413~19. 그들은 또한 미술관을 세우고 매사추세츠 역사학회를 지원했다(Robboy and Robboy, "Lewis Hayden"). 또한 Alvin Powell, "Legacy of Resolve," Harvard Gazette 온라인, 2015년 2월 23일, https://news.harvard.edu/gazette/story/2015/02/legacy-of-resolve/ 참조.

597 자녀와 … 계속 살아남았다: BF, 59, 97; LL, 87.88; Green, Black Americans, 27, 143; Fradin and Fradin, 5,000 Miles, 89.91; "Inventory of the Craft and Crum Families, 1780-2007," ARC, https://avery.cofc.edu/archives/Craft_and_Crum.html; Christopher McKeon, "Ockham Unveils Tribute to Escaped Slaves Who Settled in Surrey Village," Surrey Live, 마지막 수정 2018년 9월 16일, getsurrey.co.uk/news/surrey=news/ockham=unveils=tribute=escaped=slaves=15138622.

597 예술가 겸 활동가 … "앉아 있음으로써": Preacely의 웹사이트 참조: Peggy Trotter Dammond Preacely, www.peggytrotterdammondpreacely.com; Faith S. Holsaert 외 편, Hands on the Freedom Plow: Personal Accounts by Women in SNCC (Champaign: Univ. of Illinois Press, 2010), 163~71.

598 미국은 크래프트 부부를 실망시켰다: McCaskill은 크래프트 부부의 작업이 "미국 전체에 책임을 지우는 방식으로 신중하게 배치되어 있다"라고 분석했다 ("Profits," 82). 크래프트 부부의 재창조와 유산에 관한 "second acts"에 관하여: LL, 88.92.

정보의 출처에 관하여

604 쉽게 범주화될 수 없다: McCaskill은 RTMF 서문(viii)에서 크래프트 부부의 서사를 문학

이자 역사로 재구성하는 과정에 관하여 논한다.

605 엘렌의 노예 소유자였던 (프리드먼이 공개): Florence Freedman은 1960년 Arno Press 판 RTMF에서 그들을 밝혔다.

605 진정성을 입증해야 했다: BF, 25. 진위에 관하여: Heglar, Rethinking, 84도 참조.

606 이야기와 여담을 채워 넣었다: Sanborn은 브라운을 공동 저자로 제시했다. "Plagiarist's Craft," 908. Zackodnik은 보다 유기적인 영향 가능성을 Press, 67에서 언급했다. 브라운의 영향은 분명하나, RTMF에는 나타나지 않는다. Heglar도 Rethinking, 108n5에서 이를 지적했다.

606 '상징적' 진실: Miles, All That She Carried, 17; Johnson, Soul by Soul, 11.

608 스캔들과 과잉 ⋯ 끔찍할 정도로 얄팍: Saidiya Hartman, "Venus in Two Acts," Small Axe 12, no. 2 (2008): 5; Miles, All That She Carried, 301. 또한 같은 책, 16-19, 300-302; Marisa J. Fuentes, Dispossessed Lives: Enslaved Women, Violence, and the Archive (Philadelphia: Univ. of Pennsylvania Press); Murray, Advocates, 27.29; McCaskill, LL, 10.12.

610 학자들 역시 여러 세대에 걸쳐: Mary와 Albert K. Cocke가 Albert Foley에게 보낸 편지들도 참조, SHC.

612 지침을 따르려 노력: P. Gabrielle Foreman et al., "Writing about Slavery/Teaching About Slavery: This Might Help," community-sourced document, 2022년 1월 28일 접근, (https://docs.google.com/document/d/1A4TEdDgYs1X-h1KezLodMlM71My3KTN0zxRv0lQTOQs/mobilebasic?usp=gmail). 또한 Miles, All That She Carried, 287~89 참조.

참고 문헌

Alvarez, Eugene. Travel on Southern Antebellum Railroads, 1828-1860. Tuscaloosa: Univer- sity of Alabama Press, 1974.

Bacon, Margaret Hope. But One Race: The Life of Robert Purvis. Albany: State University of New York Press, 2007.

Bancroft, Frederic. Slave Trading in the Old South. Columbia: University of South Carolina Press, 1996.

Barker, Gordon S. Fugitive Slaves and the Unfinished American Revolution: Eight Cases, 1848-1856. Jefferson, NC: McFarland, 2013.

Bartlett, Irving H. John C. Calhoun: A Biography. New York: W. W. Norton, 1993.

Beaulieu, Elizabeth Ann, ed. Writing African American Women: An Encyclopedia of Literature.Westport, CT: Greenwood Press, 2006.

Berry, Daina Ramey, and Leslie Maria Harris, eds. Slavery and Freedom in Savannah. Athens: University of Georgia Press, 2014.

Berry, Stephen William, ed. Princes of Cotton: Four Diaries of Young Men in the South, 1848- 1860. Athens: University of Georgia Press, 2007.

Blackett, R. J. M. Beating Against the Barriers: The Lives of Six Nineteenth-Century Afro-Amer- icans. Ithaca, NY: Cornell University Press, 1986.

———. Building an Anti-Slavery Wall: Black Americans in the Atlantic Abolitionist Movement, 1830-1860. Baton Rouge: Louisiana State University Press, 1983.

Blassingame, John W. Slave Testimony. Baton Rouge: Louisiana State University Press, 1977.

Bordewich, Fergus. America's Great Debate: Henry Clay, Stephen A. Douglas, and the Com-promise That Preserved the Union. New York: Simon & Schuster, 2012.

"The Boston Slave Hunt and the Vigilance Committee," New-York Daily Tribune, November 2, 1850.

Bowditch, Vincent Yardley. Life and Correspondence of Henry Ingersoll Bowditch. Boston: Houghton, Mifflin, 1902.

Bremer, Frederika. The Homes of the New World: Impressions of America. New York: Harper & Brothers, 1853.

Brown, Henry Box. Narrative of the Life of Henry Box Brown, Written by Himself. Edited by John Ernest. Chapel Hill: University of North Carolina Press, 2008.

Brown, Josephine. Biography of an American Bondsman by His Daughter. Boston: R. F. Wal- cutt, 1856.

Brown, William Wells: American Fugitive in Europe. New York: Sheldon, Lamport & Blakeman, 1855.

———. Narrative of William W. Brown, a Fugitive Slave. 2nd ed., enlarged. Boston: Anti-Slavery
Office, 1848.

———. Three Years in Europe: Or, Places I Have Seen and People I Have Met. London:
Charles Gilpin, 1852.

Butler, John C. Historical Record of Macon and Central Georgia. Macon, GA: J. W. Burke,
1879.

Byrne, William A. "The Burden and Heat of the Day: Slavery and Servitude in Savannah,
1733-1865." PhD diss., Florida State University, 1979.

Chambers, William. Things as They Are in America. London: W. and R. Chambers, 1854.

Child, Lydia Maria. The Freedmen's Book. Boston: Ticknor and Fields, 1865.

Cima, Gay Gibson. Performing Anti-Slavery: Activist Women on Antebellum Stages.
Cambridge, MA: Cambridge University Press, 2014.

Cleveland, Edmund Janes, and Horace Gilette. The Genealogy of the Cleveland and
Cleaveland Families. Vol. 3. Hartford, CT: Case, Lockwood & Brainard, 1899.

Clinton, Catherine. Plantation Mistress. Columbia: University of Missouri Press, 1982.

Clytus, Radiclani. "Envisioning Slavery: American Abolitionism and the Primacy of the
Visual." PhD diss., Yale University, 2007.

Collins, Robert. Essay on the Treatment and Management of Slaves. Boston: Eastburn's
Press,1853.

———. Letter to the Attorney General of the United States, November 1, 1850. Attorney
General Papers, "Letters Received from GA Private Citizens, 1809-1870," RG60,
NARA.

———. Letter to J. S. Hastings. BP, June 9, 1851.

Collison, Gary. Shadrack Minkins: From Fugitive Slave to Citizen. Cambridge, MA: Harvard
University Press, 1997.

Craft, William, and Ellen. Running a Thousand Miles for Freedom: The Escape of William
and Ellen Craft from Slavery, ed. Barbara McCaskill. Athens: University of Georgia
Press, 1999.

Craft, Henry, to "Dear Father." April 1, 1844, CFT; Craft/Fort Family Letters (MUM00091).
Department of Archives and Special Collections. J. D. Williams Library, University of
Mississippi. https://libraries.olemiss.edu/cedar-archives/finding_aids/MUM00091.
html.

Crowe, Eyre. With Thackeray in America. London: Cassell, 1893.

Curtis, George Ticknor. A Memoir of Benjamin Robbins Curtis, LL.D Edited by Benjamin R.
Curtis. Boston: Little, Brown, 1879.

Cunynghame, Arthur Augustus Thurlow. A Glimpse at the Great Western Republic.
London: R. Bentley, 1851.

Dall, Caroline Healey. "Alongside": Being Notes Suggested by "A New England Boyhood"
of Doctor Edward Everett Hale. Boston: Thomas Todd, 1900.

Delbanco, Andrew. The War Before the War: Fugitive Slaves and the Struggle for

America's Soul from the Revolution to the Civil War. New York: Penguin Press, 2018.

Dickens, Charles. American Notes. London: Chapman and Hall, 1842.

The Directory of the City of Boston. Boston: George Adams, 1850.

Dixon, Max. "Building the Central Railroad of Georgia." Georgia Historical Quarterly 45, no. 1 (March 1961): 1-21.

Douglass, Frederick. My Bondage and My Freedom. New York: Miller, Orton & Mulligan, 1855.

Dunbar, Erica Armstrong. Never Caught: The Washingtons' Relentless Pursuit of Their Runaway Slave, Ona Judge. New York: 37 Ink, 2017.

Eisterhold, John A. "Commercial, Financial, and Industrial Macon, Georgia, During the 1840's." Georgia Historical Quarterly 53, no. 4: 424-41.

"An Ex Slave's Reminiscence." Greencastle (IN) Banner, January 19, 1882.

Fairbank, Calvin. Rev. Calvin Fairbank During Slavery Times: How He "Fought the Good Fight" to Prepare "the Way." Chicago: R. R. McCabe, 1890.

Farrison, William Edward. William Wells Brown: Author and Reformer. Chicago: University of Chicago Press, 1969.

Fielder, Brigitte. Relative Races: Genealogies of Interracial Kinship in Nineteenth-Century America. Durham, NC: Duke University Press, 2020.

Finkelman, Paul. Millard Fillmore. New York: Times Books, 2011.

Fisch, Audrey. American Slaves in Victorian England: Abolitionist Politics in Popular Literature and Culture. Cambridge: Cambridge University Press, 2000.

Fitzgerald, O. P., and Charles B. Galloway. Eminent Methodists. Nashville: M. E. Church, South, 1898.

Foley, Albert S. to Henry K. Craft, May 7, 1958, ARC.

——— . "Notes from Mrs. Daly Smith," box 9, folder 68, SHC.

Foreman, P. Gabrielle. "Who's Your Mama? 'White' Mulatta Genealogies, Early Photography, and Anti-Passing Narratives of Slavery and Freedom." American Literary History 14, no. 3 (2002): 505-39.

Fradin, Dennis B., and Judith Fradin. 5,000 Miles: Ellen and William Craft's Flight from Slavery. Washington, DC: National Geographic Children's Books, 2006.

Fraser, Walter. Savannah in the Old South. Athens: University of Georgia Press, 2005.

Geffen, Elizabeth M. "Industrial Development and Social Crisis 1841-1854." In Philadelphia: A 300-Year History. Edited by Russell F. Weigley. New York: W. W. Norton, 1982.

Green, Jeffrey. Black Victorians in Victorian England. Barnsley, UK: Pen and Sword History, 2018.

Greenspan, Ezra. William Wells Brown: An African American Life. New York: W. W. Norton, 2014.

——— . William Wells Brown: A Reader. Athens: University of Georgia Press, 2008.

Gudmestad, Robert H. Steamboats and the Rise of the Cotton Kingdom. Baton Rouge: Louisiana State University Press, 2011.

Grover, Kathryn. Fugitive's Gibraltar: Escaping Slaves and Abolitionism in New Bedford, Massachusetts. Amherst: University of Massachusetts Press, 2001.

Harris, Leslie M., and Daina Ramey Berry. Slavery and Freedom in Savannah. Athens: University of Georgia Press, 2014.

Higginson, Thomas Wentworth. "Romance of History." In The Liberty Bell. Boston: Prentiss and Sawyer, 1858.

Horton, James Oliver, and Lois E. Horton. Black Bostonians: Family Life and Community Struggle in the Antebellum North. Revised 20th anniversary ed. New York: Holmes & Meier, 1999.

Hotchkiss, William A. A Codification of the Statute Law of Georgia. 2nd ed. Augusta, GA: C. E. Grenville, 1848.

Hunter, Robert Mercer Taliaferro, and Democratic Party (US). The Address of Southern Delegates in Congress, to Their Constituents (Washington, DC: Towers, Printer, 1849).

Jackson, Alicia K. The Recovered Life of Isaac Anderson. Jackson: University Press of Mississippi, 2021.

Jackson, Kellie Carter. Force and Freedom: Black Abolitionists and the Politics of Violence. Philadelphia: University of Pennsylvania Press, 2019.

Jacobs, Donald M., ed. Courage and Conscience: Black and White Abolitionists in Boston. Bloomington: Indiana University Press, 1993.

Jenkins, William Thomas. "Antebellum Macon and Bibb County." PhD diss., University of Georgia, 1967.

Johnson, Walter. Soul by Soul: Life Inside the Antebellum Slave Market. Cambridge, MA: Harvard University Press, 1999.

Kantrowitz, Stephen. More Than Freedom: Fighting for Black Citizenship in a White Republic, 1829-1889. New York: Penguin, 2012.

Kendrick, Paul and Stephen. Sarah's Long Walk: The Free Blacks of Boston and How Their Struggle for Equality Changed America. Boston: Beacon Press, 2004.

Kendi, Ibram X. Stamped from the Beginning: The Definitive History of Racist Ideas in America. New York: Nation Books, 2016.

Kirby, Georgianna Bruce. Years of Experience: An Autobiographical Narrative. New York: G. P. Putnam's Sons, 1887.

Lane, Macon. "Macon: An Historical Retrospect." Georgia Historical Quarterly 5, no. 3 (1921): 20-34.

"The Libel Suit. The Romantic Story of a Runaway Slave." BDA, June 7, 1878.

Logan, Deborah, ed. The Collected Letters of Harriet Martineau. London: Pickering & Chatto, 2007.

Lyons, Joan P. "Quaker Family Home Became Stop on Underground Railroad," Zionsville (IN) Times Sentinel, August 25, 2004.

Mackey, Alexander. The Western World; or, Travels in the United States in 1846-47. London: R. Bentley, 1849.

Martineau, Harriet. Retrospect of Western Travel. Vol. 1. London: Saunders and Otley,

1838.

Mayer, Henry. All On Fire: William Lloyd Garrison and the Abolition of Slavery. New York: St. Martin's Press, 1998.

McInnis, Maurie D. Slaves Waiting for Sale: Abolitionist Art and the Southern Slave Trade. Chicago: University of Chicago Press, 2011.

McCaskill, Barbara. "Ellen Craft: The Fugitive Who Fled as a Planter." In Georgia Women: Their Lives and Times. Vol. 1. Edited by Ann Short Chirhart and Betty Woods. Athens: University of Georgia Press, 2009.

———. Interview with Phoebe Judge. "In Plain Sight." Criminal, no. 59. Podcast audio. January 20, 2017, https://thisiscriminal.com/episode-59-in-plain-sight-1-20-2017/.

———. Love, Liberation, and Escaping Slavery: William and Ellen Craft in Cultural Memory. Athens: University of Georgia Press, 2015.

———. "The Profits and the Perils of Partnership in the 'Thrilling' Saga of William and Ellen Craft." MELUS 38, no. 1 (2013): 76-97.

———. "'Yours Very Truly': Ellen Craft—The Fugitive as Text and Artifact." African American Review 28, no. 4 (1994): 509-29.

Miles, Tiya. All That She Carried: The Journey of Ashley's Sack, a Black Family Keepsake. New York: Random House, 2021.

Murray, Hannah-Rose. Advocates of Freedom: African American Transatlantic Abolitionism in the British Isles. Cambridge: Cambridge University Press, 2021.

Nell, William C. William Cooper Nell, Nineteenth-Century African American Abolitionist, Historian, Integrationist: Selected Writings from 1832-1874. Edited by Dorothy Porter Wesley and Constance Porter Uzelac. Baltimore: Black Classic Press, 2002.

"No. 2, Affidavit of Charles Devens Jr. US. Marshal of Mass—on the subject of Wm. Craft a Fugitive Slave, November 1850." Attorney General Papers, "Letters Received, 1809-1870," RG60, NARA.

"No. 3, Affidavit of Patrick Riley," November 18, 1850. Attorney General Papers, "Letters Received, 1809-1870," RG60, NARA.

O'Toole, James M. Passing for White: Race, Religion, and the Healy Family, 1820-1920. Amherst: University of Massachusetts Press, 2002.

Papson, Don, and Tom Calarco. Secret Lives of the Underground Railroad in New York City: Sydney Howard Gay, Louis Napoleon and the Record of Fugitives. Jefferson, NC: Mc-Farland, 2015.

Parker, Theodore. The Trial of Theodore Parker for the "Misdemeanor" or a Speech at Faneuil Hall Against Kidnapping Before the Circuit Court of the United States, at Boston, April 3, 1855. Published for the author, 1855.

Parker, Theodore. The Rights of Man in America. Edited by F. B. Sanborn. Boston: American Unitarian Association, 1911.

Pryor, Elizabeth Stordeur. Colored Travelers: Mobility and the Fight for Citizenship Before the Civil War. Chapel Hill: University of North Carolina Press, 2016.

Quarles, Benjamin. Black Abolitionists. New York: Oxford University Press, 1969.

Reidy, Joseph P. From Slavery to Agrarian Capitalism in the Cotton Plantation South. Chapel Hill: University of North Carolina Press, 1995.

Ricks, Mary Kay. Escape on the Pearl. New York: HarperCollins, 2007.

Ripley, C. Peter. The Black Abolitionist Papers. Vol. 1, The British Isles, 1830-1865. Chapel Hill: University of North Carolina Press, 1985.

Robboy, Stanley J., and Anita W. Robboy. "Lewis Hayden: From Fugitive Slave to Statesman." New England Quarterly 46, no. 4 (1973): 591-613.

Rocker, Willard L. Marriages and Obituaries from the Macon Messenger, 1818-1865. Easley, SC: Southern Historical Press, 1988.

Rogers, W. McDowell. "Free Negro Legislation in Georgia Before 1865." Georgia Historical Quarterly 16, no. 1 (1932): 27-37.

Ruggles, Jeffrey. The Unboxing of Henry Box Brown. Richmond: Library of Virginia, 2003.

Runyon, Randolph, and William Albert Davis. Delia Webster and the Underground Railroad. Lexington: University of Kentucky Press, 1996.

Sanborn, Geoffrey. "The Plagiarist's Craft: Fugitivity and Theatricality in Running a Thousand Miles for Freedom." PMLA (Journal of the Modern Language Association of America), 128 no. 4 (2013): 907-22.

Scott, Isaac. "The Diary of Isaac Scott, 1859-1864." Copied from the original by Peyton Sagendorf Moncure, 1980 (http://dlg.galileo.usg.edu/gac/isd/pdfs/gac-03-03-02-01.pdf).

Severa, Joan. Dressed for the Photographer: Ordinary Americans and Fashion, 1840-1900. Kent, OH: Kent State University Press, 1995.

Siebert, Wilbur H. "The Underground Railroad in Massachusetts." Proceedings of the American Antiquarian Society, April 1935, 25-100.

"Singular Escapes from Slavery." Leeds Antislavery Series 35, 8. Printed in Wilson Armistead, Five Hundred Thousand Strokes for Freedom: A Series of Anti-Slavery Tracts. London: W. & F. Cash, 1853.

Sinha, Manisha. The Slave's Cause: A History of Abolition. New Haven, CT: Yale University Press, 2016.

"Slave Hunters Arrested." Boston Daily Chronotype, October 28, 1850; GT, November 6, 1850.

Sterling, Dorothy. Black Foremothers: Three Lives. 2nd ed. New York: Feminist Press, 1988.

Still, William. Still's Underground Rail Road Records: With a Life of the Author. Philadelphia: William Still, 1886.

"The Story of Ellen Crafts." Anti-Slavery Bugle (New Lisbon, OH), July 14, 1849.

Strobhart, Albert. Reports of Cases in Equity, Argued and Determined in the Court of Appeals, by Court of Errors During the Year 1849. Vol. 3. Columbia, SC: A. S. Johnston, 1850.

Tadman, Michael. Speculators and Slaves: Masters, Traders, and Slaves in the Old South. Madison: University of Wisconsin Press, 1996.

Talmadge, John E. "Georgia Tests the Fugitive Slave Law." Georgia Historical Quarterly 49, no. 1 (1965): 57-64.

Taylor, Clare. *British and American Abolitionists.* Edinburgh: Edinburgh University Press, 1974.

Von Frank, Albert J. *The Trials of Anthony Burns: Freedom and Slavery in Emerson's Boston.* Cambridge, MA: Harvard University Press, 1998.

Webster, Daniel. *The Papers of Daniel Webster: Correspondence.* Vol. 7, 1850-1852. Edited by Charles M. Wiltse and Michael J. Birkner. Hanover, NH: University Press of New England, 1986.

Weiss, John. *Life and Correspondence of Theodore Parker.* Vol. 2. New York: D. Appleton, 1864.

Wigham, Eliza. *The Anti-Slavery Cause in America and Its Martyrs.* London: A. W. Bennett, 1863.

Williams, Carolyn White. *History of Jones County, Georgia, for One Hundred Years, Specifically 1807-907.* Macon, GA: J. W. Burke, 1957.

Williams, Harold Parker. "Brookline in the Anti-Slavery Movement." Brookline Historical Publications, no. 18. Brookline, MA: Riverdale Press, 1900.

Zackodnik, Teresa C. *Press, Platform, Pulpit: Black Feminist Publics in the Era of Reform.* Knoxville: University of Tennessee Press, 2011.

주인 노예 남편 아내

1판 1쇄 인쇄　2025년 12월 15일
1판 2쇄 발행　2026년 1월 12일

...

지은이　　우일연
옮긴이　　강동혁

...

펴낸이　　　김봉기
출판총괄　　임형준
편집　　　　안진숙
교정교열　　김민영
디자인　　　산타클로스
마케팅　　　선민영, 조혜연, 임정재

...

펴낸곳　　　FIKA [피카]
주소　　　　서울시 강남구 테헤란로 26길 14, 5층
전화　　　　02-3476-6656
팩스　　　　02-6203-0551
홈페이지　　https://fikabook.io
이메일　　　book@fikabook.io
등록　　　　2018년 7월 6일(제2018-000216호)

...

ISBN　　　　979-11-93866-40-5　03840

피카 출판사는 독자 여러분의 아이디어와 원고 투고를 기다리고 있습니다.
책으로 펴내고 싶은 아이디어나 원고가 있으신 분은 이메일 book@fikabook.io로 보내주세요.